"回忆，悲伤与荆棘"续作

The Witchwood Crown:
巫木王冠

The Last King of Osten Ard
最后的君王（卷一）下

Tad Williams

Locusts laid their eggs in the corpse of a soldier.
When the worms were Nature, they took wing.
Their drone was ominous, their shells hard.
Anyone could tell they had hatched from an unsatisfied anger.
They flew swiftly toward the North. They hid the sky like a curtain.
When the wife of the soldier saw them, she turned paler, breath failed her.
She knew he was dead in a battle, his corpse lost in the desert.

[美] 泰德·威廉姆斯/著

董宇虹/译

重庆出版集团 重庆出版社

孤儿

漫长的游戏

他们朝东北方行进,跨过瑞摩加一处名为奥斯滕椎的广阔平原。他们北边是森林,南边则有个大湖,如海洋般浩渺,光湖岸就延伸出去好几里地。渐渐地,南方的春色化作北方尚未消融的积雪。玛寇很高兴他们摆脱了"凡人的陷阱",但肯貊在几个小时里再次提到"四个女王之爪加一头巨人,干掉了敌人几十个精英!"时,队长还是恼火地瞪了他一眼。

"这是女王陛下最低的要求,殉生武士。"他只说这么一句,从此肯貊再也没提。

无论如何,玛寇对这结果还算满意,所以在接连数日的骑行过程中,尽管他对奈泽露的态度仍很轻蔑,但也没像之前那样故意找茬让她难受了。

风暴一阵接一阵从山口吹来,不过恶劣的天气对贺革达亚从来不算大麻烦,而且北方这一带荒无人烟,女王之爪可以日夜兼程,赶往远处的山峰晶亚哈-宇。但玛寇没有放松警惕。他知道,凡人亚拿夫比其他贺革达亚都熟悉这一带,所以经常问他,却从不让他带路,甚至不准他骑马走在最前面,而是自己领着女王之爪前行;只有积雪堆得太厚、马匹无法通行时,才让巨人古罡嘎走在前面开路。肯貊和绍眉戟骑马跟在队长身边,随时提供建议。于是,奈泽露和那个凡人就成了小队的尾巴。

亚拿夫放慢坐骑速度，奈泽露知道，她应该假装没注意。她猜测，也许是觉得自己受到了惩罚，所以这凡人想跟她套套近乎，好拉她脱离女王之爪并跟她结盟。其他贺革达亚都怀疑这凡人藏有不可告人的目的，至少在这一点上，奈泽露与他们看法一致。女王的猎人一向以孤僻和残忍著称，并因他们的自由身份而极端自傲，毕竟他们的同胞都是戴着项圈的奴隶。所以她很难相信，一个女王的猎人会如此轻易地答应跟女王之爪一同上路。

"嘿，殉生武士奈泽露，"亚拿夫突然问道，"你是怎么到这儿来的？"

听到母语从一个异类口中流利地说出，奈泽露依然很不习惯。这人甚至能像贺革达亚一样，以吸气——而非呼气——的方式发出次重的"k"音。他对用词的把握也很精准，知道用"怎么"来提问，而不是更有审讯意味的"为什么"。

"女王陛下派我来的。你又是怎么到这儿来的，自由人亚拿夫？"她反问道。

他露出微笑。显然他跟奈泽露一样，已经明白这将是场漫长而持久的游戏，可能要玩上好几天。在这无边无际的荒野，周围只有冰雪的平原、灰白的天空、晦暗枯败的林木，没人急着赶时间。

"我当然是从奈琦迦的奴隶圈里出来的。"他回答，"更准确地说，是从圣山外的奈琦迦遗址来的。我出生于风暴之矛脚下的白蜗堡，从第一次呼吸时起，就学会了敬畏女王陛下。所以从这方面讲，你我没什么区别。"

"但我可不戴奴隶项圈。而且我学会的是，不光要敬畏，更要爱戴女王陛下。"

"都一样。"他露出嘲讽的表情，"我知道你不是在奴隶圈出生的，殉生武士，看你的言谈举止就很清楚了。"

"你这是什么意思？"

孤儿

"你的肤色和脸型告诉我,你是个混血儿,但你举手投足带着奈琦迦贵族的气质。我没说错吧?"

"没错。"被对方猜中,奈泽露有些恼火,"仅凭观察,你还能看出多少,女王的猎人?"

他又隐隐露出那种自满的微笑。凡人啊,太容易喜形于色,这位也不例外,奈泽露心想,他们的脸就像书本,一切都写在上面。"你不光处处流露出骄傲的举止,"他说,"还有,你显然学过 Hao sa-Rashi——也就是'放逐之道',只有高等贵族的子女才能学到这种手语。所以我知道,加入殉生会之前,你肯定是在贵族家庭里长大的。而你比画某些手势时又有些僵硬,说明你脱离家庭的时间并不长。"

"怎么说?"

"你的族人年纪越大,比画起古老的手势就越流畅而随意。比如高寿者——女王陛下的陆生长老们——做起那些动作就像与生俱来,仿佛他们不会其他的表达方式似的。"

奈泽露有些惊讶:不论这凡人是什么身份,但他绝不是个笨蛋。不过她也觉得这个游戏有些好玩了。"那我也说说你的事吧。"她说,"你有个师父,普通奴隶不会有此殊荣。你还没脱离奴隶身份,就开始学习武艺和骑术了。虽然你刚刚嘲笑过我,但你也学会了这套手语,只是你在努力忘掉它们,好让你能在同类中间冒充成普通的瑞摩加人。"她满足地发现,对方的嘴角抽搐一下——她猜中了!"好了,说说你为什么这么做吧。你为什么要隐瞒自己的出身?"

"佩服,殉生武士奈泽露,你眼力不错。但我之前就提过,我师父叫蘘卡。我小时候当奴隶时确实学了些手语,我要忘掉它们的原因也很明显啊。我是女王的猎人,要在周围四处活动,从她的领地边界直到瑞摩加,偶尔还要深入到爱克兰北部,比如这次。我必须跟路上遇到的凡人打交道,还要经常在他们的村庄买东西。如果被人发现我是乌荼库女王的奴隶猎人,我还能买到干肉和谷物吗?你觉得他们会怎么对待我？"

"可能会给你一条绞索，或找个铁笼装你的骨头。"这下轮到奈泽露微笑了。她故意让亚拿夫看出，她很乐意看到他遭受这等待遇。"我听说，凡人的土地边界经常会悬挂叛徒的尸体。据说是要表达其他凡人的看法：敢拿北鬼女王的银子，就只有这种下场。"

"没错。"

二人默默地骑行片刻。前方远处，奈泽露看到巨人的驼背像个移动的雪球。在他后面，玛寇在与绍眉戟说话，肯貂跟在他们身后一点。最近这些日子，队长与歌者的讨论越来越深入，也越来越频繁，有时还会发生争执，奈泽露很想知道他们在吵什么。她也经常琢磨，当初玛寇要把她赶回奈琦迦受罚时，绍眉戟的主人阿肯比为何会允许她继续留在女王之爪呢？他们的任务当然很重要，但大司乐当时带了几十名歌者和殉生武士，他完全可以从中挑出一人来替代她。阿肯比还曾侵入她的思绪，肯定知道她没怀孩子，那他为何没有揭穿她呢？大司乐明显也没告诉玛寇，因为后者仍对她的谎言深信不疑。

"如果我没猜错——应该没有——你在同类当中算是年轻的。"亚拿夫突然开口，仿佛听到了她的想法，"那你是怎么加入到这次任务中的呢？不论这是什么任务，它都很危险。"

"在殉生会，我的表现可是数一数二的。"她能听出自己语气中的紧张，所以对自己很不满意。有这么明显吗，竟让别人看出她也在考虑这个问题？"我徒手杀了六个武装奴隶，在竞技场打残了两名殉生武士。我的战斗能力跟男性一样出色，不，比大多数更强。"

"啊，这我相信。"他说，"可殉生会的档案不是每隔几年就会更新吗？每一届都有几十人并列当年最高，其中不少曾在真正的战斗中流过血。至于你，在与爱克兰人交手之前，你好像并没有参加过实战，对吧？"

奈泽露没想到，这话深深地刺伤了她。"你猜错了，凡人。我参加过许多场战斗和拼杀。"她想起被她杀死的岛民,还有被她放走的那个孩子,不由脱口而出。

"哦。"令她愤怒的是,看他的反应,奈泽露反而证实了他的想法。"所以,殉生武士,你的父母是谁呢?他们一定很有权势,才能为年轻的女儿谋得如此重要的位置。"

"我的年纪与此无关。"

"真的吗?我可不这么想。你族人的寿命比我长一百倍——但我敢打赌,尽管你已爬上高位,获得了荣耀,但你在群星之下、世界之间的日子并不比我长。"他朝夜空摊开手掌,"我经历了二十八个夏天。你又见到了多少?"

"无聊。"奈泽露面无表情,心里却恨不得杀掉他,好终止他的嘲讽,"你想刺激我,这样就不用回答我问你的问题了。"

对方用浅蓝色的眼睛打量着她。"那我要说声抱歉。从某些方面讲,我算是客人,应该更有礼貌些。你问吧,殉生武士。我身上可有什么东西引起了你的兴趣?"

"兴趣?也许有吧。"奈泽露知道自己刚才有失冷静,于是在心中默念几遍忠仆祷文,直到能像平时那样思考为止,"你的箭跟我们的不一样。"她最后说道。

他故作惊讶地扬起双眉。"啊,这个确实值得关注。"

"不是箭头和箭杆,而是箭羽。你用的是鹰隼的羽毛。我们殉生武士则用黑雁。"

"你是想比试一下,看谁的箭射得更准?虽然我不是贺革达亚,但还没人抱怨过我的箭术。"

"我没想比试——但你我改日若能比比,应该也很有趣。"她任由自己露出微笑,只是一点点。这就像一种威吓,仿佛她掀开斗篷,露出下面的快刀。"那天夜里,我们逃离凡人军队的包围时,我跟在你身后下山,发现很多那种羽毛的箭扎在树上。"

亚拿夫默默骑行一段才开口。"恐怕我不明白你的意思,殉生武士。"

"哈,我相信你明白的,自由人。你自称是箭术高手,却没射中几个凡人目标。"

他否认地摇摇头。"那晚山上满是凡人。我们逃出生天时,他们就在周围。没有黑雁羽毛的箭并不都是我射的。"

"是啊。但有几个凡人会在我们身后射箭呢?所以我还是没法理解,为什么在我们冲杀下山的过程中,会有那么多箭错失目标——除非那些树本身就是目标。"

凡人的脸仿佛戴着面具,同执行任务的贺革达亚一样漠无表情。"殉生武士,你的意思是……?"

"拜托,叫我奈泽露好了。我们已经过了相互客套的阶段,对吧?毕竟我们一起打过仗,一起杀过凡人,现在又在一起骑行。我会叫你'亚拿夫',除非这不是你的真名?"

"真得不能再真了。"他的目光比之前放尊重了些,"但你还没回答我的问题。你的凡人血统是从哪边来的?"

她考虑了一会儿。"我母亲。她是个瑞摩加人,跟你一样。"

"也是奴隶?跟我和我的家人一样?"

"不完全是。"这是实话——她那贵族父亲和异族母亲之间的关系也不是什么先例。"但我猜,她应该经历过你们的日子。"

"我更希望她没经历过,奈泽露小姐。我不希望任何人经历过那种日子。"突然,亚拿夫出人意料地踢马向前,一直跑到她与领路者中间的位置,才缓缓降下速度。

没错,奈泽露颇有些得意地心想。这将是场漫长而持久的游戏。

他最早的记忆是冷,是与其他孩子挤在奴隶营房中。风从北鬼领刮下,绕过雄伟的风暴之矛,永不止息,永远在寻找缝隙钻入简陋的

孤儿

建筑，呼啸的风声萦绕着他的整个童年。即便与其他瑟瑟发抖的孩子挤在一起，即便有许多瘦弱的身躯像小老鼠一样挤在破布巢穴中，亚拿夫也从未感到过温暖。

他记得冷，当然也记得饿。贺革达亚认为，凡人小孩在长到特定个头之前——通常是十岁左右——除了最轻微的活儿，什么都不能干，所以他们也不会费心喂饱这些奴隶的后代。只有足够强壮的孩子才值得留下，其余的只会浪费宝贵的粮食，因此孩子们只能喝到刚够保命的稀粥。如果有大个子抢走小个子的食物，那也只能证明强者更值得存活，能给主人带来更多价值。弱者将被淘汰，只能等死。几个世纪以来，贺革达亚对待自己的孩子亦是如此，奴隶的孩子又有什么不同呢？

亚拿夫只在儿时与母亲拉格娜相处过几年。虽然他相信，自己依然记得母亲的容貌，但从来不敢确定。真正记住的只有她的声音，那就像鸟鸣一样可爱、柔和、甜美，是他童年仅有的温存之一。每天夜里，母亲抱着他，给他讲她家和凡人的故事，甚至教他古代符文——那是他们的祖先越过海洋，带到奥斯坦·亚德的古老文字——以及阅读和写字的基本知识。为了不吵醒别人，母亲总会把声音压得很低，而这声音是亚拿夫记忆中唯一的安慰。但他八岁那年——他弟弟亚奎纳小他一岁，妹妹葛蕾特才刚四岁时——有个女奴隶死了，他们的母亲被带进城堡接替她，从此他们兄妹再也没见过母亲。

亚拿夫倾尽全力，接下母亲的重担，照顾弟弟妹妹，尤其是小葛蕾特。他把妹妹抱在怀里，熬过漫漫长夜，听着风声在贺革达亚所谓的"奴隶仓"外抓挠、刺探着石墙间冰冷的缝隙。有些夜晚，即使在睡梦中，葛蕾特也会抖个不停。他弟弟同样在遭罪。母亲离开后的第一个冬天，亚奎纳一病不起，最后在大汗淋漓中死去，尸体被车子拉到无名苑，一把火烧掉。

奴隶仓与里面的奴隶都属于白蜗堡，那是奈琦迦遗址中最后残存的建筑之一。奈琦迦遗址则是圣山外的城区，一度由巍峨的风暴之矛山脚铺陈到远处。旧城是个奇迹，布满石头沟渠与宽阔堤道，处处都是高大的石屋与石墙，如今大部分成了废墟，不过仍有少数古老的家族拒绝撤入圣山。他们遵循古老的传统，居住在山腰的古代要塞矛隼堡中，管理着自己的奴隶和受缚者农夫，而不是将这些工作交给凡人监工，因为后者本身也是奴隶。白蜗堡与其他山外建筑的主人们在风暴之矛的东边山麓开发出梯田，牧养牛、马和绵羊。贺革达亚的祖先刚刚来到这片流放之地——他们称之为 Do'sae né - Sogeyu，也就是"影庭"——时，就是这样生活的。

亚拿夫从母亲和早就去世的父亲那里继承了修长而健壮的身材。母亲更是教会了他古代符文，以及观察和思考的能力。她让他明白，战胜强者不一定非得变得更强。

"别误解我的意思。"她不止一次告诉亚拿夫，"我们虽是奴隶，但也很强壮。记住，我们来自亚安家族——就是'铁家族'——而精灵一直憎恨铁器，害怕它的力量。"拉格娜一次又一次强调，叫他学会控制自己的脾气，叫他记住：战斗与获胜的方法不止一种。"力量与身材无法救你时，聪明才智却可以做到。"她曾经这么告诫他，并用火神洛肯智胜巨魔妖王的故事来佐证，"还有耐心也可以，因为时间能做到凡人无法办成之事。"

亚拿夫特别喜欢这个故事，因为他知道巨人。他经常看到这种巨型生物——贺革达亚称之为"窑狈"——替主人搬动巨石与横梁。巨人跟亚拿夫一样，也是奴隶。看到它们，他就明白，不论自己变得有多强壮，也不可能与有些敌人正面相搏。这是他永远不会忘记的一课。因此，当母亲被带走充当家奴时，亚拿夫并没有袭击奉命前来的贺革达亚监工，而是强忍怒火，即使五内俱焚，也什么都没说，什么都没做。

聪明才智却可以做到。尽管血液在体内沸腾，但他一遍又一遍告诚自己。还有耐心也可以。他牢牢抓住拉格娜最喜欢说的话,尽管她已被带走,连回头看一眼都不允许。因为时间能做到凡人无法办成之事。然而那是个痛苦的日子,伤口也永远无法愈合。

随着年龄增长,贺革达亚开始派他做年轻奴隶的工作。比如在陡峭的山坡收割黑麦,干到全身皮肤酸疼;或给丰饶会成员送水,把垃圾送去堆肥场,把夜壶倒在田里。就这样,他跟贺革达亚主人的孩子们渐渐有了接触。白蜗堡周围的建筑群就像一座小城镇,里面住着各色人等。巨人与名为"硼吉"的换生灵只比牲畜强一些,但比亚拿夫等凡人奴隶地位还低。城堡里的贺革达亚也分成好几个等级——受缚者、受保者和受封者。受缚者即为农夫,只比奴隶多一点点自由,但毕竟身为贺革达亚,即便身份卑微,仍可随意决定凡人的生死。受保者是主人家的士兵,或是其他比较重要的仆人与官员。至于主人及其家人,自然就是受封者了,是由女王陛下亲自册封的贵族阶层。

受封者的孩子们都在城堡里生活、学习,亚拿夫几乎没见过他们。但受保者的年轻子女每天都会去奴隶仓附近的一块休耕田集合,练习战斗技巧。除了受缚者,几乎所有贺革达亚都要接受武术训练。

起初,亚拿夫只能抓住仅有的空闲时间偷看。他特别佩服负责训练他们的尖脸老贺革达亚。由于主人不会像凡人一样老去,所以亚拿夫很难猜出他们的年龄,不过那位老师有种不慌不忙的气度,说明他一定经验丰富。其他主人会任由头发渐渐变白,而他不同,他将发丝染成巫木般的灰色。早在亚拿夫的祖父母出生之前,这种发色就不再流行了。

亚拿夫打听到,这位老人是著名的剑士,曾经还是殉生会的指挥官,名叫丹拿碧·杉-蘘卡。不过奴隶们对他的了解也就这么多了。他的学生都是年幼的贺革达亚,并不比亚拿夫年长多少、强壮几分。每次他对学生们吆喝、指点或嘲讽时,周围都能听到他刺耳的嗓音。他的声音穿透力极强,让亚拿夫十分高兴,因为这一来,即使他身在

The Witchwood Crown

远处，也能听到老战士对学生们的教导。

很快，不论主人给亚拿夫指派了什么工作，他都会以最快的速度完成，好省出时间，跑到训练场附近待一会儿，看年轻的贺革达亚练剑、挥矛、学习弓术。又过一段时间，亚拿夫苦于自己没有兵器，于是到了晚上，他会先哄妹妹入睡，然后偷偷起身，用废料做了把木剑，又用偷来的麻绳绑上石头，以达到适合练习的重量。做好之后，他把木剑藏在训练场附近的桦树丛里，得空就闪进树荫，自以为能躲过练习的年轻武士的目光，模仿他们的一招一式。

但目光敏锐的贺革达亚学生很快就发现了他——其实这是迟早的事——惩罚也来得猝不及防，令他刻骨难忘。五六个学生跳出队伍，朝他奔来，翻过栅栏包围了他，亚拿夫根本来不及逃走。一开始他还拼命抵抗，挥起木剑，挡住他们的第一波攻击。但一眨眼，对方又扑到近前，凭数量优势压倒了他。他们用剑身将他打倒在地，然后迎头痛击，踢得他爬不起来。他疼得满地打滚，喘不过气，以为自己死定了。但最后，主人的孩子们失去了兴趣，只把他的木剑砸成碎片，像葬礼花朵一样撒在他身上，信步返回接着练习去了。

亚拿夫在地上趴了很久，脸贴着冰冷潮湿的泥土。他想站起身，至少爬到一边藏起来，免得继续丢脸。然而他的两肋疼痛难当，根本没法撑起身子。他感觉太阳划过天空，知道自己如果爬不起来，就得整晚趴在这里，这样他就真的死定了。但他每动一下，都像在拿体内某个破损的器官去摩擦另一个。风渐渐刮起，他只能无声地哭泣。

"华庭在上，躺在这儿的是谁啊？"一个声音欢快而嘲讽地问道，"被猫玩过的小老鼠？可怜的老鼠。开心的猫。"

亚拿夫试图翻个身，看看谁在说话。但他实在太疼了。

"或者是条鱼从露弥亚湖里爬出，想学牲畜走路？真奇怪，离水这么远的地方居然有鱼。"

亚拿夫气坏了。他把膝盖收到肚子下面，身上所有的淤青和伤口

孤儿

都在疼,疼得他大口喘气。他紧咬牙关,强行咽下一声痛呼,只发出一阵"嘶嘶"声,终于把上半身撑了起来。他看到了说话的家伙,正是蘘卡,那个训练受保者的老战士,正饶有兴致地打量着自己。从外表看,年长的贺革达亚与年轻人区别不大,但几个世纪的风吹日晒还是在他几近冻龄的脸上留下了些许痕迹。比起年轻的男性贺革达亚,蘘卡的五官没那么精致,仿佛他的面孔是用粗糙、驽钝的工具雕刻而成似的。

亚拿夫四肢着地,蜷伏在那里,无力抬头。

"你有名字吗?小老鼠?小鱼?"剑术大师问道,"或者你是条狗?用四条脚走路,看着是挺像狗的。"

如此身份的大人物,为何要浪费口水嘲笑一个濒死的奴隶?亚拿夫闭口不言。

"不过你没摇尾巴。"蘘卡自顾自说道,"我就叫你 San'nakuno 好了,'小可怜狗'。"他走近些。老剑士穿着士兵那种宽松的黑衣,但没佩戴任何身份标识,白色的赤脚踩在地上。他伸出一只纤细的、长满老茧的手,摸了摸亚拿夫体侧被学生们一脚接一脚踢出来的伤口。"我喜欢狗,"检查完伤势,他继续说道,"尤其是有骨气的狗。我会给你一个机会。如果你今晚能回到奴隶营房,明天干完活儿还能来找我,我就教你狗该怎么咬人。怎么样?"

亚拿夫没听懂——狗该怎么咬人?他还是没说话。

"你也可以留在这里。你应该知道,在这种地方,游荡在外的人只能自生自灭,没人会来帮你。"说完,老贺革达亚转身走向练习场。

亚拿夫终于勉强站起身,跌跌撞撞走回奴隶营房时,太阳已在圣山背后消失了很久。他整晚都在发抖,空气冰寒刺骨,等到终于睡着,他甚至梦到自己死了,与弟弟亚奎纳并肩躺在燃烧的葬礼船中,就像他们的古代祖先一样。但第二天,召唤铃声响起,他还是拖着身子下了床,一瘸一拐出去干活。

到了约定时间，蓑卡大师果然在等他。老人一言不发，扔给亚拿夫一把练习剑，命令道："做十二个起始架势给我看看，小可怜狗。"

从那一刻起，亚拿夫有了一位老师。老剑士只在心情好时才给他上课，所以他不用天天都学，至少一开始是这样，不过上课的频率也足够他每晚都有新招式可练了。他把木剑藏在奴隶仓附近的树林里，每天晚上等到其他奴隶睡着，便偷偷溜出营房练习。无论天气再怎么冷，即使双手双脚被冻得发紫，他也会坚持来到户外，无声地跳起攻防之舞。有些夜晚，他会练到召唤铃声快要响起才去睡觉，结果刚躺下就要起床干活了。

蓑卡嘴上不说，但对男孩的天赋和勤勉都相当满意，对待亚拿夫的严厉程度也与主人的孩子们一模一样。他很少说话，大多只用他的剑身进行纠正，迅速而无情地拍中亚拿夫裸露的手腕和毫无防卫的头顶。不过随着时间流逝，这样的敲打越来越少了。

随着亚拿夫由孩童长成男人，他感觉自己就像过着两种人生：干活时如在梦中，跟着蓑卡学习才是真正地活着。他学会用影式和水式格挡蓑卡的进攻，并用复杂的招式发动反击。如果他打得不错，老师便会退开，脸上露出一丝微笑。亚拿夫觉得，他终于找到了在这世上生存的意义。

他到后来才明白，丹拿碧·杉－蓑卡感兴趣的并非他这个人，而是因为他是个可以训练的对象。一条小劣犬——一个凡人！——经过他的训练，也能与他本族的贵族子弟一较高下，这让老贺革达亚获得了极大的满足感。就像一位无聊的艺师，明明已经过了巅峰时期，竟然还能把一块皂石雕成一尊神像或某人的爱犬。最终，亚拿夫意识到，在某些方面，他自己就是那块皂石。而对剑术大师蓑卡来说，亚拿夫连人都不算，只是他的消遣而已。

亚拿夫过了很久才想通这一点。在明白之前，他又跟蓑卡学了好多年——那也是他最鼎盛的青春年华。

孤儿

后来,有一天,罕满堪的士兵抓走了他妹妹葛蕾特。

* * *

"你好久没说话了。"奈泽露说。

亚拿夫眨眨眼睛。他一直盯着前方,却什么也没看进去。巨人在前面开出一条宽阔的雪道,积雪堆在两侧,如同凝固的海浪。"我在想……以前的事。"

"我猜到了。"

这个女殉生武士真是奇怪。她刚才就差没直接说出,她知道亚拿夫在逃走时没想射杀爱克兰士兵了。他觉得,她对自己从山坡上射出的箭也另有想法。但与此同时,她似乎对亚拿夫更多的是好奇,而非怀疑。她这么年轻的贺革达亚很少能踏出奈琦迦山外,当然亚拿夫也遇到过几个,只是他们满脑子都是不可动摇的信念,不但相信女王陛下和神圣的华庭,还相信凡人都是恶心低贱的牲畜。为什么这位却跟其他同类不一样?

当然了,她有一半凡人血统。不过亚拿夫在奴隶营房也跟混血儿打过交道,真要说的话,他们比纯血监工更加仇视凡人。自亚拿夫记事以来,贺革达亚一直在跟凡人生育。这情况在高等贵族家庭里比较少见,在几个最古老的陆生者家族更是闻所未闻,但在其他阶层就不算稀奇了。真正罕见的是,像奈泽露这样的混血儿,竟能在如此年轻时得到如此信任、爬上如此高位。就连凡人国度里的凡人青年也很少能有这样的荣耀。

不对,这其中必有隐秘。只是亚拿夫并不了解她的父亲,以及她父亲在女王陛下仆从中的地位,所以他只能推测。而根据他的经验,推测往往是行动的敌人。

真正重要的是,怎样才能最大限度地利用她。我曾宣誓要履行神圣的职责,我不会辜负您的,我的上帝。

"你有时会不会想知道,命运到底在耍什么花样?"他开口问道。

她脸上最初只有轻蔑,但亚拿夫觉得,那里面还有一丝别的情绪。是不安吗?

"没有所谓的命运,"她回答,"也没什么花样。我遵从女王陛下的命令。那是唯一的正道。只要我走在这条路上,就不会困惑——也就没有你口中的什么花样。"

"我说的是一件事,你回答的却是另一件。"亚拿夫看看前面,确保他俩距其他人足够远,才继续说道,"我说的是一种未知,而你却说什么困惑,好像整个世界都要跟你对着干似的。那我换个问法。殉生武士奈泽露,明明有上百名殉生武士比你更年长、经验更丰富,为何偏偏是你,获得了如此荣耀,成为了女王之爪呢?"

"你之前问过了。我也回答了。是我自己争取来的。"

"既然你如此珍贵、如此难得,为什么你的队长还要那么粗暴地惩罚你?"

她狠狠地瞪他一眼。"你对我一无所知,凡人。对我们所有人都一无所知。"

"我见过你后背的伤疤,还没完全长好。别误会,我没偷窥你,只是不小心看到的。你在你的族人中间算是比较羞涩的。多数贺革达亚对裸露身体并不在意,也许是因为,与我们可怜的凡人不同,你们并不怕冷。但你不一样,殉生武士奈泽露,你很小心——或者你只是羞于展示你的伤口。但我还是看到了。"

她的脸色变得煞白,在他看来,就像大理石雕一样了无生气。"我理应受罚。我辜负了我的职责。"

"是啊,是啊。前几天我们赶路时,你提到一次你父亲。你说他一直很忙,因为女王陛下苏醒了。所以我猜,他是高层一位重要的贵族,对吧?"

她的表情像是恨不能甩掉他。她确实很年轻,亚拿夫心想,尽管她外表冷漠,也有贺革达亚的内敛,却始终没能学会掩饰自己的情

孤儿

绪。而亚拿夫做猎人已经很久了,北鬼一直是他的目标——他的猎物。他看得出,在奈泽露那僵硬的面庞下,思绪正在不安地扰动。

"你到底是谁,问这么多干吗?"她质问道,"你为何不去找玛寇打听他的父亲?"

"因为那样的话,我得先跟他打上一架,我俩当中还会死掉一个。无论如何,前方路途艰险,那会减少我们所有人的生还几率。但你跟玛寇队长不一样。他只知道别人教他的东西,还特别满足。而你不同,尽管这种困惑——你用的是这个词儿,对吧?'困惑'?——这困惑令你害怕。这很明显。可是,为什么呢?"

"凡人,你的问题毫无要点,也无必要。事实上,我现在只觉得,你对我们的队伍和任务都是块绊脚石。"

"你说得完全不对。我希望这次任务成功。"这一次,亚拿夫根本不用费心掩饰自己的真情实感,因为他说的是真话。

尽管硼吉的面容和身形与凡人十分相似,甚至与贺革达亚也很相似,但维叶岐一直没法说服自己,这些庭叩达亚换生灵比牲畜更高等。他幕会里年纪最大的工匠声称,曾几何时,就连最低级的硼吉也能说话,只是如今,这说法已经很难让人信服了。搬运工站在大绞盘旁边,等待监工下达命令,维叶岐看着它们如母牛般空洞的眼睛,更觉得这个说法简直不可思议。

"大司匠阁下,请上车吧。"他身后一个声音说道,"我们还有很长的路要走。"

维叶岐转过身,看着头戴银龙面具的高个子士兵。"再说一遍你的名字,军官。万一路上出点什么岔子,我好知道该找谁算账。"

士兵垂了垂头。"我是罕满堪首扈从斯叶苏。女王陛下亲自派我前来,执行这次特殊任务。"

维叶岐打量着士兵的外袍,看到他佩戴着简朴的迷宫徽章。"可你只戴了罕满堪的头盔,没戴罕满堪的头冠。"

"所以我被称为'扈从',大司匠阁下。"

"那你侍奉谁呢?不是乌荼库女王?"

"我们都侍奉女王陛下,大司匠阁下。"

"告诉我,谁要见我?是谁在休息时间把我从家中唤醒?如果是宫里,为什么我们不去王宫?"

卫兵的语调没有丝毫变化。"我能说的都说了,大司匠阁下,其他信息禁止透露。只要您上车,很快就能了解详情。"

不管召唤他的是谁,显然对方都没打算保密。他家里几乎每一位成员——他的妻子棘梅步、书记官,外加许多仆从——都曾看到这个士兵戴着迷宫徽章,站在大门外等候。这种徽章通常代表着迷津宫的召唤,但信使又当着所有人的面说,他们要去的地方并非王宫,大司匠维叶岐的随从不可同往。棘梅步当然表示反对,坚持要丈夫等到更合情理的命令才能动身。但维叶岐在奈琦迦历经过多年险恶的宫廷争斗,已经见惯了风浪,这种非比寻常的召唤反而勾起了他的兴趣。

话虽如此,但此时此刻,面对城市下方这粗放的升降井,以及准备将他送往地下深处的古老矿车与绞盘,他还是不由心生疑虑。

"我不相信女王陛下会在这种地方召见我。"他说。

"女王陛下不在这里,大司匠阁下。"卫兵回答,"至少这点我可以告诉您。"

"那就是阿肯比大人喽?还是大司祭尊亚弼阁下?"

卫兵摇摇头。"请吧,大司匠阁下。车子在等我们。"

维叶岐考虑许久,终于走进矿车。龙盔卫兵跟在他身后上车,关好车门,朝搬运工的监工打个手势。于是那巨型生物——个头仅比野生巨人略小——开始转动绞盘。

粗重的缆绳"嘎吱"作响,矿车摇摇晃晃,坠入深处,经过一层又一层黑暗的门扉,通往圣山深处。那里本是搬运工和其他奴隶挖掘硫黄与黄金的地方。随着矿车磕磕碰碰、一摇三晃,维叶岐感觉空气越来越闷热、越来越稠密,直至挤压着他的耳膜。此外,还有什么东西在压迫他,那是一种难受的感觉,一直游离在感官边缘,让他恶心,却又说不清道不明。

终于,矿车呻吟着停下。龙盔卫兵推开车门。"请吧,大司匠阁下。"

恶心感愈发强烈。维叶岐第一次生出强烈的抗拒心理。"你呢?"

"我要送一位客人回去,然后再来接您。"卫兵对他的迟疑有些不耐烦,"您不必担心,大司匠阁下。"

维叶岐下了车,走进一条低矮的通道。他的专业目光告诉他,这条隧道是很久很久以前挖出来的,至少用的是石头工具,而不是近些年常用的金属或巫木。心中古怪的不适感还在增强,仿佛他正站在倾斜的船头。这地方热得他浑身是汗。他放慢脚步,却缓解不了那种恶心感,于是他默默念起祷文,祈求女王陛下赐予他力量,继续往前走。

蜿蜒曲折的走道豁然开朗,眼前出现了一个巨大的洞窟,未经任何工具雕凿,起码他那经验丰富的双眼看不出来。红黄两色光芒在洞里变幻,将整个洞窟染成火焰的颜色。洞府正中有条宽阔的裂缝,喷出蒸汽与烟雾,让他感觉自己正站在缩小版的流琴厅里。石缝间时不时蹿出火苗,犹如恶龙的舌头。除此之外,整个岩窟一片空寂,但那炙热和压抑的感觉却有增无减。维叶岐不但觉得五内翻腾,还发觉有股强大的恐惧感攥紧了他的胸膛,吸干了他口中和喉咙间的水分。

这是什么地方?远在采矿区下方的洞窟?这不是我们匠工会建造的,至少不是在我的任期之内。

维叶岐凝望着洞窟中央摇曳的光芒与烟雾,过了很久才发现,石缝上方的云汽间飘浮着一个黑影。不,不是普通的黑影。事实上,它有手有脚,穿着一件舞动的披风。他的胸口揪得更紧了,心脏怦怦狂跳。

那里吊着一个人吗？他突然震惊地想到。这是个行刑场？华庭保佑，莫非我家人的担心应验了？我被带到这隐秘之地，难道是出于这个目的？他站在那里，不愿靠近裂缝和在半空缓缓摇曳的阴影。

"如果我推他一把，不知道他能坠落多久？"耳边突然响起一个声音，"他会在坠落途中被烤熟吗？"

就连维叶岐——在奈琦迦的各种阴谋间摸爬滚打数百年的老兵——也差点吓得大喊出声。他猛转过身，一只手摸向腰间的匕首。

站在他身后的是梦行者吉吉怖，乌荼库女王不知隔了多少代的后人。他那狭窄的面庞正在上下晃动。

"吉吉怖大人，你吓我一跳。"维叶岐的目光忍不住又转了回去，望向他们头顶高处、那吊在雾气和橙光中的身影，"那是谁？为什么带我来这儿？"

"他真不知道？"女王陛下的同族说道，"我觉得他没这么傻呀。我告诉过他，他的家族已经得到关注，难道他忘记了？"过了一会儿，他再开口还是同样的语调，"对，今天吃饭我想要鲑鱼干。"吉吉怖伸出一根瘦削的指头，指向高悬在云汽上方的黑影，"大司匠维叶岐，只要看看就知道啦。你那两个问题的答案都在那儿啊。"

维叶岐盯着人影。"你是说，那人不是囚犯？"

"啊，囚犯，是，绝对是。"梦行者回答，"但跟你想的不太一样。嗯……嗯……对了，我确实很想知道，把你身上的皮全剥下来会怎么样。"

根据以往与吉吉怖打交道的经验，维叶岐知道，不管这疯子说什么，也不管他的话有多么惊人或可怕，最好的应对方法就是假装没听见。"我还是没明白你的意思，梦行者大人。是谁召唤我来的？"

"我不能跟你继续聊天了，尊贵的维叶岐大人。"吉吉怖有些不耐烦，"你知道吗？等我们死掉那天，都会是这种味道。你瞧啊，苹果车里的蛇正等着送我回家。"他咧嘴笑了,看上去活像一件拙劣的工艺品,皮肤在骨头上绷得太紧,眼睛睁得太大,牙齿歪歪斜斜。"瞧他那皱眉的模样!"梦行者说,"他还没见到密语者呢。我真想得到他的混血女儿啊!我不会剥掉她的皮,不,不会。那太残忍了。但我该怎么研究她呢?"

说完,吉吉怖夸张地深鞠一躬,朝维叶岐走来的方向大步离开,应该是去找那辆矿车了。维叶岐看着他的背影。梦行者提到他女儿,让他既困惑又担心,以致过了好一会儿才想起其他话的意思。

密语者,他心想,难道他真是指……?

我们时间不多,一个声音突然响起,惊得他寒毛倒竖。这个声音不是传入他的耳朵,更像直接在他脑海中成形。而且这不是女王陛下的声音,似乎更加勉强、更加遥远,仿佛经过一条长长的隧道才飘进他脑海。别理那神神叨叨的白痴,声音继续说话,一字一句如飘散的灰烬般粗粝而干枯。他与你要做的事没有半点关系。

维叶岐迅速转身,心脏跳得更快了,然而说话者不在他身后,也不在周围视野之内。这时他眼角有了动静,促使他再次抬头张望。那道黑色人影正从高处降下,披风猎猎飘舞,在巨大石缝喷出的蒸汽和火光中慢慢旋转。

过了一会儿,维叶岐才看出,黑影不是被放下来的,因为它身上没有任何绳索或吊线。他从没见过这样的事,咒歌大师阿肯比不行,恐怕连女王乌荼库也做不到。

"你要我做什么?"他大声道,随即为自己恐惧的颤音而羞愧不已。

黑袍身影降到裂缝上方不远处。这时维叶岐发现,兜帽下的面孔没有五官,而是缠着绷带,连眼睛和嘴巴都被封住。他打了个哆嗦。现在他知道是谁召唤自己了,然而他的心跳并没有因此减速。黑影停了下来,轻轻飘浮在火焰裂缝喷发的热气里。一阵可怕的死亡气息涌向大司匠——不是味道，而是一种更加深沉、超越了身体感官的恐惧，让他的意识因厌恶和恐惧而畏缩不前。

我是效忠女王陛下的高等贵族，他告诉自己，尽管他已几乎无法思考。他控制住自己的呼吸，直至鼓足勇气，开口说话。"密语者鸥穆夫人，"光是说出这个名字，都让他胆战心惊，"伟大的女士，是您召唤了女王陛下卑微的仆人吗？"

无脸身影久久没有回答。维叶岐相信，它一定在聆听自己血液间惊恐的脉动。就连女王陛下本人，都不曾让他如此害怕。

大司匠维叶岐，我观察过你。思绪裂成密语般的碎片，仿佛乘着变幻的寒风，如老鼠爪子般抓挠着他的头骨。在那死亡的荒原，我看到一些东西——就连女王陛下流连于瞌榻-荫酩、穿过梦境与终结之地时都不曾见过的东西。我看到了你的血脉，它像一条闪光的道路，通往这一刻，以及之后的所有时刻。

维叶岐全身每一部分都催促他转身逃跑，但他强迫自己站定，以尽可能沉稳的声音回应那可怕的密语。

"真不敢相信，您会对我青眼有加，伟大的女士。您是红手之一。您曾两度从死亡的彼岸返回。"

你对我很重要……皆因境遇之网使然。跨过死亡……我能看到很多东西。每个字仿佛都在维叶岐脑中缓慢回响。你是无限可能的一部分。很快，女王陛下会赐给你一个任务，但你的血脉告诉我，你将得到更大的使命……它能拯救所有贺革达亚。你明白吗，小工匠？伟大的计划……正在开启。

维叶岐低下头，并非出于谦卑，而是因为不自然的光线从鸥穆的绷带脸间不停漏出，让他无法长久凝视。"两个任务，但只有一个来自我族之母？我不明白您的意思，女士。"

不，你不明白，密语者回答，声音好比从世间最孤寂之处吹来的凛风。你不会明白。但要记住，我来自死界之外——虚泹的海岸。我只能说出真相。而我要说，你必须完成更伟大的使命，时辰到来时，你必须做出选择。

"这……这是什么意思，女士？"

为拯救你的爱，你要被迫杀死你更爱的人。如果你失败了，一切都将分崩离析。你的族人——同时也是我的族人——将全部死去，永远从这世界消失。

维叶岐突然感到无助又眩晕。"可是，为什么是我，女士？与最伟大的族人相比，我的血脉根本微不足道。"

声音终于再度传来，微弱得仿佛来自比月亮和星星更加遥远的地方。你还不如问我，上为何不是下……黑暗为何不是光明。因为这是命中注定的。而我除了真相，什么都不能说。现在，走吧。我要沐浴大地之血。你们的世界好冷，你知道吗……好冷！

鸥穆突然转身，背对着他，兜帽斗篷随之飘动，却显得异常缓慢。她再一次向上飘去，升到腾跃的火焰高处，化作一团黑色的影子，就像一只蜘蛛，隐秘地蹲伏在蛛网边缘。

维叶岐忘了鞠躬，便以最快的速度，跌跌撞撞地逃离洞窟，奔向矿车，奔向能将他带回理智现实的长长的升降井。他的皮肤冷得像冰，他的心脏如松垮的岩石在胸间乱撞。身为幕会的首席工匠，他在地下深处度过了数之不尽的岁月，但还是头一回如此渴慕新鲜的空气，甚至还想看一眼真正的天光。

黑暗的高处

"会有葡萄酒的。"艾斯崔恩承诺,"上好的葡萄酒。肯里克队长还答应开几桶珀都因佳酿。就为这,去听一晚沉闷的士兵说教也值了,对吧?"

莫根纳还没结清酒馆老板哈彻的账,暂时去不了怪女孩酒馆,所以今晚,他们安逸地坐在另一家经常光顾的酒馆里。它叫寒鸦酒馆。

"那种无聊事,拿什么换都不值。"欧维里斯今晚头一次开口,"所以现在我就准备喝醉,好坚持到开珀都因酒的时候。"

"你说得轻巧,但扎奇尔爵士配得上那份荣耀。"波尔图皱眉瞪着他们,"红龙勋章可不是你们那些不入流的小饰品,你以为鞠个躬、让宫中要员满意就可以送一个?那是战士的荣耀!"

"你真不去吗,殿下?"艾斯崔恩问莫根纳,"应该挺好玩的。"

王子摇摇头。"我祖父会到场,地狱之锤啊,我外公也会到场。他们会喝得酩酊大醉,然后整晚都讲些以前的战争故事。他们会朝我瞪眼睛,因为我还没真正打过仗。"

"那并不可耻。"波尔图认真地说,"实际上,那是件值得感恩的事。"

"你说得轻巧,老家伙。你打过仗。你们全都上过战场。所有人看到你们,第一个念头会是:'啊,他是个士兵。'可他们看到我,第一个念头会是什么?'啊,那是王子。他被宠坏了,你知道的,整天就知道喝酒、扔骰子。'"

"是啊,但你是跟我们这些勇敢的士兵一起喝酒、扔骰子。"艾斯崔恩微笑着说,"所以还是不一样的。"

莫根纳没心情跟他开玩笑。国王念叨他的狠话依然在他脑海里回荡不休。"不,我才不去。我最不想听他们说,北鬼袭击时,那些爱克兰卫兵如何如何保护我。我可以打仗的!是王后不准我出去,那又不是我的错。"

"不是你的错。"艾斯崔恩同意,"你也不是唯一一个错过战斗的。当时我在山坡上,只躲过了几支箭,却连精灵的影子都没见着。"

"但你参加过许多战斗,多次上过战场。没人会觉得你是懦夫。"

"殿下,也没人觉得你是懦夫。"波尔图说。

"哈!所有人都觉得我是。宫中的贵族、鄂克斯特的市民。我们骑马进城时,你没听到他们说什么?半数人喊我是酒鬼和醉汉王子。我都听见了。"

"另一半却朝你欢呼。"艾斯崔恩指出,"众所周知,王子啊,民众都是墙头草。他们就像小孩,不知道自己想要什么。给他们牛奶,他们哭;把牛奶拿走,他们哭得更大声。"

"或者尿你一身。"欧维里斯说。

"没错。"艾斯崔恩又给莫根纳倒了一杯,"来,干了它,暖暖你的血管,然后跟我们走。你会享受这个夜晚的。"

"不喝了。"莫根纳撑起身子,小心翼翼地站起。其实他不太舒服,过了一个上午都没见好转。自打一年前,他头一次与艾斯崔恩等人开始喝酒,他早上起来就经常头疼。起初他以为这是成熟的标志,但现在,这感觉已经没那么诱人了。"我要找点别的事做。祝你们玩得高兴,先生们。希望肯里克的珀都因酒能像传说中那么好喝。"

他尽可能平稳地走向门口,突然想起王家卫兵在外面等着自己,于是转身穿过酒馆,朝后门的私人小院走去。

The Witchwood Crown

"我们的小王子最近有点心烦。"经过朋友们的酒桌时，他听到老波尔图在说话。莫根纳推开后门，外面传来酒鬼的争执声，淹没了艾斯崔恩爵士的回答，但他听到了其他人的大笑。

回寝宫之前，莫根纳就知道，自己最不想做的事便是上床睡觉。可他现在已经找不到几个朋友消遣了。多数爱克兰卫兵要么去参加红龙宴会，要么在执勤。城堡里几个兵营都空空如也，只剩个把老兵围在炉火前暖骨头。他只在尼鲁拉大门的门房里看到几个士兵在玩骰子，可他已经欠他们钱了。

今晚真是太失败了，他心想。为了躲避祖父母，我竟把今晚搞得如此寂寞和无聊。

就连穿过城堡中城时，他也能听到鄂克斯特市政厅里传来的欢闹声。从随风飘来的吆喝、欢笑和走调的歌声判断，扎奇尔爵士的战友们喝得热火朝天。大半个海霍特城堡都加入了他们，莫根纳心想，而这里一个人都没有，周围全是关门歇业的商铺与住宅。

莫根纳一肚子怨气，就算清凉的夜晚也没法安慰他。不知为何，宁静的夜间城堡比远处主干道传来的欢乐声更让他生气。进了海霍特城堡之后，他考虑了三四回要不要回到鄂克斯特，就算不参加市政厅的宴会，也可以找些人数较少的娱乐嘛。不过他也知道，时候这么晚了，即使大门守卫愿意再放他出去，最后消息也会传到祖父母耳中。

他默默穿过寂静狭窄的街道，一段孩提时的记忆轻轻拨动了他的心。那天晚上与今夜十分相似，所有人都到别处去了，只剩下莫根纳独自一个。当晚是仲夏前夜，他父亲还未病逝。那时莫根纳只有七岁，由于得了温水热，已在床上躺了一个多星期，病情有所好转。他母亲也抱怨自己得了同样的病，于是在床边照顾小王子的，就只剩一个老保姆，名叫苟露妲。而艾黛拉王妃的房间里却围着一群女伴，且频频有人前来探望。

当晚，莫根纳恢复了体力，但很无聊，心情也差，于是等苟露妲在床边的椅子上睡着,他便穿上衣服,溜去了母亲的房间。艾黛拉看到他却吓坏了。她相信,虽然小王子刚从热病中恢复,但这样乱跑肯定会再次复发,于是命令女伴把他赶了回去。失落的莫根纳在宫中四处游荡,想找点事情分分心。他在床上躺了太久,忘了那晚是仲夏前夜,所以他发现周围没人时,心里十分疑惑,甚至有些担忧。

最后他离开寝宫,穿过城堡内城,去古仓塔找他父亲。那地方名字叫"塔",实际上却没那么高,只是一座贴着内城城墙修建的圆形建筑,而且由于潮湿,没法储存粮食,最后便被约翰·约书亚王子征用。莫根纳曾经告诉波尔图,说他父亲经常锁紧古仓塔的大门,他必须用力砸门,父亲才能听见,下楼来开门时也总是一脸的暴躁和不耐烦。当然他说得有些夸张,事实上,父亲只有一次没认出他来。不过约翰·约书亚去世前一年,他总是恨不能马上返回古仓塔去做研究,搞得莫根纳感觉,自己跟普通仆人没什么两样。

然而,在那古怪的夜晚,海霍特仿佛空无一人,不论莫根纳如何敲打沉重的木门,直至指节酸痛,父亲始终没回应。最后,他恼羞成怒,用力一拽,结果震惊地发现,门竟然开了。

莫根纳喊了几声,但门内没有卫兵出现,也没人答话。他突然感到一阵兴奋,这么多年来,他终于有机会钻进塔里一探究竟了。但莫根纳也知道,父亲从不允许任何人打扰自己的私人空间,不然他会非常生气。不过那个夜晚有种诡异的气氛,加上莫根纳长时间卧床休息,积攒了太多冒险的活力,于是他壮着胆子,登上楼梯。每一段楼梯平台上都插着火把,摇曳的火光照在他身上,一路引领他来到父亲在塔顶的房间。

房门同样没锁,这更让莫根纳的小脑瓜相信,有某种超自然力量在引导他继续探索,所以他溜了进去。一张桌子上放着点亮的提灯,仿佛他父亲刚刚进屋。多年来,他一直想知道父亲在塔上干吗,结果却让他有些失望。这个屋子虽然很大,但跟他父亲在寝宫的私人房间没什么两样。周围摆着几张桌子和长凳,到处都是高高垒起的旧书和发霉的古老卷轴,其中大多还在使用中,要么被翻开到某一页,要么展开一半,用光滑的石制镇纸或另一本大书压住。

莫根纳对这些书本的内容不感兴趣,里面既没有骑士冒险故事,也没有战争历史或其他刺激的内容,有几本甚至用他不认识的文字写成。他胡乱翻看几下就调头出去了。既然父亲的房间没什么值得一看的东西,那又何必冒险留下,等着被逮到受罚呢?

到了一楼,他发现空气中有种夏天少见的湿冷气息,还有种他说不清的味道,总之跟户外或楼上的气味很不一样。这些异常让他有些分神,于是停下脚步。随后他惊讶地发现,还有一段楼梯通往地下,进来时他没看见,因为它建在上楼的石头旋梯的后方,楼梯口还封着一道木板。但莫根纳猜测,那不是为了挡住别人,而是为防止有人不小心跌进黑暗的楼梯井。他凑到近前,深吸一口气,不仅闻到潮湿的气息,还有种奇怪的、似乎很……古旧的味道。他说不清那具体是什么味道,但好奇心已被勾起,正要掀开木板。就在这时,塔门"吱呀"一声开了,莫根纳抬起头,惊讶地看到父亲那高挑瘦削的身影站在门口。

约翰·约书亚王子摇摇晃晃地站在那里,震惊地瞪圆了双眼,看上去甚是陌生。"莫根纳?"他含糊地说道,"上帝啊,是你吗,儿子?你在这里做什么?"莫根纳看到父亲凌乱的黑发和肩膀上沾着散碎的玫瑰花瓣,这才记起今晚是仲夏前夜,大部分居民都跑到海利夫悬崖参加篝火晚会去了,难怪城堡里这么安静。

莫根纳还来不及答话,约翰·约书亚已经看清他弯着腰,双手扒住那段地下楼梯的木板门。不等他开口,约翰·约书亚眯起眼睛,神色大变。"你在干什么?你不能进来。永远不要靠近这段楼梯!你会掉进去摔死的!"

莫根纳还想争辩,但父亲没给他机会,便将他一把抓住,拽离楼梯口，力道之大，让他站立不稳，直接摔在地上。约翰·约书亚须发皆张，眼神狂乱，像街上的疯汉一样，又将他拽了起来。

"永远别再进来！"他父亲怒吼道，浑身散发着酒气和篝火的烟味。"这地方对小孩子太危险！守卫去哪儿了？我要砍掉他们的头。我周围所有人都是傻瓜吗？"

他再没说话，提起莫根纳走到圆塔前门，把他丢进门廊，"砰"的一声关上了沉重的塔门。

他们父子再没提起那个晚上。仲夏再次来临时，莫根纳的父亲已经去世。他没机会跟父亲说任何话了，至少在这个世界没机会了。

* * *

王子迷失在回忆中，几乎忘记自己身在何处。他信步走向内城大门，突然听到身后有人说话。

"看啊！齐娜，是我们的朋友莫根纳！"

莫根纳转过身，看到小史那那克和他未婚妻穿过空地，朝自己疾步走来。史那那克张开双臂。"我们正想回去睡觉呢，没想到遇见了你！是我准岳父宾拿比克大人叫你来找我们的吗？"

莫根纳叹了一声。"不是。我只是随便走走。"

史那那克露出灿烂的微笑。"我不知道你们也会这样，还以为除非是迫不得已。"

"你说走走？"

"我是说，来到户外。你们好像很讨厌户外活动。这是我最不理解的地方。齐娜也有这种感觉，对吧？"

"也许因为味道？"齐娜猜测。

"味道？"一如既往，莫根纳跟矮怪说不几句就会犯迷糊。不过他现在心情不好，还喝得半醉，没像之前那样觉得有趣。

"因为你们会把 amaq 和 kukaq 直接丢到自家门外。"史那那克解释道。

"是的，"齐娜点点头，"丢到……地上河里。"

莫根纳眯起眼睛，完全晕了。"地上河？"

史那那克和齐娜改用坎努克语，激烈地讨论了一阵儿。"她是说，街上。那些污物直接被丢到街上。"

莫根纳耸耸肩。"这是城里。城里就是这样。"

史那那克点点头。"然后有钱人会叫人把那些东西清走，好让自家闻不到 kukaq 的臭味。可在其他地方，它们却堆成了小山！"

"其实我不太想讨论什么……kukaq。"莫根纳说，"我不想讨论任何事。我正在回寝宫的路上。回去上床睡觉。"

"我们也是。但我觉得，这是一次幸运的偶遇。"史那那克咧开黄牙，开心地微笑。对于矮怪，莫根纳必须承认一点，他们的牙长得都挺齐全。"因为我有几个问题，希望能得到解答。"

莫根纳却极度希望平复自己不快的情绪。"如果你们有康康酒，我一定有问必答。你有吗？"

史那那克又一次咧开黄牙微笑，从连帽外套里掏出一只酒袋。莫根纳接过来，谨慎地长喝一口。他已经学会如何品尝这种烈酒，只是那味道太像焦油兑水，一下子喝太多，会把他辣得跪在地上、咳嗽不止、喘不过气。不过它也有种无与伦比的优点：酒劲来得飞快。他擦擦嘴，感觉康康酒在胃里散发出暖意，开始朝他的大脑扩散。

他吸了口气，只觉嘴里一阵刺麻。"什么问题？"他问道。

"齐娜的父亲宾拿比克十分忙碌，"小史那那克说，"没时间带我们参观你们的……那个词儿怎么说来着？村子？镇子？"

"'城市'。没错，鄂克斯特是座城市。事实上，它几乎是奥斯坦·亚德最大的城市。"大多数情况下，鄂克斯特城里的许多地方都让莫根纳感到由衷的厌恶，可他不太愿意说它的坏话，以免被冰雪山脉中的矮怪家园比下去。

"城市。正是。"史那那克点点头，"所以我们有很多疑问。第

孤儿

一,为什么到了晚上,这儿的人会全部回屋?就算在寒风阵阵的岷塔霍,我们晚上也会出来,拜访邻居的山洞。"

这问题不是一两句话就能回答的。"今天晚上,很多卫兵和贵族去鄂克斯特城里参加庆典了。至于其他时间……呃,这儿的人就是这样。因为街上很黑。我是说,虽然街上没什么危险,尤其是在城堡里,但这儿的人不……"

"啊!因为街道被 amaq 填满了!"史那那克觉得自己找到了答案,显然很开心,"你们天黑之后不出来串门,因为不想在污物里走路。很明显。好,如果你愿意,我想问下一个问题。"

莫根纳懒得纠正他。反正晚上的街道空无一人,那就这样呗。"再来点康康酒。"他说。油腻、灼热的酒水灌下喉咙,他发现自己没那么在乎今晚的时间算不算浪费了。或许他还有办法挽救。

"史那那克,问问莫根纳王子,那个大篮子,"齐娜催促道,"是什么?"

莫根纳呆呆地看着史那那克,后者抬起手,指向内城城门外那些挤在一起的房子。莫根纳眯起双眼,终于看到矮怪指的东西——是耶尔丁塔,它的灰色塔身紧贴着城堡北墙,高耸在所有屋顶之上。

"篮子?"莫根纳问,"你是说'塔'?"

"对,塔!"史那那克说,"我们在伊坎努克也有些大篮子,形状跟它一样。我们拿它们煮树根。塔。为什么那座塔没人出入?我们今天到那塔前看过,它的大门被铁链锁起来了。"

先是古仓塔,然后是这个。今晚真不吉利,总让人想起被封禁的建筑,一时间,莫根纳的心不祥地乱跳。"那是耶尔丁塔。"但很快,康康酒的酒劲儿漫上他的四肢,如阳光般明亮而温暖,迅速扫灭了他的不祥感。"里面闹鬼,所以没人进去。"

史那那克摇摇头。"我没听过这个词。"

"有人闹事?"齐娜猜测,但她的声音相当犹豫。

莫根纳想了一会儿才明白过来，露出微笑。"不是闹事，是闹鬼。如果一个地方有鬼魂、恶灵或魔鬼作祟，就叫闹鬼。"

史那那克握紧拳头，做了个手势。"奇卡苏特啊！既然那里住着魔鬼，你们为什么还留着它，好像留着一位可敬的叔叔？我们在这儿期间，每天都能看到有人推倒石头房子，重新再建。"

"那里已经没有魔鬼了。"这一点，莫根纳还是比较确信的。当然了，他小时候跟城堡里许多居民一样，都觉得不太放心。他和小伙伴经常比试胆量，登上台阶去摸巨大的橡木塔门，或者爬上保护大门的守卫塔。靠近这恐怖的禁地，心情会特别刺激，他到现在依然记得当时的感觉。现在回忆起来，他突然想到一个主意。"你不知道派拉兹吗？我以为齐娜的父亲全给你们讲过了。所有圣徒在上，其他人总在谈论那个红牧师。"他哼了一声，"好像他还住在塔里一样。有些傻瓜还真信了。"他伸手接过康康酒的酒袋，又喝了一大口。

"对，我们知道派拉兹的名字。"史那那克又用拳头做了个手势，"他是个牧师，在风暴之王战争期间，他为当时的国王、现任王后的父亲埃利加，做了些非常可怕的事。"

"是啊，不过他才不是什么无聊的牧师。"莫根纳回答，"他能指挥魔鬼。他还企图复活风暴之王。"

"那，他的……塔……为什么现在还留着？"齐娜问。

"是呀，"史那那克附和道，"我也不理解。在岷塔霍，如果有人做出那种恶行，我们会把他的山洞一把火烧掉，里面清理干净，用泥土和石块填实。当然，那是因为我们没法把大山敲碎并推倒。"

莫根纳伸手要酒袋，随即发现它还在自己手中。他迈开脚步，穿过大门，朝阴暗的耶尔丁塔走去，挥手示意矮怪跟上。"他们以前经常讨论它，我都听烦了。谁想一天到晚都听过去的事呢？但我记得祖父母说过，城堡地下有很多隧道，四通八达，甚至就在我们脚下！"这时他想起了另一座塔——潮湿的气息、散落的花瓣、愤怒的眼睛——但他把回忆推到一旁。"那座塔里还有别的东西,危险的东西……"他顿了顿,不太确定自己是在重复长辈告诉他的话,还是在讲孩子间流传的恐怖故事。"有毒药,和……其他脏东西。所以他们用铁链锁住大门,封死窗户,把塔顶的开口和顶层用石头填满,不准任何人进去。"

史那那克的眼睛睁大了。"塔顶的开口?"

"塔顶有些部分能打开,那个坏牧师用它观星。我也是听说的。他在塔里安装了……仪器。我猜是些特制的镜子和水晶玻璃之类。反正有些东西。"莫根纳挥挥手——这些细节对他太久远了,现在只有康康酒的暖意在他体内聚集,弱化了一切担忧。"是真的。我去过塔顶。你能看见里面的石头。"

"你上去过?那座塔?"史那那克问,"可你刚才说它不让人进。"

"哈。"莫根纳又挥挥手,"你总这么听长辈的话吗?那座塔并不危险——反正你会爬就不危险。我小时候爬过城堡里的每一堵墙、每一座塔。"虽然这话有些夸张,不过他先前与矮怪在冰湖溜冰时丢尽了脸,后来在格兰玻的冷峰上再次颜面扫地,所以他很想显示一下,自己也有很多技巧和经验。

耶尔丁塔矗立在前方不远处。新月悬在塔肩,犹如古画中上帝的天使凑近乌瑟斯耳畔低语。莫根纳看着它,真的,他已经好久没仔细留意过它了。而现在,他再一次觉得,它和周围的建筑是如此格格不入,难怪矮怪会对它产生兴趣。就算没被封住,耶尔丁塔的窗子也窄得出奇,活像眯缝的眼睛。唯一较大的开口是顶层的窗户,曾经挡着铅红色的玻璃,如今看上去就像骷髅头的黑眼洞。除了窗户和几根烟囱,塔上再无其他装饰。而它那敦实的圆柱外形,虽说并不太像两个矮怪想象的篮子,但也挺像厨房里用的大汤锅。

如果汤煮开了,盖子却一直没掀,里面会发生什么?莫根纳想了一会儿,摇摇头,甩掉这怪异不安的念头。"你们可以去看看塔顶的石头，"他对矮怪说道，"我是说，如果你们想去的话。但你们可能没兴趣。反正大伙也说了不少。"

"我不明白，好友莫根纳。"史那那克说，"我们去看看？怎么看？现在是夜里，我们还在地面上。"他看看周围，"你是说，我们明天爬到其他塔上？"他指了指矗立在礼拜堂和寝宫远处的圣树塔的阴影，"从高处俯瞰？"

"不是。我是说，你们可以爬到塔顶，亲自去看看。"莫根纳让自己的语气显得尽可能随意，"我知道你们矮怪很擅长攀爬。"

"没人比我们更擅长了。"史那那克回答，"所有人都知道，这是实话，不管他有没有去过伊坎努克。你们中间有没有这样一句俗话：'像山路上的矮怪一样敏捷'？"

"有，但人们都喜欢人云亦云，却懒得验证是否真实。"莫根纳突然有些内疚，毕竟史那那克是好意，还很亲切地请他喝了康康酒。但他今晚一直心痒难耐，却说不清为什么，现在终于想到一个解痒的办法。"当然了，我不确定我还能不能爬上去。有些抓手的地方已经松了，我的体重也增加了。"他拍拍腰部，"估计你也有点重，史那那克。"

矮怪半是恼怒、半是怀疑地看了他一眼。"你是什么意思？你的国王与王后不许你们上去。你刚才亲口说的。"

"哦，是啊。"莫根纳哈哈大笑，"是有规定不许上去。规定嘛，是不能违反的。"

齐娜用矮怪语说了句什么，听起来短促又直接。莫根纳觉得，那声音有点像鸽子不高兴的"咕咕"声。"她说，你好像很想违反这个规定。"史那那克解释道。

"别担心。"莫根纳说，"反正也很难爬。跟你们爬惯的山不一样。"

小史那那克抬头望向平缓的塔身，圆圆的脸蛋好像第二颗月亮。

"如果没有禁令，"他看了一会儿，"我当然能爬上去。"

齐娜又说了句什么，语气更加犀利。史那那克没有翻译，而是看了看莫根纳，然后将背包抖落在地，在里面翻找。齐娜用矮怪语对他说话，但他没理会。过了一会儿，他从包里掏出一卷细绳，扔在地上。

"你随身带着绳子？"莫根纳惊讶地问。

"当然。"矮怪脱下外套。他里面穿着一件简朴的手织背心，露出两条黝黑粗壮的胳膊。"我随身带着很多东西。总有一天我会成为吟唱者，而吟唱者必须为可能发生的事时刻做好准备。不过这绳子不是给我用的。莫根纳王子，等我爬上去，我会从塔顶放下绳子，帮你上去。然后我们就能看看谁说得对、谁说得错。"

齐娜显然对整件事失去了耐心。她转过身，背对他俩，朝城堡中心走去。

"齐娜娜娜沐柯塔！"史那那克喊道。但她头也不回。

莫根纳有些担心事情最后会演变成什么样，可史那那克又把酒袋扔给了他。"只能喝一点，好帮你鼓起勇气。"矮怪警告说，"就算有绳子，我估计你也没那么容易爬上去。"

莫根纳抹抹嘴巴，享受着火焰灼烧喉咙和肠胃的感觉。"你真打算爬上去？"

史那那克瞟他一眼，眼神中既有兴奋，也有嫌弃。"言语就像山风，可一旦说出口就收不回去了。你以为伊坎努克的矮怪没有荣誉感和自尊心吗？"他弯下腰，紧了紧牛皮靴的绑带，走到耶尔丁塔门房附近的基座前，检查塔身那些严丝合缝的砖石。

莫根纳迅速又灌下一口康康酒，将最后一丝犹豫也漱了下去。说到底，他有什么好担心的？矮怪擅长攀爬是出了名的。国王经常吹嘘他在山里、跟宾拿比克及其族人住在一起的那段日子。虽然莫根纳最近比较消停，不像小时候那么热爱冒险了，可那又怎样？有绳子帮忙，他可以轻松爬上去。在小伙伴中间，他不也是最擅长攀爬的人吗？

史那那克开始爬塔时，齐娜已经消失在视线之外。莫根纳又生出一份担心：如果她跑回去告状怎么办？

不对，那都是小史那那克的错，他纠正自己，没人说过我必须抓住他的破绳子跟上去啊。事实上，他觉得最完美的情况是，史那那克刚爬到塔顶，就有一队救兵赶到。史那那克将受到指责，而莫根纳也能体面地不用爬塔了。

为了说服自己，他又喝了一口康康酒。灸热的酒水顺着身体中线流入胃部，令他心中充满了无忧无虑的快乐。不管了，就算被逮到又能怎样？他的麻烦已经够多了，再多一件也不算啥。最重要的是，今晚他本来无聊得要死，现在却变得这么好玩。

耶尔丁塔的古老石块上，有些地方已经裂开宽宽的缝隙，爬起来应该很容易。但莫根纳惊讶地看到，史那那克并没有选择好爬的位置，而是从门房旁边往上爬。没多一会儿，他就爬到门房屋檐的高度，像只苍蝇一样贴在塔身上。

莫根纳不禁佩服史那那克爬塔时的自信。眼下月亮高挂，辉光明亮。矮怪似乎有种神奇的能力，知道哪条裂缝最稳固。每次他搭好一只脚或一只手，便尽量不再移动，直到需要往上攀爬为止。不过塔身毕竟又滑又直，矮怪也爬不了太快。有那么一两次，塔面上的砖块松了，一碰就掉，露出了下面颜色更暗的石砖。还有一次，小史那那克仅靠双手吊了好久，始终找不到脚趾的落点，莫根纳看着都急坏了，只好又喝一大口压压惊。

没过多久，史那那克爬到二楼窗户的位置。那扇窗户比箭孔宽不了多少，已经被石块堵住。矮怪掰掉了几颗石块，任由它们落在下面的卵石路上，然后把双脚塞进空洞，在那儿休息片刻。

"今晚很适合爬高。"他朝下方喊道，"我在这里能看到大片村子。"

"是城市。"莫根纳喊回去，突然觉得他俩声音太大了，"你听我说，我现在觉得，这可能不是个好主意。"

"我听不到你在说什么，莫根纳王子。一个字都听不见。"

城里的圣撒翠大教堂响起晚祷的钟声。莫根纳又一次举起酒袋，但忍住了。他的好心情开始变得焦虑。假如小史那那克真的爬到塔顶，他也得跟着爬上去，不然他就没脸再面对矮怪了。如果艾斯崔恩等人听说莫根纳向史那那克发出挑战，自己却当了懦夫，结果会怎样？他们会取笑他一辈子的。艾斯崔恩会给他起上十来个新外号，保准一个比一个难听。这事会比北方大道遇袭那晚还丢人。当初他和老弱妇孺一起待在帐篷里，任凭爱克兰卫兵在几百步外战斗至死，但他好歹也是被迫的。

他把酒袋扔在史那那克的背包上。今晚不能再喝了，他告诉自己，最起码要等爬完再喝。但他还是以最没有风度的方式暗暗祈祷，希望史那那克会自行放弃，然后下来。

不过这事并没有发生。王子眼睁睁看着小个子从容不迫，越爬越高，只觉五脏六腑都揪成一团，越缠越紧。矮怪越过三楼的箭孔，爬上了被月光染成银色的第四层。有时他会花不少时间寻找下一个抓点——甚至有一次，他只靠手指吊着身体，直到在旁边一腕尺的位置找到地方垫脚——不过任何挑战都拦不住他太久。莫根纳虽然越来越为自己担心，却也不得不佩服矮怪的能耐。史那那克虽然腰粗，甚至有些显胖，但那小小的身躯却强壮有力，当然了，他的眼力也特别精准，手腕特别柔和。

莫根纳咽了口口水。他早就看出，史那那克的攀爬能力比过去的自己强出太多。现在也很明显，除非发生什么可怕的意外，不然矮怪一定能爬到塔顶。想到这里，尽管夜色清凉，王子的手心还是被冷汗湿透了。

你就是个笨蛋，莫根纳王子，他对自己说道。你就是个酒鬼，是个傻瓜。你祖父母对你的所有评价都确凿无误。

到了最顶层，史那那克稍微转换一下方向，离莫根纳预计的路线远了一些。王子看出，他想利用堵住黑色空窗的石材爬完最后一段。某个瞬间，当小个子用手指钩住石砖上方的缝隙，在窗户下半截的位置横向移动时，莫根纳似乎看到，有什么东西从他两脚附近的黑暗中伸出，好像要来抓他，顿时倒吸一口凉气，心跳加速。但那只是堵住窗户的石材洒下的怪影而已。

傻瓜，他暗骂自己，情况已经够糟了，何必还要疑心生暗鬼？

但他确实很难忘记孩提时听过的派拉兹的故事。据说每到夜晚，红牧师就会在城堡里走动，有人说见过他的秃头和怪脸，听到过他的脚步声。有些故事还说，派拉兹的父亲就是个魔鬼，说派拉兹能跟死人对话。

史那那克已经来到塔顶边缘，在他上方只剩覆盖塔尖的浅圆顶。他翻身上去，双脚在空中蹬了一下——就像青蛙跳水时的动作——然后消失了。莫根纳站在原地，盯着头顶，心跳再次加速。

过了一会儿，史那那克的头出现在塔顶边缘，在月光照耀下像个小黑点。"我刚才在绑绳子！"他朝下方喊道，因为距离远，声音不太清楚。又过一会儿，莫根纳看到一丝银灰色的亮光，是甩下来的绳子。绳尾弹了弹，晃了一下，停在塔底的护墙上方。史那那克又往下喊了句什么，但这次莫根纳没听清，矮怪在塔顶边缘消失了。

他刚才说什么？叫我爬上去找他？还是别的？也许他说的是"不安全，留在那儿，等我下来"？如果是后者，现在他又去哪儿了？

莫根纳在等待。等了很久。

月亮滑到云层后面，躲了起来。康康酒的酒袋就在旁边，仿佛正用甜蜜的声音呼唤他。再喝几口，他就什么都不用在乎了。他可以待在塔下，打个小盹。总会有人来收拾残局的。史那那克会爬下来，不然就是齐娜带着卫兵或她父亲找过来。

也可能带着我祖父母……

莫根纳开始踱步,夜晚似乎将他血管中的醉意吸走了不少,只留下难受的寒意。他怎能坐等别人来?他已经把话说出去了。那是王子的承诺。他用了激将法——没错,就是激将法——让矮怪爬上了危险的高塔。也许此时此刻,史那克正躺在塔里,因在黑暗中滑跌或摔倒而受了重伤。另外,古老的城堡里有许多走道和小巷,如迷宫般复杂,如果小齐娜迷路了怎么办?那样就没人会来帮忙了。除了莫根纳,没有别人。所以他必须爬上去。

这就是史那那克骨卜的含义?什么"黑隙",什么"意外降生"?我永远都当不了国王,因为我会从高塔上掉下来摔死?

绳子悬挂在月色中,仿佛贴在黑色塔壁上的银线。微风时而吹来,绳子轻轻摇晃。

莫根纳在衣服上擦擦手,弯腰在卵石间抠了些泥巴,抹在手掌上,直到搓干。毕竟用汗湿的手掌爬塔可是很难的。

* * *

爬到绳子末端的位置,并没有莫根纳相像得那么难。这些年来,护墙从未修缮,所以石块之间缝隙不小,但有那么一两回,他还是要拔出腰间的匕首,刮掉些老旧的泥灰,才能让手指或脚趾扎得够深。不过,等他爬到护墙顶端,才明白自己有了多大的麻烦。

他伸长手臂,依然比绳子末端矮了几寸,他必须往护墙外稍稍跳起才够得着。可这一来,万一他没抓住,就会直接摔在下面的卵石路上。他现在处于耶尔丁塔二层的高度,虽然不至于摔死,但这落差也足够摔断他一条腿或一只手了,甚至双手双脚都有可能。

莫根纳当真有些后悔了,这场冒险简直愚蠢至极。爬塔的第一段路已经算容易了,但也燃尽了他脑海中被康康酒激起的所有愉悦。此时他望着脚下,只觉那些卵石在摇晃、在涌动,好像隔着一层流淌的溪水，他已经乐不起来了。

最后，他在塔身上找到一个支点，伸出一只脚踩上去，然后伸长一只手，抓住另一个支点。这一来，绳子离他的空闲手只剩一掌远了。他擦干手，向圣瑞帕和圣撒翠分别祷告，又向安东之母艾莱西亚补了一个，希望得到所有圣徒的保佑。然后，趁自己还没想太多，他用脚趾猛地一撑，身体扑向斜上方，朝绳子抓去。

他抓住了，吊在绳下，但不等他的心脏放松下来，绳子又朝他跳来的方向荡了回去。莫根纳像个铅坠似的吊在绳尾，狠狠撞在塔身的石板上。他只能拼死抓住不放，就这样在绳子上吊了好一会儿，活像一只抱住树枝的猩猩。

过了一会儿，他有点抓不住了，只好蹬起双脚，直至用脚趾钩住塔身上的一条裂缝。虽然他脚上有了受力点，可身体却倾斜着离开塔身，以致大部分体重都坠在了手臂上。他就保持着这样的姿势，脚下用力蹬紧墙面，双手轮流抓住绳子，一寸一寸尽力往上爬。他离开了第二层，心中又生出了一份自信。但有一次，他脚下没踩稳，惊险地往外荡了出去，幸好回来时搭住一条墙缝。他挂在那里，等了好一会儿，让呼吸平稳下来。

没多久，他已经爬得相当高了，如果这时掉下去肯定完蛋。他也明白，自己不可能靠这根绳子一直爬到塔顶，因为他的肩膀累得像火烧一般，手指也开始抽筋。他暗骂自己，默默念出一串惊惶的脏话，要是被他老师听见，后者一定会瞪着眼珠，把他拎去礼拜堂谢罪的。

只有一个办法，最后，他想明白了，必须像矮怪那样爬。也就是说，放开绳子，这样他的双腿才能平均分配他的体重。仁慈的安东保佑我吧，如果我死了，大伙会怎么想？他们会觉得我是个白痴。他们当然会这么想。况且他们没想错。

现在他没别的选择了。也许他可以大喊救命，可他的手臂疼得不行，就算把整个内城的人都喊来，那些人也只能看他的热闹。他把绳

孤儿

子绑在腰间,以免自己失足跌落,然后轻轻地前后摇晃,直到壮起胆子,放开一只手去够墙面。第一下,他没能抓到任何支点。第二下,他摸到一道砖缝,用手指抠住,止住身体的晃动。他用脚趾继续摸索,找到一处可以踩住的落脚点,但他腰间的绳索有些松脱,他开始贴着塔壁往下滑动。

他又向艾莱西亚祷告一次,脑海中想象着圣母那慈祥、仁爱的面容,希望她对年轻的醉鬼白痴也能心生怜悯。然后,他再次贴住塔身,彻底放开绳子,将疼痛的手指插进最近的石头墙缝。绳结松开了,绳子在他身后滑落,挂在他刚好够不到的距离之外。莫根纳心都凉了。现在他只能像史那克那样,攀附着墙壁上下移动了。

接下来就像一场清醒的噩梦。事后,莫根纳很多细节都记不清了,只记得一些简单的动作——放开手脚,冒着风险,从一处破损的支点移到下一处——每个动作都像花费了数个小时。他知道,如果自己能侥幸存活,那么这次经历将在余生的噩梦里永远纠缠他。他尽量不理会身体的疼痛,像条毛毛虫似的,在垂直的塔面慢慢往上蠕动。他速度奇慢、筋疲力尽、周身酸痛,几乎忘记做其他事会是什么感觉。第三层爬完了。第四层也过去了。时间过得真慢,就像盯着积雪等它融化。莫根纳心无旁骛,只想着如何寻找抓手和落脚点,往上攀爬。他的体重好像变成了别人的,仿佛还有个人挂在他的脚踝和手臂上,试图将他扯下去,让他坠入虚空和死亡。

第四层缓缓移到脚下,莫根纳爬到第五层。他只能看到上方的东西,只能把身子紧紧贴在塔面,用手指寻找下一个抓点。有只鞋子掉了,但他没发现有任何区别。他一直往上爬,但他已经搞不清了,攀爬就是他存在的全部意义呢?还是根本没有意义?很长一段时间里,他觉得自己其实是肚皮朝下,爬在一个水平面上,只是有阵强风想把他吹走。后来他又觉得,自己正在爬过一条隧道,对面便是另一个国度,那边有温暖,也能安歇。但不管他怎么想象,怎么做梦,总有股力量在拉扯他,试图将他拖进虚空;或是有个可怕的敌人,要把他活活砸死在石头地上。

* * *

不知过了多久,莫根纳自黑暗中惊醒,却发现自己找不到下一个抓点了——他的空手只能在虚无中摸索。他发觉很久没往上看了,于是抬起头,这才意识到自己已经爬到塔顶。他无比震惊,差点松开双手,吓得心跳和血流同时加速。他赶忙收回心神,专注在夜晚和这高塔之上。

把自己拉上去、翻过塔顶,简直是他这辈子做过的最艰难的事。他拼命抬起一边膝盖,让它高过塔顶时,泪水突然夺眶而出。没人来帮他。他喊着史那那克的名字,或者他觉得自己喊了。但无人回应。

终于,他将沉重的躯干拖上塔顶边缘,总算可以趴在弯曲的弧形塔顶了。他又往前抓挠几下,将两脚也拖了上来。他翻过身子,仰面朝天,大口喘气,全身肌肉疼得火烧火燎。他说不清自己是睡着了,还是脑筋停转了,反正有一阵子,他就这样躺在黑夜里。等他再度睁开双眼,只看到满天星斗。

我不知道它们的名字,他心想。曾经有人想教我——是波尔图爵士还是祖父来着?——但我没用心听。

但这星斗确实属于他的世界。如果他没能爬这么高,可能他已经去了另一个世界。天上的世界。

最后,莫根纳又翻个身,用四肢撑起身体。塔顶完全没有史那那克的踪迹,而他本应在这儿的。浅圆形塔顶的坡度在王子前方缓缓抬升,圆心只比周边高出几腕尺。圣撒翠大教堂的圆顶开了许多窗口,但耶尔丁塔不一样,它的石头圆顶浑不透光,与其他部位一样神秘。建塔者只在塔顶周围开了四扇天窗,面朝天空的四个方向。耶尔丁塔被封闭时,四扇窗门都用铁链锁住。可现在,其中一扇打开了,窗门被掀到一旁,方形的黑色开口朝夜空张开,仿佛饥饿的大嘴。

孤儿

"史那那克?"莫根纳按了按圆顶,感觉它跟塔身一样结实。虽然已是夜晚,但石块上依然残留着白天的热量。王子朝敞开的天窗爬去。矮怪为什么要打开它,爬进这座臭名昭著的塔里?难道史那那克真对外族的鬼怪毫无畏惧?

万一不是他打开的呢?莫根纳突然想到。万一是别人干的呢?会不会他只是站在那里,身后的天窗却像蜘蛛巢穴一样打开……里面跑出来什么东西,把他拽了进去?

这一幕太可怕了,他不敢接着往下想。莫根纳不大情愿地爬向前方,肚子紧贴屋顶的加铅石块。他好不容易爬到洞开的天窗前,却不想往里看。

是你逼他爬上来的,脑海中有个声音在讲话,感觉像有别人在他耳边低语——一个注重名誉的人,跟他的品质完全不同。是你逼他爬上来的。如果他在里面,你必须找到他。

可莫根纳不想往天窗里看,更不想进去。谁知道里面有多危险?它都封闭二十多年了,空置了这么久……

如果里面不是空的呢?他再次想象,天窗在矮怪身后静静打开,里面爬出一道阴影……

他强迫自己把脑袋伸进天窗边缘。不出所料,塔顶房间里堆满了大块大块松散的石头,可石块间也有些黑色区域,看起来像是巨大的鼹鼠或老鼠挖出的地道。莫根纳还是头一回这么想要一支火把——不,不光是火把,他还想要一把剑,外加三四位勇敢的朋友——因为他看到了动静。在他下面的房间里,在塔楼顶层的黑暗中,在那阴影之下,有个什么活物。

"史那那克?"他轻声唤道。他的血液在鼓噪,嘴唇间发出嘶哑的声音,完全不像他本人在说话。那道影子转过身,抬头看着他。一瞬间,在月光之下,莫根纳只看到一张无毛的怪脸,一对空洞的黑眼睛,一顶可能曾是红色的破烂兜帽。擂鼓般的心跳声充斥着他的耳膜，他倒吸一口凉气，两手一撑，想要远离天窗，同时蹬着双腿试图站起。可他脚下一滑，身子反而往前一扑，下巴撞在天窗沿上。顿时，他眼前亮起无数刺眼的金星，接着便被黑暗吞没。

孤儿

玫瑰水和凤仙花

千理院位于城堡中城的一幢长形建筑内。该建筑在圣王约翰时代用作马厩,绿天使塔倒塌时将它一同毁掉了。如今,新马厩建在城堡最外围,在帕萨瓦勒看来,这并不代表马匹和王家马车的重要性有所降低,相反,它们的预算和保养费用还增加了。

修复后的建筑好像一根长骨头,就是两条狗会各咬一头、争个不停的那种。这倒挺合适的,因为建筑一头属于总理大臣帕萨瓦勒,另一头则属于财务大臣歌威斯主教。帕萨瓦勒不得不承认,他俩的关系,有时还真像两条在王家餐桌下争食的獒犬。

但现在,总理大臣还是松了口气,因为他卸下了替艾欧莱尔伯爵代行的重要职务,只要忙活自己的事就够了。国王夫妇巡游期间,他关心的很多事被迫搁置,如今终于可以捡起来了。

书记官仿佛花丛间的蜜蜂,在长屋里往来穿梭,手捧一堆堆文件——什么账簿啦、请愿信啦,还有税收记录之类,每份都隐含着一段复杂的内情。国内臣民对权力似乎有种误解,以为国王与王后只要在王座上做出决定,然后他们热心的宠臣急急忙忙出去,把事情办妥就行了。每次想到这个,帕萨瓦勒就会哑然失笑。事实上,先不提统治奥斯坦·亚德历史上最大的国家了,单说"统治"本身,就要学

The Witchwood Crown

习并处理成百上千个小问题。有些小问题若置之不顾，就会变成大问题，紧紧缠住你不放，直至被解决，至少被延缓，由危机变成单纯的困扰才行。而站在统治者和解决方案之间的，也并不是一群忠心耿耿、心甘情愿的奴仆，而是数千个思想独立的人，每人都有着自己的想法和需求，其中大多数都想打破规则，以图自己方便；而他们的权利一旦受到削弱，又会怒气冲天。在这类人中，最糟糕、最难缠，也是要求最多的，就是那些贵族了。

帕萨瓦勒出生在纳班边境一个重要的贵族家庭，是墨特萨男爵塞瑞登的侄子。他的童年在男爵的城堡度过，那也是他最后一段对生活感到满意的时光。虽然他父亲布瑞德勒性情安静，颇有学者之风，但小帕萨瓦勒却更向往战士之道。他甚至给自己安排了一个任务：照料家族里收藏的盔甲和武器，因为墨特萨家族再没别人看重过去的荣光——至少不是按帕萨瓦勒自己的方式。儿时那些年，盔甲大厅和打造并修理盔甲的铸造场成了他真正的家。他几乎不去父亲的书房，当然，他也学会了读、写和算数，这是贵族家庭里的年轻人必须学习的技能。可他一直觉得，在老师监督下读书写字纯属浪费时间。有这时间，他还不如来到户外，观看卫兵练习打仗，或是完成他给自己安排的任务：在盔甲大厅里想象祖先的战斗生涯，梦想有朝一日自己也能获得类似的荣耀。

可梦想会变的，他告诉自己。尤其是孩子的梦想。

就在约书亚王子——埃利加国王的弟弟、圣王约翰的次子——来到墨特萨那天，帕萨瓦勒的梦想变了。为了对抗王兄和他可怕的盟友、风暴之王伊奈那岐，约书亚来纳班寻求援助。当年帕萨瓦勒年纪还小，只有八岁，没法理解所有事情。可他听说，传说中最强的战士凯马瑞爵士还活着，并为约书亚而战时，不由激动不已。后来约书亚围攻海霍特，他文弱的父亲自愿充当约书亚的替身，以掩护王子带领另一批战士和希瑟从密道攻入城堡——如果听说了这个消息，他会更

孤儿

加激动的。

可惜他当时不在场，没法亲眼见证父亲骑着王子的坐骑、冲进海霍特城门的光辉一幕，也没法亲眼目睹埃利加国王计划落空后的凄惨结局。就在那天，他父亲被困在城堡院中，被卫兵砍倒在地，劈成了碎片。

两周后，信使抵达墨特萨，帕萨瓦勒才得到消息。又过一天，父亲的遗体和重伤的伯父塞瑞登也返回家乡。再过一段时间，伯父伤重去世。

之后的几周、几月，帕萨瓦勒几乎没有任何记忆。那是段黑暗而混乱的时期，日日夜夜无限循环，他只感到痛苦和难以置信。直到一年后，他伯母决定再婚，帕萨瓦勒才对周围的一切有了知觉。

然而情况并未好转。风暴之王战争后，一场热病横扫纳班，夺走了他母亲的性命。他伯母嫁给临近领地的鳏夫男爵，没多久也死于同一病症。伯母的新丈夫立刻将帕萨瓦勒赶了出去，叫他去投靠住在纳班北海岸的穷亲戚。那儿的房子又冷又湿，简直像住在沼泽地一般。真是一段穷苦又凄寒的日子。

不行，愤怒会扰乱心神，他提醒自己，愤怒是成功的敌人。他有计划、有决心，他肩负重任，不可放任糟心的旧日回忆压倒自己。此时此刻，厚厚的一叠账单正堆在他面前，等待他批阅并送去给国王夫妇，还有一堆支付清单等着他做最后的检查，然后分给王室的各位债权人。重建城堡花费巨大，过了这么多年，爱克兰依然在为风暴之王战争耗费金钱。威博特神父又抱着一堆请愿书来到他面前，像要提醒他，沉湎过去是多么没有必要。

"大人想把这些放在哪儿？"他的书记官问道，"地上？还是您腿上？"威博特年纪不小了，但岁月并没有让他变胖，他反而瘦了。他总想幽默一下，但往往效果不佳。事实上，最搞笑的是，除了自己，他对一切都没什么兴趣。帕萨瓦勒认为他能帮上忙，可城堡里没人觉得他是个好伙伴。

"放地上吧。"帕萨瓦勒注意到,那叠东西里有一件不像是文件,"最上面的是什么?"

"艾黛拉王妃的信。"威博特苦笑一声,"洒了香水。我敢打赌,她要找您帮忙。"他放下那叠歪歪扭扭的文件,随便扶了扶,将最顶上的折叠信纸拿起来,交给帕萨瓦勒。"愿仁慈的上帝赐予我们耐心。他对女人的想法,恕我很难理解啊。"

这我不会怀疑,帕萨瓦勒心想。海霍特人有时会议论说,威博特是个天生的牧师。帕萨瓦勒知道这说法基本正确:威博特自小就在圣撒翠的孤儿院长大,还是个小男孩时,他又去大教堂当了侍僧。他怀疑,这位修士一辈子都没脱离过教廷的监督。

"您要看吗?"

帕萨瓦勒有些不快,但没开口责备对方。威博特的社交能力跟跑进王家礼拜堂的脱缰犁马差不多,但他能干、勤奋、不好奇,最大的好处是,他完全可以预测。

"谢谢,等会儿再看。先把它放桌上吧。"

威博特神父逗留了一会儿,显然希望总理大臣改变心意,拆开寡妇王妃的信看看——帕萨瓦勒很早就发现,与多数神职人员一样,这位修士也喜欢说长道短。但他最后还是放弃了,离开了房间。帕萨瓦勒看着他瘦骨嶙峋的手脚,觉得他更像一只扯线木偶,而非上帝的仆从。

这就是上天给我的咒诅,他心想。我能看清人们的真实面目,而不是他们希望我看到的。这毫无疑问是个咒诅,但有些时候,他也觉得这是份荣耀。有些人宁愿闭上双眼、自动过滤不想看到的东西,比起他们,至少他还算比较清醒的。

他戒备地拿起王妃的信,仿佛信纸边缘如刀刃一样割手。有些时候,王妃给他的感觉也是如此——好像一把刀,静静地躺在某处,很

孤儿

久都用不上，然后在某个悲惨的时刻突然出现，彻底改变一切。他不由琢磨，约翰·约书亚王子的遗孀是否果真如此，还是他自己想得太多了？不管怎样，他既担心艾黛拉可能制造的混乱，也很清楚，她的友谊能给自己带来多少好处。他闻了闻信纸。正如威博特所言，有香水的味道——是玫瑰水和凤仙花——世俗与圣洁、凡尘与天堂的混合。这是某种暗示吗？或者只是她惯用的香味？帕萨瓦勒仔细检查封印，确信它没被破坏，然后拆开，展开信纸。

我最亲爱的大人：

我知道，最近几个月，尊贵的国王与王后不在宫内，所以你特别繁忙。因着你勤奋无私的工作，我们都欠了你不少人情。我相信，总有一天，你对国家的贡献会得到认可，并获得应有的奖励。

像屠夫的刀子一样锋利，他心想。来吧，夫人，你还能说得更好听些。

可是，亲爱的帕萨瓦勒，我还是必须稍稍责备你一下。你很亲切，专程派来好心的厄坦弟兄，检查可怜的约翰·约书亚留下的古籍。但诚实地讲，我更希望你能来亲自查看。不但因为我更相信你的眼力和判断，还因为我有些小小的私心，希望你能来陪陪我。

"亲爱的帕萨瓦勒"。王妃已经懒得绕弯子了。他不禁好奇，为什么艾黛拉如此执意要跟他结盟呢？莫非王家巡游北上期间发生了什么事，他还尚未听说，却已经让她开始担心自己在宫中的位置了？很难相信有什么事能动摇她的地位。她可是王子的遗孀，也是王位继承人的母亲。这两个事实无论如何都没法改变吧？

The Witchwood Crown

为此，某个傍晚，晚饭之后，也许我们可以见上一面，好让你暂时放下崇高的职责和繁重的使命，陪我喝杯科莫斯葡萄酒。我的女伴们也会在场，以免有损你我的名誉。

他忍不住露出微笑。王妃果然精明，跟她那直率又务实的父亲大相径庭。

我有很多事想跟你讨论，其中包括以我丈夫之名建成的图书馆，以及他留在我手上的那些藏书。也许我们可以选在圣迪楠日的教会服侍之后。希望你能答应。

当然了，区区一位总理大臣是没法拒绝这种邀请的，帕萨瓦勒也没打算拒绝。他已尽了最大可能回避王妃的纠缠，好腾出手来处理更加紧急的事务，因为他相信，说白了，王妃最想占用的就是他的时间和关注而已。可她锲而不舍地想找他谈谈，不由让他生出几分好奇：她到底想做什么呢？肯定不是一位寡妇寻求未婚男子这么简单吧？他一直确信艾黛拉王妃没这么浅薄。

帕萨瓦勒以适度夸张的口吻写了回信，吸干墨水，折好并封上印章——他自己的印章。只有代表国王与王后写信时，他才能以总理大臣的身份，使用至高王座的印章。不管艾黛拉想从他这里得到什么，他都必须极度谨慎，免得有损自己来之不易的地位。有些贵族凭出身或婚姻便可身居高位，但与他们不同，帕萨瓦勒完全是靠勤奋的工作和明智的选择才走到今天。这也意味着，没有家族和配偶的支持，他并没有多少保护自己的屏障。命运犹如车轮，这一点，帕萨瓦勒的体会比多数人更深。而命运之轮会毫无预兆地突然转动，将某些人提上高空，或将另一些人碾进尘埃。

孤儿

年轻的厄坦弟兄站在迷迭香丛中,刚才他工作时赶跑的蜜蜂又飞了回来,在花园里安逸地转着圈。提阿摩看得出,修士很不高兴,好像一大早醒来却发现天空在脚下、大地在头顶一样。"你脸色很白。"他说,"你还好吗,弟兄?你好像不太舒服。难道我带来的不是个好消息?"

"好消息?"厄坦呆呆地看着他,仿佛听不懂他说的话,"请原谅,大人——可这怎么会是好消息?你要我放弃这里的家和工作,去外面的世界,到陌生的土地和野蛮人中间!而我的任务是找两个失踪二十多年的小孩。这怎么可能成功啊?"

提阿摩嘟起嘴唇,对自己感到懊恼。"啊,亲爱的,我明白了。愿沙行者原谅我,我考虑不够谨慎。"他伸出修长的手,拉住厄坦的衣袖,"来,陪我坐一会儿,听我解释。"

厄坦任由他拉着自己走出大教堂的草药园,坐在小路旁的一条长凳上。修士在袍子上茫然地擦着手,可手掌和手指间粘的迷迭香油不但没擦掉,还粘上了袍子掉落的绒毛。

"你知道,我在沼泽里出生。"提阿摩对他说,"身为乌澜人的孩子,我几乎没法理解,世上还有其他地方存在,更没想过外面人跟我们有多么不同。我都不知道有人是穿鞋的!我只知道乌澜这一个地方。当我第一次离开家,逆流而上到了关途圃时,我惊呆了。世上竟还有这样的地方。有那么多人!而且看上去没人直接用脚踩地。当然你知道的,关途圃几乎完全建造在木板上。"

"我知道一些关途圃的事,提阿摩大人。您以前跟我说过。"

他露出微笑。"是啊,但现在,我要说的不是关途圃。我要说的是离开自己的家和熟悉的环境,去外面旅行的事。当时对我来说,关途圃是最壮观、最惊人的城市,但这想法只持续了很短一段时间。接下来我去了珀都因,一个有整个乌澜那么大的岛,而它大半被一座熙

The Witchwood Crown

熙攘攘的城市占据。再然后,我见识了纳班……!"提阿摩摇摇头,"我很庆幸,离开沼泽后第一个看到的不是它,因为它太大了,又吵嚷又忙碌,简直能让我的心脏停止跳动。"

"请原谅,大人,但我不是乌澜人啊。"厄坦说,"我就住在奥斯坦·亚德最大的城市里。我见过世界各地的人们。这跟住在……呃,住在沼泽地里并不一样啊。"

"对,当然不一样。但我的重点是,想开阔眼界,最好的办法就是见识新鲜事物。"慢点儿,提阿摩告诉自己。慢慢来。只是让他眼花,但别把他闪瞎。"你是个天资聪慧的年轻人,厄坦,但你一直生活在温室里。这是你出去见识世界的好机会——就连歌威斯主教过去和将来都不会有的机会。"

"可是,为什么?是我的原因吗?为什么选我?为什么现在要我去做这么奇怪的任务?我手上明明还有很多事啊。"

"首先,我认为你是这任务最合适的人选。"提阿摩用更加坚定的语气回答,"我看人还是有些眼力的,处事也算有些经验。我不会经常说'某人已经很聪明了,但还有进步的空间,他确实是个少见的有想法的人'。但我相信,你就是这样的人。"

厄坦显然又疑惑了。"可是,随便找个人都能做得比我好啊,大人。找个骑士,或者找个贵族,他们更有办法让别人回答问题。"

"所有人都会说谎,弟兄。面对有权有势的人,人们会猜测他想听什么,然后投其所好。或者他们觉得对方太危险,干脆什么也不说了。如果我们派出一支王家调查团,让扎奇尔爵士或艾欧莱尔伯爵带领,人们会排起长龙,讲述各种半真半假、道听途说的谣言,以期获得嘉奖。这不是获取可靠线索的好办法——何况我需要你秘密调查。"

"秘密调查?"

"不然呢?眼下可能要跟北鬼再次开战,这形势已经够吓人的了,我们还能大张旗鼓地说,圣王约翰的次子其实还活着,只是我们不知

孤儿

道他和他妻儿的下落吗？多数人以为，他和风暴之王决战时就牺牲了。消息一旦传开，各种真真假假的传言会闻风而至，可能要花几年时间才能厘清；还有无数冒牌货也将浮出水面，声称自己是约书亚失踪的孩子，是真正的王位继承人。另外，如果王子失踪的消息传到风暴之矛，你觉得北鬼会按兵不动吗？到时我们不但要找约书亚，可能还要跟北鬼竞争，看谁能先找到他。"

"我想我明白您的意思了。"厄坦皱眉思索，"可为什么是现在？我承认，我没意识到形势如此危急。但如您所说，我们可能很快就要打仗了。这事已经搁置了二十多年，为什么偏要现在去挖呢？"

提阿摩忍不住叹了口气。"因为它并没有搁置二十多年。没有。我们曾数次试图调查约书亚的下落，可惜均以失败告终。至于为何是现在，有两层原因。首先，艾奎纳公爵临死之前，国王与王后对他发了誓，一定要找到约书亚的孩子——他们也是艾奎纳的教子。相信我，光是慰藉那位老人的灵魂，理由就很充分了。当然还有第二层原因，可能连国王与王后都没完全意识到。别，现在别问。"他提前止住厄坦的话头，"万事各有其时。去我房间说吧。我妻子正在照料中毒的希瑟女子，所以我们可以私下谈谈。在这忙碌的城市和城堡里，再没有比那儿更保险的地方了。随我来吧。"

* * *

显然，厄坦弟兄还有些心烦意乱。提阿摩理解他的感受，毕竟他一下子要吸收的事情太多了。"你是怎么来城堡工作的？"他一边问，一边为二人各倒了一杯葡萄酒。

"来城堡吗？帕萨瓦勒大人点名要我，于是主教大人说，我可以到千理院给他帮忙。"

提阿摩不禁露出微笑。"其实不是。事实上，那不是你能来城堡工作的原因。是我一直在观察你。帕萨瓦勒需要书记官时，我建议他去找你。显然，他觉得我的建议很有用。你也知道，我有几次出于私心，也曾要求你来帮我做事。但准确来讲，那不是你该关心的问题。你该感关心的是，我为什么会注意到你。对此你有什么想法？"

厄坦无奈地摊开双手。"我完全没有头绪，提阿摩大人。事实上，我回答问题已经有些厌倦了。不管我说什么，好像都是错的。"

"非常好。我欣赏你敢于表达自己的意见。一个哲学家必须相信自己的信念，至少要有信心追随自己的想法，并看看它们能通往何方。我注意到你，因为你有野心。"他抬起一只手，"不，不，我说这词儿并非贬义。你并不追求名望或回报。但你有种精神，我会说它是'永不满足'，意思是说，你不会因某件事一直都是那样，就照老方法按部就班。你会把困难看做需要解决的问题，而不是需要回避的障碍。这就是野心的一种形式。你还有很多想法，这也是一种野心。还记得吗？你曾建议帕萨瓦勒在财务室和千理院之间安装缆绳，用篮子传递物品，这比派人跑来跑去快得多。"

"您这么一说，我想起来了。"厄坦回答，"可您是怎么知道的呢？"

"因为我把了解你当成了一项工作，弟兄。有些人擅长思考、求知若渴，还能用知识让周围的人得到益处，而我对这样的人很感兴趣。"提阿摩抿了一口杯中的葡萄酒，"恐怕这酒还不够好。我和缇丽娅很少喝酒，所以不太知道该准备什么酒招待客人。"

厄坦挥挥手，表示无所谓。

"那好吧。"提阿摩继续说，"仔细听好，因为我接下来要说的话与你的任务直接相关：这个任务——我一开始就该说明白的——你可以拒绝。"

修士的表情惊讶得有些夸张。"我可以吗？必须承认，我不知道自己可以拒绝。"

"当然可以。除非事关生死，不然我不会违背他人的意愿，强迫他们放弃——正如你刚才所言——放弃他们的家和工作。不过我想，跟我谈完之后，你应该也能看清这是个多么难得的机会，应该会毫不犹豫地答应下来。"

厄坦脸上有了点精神。"真的吗？大人，您是要跟我打个赌吗？"

"差不多吧。可以这么讲，如果你觉得接受这个任务没什么好处，完全是我强加给你的，那么，我会向你道歉，这件事以后永不再提。即使你拒绝，也不会留下任何污点或负面评价。这样公平吗？"

"岂止公平。"

"那好。请认真听了，我会从爱克兰第一位真正的国王鄂斯坦讲起——很多人叫他'渔人王'。对了，他也是西蒙国王的祖先。"

"我听过这个说法。"

"我敢打赌，你听到得并不多。国王对他的血统有种奇怪的惭愧心理。不对，不是血统，而是对他的血统赋予他的统治权感到惭愧。但对我即将讲述的故事来说，这种感受也算正常。事实上，从某些方面讲，即使是伟人，无论是男是女，也都跟芸芸众生一样愚蠢而复杂。"

"好吧。"厄坦往第三杯葡萄酒里兑了些水，因为他很渴，又不想被酒精冲昏头脑，"我按自己的理解给您复述一遍。"下午渐渐过去，尽管提阿摩大人耐心地讲解了一遍又一遍，但一大串人名和事件还是让他眼花缭乱。"卷轴联盟是鄂斯坦国王在海霍特建立的，目的是保护并积累知识。多年以来，联盟有过许多成员，每届通常有七人，但近些年来人数减少了。"

"也没减少太多。"提阿摩指出，"只是我们一直没能补足在战争期间牺牲的同伴……另外，派拉兹的事你也知道了。"

厄坦点点头。教廷从未对红牧师做出任何官方评价，但上帝的仆人们一有机会就喜欢在私下疯传各种流言，派拉兹就这样成了个可怕又神秘的恶魔形象。"我明白。但约书亚王子竟然也是卷轴持有者！

我还从没听说过。"

"绿天使塔垮塌之后,战争结束,他加入了联盟。"提阿摩说,"这个身份很适合约书亚这种人,他思维活跃、精明能干,十分关心他父亲的国家,却又不想统治它。可悲的是,他加入我们才几个月就失踪了。"

"只留下孩子和妻子……她叫什么来着?渥扎娃?"

"渥莎娃,色雷辛一个族长的女儿。他们的双胞胎叫戴菈和戴奥诺斯。但我们不知道他失踪时有没有带着妻儿。"

"因为约书亚寄出最后一封信之后,就再也没人听说过他们的消息。"

"对。稍后我会把那些信拿给你看,毕竟它们是搜索的起点。不过,弟兄,不要误会,国王与王后并没有无视这件事。约书亚是米蕊茉的叔叔,还曾赐封西蒙国王为骑士,那是他还是个厨房小厮。二位陛下都很爱戴他。"

"我明白。大人,如果我接下来搞错了顺序,还请您原谅。艾奎纳公爵和艾欧莱尔伯爵都曾南下关途圃去寻找他们。您也跟他们一起。"

"我是跟艾欧莱尔一起去的,那是我们第一次寻找。"提阿摩露出微笑,"当时我跟伯爵还不太熟,很高兴能跟他走一趟。"

"可是您说,那次没找到任何线索。约书亚开的旅店被卖掉了,新老板不知道那家人去了哪儿。店是谁卖掉的?约书亚还是渥扎娃?"

"钱付给了一个黑发女子,也许是渥莎娃。"提阿摩回答,"售价并不高,也就是说,不管出于什么原因,她都没想等到更好的价格。"

"那这位渥……莎……娃回家了吗?"厄坦庆幸自己终于念对了这个陌生的名字,"您说过,她来自上色雷辛。"

"她讨厌草原,憎恨她的族长父亲。我能确认的只有这些。至于她有没有回去,艾欧莱尔问了些色雷辛人,但没人听说过类似的情况。我们没找她父亲面谈，但有人帮我们打听了。那人告诉我们，说她父亲扬言，渥莎娃若敢带着约书亚的孩子回去，他会杀了他们全家。"

"野蛮的怪物。"

"是啊，但这种人不是只有奥斯坦·亚德的草原和沼泽里才有。你能在任何地方遇到他们，甚至包括教堂。"

厄坦有些生气，但尽力忍住了。提阿摩大人是异教徒，有些偏见也算正常。他是个心怀善意的好人，这才是重点。"所以没找到他们的踪迹，也没找到他们会去哪儿的线索。那他失踪之前，有没有其他卷轴持有者听说过他的消息呢？比如珀都因的那位女士？"

"她叫菲尔拉夫人。我们无法确定，因为她几乎在同一时间失踪了，至少不再回复其他联盟成员的书信。"

"这两起失踪事件会不会有什么关联？"厄坦问，"请原谅我的不敬，但约书亚王子和这位女士有没有可能……呃……"

"私奔了？弟兄，你可以尽情提问，不必有顾虑。我很高兴你问了这个问题，因为我们也想到了。我和艾欧莱尔找过她。我没把结果告诉你吗？"

"没有。除非混在其他人名和事件中间，被我漏掉了。"

提阿摩露出微笑。"也许吧，但更有可能是我忘记了。艾欧莱尔和我去珀都因找她，想问问她有没有什么消息。因为约书亚在最后一批来信中提到，他本人对菲尔拉夫人有些疑问——据他说，是很重要的疑问。"提阿摩摇摇头，"结果我们到了才发现，她的房子被烧毁，人也不见了。"

"被烧？怎么会？她不是贵族吗？"

"对，她有贵族血统，但居住环境并不豪华。她住在珀都因最拥挤的区域，那里叫汽锅区，在码头旁边，是那座城市最老旧的城区之一。她的房子在一排房屋中间，和周围其他房子一样破旧，摇摇欲坠。那地方看上去更像关途圃,而不是珀都因。啊,不过你也没去过关途圃就是了。好吧,总之,在我们到那儿的一年前,也就是约书亚失踪前后,那排房子起火了。大火将那条街上所有房屋烧成白地,还波及了临近街上的几栋建筑。很多人被烧死,只剩焦黑的骨头。我们不知道她在不在其中,也不知道有没有约书亚。"

"这会不会就是他俩的结局呢?一场惨烈的意外,把王子和菲尔拉夫人都烧死了?"

"当然有可能,所以我们再也见不到他们了。可即便如此,我们依然不知道渥莎娃和两个孩子的去向,而这才是我们真正的目的。"他拍拍修士的手臂,"我们要知道,孩子们去了哪里。"

厄坦靠上椅背,感觉有些不堪重负。"大人,要了解的情况太多了。已经过了二十多年,这任务根本希望渺茫,您为何认为我会接受它呢?你还说希望我自愿接受。"

"因为这任务对国王与王后很重要——事关他们对一位老朋友的忠诚与承诺——而对你来说,这也是个千载难逢的好机会。一个绝佳的机会。"

"去找几个失踪了二十多年的人吗?"

小个子乌澜人伸手捏捏厄坦的手。"我说过,希望你能在自愿的前提下接受这个任务。弟兄,我是认真的。我要说最后一个理由了,请你考虑一下。"提阿摩稍微压低一些嗓音,"不知你自己是否意识到了,在你内心深处,你对知识极度渴求。接下这个任务,你就能成为至高王座的使者,拥有各种特权,以便南下寻找真相。要见识世界,还有比这更好的机会吗?你没想过去塞斯兰·安东尼斯看看吗?你们的教宗就在那里。你不想看看曾经坐落在南方岛屿的古城遗迹吗?还有珀都因,它的微风中飘拂着来自全奥斯坦·亚德的货物的气息。你能对这样的机会说'不'吗,尤其你还能得到国王与王后的感激?"

孤儿

厄坦这下明白,圣撒翠被假天使引诱是什么感受了。"大人,您说得非常在理。但去或不去,真能由我自己决定吗?"

"对,当然。如果你愿意,我会把约书亚的书信都交给你,还有菲尔拉夫人的。你将学到只有卷轴持有者才能接触的知识。弟兄,你怎么说?你还需要时间考虑吗?"

厄坦尚未回答,房门走廊便传来一阵急促的脚步声。他担心地抬起头。听到这么多秘密,他半心半意地以为有人会破门而入,将他抓走。

提阿摩却没等待,而是跛着脚穿过房间,赶在敲门声响起之前打开房门,看到外面站着一个矮胖的牧师。是提阿摩的书记官,他喘着粗气,汗如雨下。

"阿弗纳神父!"提阿摩问道,"出什么事了?"

"提阿摩大人,您的妻子缇丽娅夫人要您立刻过去!去王家礼拜堂!她说,您必须马上!"

"先喘口气,神父。"提阿摩说。但厄坦觉得,他心里并没有嘴上那么平静。"深呼吸,因为你得把话讲清楚。我当然会过去。但哪里出问题了?那位希瑟女子?"

阿弗纳神父疑惑地摇摇光头。"希瑟?我不知道还有这事,大人。是王子,他从塔上摔下来了。"

厄坦震惊地画了个圣树标记。"上帝保佑他!"他脱口而出,"也保佑我们!"

"莫根纳王子?伤得重不重?"提阿摩追问,"没死吧?"

"我不知道——她只叫我来找你。"阿弗纳说,"可我听人说,王子是从耶尔丁塔上掉下来的,那塔特别特别高……"

提阿摩一个箭步蹿出门口。厄坦跳起来跟在他身后。报信者已完成任务,于是留在原地,弯着腰,手扶膝盖,拼命平复自己的呼吸。

545

The Witchwood Crown

秘密与承诺

♛

他们迅速在王家礼拜堂为王子搭起一张临时床铺。每次王后试图靠近莫根纳,缇丽娅夫人便朝她皱起眉头,礼貌地请她退后。见对方把自己当成孩子对待,米蕊茉有些恼火,但也尽力压住了火气。

缇丽娅终于站直身子。"现在,陛下,您可以过来了。情况不错——感谢仁慈的上帝,他只是在塔顶摔了一跤,不是从塔顶掉下来的。除了下巴肿起一块,脚上流血,他身上只有些割伤、擦伤和淤青,没有更严重的伤口。"

"赞美受祝福的艾莱西亚!"米蕊跪下来,用一块湿布轻拍莫根纳的额头,"感谢全能的上帝,你伤得不重,可怜的孩子!"

"还可怜?"国王脸色煞白,声音沙哑,但米蕊茉知道,他的担心不比愤怒少,"他爬上了耶尔丁塔!那座邪恶的禁塔!"

莫根纳呻吟着睁开双眼。国王夫妇和礼拜堂中的所有人——一群仆人、两位司事,以及礼拜堂的努乐斯神父——全都低声舒了口气。"史那那克在哪儿?"王子虚弱地看了一圈周围,惊恐地睁大双眼,"他没事吧?他摔下来了吗?"

"没有,他没摔下来。"祖父回答,"他很好,感谢我主和所有天使的保佑。是史那那克爬下来求助的。宾拿比克见他女儿独自回去,就出来找你俩了。"国王深吸一口气,才继续说道,但他的声音依然气得发颤,"臭小子,你在想什么?你从始至终都在想什么?"

孤儿

"你先别骂了。"米蕊茉一边轻拍莫根纳的额头,一边劝道。仆人去通知她时,她吓坏了。听说卫兵把她孙子安置在礼拜堂,她立刻就从寝宫赶了过来,一路都像走在噩梦中。事实上,约翰·约书亚去世的头一年,她几乎每晚都做噩梦——她知道儿子需要她,总是匆匆忙忙赶来,但每次都太迟了。每个噩梦的结尾不是一扇紧闭的门,就是一张空荡荡的床,或者只剩草地上的一串足迹,除此之外,再没有她心爱的儿子的踪影。这一次的感觉和那些噩梦十分相似,好在结局不同,米蕊茉只能一遍又一遍地感谢上帝。

"我得跟史那那克谈谈。"莫根纳仍很担心,"能不能叫他过来?"

"不行,你得睡一觉,殿下。"缇丽娅夫人说,"这才是你该做的事。睡眠是最佳的治疗,对任何非致命伤都行之有效。赞美乌瑟斯,虽然你不幸摔到了,但没造成持久的伤害。"

提阿摩和年轻的厄坦兄弟出现在礼拜堂门口。看二人的脸色,他俩应该以为王子从塔顶跌落,受到重伤。米蕊茉看到神父迎了上去,同他俩说着什么。

"唉,刚才我的心跳得飞快。"她对丈夫说,"我太担心了。"

"咱们孙子好像不会干别的,"西蒙回答,"这次尤其糟糕。"

"我不许你骂他——起码不能当着这么多人的面。"米蕊压低声音,"你可以等他回自己房间再说。"

"马上就可以了。"西蒙宣布,"我们不能把他一直留在礼拜堂。他又死不了,只是下巴上撞了个愚蠢的肿包。现在就把他抬回去好了,就用他身下这块毛毯。"不等米蕊茉反对,他就开始朝仆人下令。

"拜托,小心点儿!"两个爱克兰卫兵和两个男仆分别提起毛毯一角,托起莫根纳,缇丽娅叮嘱他们,"我们还没确定他的肋骨断没断。"

"全断了。"几人抬着莫根纳走下祭坛前的台阶,轻轻颠了他一下,王子立刻呻吟起来,"我敢肯定,所有肋骨都他妈断了。"

"你活该，你这小……小蠢驴。"国王声音很轻，只有米蕊茉听见了。她刚从惊吓中恢复，有点笑不出来，但仍忍不住想起，西蒙年轻时不知被这样骂过多少次。

莉莉娅也得到消息，气喘吁吁地跑来看哥哥。他们允许她跟莫根纳说几句话，好让她知道，哥哥没受到太重的伤。结果小公主义正辞严地训了哥哥一顿，连米蕊茉都替孙子难为情，但她知道，他活该。然后众人把莫根纳抬走了。

总理大臣帕萨瓦勒也来了，他脸色苍白，跟其他人一样既吃惊又担心。"情况怎样，陛下？"众人从他身旁经过后，他进门问道，"我刚刚才听说。上帝保佑，他伤得重不重……"

"下巴磕了一下，就这些。"虽然帕萨瓦勒正看向米蕊茉，但西蒙怒气冲冲地抢先回答，"希望这次能给他个教训。只有上帝知道大伙会怎么想——人人都知道那是禁塔！"西蒙摇摇头，但更像个哆嗦，而非表示否定，"那地方受到了诅咒，为什么还有人愿意接近？我都警告他多少回了？"

"很多回。"米蕊茉说，"但对他来说，那只是个故事，就跟你听的杰克·穆德沃德的故事一样。"

"赞美上帝，那我就放心了，二位陛下。"总理大人露出微笑，"他会好起来吧？"

"缇丽娅夫人说，只是些淤青和擦伤，"米蕊茉的手还在发抖，"加上下巴一块发紫的肿块。感谢仁慈的圣母，没有更重的伤了。"她快速解释一下情况，至少是她了解到的情况：小史那那克找人帮忙，然后几个工人带着工具和安全绳爬上耶尔丁塔顶层，设法把失去知觉的莫根纳搬到地上。

"希望他没进塔里。"帕萨瓦勒说。

"显然没有。"西蒙回答，"只是在塔顶滑倒，摔到了头。至少这点值得庆幸。那是个可怕而恶毒的地方。你知道的，战争期间，我进去过，直到现在我还会做噩梦……"国王停了下来，眼睛盯着虚空。

"那么，请二位陛下原谅，我要回千理院了。"帕萨瓦勒说，"我正忙着一件要事，听到消息直接赶来了。"

"有什么不行的？"国王说，"没必要因为我孙子脑子抽风，就浪费所有人的时间……"

"好的，去吧，帕萨瓦勒。"米蕊截断丈夫的话头，"请为他尽快康复献上祷告。"

"我会在晚祷时为他点一支蜡烛。"

提阿摩夫妇和厄坦弟兄已随毛毯担架一起去了王子的卧室。帕萨瓦勒也离开礼拜堂之后，这里便只剩下仆人、努乐斯神父和几位司事。努乐斯为发生的一切表现出真诚的难过。米蕊也想言谈尽量得体些，其实心里更想去照顾孙子，就连西蒙的怒火都有些不管不顾了。意外已然发生，继续纠缠不放、发火骂人也没什么意义。她问丈夫要不要一起去看看孙子的情况，却被西蒙断然拒绝。

"想去你自己去。我现在不想再看到他。"

米蕊顿时火冒三丈。"你这么大时还不如他呢。"

"能一样吗，米蕊？当年我不是王位继承人，不是王子。我只是个厨房小厮。没人在乎我的死活。"

"有人在乎。"她想起过去，语气缓和下来，"我一直觉得你很有趣。"

"哈。"西蒙也放松了些，大笑一声，"有趣？是啊，当你看到那个红发笨蛋被他自己绊倒时，心里一定在想：'这小子前途无量，我要跟他好好谈谈心。'"

"没，我才没那么想。"她突然想起第一次看到西蒙跑过内城时的情景：他就像匹笨拙的小马，此生头一回撒欢，四只蹄子都甩变形了。"我想的是，'他真自由！好像他根本不在乎这个世界。不知道那会是什么感觉。'这才是我的想法。"

"好吧，起码你没假装是我英俊的面容吸引了你。"

"我这辈子见识过太多英俊的面容，先是在麦尔芒德，然后在这儿。"她回答，"但我从未见过有人像你这样，完全不在乎别人的看法。"

西蒙再次大笑，这次终于找回了由衷的快乐。"不是我不在乎别人的看法，亲爱的，我只是记性不好。瑞秋总说：'小子，你不是真傻，你就是不想动脑筋，除非是为了躲避惩罚。'"

"我知道你想她。"米蕊说，"但我其实挺怕她的。她总是瞪着我，好像我又把什么地方搞得一团糟，害得她又要去打扫似的。"

"怒龙瑞秋——胆敢怒视淘气公主的女仆总管。"西蒙点点头，"没错，她就希望别人这样记住她。"

"你要不要陪我去看看莫根纳？"

西蒙摇摇头。"我已经看过了。你可以去照顾他一会儿。但我们必须找时间谈谈这件事——你明白的，对吧？"

米蕊莱叹了口气。"是啊，我明白。我同意，他应该受罚，但我不会让你欺负他。"

"他需要的不是惩罚，米蕊，而是别的。他必须有点男人的担当了，而不是再像个孩子。"

"别把眉头拧成那样，让你看起来也像个孩子。不对，是像莫根纳。"真的，她突然发现，除了头发的颜色，以及王子没有雀斑，这祖孙俩就像同一个模子刻出来的，尤其是跟西蒙同龄时的长相相比。难怪她面对粗心的孙子，总是没法真正发火。

二人在王家礼拜堂门前分手。国王还得回去，同艾欧莱尔伯爵商议巡回审判的日程。离开之前，西蒙安慰地捏捏米蕊的手。这是他俩之间的小暗语，即使身边诸臣环绕，二人也能以此交心。

♛

卫兵和仆人抬着莫根纳，离开礼拜堂，穿过庭院，来到一段宽阔的台阶前。莫根纳抱怨了好几次，说颠得难受。提着毛毯前端的二人只好倒退着往上爬，同时还要禁住王子的体重，即使台阶很宽，依然搞得苦不堪言。

帕萨瓦勒正看着他们，这时，从台阶下方的守卫室里走出几个爱克兰卫兵，簇拥着两个戴着枷锁的囚犯。后者看到楼梯上忙乱的队伍，立刻朝那边奔去，卫兵们虽然满口抱怨，但也没怎么阻拦。总理大臣认出那两个犯人，心中顿时明白了大半。

"嘿，你们！"他朝领队的军士喊道，"为何抓了我们的朋友艾斯崔恩和欧维里斯爵士？"

"向您请安，帕萨瓦勒大人！"艾斯崔恩欢呼道，"是啊，我们多喝了几杯，这罪名可太大了，所以被抓了起来，现在还要赶去聆听扎奇尔大人的训话。"

"但首先，我们想给王子送去最真诚的祝愿，希望他早日康复。"欧维里斯的声音严肃而低沉，听上去挺像真心话。

"伙计们，你们也听说了？我从耶尔丁塔上掉下来了！"莫根纳在毛毯中间喊道，"磕伤了下巴，摔断了所有肋骨！疼死我了！"他哈哈大笑，有点喘不过气来，好像根本不疼似的，"告诉波尔图，从今往后我就跟他一样衰弱了。"

众人抬着王子，登上第二段台阶，走进寝宫大门。两个犯人在后面大声欢呼。

"好了，你们两个，"军士说，"已经跟王子问过好了。现在可以走了吧？"

"等一下，军士。"帕萨瓦勒说。

"总理大人有何吩咐？"卫兵立刻低头看看自己身上，像在检查有没有沾上食物残渣之类，免得让帕萨瓦勒看了碍眼，甚至当成一种冒犯。

"我要带走他俩，有事问问他们。"

"可扎奇尔大人也要见他们。"

"我知道。告诉扎奇尔,等我问完,我会把这两个犯人交给他处理。我的事比较紧急,要找他们二人商议。"

卫兵队长迟疑了好一会儿,显然既不愿交出犯人,但也不敢违背总理大人的心意——毕竟他是国内最有权势的人之一。最后,自我保护终于战胜了尽职尽责。"那好吧,大人,既然是您的意思,我遵命便是。"

"是我的意思。你可以如实转告扎奇尔。如果他需要我盖章证明,叫他派个人去千理院,我的书记官威博特可以办理。我会确保两个犯人原封不动回到你们长官手里——还是这样醉醺醺地冒着傻气——到时他想干什么都行,吊死他们也无所谓。"

"呃,我觉得还不至于吊死他们,大人。"

"对,应该不会,真可惜。"

"那您是要亲自招待我们了?"艾斯崔恩问,"带我们去市集,每人买个烤肉派?"

"我不把你俩做成烤肉派,就算你们走运了。"帕萨瓦勒接过守卫队长递来的锁链,"现在,去千理院。别磨蹭。"

"您不帮我们解开脚镣吗?"艾斯崔恩又问。

"你开玩笑吧?"总理大人回答,"我还希望它们再重一些呢。"

* * *

到了千理院,帕萨瓦勒将威博特神父等一众书记官全都赶到外间,好同两位爵士单独谈话。很久以前,他就在纳班认识了艾斯崔恩,认识欧维里斯的时间也差不多。这二人最辉煌和最落魄的模样他都见过,但他从未像现在这样生他俩的气。

"看在圣科尼里斯和所有圣徒的分上,你们知不知道自己在干吗?"他好不容易才压低音量,免得让整间大楼都能听见他在发脾气。"居然把莫根纳王子单独留下,让他一个人跑去发疯。他可能会死的!

若不是上帝仁慈，他已经没命了！"

艾斯崔恩显得有些过意不去，但也仅此而已。"大人，您也知道，是他喝得太多。我们劝他一起去参加扎奇尔的庆祝仪式，可他就是不肯……"他耸耸肩，"唉！我们能怎么办？"

"怎么办？当然是跟着他啊！陪着他！如果他说：'我要爬那天杀的禁塔并摔下来。'你们就该说：'不，您不能爬，殿下。您得跟我们在一起。'这才是你们该做的事。不然我付钱给你们两头蠢猪干吗？"

"他很固执。"欧维里斯指出。

"固执？他当然固执。他还没成年，只是个被宠坏的熊孩子，周围伙伴都是醉酒的白痴。他这岁数的年轻人会做很多傻事。你们的职责是阻止他。"

"我们试了……"艾斯崔恩用委屈的语气说道。

"闭嘴。别给我找借口。"帕萨瓦勒在书桌前来回踱步。数月来的工作堆积在桌上等他去做，他却要处理这种荒唐事。"你们不明白那孩子有多重要吗？他是圣王约翰的王国——也是至高王座——的继承人。在这世上，除了国王与王后，就属他最为重要，甚至超过身在教廷的教宗阁下！"他怒视二人，看他们谁敢顶嘴。但二人听出这场对话气氛不对，没敢搭言。"如果教宗的骑兵卫队任由他老人家半夜三更爬上塞斯兰·安东尼斯的高塔，然后摔下来，你们觉得会发生什么？他们是能保住自己的职位？还是会被拖到圣盖尔丁广场，在尖叫的民众面前被五马分尸？嗯？你们觉得是哪种？"

"其实，他并没有摔下来。"艾斯崔恩轻声念叨，"没从塔顶跌落。周围都是鹅卵石，真摔下来，他会像鸡蛋一样散黄的。"

"所以你觉得，你的护卫任务还挺成功的是吧？他只是折断了肋骨，差点摔碎下巴，但没有像鸡蛋一样散黄？"

"我不是这个意思。"艾斯崔恩嘀咕道。

"我们知道您为什么生气,大人。"欧维里斯说。

"不,我觉得你们不知道。"帕萨瓦勒说,"你们是不是以为,你俩是这工作的唯一人选啊?相信我,我能找到几百人,个个都比你们胜任。就算我短时间内找不到更合适的人,也不妨碍我把你俩送去砍头!"

欧维里斯的脸色至少显出一些苍白,橄榄色的皮肤渗出一层轻微的汗珠。"不要,大人。"

"不要,大人。"艾斯崔恩也说,"可是……"

"够了。我要把你俩交还给扎奇尔了。威博特会带你们过去,因为我一看你俩就恶心得想吐。如果你们敢给威博特或扎奇尔找麻烦,哪怕只是说话无礼,我也会要求扎奇尔大人,把你俩扔进城堡下面最深的地牢,锁上最大的锁头,让你俩烂死在里面。听明白没有?"

"明白了,大人。"艾斯崔恩说。

"明白了,大人。"欧维里斯也说。

帕萨瓦勒走到外间,叫首席书记官进来。"滚吧。"吩咐完书记官,他回头对二人说道,"不管扎奇尔怎么惩罚你们,你们都要感谢并向他道歉。行了,别说废话了。听你俩的声音我都想吐。"

♛

闲杂人等回去之后,缇丽娅夫人和提阿摩把能做的都做了,并确保王子没受到严重的伤害,随后也离开了房间。莫根纳身边只剩下侍从梅尔金、两个仆人和他祖母。

"我永远没法理解,你为什么要做这种事,莫根纳。"知道莫根纳伤情不重,王后的同情渐渐散去,失望和怒火却越升越高,好像一锅凉水慢慢煮沸。莫根纳甚至不敢想象祖父会怎么说,也不知那场暴风雨离自己还有多远。"你当时在想什么?说话!"

"我不知道。"他想换成侧躺的姿势,好避开祖母涨红的怒脸,可他的肋骨实在太疼。"我不知道。我就是……想爬上去。"

"我们得好好谈谈。明天吧，等你睡一晚再说。"

"现在还没到下午。"

"那就等你睡一下午再加一个晚上。你祖父非常非常生气。"

"呵，那还真挺意外的。"

"不许无礼，莫根纳，也别自以为很幽默。现在不是开玩笑的时候。"她伸手按住床边，撑起身子。王子经常忘记，祖母已经五十多岁了，因为她喜欢微笑，大笑起来更像一个小姑娘。他知道自己不该害祖母担忧，可不知为什么，看到祖母陪自己坐了很久之后，起身的动作如此迟缓，他竟然感觉特别糟糕，甚至没来由地生气，好像他下巴的肿块是被祖母亲手打出来的一样。因为有些时候，莫根纳觉得，别人关心他，只是为了找个理由对他不满而已。

"您要走了吗，祖母？"

"是啊。不管发生什么，城堡和首都的日子都要继续。"她摇摇头，"希望你有一天能明白这一点，莫根纳——所有人都在努力工作，好支撑起这个王国，让你有一天可以继承。你却觉得理所当然。"

"我没觉得理所当然。"事实上，他最不想过的就是祖父母那样的日子，每天都要听各位主教、商人和贵族不停地发怨言、提要求，而他们每个人都脾气暴躁、自私自利。他宁愿当个平凡的爱克兰农夫，满头大汗地割一天草。这样他至少不用跟那些傻瓜说话，不用为那些不知感恩的家伙服务，而这些恰恰是祖父母希望他做的事，他们还不理解他为什么不高兴。

"你母亲呢？"王后推开房门时，停步问道，"她怎么不在？莫非还没收到消息？"

莫根纳知道，这些问题不需要他来回答——他大概是海霍特城堡里最不了解母亲行踪的人——所以他都懒得耸耸肩。

"好吧，她应该在这儿的。"祖母派一个仆人去通知寡妇王妃，确保她知道儿子发生了什么事。她正要出门，却再次停步，因为门外等着一个矮小结实的身影。

"我来看望王子。"小史那那克说,"我担心他的健康,不知他是否安好。"

"他很好,多亏了你。"王后说,"但国王和我稍后必须找你谈谈,问问你和他跑到塔上做什么。"

"我对我自己也感到难过和愤怒。"矮怪的圆脸既严肃又庄重,"王后陛下,你们可以问我任何问题,问多久都行,我会把一切都告诉你们。"

"很好,但不是现在。"王后有些心烦意乱地离开了。

莫根纳叫梅尔金和其他仆人到门外等候。等房间里只剩下他和史那那克,他质问道:"你跟他们说了什么?"

"好友莫根纳,我不能说什么也没发生啊!你的下巴和身上流了血。我只好说你脚滑摔倒了,脑袋被狠狠撞到。"

"这是事实。但他们肯定看到,那扇门、那道天窗,被打开了。"

史那那克摇摇头。"我去求助之前,把它关上了。"

莫根纳瘫软下来,这才意识到自己不知何时绷紧了全身的肌肉。"感谢上帝!哦,聪明勇敢的史那那克!如果知道我想钻进塔里,他们会把我关进地牢的。可你看到了什么?我爬到塔顶却没找到你。你去哪儿了?"一段记忆突然戳进他的脑海,如生锈的矛尖般冰冷而黑暗,"你有没有看到一个红衣人?"

史那那克摇摇头,面露疑惑。"我谁都没看到。我只发现一扇天窗开了,通往塔里……"

"所以那不是你打开的?"

"不是。当然不是。我不会这么做。我只看到它开了,我很想看看塔里是什么样子,所以我……沿着那堆石头往下爬。这很蠢,因为当时我大意了,没能确保回头路一样好爬。等我到了塔里,我的思绪突然变得奇怪。"

"我想我也是。你说这是不是魔法？那个红牧师搞的鬼？"

"这又是个我回答不了的问题。我当时感觉像在做梦。我好像听到了你的声音，但那声音非常遥远。我……我还看到一些东西，让人迷惑，看不分明。像个梦，而且是噩梦……"史那那克又摇摇头，这次像要甩掉糟糕的思绪，"然后我发现，我回到了天窗下面，你趴在我上方，流着血……"

"血？"

"你脸上流着血。我爬了出去，关上塔顶天窗，顺着绳子急急忙忙下去，找人来帮忙，因为我知道，我一个人没法把你抬下来。"史那那克叹了口气，"抱歉，我给你惹了这么多麻烦。我不是故意的。"

莫根纳想了想。"你叫我'好友莫根纳'。你真想跟我做朋友？"

"我是你的朋友。我注定要帮你找到你的命运。只有你知道我们在等待什么样的未来。"史那那克咧嘴笑了笑。

莫根纳不太明白这话的意思，不过他心里在想别的事。"那你仔细听我说。不管你怎么做，千万不要告诉任何人那天窗开过，还有你进过塔里！现在的情况已经够糟了。只有上帝知道他们会怎么惩罚我。如果你告诉他们，你进了耶尔丁塔，那我的下场会凄惨十倍。你明白吗？"

史那那克皱着眉头。"可我觉得，至少应该告诉齐娜的父亲宾拿比克。这么做有好处。他有很多这方面的知识，而且这事真的很奇怪。"

"不行！"莫根纳发现自己几乎在大喊，赶忙压低声音，"不行。不能说。既然你是我朋友，就不能告诉任何人。只要重复你说过的话就好了——说我们只上了塔顶，我脚滑摔倒，撞到了头。明白没有？说你明白了。"

"我当然明白……"

"你是我朋友，对吧？你说过，你是我朋友。"

"重点不在这里，莫根纳王子。"

"叫我'莫根纳'——朋友之间不用说什么'王子'。你会照我说的做，对不对？毕竟这也没什么坏处啊。"他盯着矮怪，希望自己的目光足够诚恳，"拜托！请答应我，你不会对任何人说一个字。"

小史那那克深吸一口气，耷拉着肩膀，脸上露出困扰的表情。最后，他终于说道："如果你真这么希望。"

"没错。"莫根纳松了口气，"啊，我确实、肯定、完全这么希望。不要对任何人说一个字。"他忍住肋骨的疼痛，稍稍撑起上半身。"你真没看见他？"

"我发现你时，听见你在说他——可你好像也在做梦。不过，没有。除了你和我，我没看到任何人。可能你是撞到头，看见幻觉了。"

"不。我确实看到他了——在我摔倒之前。太可怕了。"莫根纳说，"他很吓人。面皮完全萎缩，两眼发黑。我猜那是红牧师本人，或者他的鬼魂。我相信就是派拉兹。"

"那不是更应该告诉他们吗——告诉你的祖父母，或者宾拿比克？"

"不行。"莫根纳斩钉截铁地回答，"不行，那会导致最糟糕的结果。非常糟糕。"

孤儿

偷喂伴侣

他们在黑水苑集合。广场边缘雾气弥漫,旁边便是泪泉瀑布"崎加泪窟",丰沛的水流冲刷着心墙宽阔的玄武岩面,汇入山中深不可测的黑渊。四下没有围观的人群,只有维叶岐、他带领的工匠,以及负责护送的殉生武士。他们沿着宽阔的辉烁街穿过城市,走向山门时,道路两旁也没有欢呼的人群。在奈琦迦,只有战斗部队才会在民众面前公开出城。维叶岐等人显然不是军队,但他也不太确定这是支什么队伍,而他们出城时,周围的沉默只能让他心中的不安愈发强烈。他以前带领的工程队从来不需要这么多重甲护卫。这次他带了百十名工匠与机械师,陪同的殉生武士却是他们的两倍,个个面无表情。虽说大司匠也在队伍当中,但在女王陛下统治的北境,哪里会需要如此严密的保护?

整件事都如此奇怪,简直史无前例。自从他上次被召进圣山深处,密语者鸥穆的话就一直在他心头萦绕不去:"为拯救你的爱,你要被迫杀死你更爱的人。"这是什么意思?为了拯救他的族人,难道他要被迫杀死桃灼葭,甚至他挚爱的独生女奈泽露?每次想到这个,他就觉得天旋地转。如果这话是别人说的,他会把它当成胡言乱语;可鸥穆是从死域回归的红手,他没法轻易说服自己是她搞错了。

我可是家族首脑,是匠工会的大司匠,他告诉自己。如果贺革达亚全族的命运确实掌握在我手中,那我必须坚强起来,不惜任何代价拯救我们的族人……

The Witchwood Crown

"打扰了，大人。"维叶岐家族卫队的锐伏戈队长说道。他还从来没跟这么多殉生会的战士打过交道，不禁难掩心中的不安。"请原谅我的鲁莽，但我们何时才能知道目的地呢？我问这不是出于不必要的好奇心，而是为了更好地履行职责。您是位大人物，我必须确保您的安全。"

"我知道后会马上告诉你。"维叶岐对他说。其他亲兵也对这暧昧不明的安排感到异常焦虑，他们互相交换着眼色，维叶岐时不时能看到闪动的眼白。喜欢秩序是贺革达亚的天性，其中最甚者莫过于司祭和殉生武士。

锐伏戈似乎终于克服了内心的烦扰。"谢谢，大人。"他面无表情地说完，勒马退回到队伍当中。

维叶岐既不知道自己要去哪儿，也不知道要去做什么。虽然是女王陛下的安排，但他心中对这未知并不满意。处于他这种地位，若是当真不去考虑某些不该想的事，恐怕很难保住自己的位子。只不过这忤逆的想法绝不能与他人分享，哪怕是与其他幕会的领袖。身为女王陛下的高级仆从，从很多方面讲，他们都很孤独。

也许这孤独便是华庭之道，好让我能一直忠于女王陛下。毕竟我族之母已经没有同龄人了，就连记得这片土地早期时光的族人也日益稀少。比起我们这些卑微的仆从，女王陛下一定更加孤独。而为了全族的福祉，她又表现得那么坚强。

卫兵们毕恭毕敬地站在雄伟的城门前，默默注视维叶岐的队伍从身前经过，走出圣山。当年山体崩塌，将奈琦迦大城封在山里，这才挡住凡人的复仇之手，拯救全族免遭毁灭。现在想起来，这事好像发生没多久。之后又过去许多年，工匠们才挖出城市的出入口，但对长命的贺革达亚而言，这一段不过是弹指一挥间。

可惜，维叶岐并不喜欢回忆山崩的日子，因为他心中依然藏着那个秘密——致命的、危险的秘密。

孤儿

他们穿过一片破败的平地，那是曾经的掌旗苑，然后顺着旧日的王家大道，穿过山门外的古城废墟，经过干枯的河道和崩塌的桥梁，一直来到冰焰河岸边。队伍没有过河，而是沿着河岸往东，走向曾经保护奈琦迦遗址的城墙废墟。尽管在女王陛下沉眠期间，古城重建了不少，但外围大部分地区仍是白地，只有动物和少许逃亡的奴隶出没——后者都是无用的老弱病残，已经没必要再抓回田里或主人的庄园。他们像鸽子一样，在屋檐下偷看维叶岐的队伍，在没上锁的高楼间跑进跑出，以为全凭自己的聪明才智才没被抓回去。但维叶岐知道，那只是因为他们没有价值，派士兵来抓他们纯属浪费时间和精力。此情此景，让他不禁想起森雅苏那本禁书里的一首诗：

> 我们自以为能扭转命运，
> 以为凭聪明和勇敢便能延续每日的生命。
> 然而必死的奴隶只会被忙碌的季节压垮，
> 很快他们又将继续劳作。

负责保护维叶岐与匠工会的殉生武士军团长名叫步幽。他让马匹慢下来，等待大司匠跟上。维叶岐身旁的锐伏戈在马鞍上挺直腰杆，但军团长没理他，而是直接对维叶岐开口，态度很是恭敬。"打扰了，大司匠阁下，我们快到外城城门了。"

外城墙倒塌后留下了一大片废墟，高耸在队伍前方，任谁都能看见。维叶岐只是侧了侧头，表示认可。"军团长步幽，我看到了。"

殉生武士拍拍胸口。"请原谅我糟糕的礼节，大司匠维叶岐阁下。可我接到命令，要求我在离开奈琦迦遗址时必须知会您。等我们抵达领地边界，您便会收到女王陛下的指示，在那之前，您和您的属下务必听从我的指挥。您的安全是我的最高要务。"

"我听到了，可以，军团长。"

步幽点点头，做了个生硬的表示尊敬的手势。"多谢，大司匠阁下。我相信您很快就能明了一切，然后您就可以按您的需要指挥我们了。"

维叶岐惊讶地看到，在城门对面，他本以为是一片开阔地的位置，竟然也集结了一支队伍，显然正在等候他们。他紧张了一下，以为那是北方人的伏兵，但很快看清对方也是贺革达亚，有全副武装的殉生武士，也有其他幕会成员。难道又有什么仪式不成？刚才在黑水苑不是举行了一场吗，莫非今天的誓言和祈祷没完没了了？

士兵前面站着两个人影，维叶岐打量着他们，心中愈发不安。其中一位个子高挑，仪表出众，身穿装饰精美的黑色铠甲，说明他是个级别很高的殉生武士。另一位身形较小，显然来自咒歌会，那骄傲的姿态和兜帽长袍便是显著的证明。维叶岐想知道，这对奇怪的组合是什么来头，为什么在这里等他？难道他们带来了他在家里没听说的坏消息？还是他女儿奈泽露出了事？或者阿肯比背信弃义，出卖了他？可大司乐为什么要等到这时才动手？维叶岐勒停马匹，耐心等候，将所有感情都隐藏在身份的面具背后。

"维叶岐大师，我们一直在等您！"身材苗条的小个子略微颔首，听声音是个女的，"我的主人阿肯比大人向您问好。我是主领诗漱鸽玉。"她指指身旁个子高大、脸庞瘦削的伙伴，"这位是殉生会的骐骐逖将军。"将军点点头。同大多数奈琦迦居民一样，维叶岐也听说过骐骐逖。北方人围攻圣山时，正是他用铁腕镇压了城内不和谐的杂音。有人声称，被骐骐逖手下士兵杀死的族人，跟死在凡人手里的一样多。

"二位为何在此啊？"维叶岐问道。

"为了陪您一同上路。"听漱鸽玉的语气，好像这是最明显不过的事实。她摘下兜帽，露出侍徒样式的光头和没戴面具的脸庞。但看着她脸上纤薄的皮肤，维叶岐知道，这位主领诗并不年轻。"事实上，我带来了我族之母的命令，并将在时机成熟时传达给您。"

"给我的命令？"维叶岐吃惊地说，"我以为传达命令的会是军团长步幽。"

漱鸽玉微微抿起嘴唇，似乎露出一抹笑意，这已经是歌者最近乎于微笑的表情了，不过她的双眼依然像黑色砾石般冷硬而无生气。"啊，不是，大司匠阁下。您的任务事关重大，怎能交给区区一位军团长。无所不知的女王陛下及我主人，希望确保这重要的指示能直接传达给您——当然是在合适的时候。"

换句话说，在咒歌会掌控之下，维叶岐心中暗想，既对这奇怪的安排深感不安，又为自己受人摆布而怒气上扬。"这么说，你们二位会陪我走到我们的土地边界？"

"不止，还会继续往前，大司匠阁下。"主领诗又抿了抿嘴唇。但维叶岐明白，她的表情如此外露绝非偶然。她在传递某些信息。

可她说"不止"是什么意思？我们到底要去哪儿？

新来的歌者和殉生武士跟在原来的队伍后面。维叶岐这整支队伍穿过最后的城墙废墟，走进环绕外城的茫茫荒野。大司匠一边走，一边尽力平复心情。

我不明白具体发生了什么，他心想，但为了您，伟大的我族之母，我愿前往任何地方、完成任何使命。愿华庭的记忆保佑您和所有族人。

就这样，匠工会的领袖维叶岐·杉-庵度琊骑马离开奈琦迦，走进广阔的世界。他深深知道，这片世界对他自己和全体族人都充满了恨意。

♛

他走了，桃灼葭心中反复思量。走了，只剩我独自一人，孤立无援，困在一座满是敌意的大宅里。

她为自己懦弱的念头感到羞愧，也知道维叶岐讨厌这想法，但问题就在这里：她的爱人很有智慧，却没法像她一样理解他自己的家庭与亲人。他怎么可能看透呢？大司匠维叶岐是古老的贵族家庭的一员，还是个男性。他注意不到奴隶对主人默默的仇恨，即使那主人无比良善。他也无法领会妻子受到冷落后萌生的杀意。

尽管心中充满担忧，但听到有人敲门，她还是挺惊讶的。这时距大司匠离开还不足敲一次钟的时间。她小心翼翼打开房门，看到门外只站着一个女仆，不由松了口气。不等桃灼葭开口，对方先说话了，声音冷得像只打呵欠的猫。

"夫人派我来问你，主人不在家，今晚你要不要与她共进晚餐。"

看样子，维叶岐还未离开奈琦迦遗址外围，棘梅步那个婊子已经等不及要动手了。桃灼葭有些猝不及防，对自己毫无准备而懊恼不已。她本来估计还能有个一两天的缓冲期，维叶岐的正妻才会正式开战，但显然，事实并非如此。

最简单的回应当然是拒绝，说自己不太舒服，但这可能正中棘梅步夫人的下怀。事实上，维叶岐的妻子也许就想拿这说法当借口呢，好把桃灼葭接去照料，确保凡人女子的身体健康突然急转直下。理智告诉她，决不能接近棘梅步的卧室半步。

"请转告夫人，就说我感激不尽。到时我会过去的。"

女仆并没有特别惊讶的反应，只是稍稍迟疑一下，鞠躬离开。但桃灼葭知道，她已经打乱了对方的节奏。现在她只能希望，这小小的反击能让棘梅步有所收敛。也许晚餐只是个试探而已，表明猫鼠游戏已经开幕，好让女主人在丈夫刚刚离开的几天里玩得比较开心。

不过桃灼葭也很清楚，对她来说，这仍是一场极其危险的赌博。她并非完全无助，因为她有块解毒石可以保护自己。多年前——至少对桃灼葭来说有很多年了——她在"瓦莱妲"罗丝卡娃家里得到了它，至今一直带在身边。不过下毒也只是女主人消灭对手的手段之一罢了。

孤儿

北鬼在这黑暗的圣山里居住了几个世纪,她心想,他们是怎么熬过来的?整天不晒太阳,只靠一点微光照明,莫非真把阳光当成了危险的毒药?但她再怎么想念阳光,纠结这些也没用。想活下去,她必须在山里争得一席之地,而最危险的第一场遭遇战将在几个小时后打响。

她从雪松木箱里往外拿衣服。不管何时,为了与人争斗而穿衣打扮都是十分困难的选择,何况她的对手还是个异类,无论历史还是外表都与她判若天渊,对方还想要她的命,所以更是难上加难。

她拿起两件衣服相互比较,同时考虑自己该不该带上解毒石。如果带,就得找个地方藏起来,比如宽松的袍袖之类,以便在形势需要时迅速拿到手上,用完还要马上收回。她打开秘箱——里面收藏着她前半生的少许纪念品——取出解毒石。她对着摇曳的油灯举起石头,仔细察看上面的小孔,觉得它们像珀都因蕾丝一样细密。她还记得,自己刚来府邸时,这颗石头至少救过她一次,如果今晚带上它,她的安全感无疑会增加许多。可万一被抓住,这也会成为凡人无礼的罪证。想想吧,一旦棘梅步发现这个,她就不需要偷偷害死桃灼葭了。她完全可以声称,桃灼葭图谋不轨,打算在晚餐里下毒,不然为何要带着解毒石呢?然后往轻了说,棘梅步也可以把她赶回奴隶仓,没有了维叶岐的保护,任何一个贺革达亚男性都能随时占有她。到了那个地步,桃灼葭毫不怀疑,棘梅步夫人会欢天喜地地派去几个"追求者",在他们粗暴的争夺下,一个脆弱的凡人女子不幸丧命又有多难呢?

于是她不情不愿地把解毒石放了回去,阖上面板。若她真要与棘梅步同桌用餐,她将没有任何防护,只能赌上一切。可她还有别的选择吗?身为这家的女主人,尤其是棘梅步这样血统高贵、身份优越的女主人,手里总是握着生杀大权。而桃灼葭必须同往常一样,只能依赖自己的智慧。

The Witchwood Crown

这场比赛真不公平,她心想。然而生命本来不就这样?这是一场没有赢家的游戏,就连贺革达亚也有死掉的一天。

当然,除了女王陛下,桃灼葭提醒自己。无论何时、何地,北鬼女王不受任何规则的局限。

* * *

"以女王陛下和华庭的名义向你致意。"棘梅步夫人坐在矮榻上,并未起身。她的宠物貂从宽大的袍袖里探出小脑袋,戒备地打量一眼桃灼葭,立刻又缩了回去。

"同样向您致意,尊贵的夫人。"桃灼葭回答,"小女卑微,承蒙您邀请同桌入席。小女倍感荣幸。"她等待对方允许自己坐下。毕竟桌前摆了两张矮榻,明显也是为她准备的。

但棘梅步似乎并不急着满足她。"不必讲究这些虚礼,亲爱的桃灼葭妹妹。人人都知道,你为主人的家庭做出了怎样的贡献。不过你这身衣服还真挺适合你们凡人谦卑的身份。"

桃灼葭鞠了一躬。她当然穿上了她最好的礼裙,微微闪亮的旋丝,用平滑复杂的织工串起许多细碎的珍珠。棘梅步只是在故意敲打她,提醒她在这个家中身份卑微。其实这条裙子并不浮夸,何况没有哪个小妾——尤其是凡人小妾——敢在穿衣打扮上盖过女主人的风头。棘梅步的裙子反倒十分惊艳,层层叠叠的裙褶如盘绕的旋涡,浅绿中泛着金光,外层还扎满了用暗绿色彩带打成的精美绳结。穿上这么一条裙子,怎么说也要几名仆人忙活不少时间。棘梅步一头漂亮的黑色卷发和出类拔萃的妆容,同样需要很多双训练有素的手,才能展现得如此完美。

"过来坐吧,桃灼葭。"她说,"不用跟我拘礼。我们侍奉的是同一位夫君,所以我们是一家人!"棘梅步在下颔下面张开修长的手指,做了个古老而正式的手势。这叫"扇子",表明说话人对自己的表现相当满意。

孤儿

桃灼葭用尽量优雅的仪态在矮榻上落座——在场有五六位仆人，但没一位上前帮忙——那只貂又从棘梅步的袍袖间探出脑袋，双眼仿佛嵌在白毛脸蛋上的黑色石子。它突然从女主人身上跑过，钻进另一只袍袖。看到这小家伙身影闪现，桃灼葭灵机一动。

"您真是太好心了，夫人。"她大声道，"能陪伴您是我的荣幸。我一直觉得，这是栋漂亮的大宅，而这里无疑是其中最漂亮的房间。"

这间饭厅确实很大气。它的高度是宽度的许多倍，与光井直接相连。在大奈琦迦——桃灼葭以前叫它风暴之矛——南北两面的山体间分布着许多光井，不少贺革达亚的房间与之相通，俨然已成为财富与特权的重要标志。桃灼葭小时做梦也不会想到，她有一天会住在这么一个臭名昭著又恐怖的地方。

饭厅的石墙上挂着许多长长的锦帘，弱化了冷硬的气氛。按桃灼葭的理解，上面的装饰应该是些诗句，要么来自华庭传说的只言片语，要么是对女王陛下的赞美，都很符合维叶岐家族的审美习惯。饭厅里家具不多，皆用黑色或灰色石材打磨而成。这也是贺革达亚的习惯之一，他们的居家物品多用单一色调。当然这一点也因人而异——就拿桃灼葭的对手来说，她这身绿色裙装如果穿到外面，就显得相当大胆了。

棘梅步确实很美，这点毋庸置疑。桃灼葭在凡人中间长大，而凡人一向把北鬼看成魔鬼和野兽，可要看到棘梅步那精雕细琢的面庞、修长贵气的鼻子、光滑高耸的颧骨、硕大灵动的黑眼睛，他们也必须承认，她至少是个美艳的魔鬼。

"你在盯着我看。"棘梅步说着，又比画一下"扇子"手势，不过这次动作结束时稍微扭了扭手腕，显得有些不耐烦。"我们真有这么久没在一起聚餐了，亲爱的妹妹，以致你都忘记了我的长相？我知道，对你们来说，时间过得飞快。"她眼中闪过一道寒光，含义相当明显，"如果我记性不好，还请你原谅。"

"岂敢，夫人。我只是一如既往地被您的美貌惊呆了，您本人比我记忆中还更好看。"

棘梅步用一根手指按住侧脸。桃灼葭一时没认出这个手势。"谬赞了，亲爱的。你很清楚，你自己也有独到的魅力。"

言外之意是说：我丈夫喜欢你，甚至乐意跟你上床。还有，要不是你生了个孩子，很久以前你就该滚回奴隶圈了，或者更糟。桃灼葭张开手指，拙劣地模仿着贺革达亚的手势。她的意思再明白不过：谁能猜透男性的心思呢？但她嘴上说的却是："小女感激不尽。"

棘梅步做个小手势。一个受缚者男仆离开墙边的位置，突然出现在女主人身旁，速度快得仿佛瞬间移动。"可以上菜了。"她吩咐仆人。

小貂又钻出来看着桃灼葭，胡须一摇一颤。桃灼葭一直不喜欢棘梅步的宠物，因为它眼睛太亮、太过……锋利，让她感觉像被一个讨厌的孩子盯着。不过这回，她看着小貂在棘梅步的袍袖间钻进钻出、绕着矮榻玩耍，却暗自庆幸它也在场。

仆人们把盘子端上餐桌，有焙烤冰川连雀和普焗苦面包。风暴之矛东坡下方的山谷虽然寒冷，但也能收获大麦，把它做成面团，放在炭火上，烤得像木头一样又脆又硬，就是"普焗"了。贺革达亚很喜欢吃这种面包，但桃灼葭一直无法欣赏，她只能吃出炭灰的味道。

她先对食物的种类和品质表示感谢，随后拿起一块普焗，掰下一小片，假装咬了一口，再把它捏在手指间揉搓，弄成个结实的小球，偷偷丢到地上，朝棘梅步的矮榻小心地踢过去。

"连雀看起来真好吃。"她大声说着，尽量掩饰自己看向地板的目光。按照传统，连雀是整只端上桌的，羽毛已经烧掉，但爪子和脑袋依然保留，鸟喙如一根黑刺，眼睛好似烤焦的葡萄干。

小貂发现了地上的面包球，于是蹲在矮榻边缘，吸着鼻子。它抬头看了看桃灼葭，眼中闪着狡黠的光，好像知道是她干的。过了一会儿,桃灼葭再次假装咬了口普焗,小貂跳到地上,抓起面包球,闪身蹿上矮榻。

"你也知道,我们尊贵的大人、大司匠维叶岐阁下得到了我族之母无上的垂怜。"棘梅步说,"愿一切祝福都归于她。女王陛下交给他四十倍的兵力,照看并保护他的工匠与机械师。"

"女王陛下如此赏识主人的才能,真是可喜可贺。"桃灼葭附和道。小貂依然抽着鼻子,黑豆眼凶巴巴的,看来吃了普焗也没什么事。桃灼葭这才真的咬了一口,尽力掩饰对这干巴巴的食物的讨厌。"您知道他要去哪儿吗?"

"华庭在上,我不知道!"棘梅步又做了个优雅的手势,这回是表示,为尊者的智慧超出了她的理解能力。"他奉女王陛下命令而去,还发誓要保守保密。那显然是个至关紧要的任务,所以我们必须勇敢地承担起他离家后的责任。"她摊开双手,做了个双重扇子的手势,表示她要换个话题。"不过,你已经在忍受女儿离家的悲伤了,尽管那同样为我们的家族带来了无上的荣耀。想想吧——虽然她……有些劣势,但还是成为了女王之爪!"

"她能被选上真是天大的运气,当然女王陛下也绝不会看走眼。"

"绝对不会。何况奈泽露这么年轻!"

桃灼葭一边专心啃着普焗,一边把少许连雀肉弹到小貂的觅食范围之内,尽量不动声色地偷瞄那个小家伙。它凑近些,闻了闻,把鸟肉一口吞下。如果等会儿它还活着,桃灼葭就可以吃几口烤连雀了,在这之前,她只能在自己的碟子里翻翻捡捡。"您对奈泽露真好,棘梅步夫人。您待她视若己出。"这话真是夸张得离谱——除了冰冷的指指点点,棘梅步对她丈夫与别的女人生下的孩子几乎什么都没做——不过嘛,反正两个女人都没太仔细听对方说了什么。

"啊,这是我分内之事。谁叫她是我丈夫的孩子呢?你生下她,不也给我们——以及整个家族——送了份大礼吗?"棘梅步温和的脸上看不出半点杀气,但这恰好是贺革达亚的特点之一。"只是她离家这么远,你一定很牵挂她。"

"是啊,但我相信女王陛下的智慧。"桃灼葭看着小貂蜷缩在棘梅步肩头,仿佛在认真听她俩说话。它看起来没有中毒的迹象,于是桃灼葭拿起磨叉——贺革达亚常用这种餐具吃烤肉——戳起自己碟子里的连雀,但也打算只吃一点点。"夫人,维叶岐大人曾告诉我说,我们女儿晋升很快,很大原因是出于您的家族对她的支持。您真是太有雅量了。"

棘梅步做了个奇怪的的手势,叫做"石台流水",通常表示一切都会随着时间水落石出。但手势刚出,大司匠夫人似乎意识到不对,立刻改成一个更普通的动作,表示谨慎而适当的人情往来。"帮助我丈夫就是帮我自己,还有我的整个家族。当然了,我的家人也曾受到重视和欣赏。女王陛下常常亲切地关照他们。"

"我听说,您有位长辈是幕会高层,但我并不了解详细情况。"桃灼葭一直猜测那是殉生会,因为是他们招募了奈泽露并委以重任。聊到现在,她终于有机会小小地满足一下自己的好奇心了。"我能问一下是哪个幕会吗?"

棘梅步眼睛一亮。在桃灼葭看来,那完全是恶意的嘲弄,虽然对方并没有露出不得体的表情。"当然可以,亲爱的妹妹。我们已经分享很多事情了。我的长辈殷亚岐是大司乐阿肯比属下的高级官员,隶属于咒歌会。"

一股寒意蹿上桃灼葭的脊梁骨。歌者?她怎么毫不知情?为何维叶岐从来没跟她讲过?

一时间,她只能愕然地坐在那里。这时,小貂跳下棘梅步肩头,顺着袖子爬到她身旁矮榻的白色皮垫上。过了片刻,它轻轻"嗝"了一声,开始作呕,吐出一小摊软骨、肉糜和白色的液浆。

桃灼葭惊惶地看着这一幕,嘴里的雀肉突然变得无法咀嚼,因为她的舌头已如灰烬一样干枯。

"啊,食物过于丰盛,我的小伙伴似乎吃得太多了。"棘梅步表情没变,语气里却带着一丝笑意,"小坏蛋,你是不是从我们的碟子里偷东西吃了?谁的晚餐你都要尝一下吗?"那张面具般的脸庞转向桃灼葭,"你知道的,它可真馋,什么东西都敢吃,一点戒心都没有——要不是我经常盯着它,它总有一天会被毒死的!咦,桃灼葭,你怎么了?你们的皮肤不该这么苍白的。别替它担心。它一会儿就好了。要是这些污物让你倒胃口,我马上叫仆人来清理。"

"恐怕我也有些不舒服。"桃灼葭回答,"同您的宠物一样,可能我也吃得太油腻了。"

"是伴侣。"棘梅步说。

"什么?"

"就是在我们身边长大的小动物。不叫宠物,叫伴侣。它们并非单纯的宠物。"仿佛是为证明这话的真实性,小貂在呕吐物上方抬起头,直视桃灼葭。她简直可以发誓,那小东西就是在嘲笑她。

她站起来,两腿发抖。棘梅步这婊子一直在玩弄她——刚才的一幕幕,她一定全都看在眼里。在这美丽又无情的怪物眼中,我就是个傻瓜,是个失败者,桃灼葭心想,一件被工匠丢到一旁的残次品,既低贱又肮脏。"请原谅,棘梅步夫人。感谢您的殷勤招待,感谢您的金玉良言。"

"你不舒服,是吗?真可惜!"她摊开双手,做了伤心欲绝的手势。桃灼葭相信,这夸张的动作表明她言不由衷。"我们的谈话才刚刚开始。"

"万分抱歉。但我确实需要躺一会儿。"

"那好吧。如果你明晚感觉好些了,我们可以共进晚餐。如今我夫君不在,我正好可以好好了解了解你。我可不想浪费这个好机会。"

桃灼葭退出饭厅,立刻迈开发抖的双脚,迅速穿过大宅,奔向她自己的小房间。寂静的走廊房门紧闭,但她的心脏在胸间狂跳,恐怕所有人都能听见她"怦怦"的心跳声。

她会杀了我的。但她会先玩弄我,因为她很享受这个过程。桃灼葭上气不接下气地逃回房间,手忙脚乱地扒拉着门锁。我不能留在这里。但在这鬼魅的国度,我在哪里都不安全,也没有一条路能让我逃出生天。

她在身后关上房门,把门锁和门闩全都上好,然后强迫自己把刚才吃下的东西都吐进夜壶,这才倒在床上,绝望得几乎窒息。

孤儿

怪笑的男人

♛

"快点儿，孩子！公爵夫人殿下在等你们！"尽管萨鲁瑟斯公爵不在，他的贴身老仆欧仁依然觉得自己是多莫斯·班尼杜檐——大概两百年前，由初代班尼杜威建起的家族府邸——的仆人领班。杰莎有时觉得，古板的老欧仁可能真是跟头一批石砖一起运来的，而他的派头确实很像。

"夫人叫我给宝宝洗澡，再用襁褓包好，欧仁大人。"她竭力掩饰语气中的愤怒，可惜并不成功，"我正按她的吩咐去做。"随公爵夫人刚到这里时，她可不敢跟高级仆人顶嘴。但杰莎现在很清楚自己的地位。她知道，只要不严重违反礼仪，坎希雅公爵夫人不会拿她怎么样。

"要叫'公爵夫人殿下'，你这沼泽小鬼，不是什么'夫人'。身为大家族的仆人，居然连称呼都说不对？"

"这又不是你们的母语。"杰莎有些放肆地回嘴，"而是老王约翰的语言，你自己都说不太好。"她对小莎拉辛娜的襁褓不太满意，于是解开重新包，"我来这里是为照顾宝宝，不是让你耳根子舒服。"

欧仁摇摇头。"唉。"他语气严厉，"我说什么来着——现如今啊，连仆人都这么无礼了。"

"不是无礼。"杰莎回答，"我是很忙。非常忙。"啊，要是欧仁能听懂乌澜话就好了，这样她就能帮他认清自己的位置！在她们的语言里，女人可以讲出很多俗话，以帮助男人改改自视过高的毛病。

不过她想了想，觉得翻译过来的版本也差不多。"好吧，如果你闲得没事只能吊在树枝上，那还不如回窝里去吐泡泡。"这话不如原文有分量，但也能大概表达她的意思。原话把光说不练的废物比喻成泔蟹，那东西在乌澜的沼泽深处大量滋生，又凶狠又讨厌。

"无礼的畜生，"欧仁说，"说句人话吧。"但他还是失去了指责她的兴趣，跛着方步走开，大概去找马夫或车夫的麻烦了。

杰莎包好小莎拉辛娜的襁褓，用手指检查一下，确保毯子既不太紧也不太松。小宝宝瞪着大眼睛，看看她，轻轻打个小嗝。杰莎哈哈大笑，把她抱起，出了房间，顺着楼梯走到前门，一路小心得像是抱着自己的孩子。

四轮马车等在前院的卵石路上，简直像个架在车轮上的大方盒。杰莎行个屈膝礼，双手举起小莎拉辛娜，递给她母亲，然后自己爬上车。

"她暖和吗？"公爵夫人皱起眉头，关切地问道。

如果有人说纳班冷，那一定是在湿热沼泽长大的杰莎。但现在是阿弗洛月的清晨，今天又是个近乎完美的响晴白日，只有一丝微风，以及从多莫斯·班尼杜檐所在山坡飘下的晨雾。"夫人，今天天气很好。我相信她足够暖和。"

"你确定吗？唉，我有些担心。听说一周前，有人在普塔·菲利斯得了严重的热病。"

"您的小女儿很结实，瞧，她还在东张西望呢！她不会着凉生病的。她喜欢新鲜空气！"

"希望如此。"公爵夫人紧紧地抱了一会儿女儿，又递还给杰莎。"不过你说得对，今天是外出的好日子。"她敲敲车顶。车夫甩动缰绳，马队拉动车子。府邸里二三十名仆役——包括女仆、马夫和男佣——都出来列队欢送。坎希雅点头微笑，与他们道别。

孤儿

马车穿过院子,驶出府邸大门,纳班的延绵群山横卧在她们面前。多莫斯·班尼杜檐矗立在主峰之——安提金峰——之上,俯瞰着众多葡萄园与其他宅邸,还能清楚地看到另外两座最高峰。一座是雷登图霖峰,坐落着教廷之心塞斯兰·安东尼斯;另一座是陡峭的玛垂雯峰,顶端托着公爵府,高耸于海港之上,仿佛船首的破浪雕像。

杰莎是乌澜人,出身卑微,一直不习惯乘坐公爵的马车。但女主人曾告诉她,这样的马车,在纳班只有四五辆——其中一辆属于教宗本人!——全世界也就十辆出头。坐马车其实很难受。即便在平坦的泥土路上,车子也会震个不停;若在卵石路上加速,她更像坐在狂风吹动的树枝上,只能拼命抓紧扶手,随着它上下颠簸。好在此时此刻,车夫并不着急,马队也拉得平稳有力。包上襁褓之前,小莎拉辛娜已在奶妈怀里吃了个饱,于是现在甜甜地睡了过去。

她们驶下蜿蜒陡峭的山路,不时有人出来张望,还有人挥手欢呼。公爵夫人则对治下的臣民露出永恒不变的微笑。如果对方是上蹿下跳、大呼小叫的孩子,坎希雅的笑容会更加灿烂,还会挥手回礼。可除了这些短暂的时刻,公爵夫人一直显得忧心忡忡。

"您还好吧,殿下?"

公爵夫人点点头。"一切都好,杰莎。我就是忍不住替我丈夫担心。他本该同我和莎拉辛娜一起来山上住的,可我劝不动他。他太过操劳!我担心他会病倒的。"

"您丈夫很坚强。"杰莎说。

"有些方面是的。"坎希雅公爵夫人露出微笑,"但在另一些方面,他跟所有男人一样,不懂得变通和转弯。不会弯的东西……嗯,有时候很容易折断。"

杰莎不明白这话的意思。根据她的理解,纳班很多人之所以对公爵不满,是觉得他过于宽容,给了他弟弟和"信天翁"那帮人——他们姓什么来着?——太多抱怨和惹事的自由。对,英盖达林家族,她想起来了。信天翁纹章代表英盖达林家族,正如翠鸟代表班尼杜威家族一样。在她小时住过的村子里,类似的纷争也经常出现,比如每个钓鱼处属于哪家哪户,都会有些古老而复杂的争论。到了纳班,这里的家族斗争就更厉害了。即使有钱、有马车、有石头房子,也没法阻止旱地人像沼泽人一样争斗不休。

过了一段时间,马车来到山脚,驶进拥挤的贫民区。朝公爵马车欢呼的人越来越少,但仍有不少人停下脚步,目送它经过。看到他们脸上阴沉的怒容,杰莎也忍不住心生焦虑。车子沿着道路转个大圈,驶到大运河岸边,她终于明白那些人为何发怒了。运河旁有一大片房屋被烧毁,其中一些仍朝灰色的天空散发着浓烟。在一个转弯处,她看到城墙附近笼罩着一大团烟雾,应该是从墙内冒出来的。这时她才记起,前天晚上来过一个信使,告诉夫人说仓储区发生了暴乱。但那已经是两三天前的事了——反正信使是这么说的——那为何还有房子仍在燃烧呢?

过了中午,她们才来到城墙脚下。马车停下,前面就是北城门,巨大的木板镶着铁皮,关得严严实实。守城队长走出来跟她们说话。他全副武装,站在马车台阶上,摘下宽大的头盔,将脑袋探进车门上的窗口。

"队长,为什么关城门?"坎希雅问道,"现在可是大中午啊!"

"殿下,特里斯·纳拉斯那边有麻烦。"

杰莎知道,那是城门另一边的贫民区,主要住着来自南方诸岛的移民。她还知道,那边靠近帕特霖峰,也就是萨鲁瑟斯公爵的对手、达罗·英盖达的府邸所在地。她在想,不知这次骚乱是不是跟他有关。

杰莎还在猜测,但坎希雅公爵夫人已经认定了。"该死的达罗伯爵,"她说,"他该亲自把这些街头暴民赶走。有更好的路绕过去吗?"

"殿下可以让车夫绕到滨海门。"队长回答,"走那边可以沿海港街上到玛垂雯路。"

"那要多花几个小时。"公爵夫人说,"我车里还有饥饿的孩子。"她看看杰莎,像在掂量自己这边有多少人手。

"求您了,夫人。"杰莎轻声说,"就听这位好心人的建议吧。绕道走。"

"没人敢伤害公爵的孩子。"坎希雅宣布,"也没人敢伤害公爵夫人。这里是纳班,不是什么穷乡僻壤。这里有神圣的律法保障城中道路的安全。"

杰莎从没听说还有这样的律法。虽然她知道,人们不该放火烧房,然而不远处的城墙上方就悬着一团黑烟。一旦有人打破第一条规矩,不用多久就会打破第二条。"不要啊,夫人,算我求您了!想想您的孩子!"

"我就是在为她着想。"公爵夫人说道,"我小叔和他的恶党竟敢阻拦公爵的家人,不准他们使用自己的街道,这我绝不能容忍!"她扭头命令守门官,"开门,队长。我们要过去。"

队长满脸不乐意,但还是朝门房里的卫兵挥挥手。后者转动大绞盘,城门缓缓打开。车夫催马向前,队长继续站在马车台阶上。

"前面的商贩街堵住了,殿下。"队长说,"那边过不去的。如果您坚持,请您务必走织帆街。另外,您只带了两个卫兵和一个车夫,这可不大安全。我会派八名骑手给您开道。"

"你不需要他们帮你守门?"公爵夫人问道。

队长无奈地看她一眼。"求您了,殿下,您挑今天进城确实不是时候。我只能尽力保护您。"

"那好吧。就走织帆街。"她低头看看窝在杰莎怀里的宝宝,"感谢你的体贴,队长。"

"这是我的职责,殿下。我希望能做到更多,更希望您能改变主意。"队长瞥了杰莎一眼。他很焦虑,甚至希望一个乌澜保姆能帮他说句话。"我真心希望您能调转车头,返回您在山中的府邸。"

"那不可能,队长。"坎希雅公爵夫人语气严厉,表明谈话已经结束。

等到八位次等骑士手持长矛,在马车前排好队列,他们才继续出发。按照守门队长的提议,车夫驾着宽大的马车,转进织帆街,在城墙的阴影下沿着大运河前行。但这一来,他们就离开了宽敞的大道,很快钻进一串狭窄的小路,速度慢得跟走路一样。有一次,他们必须在一处急转弯前停下,将疲惫的马队改成三排,才能挤过两栋大屋间狭窄的通道。这番折腾既麻烦又费时,引得许多路人好奇地过来围观。虽然他们看上去没有恶意,似乎只想近距离一睹坎希雅夫人的芳容,但杰莎不喜欢他们趁机朝车窗里偷窥的模样。她转过身去,背对最近的窗户,竭力挡住投向小莎拉辛娜的目光。

他们终于来到比较宽阔的海港街,这条街道由西往东,直通玛垂雯峰和塞斯兰。现在太阳已经移到他们身后,但仍高悬在空中,杰莎觉得安心多了。然而马车又一次摇晃着停下。

"这条路走不过去了,殿下。"车夫喊道。

"为什么?"公爵夫人问。

一位次等骑士策马靠近马车。"有辆酒馆马车在圣拉文宁广场对面翻倒了,殿下。广场上挤满了人,正在砸酒桶。"他看到什么东西,可惜公爵夫人和杰莎被挡住了,"哦,仁慈的艾莱西亚。"他轻声说道。

"怎么?出什么事了?"

"有人把马车点着了,殿下。"他在马镫上站起身,朝车夫喊话,"快点儿,伙计!马上调转车头!不然我们会被困在这儿的。"

骑士们退到马车两旁,让车夫驱赶马队调头,然而广场上的人群已朝这边涌来,大部分人一脸好奇,有些明显已经喝醉。有几人不知怎么从骑士中间挤了过来,隔着马车两边的窗户朝内张望。杰莎赶紧挪到座位中间。

"我调不过去,除非把马匹挽具解开!"车夫大喊道,"可我没法……"

坎希雅公爵夫人等了很久都没听到下半句。外面的人群开始推挤,令马车摇摇晃晃。杰莎竭力忍住惊恐的尖叫,因为她不想吓到莎拉辛娜。小宝宝刚刚醒来,瞪着眼睛四处张望,不知道该不该哭。

"车夫?"公爵夫人喊道,"车夫?"

推挤的力道越来越大,马车不断摇晃。杰莎突然看到一张从没见过的脸。那是个衣衫褴褛的男人,模样古怪,脸上的微笑更加怪异。他隔着一段距离站在马车旁边,死死地盯着她们。

一位次等骑士出现在窗前。"殿下,有人把车夫拉下了马车!您留在这里会有危险。到我马上来。我们必须杀出去!"

不等公爵夫人回答,骑士突然从马鞍上摔落,消失在人海中间。他的坐骑扬起马蹄,连声嘶鸣,在人群中冲撞,一连撞倒好多人。杰莎从未听过马匹能发出这种声音,加上被踩踏者发出的惨叫,混合成刺耳的喧嚣,杰莎感觉自己快要疯掉了。

"夫人,"她喊道,"我们必须逃跑!我们必须下车逃跑!"那个怪笑的黑发男人又出现在车窗前,看着众人把马车推得晃来晃去,像在看一场精彩的演出。除了男人脸上凝固的微笑,他的皮肤也有种异样的粗糙和古怪感。杰莎在人群中看到不少红色的信天翁纹章,却没看到一只翠鸟。"这是个陷阱!"她喊道,"他们会杀了我们的!"

"胡扯。"看坎希雅的眼神,她自己都不太相信这话,"马车上有我丈夫的纹章!他们绝不敢伤害公爵的夫人和孩子!"

马车又剧烈摇晃一下,杰莎从自己的座位滑到公爵夫人怀中,幸好没把小莎拉辛娜挤在二人中间。

"下车,下车!"杰莎大喊。但在人群的喧嚷声中,她连自己的话都听不清。她伸手推公爵夫人旁边的车门，可外面人太多，车门推不开。突然，整辆车子朝旁边倾倒。杰莎跌回自己的位置，又看到那个怪笑的男人。这一次，他正打算爬进车窗。

"她在召唤我。"男人说道。他的怪笑如石雕般凝固不变，平静的语气仿佛一直在跟杰莎说话。他先把肩膀挤进车窗，然后是手臂。刚才马车侧翻时，坎希雅公爵夫人往前摔出了座位，被卡在座位和地板之间爬不起来。入侵者朝杰莎怀里的宝宝伸出手。杰莎看到，他另一只手里握着一根削尖的木桩。"密语者在召唤我——我必须去见她。"怪笑男人厉声说道，像在自言自语。"可路太远了！我必须给她带件礼物———件温暖的……"

杰莎勉力站起身，朝入侵者飞起一脚，正中面门。但他只是往后缩了缩，趁她的脚没收回去，用木桩在她腿上划出一道血痕。他继续往里爬，整个上半身都钻进车厢。杰莎将宝宝交给坎希雅公爵夫人，尽全力用身子护住小婴儿，朝入侵者又踢又打。但那男人用空手挡住她，继续往里爬，脸上始终挂着怪笑。

我再也不想看到……这张恐怖的脸……杰莎正在想，突然发现，男人疯狂的笑容扭成了困惑。片刻后，他被用力拽出车窗。杰莎不知道发生了什么，只听到一声暴怒的呼喊，随即声音戛然而止，鲜血飞溅上马车的窗框。

外面的嘈杂声突然变了。刺耳的人声更加响亮、更加尖锐，但杰莎又听到一阵雷鸣般的声响，应该是马蹄铁在敲击卵石。尖叫和更恐怖的杂音一阵阵炸响，完全不像凡人的声音，更像来自屠宰场。马车终于不再摇晃。

另一张面孔出现在窗前。杰莎吃惊地发现，新来者的皮肤跟她自己一样黝黑，但他穿着闪亮的盔甲。那人摘下头盔，露出帅气的宽脸膛，表情充满忧虑。

"殿下，您还活着吗？"他看着摔成一团的杰莎、公爵夫人和小宝宝，分不清谁是谁。

"对，还活着。"公爵夫人在杰莎身后回答，"感谢慈爱的救主安东，我孩子也活着。你是谁？"

"殿下，我是石潘尼特岛的玛楚乌子爵。我们见过，不过是在很久以前了。感谢上帝，我和手下刚好经过！我们把暴徒赶走了。您受伤没有？"

"目前来看，应该没有。"坎希雅说，"杰莎，从我身上下来吧，好让我跟救命恩人说说话。谢谢你。"公爵夫人担忧地检查一下小莎拉辛娜，好在宝宝只是受了些惊吓，应该没什么大碍。"现在怎么办？继续往前走？"

"恐怕您的车夫已经死了，几名护卫也是。"玛楚乌说，"离开广场的两条大路都被堵住了。我们只能让您和孩子、仆人一起上马。"

杰莎从未如此钦慕一个男人，部分原因是她相信，没有他的介入，她、女主人，以及无辜的小莎拉辛娜全都必死无疑。在这一刻，如果有人告诉她，这黑皮肤子爵是安东上帝派来的天使，她一定会认真考虑放弃沙行者，转投新的信仰。不过她的惊喜没能持续多久：她被扶下马车，看到车身的损毁情况，以及倒在地上的一具具尸体时，顿时感到头晕目眩，脚下一软。若不是子爵的一名士兵从马鞍上探下身子，拉住她的手臂，她准会摔下马车的。

杰莎感觉自己在做梦：发生过和正在发生的事混杂在一起，让她很难分辨。骑马前往塞斯兰·玛垂府的过程她只记得一点点，比如空中的浓烟，以及路旁市民那困惑的、有时还带点恨意的眼神。他们朝山上缓缓骑行，坎希雅公爵夫人抱着宝宝，坐在子爵身前，杰莎则靠在一位骑士身后。她从未骑过马，感觉骑马也很吓人，只比刚才在马车里的经历好一点点而已。

但有样东西她看得很清楚，却宁愿自己从来不曾见过。她刚刚跳下马车时，看到那个怪笑男人倒在旁边，头与身体分了家，两部分都躺在不远处的卵石路上，周围的血泊闪闪发光。那颗脑袋上，依然挂着之前那诡异的狞笑。

* * *

"简直罪大恶极！"萨鲁瑟斯公爵咆哮道，"上帝保佑我们，他们竟想杀害我的夫人和孩子！我要砍了我弟弟的头，还有英盖达林家那个达罗！"

"我们应该马上动手，免得他逃出城去。"说话的是总理大臣艾德西斯·珂莱瓦，公爵最亲密的盟友之一。

"可你弟弟怎么办？"司法大臣利连·埃比亚问道。他是埃比安家族的族长，同聚在会客厅的其他贵族一样，他也全副武装，做好了打仗的准备。"我们不能只抓达罗，却放过德鲁西斯。风暴鸟已经把你弟弟当成首领了——他们知道谁在掌握权力。"

公爵夫人一直在轻拍莎拉辛娜的脸蛋，等把小宝宝在摇篮里哄睡着，她站起身。"看好她。"她吩咐完杰莎，然后去跟男人们议事。公爵夫人把房门敞开，无疑是要监督小莎拉辛娜有没有哭闹，这一来，杰莎也可以听闻事情的进展了。现在她已被子爵深深吸引。自从来到纳班，她还是第一次见到有人与自己肤色相近，却又不是奴仆或别人的手下。

"先生们，"公爵夫人说，"同你们所有人一样，我也深受此事困扰。可我们不能因此就做出违法行为。"

"请原谅，殿下。"艾德西斯说，"敌人想把我们钉死在床上时，空谈律法对我们没有任何好处。"他语气恭敬，细瘦的脸上却像不小心咬了一口柠檬。

"恐怕我丈夫不会这么想——你说呢，萨鲁瑟斯？"

杰莎皱了皱眉头，庆幸宝宝睡觉的房间光线较暗，没人能注意到她。公爵夫人脾气很好，可她一点儿都不喜欢艾德西斯。如果公爵眼下不支持她，后面就会有麻烦了。

"亲爱的夫人,事情远比这复杂得多。"萨鲁瑟斯回答。杰莎知道,公爵夫人会用什么眼神看着丈夫,她甚至能体会到那种目光。

"你说得当然对,亲爱的夫君。我也是这个意思。你觉得把暴乱头子抓起来,他们就会承认,是德鲁西斯和英盖达林家族支持他们的?"

"只要用刑,他们会招供的。"利连·埃比亚坚持道。

"他们会按行刑手的授意胡说八道。"公爵夫人说,"他们的家人将永远憎恨我们。其他中立家族会转而支持对方。教宗韦迪安也会谴责我们——别忘了,他能成为教宗,主要是靠达罗·英盖达父亲的支持。我还没提到爱克兰的至高王后呢,从血缘上讲,她也属于英盖达林家族。如果我们只是拷打几个农民,逼出供词,就杀死王后的晚辈,你说至高王座能给我们多少同情?"

杰莎听得出,艾德西斯在竭力保持礼貌。"那么殿下您有何建议?放过这次袭击,不惩罚任何人?假装什么事都没发生?您知道吗,他们烧了我三座仓库?价值九百金皇帝的货物就这么没了!"

"你口口声声说什么谋杀,"公爵夫人说,"其实你更关心钱。"

"这不公平。殿下,凭什么我的动机就要受到质疑?"艾德西斯这话明显是对公爵说的。杰莎看到他从门前大步走过,盔甲铿锵作响。"我们是你最忠实的盟友,萨鲁瑟斯公爵。凭什么我们必须忍气吞声?"

"够了,够了。"萨鲁瑟斯的声音既疲倦又沮丧,怒气已转成某种更加内敛的情绪,"没错,艾德西斯,你们是我的盟友。我不会忘记的。相信公爵夫人也没有忘记,对吧,我的夫人?"

"当然没有,大人。"但坎希雅的语气里并没有多少悔意。

"我能说几句吗,殿下?"

杰莎稍稍挺直身子,因为她听出,这是救命恩人玛楚乌子爵的声音。

"这人为何在这儿?"利连·埃比亚突然发问,"聚于此处之人都是您的追随者,殿下。此人何德何能,凭什么在这里占得一席之地?"

"你可真了解我,利连伯爵。"玛楚乌回答。

"这人救了我的命,还有公爵女儿的性命。"公爵夫人说道,"你对他有意见吗?我很想听听你打算说什么,竟想阻止一位有功之臣发言?"

"亲爱的,别这样。利连刚到不久,还不清楚发生了什么。"但公爵对埃比亚伯爵说话的语气还是严厉了不少。"玛楚乌做了件英雄壮举,你们所有人都该感谢他一千次。他当然可以发言。"

"谢谢,殿下。我只想指出,暴乱不是从今天傍晚开始的。昨天晚上,在特里斯·纳拉斯,有人在神圣救主教堂的台阶上发现了三名死者,他们身上佩戴着英盖达林家族的信天翁纹章。有传闻说,他们死于翠鸟和风暴鸟的又一次冲突——信天翁越来越喜欢自称为风暴鸟了——不过这次结果比较糟糕,最后闹出了人命。接下来的事就显而易见了,今天早上,您的敌人又从邻居中间找来不少愤怒的同伙。如果我的看法对您有用,我会提议,秉公处理将更有效果。找出冲突的始作俑者,不管他们支持哪一方,全部予以处罚。"

"你疯了吗?"艾德西斯厉声质问,"惩罚我们自己人,因为他们自卫?殿下,英盖达林家族在城市北部招摇过市,好像他们才是塞斯兰·玛垂府真正的主人。这些人专门挑衅我们的武装士兵,找不到士兵就找无辜者的麻烦,如果后者身上凑巧带着支持您的标志,就把他们打个半死。那几个死掉的恶棍明显是撞上了敢还手的硬茬子。您不能让您自己的支持者寒心啊!"

"我不同意。"玛楚乌说,"萨鲁瑟斯公爵,如果您想维护和平,那更应该秉持公义。惩罚所有参与非法斗殴之人,不论他们佩戴哪种纹章、支持哪个家族。只有这样,您才能说服整个纳班,证明您想要的是和平与正义。"

"和平与正义?"利连嗤之以鼻,"在我看来,你是想拿走公爵的佩剑,换成一把正义的权杖吧。你还打算拿本法典去跟敌人交锋吗?"

"利连伯爵,有些时候,我们很难看清谁才是真正的敌人。还有些时候,行动太快容易做傻事,反而会制造出更多敌人。"

杰莎忍不住想为这番辩论喝彩,感觉就像在红猪礁湖的家里观看哥哥们的飘羽毛比赛。可她知道,自己一旦发出声音,肯定会被赶走,于是她又往阴影里缩了缩,用一只手捂住嘴巴,乖乖坐好。但她仍很开心:一个与自己十分相似的男人,竟能站在纳班最有权势的人群中间,与他们唇枪舌剑。

"殿下,"一个新的声音响起,如砾石般沙哑而年迈,"我觉得,我们在这里跟自己人争吵纯属浪费时间,冒烟多过发热。这是你的决定,你一个人做就行。"

"我明白,舅舅。"公爵回答,"但我向来珍视您冷静的谏言。我需要听听您的看法。"

现在杰莎知道了,说话的是老人恩瓦勒斯,萨鲁瑟斯公爵亡母的兄弟。杰莎没听到他是何时进门的,不过他在场也合情合理,因为他是公爵的主要顾问。她很喜欢恩瓦勒斯,除了公爵夫人,整个家里愿意跟杰莎说话的人并不多,老人却是其中之一。有时他还会从城外的庄园给她带些苹果。

"凑巧的是,殿下,我赞成艾德西斯伯爵和利连伯爵的看法,绝不能无视这次对你夫人和女儿的袭击。但我同样认为,玛楚乌子爵的话很有道理。纳班民众肯定跟我们一样,对这次犯上作乱感到十分愤怒。不要忘记,你弟弟才是真正的危险。没有德鲁西斯,达罗·英盖达不过是个有钱的肥胖贵族而已。"

"一个比上帝本人还有钱的肥胖贵族,在城里养了五百名士兵!"艾德西斯抗议道。

"无论如何,支撑这次叛乱的不全是英盖达林的黄金。"恩瓦勒斯说，"尽管他们动机不纯，但他们提出的一些忧虑是真实存在的。"

"比如说？"萨鲁瑟斯问。

"这个问题，我们在过去一周里已经讨论很多次了。"他舅舅回答，"色雷辛人一直在劫掠东部地区，烧毁移民村，偷走牛羊，杀死反抗者。达罗伯爵的支持者多数便是那些边境贵族，因为他们害怕。他们有理由害怕。草原蛮子人数众多，万一哪天他们停止内斗——万一有人把他们团结起来——纳班就有危险了。所有文明土地都有危险。"

"我尊重您舅舅的智慧，"在杰莎听来，利连的话像从紧咬的牙缝间生生挤出，"但在这件事上，我认为他在犯傻。"

"这话很危险。"公爵夫人说道，只是声音并不太响亮。

"怎么犯傻了？"萨鲁瑟斯问道。

"因为任何针对草原人的行动都会反噬我们自己。"利连说，"我们要派德鲁西斯去跟他们打仗吗？还是达罗？或者提炎尼斯·萨莱斯，因为萨莱安家族的领地也受到了威胁？如果他们中的某一位打败了草原人，自己却战死沙场，那很好，问题也就解决了。可他们若像以前的皇帝那样镇压了色雷辛人，带回了俘虏和战利品，那该怎么办？如果那位获胜的将军就是你弟弟德鲁西斯，支持你的民众便会调转风向，把他推上公爵的宝座。"

"你说得有道理，但我们就拿草原人没办法了吗？"公爵质问，"我没有继承人可以派遣。我儿子布拉西斯还不到三岁——他太小了，没法带着我的旗帜出征。"

"别拿这个开玩笑，夫君。"说到这里，坎希雅的声音如遭刀绞。

"派我去吧，殿下。"艾德西斯突然开口，"让我率领军队攻打色雷辛人。我会让那些泥腿子对翠鸟纹章再生敬畏！"

"不能只派你的盟友前去。"老人恩瓦勒斯说，"有些贵族的土地遭到劫掠，他们也可以挽回自己的尊严——并得到荣耀和战利品。"

孤儿

"草原人那边能有什么战利品？"利连不屑地说，"马车？绵羊？"

"战马。"玛楚乌积极地接过话头，"天下最好的战马。对任何战争来说，数千匹色雷辛良驹都是最好的奖励，它们的血统能让我们的马厩繁荣几个世纪。更重要的是，战争能转移民众的注意力，他们已经把草原人当成了不会停手的恶魔。不过殿下，请别忘记替这场暴乱主持公义。一场公正无私、轻重适当的处罚，唯独对煽动是非和犯下人命的家伙从严从重。这样也有助于熄灭达罗·英盖达和您弟弟燃起的大火。"

不知是房间安静下来，还是讨论可怕大事的声音变小了，总之杰莎听不到了。她不知该作何感想，只是盲目地觉得，玛楚乌子爵说什么都很有道理。她希望能多了解他一些——了解这位突然闯入公爵家族核心圈子的不速之客。

她蜷缩在莎拉辛娜的摇篮旁，仍觉得无法安心。真是太可怕了！战争、杀人、酷刑，在一栋大石屋的某个房间里讨论得热火朝天。

为什么有些人要统治其他人？她不明白。他们怎么知道自己是对还是错？要了解多少才能夺取他人的性命？难道这就是旱地人的上帝与沙行者的区别？莫非是他们的上帝——他们在高大的石头教堂里崇拜的神祇——在操纵凡人之手，以确保没人会因没有犯过的罪行而丧命？她真希望自己能相信这些。

过了一会儿，她从摇篮里抱起小莎拉辛娜，拥在胸前安抚。小宝宝扭动一下，"咯咯"笑了几声，随后安静下来。她和杰莎一起，在黑暗中睡着了。

The Witchwood Crown

愚蠢的梦

♛

玛寇带领女王之爪,日夜兼程穿过奥斯滕椎平原,跨过融雪后的泥泞和新生的小溪,渡过不久前还被冰块封冻、此时却水量大涨的河流,终于又来到一片常年积雪的土地,方圆数里格全是空荡荡的冻土苔原。奈泽露从未见过如此荒凉、空寂之地,只能偶尔在冻住的泥巴间看到少许马车或雪橇的痕迹,或在远处瞥到几缕乡村的影子——比如几栋尖尖的屋顶,还有烟囱冒出几股炊烟,飘向寒冷的灰色天空——没有这些,她会以为凡人和不朽者从没到过这里。而实际上,奥斯滕椎平原并不像表面上那么空无。

"有人或什么东西在跟踪我们。"有天清晨,几人正吃着稀薄的早餐,玛寇开口了,"风向合适时,我能闻到动物油脂和皮毛的味道,还有凡人的臭味。"

"凡人不会蠢到故意被我们捉住。"肯貂说完,朝亚拿夫龇龇牙,权当露出个狞笑。

"贺革达亚也不会蠢到相信自己刀枪不入。"亚拿夫回敬道,"也许是该查清谁在跟踪我们。"

"不止一个,有很多。"蛊罡嘎说。同往常一样,巨人坐得稍远些,与他们隔开一段距离——玛寇能掌控项圈,好让怪物听话,他们一直谨慎地待在对方的长臂范围之外。蛊罡嘎正在吞吃他找到的麋鹿冻尸,只见他撕下一块块冻肉,连骨头一起吞下,让奈泽露不禁想起贺革达亚贵族生吃鲑鱼片的情景——鲑鱼刚从露弥亚湖中打起,送上餐桌时还在扭动,直接被一刀刀片开割肉——她觉得巨人的吃相就像那些贵族,心安理得且心满意足。巨人一般自己找食吃,找不到肉就用大量浆果和叶子充饥。但只要有机会打猎,他基本都会有收获。奈泽露曾看到他抓住树枝上的活松鼠,顺手扔进嘴里,"咕嘟"一声吞下,好像那是颗毛茸茸的浆果。

"很多?"奈泽露问,"很多什么?"

"很多凡人。离得太远,数不清数目,不过味道跟着我们好几天了。"蛊罡嘎发出一阵雷鸣般低沉的大笑,"我怀疑比我们人多。个把凡人怎敢跟踪贺革达亚?"

"会是什么人呢?"奈泽露问道。

"这一带大多无人居住。"亚拿夫回答,"但从这里到爱克兰边境常有强盗出没,意图打劫行人和商队,他们觉得这片无人区很方便。另外还有司卡利帮。"

奈泽露听到一个不认识的词——司卡利帮。"那是谁?还是什么东西?"

"也是强盗,但有些区别。他们是些瑞摩加人残党,在战争中替你们贺革达亚效力,只是当时他们并未意识到这一点。在赫尼斯第,他们被你们的亲族支达亚打败,头目司卡利因此被杀。在那之后,幸存下来的残兵大多背弃了他们的族人和安东教信仰,重新信奉起祖先的诸神。但你们别把他们当成朋友。他们相信,贺革达亚和支达亚都是恶魔,一有机会就会痛下杀手。"

玛寇盯着北方的地平线,积雪依然覆盖着那边的草场和远山。"有意思,凡人,你带我们走上这条路,然后我们就被跟踪了。更有意思的是,你对这些瑞摩加亡命徒还挺了解。"

"我带你们逃出小地鬼的围攻,女王之爪的玛寇队长,不然你们全都死光了。我带你们平安穿过春沼地,帮你们找到河流浅滩。我还带着你们毫发无伤地穿过狄莫思侃森林边缘,那里隐藏的怪物比我们的朋友蛊罡嘎还要难看、吓人。有了我，你们的速度快了一倍，而你还在怀疑我。"

"没错。不久前，我们还迎头撞上了凡人国王和他的凡人军队。"

亚拿夫表情冷漠，眼睛一眨不眨。"你很清楚，那不是我的错。我已经听腻了这些愚蠢的指控。"

绍眉戟一直遥望东方，看着雾沙穆周围的群山沉默不语，这时突然插了一句。"我还是不明白，凡人，你为什么要帮助我们？你明明有很多逃走的机会。"

"逃走？"亚拿夫大笑，"我为什么要逃走？我又不是瑞摩加人，虽然我长得很像。我在贺革达亚中间长大，是你们把我变成现在这个样子。即使我不算我族之母最重要的仆从，也是她的猎人之一。既然我能帮助女王之爪，那我为何不干？"

"有道理。"绍眉戟十指交叉，鞠了一躬，但连亚拿夫也能看出，这是种嘲讽。"我们贺革达亚被凡人背叛了那么多次，自然比较多疑。请原谅我质疑你的动机，猎人。"

亚拿夫厌恶地转过身，不再理会歌者。他冰冷的蓝眼睛遇上奈泽露的目光，与她对视片刻。奈泽露不知这凡人在想什么，光是这点就很值得玩味——她与凡人打交道不多，在她眼里，凡人就像头脑简单的耕牛。但眼前这人，她虽然不完全相信他的动机，但不知为何，她也不太相信对方会背叛他们。

我对这家伙的了解实在太少，奈泽露心想，比巨人还少。

* * *

几天后，他们来到那片山地，也就是北方人口中的"雾巴喀"，开始慢慢攀上雾沙穆。在周围小山的簇拥下，雾沙穆雪山就像一颗挺立的狼牙。南方的世界已在享受温暖的春天了。奈泽露知道，虽然地上还有积雪，但奈琦迦城外的奴隶和受缚者将会爬出各自的小窝，尽可能多地晒晒太阳。可在北方的世界边缘，这里依然是寒冬，几乎永远都是。

随着冷雾升起,脚下山坡愈发陡峭,攀登越来越难,贺革达亚被迫牵马步行的次数也越来越多。有些时候,巨人必须把受惊的马匹举起方能翻过障碍。奈琦迦战马平时异常沉稳,在怪物掌中却吓得两眼乱翻,看得奈泽露有些心疼。有些山路过于狭窄,盅罡嘎挤不过去,只好另寻一条出路。这时玛寇就要握紧水晶杖,不准他离开自己的视线,直到他返回队伍为止。

这几天里,玛寇除了下命令,几乎就只跟歌者绍眉戟说话,这让奈泽露很是焦虑。她不知道在苦月堡到底发生了什么,但阿肯比的介入明显改变了许多事,就连玛寇自己都对新任务深感不安。

* * *

遇到袭击时,他们已经来到雾沙穆山脚附近,正准备爬上一座陡峭的小山。

斜坡上布满碎石,其间点缀着漂浮的雪末——大小石块都很松散,马匹必须牵着才能勉强上去。为避免后面的人受伤,他们一次只能牵一匹马。

肯貂已经爬到山顶,绍眉戟也跟了上去。奈泽露站在小山脚下,看着亚拿夫牵着他自己的坐骑走过松散的石面,脚步如贺革达亚般轻盈而稳健。但他的马有一脚踩错了地方,身子一歪,摔倒在地,顿时引发一场小小的山崩,差点连累亚拿夫一起滚下山去。奈泽露迅速跳到一旁,躲开一颗朝她滚落、跟她的头差不多大小的石块。亚拿夫伸开双臂,好一会儿才保持住平衡。他检查一下惊魂未定的马匹,催促它重新站好,再牵着它走完最后几步,爬上山顶。

他们早就看出,要巨人走上这段松散的斜坡,肯定会造成更大规模的滑坡,于是玛寇带着他,选了条更长但也更平缓的路。那是道岩沟,布满巨大的石块,巨人经常要把队长的坐骑夹在腋下,带着它爬,看着就像怀抱宠物山猫的奈琦迦贵妇。那匹马被怪物抱着,时不时惊恐地扭动、踢打,还好它是在山里的马厩养大的,所以能一直保持沉默。

奈泽露站在那里,见亚拿夫已爬过危险的斜坡,正准备跟上,突然看到玛寇猛转过身,仿佛听到有人朝他喊话。过了一会儿,他摇晃几下。奈泽露知道他向来脚步稳健,还以为他不小心踩错了地方,但马上看到队长肩上插着一支箭。随后,他脚下一滑,从高高的岩石跌落,消失不见了。

片刻间,一群大胡子男人从两边涌向肯貂和绍眉戟所在的山脊,一边发出响亮又沙哑的号叫,一边放箭。第一批箭矢都射空了,两名贺革达亚趁机躲到山顶边缘一块凸起的岩壁后面,寻求掩护。然而形势十分明显,没多久他们就会被包围并杀死。奈泽露粗略数算一下,对方起码有二十多人,全是衣衫褴褛的凡人男子,其中只有少数带着弓箭,其他人举着斧头或长剑往前冲。

她没时间强行牵马爬坡了,只能丢下坐骑,手脚并用,尽快冲上去。箭矢从她头顶飞过,山上的敌人已经看见她了。

在松垮的岩面上狂奔,感觉就像一场噩梦,但奈泽露知道自己别无选择,因为斜坡上根本无处可藏。一支箭射穿了她耷拉在脑后的兜帽,但她不管不顾,继续手脚着地往上爬,须臾间便接近了山顶。这时,又一支箭射在石头上崩断了,离她的脸不到一臂远。她顺势往前一扑,半个身子依然趴在斜坡上,一动不动地等候。射箭的大胡子凡人急匆匆跑来,打算结果她的性命。奈泽露的弓被压在身下,于是她抽出匕首,迅速掂量一下平衡,全力掷出。匕首旋转着飞向凡人,奈泽露没敢指望刀刃能精准地扎进喉咙,好在刀柄也砸中了男人的鼻梁,让他旋了个身,面朝下扑倒在地,鲜血"哗哗"地流下脸颊。

暂时安全了,奈泽露扭头望向肯貂和绍眉戟。他俩还挤在山顶那块大石头后面,五六个大胡子男人步步逼近,兴奋的叫喊传进她的耳朵,听起来就像毫无意义的犬吠。她离开斜坡,跑上一块混杂了脏雪和枯草的平地，取下肩上的弓。她的第一支箭射偏了，但第二支射中一名袭击者的大腿。那人踉跄着摔倒，但马上爬起，拔掉腿上的箭杆。奈泽露趁机射出第三支箭。箭矢呼啸着扎穿他的链甲，直入胸膛。

其他袭击者就快扑到肯貊和绍眉戟跟前了，这时有几人离开队伍，冲向下坡奈泽露和亚拿夫的方向——亚拿夫的位置比她稍稍高一些。在奈泽露看来，这些凡人就像一群丑陋的野兽，一个个胡子拉碴，块头比她都大，披着不合身的盔甲，像野狗一样滴着口水、厉声号叫。

亚拿夫丢下弓，拔出长剑，迎向冲在最前面的两个敌人，剑刃迅捷地划过雾气，恍如鬼魅。奈泽露站直身子，见有三人朝自己奔来。她射出一箭，贯穿一人的身体，对方应声倒地，不知死了没有。另外两人继续冲来，一人举着长剑，另一人挥舞着沉重的双手斧。奈泽露不退反进，抡起弓臂打中斧手的脸。那人晃了晃，双膝跪倒，鼻子和眼睛都往外蹿血。但她只得到片刻的喘息，因为那人的同伙并没有停下脚步。

奈泽露扔下弓，抽出腰间长剑，将敌人砍来的剑锋及时挡到一边。但这大胡子凡人十分强壮，剑尖还是拍到了她的肩膀。虽然她的巫木盔甲承受了大部分力道，可她的手臂依然被震得发麻，一时间只能换一只手持剑。敌人一个旋身，龇牙咧嘴，目露凶光，再度朝她扑来，用长剑砍向她的头。在他身后，被她打断鼻子的斧手也站了起来，不消片刻就会过来帮助这个耍剑的。

先用"岩蟒退"，她告诉自己。再用"叶刃"化解他的进攻，一脚把他踢翻。

她往旁边闪避，引得对手脚下一绊，接着转身、抬脚，顺势帮了他一把。那人踉跄着扑倒，全靠用握剑手和剑身一起撑住雪地才没摔趴下。与此同时，斧手扑了上来，他满脸飙血，两眼从猩红的污迹间怒视着他，眼白亮如烛焰。他显然看出奈泽露不好对付，于是迅猛而熟练地挥起斧头，将她步步逼退。奈泽露不敢用长剑硬接他的进攻，以防剑身被砸断。另外她的肩膀被刚才那名剑手敲了一下，还在阵阵发痛，如果再遭重击，可能会彻底丧失知觉。这时她又听到，身后的剑手爬了起来，靴子踩上松散的碎石。周围雾气弥漫，她能隐约看到亚拿夫也在与敌人周旋。至于肯貂和歌者在干吗，她连猜都猜不到了。

殉生之舞！她提醒自己。你要专心于殉生之舞。

奈泽露曾在血庭受训无数个小时。老师们不断派出对手，有男有女，手持武器，与她对打，其中有些还是训练有素的殉生武士，但更多的是罪犯和企图逃走的奴隶——他们被迫充当陪练的打手，想活下去就必须杀死奈泽露。有一次训练时，她在血庭由三点钟一直打到九点，总共打倒了二十二个对手。就在她摇摇欲坠、精疲力竭时，终于迎来了最后一个敌人。那是个受过训练的杀手，来自"夏冰"——殉生会最致命的组织之一——他在执行任务时喝醉了酒，被判处死刑，于是来到了这里。

我打败了他，奈泽露提醒自己。尽管与他交手时，我已经累得半死。我杀了他们，所以我才能站在这里。

"为了女王陛下！"她大喊道。敌人当然听不懂她的话，但那剑手也喊了句什么，朝她冲来。

刚刚遇袭时的惊惶已经过去，奈泽露回忆起剑术导师传授的技巧，逐渐掌控了局面，并开始预计下一步，就像在家同父亲下审棋时一样。她转个弯儿，以便朝亚拿夫的方向退去，避免被两个对手从两侧包抄。

突然，一声炸雷般的巨响吓了她一跳，接着是第二声。虽然她用眼角能瞥到闪光，但不敢扭头去看。殉生之舞，她告诫自己，专注于殉生之舞。但这并不妨碍她假装去看。第三声雷鸣在附近炸响时，她

孤儿

瞬间转了转眼珠。剑手上钩了，挥剑砍向她的脖子。她用双膝跪倒，双手握剑猛地往前一送，给他来了个大开膛，然后迅速站起，免得被另一名对手趁机进攻。

这时，她听到剑刃交击声离背后很近了。"我在这儿，凡人！"她大喊道。

"我看见你了，女王的战士。"亚拿夫回答，"待那儿别动——我要耍个小花样了。"

他的话还没说完，奈泽露就抓到了机会。她的敌人再度抡起重斧，她被迫迅速闪避，但也看出对方已经疲累，速度慢了不少。趁他收回斧头的一刹那，她往前一跳，举剑下扎，轻窄的剑刃刺穿了对方的脚掌，让他惨叫着朝后退去。奈泽露紧握剑柄，分脚站稳，弯腰用力一拽。那人仰面栽倒，后背激起一团雪雾，丢掉了手里的斧头。她想抽回长剑，结果对方，可剑刃卡在他的靴子里拔不出来。她干脆捡起男人的斧头，抢在他用手肘撑起身体之前，狠狠劈中他的额头。对方倒了回去，已经断掉鼻梁的丑脸彻底成了一摊血红的肉泥。

奈泽露转过身，正好看见亚拿夫在耍他的"小花样"。只见他一手握住剑柄，将长剑高举过头挥舞着——奈泽露都看不出他是想进攻还是想防守。他面前仅剩的凡人同样摸不着头脑，只好沮丧地吆喝一声，往前扑去。这时亚拿夫丢出长剑，剑锋贴着那人的头顶飞过，消失在他身后。对方被这古怪的招式吓得倒吸一口凉气。亚拿夫矮身躲过大胡子敌人的挥击，一把抱住他的腰。转眼间，两人一同滚在地上，毛皮外衣和手脚混乱地搅成一团。

最后，还是亚拿夫站了起来，手里攥着平时惯用的长刀，刀刃上沾满了血，虽然奈泽露没看清他是怎么拔出来的。

"你打起仗来像个殉生武士。"她说道。

"我告诉你了，伟大的蓑卡亲自教过我武艺。"

一阵风突然从高处吹来，带动雾气从二人身旁流过。隔着山顶，奈泽露看到周围躺着许多敌人的尸体。玛寇被一个戴着眼罩的高大男人打倒在地,那人站在队长上方,正准备杀死他。奈泽露急忙朝坡上冲去,虽然她知道自己没法及时赶到。

独眼男人举起长剑,打算刺穿玛寇。可就在这致命一击落下之前,他朝奈泽露的方向看了一眼,独眼立刻惊讶地瞪圆了,仿佛看到了失踪已久的女儿,看到了永远没机会再见的孩子。

"你……?"话刚出口,他胸前就多出一支箭杆,在皮毛外衣间颤抖着,活像一根光秃秃的树枝。在那把浓密的黑胡子下方,他嘴巴大张,奈泽露看到鲜血如黑水般流下他的胸膛。紧接着,另一支箭射中他的额头,将他推倒在地。

奈泽露回头一看,原来是亚拿夫,他已经捡起丢在一旁的弓箭。这时她才反应过来,刚才让独眼男人大吃一惊的并不是她,而是亚拿夫。

她的双腿还在往前跑,但已失去目的,于是踉跄一下停住。亚拿夫踩过积雪与砂砾,朝她走来。除此之外,四下再无动静。

"他块头真大。"猎人说道,但奈泽露似乎听出一丝弦外之音:他随意的语调像在撒谎。"但我觉得,玛寇还是不会感谢我。"

"那个凡人好像认识你。"话一出口,奈泽露就后悔了。除非说出来有用,否则不要轻易透露你掌握的信息。这是父亲的教诲,也是母亲的。他俩以各自不同的方式教导过她。在殉生会,许多老师也教过她同样的内容。

亚拿夫看她一眼。"不可能。"他说,但奈泽露仍觉得他话里有话。"我从没见过这个丑鬼。"他看看四周,"没别人了。这应该是他们的全部。"

奈泽露不再追问。两人走到玛寇跟前,他趴在地上,努力想爬起来。之前射中他的箭已经没了,但伤口十分醒目,还在流血。奈泽露毫不怀疑,为了尽快加入战斗,他一定亲手把箭拔了出来。

孤儿

他们在不远处的巨石旁找到肯貊和绍眉戟,大胡子凡人的尸体在四下围成一圈。肯貊身中十多刀,但还能坐着,正用带子扎住手臂,给最严重的伤口止血。歌者躺在旁边,一动不动。奈泽露上前查看,发现他没受什么伤,翻过身子也没见流血。可他完全没有知觉,瘫软得像块破布,仿佛陷入沉睡,正在生死之间挣扎。

"到底发生了什么?"她大声问道,"这些凡人想干吗?"

亚拿夫弯下腰,在一具尸体上割下什么东西,拎起来。那是一块楔形铁片,挂在一根皮绳上。"看到没?"他晃晃沉重的铁片,"是豪尼尔——乌顿·瑞摩之斧。乌顿是我们族人的旧神。我猜对了,他们是司卡利帮。"

"他们为什么追杀我们?"

亚拿夫耸耸肩。"我们要去雾沙穆。山上有个地方叫乌顿之树,是瑞摩加旧神的圣地。我说过,瑞摩加人觉得你们是魔鬼。他们想阻止我们接近圣地。"

"为这理由送死,真是愚蠢。"她转回去检查绍眉戟。

"你有更好的理由吗?"亚拿夫问她。不等奈泽露想清这古怪问题的含义,便听他惊讶地轻吹一声口哨。她扭头去看是什么让他如此吃惊,只见他又抬起一具尸体——实际上只能算半具,因为肩膀及以上的部分全没了,只剩下冒烟的毛皮外衣和焦黑的血肉,其间支棱出一些骨茬。"上帝啊,这家伙怎么死的?"亚拿夫睁大眼睛问道。自从战斗打响,奈泽露还是头一回看到他流露出真正的恐惧。

"是歌者干的。"肯貊摇摇晃晃站起身,"他施展了漂亮的法术,可惜我没工夫好好欣赏。大概用了石头。他杀了好几个,然后突然倒下,成了这副模样。"

"我们得给他和玛寇找个隐蔽处。"奈泽露说。

肯貊凶狠地盯着她,鹰一样的脸上涂满血迹。"在玛寇能说话之前,由我来下达命令,你这混血杂种。"他指指绍眉戟,"你俩抬歌者。我抬玛寇。"

亚拿夫看看四周。"巨人呢？我没看见他。"

肯貂撇起嘴角正要冷笑，突然意识到亚拿夫这话的深意，立刻沮丧地怪叫一声，跪在玛寇旁边，在他腰间摸索，最后找到装有水晶杖的袋子。他站起来，一手握紧水晶杖，一手在嘴边拢成喇叭状。

"巨人！你在哪儿？马上给我出来，不然我掐死你，活烤了你的心脏。感觉到你的项圈没有？"他将水晶杖凑到唇边，轻声说了句什么——奈泽露似乎听到一阵喃喃的歌声。斜坡下方立刻传来痛苦而可怕的怒号。

"操你妈！"蛊罡嘎声如雷鸣，"我被卡在石头下面了！你再弄一下试试！我就是挖穿这座山，也要扯掉你的脑袋！"

肯貂厉声狂笑，又对着水晶杖低声说些什么，巨人再次发出震撼大地的咆哮。"好吧，看来我们真得把他挖出来。"最后他说，"然后让他把他俩带到隐蔽处。"

* * *

像凡人一样围坐在火边，感觉特别奇怪。不过绍眉戟一有力气说话，就央求他们生起一堆火。现在他蜷缩在营火前，虚弱得仿佛刚刚熬过一场热病。烟雾升起，飘出浅洞，很快便被山风吹散。

"算是种法术吧。"亚拿夫问起那些烧焦的尸体时，歌者回答，"我们运气不错，周围刚好有合用的石头。大多数石头没法承受长时间的高热。"

"长时间的高热？做什么？"

"在它们炸裂之前丢出去。"他摇摇头，又朝火堆挪近一些，"我用咒歌往石头里灌注火焰，把它们烧得滚烫，然后丢出去。"他抬起右手，上面的皮肤烫成吓人的红色，布满水泡。"但短时间内，使用这么多力量是很辛苦的。我耗尽了体力，应该能睡个好觉了，就像小时候一样。"

孤儿

* * *

后来,他们出去捡拾木柴。之前没人安排过奈泽露干这活儿。她发现自己又走在亚拿夫旁边,与一起出来捡柴的肯貂离得相当远。

"所以他们就是司卡利帮。"她说,"以后还会遇上更多吗?"

亚拿夫在一棵树上敲打柴枝,磕掉上面的积雪。"估计不会。他们等到巨人离群,以为时机到了,才发起进攻。我们干掉了二十多人。如果还有更多,他们早该出来帮忙了。"

"可是,为什么?他们为什么袭击我们?你说过,他们把我们看做魔鬼,那又为何出来冒险?"

"殉生武士,虽然你有一半凡人血统,却并不了解凡人。我们做事并不总是遵循理智,尤其是被恐惧或愤怒驱使的时候。"

"他们害怕我们,所以先下手为强?"

"他们害怕我们接下来要做的事——爬上他们的圣山雾沙穆。他们自以为能阻止我们,以为这是诸神的旨意,以为诸神会帮助他们打败魔鬼。这就是他们的想法。这种故事给了他们生存的意义。"

"你是说,他们像孩子一样愚蠢?"

亚拿夫把一根新柴放进自己的柴堆,后退一步,直面着她。"我是说,所有会思考的活物都有故事,好在纷扰的世间替他们的出生寻找意义。你应该了解的,殉生武士奈泽露,若不是有华庭和你们那位不死女王的传说,你的族人早就缩在山洞里死光了。你们相信她会引领你们,重返很久很久以前的幸福时光,所以你们才能忍受艰苦的磨难和残酷的战争。你们甚至不会怀疑一个事实:就算幸福真的会来,你们可能也活不到那一天。"

奈泽露一时没听懂他的意思。"可你知道,那不仅仅是个故事。华庭、女王陛下——都是真的!"

亚拿夫又变得面无表情。"你说是就是吧。"

"她也是你的女王陛下!你不是她的猎人吗?她的猎奴手?你不

也在替她效命吗?"奈泽露没想到,他俩会有这么大的分歧,不禁惊慌地四下搜寻肯貂的踪迹,可他还在斜坡高处。

"我有我自己的故事。身为贺革达亚女王的仆从,并不能约束我的思想。如果你愿意,你也可以有不同的想法。"

"这是忤逆!"

"你说是就是吧。"

"你怎么知道,我不会把你刚才的话告诉给肯貂或玛寇?"

"我不知道。这就是你的故事?有人说的话让你害怕,你就要消灭他?"

奈泽露从未遇见这样的事,一时不知该作何感想。猎人的说法比忤逆更糟糕,简直骇人听闻,颠覆了她的整个世界。单单琢磨一下这些想法,她就像被人从高处推下,但与此同时,她也有种一瞬间的狂放和自由感。这种感觉让她害怕,可她不愿逃避。"你是个很奇怪、很危险的人。"

"猜不到吧。"

奈泽露看着他继续捡拾柴火,神情镇静,好像压根没说过"我族之母是个骗子,华庭只个愚蠢的梦"。"凡人,没有信念,你是怎么活下去的?谁又能活得下去?"

"多得让你吃惊。何况我从未说过我没有信念。等你遇上一个信念崩溃的人,你才会知道,什么叫真正的危险。"他打量着自己那堆木柴和树枝,"也许该回去了。再捡我就拿不动了。"

但奈泽露很想继续聊下去。她知道自己有很多办法证明他是错的,可她又何必跟这种人争辩?最好的方案当然是告发他,一了百了。她知道,如此强烈的迷惑感一定出于某种黑暗魔法,但她满脑子都是更多的疑问。

"你很了解司卡利帮。"她说,"为什么?"

他恼火地看她一眼。"我都告诉你了。我在这一带活动多年。我

孤儿

曾深入过远超你想象的南方——深入到凡人的土地。我去过他们的城市。"

"你去过？怎么去的？"

他歪了歪嘴角——莫非是在忍住笑意？"哈，别忘了，殉生武士奈泽露，我是个凡人。一个瑞摩加人进城，没人会惊讶的。"

更多问题争着涌出她的嘴巴，可她自己也被第一条漏网之鱼惊呆了。"那是什么样子？我是说，凡人的城市。"

亚拿夫耸耸肩。"很吵，很脏。事实上，你会觉得十分污秽。他们到处乱盖房子，逮到哪儿盖哪儿。他们做事随心所欲，一旦妨碍到别人就会互相吵架。"

奈泽露无法想象。"会有这样的事？那一定很可怕！他们的统治者允许他们这样？"

"有两种可能，殉生武士。一是他们的统治者不如我们的强大和聪明。二是他们不像我们这样畏惧自由。"

"你在开玩笑吧。与人争执，为所欲为！这算哪门子自由？这叫混乱。"

"好吧，也许这就是差别所在。凡人更中意混乱的自由，而非顺从的自由。"

这下奈泽露可以确信，他是在捏造不存在的事实，不由怒上心头。"你认识那个人。"她突然说道，"他也认识你。"

亚拿夫茫然地看着她。"你说哪个人？"

"司卡利帮的独眼男人，想杀玛寇那个。他看到了你，认出了你。"

"我表示怀疑。不过，就算他认得我也没什么稀奇。这么多年来，我一直在边境地带出没。我遇见过这类人，也杀过几个，肯定会有些幸存者记得我。"

奈泽露摇摇头。"我不相信你的话，凡人。他看到你的样子与你的说法不符。他脸上的表情不是那样——不是看到了老仇人。看到你,他很惊讶,但他认出了你。"

"这并不能反驳我的说法。"

肯貂在山坡高处转过身,朝他们走来,肩后背着一大捆临时绑起的木柴。

"老实告诉我,"奈泽露只知道自己迫切渴求真相,却不知为什么会这样,"你认识那个独眼男人吗?"

猎人扭头看看她,将木柴担到肩上。奈泽露惊讶地看到,他露出灿烂的微笑,好像刚刚得到高度的称赞或巨额的赏金。"今天我是头一次见到他。"

没错,他在撒谎;不但如此,他还知道奈泽露已经看出他在撒谎——那副轻松自得的笑容,等于告诉了她想要的答案。奈泽露应该跑去告诉玛寇,但她没有。相反,她心里装满了从未有过的好奇,如此出人意料、如此异乎寻常,以致她过了很久都没反应过来。直到她跟着瘦削的亚拿夫,返回玛寇和绍眉载栖身的洞穴,心里才慢慢回过味来。

这个家伙——这个凡人,奈泽露惊愕地想道。不对,这个叛徒,为什么会让我如此着迷呢?

孤儿

两场卧室谈话

♛

　　这是个温暖的夜晚，海霍特寝宫楼上弥漫着潮热的气息，仿佛雷暴随时会来。仆人们已被遣到外间，王后赤裸着身子，坐在镜前梳头。

　　"上帝提醒我们，这副躯壳只是暂时借给我们的，用来承载我们的灵魂，好让我们行走在罪恶的大地上。"她突然冒出一句。

　　西蒙已经窝在床上了，尽管天热，他还是穿着睡衣。他又在想雾沙穆雪山——也许因为最近它不会在梦中出现——他想起许多年前，同吉吕岐和宾拿比克一行爬上乌顿之树的情景。在那"树"下埋藏着更深的记忆：龙眼冰蓝色的瞪视、炙热黑血泼到身上的痛楚。回想起这些，他不禁打个冷战。"抱歉，吾妻，你刚才说什么？"

　　"这个。"她用双手捧起乳房，"这副衰弱、老化的躯壳。"

　　"我觉得你很漂亮。"西蒙回答。

　　"真会说话。"

　　"真会说话？什么意思？你这女人啊，暗指我在说谎？"他纵声大笑，"我第一眼看到你就爱上了你。你以为我年纪大了，反而变得肤浅了？到床上来。"

　　"还不行。"米蕊茉继续梳头。她现在留着长发，但西蒙还是有些怀念过去没那么讲究、没那么正式、剪了短发掩饰身份的假小子。

那时的她更像某个故事中的人物。

上帝宝血啊,我们真的老了?他心想。我自己没觉得老,感觉跟从前一样,只是有些……沧桑。就像一艘船,多年来乘风破浪,搞到索具松弛、船帆破洞,但船底依然结实稳固。他又大笑几声。

"有什么好笑的?"西蒙再熟悉不过这愠怒的声音了。

"我……只是觉得,幸好我们的'船底'依然稳固。"

米蕊茉回头瞪他一眼,瞥了瞥自己白皙脆弱的身体。"你在嘲笑我吗,夫君?"

"怎么会?哦,亲爱的,再过一千一万年也不会。到床上来嘛。"

"我会的。不过今晚,你别想胡乱摸摸我、拍拍我的脸,就能让我原谅你。我很生气,西蒙。"

他叹了口气。"还在生气?"

"什么叫'还在生气'?你觉得很好玩吗?我们要把唯一的继承人——我们唯一的孙子!——送去深山老林,送到危险中去?"

"我们都在危险之中。"西蒙对自己的观点颇为满意,"我们最终都将死去。这是上帝的旨意。挣扎反抗也没什么意义。"

"你在惩罚你的孙子,因为我不同意让你去找希瑟。"她瞪着镜中的自己,不愿与丈夫对视,"我还以为,我们可以平等相待,夫君。可现在,我知道真相了。"

"什么?你在胡说什么?你跟我一样心知肚明,那小子需要历练。他一直只为自己而活。"

"害死他就能改变现状吗?"

西蒙沮丧地拍了下被子。"我不希望他受伤,上帝保佑我们吧,我只希望看到他成长。如果我们死了,他还是那样怎么办?至高王座将交给一个自私自利的男孩——一个不愿意长成男人、只爱吃喝嫖赌的男孩。看在安东大爱的分上,米蕊茉,只因为喝醉酒打个赌,他就爬上了耶尔丁塔!如果他掉下来,在卵石路上摔碎了脑袋怎么办?你还会说,他待在这里,比去外面历练更安全?"

"别用没发生的事羞辱我,西蒙。你从没对他好过。"

西蒙闭上眼睛,强忍心中疲倦的怒火。他本以为这事已经过去,今晚不会再提。"上床吧。你不穿衣服坐在那儿会着凉的。"

"你最好也派我去做件危险的任务,那样才有可能让我闭嘴。"

"该死,米蕊,你以为我派他出去是要害他?你疯了吗?其实是你想让他待在家里吧,因为……因为你没法为约翰·约书亚的事原谅自己。"话一出口,西蒙就知道自己打开了一扇本该封闭的大门。妻子的沉默似乎印证了他的想法。

沉默持续很久,他才再次开口。"米蕊?亲爱的老婆?是我的错。就算吵架,我也不该揭这旧伤疤。"

"不,"她回答,"不,你刚才的话有一些道理。可你不能感同身受吗?我们已经失去了唯一的儿子,你又怎么放心把孙子送去危机四伏的野外?"

"因为他是下一任国王啊,米蕊。国王不能总是逃避后果,不然他会变成一个不懂统治之道的国王。"

"你在说我父亲?说他疯了?"

"不是、不是、不是。"西蒙深吸一口气,搜肠刮肚想解释一个连他自己都说不清的道理,"这问题比你说的更大。我跟你提过,让我去找希瑟。他们是我们的盟友,却跟我们断了联系。可你不让我去。现在我们需要他们的意见,总得有人去找他们。"

"艾欧莱尔就很合适。没必要连我们的继承人也派去。"

"但这事不是为了满足我们的需要,而是为了帮助莫根纳。"他掀开被子,"过来吧,我保证不乱摸你。过来跟我聊聊。看你坐在冷风里让我心疼。"

"不冷。虽然春天还没过去,但现在暖得像夏天。你又做梦了?"她语气变了,虽然只有一点点,"是那座山?"

"还是没做梦,但我记得那座山。不过我心里不止有它。来嘛,到床上来。"

像是为了提醒他,自己并非麻利遵命的仆人,王后又用梳子梳了几下头发。终于,她放下镜子和梳子,爬到床上,迅速钻进西蒙揭开的被子。

"你要在我面前掩饰魅力吗?"西蒙觉得有些好笑,"你担心我被原始的肉欲掌控?圣树啊,现在想来,还真有可能。"他伸出手,用指尖轻抚妻子的臀部,享受那清凉丝滑的触感,"来试试嘛。"

"不行!住手!你刚才保证过的!"米蕊茉推开丈夫的手,但又调整一下姿势,好让西蒙的身体贴紧自己,"你心情好,因为你刚才吵赢了,可以任意处置我们的孙子了。但我没你这么好的心情。睡觉!"

西蒙倒在枕头上,眼睛盯着床蓬。那是一块绣着星星的蓝布,活像一张星图。"我特别想去找希瑟,你知道为什么吗?"他最后问道。

米蕊茉动了动。"因为我们需要他们的智慧。西蒙,这一点你说得对……"

"不对,我想去找希瑟,因为我想念这些老朋友了。"

"你有很多老朋友。宾拿比克就在这里陪着你!"

"他不会待很久了,米蕊。在这之前,我们上次跟他见面是什么时候?有好多年了吧。我们又有多久没见到希瑟了,除了那位中毒的信使?十年?恐怕不止吧。"他略略撑起身子,伸出手臂揽住妻子的头。每次二人如此亲昵时,西蒙总是无法理解,他妻子这么娇小的身躯,为何会蕴含着如此强大的力量,竟能随心所欲地伸手攥住他的心脏,虽不会在他身体上留下伤痕,却能让他的灵魂阵阵发痛。"我想念他们,米蕊。我想念与他们一起旅行的日子。不是因为我想念年轻的时光——虽然那也是原因之一——而是我想念那些真正的朋友。"

米蕊茉扭头看着他。"你有很多真正的朋友。"

"宫里那些算不上真正的朋友。少数几个,比如杰瑞米和艾欧莱尔,在我们被推上王位之前就认识……"

"我不是被推上王位的,记住,我是国王的女儿。"

"放松些,我的甜心。自从山羊王克莱西斯杀害救主以来,再没有哪个君王像你父亲那样不得民心了。真实情况是,你我谁都不该上位。王位本该是你叔叔约书亚的,是他率兵推翻了你父亲,可他却把王位让给了我们。"他伸出手,小心地抚摸妻子的头发,"总之,我真正的朋友不在这里。我想再去看看希瑟。我说不清为什么,但若见不着,我会觉得自己永远不够完整。我们年轻时认识的世界已然消逝,但希瑟没有。你从没去过角天华,世界上也不会再有那样的地方,就连希瑟建起的伟大城市也无法与之相比。那里就像一首歌、一个传说……"他想不到更合适的词,只好陷入沉默。

"可你干吗一定扯上莫根纳?他不认识希瑟,就算见到他们,感受也可能跟你完全不同。他会抱怨说,他们不会唱好玩的小曲,他们的女人年纪太大。"她忍不住笑出声,"想象一下,勾引一个一千岁的女人,他会失败的。"

"我想也是。"西蒙闭上眼睛。床蓬上的星星让他有些眼花。直到现在,他才意识到自己有些累了。"米蕊茉,上帝给予我们的生命十分短暂。我很幸运能遇到睿智的老师——宾拿比克、葛萝伊、亚纪都、吉吕岐,最重要的还有莫吉纳。他们教我要透过现象看到本质。我努力记住这个教诲。莫根纳却没有这样的老师。"

"西蒙,你可以做他的老师啊。不要派他出去。希瑟已跟从前不一样了。他们不会接受他、教导他的。"

"重点就在这里,米蕊。你说得对,希瑟已跟你我那时不同了,至少说,他们变了。世界也跟你我年轻时不一样了。我们试过教他,但莫根纳什么都不想接受,所以他自己去学。世界这么大,可他只看过一小块地方,还是以王子的身份。难怪他的目光只能定睛在杯底!"

"你不能指望他跟你一样,西蒙。"

"我也没想这样。我只希望他能学到些东西。当然不是单靠他自己,艾欧莱尔是我认识的最善良、最聪明的人物之一。而且别忘了,在大半段旅程中,莫根纳还可以跟矮怪作伴。我相信,有宾拿比克和茜丝琪在,他们会帮他躲过并免去任何伤害。"

"别,西蒙,别这么想当然。不管我们如何祈求,上帝并没有拯救约翰·约书亚。"

"我只相信我亲眼看到的事实,米蕊。所以莫根纳需要见识不一样的东西。他会成长起来的。他会看到不一样的世界,看到不会对他鞠躬行礼、迁就纵容、原谅他各种恶劣行径的世界。假如你当年没离开麦尔芒德会怎样?假如风暴之王战争期间,你一直待在城堡里,只能听到仆人报告的消息,而他们又不想让你烦心,那又会怎样?假如你从未测试过自己的勇气呢?"

"假如我没有,很多人会特别开心。"她略带悲苦地说道,"他们说我是个假小子。因为我剪短发、穿男装,他们说我是个巫婆。"

"我就没这么说过。"西蒙忍不住在心底里打个呵欠,"我说你很完美。我说你是我的挚爱。"

米蕊茉往上伸伸头,嘴巴凑近他的耳朵。尽管已是多年的夫妻,呵在耳间的热气仍让西蒙打了个哆嗦。"睡吧。"她说,"你累了,而明天会很辛苦。"她吻吻西蒙,"但别以为你抚平了我所有不快,熄灭了我所有怒火。"

"做梦都不敢想。"睡意在拉扯他。他头一次庆幸自己不会再做梦,因为他不想再见到那致命的蓝眼睛,不愿再记起那难忘的亘古严寒。

♛

他敲门敲得震天响,想必整个城堡都能听见,但沉重的大门依然紧闭,黑色的方形门板岿然不动。他敲得指节发痛,却没人来应门。

孤儿

"父亲!"他的声音又尖又抖,都快哭出来了。可他知道,若是任由泪水横流,他会被人嘲笑的,因为王子不该哭鼻子。"父亲,你在吗?为什么不理我?"

他正想转身离开时——就像过去千百次那样——大门静悄悄地开了、停住,露出一道不足一掌宽的漆黑门缝。他呆呆地看着,心跳声如刚才用拳头敲击门板一样响亮,好像有人还在敲门。不知为何,他知道父亲站在门里,在等待,在聆听。父亲终于开门了,在等待他的儿子。

可他已经死了,莫根纳突然记起,五脏六腑被恐惧猛然揪紧。大门又朝内部开启,黑色门缝越来越宽。可除了黑暗,门里看不到任何东西。不对,我父亲死了。死了很多年——我不想看到死后的他……!

他坐了起来,浑身汗湿,躺在一张略有些熟悉的床上,盖着一条毛毯,身旁躺着一具温暖修长的身体。敲门声仍在继续。

"殿下!"门外有人喊道,莫根纳认出是侍从梅尔金的声音。"求求你了,殿下,快开门!我有消息给你!"

"上帝的宝血圣树啊!"莫根纳赌咒道,试图安抚自己狂跳的心脏。如果挡不住噩梦,烈酒还有什么用?尤其是那个梦,那个纠缠他许久、糟糕至极的噩梦。"以安东的名义,滚蛋!"他大喊一声,呻吟着侧身躺倒,想拉起被子蒙住头,可他身旁的瑞摩加女子抱怨太闷,又把被子拽了下去。这些日常的声音和动作驱散了王子脑中的黑暗。

这女孩叫什么来着?对,丝瓦娜,意思是天鹅。这名字还挺适合她的。她发色很浅,近乎全白,四肢优雅而修长。至少莫根纳喝醉时是这个印象。换作天光大亮,他没法保证还敢凑近好好打量她。

敲门声坚持不懈。"殿下,求求你,别再睡了!国王与王后召见你!"

莫根纳哀叹一声。自从在塔顶撞过之后,他的下巴还在抽痛。昨晚喝得太多,他的脑袋都被泡软了,宁可到集市广场找个人砍掉算了——可他必须承认,他是故意用酒精把自己灌成这副德行的。现在他还要离开温暖的床,跑去当着整个宫廷的面,因为耶尔丁塔那场闹剧而接受批评。

"我说了,滚蛋,梅尔金。等太阳爬高些再来。告诉他们,我爬到山上飞走了。"哦,亲爱的乌瑟斯,要是真能乘着暖风飞走该多好。"现在什么时间了?"

"差不多十二点钟,殿下。"

"那就等太阳沉低点再来。"他把眼睛眯开一道缝。尽管挂着窗帘,边缘漏进来的阳光依然刺得他难受,"最好等到下山以后。"

"可是殿下!国王与王后……"

"国王与王后可以再等等。叫他们多花点时间罗列我的罪状。等着瞧吧,他们会感谢我的。"

"可是,莫根纳王子……"

"撒泡尿洗洗你的耳朵吧,梅尔金。"

他正要沉回黏稠的睡梦之际,房门"嘭"地开了。莫根纳吃了一惊,翻过身,睁开蒙眬的睡眼看向门口。他没看到瘦长的侍从,却惊讶地发现有道人影,活像一个山地矮怪,朝他挥舞着什么东西。

"起床,殿下!"那个矮壮的身影宣布,"有个好消息给你。"

莫根纳眯眼挡住讨厌的光线,终于看清那不是矮怪,而是毛茛太太,这家妓院又矮又胖的老板娘。他哼了一声。"好消息?"

"您的账已经付清了,莫根纳王子。"她抖抖手里的袋子,里面"叮当"作响,"宫务大臣以您的名义送来了金币,还有国王与王后的命令。"

"什么?"莫根纳推开丝瓦娜压在自己胸前的手臂,好不容易坐起身,"那你为什么叫醒我?"

"因为这笔钱有个附加条件,他们以后不会再帮您付钱了。也就是说,此时此刻,您抱着我的冷美人,占用了我最昂贵的床铺,却没法再给我带来任何收入了。"她双手叉腰,灿烂地笑着,"您的恩主没付早餐钱。所以殿下,动起来吧,起床,您可以走了。"

"可你收到钱了!"说不通啊。祖父母还在生他的气,为什么会帮他付账?"太阳还没爬上天,你干吗在我门口又吵又闹?"

"太阳都快爬到中天了。起床,起床,小王子,不然我只能喊公牛兄弟帮你下床了。"她迈着笨重的脚步来到床边,用随身常带的汤勺戳戳他,"您家能给您清账,我必须向仁慈的上帝献上无穷的感谢——您也该感谢他,不然再迟一些,这地方就该倒闭了——但从今往后,恕我不再接待您了。话虽如此,殿下,您能光临小店,让我无限感激。"毛茛太太露出微笑,可莫根纳头疼欲裂,只觉得她不怀好意。"起床啦。还是说,您突然害羞了?"

他慢吞吞穿上马裤,然后去找其他衣物,边找边琢磨,到底发生了什么?毛茛太太则用汤勺指指点点地帮他找。"那边,我看到有只袖子。对,就在丝瓦娜身下。还有您的鞋,在床底下露出一点点,活像两只受惊的小狗。啊,那是您的短上衣,高贵的王子殿下,挂在百叶窗上了。它是怎么上去的?"

王子终于穿戴齐整。毛茛太太、大脑袋的公牛兄弟,外加白皙的丝瓦娜——她还披着两人同床时盖的被子——组成一支小小的欢送队伍,目送侍从梅尔金领着王子走出店门,走进外面刺眼而灼热的阳光。

"莫根纳王子,我代表店里的女孩和我的钱包感谢您!"毛茛太太喊道,"我不能说'欢迎再来',因为至高王座颁布的律法不允许,所以我就不说了。但我可以说'一路顺风'!"

"一路顺风?从这儿回海霍特要不了一刻钟。"莫根纳对梅尔金嘀咕道,"看在所有圣徒的分上,今天到底怎么回事?"

The Witchwood Crown

"我也猜不出,殿下。"梅尔金说。莫根纳觉得侍从的目光有些闪烁,可他没法想得太深,光是走在耀眼的阳光下,便耗尽了他所有的注意力。

♛

米蕊茉觉得,在王座大殿召见莫根纳未免过于正式,但她之前答应了西蒙,也只好按他的意思办。

对这高顶大厅怀有美好记忆的人并不多,但王后是其中之一。她小时候就在这里,看着爷爷端坐在龙骨椅之上,头顶悬着许多历史悠久的旗帜,行使王权,履行公义。后来她又看到,父亲在同一间大殿里扮演同样的角色,尽管那美好的日子没能持续多久。如今,王座大殿总让她联想起巨大的洞窟,国王治下各大领地和民族的旗帜从屋顶垂下,仿佛钟乳石一般。在这想象的洞窟正中,自然便是龙了。当然,巨龙眼下只剩骨头,化作了赭黄色的枯骨王座,而她和西蒙都不想坐上那把椅子。

"莫根纳,全境的王子,至高王座的继承人,本王选中你去执行一个重要任务。"西蒙用极为郑重的语气宣布,听得米蕊茉只想皱眉头。

看王子的模样,昨晚他应该过得很糟。他眨巴着眼睛,不时耸耸肩、摇摇头,如果他先沐浴更衣,米蕊茉会更同情他,可他现在的样子,更像被人从鄂克斯特的阴沟里直接拖来一样。殿内还有许多廷臣,其中不少掩着嘴,悄悄议论他的尊容,就差当着国王夫妇的面,公开嘲笑他们的小孙子了。王后真希望,丈夫能在私下里跟王子谈话,但光是找他就花了几个小时,西蒙早就失去了耐心,也就没兴趣顾忌莫根纳的感受了。

西蒙详细解释了这次任务的重要性:找到希瑟王族,将中毒的希瑟信使带给他们的医师,对至高王座意义重大。莫根纳只是张着嘴巴听。当西蒙宣布,由艾欧莱尔伯爵和莫根纳担任特使时,王子一脸呆

孤儿

滞地瞪着国王,那副表情让米蕊茉失去了所有同情,只想冲过去给他一耳光。

"我?为什么要我去?"莫根纳质问道。

西蒙反应冷淡。太冷了,米蕊茉心想,但她遵守承诺,默不作声。"年轻人,第一个也是最重要的原因,是你的国王与王后命令你去。至于其他原因,我很乐意私下跟你讨论。"

"但我根本不了解希瑟!"

"他们同样不了解你。我们只希望,他们与你见面之后,不会后悔认识你。"西蒙的脸色黑得像块雷雨云,但米蕊茉看得出来,他仍尽量使用温和的字眼。"你将与艾欧莱尔伯爵同行,在世的人中,首相大人是最了解他们的人之一。不过最重要的是,你将以至高王座的王子兼继承人的身份去见他们。这很重要,孩子,非常重要。你明白吗?请告诉我,你明白了。"

莫根纳只是闷闷不乐地盯着他。西蒙深吸一口气,介绍他和米蕊茉为这次出使安排的随行人员。爱克兰卫队将派遣骑兵和步兵团,护送二位使节,矮怪们也将顺路同行。但宾拿比克一家要返回伊坎努克,所以会在岔路口与他们道别。

王子听了一阵儿,动了动。"这么长的路,我总得带些伙伴吧?梅尔金太不擅长聊天了。"他瞪了侍从一眼,后者瑟缩一下,显得更小了。

"艾欧莱尔和宾拿比克是全奥斯坦·亚德最聪明睿智之人,如果连他们的陪伴你都不满意,"西蒙继续板着脸,"那我们准许你带上一个伙伴共同上路——虽然我不确定他们算不算你的朋友。"

"赞美圣徒和天使们。"莫根纳头一次露出愤懑之外的表情,"虽然我不想丢下其他人,但艾斯崔恩会是个好伙伴的。他会开玩笑,也擅长使剑……"

"嘿,小子,嘿!"西蒙截住他的话头,"我是说你可以带个伙

The Witchwood Crown

伴,但没说你可以随便挑。你可以带上波尔图爵士。虽然那是很久以前的事了,但他至少曾为至高王座效过力,并且他是个好人。莫根纳,我们希望你身边的人既有智慧又有经验,而不是些狐朋狗友。"

"波尔图!他都一百岁了!不对,一千岁!"这回莫根纳站了起来,脸色煞白,两手发抖,既因为昨晚的放纵,也因为眼下的愤怒。"这些都是为惩罚我,对不对?因为我不听你们的话。你们希望我死在森林或东边某座山里,免得我再给你们丢脸。"

"仁慈的圣瑞普在上!"西蒙往前躬身,胡子披散在胸前。一时间,米蕊茉觉得,她熟知的丈夫更像一位古代先知,而不是原来那个老好人。"只是为了惩罚你,我就要拿这关乎国运的任务、拿我最重要的顾问和士兵去冒险吗?臭小子,你真让我生气。非常生气。"

"陛下……夫君……"米蕊茉不能不说话了,"请别忘记我们的目的。"

西蒙恼怒地横她一眼,但也看到宾拿比克和艾欧莱尔伯爵都用担忧的目光盯着自己。他花了些时间,等到恢复镇定才重新开口。"我再说一次,王子,在我和你祖母心里,这个任务至关紧要。我们派你去,不是为了惩罚你,而是希望你能成功。我们派你去,是希望你为至高王座作出贡献。而这王座总有一天会属于你。"他看着莫根纳,后者双手抱胸,显然不打算再跪下了。"你可以去做准备了。三天后是圣卡利斯坦日,你们将在那时出发。"

莫根纳气得脸色发白,显然还想争辩,但这回,他头一次看了眼祖母。米蕊茉摇摇头,动作缓慢而坚定。王子脸上恢复了一点血色,低下头。

"遵命,国王陛下。"他只说这么一句,谨慎而精确地鞠了个躬,转身走出王座大殿。他的侍从快步跟上,试图在追上他的同时,又不要背对国王与王后,结果走出一条歪曲而古怪的路线。

"二位陛下,不用担心,我和宾拿比克会好好照顾他的。"艾欧莱尔伯爵说,"回来之后,他会变得稳重而可靠。毋庸置疑,莫根纳王子是个好孩子。"

"是啊,西蒙,我坚信他会平安无事,长大成才。"宾拿比克声音很低,除了伯爵、国王与王后,大殿里几乎没人能听到他的声音。"有些时候,他会让我回忆起过去认识的某个年轻人,那时他同样迷茫而愤怒。"

"如果你说的是我,我祈祷他不用像我一样,经历那么多磨难。"西蒙说,"可现在,我很生我自己的气,因为我失控了。我不想这么快就赶他出去,还有一件重要的事没做呢。"他挺直腰板,抬高嗓门,让群臣安静下来。"我们还有一样东西,要交给勇敢的特使,以帮助他们上路。这是件备受尊荣的物品。提阿摩,你带来了吗?"

提阿摩跛着脚走到近前,将一只大木箱递给西蒙。国王打开盖子,取出里面的东西。王座大殿顿时一阵骚动,但只有少数人能准确猜出他手上拿的是什么。

"这是啼-涂挪号角。"西蒙把它高高举起,阳光透过窗户洒入大厅,号角银光闪闪。"曾经属于伟大的凯马瑞,圣王约翰麾下最忠勇、最敬神的骑士。风暴之王战争结束后,有人在海霍特战场上找到它时,发现它已经破损了。"

"愿上帝保佑这位老勇士的灵魂。"米蕊茉想起往事,不由悲从中来——当初凯马瑞成了个自得其乐的疯老头,是他们唤醒了他的记忆,迫使他重新面对残酷的现实。

"根据长久以来的传闻,这号角乃希瑟所造,用巨虫的牙齿雕成。"西蒙的话又激起一阵喃喃的低语,他等声音平息,继续说道,"等你们到了阿德席特大森林,每次停下都要吹响号角,我相信,希瑟很快就会知道你们来了。"他把号角放回盒子,示意首相上前,"艾欧莱尔伯爵,请带上它,同时带上我们的祝福与关爱。愿它助你成功完成任务,并带领你们平安归来。"

艾欧莱尔接过盒子。"我也会如此祈祷,陛下。"

"我们都会的。"米蕊茉说,"我们每天都会为你们的平安祈祷,直到你和莫根纳王子回到我们身边。"她眼眶一热,突然湿润了,"每天都会。"

孤儿

船商到访

♛

艾欧莱尔知道，他应该派个属下，而不是亲自去与王家厨房交涉。就算最凉快的时候，厨房也热得让人窒息。若是深冬，那里会是个舒适的暖房；可在眼下的大热天，那里就是个让人汗流浃背的蒸笼。但他跟膳食主管本纳明很熟，知道这人傲慢自大，对地位较低的人十分刻薄。有时艾欧莱尔还会琢磨，本纳明到底知不知道，王座之手的官阶比他高得多？好在那家伙对艾欧莱尔本人还算恭敬。

沿色雷辛边境，前往阿德席特大森林与东边领地的旅行需要数月时间，艾欧莱尔终于把途中所需的补给品全都准备妥当，于是返回自己的房间。在半路，他看到一个小个子浑身发抖，跪在储藏室门外的地板上。一开始，艾欧莱尔以为他病了，不由后退几步。但那小个子抬起头，对着天花板哭喊一句："Och, cawer lim!"——那是伯爵家乡的赫尼斯第语，意思是"救救我！"——然后他开始哭泣，两眼瞪圆，脸上并没有生病的迹象，有的只是绝望。听到同乡如此哀怨的哭喊，艾欧莱尔心头一痛。

"怎么了，伙计？"他用家乡话问道，"你为什么难过？"

"召唤！"男人说，"你听不见吗？她在召唤我们所有人！她在召唤我们！帮我回家吧！"

现在，艾欧莱尔认出了他——那是个厨房帮工，以前见过，但没跟他说过话。伯爵不知道他也是赫尼斯第人，但他明显十分悲痛，让伯爵有些后悔没能早点认识她。乡愁是件痛苦的事，尤其是在陌生的土地度过漫长的一生、临近晚年的时候。但艾欧莱尔知道,自己帮不上对方,因为他的旅程已迫在眉睫。"这里也是你的家。"他继续用赫尼斯第语安抚,"你在这里也有朋友,对吧?"

男人盯着他看了很长时间,好像头一次见到他。"帮帮我,"他的语气愈发坚定,"我必须走。她在召唤我。"

"谁在召唤你?"

"我说了,帮帮我!你必须帮我!"男人停止哭泣,伸手抓住艾欧莱尔的手腕,力气大得惊人,简直要把他的骨头捏碎。

"放开!"伯爵用力抽回手腕,"为何如此对待你的同乡?"

艾欧莱尔忙着揉搓酸痛的手腕,既没看到男人脸上的变化——他鼓胀的眼睛眯缝起来,眼睑黑沉沉的——也没看到他从破烂的衬衣里抽出把切肉刀。他感到胸膛一阵灼热的疼痛,听到刀刃刮擦骨头的锉音。他惊讶地低下头,看到肩膀下方的紧身衣渗出鲜血。厨房帮工的脸绝望地扭成一团,举刀准备再扎。艾欧莱尔知道如何抵挡,却不知什么原因抬不起手。冰冷悄悄地笼罩了他,他的思绪如热风中的灰烬一样飘散。房间迅速暗淡下来,充满了各种阴影,呢喃着包围了他。

"为什么……这么做?"艾欧莱尔问道,可他的声音听起来那么遥远。

"他们阻止不了我!"持刀男人喊道,可阴影也笼罩了他,"我听到了,召唤者,我来了!你的仆人听到了!"

♛

这艘王家邮船叫"公主号",是一支精致小巧的的柯克船,刚刚在津濑湖的防波堤内下了锚,随着潮水起伏摇晃,方形船帆上用鲜艳的色彩绘着代表至高王座的龙形图案。

提阿摩和厄坦弟兄沿着又长又陡的台阶,走到海闸口后面的码头,那里有长船等候,可将厄坦送上"公主号"。热焦油的味道让修士皱起鼻子,海鸥贴着他脑门飞掠而过,发出刺耳的尖叫,吓得他差点在潮湿的石头台阶上失去平衡。提阿摩迈步只能依靠那条好腿，所以走得很慢，更令修士感到心焦。

"您没必要送我下来的。"厄坦说，"我不希望看到您为我受苦。"

"年轻的朋友啊，我把你送去外边，又怎能不跟你好好道个别？"提阿摩露出微笑，"我第一次离开家乡果坞村时，连个亲戚朋友都没来，没人冲我挥手道别，感觉特别孤单！另外，我还想介绍你认识一个人。"

厄坦有些意外，估计提阿摩大人说的是王家邮船的船长。但他还来不及细问，便见小个子在湿滑的石头上滑了一脚，差点滚下台阶，还好修士及时抓住了他的胳膊。

"这下我真要担心了。"修士一边扶提阿摩站稳，一边说道，"待会儿您可怎么回去啊？"

"简单，比下来时走慢些就行了。"提阿摩的呼吸有些急促，但还是"呵呵"地笑了，"上坡容易下坡难——至少是在台阶上。"

厄坦不太理解提阿摩的话，好在他们已经来到最后一段台阶，湖水从海闸口外飞溅进来，让他们脚下格外湿滑。防波堤高耸在头顶，挡住了早上的阳光，将石头台阶全都遮蔽在阴影下。防波堤后的港口里只有几艘航船和小艇，大部分装载着城堡里的物资，整个码头都很忙碌，水手和工人们来来往往。

二人来到台阶底部，厄坦看到一个男人等在那里。他长得又矮又瘦，皮肤比大多数爱克兰卸货工还黝黑，以致修士一开始以为，他是提阿摩大人的同族。但等二人走上码头，厄坦才看清，那人的脸比乌澜人更长、更瘦，肤色却要浅一些；另外他还留着黑色的络腮胡，只是长度较短，似乎一周前剃过后就没再管，这一点也跟王家参事提阿摩不太一样。

"啊，荣耀归于安东！"陌生人灿烂地笑道，露出不少残缺的牙洞，"您来了，我亲爱的提阿摩大人。看到您平安康泰，真让人心里高兴!"

提阿摩却哼了一声。"省省你的恭维话吧,等我爬回台阶再说。"他扭头告诉厄坦,"这位是梅迪,你旅途中的向导。"

厄坦有些惊讶。他头一回听说,有人会陪自己一同上路。"对不起,大人,我不太明白。"

"上帝祝福他,他当然不明白。"陌生人说,"他没出过远门,对吧?他不了解这个广阔的世界。"

"而你始终不了解没事别老插话。"提阿摩严厉地说,"别担心,弟兄。梅迪是个好人,就是话太多,爱嚼舌头根子。他去过关途圃、纳班和整个南方。而且他精通马术。"

"我凭味道就能辨别出好马,能从小马驹开始训练它们,能让它们随着音乐跳舞。因为我流着哈卡人的血。"

"你是哈卡人?"厄坦对哈卡人的了解与大众差不多,只知道他们是到处流浪的野人,也只在本地集市上看到他们售卖些便宜的小物件、修些锅碗瓢盆而已。但他确实听说哈卡人驯马的功夫堪比魔法,也见过他们拉车的马匹十分健壮。

"对,亲爱的伙计,我是。我们的车轮永不停息。"

厄坦疑惑地看着提阿摩。"我真需要向导吗?"

"弟兄,别忘了,你是为王家办事。如果你遇到意外怎么办?如果你摔倒了、撞到头,谁来照顾你?谁来通知我们你到了哪儿?你们修士可能习惯独往独来,但为国王与王后办事就不行了。"

"照这么说,派一大队人马岂不更好?以防强盗袭击嘛。"

提阿摩晃晃手指。"别教一位老人家怎么挖海龟蛋。这种事要讲究平衡,其实所有事都一样。太多人招摇过市会引起好奇,别人会想知道你们要干吗。为了兜售情报,他们会来找你,揣测你的心意,说些你想听的话。而那些不想被你找到的人,会提前发现你们的行踪。就像坐着小船穿过大沼泽,一个人可以来无影去无踪,人太多却会把小船压沉。所以,不行,要平衡。我给了梅迪一大笔钱,他能派上许多用场。"

"亲爱的小个子大人,您那叫可怜的施舍。"哈卡人纵声大笑,"这才是您真正的意思吧。"

"闭嘴,梅迪。"提阿摩转回厄坦,"顺便说一句,厄坦,这个道理相当有用。以后你会明白的,我建议你能牢记。"

厄坦呆呆地站在那里。他能理解提阿摩的逻辑,但跟一位同伴——还是位性格迥然的同伴——一起旅行,太让人丧气了。他还能找到片刻安宁去祷告吗?

梅迪咧嘴大笑。"瞧啊,提阿摩大人,您快把这个可怜鬼吓死了。别担心,弟兄,我不会打劫你,把你的尸体丢在路边。我喜欢牧师,也喜欢提阿摩大人。我可是泥地人的好伙伴。"

"你要记住,在你完成任务并让我满意之前,你的酬劳只够你路上的饮食花销。"提阿摩告诉他,"所以我建议你换个更恭敬的称呼,而不是什么'泥地人'。"

"向您道歉,大人。"梅迪说,"您说得对,太对了。"但他似乎并不以为意。

提阿摩递给厄坦一只钱包。"这些足够你们抵达关途圃了。不管这无赖怎么说,别给他花钱买酒。我敢发誓,他是个好人,可他沾一点酒,就会变成个一无是处的混蛋。"

"啊,我真戒酒了,大人。"梅迪说,"那种毒药不会再流进我的嘴唇。我已经改过自新啦。您知道吗,亲爱的大人,我甚至娶了个老婆!"

"什么意思?"厄坦忍不住好奇地追问。

"以后再让他给你解释。"提阿摩说,"我相信那故事能讲很长时间,够你从这儿听到麦尔芒德的,你们可以在那儿转船去纳班。现在邮船就等你们两个了,可我的话还没说完。"提阿摩从袍子里掏出一个油布包裹,"我亲自替你抄写了这些书信,你可以带上。这是约书亚王子失踪之前,同其他卷轴持有者往来的信件。它们能帮你完成任务,最起码能让你对约书亚王子的为人有所了解,明白他为何受到爱戴,他的失踪为何令人如此伤痛。"

"我会看完的,大人。"厄坦接过包裹。

"还要记得给我写信。你在包裹里能找到一张清单,告诉你去哪儿能找到人,把来信平安地送回海霍特。你发现任何新信息,都请尽快通知我们。国王与王后也迫切期待找到约书亚王子和他的两个孩子。"

"当然。我会尽量多写信。"

"但也不是越多越好。"提阿摩露出微笑,"等你有重要问题需要汇报或询问时再动笔吧,不然我怀疑,光写信就能让你忙个不停。而你还要到处旅行呢。"

船上有人摇响铃铛。

"他们在喊你们。"提阿摩说,"以前你坐过船吗?"

"船?小时候坐过。就是伊姆翠喀河上的浅底小船。"

"啊,那你很快就会知道,格兰汶河跟其他大河不一样,海洋就更不一样了。但别担心。'公主号'是艘好船,有着爱克兰最优秀的船长,他一两天内就能把你们送到麦尔芒德。我在一艘可靠的商船上给你们订了床位,你们将乘船绕过纳班角,进入菲拉诺斯海湾。这个季节天气不错,很适合航行,在圣徒姊妹日之前,我相信你们就能抵达关途圃。"

想到自己要在颠簸摇晃的船上待一个月,厄坦的心直往下沉。但他已对上帝和两位君主发过誓,一定要完成任务,所以只能对提阿摩苦笑一下,握住他的手。"谢谢您,大人。我会竭尽全力。"

"我知道你会做得非常出色。"他望向修士肩后,"现在你得抓紧了,弟兄。梅迪已经把你的行李拎上登陆船了。"

孤儿

厄坦回过头,果然看到精瘦的哈卡人提着他的宝贝行李,跨过踏板,登上小船。船舱里的坛坛罐罐和大小背包堆得老高,以致港湾里的咸水都快漫过船舷了。

厄坦登船时,看到好几个桨手朝他画起圣树标记。过了一会儿,他在小船中部的两袋谷物中间找到个空位,坐了下来,心里还挺高兴的。随后梅迪也来了,蹲在他旁边。"别往心里去,弟兄,呃,阁下。"

"什么?"

"水手向来不喜欢船上有牧师,他们说会招来厄运。放在从前,若是遇到暴风雨或淇尔巴作怪,他们还会挑一个牧师扔下船,好帮其他人脱困。"他看着厄坦的表情,"啊,现在他们不会这么干了,阁下,至少在近海不会。"

水手们解开缆绳,小船驶向海闸口和外面的津濑湖。厄坦闭上眼睛,开始祈祷。

♛

帕萨瓦勒在卫兵营里找到波尔图爵士。虽然这位老兵已经过了适合服役的年纪,但在营地依然有张床位。与很多骑士不同,波尔图是平民出身,没有封地——很久以前,他在战场上英勇对抗北鬼,因而赢得了骑士封号——若不在兵营里给他留个位置,老骑士可能就无家可归了。帕萨瓦勒一直觉得,哪怕有些战士年纪太大,或者因伤失去战斗能力,依然给予他们最基本的补贴,是西蒙国王最聪明的政策之一,这能大大提高士兵们的忠诚度。

"相信你已经得到消息了。"帕萨瓦勒说。

波尔图坐在小床上,旁边放着少许私人物品。他屈起老骨头行个礼。"我要陪着王子去东边,总理大人,听说是去找精灵。"

"你的语气像在受罚,而不是领功。"帕萨瓦勒指出。

波尔图做个无可奈何的手势。"我刚从北方回来。我老了,大人,身子骨很乏。"

"没错,你是老了,但年龄应该给你带来了智慧。你知道国王为何在人群中亲自选中了你?"

波尔图高兴了一些。"真的吗?传令官说过类似的话,但我不大相信。我以为是牛蹄骨太难啃,所以有人往上面涂了层糖霜。"

"对,是真的。派王子出行的目的之一,就是希望他能增长些人生智慧。莫非你的智慧都用光了?"

"希望没有,大人。"波尔图的肩膀又耷拉下来,"但我只有一匹马,年纪跟我一样老。这么快就又要出远门,我担心它吃不消啊。"

"放宽心,我给你找了匹新马。一匹帅气、强壮又年轻的战马,来自斯坦郡草场,我自己家的马厩。你要是乐意,可以去看看它。"

"真的吗?大人,您心地真好。"波尔图露出一点期待之色,"只希望我不会辜负您的好意。"

"只要你听仔细了,应该不会。"帕萨瓦勒弯下腰,目光与波尔图齐平。对他这么重要的贵族来说,这个动作既古怪又不优雅。"莫根纳王子必须平安归来,不但完整,还要健康。"

"呃,他一定会的,大人。"

"听我说,波尔图。我一直放任你、艾斯崔恩和那个沉默的大高个儿欧维里斯领着王子,钻进各种危险的小巷,因为我知道,那两个纳班剑士功夫不错,基本能摆平所有问题。但这次,他俩不能陪你了。王子的安全就落到了你一人肩上。"

"就我一个?"波尔图岂止吓了一跳,简直惊恐万分,"帕萨瓦勒大人,他肯定还会带上一整队卫兵吧。我一个老家伙何德何能,敢取代那些剑术出色的勇敢士兵呢?"

"你能密切关注王子,时刻保障他的安全。我相信你能做到。给。"他把一个钱袋递给老人。波尔图用颤抖的双手接过。

"这是什么?"

孤儿

"愿意的话，打开看看。"

波尔图解开绳结，倒出几枚闪亮亮的硬币。"五个银塔！"他惊呼道，"给我的？"

"只要莫根纳王子平安归来，你还能得到更多酬劳——他能身心健全地返回城堡，我会再给你二十个银塔；另外，我送你的马也可以归你，以后每年再给你二十五枚这种银币。"

波尔图张大了嘴巴，久久说不出话，只有泪花在下眼睑闪动。"大人，我不知道该说什么……"

"那就不要说。按我说的做，你能得到全部酬劳。不惜任何代价，保护好莫根纳王子。人人都知道，他对这国家和全奥斯坦·亚德至关重要。把你的智慧传授给他，更重要的是，尽全力关照好他。阿德席特森林及其周边危机四伏，一边是上色雷辛的蛮子，另一边是潜伏在森林深处、只有仁慈的上帝才知道是什么的鬼东西。就连希瑟也很难预料，当然前提是你们能找到他们。他们以前也杀过凡人。"

波尔图缓缓跪在地上，拜伏在帕萨瓦勒脚前，老骨头如吊桥般嘎吱作响。"我愿忠心为您效劳，大人。我将是王子最忠诚的伙伴。您知道的，我确实喜欢那孩子。不管其他人怎么说，他是个好小子。他的胸膛里有颗善良的心。"

"那好，就这么说定了。我最大的心愿是他完好无损，所以你一定要看好他。还有，别喝太多——你俩都是。听明白了吗？"

"明白，就像听到圣撒翠训诫的岛民一样。"

"很好。如果你想看看那匹新马，就去马厩找马夫总管吧。"

波尔图坐回自己的小床，惊讶地摇着头。"这么多银子！我都忘了马的事了。它以后归我了？"见帕萨瓦勒点点头，老骑士沧桑的脸上再次展开灿烂的微笑，"等我回来就是有钱人了。我可以雇个侍从照顾我。或许还能再娶个老婆。"

"如果小王子有个三长两短，这些美梦就是泡影了。"帕萨瓦勒说,"记住我的话。每天早祷时别忘复述一遍。"

总理大人离开后,波尔图还在摆弄刚刚收获的一小笔横财。他把银币在两手间倒来倒去,嘴里开心地自言自语。

♛

提阿摩累坏了,他花了很久才爬过台阶,登上防浪堤顶端,这时看到一艘船正在接近鄂克斯特港湾,离入口已经不远了。那艘船看着挺结实,速度也快,从外形判断应该是做生意的柯克船,船楼特别高,船上的设备漆成明亮的蓝色和红色,桅杆上绘了个绿色纹章。提阿摩应该认识那个纹章,但它似乎不该在这里出现。

"嘿,你!"他朝下方海闸口一个清理铰链的年轻码头工喊道,"你能看出那是谁的船吗?"

那人转过身,眯起眼睛朝津瀬湖的方向张望。"我不认识那个标志,大人。"他大声回答。

"那是什么样子的?"

"看上去是根绿色的树枝,上面还有浆果。船上装备很全,大人。相信是个有钱的商人。"

"我父辈的诸神啊!难以置信。"提阿摩穿过防波堤顶端。刚才爬了那么多台阶,他已经没法再走回下面的港口了,所以打算去借王家马车,绕道赶回海港。如果他猜对了贵客的身份,反正也要用马车去接的。

* * *

等提阿摩赶到码头,"紫杉号"已经靠岸,有位乘客坐着轿子,沿着一块宽宽的跳板,被人抬下船。轿中只有一人,四个身材魁梧的水手却抬得十分吃力。提阿摩看着他们小心翼翼地让轿子保持水平,直到把它放在码头旁边的石地上,依然不敢相信自己的眼睛。他压根没想到自己还能见到这人,更别提是在鄂克斯特了。从这里到该人在艾本河口的家,差不多有七八十里格远呢。

孤儿

提阿摩快步迎上前去。"安格斯子爵！这是何等的惊喜啊！你怎么来了？"

几名水手身后跟着一个纤瘦的年轻人，子爵正同他说话，闻言抬起头。"哈，是你啊！不过我的朋友，我已经不是子爵了。我交出了那个头衔——你没听说吗？是不是艾本河口离这儿太远，你都懒得关心了？现在我弟弟才是子爵，希望他能得到比我更多的乐趣。如今我只是班·法里格的安格斯而已。好吧，但我还是个男爵，所以你可以叫我大人。就算我身份降低了，提阿摩，你也不准冷落我！当然了，我也还是北方船盟的成员，这样才有钱买蜜和酒啊。"他转向一旁的年轻人，"给我口水喝行吗，好心的布兰南？"

"他才不是普通成员，"布兰南取出水袋，倒过来往大块头男人嘴里挤水，"而是最重要的人物。"年轻人的语气像是一种指责，仿佛主子的谦虚让他十分气恼。提阿摩估计安格斯没那么好伺候。几年前，他从马上摔落，跌成重伤，从此废了双腿，两手也不大灵了——虽然还能用，但异常迟钝，使不上多少力气。好在他保住了敏锐的思维与更加敏锐的口才。即使受伤之前，他的坏脾气也是有目共睹的。

"但我见到你还是很惊讶。"提阿摩说，"什么风把你吹来了？我刚刚给你寄了封信，不到两周前。"

"你当然寄了信给我，伙计，所以我才来啊。如果你真有那本……你知道我在说什么。"他做了个翻书的动作，"那我必须亲眼看看。这东西实在难得一见啊！"

提阿摩只能摇摇头。"我没想到……我压根没想到你能亲自过来。"

安格斯咧开嘴笑了。"你当然想不到。一个人不能走路，人人都觉得他是个废人。不过你瞧啊，杰出的提阿摩大人，这正是黄金的妙处！只要你花钱，就能达成令人惊讶的效果！快点，带我看看那件异宝、那本被遗忘的古籍、那部可怕的杰作！我已经迫不及待了，就像饥肠辘辘的饿汉——相信我,我真的饿坏了。你的厨师手艺如何?"

"我的厨师?"提阿摩哈哈大笑,"我没有单独的厨师。但我们城堡的厨房可不容小觑。国王陛下本人都很喜欢他们做的菜。你逗留期间,肚子不可能遭罪的。"

"这话听着让人不放心啊。"安格斯说,"好在这位布兰南弟兄也烧得一手好菜。"

"布兰南弟兄?他是个修士……?"

"现在不是了,我的兔子。他几年前就离开了圣艾格修会,但让我高兴的是,他在食堂和草药园学到不少好手艺。你们爱克兰人的饭菜能淡出鸟来,他必须想办法加点香料,我才能熬过接下来的几个月啊。"

"几个月?你要住这么久?"

"当然喽!我不光要看……你知道的那东西,还要检查过世王子的所有藏书,更别提你收集起来、准备装进图书馆的那些。真让我兴奋啊!当然前提是我没饿死。若我们继续在这儿空摇下巴颏,这事真有可能发生哦。"

提阿摩摇摇头。他性情安静,说话轻声细语,所以一直觉得安格斯有些聒噪。可在整个奥斯坦·亚德,说起鉴定古籍方面的学者,能让他佩服的已经没几个了。

"怎么说?"安格斯追问,"是让手下人把我塞进你的马车,还是叫他们把我一路抬起城堡?"

"当然是坐车呀。"提阿摩让到一旁。健壮的水手们将安格斯从轿里抬出,放进马车的空位。"我看到你的船进港,特意叫了辆马车。我告诉自己:'那可是紫杉号!'我还是不敢相信,你居然来了鄂克斯特。"

"有人说,老凯马瑞会像天降闪电一样扑向敌人。"安格斯笑呵呵的,"我也一样。不过我是像全能上帝的烈火一样,突然扑向我的

孤儿

朋友,给他们一个惊喜。"他的表情变得严肃,"你知道,我确实忍不住啊。看到你那封信里的内容……好吧,我都兴奋得失眠了。"

"真的吗?我对它和它的作者知之甚少。"

"等我们两个私下讨论时,你会了解到更多的。它在这时重见天日,真的很不寻常。"他摇摇头,像要甩掉头上的蛛网,随后再次露出微笑,"不提了。别在这大庭广众之下散播神秘和悬疑气息了。去海霍特,我勇敢又宝贵的提阿摩!你也上来,我等不及早点儿吃上晚餐了!"

* * *

提阿摩、安格斯及其助手布兰南坐上马车,离开码头,沿着悠长的海港路进入鄂克斯特。安格斯只剩头和脖子还能自由活动,他们走上主干道时,这两个部位始终没闲着。

"看那边!"他问道,"是新建的吗?我发誓几年前来过这里,你们盖房子都盖疯了!"

"主要是商人建的。现在是做生意的好时候。"

"大部分得归功于我们船盟。北方船盟会帮忙维护从这里到纳班的航道,比起百十年前海上皇帝横行的时代,现在航道可要安全多了。"

"上次听你说过,南方群岛附近的海盗经常打劫商船。"

"现在南方没多少海盗敢公然打劫了——我们抓住并吊死了最猖狂的魔头布朗萨斯,剩下那些就消停多了——不过有些新的问题,比如淇尔巴。最近几个月,它们好像特别暴躁,前所未有地暴躁。"

提阿摩突然有些庆幸,乘船南下的是厄坦弟兄,而不是他自己——虽然这想法不太厚道。淇尔巴是噩梦般的海洋生物,长得有点像人,因此对提阿摩来说,它们比其他更大、更凶残的怪物还要可怕。"暴躁?为什么?"

"不清楚,像是受到惊扰。出现和袭击事件越来越频繁。在有些地方，它们甚至上了岸。以前我从未听说还有这种事。"

"上岸？"听起来确实很惊人，"什么意思，怎么上的岸？"

"你觉得还能怎么上岸，亲爱的伙计？就是上岸啊，'啪嗒啪嗒'地到处乱爬，把丑恶的脑袋伸进体面市民家里——只要你觉得纳班和珀都因人足够体面的话。"安格斯哈哈大笑，但更像出于习惯，而不是当真觉得可乐，"有什么东西激怒了那些恶心的怪物，这可是几十年来头一遭。让人担心啊。"

"风暴之王战争以来的头一遭。"提阿摩说，"看来是不祥之兆啊。呢斯淇呢？他们还能——怎么说来着——能唱走淇尔巴吗？"

"能，只要他们像往常一样留心照管船只。但有些船长说，就连呢斯淇也变得有些古怪了。有些时候，他们连续多日不愿出海；就算出了也迷迷糊糊、浑浑噩噩，好像害了热病似的。这些事都挺奇怪。但我不该拿船盟的事烦你。你那聪明的老婆怎么样了？国王与王后近况如何？"

"都很好，很快你就能见到所有人了，除了你的同乡艾欧莱尔伯爵，他可能正在忙，因为他得出趟远门。"

"啊，太可惜了。艾欧莱尔是个清洁、正直的家伙。"安格斯说，"还记得小时候，母亲总拿他做我的榜样。'想想高贵的艾欧莱尔！'她是这么说过，'他从不跟兄弟争抢最后一块馅饼！'搞得我多年来一直很烦他，觉得他是个循规蹈矩的假正经。直到后来我认识了他，才明白母亲崇拜他并不是他的错——就算我母亲说得不对，他小时候真跟他兄弟抢过一两块馅饼，他的为人也相当正派。上次我见到他时，他已经老了，但还是那么风度翩翩。"他摇摇头，"变老对我们都很麻烦。不过说起来，虽然我高度残废，仍比许多同辈有用得多！"

提阿摩露出微笑。"你这张嘴还是这么厉害。你祖上出过诗人吗？你最起码流着一点诗人的血。"

"就算有，也被我用葡萄酒和艾本河口的冷风消灭干净了。我忍

孤儿

受不了诗人。他们让我心烦。我这种人宁可把谈话当成一项运动，让好多人一起参与，也不想安静地欣赏某人独自耍宝。"

提阿摩笑出了声。"我从未见你安静地欣赏过谁。"

"我不喜欢他们的陈词滥调。不喜欢。"

他们在鄂克斯特南部街区蜿蜒穿行，安格斯大人发现了许多上次到访以来发生的变化，并对每个变化都发表了长篇大论。马车经过古老而残破的圣韦格拉夫礼拜堂，它在风暴之王战争中幸存下来，看上去仿佛挺立了许多个世纪，见证了希瑟逃离海霍特的一幕幕。他们转进捕鱼路，路边摆着早晨卖剩下的渔获，正在渐渐炽烈的阳光下等待迟来的买家。

"失落的罕蒂亚帝国之夜不该有这种味道。"安格斯皱起鼻子。

"如果你早点通知你要来，"提阿摩对他说，"我会安排一条更舒适的进城路线。"

"如果我让你提前知道，我的敌人也会知道的。他们会争先恐后，在格兰汶河半路找我的麻烦。"

提阿摩吓了一跳。"你以为我会泄密？"

"不是你，我亲爱的沼泽朋友。海霍特就像一艘古老的柯克船，到处都是裂缝。我甚至不需要买通任何人，就能知道至高王座在干吗——你们的仆人特别喜欢嚼舌头，朝中贵族大多忙于溜须拍马，却懒得遮掩自己的隐私。我在五六个贵族家中安插了眼线——不，我不会告诉你是哪几个，所以别用那双忧郁的乌澜棕眼睛盯着我了。不管至高王座有什么风吹草动，只要国王与王后开口，我基本在一天之内就会有所耳闻。"他顿了顿，自豪的微笑变成了懊恼，"提阿摩，我亲爱的小瘸子，你有没有在听我说话？"

"抱歉，安格斯，前面不太对劲儿。"他眯着眼睛，"尼鲁拉大门前有卫兵。"

"在我看来，大门前要是没有卫兵，治安大臣欧力克及其手下就太失职了。"

"不，我是说，很多卫兵。"提阿摩把头伸出马车窗户，"很多、很多卫兵。"

他还没说完，门前的两排队伍中间便走出三名卫兵，挺起手中长枪，拦住了马车。

"出什么事了？"提阿摩问最近的爱克兰卫兵，"我是提阿摩大人，至高王座参事。"

"是您啊，大人。"领头的军士答道，"至于说出了什么事，恐怕我们也无法回答。我们接到命令，要求门前卫兵增至三倍，不准放任何人出去。"

"那好，我们想进去。没问题吧？"

"没问题，大人，只要让我们检查一下。"提阿摩靠回座椅，让军士探头进来查看车厢内部，"提阿摩大人，您能为这位先生担保吗？"军士问道。

安格斯缓缓转过头，瞪着对方。"我是安格斯·艾-卡皮滨，艾本河口的首席船商。我的忠诚不需要别人担保。"

军士撇撇嘴。"抱歉打扰你了，船商大人，可惜军令如山，我不得不从。不认识您我很惭愧，真的。提阿摩大人，您能替他担保吗？"

"能，能，当然。安格斯大人是至高王座的老朋友——也是我的老朋友。"

"那你们可以进去了。"军士转身朝警卫楼打个手势。片刻后，闸门"吱吱嘎嘎"往上升起。

"以布雷赫的名义，到底发生了什么？"马车驶进大门时，安格斯问道。

"很快就能知道了。"提阿摩的心也在突突狂跳。

马车似乎走了很久，终于穿过两道内城大门。他们靠近王家寝宫前方时，提阿摩看到外面站了更多卫兵，还看到帕萨瓦勒正同侍卫队长扎奇尔急切地说着话,心里稍稍松了口气。

马车在寝宫前的宽阔大道停下,立刻被五六个爱克兰卫兵围住。"总理大人!"提阿摩大声喊道,"出什么事了?"

"感谢艾莱西亚和她的圣徒。"帕萨瓦勒走了过来。他脸色苍白,头发湿湿的,好像没洗完澡就出来了似的。"真高兴看到你平安无事,提阿摩大人。到处都找不到你,国王与王后担心极了。"

"我去了趟码头,同一位朋友道别,然后惊讶地接到了另一位朋友。帕萨瓦勒大人,这位是安格斯,前任卡皮滨子爵,如今是艾本河口的首席船商。"

"我听说过您,大人。"

"抱歉我无法行礼。"安格斯回答。

"这里到底怎么了?"提阿摩问,"你提到国王与王后,他们二位没事吧?"

"事实上,"帕萨瓦勒回答,"所有人都没事,除了那个企图刺杀艾欧莱尔伯爵的笨蛋。伯爵也伤得不重。"他说得轻描淡写,但表情并不轻松。提阿摩从未见过沉稳的总理大人如此失态,更是头一回见到他的怒意如此明显,不由暗自庆幸自己不是他发火的对象。

"你是说……"提阿摩听他说完,立刻觉得帕萨瓦勒苍白的脸色和凌乱的仪表都可以理解了,"艾欧莱尔受伤了?"

"肩膀附近被扎了一刀,还好刺到了骨头,不然会伤得更严重。手上也被划了几下。"总理大人说,"幸好刺客不是士兵。那人似乎是个疯子,在城堡里工作了一年多,是个赫尼斯第人。"

提阿摩过了好一会儿才反应过来,感觉五脏六腑都揪紧了。"赫尼斯第人?在厨房工作?他的名字……呃,叫什么来着?是不是理甘?"

"对,有人是这么叫他。你认识?"

"听说过。我妻子给他治过病。"但他不想当场讲出所有事,说这人念叨过鸦母陌厉伽。"审问了吗？"

"审了，但他说话语无伦次。"帕萨瓦勒说，"如果愿意，稍后你可以去看看他。我很乐意听听你对他的看法。"

"他到底是什么人？"

"进来吧，你会得到所有问题的答案。"帕萨瓦勒告诉他，"我还要通知国王与王后，说找到你时你还活蹦乱跳。"他挥挥手，示意卫兵欢迎马车驶入寝宫。在提阿摩的要求下，扎奇尔队长挑出四名强壮的士兵，把安格斯的轿子抬进王座大殿。

士兵们被安格斯的大块头压得呼哧带喘，提阿摩一瘸一拐跟在轿子后面，只当没听见。他的思绪仿佛沼泽地里被惊飞的野鸭，满天转个不停。一方面，这场刺杀明显是某个疯子所为。艾欧莱尔的同乡不知为何发了疯，满腔恶意地捅了他——就像一次意图不明、损人不利己的犯罪。可另一方面，在他看来，这更像是霜冻边境的灾祸异象露出了真容。

邪恶的时代，他无助地心想，仿佛有人在他脑海里跟他说话。诡异的征兆如此之多，莫非邪恶的时代已再次降临到我们身边？沙行者啊，现在请指引我吧，我觉得，身边的大地已危机四伏。

孤儿

草原婚礼

♔

天气又热了起来，比以往的第三个绿月都要热。空气像被人用干羊毛搓过，简直快要冒烟了。隔着马车的小窗户，弗里墨看不到一丝云彩，只觉得有只凶残的野兽一直往他脖颈吹气。他知道不能再拖了，必须出去加入族人。他姐姐要嫁给卓詹，他哥哥欧里格正在摆设宴席。

他找出最好的衬衣，理顺上面的绑带。他知道，不等今天结束，这件白色长袖衬衣便会被他的汗水打湿，沾满其他人污浊的掌印。他们会拍打他的后背，拖他去跟醉酒的宾客摔跤，不管他乐不乐意。事后，他姑妈只能帮他缝好新的绑带，因为其中大半会在宴席期间被人扯掉。

如果卓詹不是头蠢猪，他心想，一切就不会这样了。

在弗里墨看来，身为女人，即使是他姐姐库尔娃，嫁给一家之主挑选的男人也没有任何问题，何况那位家长还是部族的首领。草原人一直这样。可父亲赫瓦特还担任族长的话——那时他还没遇到天谴，变成一个残废的傻瓜——他就不会把女儿嫁给卓詹这种笨蛋。那家伙只会吹牛，唯一的成就是当上了欧里格的朋友。事实上，赫瓦特把他最大的女儿嫁给了她喜欢的人，而不是更富有的追求者。

"族长应该比普通族人更关心部族的幸福。"父亲曾经告诉他，"族长必须从两个方面考虑事情，一是自己的想法，二是祖先的智慧。而祖先总会优先考虑部族的存亡。"

弗里墨跳下马车，走进举行婚宴的围场，第一个就看见了父亲。赫瓦特坐在一张长凳上，头顶洒下马车的少量阴影。尽管天气炎热，他依然裹着毛毯，蜷着身子，仿佛一文不值的落叶。

弗里墨跪在父亲脚边。"愿破空者看顾您。愿他在女儿的婚礼之日赐予您欢乐。"

父亲往弗里墨这边转转眼珠，此外再没有其他表示。他已经七年没说过话了，但身子骨依然强健，即使没法说话和吃饭，没有两人搀扶都无法走路，但还是活了下来。老人已经失去了身为男人的尊严，却还苟延残喘这么久，弗里墨有时想知道，部族的守护神破空者为何会允许如此可怕的事发生？

我们是仙鹤部族，他提醒自己。我们不该质疑破空者的决定。

欧里格的马群被篱笆隔在围场一侧，周围停满了大小马车。仙鹤部族全员到场——不对，弗里墨纠正自己，是"几乎"全员到场——此外还有临近部族的重要人物，比如蜻蜓部族、蝰蛇部族，以及经常与仙鹤通婚的白斑鹿部族。弗里墨的家人，至少是女人们，还有他的许多晚辈，已在欧里格族长的马车附近就坐。同往常一样，男孩们在玩游戏，他们模仿成年男人，像骑马一样跨坐在围场的木头栏杆上，用长木棍互相厮打，无视女性亲属的警告。看到弗里墨经过，几位姑妈姨妈和堂表兄弟朝他吹起口哨。他点点头，但没停步，即使几个男孩央求他也没用。

其他族人大多聚集在围场正中，那边竖起一顶帐篷，以供新娘在里面等候。食物和酒水已在色彩鲜艳的地毯上摆好，盖着防虫网，免得爬上苍蝇。欧里格出手大方，买了不少石民酿制的啤酒为婚宴助兴，但那几桶酒还没开封，白天的酒会已经开始了。很多族人自带了叶乳——色雷辛人代代相传的酸马奶酒。许多大胡子倒在草地上打起了呼噜，加上空气中弥漫着呕吐物的酸臭味，弗里墨已经知道现场是什么状况了。

孤儿

欧里格和卓詹等人站在帐篷附近，互相传递一袋叶乳，玩着飞刀游戏，目标是几十步外最近的围场篱笆桩。弗里墨知道自己应该停下，对族长哥哥说上几句破空者的祝愿，可他完全不想跟欧里格说话，更不愿意搭理卓詹——那张被酒水染红的驴脸和缺牙的怪笑让他显得更烦人了。弗里墨兜个大圈绕进围场，以免被迫跟族长及其亲信交谈，可惜没能成功。

"嘿，你，小兄弟！"欧里格喊道，"你要去哪儿？不是去新娘的帐篷，跟女人坐在一起吧！"

"他希望你给他挑个老公，族长！"卓詹吼道。

欧里格觉得这玩笑很有趣，一把抓住卓詹的疤脸猛捏，像捏个孩子似的。"来见见你的新姐夫，耗子！"他说，"过来为他的健康喝一杯，不然我真照卓詹说的，找个壮男来照顾你啦！可瞧你那皮包骨的德性，嫁出去也换不了几匹马吧。"

"戴上面纱就行了。"哥哥的另一个朋友提议。其他人纵声大笑。

弗里墨也不能完全不理他们，无视欧里格只会让他得寸进尺。事实上，弗里墨自己也不清楚，为何他今天浑身上下都不自在，看什么都觉得厌烦。卓詹是头蠢猪，可作为欧里格的朋友还挺称职，姐姐跟着他也能过得不错，会有厚实的毛毯和漂亮的马车。库尔娃也许不喜欢他，但多数色雷辛新娘都是这样。随着时间过去，妻子们大多会日久生情，而不仅仅对丈夫尽到义务而已。

"我等会儿再来找你。"他告诉欧里格，"我先去给姐姐祝福。"

"今晚我不光会给她祝福！"卓詹欢呼道，"她会像兔子嫁给熊一样，估计明早都走不动道啦！"

欧里格似乎觉得这话格外好笑，再次醉醺醺地捏住卓詹的脸，像父亲疼爱孩子一样左右摇晃他的脑袋。"除非这熊喝得太多，"他说，"只能给新娘送上一根软趴趴的柳树枝当新婚贺礼。"

又一阵哄笑。弗里墨挥挥手，强颜欢笑，继续往前走。

这顶婚帐十分珍贵,用纯正的罕蒂亚丝绸做成,至少他母亲是这么说的。母亲曾坐在里面等待嫁人,她的母亲和祖母也曾一样。帐篷外墙绣有装饰花纹,有蓝色的河流湖泊、绿色的草地,绘出了族人在这块土地走过的历史——石民则称这里为色雷辛湖地。在圆锥形的帐篷顶上,飘舞着一面红色三角旗,上面装饰着仙鹤羽毛,绘有破空者的标志。帐篷每一个转角和门口周围都舞动着彩带。

两个男人身穿皮甲,手持长矛,守在帐门两侧,充当新娘守卫。其中一人看到弗里墨走近,想阻止他,但另一个人说:"他可以进去。这是新娘的弟弟,再说萨满已经来了。"弗里墨也猜到了。由于萨满是男的,表示女人的婚帐圣所已经开启,男性家人就可以探访了。但他还是在门口停了停,擦去脸上的汗珠,为闯入草原母亲的领地而向她低声致歉。然后他掀开门帘,走了进去。

帐篷里很黑,比外面还热。他的眼睛尚未适应黑暗,一时以为自己看见了一只双头怪物。那东西弯腰驼背,长着噩梦般的脸庞,让他瞬间心跳加速。但他很快意识到,那其实是他姐姐和老萨满布尔坦的身影,后者正弯着腰,用灰和盐为她施行净化仪式。弗里墨从小就认识布尔坦,却没想到,他戴了头饰和皮革面具会如此吓人,一时还挺难接受。老萨满抬起头看着他时,弗里墨竟生出了一阵迷信般的恐惧,虽然他知道,对方会有那种眼神,只是因为他已近乎全瞎罢了。

"愿上天的祝福临到您,老人家。"他按礼数说道,从口袋里掏出一枚准备好的银币,"我要同新娘说说话。我是她弟弟。"

"我知道,弗里墨。"布尔坦尖细的嗓音显得十分烦躁,"别以为我当真又老又傻……"直到弗里墨把手指伸到他鼻子底下,他才注意到那枚小小的银币,"啊,好吧,当然可以,但别说太久。日正时就要吹号角了,时间不多。"

这老头在昏暗的帐篷里坐了一上午,他是怎么判断时间的,弗里墨搞不清。"感谢您的智慧,老人家。"他只说这么一句。即使萨满

孤儿

老眼昏花,你也不能嘲笑或激怒他。事实上,他姐姐说过,有些老人离死亡越近,就越接近诸神,所以你必须时刻顺遂他们的心意。诸神和萨满随随便便就能给触怒他们的人降下灾祸。

老萨满同弗里墨的一位女性长辈轻声说了句什么,后者轻声笑了。她坐在库尔娃旁边,那本该是他母亲的位置——母亲去世那年,秋天发了几场大洪水,又过两个冬天,欧里格便当上了仙鹤部族的族长。帐内还挤着五名女性亲属,另外点着一些小陶灯,油香和汗味充斥着整间帐篷。婚帐顶端支架相连处是敞开的,正对外面明亮的天空,所以小灯不是用来照明,而是为了吸引破空者之灵飞下来享用甘甜的香气,并祝福接下来的婚姻。

"你还好吗,库尔娃?"弗里墨问姐姐。

她等了等才反应过来,仿佛在想与周围格格不入的什么人或什么事。她戴着全副头饰和面纱,只露出一双眼睛。弗里墨又一次生出某种超自然的不适感,觉得身披白衣、头戴白纱的姐姐活像鬼魂。他还觉得姐姐眼神恍惚,似乎喝了酒。今天的日子如此重要,身旁的女性亲属鼓劲她喝几口叶乳也不奇怪。

"是你吗,弗里墨?"她终于开了口,"父亲还好吗?他开心吗?"

在这个场合下,这个问题听着有些奇怪。"我看到他了。他的样子跟昨天、甚至明天,没什么区别。"

"我很想知道,看到我嫁给卓詹,他会怎么想。"

"卓詹在部族里前途无量,看到你嫁给这样的男人,相信父亲会很高兴。"

"会吗?"库尔娃的声音疲倦而漠然,"也许吧。时间应该差不多了。"

"太阳升到中天时,萨满会叫你的。"

"只剩这么点儿时间了,"她说,"这么点儿!"

"嫁人不代表你会变成另一个人。你还是库尔娃,仍像鸽子般温柔,就像你的名字一样。"

"鸽子常会被人用箭射下,装进袋子拿回家,放在火上烤了,送给族长最宠爱的人。"

"别说这种话。"尽管姐姐的焦虑同他自己一样,弗里墨还是出言劝道。他转向女长辈和其他女人。"你们怎能让她这个样子?你们不该照顾好她,让她为婚礼做好准备,开开心心地嫁给丈夫吗?"

一名女性亲属从喉咙深处哼了一声。"嗯,没错,像只献上祭台的羔羊。"

"你,住嘴。"女长辈斥道,"她没事的,孩子。她会为家族带来荣光。仙鹤部族的女人都很坚强。"

"坚强。"库尔娃重复道,突然安静地笑了。

这反应吓了弗里墨一跳。他本以为,看到姐姐按照传统装扮停当,由几位已婚女子陪伴,会让自己安心一些,甚至能平复如雷雨云般笼罩在他心头的阴影。可眼前这一幕只能让他心情更差,不过,他至少看到了原本不想看到的某些东西。

"你不开心吗,姐姐?你的婚礼会受到祝福。破空者希望你果实累累,希望你为部族添丁生子。女人做这些事真有这么糟糕吗?"

"哦,不糟糕。"库尔娃回答,"每个女人不都想嫁人吗?每个女人不都想离开父亲的庇护,找个丈夫来叫她做这做那吗?"

"丫头,这么想是很危险的。"一个女人警告说。

"你出去吧,弗里墨。"女长辈的脸上既有嘲弄、也有担心。一瞬间,只是短暂的一瞬间,弗里墨看到一幅景象:他站在一个未曾相见的世界里,那里只有女人,没有男人。就像他走在一条熟悉的路上,脚下的地面突然变成了流沙。

他再次恳求仙鹤祝福姐姐,但她还在自顾自地漠然微笑,肯定没听到他的话。他走回到刺目而炽烈的阳光下。天空万里无云,他却觉得心中的乌云压得更低了。

孤儿

* * *

围场大门扎满彩带,地上铺了张上好的毛毯。三名号手站在门前,将号角举到嘴边,用力吹出三声短音和三声长音,然后重复一遍。号声在围场上方回荡不息,如有实体,仿佛炙热的空气太过稠密,就连声音也无法彻底消散。片刻前,卓詹和欧里格走出围场大门,这会儿又折了回来。弗里墨的哥哥身穿族长的全套华服,肩披毛皮斗篷,脖子上挂着根皮绳,上面悬有仙鹤部族的世传印章。卓詹的髭须上涂满了油,身穿新郎彩衣,腰间的宽带已经弄得脏兮兮、皱巴巴的。

"我们来迎接新娘。"卓詹有点口齿不清,"有人欢迎我们吗?"

"这个营地欢迎你们。"领头的号手回答,然后三人领着新郎和族长朝婚帐走去。帐门前已搭好一顶华盖,几人在华盖下站定。尽管那只洒下一点点荫凉,弗里墨也很羡慕他们。

萨满走出婚帐,动作迅速无声,让人很难相信,他已经活了将近八十个夏天。他脸上依然戴着皮革面具,只露出眼睛和牙齿几乎掉光的下嘴唇。

"何人到此?"与方才同弗里墨说话时相比,老人此时的声音显得相当有力。

"一位新郎,来寻找他的新娘。"卓詹答完,悄悄对欧里格说了句什么。但族长没有回应,只是扫视着聚集在此的部族成员,像在寻找什么人或什么东西。

"可曾付过聘礼?"布尔坦问道。

"七匹上等好马。"卓詹回答,"好得要死,行吧?"

欧里格似乎还是没仔细听,只是点了点头。

老萨满开始吟唱,使用的语言部族里没人能听懂。据说初代神灵造出第一批部族成员时,赐予他们的便是这种语言。随着他的吟唱,几个女人领着库尔娃走出帐篷,来到华盖之下。她们也在唱歌,与萨满的吟颂交相呼应，歌词从太阳年轻时便流传至今。每次举行草原婚礼，女人们都会唱起这首歌。

> 愿你膝下有儿，
> 愿你身边有女。
> 愿你手里有油，
> 愿你手下有面。
> 愿你管好舌头，
> 以免指责公婆。
> 愿你尊敬长辈，
> 日后有儿依靠，
> 愿你勤劳端庄，
> 保持马车清洁。

萨满唱完之后，一阵轻风吹起。弗里墨今天还是头一回吹到凉风，发现华盖和婚帐棚壁都在猎猎作响。这真是神灵的恩赐啊，宾客们彼此露出微笑，就连弗里墨也觉得心情放松了些。萨满围着华盖绕了一圈，播下更多的灰与盐。

卓詹晃到库尔娃旁边，推开一名年长些的女性亲属。后者恼火地瞪着他，目光似乎能烧焦他的头发，还好卓詹不以为意。"还没到结合的时候吗，老头子？"新郎大声嚷道，"天太热了，我等不及喝点啤酒……然后上床啦。"

有几位宾客笑出了声，但更多人面无表情，显然卓詹绝非仙鹤部族里最受喜爱之人。气恼的萨满还没来得及回话，另一个声音已经接过话头。

"你不需要上床，蠢猪卓詹——你需要的是个猪圈！"

卓詹气得满脸通红，看围观人群里是谁在说话。弗里墨的心脏从

孤儿

胸间一直坠到肚腹,像块大石头似的压在那里。他认出了那个声音——是乌恩沃,更糟糕的是,他好像醉得不轻。

高个子走出人群,参加婚宴的宾客朝两边纷纷避让。乌恩沃的外衣沾满泥污,皱皱巴巴,仿佛在户外睡了好几天。但他好像开了个恶意的玩笑,又在衣服外面套了件整洁无瑕的长马甲,上面绣着艳丽的花鸟图案——这可是求婚者的打扮啊。好在弗里墨看到,乌恩沃的长弯刀仍挂在腰间的鞘里,这才松了口气。

"你要干啥?"卓詹醉醺醺地嚷道,似乎真的很吃惊,"这里没你的位置,混血杂种。滚开。今天是老子结婚的日子。"

欧里格纵声大笑。"你!听见新郎的话了?不管你有多饿,这场婚宴不欢迎你。"

"我要取回属于我的东西。"乌恩沃隔着油乱的黑发瞪着族长,"所以你,欧里格,必须回应我。"

欧里格露出假装震惊的眼神。"我?你怪我?凭什么?"

"你没有召唤卫明者——没向部族公布这场婚姻。"乌恩沃的口齿虽然不太流利,声音却深沉而冷静,"这有违我们的律法!"

"有违律法?"欧里格再次大笑,"你一个外人,还想来教我律法?滚,别逼我在族人面前教训你。"

"我也有马!我有七匹马,可做库尔娃的聘礼。"

"杂种!"卓詹怪叫一声,歪歪扭扭地扑上来,想抓住乌恩沃的领口。后者一拳打在他脸上,让他连退几步,倒地打了个滚,沾了一身泥巴。有几个观众哈哈大笑,弗里墨看得出来,不是所有人都讨厌乌恩沃的。

"你有七匹马?"欧里格看着卓詹拙手笨脚地想要爬起来,"有意思,听说你继父扎卡刚好也有七匹好马,可就在昨天,他跟我换了几头母牛和我第二好的马车。你那个继父,现在可是相当有钱啊!"

乌恩沃呆立片刻,似乎刚刚意识到这并非单纯的酒后之争。"那些……不，那些马是我的。他无权……"

"找那老家伙说去，别来找我。"欧里格开口道。与此同时，弗里墨看到，卓詹站稳了脚跟，两眼和脸庞气得通红。他手提一把长匕首，摇摇晃晃直奔乌恩沃。弗里墨刚想开口警告，却被另一个人抢了先。

"乌恩沃！"库尔娃叫道，"当心！"

她的叫声惊醒了乌恩沃，让他及时转身，抓住卓詹的手臂，用力一拧，疼得后者哇哇大叫。乌恩沃把他推到地上。卓詹个子虽矮，但孔武有力，并非一个只会背后偷袭的懦夫。他很快爬起，再次扑向对手。乌恩沃依然没有拔出长刀或匕首。这一次，卓詹差点就把刀尖捅进他的肚子，还好被他及时挡住。二人开始摔跤，先是像两头笨熊一样站着搏斗——刀子划过乌恩沃胸前的花鸟纹饰——然后他们脚下一滑，两人同时滚到地上。

"不要！让他们住手！"库尔娃刚想跑过去，却被欧里格一把抓住，拽了回来，高高的头饰也被晃歪。她被族长用力揪住，只能无助地挂在那里，双脚几乎离地。

"女人，让他们自己解决。"欧里格怒吼道，"让你丈夫搞定你的情人。既然卓詹愿意收下你这破鞋，那他当然有权报仇。"

起初，这场复仇似乎很快就能成功。二人在地上翻滚，乌恩沃没法发挥身高优势，而卓詹手里有刀。但弗里墨觉得，乌恩沃并没有使出全力，仿佛对他来说，死亡不过是结束这一天的另一种方式而已。这时卓詹找到一个短暂的空当，将刀子扎向乌恩沃的脸。刀锋擦过他的面颊和下巴，划出一道可怕的伤口，鲜血随即涌出，流到高个子的脸和脖子上。

围场里响起一阵奇怪的声音。低沉的隆隆声让弗里墨一时惊慌失措，以为这场亵渎的争斗惹怒了诸神，给大地带来了灾祸。但他马上意识到这并非地震，而是乌恩沃正在徒手抵挡卓詹，不让他用匕首扎中自己,同时胸腔里发出沉闷的咆哮。

人群挤过去看,有人在叫喊,但更多人只是默默地担心。乌恩沃一只手攥住卓詹持刀的手腕,另一只手托住新郎的下巴,使劲儿往上推,把他的头颈折成一个痛苦的角度。紧接着,乌恩沃提起膝盖,将对手撞到一边。两人纠缠在一起,泥巴和碎草四下乱飞。随后,混乱的肢体中间传出一阵异样的呼叫,伴之以汩汩的怪声。又过一会儿,两人都倒在地上,不再动弹。

不等任何人靠近,乌恩沃已挣脱了对手的抓握。卓詹还是一动不动,脸朝下趴着,身下一滩血迹慢慢扩大,染红了鲜亮的草叶。新娘喊了起来,却不是在喊卓詹。

"乌恩沃!"她喊道,"哦,乌恩沃,为什么……?"

"他死于……他自己……那把该死的匕首。"乌恩沃坐起来,原本无瑕的马甲沾满血迹,脸色涨得血红。他缓缓站起,摇晃一下,大口喘气。"你们都看见了。"他对瞪大眼睛的观众们说道,"我只是自卫而已。"

欧里格脸色惨白,仿佛冬日长草上的冰霜。他伸手抱住妹妹的腰,将她双脚离地搂在胸前,轻松得像是抱起一个孩子,库尔娃使劲挣扎也无济于事。"你!"他对乌恩沃吼道,声音因暴怒而嘶哑,"你敢走进族长的地盘,闯进我的围场,杀死我的朋友和妹夫,现在还想活着离开吗?"

"把库尔娃给我。"乌恩沃抬起胳膊,从手掌到手肘全是血,"我不想再起纷争。我们会离开。仙鹤部族不会再看到我们。"

"仙鹤部族不会再看到你,因为你会被埋在猪圈里,埋在猪屎下面。"欧里格回答,"你以为有了聘礼,我就会把妹妹嫁给你?你不过是骏马部族丢弃的垃圾,懦夫和妓女的野种!我父亲真是个傻瓜,才肯收留你。"

"你父亲……在失智之前是个好人。"乌恩沃一只手摸向自己长弯刀的刀柄，上面沾满了泥巴，"而你一点都不像他。"

欧里格将库尔娃抱得更紧，一手揪住她的头发，用力一扯，新娘头饰松脱，掉在地上，各种彩带和闪亮的发针滚成一团。"你永远别想得到她，外来人。我会让她先死。我会让她先死！"话音刚落，他便抽出匕首，划过库尔娃的喉咙，带出一片飞溅的血红。在那恐怖的一瞬间，在场许多女人，甚至一些男人，都惊恐地大叫起来。库尔娃抬起双手，像要捂住那道可怕的伤口。族长放开手臂，她立刻瘫倒，鲜血如泉涌出，泼溅在地上。

弗里墨快要晕倒了。世界化成一条黯淡的甬道，对面便是那红色的血瀑布。那是他姐姐。他们的亲姐妹。欧里格杀死了他们的亲姐妹。

乌恩沃猛地抽出长刀，差点连刀鞘都扯出腰带。他发出一声无助而暴怒的吼叫，纵身扑向族长。欧里格也拔出自己的佩刀，平静得像是准备坐下来吃晚餐。他从濒死的库尔娃身上跨过，仿佛她不过是一块石头或一堆草。双刀交错、随即分开。宾客们四散躲避，有的尖叫，有的咒骂。

乌恩沃与卓詹刚才是在泥地间角力，是两个愤怒的醉鬼在地上厮打，争抢一把小刀，除了"吭吭"使劲并不多话；但这一场就完全不同了，这次是刀刃的闪电、金铁交鸣的舞蹈。没多久，两人周围一圈草地就被踩烂，踏成了黑泥。弗里墨看得出来，乌恩沃尚因醉酒而动作迟缓，但双眼喷出前所未有的怒火，就算与城里人战斗时也从未得见。欧里格比乌恩沃还要健壮，他是部族中最高大的男人，但也看出对手暴怒的力量，所以没浪费多余的力气嘲讽或咒骂。

弗里墨无力阻止这场战斗，正如他无法徒手抓住闪电。他知道，除非某一方被砍死，否则另一方绝不会收手，而他不相信胜者会是乌恩沃。他跑到库尔娃身边跪下，可她失血太快，止都止不住。他想捂住伤口，但鲜血却挤出他的指缝。他的无助、族人的叫喊、震惊的面容、姐姐濒死的声音……混成一场可怕的噩梦。

欧里格与乌恩沃绕着对方打转，手中弯刀如鸟喙般前后飞舞，但都无法攻破敌人的防御，也都不会傻到过早地贴近对方。乌恩沃依然怒气勃发，朝欧里格的脸砍出一刀，被族长用刀身架住后，又用刀尖扎向他的脸，却只差一个指甲的宽度，没能刺中目标。欧里格瞪大双眼，攻势加倍，一刀接一刀，铿锵之声不断，乌恩沃被逼得只能防守，渐渐后退。二人踩烂的草圈越来越大，泥巴溅得越来越远，宾客们急忙逃离，彼此碰撞，乱成一团。

太阳依然高挂中天，二人汗如雨下。"长腿"乌恩沃全身浴血，但大部分是他自己的。他一度没能握紧刀柄，被欧里格震飞了手中长刀，自己只能扑在地上，顺势一滚，躲开欧里格的劈砍。他伸手捡回武器，挡开又一下致命挥击，但这次他没能全身而退，还是被欧里格的刀尖挑中了左肩。

见对手肩膀出血，欧里格退开一步，改成更缓慢、更从容的进攻方式，意图逼迫乌恩沃不停运动，伤口不断流血，直至精疲力尽。这种策略似乎不可能失败。果然，又使出几下狂风暴雨式的劈砍，乌恩沃的速度明显慢了下来。他不再攻击，而是专注于挡开欧里格刺来的长刀。族长的回应则是不断砍向乌恩沃的双腿，同时一有机会就瞄准他暴露的手臂，又给他增添了几道流血的小伤口。

乌恩沃脚下一绊，勉强躲过砍向脑袋的一刀，然后踉跄一步，用空出的手捂住腹部。战斗似乎就快结束了。弗里墨心焦无奈，只能将姐姐紧紧抱在胸前，像要挡住她的目光，免得她看到乌恩沃的死期。他无法正视姐姐的脸，因为她睁着双眼，仿佛正在责怪他。

"我什么都没做。"他轻声说道，心头翻卷着无助的黑色怒火，"我什么都做不了。"

他听到几声连续而响亮的铮鸣，抬头一看，只见乌恩沃半蹲在那里，拼命抵挡欧里格的重击。族长显然要尽快解决战斗。阳光烧灼着大地，青草闪烁着潮湿的红光。乌恩沃又多了几处伤口，衣服几乎被血染成全红，已经数不清到底受了多少刀伤。

欧里格身体后仰，想找个更好的砍杀角度，乌恩沃突然一跃而起，朝对方头部挥出一刀——这一定是他仅剩的力气了。欧里格用刀刃轻松挡开这一下，随即转动刀身，缠住他的武器。但两刃交缠的声音沉闷得有些古怪，就连欧里格也迟疑了一下，定睛望向被他缠住的刀锋，以致自己空门大开。

砍向族长的人头、并被欧里格用刀刃缠住的，并非乌恩沃的长刀，而是他从腰间抽出来的刀鞘。乌恩沃的长刀在他另一只手中。

待欧里格看清之后，脸上顿时血色全无。他只来得及张开嘴巴，乌恩沃已把弯刀扎进了他的肚腹，用力之大，刀尖甚至顶开了他那身节日盛装的后背。

结局来得如此意外又突然，没有一个宾客发得出声音。欧里格膝盖一软，瘫倒在乌恩沃身上。后者撑了一会儿，自己的双腿也开始摇晃，于是往旁边让开，任由族长摔在泥地里。

乌恩沃浑身是血，默默走向弗里墨。许多宾客站在他们中间，恨不能长出翅膀，忙不迭地给他让出一条路，但高个子看都不看他们一眼，仿佛穿行在阴影之地。他来到弗里墨跟前，一句话也没说，只是弯下腰，从他手中抱起库尔娃的尸体。乌恩沃已精疲力竭，库尔娃的重量让他摇摇欲坠，但他还是设法将她扛在肩头。他一言不发，转身穿过围场，留下两具尸体倒在身后的草地上，部族的宾客们纷纷退让，好像躲避一个麻风病人。他晃悠悠地走向通往围场外面的大门，库尔娃在他肩头摇晃，头发散开，像马尾一样在他身后飘动。婚帐周围，久久无人做声，只是目送着乌恩沃的背影渐行渐远。

"不能放他走！"终于有人喊了一句，"他杀了族长！"

"杀人凶手！"又一人喊道，激起一阵赞同的呼啸，多数都是男人。

孤儿

弗里墨身边的几名宾客拔出刀剑，想去追赶乌恩沃，这时他才如梦方醒。他的心头一直腾跃着一团炽热的怒火，但此时却如顽石一般僵硬。他拔出佩刀，用力拍在最近一人的手臂上，打落了他的武器。

"你干什么？"那人吼道。他叫"秃头"格兹丹，是欧里格和卓詹的朋友，一个小时前还在跟他俩喝酒，此时因惊讶和挫败的愤怒而涨得满脸通红。"在他骑马逃走之前，我们必须抓住那个混血杂种！"

"不行。"弗里墨平举弯刀，像围场大门一样拦住格兹丹等人。他觉得头脑清明得出奇，好像众人都已醉酒发疯，唯有他独自清醒。

"让开，耗子弗里墨。"格兹丹龇着牙齿吼道，"不然你会是同样下场。"

弗里墨将刀尖抵在对方胸前。"你们什么都不许做。欧里格死了。我的族长哥哥死了。也就是说，现在我才是仙鹤部族的族长，直到下一次部族大会选出新首领为止。你要违抗我们的律法吗？"

格兹丹瞪着他，又惊又怒，仿佛他认识的弗里墨突然消失了，取而代之的是从另一个世界来的陌生恶魔。"你？"

"我是欧里格家中最年长的男人，所以我是族长。"

"他抢走了你姐姐的尸体！"另一人叫道，"他会亵渎她。"

"他不会亵渎她，你们这群蠢材，他会哀悼她，替她安葬。我们有足够的时间想想乌恩沃的所作所为。收起你们的刀。如果你们想安葬谁，这里就有两具现成的尸体。"

"你不知道你在干什么。"格兹丹说，但他盯着弗里墨看了一会儿，还是还刀入鞘。弗里墨感觉脸皮发烫，心想它肯定在放光。

"是不知道。但你也不知道，所有人都不知道。"刚才拔刀时，他看到一个幻象——石民移民村熊熊燃烧，火舌炙烤着天空，乌恩沃的身影笼罩在一切之上，犹如一只巨型猛禽从天而降，扑向本族的敌人。"你还不明白吗？诸神今天在对我们说话。破空者给我们送来了重要的信息。我们在采取行动之前，必须先读懂他的意思。"

虽然在哥哥朋友们的脸上，他只看到愤怒的表情，但聚在周围的族人也流露出了别的情绪——不止有困惑和恐惧，还有敬畏。就连老萨满布尔坦也一脸恭敬，仿佛他刚才见证的不光是恐怖的杀戮，还有某种更重要的启示。弗里墨欣喜地意识到，老人听明白了。至于其他人，假以时日，他们也能明白，虽然有些人永远都不会懂。而这正是诸神对凡人说话之后，族人应有的反应——父亲当初是这么告诉他的。

孤儿

上帝的视角

♛

>曾经有个女人，住在天空上，
>住在天空上呀，住在天空上……

有个小东西在莫根纳胸口跳动，体格娇小却格外沉重。从它尖细的声音判断，应该是只淘气的小妖精。

>曾经有个女人，住在天空上，
>她的名字叫做，太阳老奶奶。

他呻吟一声，想把它推开。但它却像苍耳一样挂在他身上。

>女人骑着一匹，云做的马，
>云做的马呀，云做的马。
>女人骑着一匹，云做的马，
>她的名字叫做，太阳老奶奶！

"上帝啊，见鬼。"莫根纳叫道，"你是谁啊？"
"你说了亵渎上帝的话。"小妖精兴高采烈地指出，"我要告诉歌威斯主教，让他跟你好好聊聊。"

"走开，我要睡觉。"

"你该起床了，因为你今天就要出发，莫根纳。我很生你的气，因为你没来跟我道别。"

王子睁开一只眼睛。房中光线不足以照亮趴在他胸前的人影，但他已经认出，这讨厌的小妖精是他妹妹。"我还没走，怎么跟你道别啊？"

"你就要走了嘛。连句再见都不跟我说，你就想走。"

他把莉莉娅从胸前推到旁边，伸出一只手臂压住她，不准她再爬上来。"我本以为一大早就要出发，所以昨晚去你房间道别，可你不在。这怎么能怪我？"

"因为我做了噩梦，所以去跟荣娜尔阿姨一起睡了。"他妹妹几年前就知道，奶奶的朋友其实该叫"荣娜伯爵夫人"，但她不愿为迎合他人而改变自己的叫法。她在很多方面都这样我行我素。莫根纳有时也很固执，可他只是学徒水准，他的小妹妹才是这方面的大师。

"我哪知道啊？再说了，莉儿，让我也爬到荣娜尔阿姨床上，我相信她肯定不答应。"

"当然不会，因为你个头太大，而且你味道很臭。"

"撒谎。"

"真的，你闻着就像欧罗夫弟兄。"那人给小公主当过一年老师。后来有人发现，他喜欢偷些小物件卖钱换酒喝，且积习难返，于是他被撵回了圣撒翠修道院。他在教书期间，经常在寝宫各处意想不到的地方偷藏酒壶，以便在课间溜出来，偷偷喝上几口。

莫根纳翻过身，背对妹妹。"走开吧，小猪仔，我想睡觉。"

"起床啦！你该起床跟我道别了。"

"再见。"

"不行，不够正式。你必须起床，正正经经跟我道别，不然不算数。"

"什么不算数?"

"我今早念了特别祷词。非常特别,好让上帝记住你要离开家,并答应保佑你平安归来。"

莫根纳哼了一声。"他答应了吗?"

"什么?"

"上帝答应你了吗?"

"我不知道。别跟我耍贫嘴!"若是以往,每当莫根纳跟她耍贫嘴,或是真心跟她斗嘴时——这种情况也很常见——莉莉娅只会假装生气。但这一次,莫根纳觉得她是真心难过,差点就要哭出来了。

莫根纳又哼了一声,翻回身来仰面躺着,仍用胳膊拦住莉莉娅,免得她又爬回自己身上。他的小妹妹很喜欢跨坐在他胸口,拿他当马骑——看她那颠簸的骑法,还是匹相当淘气的马——可今天早上,王子的胃里还满是昨晚的廉价葡萄酒,所以当马的感觉格外糟糕。事实上,莫根纳本以为今天破晓就要出发,所以并没在外面待太晚,也没喝太多;晚饭时间过后,等他回到寝宫,才知道艾欧莱尔伯爵出事了、出发计划必须推迟。尽管如此,他还是不想让妹妹在他的肚皮上又震又颠。

"等我走了,我猜你这蹦高小公主得把小马驹轰出牧场,换另一匹大马来骑。"他的玩笑只换来一阵沉默,于是他扭头看向身边的小妹妹。后者贴在他肋旁,眼泪"哗哗"地流下脸庞。"你哭什么啊,小猪仔?"

"你知道为什么!你知道。"

"因为我要走了。"

"对。又要走!你明明刚回来!"

"我又不想走。"

"我才不管你能不能长成男子汉呢。我不让你走。"

"长成男子汉?"

"荣娜尔阿姨说的。'他必须出去闯荡世界,才能长成个男子汉。'她是这么说的。"

莫根纳皱起眉头,不顾七岁妹妹的不满,把她挪开,坐起身子。虽然他喜欢这位赫尼斯第贵夫人,但荣娜的话让他很生气。难道所有人都觉得他的人生很失败?他会舞剑、会骑马、酒量非比寻常、应付女人也很得心应手。祖父像他这么大年纪时,还在城堡厨房里擦洗锅碗瓢盆呢。没有风暴之王、疯王埃利加和红牧师派拉兹逼着自己上战场,又不是他莫根纳的错!

想到红牧师,他突然记起在塔顶看到的那一幕,顿时打个哆嗦,连莉莉娅都发现了。"你觉得冷就躺好,盖上毯子吧。"她说,"我们可以做个帐篷。"

"不,不做帐篷了,小猪仔。我确实该起床做准备了。"至少他心里是这么以为的,"现在什么时间了?"

"十一点钟。"

"见鬼!"

"你又说了渎神的字眼!"

"我没有。拜托,起来,让我挪挪脚。"他的脚踩上冰凉的地板,嘴里勉强咽下一句更加粗鲁的咒骂。"你确定是十一点钟?不是十点?梅尔金在哪儿?"

"他去确认你的装备有没有准备好。他是这么说的,也是他告诉我时间的。"

所以真到十一点钟了。梅尔金不是最聪明的侍从,但他记时间一向很准。他曾对主人——也就是王子——承认,他此生最大的梦想是有一座自己的钟,可以自己照料。但莫根纳觉得,整天在钟楼看钟,肯定是全奥斯坦·亚德最无聊的事。

"帮我拿点吃的,好吗?"他问妹妹,"我要洗漱一下,换上干净衣服。离开之前,我得见见母亲——哦,还有祖父母。不用说,他们又得教训我一顿,说我是个无所事事的笨蛋,而这次跑到荒郊野岭去找精灵,对我会有天大的好处。"

莉莉娅疑惑地看着他。"你真要去拜访那些精灵?货真价实的?"

"应该是吧。"王子差点忘了,一整晚醉酒之后,早上起床并不容易。"前提是我们能找到他们。严格来说,他们不是精灵。你也见到楼上那个女人了,对吧?你觉得她是货真价实的精灵吗?"

"我觉得是啊,莫根纳。她眼睛像猫,身材非常、非常纤细!"

"好吧,我们要送她回她族人中间,好让他们治疗她。"

"她该向上帝祈祷。努乐斯神父是这么说的。上帝可以治好她。可精灵不向上帝祈祷,他们甚至不相信上帝。"

"呃,所以上帝大概不会治好她,我们只好另请高明了。你不希望她死,对吧?"

莉莉娅睁大双眼。"哦,不想!那太可怕了。"

"所以我们要把她送回她族人中间,明白吗?让她吃点精灵药。说到能让人好起来的魔法灵药,来点吃的怎么样?"

"爷爷说,如果你启程前想吃东西,就该到楼下大家吃饭的地方去吃。"

"是,祖父确实会说这种话。"王子皱起眉头,立刻看到莉莉娅一脸不快的表情,"但我相信,他没说不准人去厨房,看看有没有……什么吃的,免得被人浪费。你懂我的意思吧?"

她责备地瞪他一眼。"那是偷。"

莫根纳叹了口气。"总有一天,我会是这里的统治者,你会是最尊贵的贵夫人。这里的一切都将属于我们。"

她盯着哥哥,感觉他话里有诈。"所以呢?"

"所以你去厨房帮我找点吃的,就不能算偷。我只是预先借用。你明白的,对吧?"

她皱起眉头,但还是站了起来。"你不会像之前一样,等我出去就锁门吧，会不会？"

"不会。可你太久不回来，我就要去楼下觐见祖父母了。所以，赶紧吧！"

莉莉娅仔细打量他，不太确定他是不是在撒谎。但最后，她还是转身朝房门走去。"记住，你答应了的。不许锁门。"

"不会的。不过你得快点儿，小猪仔，我要饿死了！"

莉莉娅出去之后，莫根纳久久坐在床边，享受这份宁静，但心里总有点没着没落。他会想念妹妹的，他意识到后，心里一阵抽痛。直到现在，他才想到这些。真的，他会想念这座城堡和城市，当然还有他的朋友们，以及他常去的地方，甚至他的母亲和祖父母，不管这些人想不想他。最重要的是，他会想念这个刁蛮的小妹妹。

* * *

他母亲艾黛拉王妃在她自己的房间里，身边围着一圈女伴，一边做女工，一边聊闲话。虽然没到中午，天气已经很热，所以有个年轻女仆走来走去，手拿一把大扇子，给她们扇风。

莫根纳跪下来，拉起艾黛拉冰冷的手，亲了一下。"愿您早安，母亲。"

"我受宠若惊。"她宣布道，但语气一点也不真诚，"我不知该说些什么，只知道，我亲爱的儿子啊，直到你回来之前，我都将无法安睡。"

"我不会离开太久的。至少我希望如此。艾欧莱尔伯爵说，我们会在夏末返回城堡。"

"哦，太糟糕了！想想吧，居然有人想伤害他！可怜的老人家！亲爱的伯爵今早可好？"

莫根纳咬咬牙，挤出一个微笑。"我不知道，母亲。我还没下楼呢，首先来向您道别。"

"真是个乖儿子。"她扭头对那圈女伴微笑，"这下你们知道，我为何想他了吧?"

女伴们都在点头,嘴里念念有词,朝王子微笑。这些贵族女子簇拥着母亲,有几人的年纪并不比莫根纳大多少。虽然她们大多很漂亮,却有种奇怪的距离感,既遥不可及,又很难理解,就像他和艾欧莱尔准备送回家的希瑟一样,仿佛属于另一个种族。

"是您把我养大的,母亲。"

"唉,唉!"艾黛拉说,"这可不能全怪到我头上。你惹的一些事可不是我教的,应该去找你那帮狐朋狗友。"

王子努力保持微笑。"也许吧。总之,他们还在楼下等我——我们得尽快出发,才能在天黑前赶到梧索。"

母亲摇摇头。"唉,我不喜欢你们进入阿德席特大森林,甚至不喜欢你们接近它。那地方恶名昭彰。答应我,不管发生什么事,你每天早晚都要祷告,时刻要把圣树戴在脖子上。答应我!"

"我答应。"

"很好。即使在和平日子里,魔鬼依然潜伏在世间。来,我有件礼物送给你。"她弯下腰,在缝纫篮里小心地翻找,最后拿出一本《安东之书》。书很小,但封面很漂亮。"这是我母亲的。"她说,"她知道我要嫁到鄂克斯特,于是就送给我了。她觉得这座城市充满了罪恶,每条巷子里都有强盗。"

"她说得不算离谱。"

母亲出人意料地笑了起来。"我一直没机会亲自出去看看。你觉得在当时,他们会让我这么年轻的准新娘去城里闲逛吗?何况我还是公爵的女儿。至少也要带上卫兵或年长的女伴嘛。"她听上去有些遗憾,"也许会很好玩……"她收回思绪,"不管怎么说,你必须随身带着这本书。这是圣伊索的修士们制作的,能保你平安。你必须答应我,每晚休息时都要读一段。答应我!"

家里的女人们让他做出了多少承诺,莫根纳已经记不清了。"当然，母亲。"他接过书，探身上前，艾黛拉仰起脸，让他亲了一下。"谢谢您。我每次看到它都会想起您的。"

"不要光看！要读！"她强调道，态度十分严肃，甚至让王子有些费解。

"我说过了，当然。我会读的。"他挺直腰，"我必须告辞了。"

"告诉艾欧莱尔伯爵，他必须好好关照你。你是块宝贝，不光因为你是王位继承人。你也是我的宝贝。"

莫根纳点点头。但他知道，不论外面的世界有多危险，就算有喷火的巨龙或北鬼的军队，他也绝不会要求艾欧莱尔伯爵特殊关照自己，哪怕他是他母亲的小宝贝儿。

他朝母亲的女伴们鞠躬行礼。她们露出微笑，轻声说了几句礼貌的话。他再次亲吻母亲的手背，离开了房间。

"每天早晚！"她在他身后喊道。

"我会的！"莫根纳答应道。终于逃进走廊，他把《安东之书》塞进短上衣里面的衬衫。外婆的圣书。这些女人是不是达成了什么共识，好帮他长成一个男子汉？或是阻止他长成一个男子汉？莫根纳想不通。

* * *

他在王座大殿找到祖父。同往常一样，祖父坐在他的椅子里，而不是王座上。莫根纳一直觉得有些奇怪，还有些气恼。既然你不想坐王座，那当初为什么要做一张呢？还是张用真龙骨头做成的传奇王座？

等我当上国王，我绝不会坐其他椅子。一个阴郁的念头掠过莫根纳的脑海。前提是我能当上国王，矮怪的占卜出了错。

想到史那那克，他又想起那晚在耶尔丁塔顶的遭遇。在心中某个角落，他想对祖父母坦白一切——敞开的天窗、秃头的红衣鬼魂——可那段记忆已变得模糊，就像一场噩梦。他看到幽灵是在撞到头之前还是之后呢？而且他坦白的话，他知道祖父会更加生气，会派人爬上那座塔，打开天窗，可他们一旦一无所获，那么"莫根纳王子的幽灵"便将成为整个海霍特的笑柄。回到光天化日之下，他越来越觉得，那个幽灵只是因为塔楼封闭太久，内部空气污浊，加上他自己思绪混乱，由此产生的错觉。但在他心中另一个角落，他仍在犹豫要不要找个人说说。

祖父正同艾欧莱尔伯爵说话，后者坐在他旁边王后的位子上，显然是因为锁骨下方裹着绷带而受到了优待。除了他俩和站在阴影里的几个卫兵，大殿里空空荡荡。这里平时热闹得像个小城市，现在却如此空寂，显得十分古怪。

"啊，很好，你来了。"国王看见他了，"不，不用跪了，孩子，到我们这儿来。"他回头转向伯爵，"提阿摩夫妇确定吗？"

艾欧莱尔疲倦地笑了笑。他除了脸色有些苍白，其他看起来还好。"是的，他们确定。都是划伤而已，没有大碍，只是流了点血。"

"没有大碍？我在前厅看到的那摊血还不算大碍？小孩都能在里面游泳了。发生在这里是你运气好，伤口很快得到照料。"

"请原谅，国王陛下，艾欧莱尔伯爵。"莫根纳插话，"你遇袭的事我只听说了一点点。不过我很高兴看到你没事，大人。但你的状况还能骑马吗？"

"感谢诸神，只是些浅伤而已。我主要是受了些惊吓，打斗时觉得有点头晕。今明两天的路程都在平坦的王家大道上，我没事的。"

"哪个疯子对你下的手？"

艾欧莱尔缓缓摇头。"是个赫尼斯第人，在城堡后厨干活有段时间了。他很安静，很内向。没人听他说过针对我或任何人的坏话。他当时很难过，我想帮他一把。我甚至不确定他是否真想伤害我——他不可能预先知道我会经过。"

"感谢上帝，你没事就好。"莫根纳说。他巴不得找个借口取消这次出行，但也不能拿首相的性命去换啊。"你杀了那人？"

艾欧莱尔悲悯地一笑。"我说了，我当时头很晕，只能拼尽全力抱住他，免得他做出致命攻击，直到其他人听到动静，赶来帮忙。"

"啊，很高兴你安全了，没受到更严重的伤。"

"我们都很高兴。"祖父说道，"帕萨瓦勒一直想查清那家伙有何目的，或者是不是一时发疯。但到现在，他运气不佳。"

"我不太相信他是有预谋的。"艾欧莱尔说，"太草率了。也许他是出于某种愚蠢的怨恨，从我们国家一直跟踪我到这里；也许他盯上我，只是因为我对他说了赫尼斯第语。总之他就像个疯子，嘴里唠叨着什么'召唤'之类。"伯爵从椅子里缓缓站起，"陛下，请允许我告退，去做些最后的细节安排。您和王子好好道别吧。"他转向莫根纳，"正午敲钟时见，殿下？"

"我会准时。"但莫根纳有些担心。如果艾欧莱尔身体太弱，没法指挥这次出使怎么办？万一他在路上去世了呢？他毕竟年纪很大了。到时莫根纳将承担更多责任，而一旦出了什么差错，罪名都会怪到他头上。

"好了，孩子，"国王说，"现在只剩我们俩了。不，现在只剩你了。即将出发为至高王座效力，你有何感想？"

莫根纳知道祖父想听什么——虽然他觉得，按祖父的心意说话，会让他像条哈卡人驯来跳舞的狗。"我感到无上光荣，国王陛下。"

他本来还想告诉国王，自己在耶尔丁塔上看到了什么，但这念头已经溜走了，就像沙漏里的沙子一样。既然他们想把他撵走，又怎么可能关心他的所见所闻呢？

但西蒙国王看出了他的口是心非，说了句令他十分惊讶的话。"干吗，你这语气是要卖我一根安东受难树的树枝？我是问你有何感想，不是叫你拿漂亮话搪塞我。"

"那好吧。"莫根纳不喜欢被人揭短，哪怕对方是国王，"我感觉

孤儿

您想甩掉我,陛下。"

祖父惊讶而受伤地看着他。"你真这么想?仁慈的圣瑞普啊,莫根纳,你当真这么想?"

"为什么不呢?长久以来,除了否定我,我不记得您还做过别的。"他环顾空荡荡的王座大殿,"王后陛下在哪儿?"

"什么?"

"祖母在哪儿?跟我道别太过丢脸吗?还是说她在生气,因为你强迫她同意了这个主意?"

一时间,国王涨红了脸。王子只觉满腔愤怒,鼓足了劲儿准备迎击。可国王却勉强挤出一声大笑,靠坐在椅背上,让莫根纳惊讶了一下。"你觉得是我一个人的主意?不,王后没躲着你。你祖母会出来给你送行的。只是我想跟你单独谈谈。"

"那好啊,已经谈完了。我可以走了吗?"

国王的长脸乌云密布,仿佛马上就要降下倾盆大雨。"上帝的圣树啊,小子,你真是这么看我的?以为我不喜欢你?"

"我没这么说,但我觉得应该是这样。我是说,您否定我。您自己说过很多次。那些话您要收回吗?"

"不是,该死!我不是否定你,孩子,我否定的是你做的那些事。什么比赛、赌钱、喝酒、出入妓院。你交的那些朋友年纪比你大一倍,智力却只有你的一半!更别提半夜三更爬上那座被上帝咒诅的高塔了。年轻人,你知不知道那里埋葬了怎样的邪恶?你就没有一丁点儿概念?"

莫根纳想起那个秃头幽灵,心脏如被寒意包裹,但他决意不要表现出来。"我听过所有故事,陛下,那些吓唬小孩的流言。"其实他亲眼见过之后,自己都不相信那只是流言了,可当着祖父的面承认,就等于承认他老人家说的一切都是对的。

"流言是吗?"国王瞪着他,"我像你这么大时,曾被迫逃离这座城堡，要不要我跟你讲讲，那天晚上我都看到了什么？一个男人，国内的高等贵族，被当成祭品，被白狐割开喉咙，用他的血，替埃利加国王和风暴之王签订盟约。你知道是谁促成了这场交易？是派拉兹。你犯傻爬上去的塔楼就属于他。"

莫根纳瑟缩一下。是这样，国王说得对，他确实犯了傻，但接受别人的指责依然没那么容易。"那有什么好怕的？"他顶嘴道，"怕北鬼从阴影里爬出，用白色的爪子把我拖进地狱？还是怕那疯牧师的鬼魂？还是几只老鼠？听说老楼里都有很多老鼠，它们的抓挠声常被误以为是鬼魂作祟。"

祖父摇摇头。"派拉兹还活着时，小子，我进过那座塔。我亲眼目睹的一切，就算你只见过四分之一，你也不敢再开这种玩笑。老鼠！如果只是……！受祝福的艾莱西亚，原谅这孩子的无知吧，他什么都不懂。"

"陛下，如果您说完了，那我还是上路吧。当然，如果您准许的话。"

两人僵持片刻。莫根纳单膝跪地，作势起身。他祖父坐在副王座上，身体前倾，沮丧地抓着胡子。"那好吧，"国王终于答应，"上路吧。但总有一天——至少我祈祷会有一天——当你回顾过去，你会明白我和你祖母都是全心全意为你好。"

"到那一天，我相信我会感激您。"莫根纳站起来，满腔愤怒、悲伤、以及各种说不清道不明的情绪，几乎难掩身体的颤抖。"可现在看来，我觉得你们就是恨不得甩掉我——免得我那些糟糕的行径和可疑的朋友再给你们丢脸。事实上，你们根本就不关心我。不论是您二位，还是我那慈爱的母亲，甚至我父亲。"

祖父面容扭曲，莫根纳确信那是暴怒的表现，可他不在乎。这老头子强迫他去做一件徒劳无益的愚蠢差事，难道他还得逗他开心？

"小子，你鬼迷心窍了吗？"国王举起一只颤抖的手，像要保护

孤儿

自己，挡住什么东西似的，"长久以来，我们所有人都那么关心你，你却说出这种混账话！更糟糕的是，还针对你父亲？救主宝血在上，你那可怜的父亲是爱你的！"

"对，我相信他爱过我。有一段时间。"他僵硬地鞠躬，"遵照您的命令，陛下，我走了。"他转过身，大步走向门口，等待西蒙国王再说些什么。但祖父默然不语——显然，他已经气得说不出话来。无所谓，祖父赢得了这场争论，仅仅因为他更有权势。

跟国王斗嘴是赢不了的，莫根纳头也不回地走出王座大殿。国王总是会赢。

但总有一天，我会加冕为王。

♛

总理大臣帕萨瓦勒站在圣树塔顶层，隔着窗户往外张望，目送王子的队伍出城。他本打算亲自下楼，给莫根纳王子和至高王座之手送行的，可事到临头，他却惊讶地发现，自己陷入了痛苦的回忆。许久以前那场大战中，他父亲和伯父追随约书亚王子与凯马瑞，同其他人一起出发，离开纳班那天，也是这样阳光明媚、天气温暖。当时与今日还有许多相似之处，尤其是人群目送心爱之人前往未知之地时，心中既充满了骄傲与希望，也藏着不少担忧。童年时他会满心激动，毫无保留地欢呼，觉得伯父塞瑞登男爵和父亲布瑞德勒是代表光辉的人民，出发去谋取光辉的业绩。毕竟当时，一切希望都已破灭，前无古人、后无来者的伟大骑士凯马瑞却再次归来，他们的远征又怎么可能失败呢？

他们确实没有失败。就在这里，在海霍特，他们将不死的风暴之王赶回地狱，打败了他的凡人仆役埃利加国王与巫术牧师派拉兹。但那不等于说，所有战士都能幸存下来，享受胜利的果实。帕萨瓦勒的父亲和伯父就再也没能返回家园。失去了他们，他的人生也开始分崩离析。

The Witchwood Crown

他整个童年都沉浸在各种英雄传说和骑士信条之中，但自从父亲战死，这些故事就失去了意义。在风暴之王战争中，逝去的不只是人命而已。

帕萨瓦勒看着一波又一波士兵或步行，或骑马，走出中城，穿过城堡大门。从高处望去，这支小队伍就像一只生物，比如津濑湖岸边池塘里某种奇形怪状的小虫子，没什么远大的生存目标，胡乱抓住什么就吃什么。看到这样一支凡人军队，希瑟会怎么想？是会欢迎他们，就像国王与王后希望的那样？还是躲避他们，把他们当成不请自来的入侵者？更糟糕的是，希瑟会不会视他们为某种威胁？莫根纳王子是王位继承人，帕萨瓦勒不希望他去执行这么危险的任务。自从当上总理大臣，他已经付出了很多，做出了许多辛勤的工作和微妙的妥协，可一旦王子丧命，这些努力都将付之东流。可西蒙国王和米蕊茉王后却坚持派他出去。在帕萨瓦勒看来，这个决定既大意、又愚蠢。他只能把自己关在城堡最高塔楼的最高处，独自叹息。

难道他们不明白，他们每时每刻都有可能失去对方？难道他们不明白，命运会突然夺走他们的挚爱——就像拂去桌布上的面包屑一样，将其扫进尘埃？

他看到下面闪过一抹暗金色，那是莫根纳王子的头发——他摘下兜帽，正在亲吻祖母的脸颊。帕萨瓦勒感觉自己像个小偷或间谍，正从高处偷看他们的隐私。

上帝是不是偶尔也会有这种感觉？他看着我们，却什么都不做，像个间谍一样？

这是个古怪又恼人的想法，帕萨瓦勒把它推到一边。他走到另一扇窗前，探出身去，寻找艾欧莱尔伯爵的身影，发现伯爵正同护送他们的爱克兰军官说话。帕萨瓦勒知道，自己会想念艾欧莱尔的：他理解首相大人，知道他经历过人间疾苦，接受过患难的磨炼。同帕萨瓦勒一样，艾欧莱尔也明白，天堂的力量足以摧毁任何凡人的造物，嘲

孤儿

讽任何凡人的希望与计划。歌威斯主教也在下面，离艾欧莱尔只有几码远，正挥舞着香炉，念诵祷文，仿佛他那细弱的声音真能让上帝本人静坐细听似的。

今天我很生气，帕萨瓦勒告诫自己。所以我必须小心。这种情绪不适合做出任何决定。

可有些时候，旧伤就是容易隐隐作痛，除了避开其他人，他找不到安抚它们的办法。

他抬头望天。至少这是个吉兆。头顶只飘过几朵白云，仿佛离群的绵羊，随风从色雷辛的方向飞来。除此之外，天色蓝得肃穆而庄严。

下方传来一阵响亮的号角声，随后又是好几声。他看着王子和艾欧莱尔率领队伍，走向尼鲁拉大门，走向贯穿鄂克斯特的主干道。他们已经变得如此之小！如此遥远！从高处望去，他居然还能认出莫根纳王子。但同队伍里的其他人一样，当王子回头望向家园时，帕萨瓦勒看不清他的面容。他只是这出大戏里的一个演员。他们全都是。

我们所有人都是，帕萨瓦勒心想。上帝让我们演什么，我们就感恩戴德地演什么。却不清楚自己是故事里的英雄，还是闹剧中的笑柄。

怨言太多了，帕萨瓦勒告诉自己——事实上，他想得也太多了。他还有工作要做。

总理大臣转身离开窗户，不再观看王子、伯爵和他们的队伍穿过海霍特城门，走向外面广阔而危险的世界。

第三部
放逐者

雾沙穆
塔塔瑟柯
楚季柯
岷塔霍
司齐豁
雾巴喀群山
英格柏
狄莫思保森林
思保盖
白色荒原
蓝泥湖
前往土美汰
伊坎努克
瑞
摩
加
圣司肯蒂修道院
奥斯滕锥平原
扫弗拜
古土美汰大道
格林萨白
黑斯沓
铎尔漱汶湖
宏尔涅
罗茨坦贝
朗彻斯特
宗格利豪
荷闻郡
大稚照
圣宏德朗修道院
阿德席特大森林
岸韶桑羽
瑟苏琮
西斯坦
弗雷特
泽特伯格
达彻斯特
鄂克斯特
海霍特
哈苏山谷
盖营所
法尔郡
河川路
斯坦郡
塔戈沙
盖文索德
伊姆翠喀河
塞洛郡
麦尔芒德
万途关
爱
克
三
上色雷辛
淮斯坦
色
雷
辛
草
原
尼鲁拉群山
前往色雷辛湖地
2017

放逐者

朔风萧条白云飞,
胡笳哀急边气寒。
听此愁人兮奈何,
登山远望得留颜。

一去无还期,
千秋万岁无音词。
孤魂茕茕空陇间,
独魄徘徊绕坟基。

——《拟行路难》二首(节选)
南北朝·鲍照

出息入息,前步后步。
生死去来,箭锋相拄。
无中有道通,是我真归处。

——《辞世》
日本·月舟宗胡

一息平生尽,
曲终幕落终难见,
空余百花残。

——《辞世》
日本·畅好

The Witchwood Crown

贺恩之民

♛

一场春季风暴正在横扫霜冻边境。地平线黑压压一片，满是旋涡状的乌云，遮挡了山脉，仿佛有人往整个北境倾倒了一桶沥青。霭林觉得，那片乌云的前锋活像一头有生命的怪物。

"它很快就能追上我们了，爵士。"一名卫兵在山顶赶上霭林，"在我们赶到坎·因巴之前。"

"那也没办法。"同大伙一样，霭林戴着兜帽，阻挡呼啸的强风。仅仅一个钟头，晴朗的天空就变得漆黑如墨，预示着风暴即将降临。"我们得把我舅舅艾欧莱尔的信息传达给侯爵，而且要快。我们只要快马加鞭，就能赶在最糟糕的天气前面。"

他的侍从雅乐斯摇摇头。"就算布雷赫乘着银色战车也赶不及啊，爵士。我敢说，一个钟头之内，天色就会全黑。而草场刚刚开化，又湿又滑，满是地洞，真要跑起来，不是马折断腿，就是我们摔断脖子啊。"

"巴格巴的皮带啊！"霭林收住缰绳，转身正视北方的天空。当然了，雅乐斯说得没错——这场暴风雨更像一起山崩，而非普通的坏天气。它即将压到他们头上，不仅是淋湿，还要把他们碾碎。但他舅公艾欧莱尔异常坚决，命令他将书信尽快送到默多侯爵手上。霭林真想知道信里写了什么，这样他就能判断该冒多大的风险。可艾欧莱尔态度严厉，说除了默多，任何人都不得拆开偷看；还说万一信件有可能落到别人手里，就必须先毁了它。霭林不知道信里的内容，但敢肯定一定与休国王有关，而休已经证明，他并不是宽宏大量的人，所以

放逐者

霭林并没有把密信的事告诉给许多手下。可他们若在黑暗中迷路,或是掉进深沟,怀揣秘密也没什么用了。而且在霜冻边境南边这一带,经常有强盗出没。霭林的队伍装备精良,可以吓退一般小贼,却吓不走弗兰乌鸦或司卡利帮这种有组织的土匪兵团,他们有时也会游荡到如此遥远的南方。

有位年轻士兵在赫尼斯第这块偏僻的角落长大,这会儿清了清嗓子。"爵士大人?"

"什么事,伊万?"

"我们离杜纳斯塔不远了。"

"边疆守卫塔?还有多远?"

年轻人抬起面甲,眯起眼睛望过峡谷。"如果我没猜错,茵尼斯葵河谷应该就在这几座山前面。"

"茵尼斯葵?这么近了?"

"我们一直走得很快,霭林大人。"他的语气简直像在道歉。

"好吧,独臂沐诃在上,相信你是对的。"他似乎也看到那座塔了,但他知道,这一定是风暴造成的错觉。事实上,它肯定在他目力所及之外。但他们只要再快马加鞭跑上一个钟头左右,应该也能到了。他们会被淋湿,但到了地方就能烤干衣服,住上一晚,等风暴过去。这封信对默多侯爵再怎么重要,也只能等到明天了。难道他们还有别的选择吗?

霭林转向其他人。"感谢诸神给我们送来了伊万,他知道自己身处何方。就让我们一边赶路,一边祈祷密尔汊让这大雨缓一缓吧,等我们赶到边疆守卫塔再说。"

雅乐斯裹紧斗篷。"我们还要祈祷他们生了炉火,给酒桶装好了龙头。到了之后,我们需要好好暖暖身子。"

霭林微笑一下,但摇摇头。"恐怕你们得自己生火了,朋友们,因为那塔楼是空的。休国王召回了杜纳斯塔的守军,我怀疑接替的瑞摩加人还没赶到,毕竟通往北方的道路依然泥泞。除了蝙蝠和一两只猫头鹰,那地方没别的活物了。"

"别这么说,霭林爵士。"年轻人伊万的脸色白得吓人,"有些东西……"他一时词穷了,只能摇摇头,"我在这边长大。山里还有好些东西,糟糕的东西。它们不属于这个世界。"

"管它们属不属于。如果它们不友好,我们这些赫尼斯第好手会料理它们的。"霭林嘴上硬气,心里却有点发虚。伊万对他们说出这种乡下人的迷信话,破坏了原本轻松的氛围,让他有些恼火。"如果你说的糟糕东西想阻止我们取暖和烤干衣服,好啊,那它们也只能在霜冻边境的寒夜里反省一下了,想想自己都干了什么傻事!"

* * *

风暴的主体就要追上他们了。霭林爵士一行人翻山越岭,狂风驱赶着前锋云团,往他们头上泼洒冻雨。他们爬上山坡,穿过风吹雨打的树林,这时霭林听到,前方传来一阵咆哮,声音微弱但持续不停,像一头沉睡的巨熊正在隆隆地打鼾。到了山顶,他们就知道那是什么声音了——只见广阔的茵尼斯葵山洪暴涨,闪电给洪水镀上一层暗灰色,狂风掀起白色的浪花,河水表面波涛汹涌、浮沫横生。

在河谷对面,隔着相当远的距离,杜纳斯塔耸立在河边,长方形的黑色塔身仿佛拼命要从周围的树林中升起,只为让人看得更清楚些。很久以前,在泰斯丹称王的时代,那曾是某位贵族的宅邸,是国王土地与敌对的北方人之间一道重要的分界线。如今,曾经的敌人已经和平相处,但北方仍有威胁,于是杜纳斯塔就成了边疆堡垒和瞭望塔,用于监视北鬼领群山中的白狐,由赫尼斯第和瑞摩加派出小股卫队,轮流把守。

雨水倾盆直下,砸在霭林的兜帽上,力道堪比冰雹。"最后一段了,伙计们。"他喊道,"马上就有屋檐遮身了!"

他踢马前行,坐骑稍微打滑,但立刻站稳,随后跃下山脊。手下

放逐者

人紧随其后,马蹄踩在泥地上的声音,一时间竟然盖过了洪水与风暴。

* * *

他们沿着河道骑行在山坡上,离边境要塞越来越近,脚下远处便是暴涨的河水。霭林惊讶地发现,塔楼窗户里竟有火光闪动,只是风雨如瀑,逼得他无暇勒马停步、仔细思考。他启程去给艾欧莱尔伯爵送信之前,曾亲眼看到前一批驻军返回赫尼斯第,所以现在,他只能猜测是瑞摩加人提早抵达了。

当然了,在这寒冷、潮湿和黑暗的夜晚,看到有人活动的迹象,他的手下自然十分兴奋。但他们很快发现,塔楼大门紧闭,即使大声砸门也无人回应,愉快的心情立刻熄灭了不少。他们站在狭窄的河岸上,浑身被漆黑的风暴笼罩,头顶是雨水,脚下是飞溅上来的河水的白沫,连骨头都被浸得又冷又湿,只能一遍遍敲打着大门。霭林不知道他们敲了有多久。

"有没有人啊?"霭林一边大喊,一边用矛柄狠砸包铁大门,砸门声简直比雷还响。"我是霭林,休国王麾下骑士,来自赫尼赛哈。看在布雷赫大爱的分上,让我们进去!"

终于,塔顶屋檐下出现了一张脸。

"嘿,下面的!你说你们是赫尼斯第人?"

霭林松了口气,但对方的乡下口音让他疑惑不解。"对,我是霭林爵士,来自赫尼赛哈。让我们进去好吗?"

那颗脑袋没有回答,缩了回去。

"这些人疯了吗?"他的侍从雅乐斯嘀咕道,"我们也是赫尼斯第人,他们应该看得出来。为什么不让我们进去?"

一行人开始觉得,他们会被丢在要塞外的无人野地里,直到被风吹跑,或者冻死当场时,塔门终于"吱吱呀呀"地开了,火把的光芒洒在他们脸上。

霭林领着手下,骑马走进院子,之后吃了一惊。围住他们的人都有武器,但没佩戴任何纹章。他们既不是赫尼斯第的戍边卫兵,也不是过来接替的瑞摩加人。一时间,霭林担心他们落到了强盗手里。
"你们是谁?"他质问道,"首领是哪位?"
一个男人走上前来。他身材瘦削,面容沧桑,长着一只鹰钩鼻。"我就是,霭林爵士。"他用流利的赫尼斯第语答道。
"你怎么知道我的名字?"
"进去再说吧,先避避雨。你和你的手下都湿透了。"
霭林一行跟随对方离开院子,进入塔楼。塔楼底层是马厩,已经拴了十多匹马,他们把坐骑也牵了进去,随后爬进楼上大厅。那里的大壁炉已经燃起炉火,另有几人守在旁边。这里光线更亮,霭林终于看到,对方首领的斗篷上别着一枚胸针,上面有个纹章。
"你是银牡鹿的人!"他惊讶地说道。
"我们都是。"鹰钩鼻回答,"我是萨姆瑞斯,这里的副官。我在宫里见过你,霭林爵士。"
"可王家卫队来这儿干吗?"霭林看到,守在厅里的几个士兵露出得意的笑。对于这么显而易见的问题,这种反应未免有些奇怪。银牡鹿是休国王的精锐部队,大部分是参加过第二次色雷辛战役的老兵。有传闻说,战争过后,他们有些成员并没有返回赫尼斯第,而是留在草原,当起了佣兵,替当地一些族长卖命。
"当然是为国王办事了。坐下烤烤火吧,暖暖身子。我去告诉队长你们来了。"
霭林只能呆呆地看着萨姆瑞斯爵士走上楼梯。他的手下已纷纷脱掉透湿的斗篷,挤到炉火前,但他却有些不安。国王的精锐卫队来这么偏远的地方干吗?国王也在吗?休肯定不会只带这么少的人出门。据他观察,塔里的人数还不到国王平常出行队伍的一半。
过了一会儿,萨姆瑞斯回来了,身后领着一位外形粗犷的中年男子。后者的上唇和两鬓留着草原人的长胡子,第二次色雷辛战役之后,许多赫尼斯第士兵将这习惯带回了家乡。霭林认出了那人,但与他不是很熟。

"库鲁丹男爵。"霭林说道,"愿布雷赫祝福这里的屋檐和炉火。所以你就是这里的指挥官了?"

"惭愧惭愧,是我。"男爵咧嘴笑着,伸出一只手,"欢迎你,霭林爵士。我曾在泗丹丰河与你舅公并肩作战。他最近如何?身体可好?"

霭林握住对方的手。男爵手劲很大。"艾欧莱尔伯爵仍像年轻时一样健康。他最近刚刚结束一趟长途旅行,立刻又开始了第二趟,都是为至高王座效命啊。"

"啊,没错。一个月前,我在赫尼赛哈见过他。"

"请原谅,男爵大人,银牡鹿在这里做什么呀?"

库鲁丹挥挥大手。"我也想问你同样的问题啊,爵士——那位著名伯爵的亲甥孙,到这偏远地方来干吗?我们边喝边聊吧。我们应该能给你的人些吃的,再让他们润润喉咙,你说呢,萨姆瑞斯?"

"没问题,男爵。"鹰钩鼻回答。

"那好,你负责招待霭林爵士的手下。霭林,你跟我来。"

雷声震撼着外面的夜空。库鲁丹领着霭林爬上楼梯,来到一个宽敞的房间,里面摆着桌子和几张完好无损的椅子。片刻后,男爵一名手下送来一大盘面包、冷肉、奶酪,还有一只大杯,已经替霭林斟满。那人端起酒壶,给男爵的酒杯重新倒满,然后把酒放在桌上,自行离开了。霭林并非只继承了舅公艾欧莱尔的血脉,还继承了他的警惕之心。所以在当前奇怪的形势下,除非主人先喝,否则他不会碰任何东西。他假装小口抿着葡萄酒,听库鲁丹说话。

"我们来这里,是因为国王听到流言,说有人会在换防期间占领这座要塞。"男爵告诉他,"他想遵照至高王座的指示,确保这里顺利转交给瑞摩加人。"

"那他一开始为何召回守军呢?为什么不等北方人来了再撤?"

"也许是因为,休国王在守军离开后才听说了流言。"库鲁丹耸耸肩,"爵士,你的问题还真多。那你们又为何到此呢?这塔楼本来空无一人,大名鼎鼎的艾欧莱尔的甥孙恰好在这时赶到,似乎有些不太寻常。"

霭林好不容易才压住话中的怒火。"我向你保证,我们没打算来。但几个钟头前,风暴在半路撵上了我们。我本来要去坎·因巴,给默多侯爵送封信。我可以拿给你看。"

"默多啊?"库鲁丹挑起一边眉毛,"好吧,信上的封印会告诉我写信人是谁。"他仰起脖子,长饮一口葡萄酒,又用酒壶倒满杯子。

"别太随意摆弄我的信,男爵。"霭林不喜欢库鲁丹高高在上的态度,"写信人是艾欧莱尔伯爵,就算是银牡鹿,也不该让他消遣。"

"哈。"库鲁丹抹抹嘴,"对,因为他是至高王座之手,是我们那位爱克兰主子的重要仆人。"

霭林确信自己已经没有了喝酒的心情。他站起身,带着杯子走到百叶窗前。"是啊,我舅公位高权重,那是他赢得的荣耀。莫非你有别的看法?"他一边说,一边用身子挡住酒杯,将葡萄酒倒进窗户与木头窗叶之间的缝隙,任它流到被雨水打湿的外墙上。

"没有,没有。"库鲁丹哈哈大笑,"你误会了。过来吃点东西吧——骑马远行之后,你一定饿坏了。"但他并没有解释年轻骑士误会了什么。

霭林从男爵一直在用的酒壶里给自己倒了些酒。在接下来的聊天中,库鲁丹谨慎地避开了一些争议性话题,而霭林也只吃男爵吃过的食物。

"你一定累了,霭林爵士。"终于,主人靠在椅背上说道,"你和你的手下可以放心而干爽地睡上一觉了,明早再精神抖擞地赶往默多的领地。"

"多谢,男爵大人。"霭林努力挤出微笑,装出感激的模样,但他心里十分焦虑。因为对方没说"等风暴停下之后",而是明确表示,只能收留他们一个晚上。

在楼下,他的手下呵欠连天,裹着烤干的斗篷,在壁炉的火炭前找个舒服的位子睡下。房里散放着许多杯盘,说明他们也得到了饮食招待。只有当地的年轻人伊万看起来还算警醒。霭林在他身旁找个地方躺下。

"你喝酒没?"他悄声问道。

伊万环顾四周,确保没人在看,然后小心地摇了下头。"我不喝酒的,爵士。"他轻声回答,"我是安东教徒。希望没冒犯到您。"

"没这回事。"霭林说,"但我还是头一回听说,安东教徒不喝酒。"

"我家属于一支非常严格的教派。"两人小声说着话。男爵的几名手下往他们这边看了看,但兴趣不大。"我们认为,水就是安东的麦酒,是我们唯一的饮料。"

"真是个好消息。你我轮流守夜吧。我对这里有种不祥的预感。"

"是有点不对劲儿。"伊万同意,"有个人说,他们来保护这座塔,直到瑞摩加人来接手。但我从没见过这么松散的守军。"他又看看房间,"他们更像在等什么东西。"

"说得对。"霭林的心跳略微加速。直到现在,他都说不清自己在焦虑什么,而年轻人却一语道破。男爵的手下似乎在等待什么事……或者什么人。"我值第一轮。你先睡吧。我只喝了一点酒,是从男爵的酒壶里倒的。"

"别让他们发现你醒着,霭林爵士。"年轻人轻声叮嘱,"在他们看来,我们今晚应该睡得很沉。"

"我想睡都睡不着了。"霭林告诉他,"趁这机会,你多休息

The Witchwood Crown

一下。"

他在地上躺好,闭上眼睛装睡,其实心脏却像兔子一般狂跳,思绪也乱成一团。暴风雨在外面呼啸、嘶号,仿佛世界黎明之初,与诸神征战的许多怪兽。

* * *

在梦里,他睡觉的地方长出一片森林。他能感觉到,古老而冰冷的树根抓住了他,缠住他的四肢,将他拖向地底深处。

"我们的。"树木悄声说道,但他听不太清,因为潮湿的黑土包裹了他,不但挤进他的耳朵,还往嘴巴和鼻孔里钻,甚至渗入他的皮肤。他正变成泥土,一团人形的泥块,只要犁杖一刨,便会粉身碎骨。"一切都是我们的。"

他试图挣脱,想挖开泥土,钻出地面,希望森林外的世界阳光灿烂,希望自己能逃出生天。但他钻出地表、拨开仿佛硬帘一般的树根时,却感觉一阵冷风迎面刮来。四下依然一片漆黑,哀号的风声仍在疯狂扰动。

纠缠的树根间突然冒出一张脸,一张死尸般的白脸。那是他自己的脸。他刚才不是在往上挖,而是朝下。他挖到了自己的坟墓。

* * *

霭林猛然坐起,想拼命挣脱森林地面的抓握,结果发现,压着他的并非沉重的树根,而是一只手。那只手捂住他的嘴巴,而他刚刚看到的脸也不是他自己,其实是年轻的士兵伊万。后者两眼圆睁,脸颊吓得像死鱼肚皮一样白。刚才的哀号也是他发出的?还是说,那只是风声而已……?

"霭林爵士!"年轻人轻声道,"醒醒!你听到了吗?"

阵阵怪声传入霭林耳中,那绝不可能是任何风声;如果是,那便是布雷赫造出天空以来最诡异的狂风了。尖利而有节奏的哀号像在吟诵什么词句,至少听起来是这样,仿佛有规律的起起落落,交织在呼啸的风号和暴雨的雷鸣之中,但无疑是另一种声音。"巴格巴的牧群啊,那是什么鬼?"

"我不知道,爵士。"年轻士兵的脸上爬满恐惧,"我猜所有守卫都上楼去了,只剩那一个。"他示意一下那位银牡鹿卫兵。那人坐在地上,距霭林的手下人不远,下巴垂在胸口,正在打鼾,睡得正香。

"我们也上去看看。"霭林轻手轻脚地从鞘中抽出匕首。事实上,外面雷雨交加,周围呼噜震天,就算把一整套锅碗瓢盆都摔在石头地板上,恐怕也不会有人听见。

伊万拔出匕首,跟着霭林,穿过他们与库鲁丹男爵见面的客厅,爬上楼梯。上面的大房间空无一人,没有卫兵看守,于是他俩继续往上,经过塔楼驻军平时用做起居室和仓库的各个房间。外面风暴的噪音更响了,狂风的尖啸,夹杂在风中、近似词句和音乐的怪响,都显得如此反常和陌生。霭林甚至觉得,这风暴的呼号竟比他的噩梦还像噩梦。

他俩爬到最顶层,这里有能俯瞰整个茵尼斯葵河谷的瞭望台。霭林终于听到了熟悉的人声。是萨姆瑞斯爵士,库鲁丹手下的鹰钩鼻副官。霭林和伊万走出楼梯井,搅动的风雨立刻劈头盖脸地砸来。

"闭上你的臭嘴。"萨姆瑞斯正在教训某人,"男爵知道自己在干吗。他是国王精挑细选出来的。"

"可这风暴把他压倒了呢?"一个士兵说道。

"别为你搞不懂的事操心。"萨姆瑞斯吼道。

大部分银牡鹿挤在瞭望台东北角,像为寻求温暖和安慰似的靠在城垛后面,张望着下方由塔楼守护的谷口和浅滩。既然他们都在楼台对面,且注意力都在塔外,霭林朝伊万做个手势,叫他跟上。他贴紧身边的城垛,尽量躲在阴影里,同时努力往外观察,想知道那些银牡鹿在看什么。

他很难看清下面的河谷——此时天空被风暴遮蔽,看不见星星,月亮在流动的云层后时隐时现,仿佛眨动的眼睛。但奇怪的是,最猛烈的风暴似乎被固定在地面附近,整个河谷内阴影盘旋,好似水塘里的污泥。不过下面也并非全黑:虽然风暴贴紧地面,但其周边和中心深处不时有闪电划过。其中一道闪电亮起的一瞬间,霭林在浅滩岬角处看到一名盔甲骑手,胯下骑匹高头大马。那是库鲁丹男爵吗?还戴着伟大神明贺恩的鹿角头盔?如果不是,那又会是谁呢?他站在那里,迎接暴风雨,像在迎接一位活生生的客人。

伊万悄无声息地凑近,离开楼梯井的庇护,好看得更清楚些。霭林想阻止他,却不敢出声。闪电在风暴上方跃动,仿佛石子在湖面上打着水漂。那个孤独的骑手一动不动,只是静待黑暗翻滚、逼近,最终将其吞没。

"好,真是条汉子!"萨姆瑞斯欢呼道,尖啸的风声中,他的声音只是依稀可闻。"啊,看在沐河流血伤口的分上,还有谁不明白休国王为何喜欢他吗?库鲁丹!"他边喊边朝空中挥舞着拳头,"男爵万岁!不愧是牡鹿的首领!"

霭林哑然失声、目瞪口呆。这里发生了什么?银牡鹿全都失心疯了吗?他转头望向伊万,打算叫他一同撤退,却震惊地发现,刚刚走出楼梯井的根本不是伊万,而是一名银牡鹿卫兵。一时间,霭林与库鲁丹的手下大眼瞪小眼,随后那人用力撞向霭林的胸膛。他脚步踉跄地倒在城垛上,感觉自己差点儿翻下去,掉进阴风盘旋的黑暗。

"看啊!"伊万还不知道发生了什么,激动地挥着手,轻声对他说道,"不光是乌云!那团风暴里有什么东西……不知是人是鬼!"

"有敌人!"撞倒霭林的银牡鹿喊道,声音压过了风声,"外人摸上来啦!"

"外人!"霭林与卫兵搏斗,不由怒上心头,"这是赫尼斯第的守卫塔——是至高王座的边疆要塞!你们和库鲁丹才是外人,是罪犯!"

其他银牡鹿听到卫兵的叫喊,纷纷转身涌过瞭望台。霭林依然握

放逐者

着匕首,但没出手伤人,只是任由他们将自己抓住、推到一边。这些人毕竟是国王卫队,显然是在执行国王的命令。如果他还手,他们完全有理由杀掉他。

"伊万,"他叫道,"别反抗。"

但年轻士兵似乎没听见。一个银牡鹿卫兵抓住伊万的两只手,可他依然盯着外面混乱的谷口,震撼而惊愕地睁圆了眼睛。"风暴里有银色的人!"他叫道,"难道我父母离弃旧神是个错误吗?可是圣徒在上,我能看见他们!我猜他们是我们的祖先,霭林爵士!他们是如此高大、如此英俊!一定是伟大的贺恩和他的猎人们!"

然而舅公艾欧莱尔给霭林讲过风暴之王战争的故事,他听得十分仔细。他记得希瑟军队来到赫尼赛哈时,国王之女便把他们当成了神,以为他们是来拯救赫尼斯第人的。但他这次也敢断言,躲在风暴里的生物绝非希瑟,而是他们那些白皮黑心的北方远亲——后者仿佛旧日盟友一般,穿过了赫尼斯第的边境。

这里发生的事远比叛国更严重,霭林终于明白了。此时此刻,他真后悔刚才没能战死。库鲁丹男爵正在迎接希瑟致命的远亲,将他们请进了凡人的土地。

北鬼入侵了赫尼斯第。

♛

咒歌如此强大,维叶岐已迷失其间,无力抵抗,像个被丢出船外的水手,只能紧紧抱住漂浮的桅杆。歌声似乎将天空与大地拧成一条巨大的黑暗走廊,世界在他们的马蹄下滚动,只是电光一闪,几个时辰、数千里路便飞驰而过。风暴之歌外面也许是深沉的夜晚,也许是明亮的白昼,但维叶置身其中,只能看到漆黑的午夜,听到狂风的哀号。就连永恒不变的星星,当他隔着扰动的风暴看到它们时,也只能望见一道道闪亮的白线,混乱的光路由地平线一头延伸至另一头。

咒歌会的术法师们不停地唱歌。即使马匹跌跌撞撞地飞速前行,即使工匠们乘坐的马车勉强爬上山间小路，他们的曲调也依然有力，听不懂歌词的咒歌依然嘹亮，甚至盖过了他们召来的风暴声。

即便如此，维叶岐思绪纷乱，他们的咒歌再怎么强大，我们也不可能横穿凡人的土地，而不被任何人发现——哪怕是最荒芜的土地。一旦凡人发现我们，那该怎么办？他们发现我们进入凡人的土地，一定会把这看做开战宣言。他们的数量远远超过我们，这一次，我们不可能战胜凡人的怒火。

维叶岐并没有忘记回归之战那伤亡惨重的结局，以及他们在奈琦迦山门前打的那场绝望的保卫战。回想当时，他手下数百名工匠——这人数并不多，但在当时已经不少了——做出卓绝的牺牲，终于保住了全族的存亡。他与匠工会诸多成员一道，全力修筑防御工事，拼死顶住凡人对山门的猛攻，那时还以为，自己即将见证全族灭亡的时刻。直到后来，山体崩塌，封住山门，凡人被迫撤退，他仍以为贺革达亚会沦为一支小小的部族，成为辉煌祖先的残影，渐渐凋零，直至亡族灭种。

女王陛下与阿肯比为何要策划这次行动？这将导致我们全族覆灭，他们到底在想什么？

叛逆的念头刚刚出现在他脑海，歌者的曲子就变了调。骑手们慢了下来，维叶岐也不由自主地放慢速度，心里迷信般地揪了一下，就像孩子做坏事被人抓到现行似的。

女王陛下听到了！她听到了我的亵渎和软弱。

转眼之间，另一个念头也钻进他的脑海，那是老师和长老们严厉的声音：乌荼库女王知道自己在做什么。她是贺革达亚伟大的主母，每个想法都是为了族人的安全。当今世上，只有她见过华庭，也只有她知道我们失落了什么。维叶岐何德何能，竟敢质疑她？自从乌荼库第一脚踏上这块土地，已有百十位大司匠执掌过匠工会——维叶岐曾在就职典礼上宣读过他们每一位的名字。在不朽的女王陛下面前，他

放逐者

还只是个孩子。

他的心痛如刀绞。原谅我吧,伟大的女王陛下。原谅我吧,一族之母。

大部队放慢脚步,停了下来,但风暴并未消散,而是从四面八方裹挟住他们,雷声不断轰鸣。突然一道闪电亮起,维叶岐看到他的工匠们都在等候,两眼瞪得溜圆,面容如假面具一般僵硬,看着就像失落华庭纪念庆典上的哑剧演员,正在表演古老的悲剧。歌者们仍在吟唱,但声音柔和了些,所有骑手都在风暴眼中原地等待。

时间慢慢过去,但什么变化也没发生。维叶岐想知道,如果到了目的地,他们为何还不扎营?如果是某种意料之外的东西挡住了去路,比如凡人的军队,那他为何听不到打斗的声音?

他顶着强风,打马上前,找到殉生武士的领队步幽。"军团长,告诉我发生了什么。"他命令道,"我们为何停下?"

军官低下头。"大司匠维叶岐阁下,请原谅,为了得到穿过这片土地的权力,我们做了个承诺,现在必须履行。"

"承诺?"这次远征,维叶岐没有任何主导权,而他也厌倦了假装他有。"我不明白。"

"我也不明白,阁下。但我只知道这些。"步幽又低下头,好像准备接受砍头似的。

许多个大年之前,维叶岐还很年轻时,任何一个大幕会的领袖听到如此模糊、无谓的答案,都有可能处死步幽这种高级军官,没人会觉得反常或不公。维叶岐虽比大多数同僚更开明,此时此刻却也由衷地怀念过去的传统。"我怎样才能知道更多情况?"

"我听说,主领诗漱鸰玉很快就会回来。"步幽指了指西南方向那片号啕的暴风骤雨,"她一定能回答您所有的问题,阁下。"

维叶岐别无选择。抱怨或抗议只能暴露他的弱点。而弱点就像石材中的裂缝,终究只能导致崩坏。他点点头。"我可以等。"

* * *

主领诗漱鸽玉仿佛受到远古魔法的召唤,自黑暗的旋涡中现身,骑马踏过被风暴吹平的草地,返回等候的队伍,一脸冷漠而得意的神情。

"大司匠维叶岐阁下!"她的语气像在女王广场的油泉旁边与他偶遇一样,"我知道,我们的暴风歌者让这狂风吹了太久,令人难以忍受。但我们可以继续走了!"

"你去哪儿了,主领诗?"

维叶岐话音犀利。他似乎看到,歌者脸上露出一丝不易觉察的怒意;他也可能看错了,即使没有,那表情也一闪即逝。"我去履行承诺了,大司匠阁下。我们要穿过凡人国王的土地,而他们对自己的权利格外看重,要价也不低。"

"要价?什么意思?"

"这片土地属于赫尼斯第的凡人国王休。要穿过这里,我们必须开出价码。"

"你是说,为了执行我们的任务,你和凡人做了笔交易?我怎么不知情?"

漱鸽玉交叠双手,做了个代表伙伴之间和平协作的手势。"因为这交易是伟大的女王陛下亲自认可的,经由我主人阿肯比大人完成。"她等了一会儿,看这两个名号能引起怎样的反应。

维叶岐表面上仍如岩石般泰然自若,内心却深受震动。自打离开家乡,他更加彻底地落入了阿肯比的掌握。"那么,在不冒犯阿肯比大人的情况下,这笔交易我能知道多少呢?"

"哎,也没那么严重啦。"漱鸽玉告诉他,"为让凡人国王对我们的通行视而不见,我们送了他一件微不足道的小礼物——而他却求之不得,仿佛看到蛛网上一滴闪闪发亮的露水。同大多数凡人一样,看到亮晶晶的东西,他就被贪欲蒙蔽了双眼。"

放逐者

"你给了他金子?"

"啊,倒也没那么普通。"漱鸽玉摇摇头,"不过,大司匠阁下,请您不必为此操心。休国王不过是女王陛下手中的另一枚棋子。身为凡人,他不会理解自己在整盘棋局中的位置,更不会心存感激。我们已经履行了承诺,所以他会无视我们的存在,任由我们穿过他的土地。"

"这么说,我们要穿过赫尼斯第全境?"维叶岐再一次受到震撼。自从上次大战之后,贺革达亚从未到过这么远的地方。

"啊,没错。"漱鸽玉像得意的鸟儿一样炫耀着自己的羽毛,"我们要去某个地方,好让您施展最精湛的技艺,进一步实现女王陛下的计划。别担心,大司匠阁下,您的角色至关紧要。等我们抵达之后,您和您的劳工将震撼整个世界!"

维叶岐假装没听到那轻蔑的"劳工"二字——说得匠工会好像只会挖地基和堆石头似的。"那我们的目的地在哪儿呢,主领诗?女王陛下的计划将把我们带往何方?"

歌者按对上司的礼仪低下头,眼神中却流露出另一种味道。"相信我族之母吧,大司匠维叶岐阁下。"她安抚似的说道,"相信我家主人,他的寿命几乎跟女王陛下一样长。他们二位已做出周密的安排,您会得知您需要了解的一切——但必须遵照他们的步骤,而不是您的。"

"我当然相信女王陛下。"维叶岐回答,"她可是我族之母。"但这话已经不像过去那么熟悉而可靠了。

他陷入沉思,催马默默返回自己的手下中间。歌者们再度抬高嗓音,狂风又开始尖啸。队伍重新启程,穿过暴风骤雨形成的隧道时,维叶岐有种感觉,仿佛有一小块风暴脱离了整体,附着到他身上,闪电晃得他眼花缭乱、头晕目眩,冷风吹得他刻骨生寒。他骑行在陌生的土地上,沉陷进未知的思绪,担心自己已经很难再摆脱它了。

The Witchwood Crown

森林的音乐

♛

他们离开城堡和鄂克斯特时,欢送的人群又吵又闹,许多贵族夹在中间,活像王冠上的宝石。等他们开始北上,途中遇到的欢迎人群就少得多了,但那些人见到莫根纳王子和名声卓著的至高王座之手艾欧莱尔伯爵时,反而更加兴奋。在阿德哈、德雷库等小镇,孩子们站在路边大喊大叫,农夫们沾了一身汗水和草渍,来到田边围观队伍经过。莫根纳很难理解,他们还没抵达,这么多人是怎么聚集起来的?

"是信使。"艾欧莱尔解释说,"他们负责传递王家信件和重要文件,有时还有钱和账单,所以你明白的,他们必须携带武器。每天都有信使从鄂克斯特出发,前往西斯坦和法尔郡,还有些前往斯坦郡或塞洛郡。他们要半路换马,才能在一两天内从海霍特赶到爱克兰边境。"

"你是说,我祖父母写信,让他们出来欢迎我们?"这竟是国王与王后的安排,令莫根纳有点不快,但他还是挺喜欢众星捧月的感觉。

伯爵哈哈大笑。他看起来身体不错,虽然不久前遭遇暗杀,但除了肩膀的伤口依然缠着绷带,倒也看不出其他痕迹。莫根纳见过他的伤口,知道那并非小伤,因此十分佩服老人的刚毅。"你祖父母?我觉得不是。"艾欧莱尔回答,"我猜是那些信使。除了送信,每次停下吃喝时,他们也会传播些闲言碎语。你是王族成员,我也算小有名气,我们这支队伍足够吸引人眼球的。"

"也许他们还听说,队伍里有值得敬佩的伊坎努克人。"骑着大公羊的小史那那克接过话头,"这附近的人看到矮怪总会很开心。我的伟岸身材也声名远播。"

他未婚妻齐娜捶了他手臂一下,做了个鬼脸。旁边的宾拿比克和茜丝琪露出微笑。

"我想,你那伟岸的身材,"齐娜的父亲说,"虽然在家时让我们挺自豪的,也让你的朋友颜面增辉,但在爱克兰的高个子眼里,实在算不得什么。"

尽管宾拿比克语气温和,小史那那克却显得有些郁闷。他意识到人群不会注意他那"出色"的身高,不由沉默了好一会儿。

* * *

大部队走了三天,来到法尔郡边界,然后离开河川路,转向北方,开始沿森林外缘前进。彻底离开大路后,镇子变成了村落,甚至只是些孤独的农场小屋。除了零星有些小农倚着锄头观看,再没有人朝队伍欢呼。莫根纳猜测,这一定是相当奇怪的一幕。武装骑手骑着马,步兵用担架抬着垂死的希瑟,还有骑公羊和大白狼的矮怪护卫在旁边。看到这支队伍的人肯定能记一辈子。

* * *

虽然大家骑着各式各样的坐骑,队伍的行进速度却比莫根纳预料的快很多。天气炎热而干燥,但没有平民干扰,也没有像来往瑞摩加时那样拖着至高王室的巨型补给车,所以速度依然很快。尽管被迫出行让莫根纳很不高兴,但他必须承认,同艾欧莱尔伯爵、波尔图爵士和其他士兵一起骑行在路上,倒也很接近他对自己的期望:一个男子汉,正在干些男子汉该干的事。

但莫根纳也要承认,他很寂寞。那天晚上,他拒绝了艾欧莱尔那样的帐篷,而是裹着披风,遥望耀眼的繁星在头上转动,直到它们全部跳入黑海般的林间。奇怪的是，他说不清自己在想什么。

当然了，他很想莉莉娅。由于他俩的年龄差距，王子有时觉得，自己对妹妹的爱挺神奇的。他俩童年相处的时间不多。小公主刚会说话时，他已经在学习骑马打仗了。很快，莉莉娅也开始抗议，说她也要练剑，结果遭到母亲的坚决反对。不过祖母觉得，女孩学会自我保护是家族的优良传统。婆媳俩为此还吵了一架。

最后是王后赢了。王后总是能赢。但莉莉娅练了几天，觉得打仗并没有想象中那么好玩，于是改练骑马。

上一次北上艾弗沙的长途旅行中，莫根纳已经习惯了见不到妹妹的日子。他不会在大清早被妹妹吵醒，也不会在玩骰子时被她拖到花园看漂亮的小鸟。他对她的思念变得平缓，后来竟有些想不起来了。可离开几个月后，再回到家里，看到她长大了那么多，竟让他有点害怕，尽管他也说不清为什么。这次出发时，妹妹哭了，哭得毫不掩饰。这跟他认识的莉莉娅很不一样。以往她想要什么东西却得不到，只会沮丧地掉眼泪，这次却哭得歇斯底里、声嘶力竭！为什么他对妹妹会有如此强烈的关爱，而母亲却……

至少母亲是爱莉莉娅的，虽然有些漫不经心。莫根纳的父亲也是……

他恼怒地呼出一口气，将回忆压下——陈旧而可怕的记忆。每当他独自一人时，它们就会冒出来。如果他既孤独又清醒，它们会出现得愈发频繁。这就是他讨厌这两种情况同时出现的原因之一。

还会有人想我吗？我的母亲？可能会有一点吧。但我跟米蕊茉祖母和西蒙祖父离开好几个月那次，似乎对她没什么影响。如果我死了，她当然会很难过。毕竟我是王位继承人，一旦我死了，谁还会在乎她呢？

莫根纳希望上帝没在听，因为这念头刚冒出来，他就后悔了。多年以来，努乐斯神父等人都清楚地说过，爱父母是上帝的诫命。他已经尽全力去爱母亲了,真的。上帝当然会要求他做到最好。但他就是没法理解,母亲怎么能对亲生女儿如此冷淡。有些时候,她甚至一整天都不去看望女儿,除非荣娜伯爵夫人或其他侍女带着莉莉娅去跟她说声晚安。

但他母亲再怎么冷漠,至少……她不会说出……

他再次努力压下记忆,但这次它却不肯让步,仿佛一只凶猛的野兽,龇着獠牙,推开海霍特护城河最深处的睡莲花丛,钻出水面,从阴影里闪出,抓住了他。

* * *

那是个非常奇特的日子,是他这辈子最奇特的日子之一,距他在古仓塔被父亲发现的那个怪诞的仲夏前夜不到两个星期。那一天,他从节庆橡树上摔了下来。出于某个他并不理解的原因,那棵树是不能爬的,但它是内城里最好爬的树。莫根纳摔伤了一只膝盖和两只手肘,他流着血,一瘸一拐地回到寝宫。几个女仆迎上来,但他不准她们碰他,女仆们只好忧心忡忡地跟在他身后,像鸽子似的悄声嘀咕着,擦掉他身后的血迹和泥巴。他母亲正同几位宫廷贵妇聊天,被他打断之后,只是看了他一眼,夸张地打个哆嗦,挥手命令女仆带他去提阿摩大人那里包扎。

小个子乌澜人给他清理了伤口,用绒布和麻布仔细包扎,然后从一只小玻璃瓶里倒了些液体给他喝。那东西是甜的,但味道很古怪。提阿摩说,这能帮他睡个好觉。

女仆将他带回母亲的房间,这时他身上干净了,伤口也包好了,母亲才同意让他躺在起居室一侧的小床上,但叫他保持安静。伤口的剧痛已经消退,只是偶尔抽痛一下,提醒他不要动作太大。莫根纳睡了一会儿,然后醒来,接着再次睡去。他母亲和女伴们在一旁轻声聊天。第二次他醒得比较彻底,发现房间比刚才吵。有人来找约翰·约书亚王子,说提阿摩大人有事找他,好像跟一个女仆有关。莫根纳慵

The Witchwood Crown

懒地猜测，这事会不会跟自己有关，但他不记得自己做过什么坏事。不管怎样，小床很暖和，他懒得起身去问。过了一会儿，他又舒舒服服地睡着了。

再次醒来时，他在半睡半醒间看到父亲站在床边，眼睛瞪得老大，眼神活像礼拜堂窗户里的那些殉道者。这一幕如此突兀、如此吓人，莫根纳想大喊出声，却因为不太清醒，只是倒抽一口凉气。更吓人的是，父亲竟然弯下腰，亲吻他的侧脸，对着他的耳朵悄声说道："我很抱歉。真的很抱歉。"

这诡异的耳语听得他心跳加速，人也更清醒了些。随即他听到母亲在说话："所以你就跑来这里？你疯了吗，约翰？你有没有碰她？如果你被传染了怎么办？"

"没有，我没靠近她。"父亲说，"但提阿摩他们靠近了。"

"仁慈的艾莱西亚！我不该让他们任何人靠近我的。"

"乌澜小个子不是傻瓜。他说那不是传染病。他说那是毒。"

"哦，亲爱的上帝，保佑我们吧。"

"是个意外。"但莫根纳觉得父亲的声音突然在颤抖，"也许是被蛇咬了。"父亲像要改变话题，勉强挤出一句，"你为什么这么害怕，艾黛拉？人们会有各种各样的死法。死亡无处不在。这是上帝的旨意。"

"因为我怀了孩子。"他母亲回答。莫根纳在她的语气里听出了自豪与愤怒。这时他已完全清醒，心脏跳得飞快，但他依然闭着眼睛，因为父亲还站在旁边。

"你……"

"我怀了孩子。我知道是真的，产婆也这么说。你以为我在怕什么？"

"孩子。"他的语气就像说"椅子"或"石头"一样。

"对。你为何如此冷漠，约翰？这不是我们想要的吗？再生一个孩子以巩固继承权？"

"我……我很抱歉，"约翰·约书亚的腰杆挺得笔直，但他的双腿贴在莫根纳假装睡觉的床铺上，却在不断发抖。"我只是想到那个女仆——他们说她吐出黑色的胆汁……"

"约翰！你疯了吗？"

"哦，我主帮帮我吧。爱妻，我管不住我自己。我再次请求你的原谅。"

"祝福我吧，约翰。让我们祈祷，他或她能平安降生。快啊，约翰——不然上帝会认为我们不知感恩。"

"当然。"他答应着，语气里却有种奇怪的扭曲感，"我祈祷上帝祝福我们所有人，祝福我们的孩子。"

艾黛拉跪在圣母艾莱西亚的画像前，开始祈祷，祈求上帝的原谅——他将如此的幸运赏赐给他们，无疑也会看顾所有人，而他们却在讨论如此邪恶的事。她还保证，会将新生的男孩培养成虔诚的安东信徒。当然了，新生儿也有可能是个女孩。如果她是，母亲希望上帝不要误以为自己嫌弃男婴。艾黛拉还在列举她希望上帝如何保护自己的家庭，莫根纳听到父亲在一旁开口了。他声音很轻，一定以为没有其他凡人再能听到。"我祈祷上帝行使公义，让那孩子成为死婴。"

莫根纳无声地躺在床上，惊恐万分，全身僵硬。父亲离开了，他听到母亲仍在祈祷，可能根本没发现丈夫已经走了。莫根纳想哭，却不能也不敢，因为哭会暴露自己，仿佛他光是听到那句话便犯了严重的大错。

艾黛拉祈祷完毕，起身让在前厅耐心等候的女伴们进来。她们涌了进来，如一群歌唱的小鸟，声音甜美而轻快，讨论着窗外美妙的夏日。莫根纳翻过身，拉起毯子蒙住头，希望它能更厚、更重一些，就像黏土甚至石头一样，把自己埋进土里，再也听不到任何声音。终于，过了很久很久，他又睡着了。

The Witchwood Crown

* * *

"你醒了，殿下？要人陪吗？"

莫根纳坐起来，惊讶地发现自己在森林里，而不是母亲起居室的小床上。波尔图爵士站在几步开外，抬手朝他打招呼，但动作有点晃，因为老骑士跟士兵们喝酒的时间比莫根纳还长——这也解释了王子此刻的心情为何如此糟糕。"是啊，醒了。"莫根纳回答，"至于要不要人陪，我还不太确定……"

波尔图完全没听懂他的暗示，在旁边一块石头上坐下。"我很熟悉你的表情，王子。"

"是吗？"

"啊，是的。我也是年轻时就离开了家，去打白狐，把家人都抛到了身后。"

"太糟糕了。"王子赶紧表示同意，希望能阻止老骑士，免得他再开尊口，讲述自己如何如何拯救了凡人免遭北鬼灭绝。"他们一定很想念你，尤其是你母亲。"

但莫根纳的话似乎吓住了老骑士。等他再次开口，说的是王子从未听过的故事，仿佛车轮从一道车辙颠进了另一道。"我母亲？"老人说，"不，没有，我母亲早就去世了。我说的是我的老婆孩子。"

莫根纳很惊讶，这时父亲的话再次浮上脑海，激起一阵厌恶的涟漪。"你有孩子？你从没提过孩子的事。还有你老婆，我印象中也没听你说过。"

"不是什么开心事，殿下，所以从没跟你说过。我把他们留在了珀都因，那里也是我出生的地方。我第一次走上战场，是追随约书亚王子他们，希望能挣一笔钱。我老婆茜达带着小孩，住在她父母家里。对了，我提过一两次奈琦迦山门之战吧——唉，王子，请不要做出这种表情，我知道我讲过。艾斯崔恩唠叨过很多回了。所以你该知道，我是在战场上由艾奎纳公爵亲自赐封为骑士的。"

放逐者

莫根纳听说过,波尔图是跟另外几人一同受封的,因此听起来好像也没什么了不起。只不过这次,他并不急着打断对方。

"回到南方之后,新王与王后赏了我一小块土地,在素德郡,每年的租金能收好几个金皇帝!挺不错的。远比我在家里拿到的钱多。但等我返回珀都因,却发现茜达和儿子都死了。那一年,纳班和南方大片地区遭遇了可怕的汗热疫情,夺走了她们母子的性命。你可能没听说过,当时很多人称之为北鬼热,说是他们被打败后发动的报复。我的小儿子啊,当时还不到两岁。我们叫他波尔提尼奥,意思是'小波尔图'。等我到家时,他们已经下葬一个月了。我甚至没机会再次亲吻他们。"波尔图的声音开始哽咽,"没机会好好说一声再见……"

莫根纳沉默许久。"父亲临死前,我也没见到他。他们不让我见。"

波尔图依然沉浸在自己的悲痛中,默默无语地看着他。

"他们说,我不能看到他那副模样。"莫根纳续道,"我母亲也这么说。我祖父母跟他在一起……"他讨厌回想起那一幕。但只需一点点触动,那段回忆就会冲回他眼前。

那里的台阶是湿的,因为不久前,刚刚有名女仆提着水桶和抹布走上去。小莫根纳不明白,为什么仆人能上去,他却不能?他一直站在楼梯上,荣娜伯爵夫人用力攥着他的手,让他无法挣脱。他母亲也拦在楼梯上,满脸怒容。她在生莫根纳的气,因为他试图从母亲身旁挤过去。两个女人拦住了他,好像他是个囚犯——是个罪人。那一刻,楼梯顶上的房间由两位爱克兰卫兵把守,就如山巅上的要塞般遥不可及。然后,提阿摩走出父亲的房间,面容悲痛。母亲痛呼一声。小莫根纳顿时泪如泉涌。

他强压下回忆。无谓而愚蠢的回忆。他很生自己的气,因为是他自己提起来的。"后来呢?"他问。

波尔图抬起头,显得有些惊讶。"不好意思,殿下,你说什么?"

"之后又发生了什么？我是说，你家人去世之后。"

老骑士叹息一声。"都这么长时间了！殿下，实话告诉你吧，无法忘记其实是种诅咒。总之，当时我失去了所有亲人。我回了爱克兰，没多久又卖掉了国王赏给我的土地，把钱都拿去喝酒了。要不是遇到艾斯崔恩和欧维里斯，估计我早就死了。"波尔图摇摇头，"他俩总能帮我找个屋檐栖身……至少有个地方能跟他们抱团取暖。"

莫根纳从未想过，至少是没仔细想过，波尔图在认识自己之前也有过一段精彩的人生。王子眼中的老骑士就是个温和的醉酒小丑，他从未想过是什么事把波尔图变成了这样。

"你很爱你老婆吗？"他问道，虽然不太明白为什么要问。

"你问我什么？"波尔图的思绪明显又飘走了，"啊，是的，我想我爱她。但过了这么多年，已经很难说清了。有时我连她娘俩的样子都记不清了。我有个吊坠里有她一张小画像，但那玩意儿不知道丢哪儿了。"他摇摇头，"在哪儿呢……"

"我希望你有一天能忘记他们。"莫根纳说，"这样你就不用痛苦了。"

"啊，还是不要。"老骑士又摇摇头，"请原谅，殿下，但我祈祷自己永远不要忘掉他们。我对他们就只剩下记忆了。"波尔图挺直腰，"说到痛苦，王子，寒气钻进我的骨头，冻得我浑身发疼。我得坐得离火近一些。不必太焦虑，殿下。你是天之骄子，我相信，其他人遭遇的事不会发生在你身上。我还相信，所有爱你的人都会平平安安地等你回家，而你也将载誉而归。相信我，老人家能看到些年轻人看不到的事。"

莫根纳默默地看着他。老骑士摇摇晃晃，穿过营地，走到其他人旁边，动作活像一只海鸟，在泥泞的潮水间跋涉。

♛

"哦，我的帕萨瓦勒大人，真高兴你还记得！"看到侍女领着总理大臣走进起居室，守寡的王妃站起身，张开双手，像在接纳一件礼物。

"殿下，我怎能忘记您的盛情邀请？"帕萨瓦勒留意到，艾黛拉王妃并未在房间里布置足够的光源——而这并不适于翻看古籍。事实上，房间里只有稀稀拉拉的几根蜡烛，以致他过了好一会儿，才发现角落里还有位老夫人，正直着腰杆坐在椅子里，手上做着针线活儿。

"威罗娜夫人，"好容易看清老夫人的脸，他说道，"很高兴见到你。"

老夫人也在场，既让总理大人松了口气，也令他感到十分困惑。威罗娜的丈夫是海斯托的伊弗里爵士，不过那位男爵既没有显赫的家族背景，也没多少领地。他发现做生意比种地更好赚钱，于是在珀都因各路亲戚的帮助之下，再加上运气好，成了从南方进口染布的重要商人。现如今，他已比绝大多数人富有。他本人与妻子也成了欧力克——艾黛拉王妃的父亲——的重要心腹。

威罗娜从针线活儿上抬起头，眯起眼睛。"啊，是您啊，总理大人。请原谅我不起身了，今天我的腿疼得厉害。"

"没关系，我的好夫人。"

"好了，帕萨瓦勒大人，你想吃点什么？"艾黛拉王妃问道，然后自己回答，"当然是肉，对吧？你们这些男人啊！"她得意洋洋地微笑着，露出一种母性的眼神，仿佛已经看透强壮的男人都有些什么小心思。帕萨瓦勒虽然佩服她的手段，但也相信，只有傻瓜才会被那张漂亮的脸蛋迷惑。"我已经派人去厨房了，"她说，"下午一定还剩了些肉，很好吃的，就算凉了味道也不错。我还特意留了瓶桑达利安黄酒，就用它为这开心的场合佐餐吧。"

帕萨瓦勒忍不住想稍微试探一下，只为看看今晚气氛如何。"啊，可是王妃殿下，你这么关心丈夫的书籍，难道我们不该先去看看吗，然后再满足口腹之欲？"

艾黛拉朝他挥挥白皙的小手。"别傻了。吃饱喝足之后，干活才有效率。你这么勤勉的大人物一定很清楚。"

"那就恭敬不如从命喽。"

"就是嘛。"那副笑容又出现了——挑逗而暧昧。事实上，就算艾黛拉直接省略无聊的看书环节，帕萨瓦勒也不会太过惊讶。在他看来，王妃对她丈夫的图书馆显然并不在意，她只想努力进攻他的防线，直至最终攻破。看着她那美丽的面庞、苗条的身材、洁白的乳沟，帕萨瓦勒不可能完全无动于衷。但此时此刻，他能以总理大臣的身份站在王妃的起居室里，正是因为他在每一条岔路前都做过仔细的思量和选择。他不会在这时改变行事风格，因为一旦行差踏错，他会摔得比从前更惨。

侍女回来了，手上端着一碟切好的冷肉片、一些奶酪、几条面包和一碗腌菜。艾黛拉轻声责备她没拿甜品，然后让她退下。女孩走进王妃众多房间中的一间，消失了。

威罗娜夫人拿起一碟，坐在自己的椅子上吃。王妃和总理大臣面对面坐在小桌前。艾黛拉一边吃，一边活泼地聊起各种微不足道的小事，但帕萨瓦勒很清楚，她不过是在为某些更重要的话题做铺垫。终于，他替两人斟满第二杯琥珀色的桑达利安甜酒时，她转入了正题。

"今晚我很享受你的陪伴，总理大人，我都没法形容了。"

"王妃殿下，请叫我帕萨瓦勒。此时此刻，我可不想再听到自己的头衔。"

"那好啊，我尽量用你的安东教名称呼你。但你也不能客气，要一视同仁。今晚你我都别用头衔了。请叫我'艾黛拉'。"

"如你所愿……艾黛拉。"

她拍拍手。"啊，光是你那阳刚的嗓音，听起来就让人愉悦。"她凑近些，像要讲述一个秘密，不经意地将一片白皙光滑的胸口展现在他眼前。"必须承认，有些时候，我已经听腻了女人尖细的嗓音。

可我只能听到这些!所以你知道我为何想念儿子了吧?"

考虑到莫根纳王子离开还不到一周,而王妃向来不宠爱孩子——不论儿子还是女儿——帕萨瓦勒认定她要开始新话题了,于是大大方方地跟着说下去。"送他离开,你一定非常难过。"

"难过极了。心都要碎了。"她摇摇头,"第一晚,我是哭着入睡的。"

"我为你的痛苦感到难过,亲爱的王妃殿下。"

她扫了一眼威罗娜夫人,后者正专心致志地嚼着一块面包,似乎根本没留意他们二人。艾黛拉又一次压低声音。"送他去荒郊野外,不但让我害怕,还叫我担心他能不能活着……"

"他会回来的,艾黛拉。艾欧莱尔他们会确保这一点,他可是至高王座手下最出色的人。"

她做了个不耐烦的口型——看来她并不想讨论首相大人。"我为他的离开而担惊受怕。身为一个母亲,儿子不在身边,经常让我感觉相当失落。我还担心,成长中欠缺父爱……会不会在他加冕之后,对他造成什么负面影响。"她画了个圣树标记,"当然,我们都希望那会是很久很久以后的事。"

"当然。"帕萨瓦勒也在胸前画了个圣树标记,"上帝会保佑我们的国王与王后。"

"可是,帕萨瓦勒,你肯定注意到了莫根纳最近遭遇的麻烦!你肯定看到了他身边都是些什么朋友,看到他做事有多么不负责任!"

"他的朋友并不像你想象的那么不堪,王……艾黛拉。他们是练武的粗人,确实不太会说话,也跟他花了太多时间在档次不高的地方喝酒。但士兵也能教给他很多东西,有用的东西。国王不能光是坐在朝堂上统治国家,有时也得上战场保卫疆域。"

"我知道!仁慈的艾莱西亚,我知道!我做过那样的噩梦。我不光担心战场,还有很多事——比如刺客,就像那个袭击艾欧莱尔伯爵的疯子！"

"你必须知道，王妃殿下，令郎深受爱克兰全境的喜爱。可除了爱我们的上帝，不论任何人，从最卑微的到最高贵的，都没法预防一个疯子。你可以这样安慰自己，令郎会受到无比周全的保护，全天下没有第二人可比。"

王妃似乎还想说些什么，但好一阵子没开口，最后只是扭过头去，肩膀微微颤抖。

"艾黛拉？殿下？我没冒犯到你吧？"

等她回过头来，帕萨瓦勒似乎看到她眼中含有泪光，但被她很快擦掉。"哦，帕萨瓦勒，没有，没有。你没冒犯到我。但我也对我丈夫约翰·约书亚王子说过同样的话——奥斯坦·亚德全境没人比他更安全、受到更多保护、拥有更多卫兵。然而死亡朝他伸出手时，这一切都变得一文不值。"

帕萨瓦勒很想知道，她是真因为刚才那句话哭了，还是用指尖蘸了点腌菜汁，把眼睛揉出泪水的呢，毕竟她的指尖闪着湿润的光泽。面对王妃这样的高手，有些事真的很难说。不过无所谓了，单是出于礼节，他也必须做出回应。"我很遗憾，艾黛拉。今晚的愉快和随意让我的脑子有些迟钝。而你要担心的事比大多数母亲更多。"

王妃露出勇敢的微笑。"我很贪心。我丈夫善良、英俊，我拥有他的时间太短了，但也给他生下了两个漂亮的孩子。"她低头看看扭在一起的双手，又抬起头，眼睛睁得很大，帕萨瓦勒觉得她的眼神相当哀怨。艾黛拉是个异常俊秀的女子，这一点无可争议。"而这正是我担心儿子的原因。他长这么大，多数时间都缺乏父亲的关爱，受的教育也很粗浅。等他必须挑起王家血脉的重担，他会怎么样呢？"

帕萨瓦勒终于看清了她的思路，但还不确定已经了解了她的目的。"我愿竭尽全力帮助你，夫人。我会全心全意关心和爱护莫根纳王子，与宫中所有人一样。"

她又擦擦眼睛。"你觉得我是个傻瓜。"

"完全相反，我觉得你是个关怀备至的母亲。"

"那我能对你坦白一件事吗？一件毫无意义、却在折磨我的事？"

"当然可以。"

"我担心国王与王后让我儿子承担的责任太少了，这样他就学不到很多东西。"

这话让帕萨瓦勒颇感意外——说有人不想让莫根纳承担责任，就像说一个马夫追赶马匹，是为了不给它套上缰绳——但他只是点点头。"我理解你的担忧。"

"我不想让他去执行那个奇怪的任务——我甚至听不懂精灵啊、魔法号角啊之类的奇谈怪论——但我也没有资格反对。不过，等他回来……"说到这里，她往话语里添加了一些颤音，"如果上帝保佑他平安回来……我希望他们能重用他。这不光是为他自己，也是为了这个国家。"

帕萨瓦勒点点头。"我明白你的想法，如果你能再多解释一些……"

"难道不能多给他些事'做'吗？"她在那个字上加了重音，帕萨瓦勒知道，她终于说到了重点，"莫根纳总有一天要统治这块土地。他会是整个至高王国的国王。纳班、赫尼斯第、珀都因，全要向他俯首称臣。可他根本不知道怎么做个国王。"

事实上，帕萨瓦勒心想，她的话有些道理。但他怀疑，艾黛拉的理由与自己不尽相同。"我衷心赞成你的意见，殿下。他能够、也应该承担更多责任。"

王妃的语调十分热切。"至于他的祖父母——好吧，帕萨瓦勒，这是个绕不开的话题。他们是很出色的统治者，我们都很感激他们做出的一切。但他们老了，五十多岁了！莫根纳能在很多方面帮上他们，只要他……得到一个合适的位置。"

帕萨瓦勒连连点头,仿佛刚刚明白过来。"啊,你的意思是,只要他们让他……怎么说呢?辅政?"

"没错。"艾黛拉一把抓住帕萨瓦勒的手,把他吓了一跳。她的手清凉干爽,触感舒适。"你想得比我更周全,在这类事上比我更睿智。辅政——没错!他可以边干边学,国王与王后可以教会他需要知道的一切。亲爱的帕萨瓦勒,你愿意帮我说服他们吗?"

"可是,艾黛拉,你亲自去说,岂不比我更有成效?"

"唉,我去说的话,他们永远都不会答应。"她用力摇头,"他们会以为我是在干涉他们,为我自己谋取权力。"

帕萨瓦勒忍不住露出微笑。"也许你说得对。"

"我就知道,对吧?真让人遗憾。但你去说,他们就会听的。西蒙国王对你信任有加。他提拔你升到高位,远超其他……其他那些……"她结巴起来。

"其他那些更合适的候选人?不用担心伤害我的感情,艾黛拉。我知道,有很多贵族的出身远比我更高贵,其中不少比我更富有。众所周知,我的家族本就不算富有,在风暴之王战争过后,更是陷入了十分困难的境地。"

"但你是这位置最适合的人选,国王意识到了。"她用力攥住帕萨瓦勒的手,紧得让他难受,"如果你能提出些建议,帮助莫根纳日后成为更出色的国王,他会听进去的。"

"这我可不敢保证。"他不想让王妃觉得自己会轻易上钩,"国王与王后都很固执己见。我说这话是出于赞美!他们的眼光都很独到,不会听风就是雨。但我会尽量试试。"

"哦,愿上帝保佑你的善良!"艾黛拉伸手拿过酒瓶,相当随意地给两人倒满,"愿我们精诚合作,达成这件事,这样我就能成为海霍特最开心的女子了。"

"我一直都在与你合作啊,殿下,哪怕我不清楚你的目的。你我有着共同的愿望,愿至高王座永保安宁,愿你的儿子健康快乐。"

"帕萨瓦勒,你是我认识的人中最善良的一个。"她一口喝光杯中酒,像个刚刚从生死相搏的战场上幸存下来的士兵。"来吧,等我们吃完,就去看看我丈夫的书。"

她突然重提古书,让帕萨瓦勒有些猝不及防。但他见王妃站起身,也只好跟着站起,被她拉着手、带离了桌子。从威罗娜夫人身旁经过时,帕萨瓦勒迟疑了一下。但老夫人已经睡着了,碟子小心地放在地上,针线活儿搁在腿上。"要不要她……?"

"让可怜的老人家留在这儿吧。她懂什么呢?那些书比她还老。"艾黛拉像小女孩似的咯咯笑着,拉住他的手,"走吧。没必要让她来监视我们。"

他只能任由对方拉着自己,本以为会去她亡夫的书房,或者保存书籍的仓库,可艾黛拉却把他带进了一个完全没有光线的房间。

"哦,天呀。"王妃泰然自若地说,"我带你走错房间了。我一定喝了太多美酒。"

"要我回去拿蜡烛吗?"

即使在黑暗中,帕萨瓦勒也能感觉到王妃转过身,面对他站着,贴得非常近。她已经放开了手,却又搭上他的肩膀,手指顺着他的颈部线条摸到脸上。"不用了,"她柔声说道,"没有光,没有外人,我们可以好好待一会儿,不是吗?"她又靠近一些。他能感觉到,对方苗条的身体有好几处贴在自己身上。他能闻到她呼吸里的酒味,还有香水的甜香。

"艾黛拉……"

她用手指按住他的嘴唇,不让他说话。"你知道,我想念的不光是男人的嗓音。"

帕萨瓦勒吻吻她的手指,然后将它们轻轻扯离嘴唇。"殿下,我只是……"

"嘘。你是个男人,这就很棒了。不,你是我认识的最出色的男人。哦,其实我喜欢你很久了!"

"可仆人们……"

"都很懂事,不会擅闯我的卧房。是啊,我对你撒谎了,我承认,大人。这不是我丈夫放书的地方,而是我的卧房。你恨我骗你吗?"

"我永远不会恨你,亲爱的夫人,可爱的艾黛拉。"他再次拉起王妃的手,亲吻每一个指尖。他能听到对方粗重而颤动的呼吸,于是往前探身,亲吻她的嘴唇。过了许久,他才再次开口说话。"无论如何,我永远都不会伤害你。"

"哦,太好了!"她回答。此时此刻,他在她话中听不到半点虚伪。"我全身都起了鸡皮疙瘩——我的心跳得很快!这里,能摸到吗?"她拉起他一只手,放到自己赤裸的胸前。她皮肤发烫,乳头硬得好似樱桃核。在黑暗中,她已悄无声息地解开了裙带,脱掉了衣服。"你能爱我吗,帕萨瓦勒?哪怕只是一点点?"

"我能。"他温柔地抱紧对方的胴体,令她轻声娇喘,"我能,夫人,当然可以。"

♛

看到阿德席特森林的第一天晚上,扎下营后,宾拿比克和矮怪们在照顾希瑟,骑士和侍从们开始吃晚餐,艾欧莱尔伯爵来找莫根纳,邀他一起到森林里走走。

"去干什么?"莫根纳正准备去找波尔图,以及老骑士经常带在身边的酒袋。

"去吹号角,殿下。"艾欧莱尔拍拍系在马鞍上的木匣,"之前我们一直在鄂克斯特境内,所以没必要吹。"

莫根纳只能答应。他的坐骑正心满意足地嚼着厚嫩的青草,他爬上马鞍时,母马望向他的眼神差点让他开口道歉。

"我们离哈苏山谷不远。"艾欧莱尔骑马走向阴暗的森林边缘,对王子说道,"那里曾是个黑暗之地。你祖父母在那里被火舞者抓住,差点被杀。那些人是风暴之王的崇拜者。"

"我听说过火舞者。"莫根纳说,"相信我,伯爵,所有故事我都听过。"他很想念妹妹和祖母,所以不太想聊天。他甚至有点想念母亲。

莫根纳突然记起,祖父曾跟他开玩笑,说家里的女人想联合起来,阻止国王与孙子享受天伦之乐。当时他祖父想去王家水坑抓青蛙——那是国王对城堡绿地旁一个大水塘的戏称。莫根纳其实对抓青蛙没什么兴趣,他已经开始关注自己的形象,希望能表现得像个年轻人,而不是一个小孩子。但他听说祖父要跟自己一起玩,心里还是很高兴。那是什么时候的事了?肯定是父亲去世之后。如今仔细想想,他记起来了,其实国王不止一次想提起他的兴致,或者逗他开心。

"只有你知我知啊,莫根纳。记住爷爷我这句话。"国王当时是这么说的,"你要是对你妈妈和我老婆千依百顺,那她们什么事都不会让你干,因为她们怕你受伤。可偶尔流点鼻血,有什么大不了的?"然后他讲了几个瑞秋的故事。那位老女仆显然是国王年轻时的噩梦。

确实,那段日子祖父对他很亲切。可后来为什么全变了呢?为什么现在,国王总会为了一点无聊的小伤和小错就对他大发雷霆?

"你很安静啊,殿下。"艾欧莱尔把莫根纳吓了一跳,"你没事吧?"

"没事,没事。"他嘴上这么说,心里其实困扰不安,感觉十分难受,"只是不太想说话。"

于是二人默默骑行,在渐暗的暮光下穿过森林外围。艾欧莱尔在前,莫根纳跟着后面,心中暗暗感激老人能尊重他的意愿并保持沉默。日头西垂,透过枝丫,莫根纳看到低处的天空一片橘红,头顶却是暗蓝。宁静之中,他能听到森林的声响,或者说,他感觉杂音都消失了。除了几只小鸟在安全距离外啾鸣,他只能听到马蹄下的枝叶发

The Witchwood Crown

出柔和的"嘎吱"声。营地就在他们身后不远处,此刻却像在数里格之外。

"啊,我们可以把坐骑拴在这里。"艾欧莱尔终于说道。他下马的动作依然灵活,以他的年纪还真挺难得。他把缰绳绑在一棵细长的桦树上,解下马鞍上装有号角的盒子。莫根纳将马匹绑在伯爵的坐骑旁边,举目环顾朦胧的林间空地。

"真静啊。"这话听在莫根纳自己耳里,感觉都像一句废话。艾欧莱尔只是点点头。

"森林很谨慎。"伯爵回答,"它并不欢迎访客,但也不会拒绝。至少我父亲是这么说的,不过他说的是我们的格兰玻森林。而这里是阿德席特大森林,意思是'古老之心'……很多人说它是最古老的地方,所以才有了这样的名字。"

"一处地方怎么会比另一处更古老?"莫根纳不太明白。之前的回忆和静谧的森林令他浑身不安。艾欧莱尔从盒子里拿出一只天鹅绒袋子,小心翼翼地取出号角,好像那是个沉睡的孩子。莫根纳又问:"我是说,既然上帝创造了世界,难道他先造了森林,然后再造出其他东西?但这不合理啊。"他的声音在安静的林间空地里回荡,如聒噪的乌鸦一样刺耳。

"是啊,你说得对。"艾欧莱尔举起号角,在黯淡的暮色下欣赏,"首先我同意,这个世界需要很多合情合理的事。"

莫根纳从未见过这号角,只在凯马瑞爵士和风暴之王战争的故事中听说过它。他惊讶地意识到,这件宝物令他心中不安,却又说不清楚为什么。从某种程度上讲,它做工粗糙,就是个卷曲的圆锥体,上面刻有细小而清晰的花纹,吹口是银质的,宽阔的喇叭口上镶着简朴的银边,这就是它的全部装饰。但那号角不知为何还是吸引了他的目光,令他心跳减缓、随即再度加速。

"这就是吗?"他说,"伟大的凯马瑞的号角,歌谣里传唱的那个?"

"是啊,但我认为,凯马瑞爵士并非吹响它的第一人——至少在这数百年间不是。你看到这些纹路没有?"伯爵用手指划过上面的花纹,"听说是希瑟刻的,而且不是最近的事。这号角是希瑟统治奥斯坦·亚德时的造物。"

"你要吹响它吗?"莫根纳问。

"当然。至少我会试试。"

"试试?"

"殿下,这号角同其他强大的宝物一样,我们有时很难理解它们的作为。当年凯马瑞爵士失了智,约书亚王子将号角交给他时,他一开始并不记得,但随后又突然拿起了它,嘹亮而清晰地吹响。号角声响过之后,他的心智便恢复了。为什么会这样呢?你见到希瑟后可以问问他们——如果能见到的话——因为我怀疑,其他人不会知道答案。"

"那么……我能试试吗?"

"吹号?当然可以,殿下。"艾欧莱尔提起斗篷边,擦拭吹口,直到它闪闪发亮。

莫根纳接过号角,只觉入手重得惊人,完全不像用骨头或鹿角制成,更像是用石头。他将号角举到唇边,但又放下了,感觉静谧的森林正在压迫自己。"如果希瑟听见了,他们……就会出现?"

"谁知道呢。"艾欧莱尔回答,"但我相信,如果他们听见,绝不会没有反应。啼-涂挪号角绝非凡品。"

莫根纳再次将号角举到唇边,用另一只手扶稳,鼓起腮帮子。但除了一阵"噗噗"的喷气声,什么动静都没有。"我觉得它坏了。"他说。

"再试试。"艾欧莱尔说。莫根纳还是头一回觉得大人的鼓励不像是命令或指责。"你可以想想希瑟。早在凡人踏上这片土地之前,他们就已经住在这里了。想象他们就藏在森林深处,仔细听。"

尽管王子见过病床上的希瑟女子,也听过许多旧日往事,却很难想象精灵的模样。老故事不停浮现,都是他小时候从大孩子和仆人那里听来的。在他们的描述中,金发的希瑟更像鬼魂,而非凡人。他闭上双眼,努力回想受伤的希瑟女子的模样。莫根纳曾去看望过她,当时她睁开过眼睛,在苍白的面容衬托下,那对像猫一样的眸子仿佛燃烧的黄金,死死地盯着王子。于是他努力想象,这样的眼眸在森林里会是什么样。此时此刻,它们很可能就在阴影里注视着他和老伯爵。这一次,号角的声音比喷气声好一些,但还是没吹响。

"我吹不响。"他把号角递还给艾欧莱尔。

"殿下,连你都吹不响,估计我就更不行了——我的肺已经很虚弱了。"伯爵摇摇头,"如果这号角上有希瑟的魔法,那你吹响它的机会应该跟我差不多。这是凯马瑞传给你祖父母的。再试一次。"

在莫根纳看来,仅仅因为自己出生在王家,就有可能吹响这东西,实在有些不可思议。不过这也是他日后有机会登上王位的原因,对吧?因为他的出身?因为父亲比他早亡?这个念头让他心里空落落的。他又一次举起号角,使劲地吹,吹到脸颊生疼,但还是没有声音。

"再试一次,然后我们就回去。"艾欧莱尔说,"如果实在吹不响,那就换个方法表明我们来了。没什么不好意思的。请吧,殿下,再试一次。"

莫根纳想辩解几句,因为他确实觉得很不好意思。同所有人一样,他很清楚,自己是因为坏了规矩,被人抓住,才被送到这空寂阴暗的森林里来的。可在这古老的森林里,他突然觉得那些事更像发生在很久以前、千里之外。他掂了掂手中沉重的号角,感受着它的质感,抬头望向落日——它就像个遥远的火球,在林木间闪烁着最后的余光。

放逐者

史那那克的骨卜说,我得不到想要的东西,他突然记起。如果当不上国王,那我该怎么办?突如其来的怒意充盈了他的胸膛。并非不如意时烧灼心脏的火焰,而是一种更深沉的、对命运的盲目和愚蠢愤愤不平的怒火。为什么?他心想,为什么会是这样?为什么总是这样?就因为大伙都这么说?

不知不觉间,他用双手托起号角,举到唇边,像端着一只高脚杯。不过这次不是让欢快的酒水流下喉咙、填满五脏,而是由他来填满这沉重的号角——用他的呼吸充满它,赋予它生命。莫非我这辈子只能作出这一件贡献?

产生这个想法的同时,莫根纳头一次觉得,这著名的号角不单单是件古老的法器和历史的见证。他闭上双眼。暮色下的森林消失了。

世间只剩下了莫根纳和啼-涂挪。许久以前,无名的希瑟在号角上雕好符文、将它打磨得精光闪亮,而这一瞬间,他似乎与那名工匠心意相通。这一瞬间,他甚至感觉到,号角即将吹出的胜利乐音并非来自别处,而是一直蜷伏在号角里,犹如一只巨龙潜伏在洞窟之中,所有热力都在沉睡,等待被唤醒。不知为何,在这几个心跳的瞬间,这号角似乎成了他的一部分;而他自己,不光是胸腔内的空气,就连整个人也成了号角的一部分。

他用力一吹。这次立刻就听到了声响,嘶哑的沙沙声化作颤抖的呻吟。他的肺与号角似乎融为一体,形成一条通道,将火焰由他的胸膛送入号角,随即冲进寂静的森林。一阵单调的号音,从轻吟变成断断续续的呼号,再演变为深沉的咆哮,恍如巨兽的怒吼。号角声在森地间腾空而起,盘旋良久不去,以致莫根纳差点忘记,是他制造出了这个声响。随后声音消散了,只留下微弱的回声。

尽管是艾欧莱尔催促他再试一次,但伯爵自己都显得十分惊讶——简直是惊呆了。"你成功了,殿下。"他声音很轻,几乎满怀敬畏。

莫根纳的心因狂喜而狂跳。他又吹一次,既是为了完成任务,也是为了享受那种感觉。啼-涂挪的呼唤在渐暗的森林间散播,声音深沉、洪亮、震天动地,仿佛是某种被上帝创造出来又遗忘掉的神兽在呼喊。然而希瑟并没有出现。

但莫根纳仍觉得这是场胜利,于是又多吹了两次。可回应号角的依然只有回声。

此时已是傍晚,林中的蟋蟀声此起彼伏。王子和伯爵找到马匹,骑马穿过森林,回到营火与凡人伙伴中间。

放逐者

走入深影

♛

"凡人,你来做什么?"一个混血奴隶盯着她的脸,质问道,"这是仓库,我们没接到你要来的通知。"

这无礼的行径既侮辱人,也让人生气,但桃灼葭不会被他激得大吼大叫。只要一点点恰到好处的愤怒就行,不用多,也不用少,因为贺革达亚对地位和特权十分敏感。"你敢这么跟我说话,下贱的东西?"她希望,自己脸上透露出的是心中冰冷的怒气,而非强烈的恐惧,"你没看到我的家族纹章吗?不论是不是凡人,我都是大司匠维叶岐阁下钟爱的小妾!我给他生了个孩子。虽然那女孩同你一样,也是个混血儿,但她光荣地加入了殉生会,还是女王之爪的成员!"

质问她的奴隶畏缩了,虽然表现并不起眼,只是皮肤略微收紧,好像准备挨打似的。如此微弱的反应,桃灼葭来到奈琦迦之前绝不可能留意到,但她现在看得很清楚。她知道,自己的开场白起作用了,至少是一点点。

"请原谅,夫人。"对方换成更谨慎的语气,"我听说,曾有几个出身低微的家伙在女王陛下的仓库里胡闹。我只是尽我职责而已。"

"你把我当成了比你还低级的奴隶?"桃灼葭对这一幕很熟悉,类似的情况,她以前执行任务时遇到过许多次。她做了个手势,用拳头贴紧喉咙,表示"我可以暂时咽下正当的怒火"。"尽管如此,"她说,"我同你一样,也愿意保护伟大的我族之母的财物,纪念逝去的华庭。所以,只要你干活麻利点儿,我不会向我家主人提起你。我需要足够几天旅行的食物。"

奴隶的年纪也许不比桃灼葭大多少,不过北鬼的血脉给了他一张老气许多的面孔,就像她女儿奈泽露一样。他做了个表示强烈歉意的手势。"我再一次请求您的宽恕,夫人。可您为何需要这么多食物呢?您主人的家族已经得到了足够的配给。"回归之战败落后的许多年间,饥饿一直伴随着贺革达亚。这个仆人无疑受到严格的训练,要求他全力看管粮食。

"愚蠢的奴才!"桃灼葭竭力做出责难的表情,"你以为你是神庙的祭司?要教导小孩子背诵祷文,祈求女王陛下赐予我们力量?还是说,你的凡人血脉冲昏了你剩下的理智?在罕满堪律令中,哪条写了你可以质问大司匠的小妾?你还要打听我丈夫兼主人如何处置这些食物?你对这个很感兴趣?那好啊,我觉得女王之牙也会对你感兴趣的。"

这一击正中靶心。奴隶面容扭曲,难掩恐惧之色。"不是,夫人!求您不要误解我的意思。只是这种要求,我们一般都会提前接到通知。"

"我丈夫最近才离开,去执行女王陛下亲自交给他的任务。他给我留下了详细的指示,要我在他离开期间照做。你说你没接到通知,我觉得更有可能,是你把他的话当成了耳旁风。"她顿了顿,好让前面的话产生效果,"我建议去找女王之牙,或者最近的卫兵,好在这些弯弯绕绕中尽快找到一条直路。"

混血奴隶屈服了。"不必了,求求您,夫人。我相信都是我的错。"北鬼血脉给了他一对深黑的眼睛,而他原本的灰黄皮肤,已因恐惧而血色全无,白得好比纯血贺革达亚。"不论您想做什么,请您随意。"他转过身,看看另外几个厨房奴隶,后者正胆怯地缩在后面,"我们会为您丈夫祈祷,愿他平安返回。"

"还要祈祷女王陛下的心意尽早实现。"桃灼葭补充道。

放逐者

"当然，夫人。"

迫使这个无礼的混血儿吞下自己说过的话，桃灼葭心中暗暗得意。但她知道，在这种情形下，以她这种身份，应有的做法是，要么转身离开这场有失身价的讨论，要么召来卫兵，惩罚胆敢顶嘴的奴隶。但她依然有些优势，可以继续在可接受的范围内加以利用。"我现在很生气，没法自己找。这是我按我丈夫的命令写下的单子。"她递过一张写在纸上的清单，"把这些东西拿给我。"

"遵命，夫人。"奴隶答应。他低垂的目光表明，他再也不会提出任何问题。"可我们都不认字。"

"那我读给你们听，你们尽快找齐。"

* * *

从幕会仓库要走很久，才能回到大司匠维叶岐的住处，途中还要经过好几个危险的地方，其中包括回音会总部的后门，门后都是女王陛下信任的信使。桃灼葭提着两个沉重的袋子，只能走得很慢，更觉得这一路漫长而危险。她猜想自己的模样一定有点像瑞摩加神话里的长胡子老头：头戴蓝色兜帽，在仲冬前夜给人们送来食物。不过长胡子老头会骑一匹灰色大马，而桃灼葭只能独自一人，拖着两条酸痛的腿。

如能再等一个月，将有更多更好的食物供她挑选。北鬼领的春天和夏天来得很迟，持续时间又很短。所以她从厨房里拿走的大部分东西，都是他们从前一个秋天一直吃到现在的食物：烤得硬邦邦的面包、同样坚硬的奶酪，还有很多被称为"冬面包"的干木耳。北鬼有十多种炮制干木耳的方法，可到目前为止，桃灼葭还没找到她真正喜欢的做法。她在袋子的重压下弯着腰，迈着沉重的脚步，忍不住想起童年时吃过的食物：热炖汤、藤蔓上的成熟浆果、轻软的面包——就连她家旁边那位牙齿掉光的老邻居都能吃。这也是她永远无法成为北鬼的原因之一，不管她在怪石嶙峋的风暴之矛住上多少年都一样。

她来到一个岔路口,迟疑一下。六条毫无特征的隧道在此连接,形如扭曲的星星。奈琦迦就是一个巨大的石头蜂巢,头顶没有天空做导航,不论何时都很容易迷路,何况此刻的她正在做的完全是违法的事——刚才对厨房奴隶说的话都是谎言。她是庵度珦家的人,按律法只能从家族大厨房里拿食物。可她当然不敢去,至少不敢拿很多,因为消息会迅速传到主人的妻子棘梅步耳中。现在主人不在,掌管家族事务的人就是棘梅步。当然了,如果桃灼葭跑去匠工会仓库的事情败露,她受到的惩罚也会加倍,但她希望,对贵族提出错误指控的恐惧能让那些奴隶保持安静,直到她做完准备、逃离维叶岐的宅邸。她很清楚,若是留下,棘梅步会杀了她:上次两人见面时,女主人就一直在暗中威胁她,就差没直接说出口了。

对她来说,在奈琦迦深处的黑影里寻路一直是件难事,就算在自己家里也不例外。虽然在山中住了许多年,她的眼睛依然无法适应北鬼的生活方式。大多数通道里,只有微小、闪烁的油灯照明。对凡人来说,这样的光线连举在脸前的手都看不清。在主要通道之外,其他地方更是阴暗。桃灼葭经常溜进丈夫的私人花园,只为在阳光下站一会儿,不论它从多远的地方照来、沿途在多少个反射面上折射和削弱过多少次。在山里待了如此漫长的岁月之后,她痛恨黑暗,像痛恨有生命的敌人一样痛恨它。

她在六条通道的岔路口前心惊胆战地考虑片刻,选了条最眼熟的路,知道自己万一挑错,就会带着一袋偷来的食物,跑到自己不该出现的地方。不论她是不是权贵的小妾,都会被立刻关押起来,那会跟被判死刑没什么两样。不论她身处奈琦迦的任何地方,棘梅步都能抓到她。所以过去几天里,桃灼葭所做的一切准备,都是要逃到一个棘梅步不知道的地方去,一个只有维叶岐本人才能想到、才会去找她的地方。如果诸神保佑,今晚她就能带着自己战战兢兢收集来的物品和衣物藏起来,直到爱人回来。

放逐者

她欣慰地发现,隧道通往宽阔而忙碌的坠落大道。她选对了。这条大道连接众多大家族宅邸的后门。那些房子的前门则是大华庭大道。桃灼葭身为凡人,背上还扛着两个大袋子,脚步蹒跚,因此吸引了好几个路人投来好奇的目光。每次她都尽量装出普通奴隶那种久经磨难的卑微姿态,而且这一次,在这样的地方,她的凡人身材和长相对她有利。自从风暴之王战争结束,贺革达亚人口锐减,贵族开始使用凡人来做许多本来由他们自己的同族来做的杂事。他们还发现,桃灼葭这样的凡人女子拥有更强的生育能力,远非他们自己的妻子和小妾能比。于是,像维叶岐那样的领袖们积极活动,打破了一些最古老的禁忌:过去一旦有混血儿降生,他们肯定会把婴儿及其凡人母亲一起杀死;但如今,混血儿不但合法,还能进入许多过去一直对他们封闭的场所。尽管如此,维叶岐自己的女儿奈泽露能成为荣耀的女王之爪,而且年龄是如此年轻,依然震惊了许多奈琦迦居民,包括桃灼葭自己。

她终于回到庵度珈家宅的后门,站在通往宅邸深处的大门前。这里当然有守卫,但她已经有所准备,比刚才在王室厨房的仓库时更有自信。

"你好,女王卫兵戴戈。"她一边放下袋子,一边对其中一个卫兵说,"我说到做到,回来了。"

戴戈上下打量着桃灼葭。他性格阴郁,但以往,桃灼葭试过几次送他食物,总能逗他开心。"是,桃灼葭夫人。"他说,"你回来了。"

"我给你带了点东西。"她把手伸进袋子,拿出一个用蜡封好的石罐,"云浆果,整个冬天都存在冰水下。拿去给你的仆人,让他给你做点好吃的。"云浆果是去年夏天采摘的。即使是在数量丰富的季节里,它也是一种精致的美味。而在水獭月这个新结浆果尚未成熟的时节里,它更如珠宝般珍贵。

另一个卫兵桃灼葭也认识,只是不知道名字。他做了个鬼脸。

The Witchwood Crown

"只有戴戈有礼物，我却没有？"

桃灼葭暗暗感谢提前警告她可能会出现这种状况的幸运之星。"真是个惊喜啊，女王卫兵，我也有礼物给你！"

她将罐子递过去时，对方的表情并没有预期中那么感激，不禁令她心中一紧：难道她做了什么事，引起了这两个卫兵的怀疑？"夫人，你出去时有没有看到什么有趣的事？"第二个卫兵问道，"他们说，有人在辉烁街见到了阿肯比大人。"

桃灼葭暗暗打了个哆嗦。在整个奈琦迦，很少有活物能比大司乐更让她恐惧。很多人都曾听到，他的大宅会在夜晚发出许多噪音，但没人敢明说。

"没有，"她想换个话题，"我没有那个荣幸。不过倒有几个殉生会的人，在我经过时威胁我、侮辱我，说我是砌砖匠的婊子。"

"砌砖匠？"戴戈皱起眉头。桃灼葭就知道，对方皱眉并非因为她被称为婊子。"他们是这么说的？砌砖匠？"

"我没太在意。"她说，"现在，请原谅，我必须回到住处，继续做准备。"之前她对戴戈说过，要给棘梅步准备一顿饭。真要请她吃饭的话，她心想，我会确保云浆果和其他所有食物都有毒。

戴戈和他的卫兵同伴正在争论，那几个殉生武士是不是在侮辱匠工会，以及等会儿在辉烁街哪家酒馆能找到他们。桃灼葭只希望自己临时虚构的故事不要太过火，要是导致两个幕会斗殴，引来女王之牙的注意，那对她的计划没有任何好处。不过，在虚构的殉生会的嘲讽，以及云浆果的双重诱惑下，卫兵的注意力被完全而彻底地分散了。她对两个卫兵鞠躬，后者几乎没注意到。然后她再次扛起袋子。

她走在家族宅邸的房屋之间，似乎没有一个仆从留意她。直到走回自己的房间，她都没遇到任何质疑。不过她将袋子放下，取出挂在项链上的钥匙时，发现房门是打开的。

桃灼葭的血液顿时在血管里冻成了冰块。她离开时，门不是这样的。她绝对不会留着房门敞开。她清楚地记得自己锁了门,而且是检查过才离开的。她的心跳声如此响亮,简直怀疑自己再也听不到别的声音,但她还是把耳朵贴到门上偷听。

是男人的声音,低沉而有力,而且不止一个,就在她的房间里。要不是心里有鬼,她会直接走进去,质问他们的身份。然而此时此刻,带着两袋沉甸甸的非法食物,她不敢。

声音大了些。他们要出来了。

桃灼葭绝望地左顾右盼。另一个无人居住的房间在十几步外。它的房门是往里开的,虽然锁着,但也足够深,可以容她藏身。那两个贺革达亚走出来之后,要是转向往大走廊的方向,就不会发现她。万一不是——唉,多想无益,只会吓得她两脚发软,当场瘫倒在自己的房门前。

她抓紧袋子,拼命往后缩,紧贴着房门,屏住呼吸。两个搜查者走出来,进入走廊。她只能勉强听到他们的对话,其中一个说:"她会不高兴的。"桃灼葭的心脏在胸腔中猛抽了一下。是棘梅步吗?她爱人的妻子派人来杀她?

那两个男子往另一个方向走去,声音越来越小。桃灼葭松了口气,壮着胆子,小心地离开房门,往外面探了探身,朝男子离开的方向望去,刚好在他们消失在走廊转角前看到了。

白色。他们的盔甲是白色的,头上戴着尖牙头盔,说明他们是女王之牙。女王的禁卫军找她做什么?

哦,亲爱的诸神啊,她心想,维叶岐警告过我,说女王陛下要把所有凡人小妾赶回奴隶区。所以她的卫兵是来抓我过去的?难道还有更糟糕的事?她想起自己的暗格,以及藏在里面的东西——都是被发现就会害她丢掉性命的东西。她已经尽量把它们藏好了,但她的目标只是不让仆人发现。哦,仁慈的天堂啊,他们发现我的暗格了吗?

可她意识到,自己就算在维叶岐的宅邸里也不安全时,这种担忧已经不再重要了。女王之牙随时可能回来。到那时,她最幸运的下场是被赶回奴隶区。在那里,任何一个对凡人肉体感兴趣的贵族都可以强奸她,无论她的爱人是多么高贵的官员。而她更有可能的下场,是被棘梅步的刺客杀掉,反正维叶岐不在。

留给她做计划和准备的时间已经没了。她必须马上逃命。

♛

山坡愈发陡峭,马匹再也爬不上去了。玛寇决定将它们留下。于是他们找个洞窟,里面有从山体深处涌出的泉水。洞口附近的出水处结了冰,很滑,但洞里很干燥。

奈泽露在鞍囊底下找出一些压得结结实实的粮草块,同凡人亚拿夫一起在洞窟角落处压碎十几块,留给马匹做粮食。绍眉戟在洞口附近生了火。肯貂和玛寇的伤还未痊愈,身体依然虚弱。两人在火前坐下。

"我们在这里取暖一个小时,歌者,"队长宣布,"然后继续爬。"

"队长,我请求你再次考虑。"绍眉戟说,"我们需要更多休息时间。看,肯貂的伤口又出血了。我们确实打赢了司卡利帮,但山里还有其他生物,更别提我们要找的龙了。它们会闻到血腥味的。"

"还有,"亚拿夫一边抛撒最后的粮草块,一边说,"我们有些成员夜里不太能爬。再说了,我想我们没必要为了隐藏行踪趁夜爬山。巨人说他闻不到强盗或其他两脚敌人的气味。"

"用不着你指手画脚,凡人。"队长回答。

"你们两个,"绍眉戟指指奈泽露和亚拿夫,"去给我们找些吃的。饱饱地吃一顿晚饭,对明早的行动大有好处。"

玛寇撑起身子坐起来,面孔几乎与乌荼库女王的银面具一样僵硬。"歌者,现在是你在主事吗?"

"抱歉,队长,当然不是。"

玛寇久久地瞪着绍眉戟,然后才对亚拿夫下令:"你和黑鸟,按照歌者的建议,去做些有用的事。你俩的脸我已经看腻了。"

"弄点肉回来。"肯貊吩咐,"我们不是支达亚,不能靠花瓣和蜂蜜过日子。"

亚拿夫转身走出洞窟,踩过洞口的小溪,溅起水花。奈泽露跟在他身后。玛寇为什么总把他俩凑到一起?难道他想引诱女殉生武士跟凡人结成危险的联盟吗?

蛊罡嘎坐在洞口,全靠身上那层厚实发黄的皮毛阻挡噬人的寒风。"你俩要是想出去偷欢,"巨人愉快地告诉奈泽露,"最好在雪地里挖个洞。如果你怀着孩子,还可以筑个巢。对了,他的贺革达亚血统会变得相当稀薄。有个这样的父亲,他基本就是个凡人了。但我怀疑他们能不能活下来。不过,你们应该不是要交欢吧,殉生武士?"

奈泽露绕过他,一如既往地提防着巨人那两条长而有力的手臂。"闭嘴,怪物。"她嘴里说着,却觉脸颊滚烫,心里相信一定是类似凡人的皮肤出卖了自己,"你撒谎、挑拨离间。你嘴里说别人,其实是你自己想要吧。"

巨人哈哈大笑,震得洞口上方的冰锥连连颤抖。"哦,别担心,你在我这里足够安全。在蛊罡嘎看来,你就像只皮包骨的兔子,棍子太粗会被插成两半的。"

奈泽露咬紧牙关,大步走开。亚拿夫等在前面十几步外,正在打量起伏的山峰和幽深的山谷。一切都覆盖在白雪之下。"真是个好旅伴。"他说,"我们很幸运。"

奈泽露认为,回头往山下走是个好主意,因为他们在那边看到些常绿灌木,可能藏有猎物。但亚拿夫摇摇头。"如果打到大猎物怎么办?我可不想抬着它一路爬回山洞。不,我们往上走,先打探一下明天要走的路,沿途要是打到猎物,可以拖它下山,不用弯腰。"

于是他们俩往上爬,一路尽量寻找最佳落脚点,虽然不是总能找到。有一次,亚拿夫踩在一堆雪上,但那堆雪往下坍塌,他瞬间掉进一条地缝,连喊叫都来不及。一时间,奈泽露以为他死定了,还好发现他只是往下滑了几尺,于是将自己的背包往下放,直到他抓住包带。猎人连蹬带爬,不停打滑,好不容易才爬出地洞。

"非常感谢。"他又一次露出贺革达亚脸上不可能出现的灿烂笑容,"不然我就倒大霉了。"

巨人是怎么发现我对这凡人的复杂感情的?奈泽露暗想。尽管那怪物猜错了,我的感受并非情欲——但也没那么普通。只是在其他队友面前,我必须加倍谨慎了。

终于,她和亚拿夫来到陡坡边缘一个平坦的石台上。石台外是悬崖,深不见底。奈泽露只能看到,积雪上层层叠叠的阴影越来越浓重。深渊另一边也有个平台,距他们脚下这块大概有三十步宽的间隙。

对面有些动静,吸引了奈泽露的注意。亚拿夫走到她身后,她赶忙抬手拦住,见猎人想开口说话,又做了个安静的手势:她在远处的平台上发现了一只巨大的野山羊。

"奈泽露。"她的同伴说道,声音有点大。她用更激烈的手势示意他安静。她从肩后取下弓、举起、搭箭、拉弓、放箭,所有动作一气呵成。箭如一道光,飞过深渊,扎入山羊的身侧。它踉跄一步,跌倒在平台上,头垂在平台外的空中。它几次试图爬起,像要站着死去。但箭扎得太深,没多久它就不动了。

"真佩服你的眼力和准度。"亚拿夫望着死去的野山羊。它的长毛在强风中轻轻飘拂。

"不只有你才会射箭。"奈泽露回答。

"对。不过你我都没长翅膀。你觉得我们怎样才能拿到它?"

奈泽露想生气地回嘴,立刻意识到他说得对,只好咽下自己的气话。两边平台并不相连,所以没办法拿到她的战利品。她懵了一会儿,觉得自己快要像个凡人一样哭出来了,就像她母亲,流出无用而羞辱的泪水。"我是个傻瓜。"她最后说道。先是遭到巨人的嘲讽，然后陷入自己的思绪，以至于未能在射箭之前确保自己有方法抵达对面。

"杀戮从来不止是杀戮。"亚拿夫盯着深渊对面。

"不要告诉他们。"奈泽露恳求，"求求你，不要说。"

"你觉得我会把你的错误说出去，换取你那些同伴的好感？"他的表情同贺革达亚一样冷漠，"殉生武士奈泽露，我认为，你对他们和我都不是很了解。"

受到挫折的奈泽露对自己万分恼火，所以让亚拿夫带路，自己又陷入到纷乱的思绪当中。不过，随着时间过去，猎人一直没再说话，她也渐渐平复了心情，又可以专心打猎了。两人又发现一头山羊，而且是在他们够得着的地方。这次还是由奈泽露射箭——亚拿夫坚持这样——并且正中目标。不一会儿，他俩就拿到了猎物，而且再次站到一块相对平坦的地面上。奈泽露感觉，巨大的山脉仿佛在监视他们，如同诸神隐匿在灰色的天空背后，正在琢磨这些奇异而微小的生物入侵他们的领域想干什么。

"东北天际有黑云。"她说，"风暴要来了。"

"你说得对，"亚拿夫说，"在这地方被它逮住，滋味可不好受。我本希望再打一头羊，连巨人也喂饱，但看样子，他只能跟我们分着吃了。"

下山时，奈泽露和猎人轮流将猎物扛在肩上。但山羊很沉，风也越来越猛，踩稳脚跟变得愈加艰难。亚拿夫最后将山羊丢在地上拖着走，在雪地里留下一道血痕。"现在你明白我们为什么上山，而不是下山了吧。"他说。

"你已经证明了你的观点，凡人。"奈泽露告诉他，"你是个好猎人，比我这个贺革达亚更出色。"

"不，我只是个更有经验的猎人。"他说，"你有敏锐的目光和敏捷的脚步，你的准度无懈可击，但我在荒野中，靠自己的智慧和武器生存了许多年。我想，就连玛寇也没有那样的经历。"

两人沉默许久，只有山羊尸体在雪地上拖拽时发出一阵阵"唰唰"声。奈泽露突然又说话了。"你还是没告诉我真相。"

亚拿夫没有立刻回答，也许是因为，他正一边吃力地往山下爬，一边设法避免被打滑的山羊尸体拖下山坡。"你是说，我为什么还在这里？"他终于开口，"我好多天前就回答过你的队长了。不管你听没听见，不管你们信或不信。"

所以这漫长的游戏还在继续，她心想。"别把我当傻瓜，瑞摩加人。你很清楚，那不是答案。你为什么救我们？为什么跟我们一起？为什么那个司卡利帮的人认识你？"

"你想让我说什么，女殉生武士？说你已经查探到我内心最深处的秘密？说我背弃了女王猎人的任务，冒着被惩罚的风险，好跟你们女王之爪一起深入东部荒野？为什么？为了赚笔大钱？你说说看，这怎么可能？"

"我不知道。但我知道你没有如实相告。你认识那个强盗，独眼的那个。我看得出来，他也认得你。你要否认吗？"

亚拿夫停下脚步。死山羊往山下滑了一些，双眼迷蒙，肿胀的舌头从嘴巴里伸出，好像这段下山路也让它精疲力竭。"为什么要否认？对，没错，我认识他。他叫戴门德。我年轻时曾跟他一起共事。"

奈泽露心跳加速，既感到胜利的喜悦，也感到警惕。"怎么会？你是在奈琦迦的奴隶营房里长大的——至少你自己是这么说的。"

猎人摇摇头。"这一点我没撒谎，其他重要的事我也没撒谎。对，我是在奴隶营房里长大的。但我刚刚成为女王的猎人，我就找机会逃走了。换作是你，你不会吗？对吧，也许你也会。我逃走后，在司卡利帮待过一段日子。只不过，他们的仇恨并非我的仇恨，他们的战斗也并非我的战斗。"

放逐者

"你这是什么意思?"

"殉生武士奈泽露,请记住,我们正在努力跑赢风暴。如果站在这里,等我回答完你所有问题,我们会挂掉的。他们肯定教过你吧,不管你怎么想,就算女王陛下也无法统治冰雪和狂风。"他开始往山坡下走。奈泽露必须跟上,才能听见他说的话。"唯一能操纵天气的家伙已经死了,在阿苏瓦被送回了地狱。"他嘲讽地笑着,"别这么吃惊。是的,我知道阿苏瓦。事实上,我见过那座城市,虽然只是从很远的地方见到,但也比你强多了。"

奈泽露想追问更多,但她也知道,猎人说得对:天空愈发黑沉,他们时间不多了。"那我们就继续走,但你别想阻止我开口。所以你曾加入司卡利帮,就是那群……凡人强盗。那你为什么离开?"

"因为他们邪恶、残忍,他们追求的东西毫无意义。他们心怀古老的仇恨,但那仇恨与我无关——我不是在瑞摩加出生的。我的祖先是奈琦迦的奴隶,我也一样。瑞摩加人是信奉安东教的乌瑟斯,还是信奉他们从早已失落的西方带来的旧神,跟我有什么关系?"

天空暗下来的速度很快,黑色的旋涡在他俩头上盘旋,如同巨型烟囱里冒出的烟雾。"所以,你又回去做奴隶了?这说不通。你为什么这么做?"

"再怎么艰苦,做个有瓦遮头的奴隶,也比当个流浪汉、在荒野里迷失、迟早冻饿而死强。反正我当时是这么想的。"亚拿夫看她一眼,目光凌厉,"如果我们要玩这提问游戏,那你必须回答同一个问题,游戏才能开始。你为什么会在这里,殉生武士?"

"你在浪费你的问题,凡人。"她抬起手,帮对方滑下一堆冰雪覆盖的岩石,落到她立足的小平地上。在这短暂的接触之间,虽然都戴着手套,她却感觉自己和亚拿夫之间有种强烈而古怪的羁绊。她继续说话,既是为了掩饰自己的迷惑,也是为了回应对方。"我是女王陛下亲自派来的。我是殉生会的成员。女王陛下的话语就是我们心脏跳跃的动力。"

"我相信。"他放开奈泽露的手，回头去抓羊腿，将尸体拉过石堆，滑下石面，落到脚边的石台边缘。"但我不是那个意思。女王亲自选中你，是种无上的荣耀，令人惊讶！而且我相信，为女王而死是你最大的心愿。可是女王，或者代她发言的那位，为什么会选中你？"

"我是殉生会同期学员里的第一名！我徒手打败了另外五名殉生武士！"

"啊，玛寇也这么厉害？"

"对，他当年也一样！他比我年长许多。"

"肯貂呢？"

"他是玛寇的朋友，也是可怕的战士。"

一阵雪花从他俩身旁卷过。"是啊，他是，可除此之外，他也没什么过人之处。事实上，肯貂蠢得像一袋石头。至于绍眉戟，他虽然精明能干，但也很年轻，不是吗？更别提他和你一样是混血儿。"

奈泽露用袖子擦去眼睛上化掉的雪水。"你到底想问什么，奴隶猎人？"

"只是好奇而已。如此重要的任务，需要你们横穿整个北方，来到传说中住着最后一条龙的地方，由玛寇率领——他无疑是你们殉生会最勇猛的战士——可队里的成员却是一些……随时可以抛弃的小卒子。"

奈泽露不知道这凡人在暗示什么，只知道这话让她怒火中烧。"你敢小觑我们，亚拿夫？这对你有什么好处？"

"你应该问，你们的女王陛下想要你们做什么，殉生武士奈泽露。或者，我怀疑，应该是阿肯比想要你们做什么。根据我看到和听到的情况判断，这项任务是他在操作，但他好像并不在乎这任务能否成功。"

"你竟敢……？"她开口斥责，却没机会说完。并非她自己没想通，而是突然有个嘶吼的白影从上方扑向亚拿夫，仿佛从风暴云里砸下。一时间，奈泽露只能看到一个尖叫的、不断翻滚的白球在靠近石台边缘的位置来回撞击、滑动，惊险万分。有动物袭击了他们。也许是白狼，也许是白熊。但在翻飞的雪花间，她看不分明，只能看到它张开血红湿润的咽喉，试图啃咬亚拿夫的脸。

猎人和袭击者已经滚到石台边缘，奈泽露来不及抽剑帮忙。不过，她刚才有支箭从箭袋里掉了出来，于是她一把抓起，用尽全力扎进袭击者白毛倒竖的后背，然后又拔出一支箭，再次扎进那毛茸茸的身体。她感觉两支箭都深及骨头，并且侧滑着又深入了一些。但那怪物还是不肯罢休。她试图站稳脚步，以便抽剑。

"我的……刀！"亚拿夫从疯狂扭动的野兽爪中探出头，喘息着说道。

奈泽露看到那把刀就在他腰间，可她还来不及伸手，他俩又滚动一圈，半个身子悬到石台边缘。亚拿夫被压在下面，脑袋和肩后没有任何支持，下面便是陡峭致命的山崖。奈泽露终于拔出剑，却久久无法出手，因为猎人和野兽的搏斗非常激烈，她生怕自己的剑会扎在亚拿夫身上，只能干着急。

或者一脚踹过去，她突然想到，我就能把他俩一起踢下悬崖。只要一瞬间，一切都将结束，眼前的凡人，和他那些问题、谎言，再也不会困扰她的心。

但她却往前探身，一边遮挡脸庞，以免被袭击者胡乱打到，一边用手摸索，抓到一把那活物的皮毛，然后用剑猛扎下去，用力往里推。怪物尖叫起来，声音如锉刀一般，充满恐惧和痛苦。奈泽露双手握住剑柄，继续往前推。怪物挣扎了一会儿，试图顺着剑刃起身，朝她扑来。在那一瞬间，它的脸就在奈泽露眼前晃动，鼻子的形状很古怪，长有胡须，不可能是狼或熊。亚拿夫终于将那东西从自己身上推开，用穿着靴子的脚把它踢到一边。野兽从奈泽露的剑刃滑至地面，翻个身,掉出狭窄的石台,坠入虚空。

怪物消失之后,他俩躺在悬崖石台边上,喘着粗气,久久爬不起来。奈泽露的手脚像没有骨头的蘑菇茎一样瘫软。亚拿夫咳嗽着,喘着气,终于缓过劲来,往石台内侧爬了几步。

"那是什么东西?"奈泽露好不容易才开口问道。她翻过身,看到死山羊还躺在刚才丢下的地方,于是松了口气。

"矮怪叫它巨雪鼠,是住在雪山高处的一种巨型老鼠。"他站起身,心不在焉地抹去脸上的血。他的皮肤被那东西的爪子和牙齿扯开了好几道伤口。"它一定闻到了猎物的血味。"

"那我们得趁其他怪物没来,赶紧回下面的洞穴去。"奈泽露说,"等到安全的地方,再给你的伤口敷点雪吧。"

亚拿夫站起来,搭箭上弦。"不用麻烦了。"他说,"我觉得,流一点点血是给山中诸神的好祭品,但我们确实不该在这里再花时间。"

奈泽露不得不承认,他说的更有道理。

放逐者

护符和令牌

♛

　　余汶月的头几天降下不少雨水，访客们花了很长时间才脱掉滴水的斗篷。歌威斯主教只带了两名牧师，明确暗示这次拜访并不正式。不过脱掉外衣之后，他还是在国王与王后身前跪下，分别亲吻他们的手。米蕊茉看得出来，这动作让西蒙很是不安，甚至有些焦虑。

　　"不知道这些宗教信徒是怎么回事，"西蒙趁主教就座时，悄声对妻子说道，"总要跪在地上亲吻别人。"

　　若在其他时候，米蕊茉可能会露出微笑，甚至笑出声来，但她现在并不想分心。她对主教点点头。"很高兴见到你，阁下。希望这次你带来的都是好消息。"

　　"我也希望如此，陛下。"从许多方面看来，歌威斯都是一副主教应有的派头：高大的个子，修长的身材，僧帽下露出雪白的发丝。但他有个坏毛病，每当心不在焉或是忧心忡忡时就爱咬指甲。米蕊茉看着他时，他又要将一根手指送到唇边，但马上想起自己是在什么地方，于是又赶紧放下。"但我今天来，不是以鄂克斯特主教的身份，而是以教廷及尊贵的教宗韦迪安的谦卑仆人而来的。"

　　"又来了。"西蒙压低声音说道。

　　"你的光临一如既往地令我们感到荣幸。"米蕊茉大声说，"阁下，我们很想知道教宗阁下有何事垂询？"

　　"那就让我开门见山，说明这次拜访的目的吧。"歌威斯合上双手,像要阻止别人对他的嘴巴发起攻击。在米蕊茉看来,他的焦虑显然非比寻常,而且惹得她也紧张起来,仿佛那是通过空气传染的热病。"你们应该知道纳班的麻烦事吧。"

"纳班?那地方几乎总有麻烦。"西蒙回答,"看样子,他们要么是在街上互捅刀子,要么就是在抱怨有人不准他们互捅刀子。"

"是啊,阁下,我们知道那里有问题。"米蕊茉严厉地瞪了丈夫一眼,"国王和我花了很多时间讨论目前的局势,尤其是萨鲁瑟斯公爵及其弟弟德鲁西斯之间的冲突。圣甫阁下对此有何看法?"

"哦,他有很多看法,陛下。他为公爵领的局势感到担忧,更重要的是,他对教廷和全奥斯坦·亚德的局势都忧心忡忡。"

"请解释一下。"米蕊茉边说边朝西蒙伸出一只手。表面上看是妻子对丈夫的关爱手势,其实是要用力捏捏他的指节,提醒他遵守两人定好的计划。"我们渴望聆听教宗阁下的训诲。"

"我这里没有什么可转达的,二位陛下。韦迪安教宗派了位正式信使前来觐见二位。我听说他会在一周后抵达。"主教显得有些不好意思,"我收到消息是因为我要做好迎接他的准备。我无意僭越教宗阁下的权利,但我相信,赶在塞斯兰的正式请求送达之前,先来知会您二位,对所有人都有好处。"

"你会把请求的内容告诉我们吗?"西蒙问,"难道要我们像安东祭上的孩子一样,靠玩猜谜游戏来赢取糖果?哎呀!"国王皱起眉头,"女人,你掐疼我了。"

"非常抱歉,夫君。讨厌的噪音分散了我的注意力。"王后露出最甜美的微笑,然后转脸将微笑展示给主教,"原谅我们的干扰,阁下,请继续。"

要在西蒙的嘀咕之下讨论如此严肃的话题,歌威斯主教好不容易才忍住想把手指伸进嘴里的冲动,改而从口袋里掏出一串念珠,一颗接一颗,一圈接一圈地数着。"问题的根源是这样的,陛下。"他说,

"在提亚加月,公爵的弟弟德鲁西斯将迎娶达罗·英盖达侯爵的侄女图丽雅小姐。"

"哦,"米蕊茉真的很惊讶,"小图丽雅!我以为他要迎娶更年长的姐姐。图丽雅还不到结婚的年纪吧。"

"陛下,到结婚那个月,她就满十二岁了,已经到了风俗和教廷都认可的结婚年龄。教宗阁下关心的并非新娘的年纪,而是这场联姻会增强德鲁西斯的力量,因为他将成为达罗的女婿。之后,班尼杜威和英盖达林两大家族的支持者可能会发生更严重的争斗。"

"我对这事略知一二。"西蒙突然插话,"首先,将德鲁西斯变成女婿,并不会改变老达罗的所作所为,因为他已经在支持弟弟对抗哥哥了,尽管哥哥才是合法的公爵。"国王抬起手,阻止想要说话的主教,"而且——而且,我记得,教宗本人,也就是圣甫阁下,出身于珂莱维家族。而他们很久以前就跟达罗及英盖达林家族结成了同盟。所以,他为什么突然开始担心了呢?"国王扭头对王后说道,"你以为我在开会时都没有专心听,对吧?"他就差没像孩子一样发出胜利的"哈哈"声了。

米蕊茉并不觉得有什么好笑,所以转头对主教说道:"阁下,你刚才想说什么?"

主教手指上的念珠转得飞快。"是的,呃,国王说的当然很对,但这正是问题的一部分。你们知道,教宗阁下处在一个很尴尬的位置。塞斯兰·玛垂府和塞斯兰·安东尼斯是如此邻近,若在平时,他早在冲突刚发生时就出手干预了。二位陛下请不要误会,教宗阁下去年便多次呼吁和平,谴责各方争斗所造成的破坏与不快。然而纳班的形势每况愈下。不久之前,几个英盖达林家的人死了,导致街上发生暴乱,连公爵的妻子坎希雅公爵夫人都遭到牵连。感谢仁慈的上帝,她并没有受到伤害,但她确实遇到了危险。"

"好吧,我同意,不能任由翠鸟和风暴鸟的暴徒在街上制造暴乱。"西蒙说，"可我们又能做些什么？"

"请至高王和至高王后去出席婚礼，"歌威斯回答得太快，差点喘不过气来，"这就是教宗的信使即将提出的请求。教宗阁下会与萨鲁瑟斯公爵及其他各方联络，以便在你们到访期间，将所有相关方一同拉到谈判桌前。二位的到场足以证明协商的重要程度，大家将能达成协议，保护和平。"他深吸一口气，将手和念珠都收回口袋里，"这就是圣甫阁下的请求。希望二位到时不要感到惊讶。"

事实上，米蕊茉确实很惊讶，一时竟说不出话来。纠缠至高王座的问题已经够多了，出访纳班的提议实在令人很气馁。

"教廷的教宗自己怎么不去？"西蒙问道，"如果他不能阻止人们争斗，那还要教宗做什么？我们的信仰不是教导大家说，教宗是世界大家庭的父亲吗？所以啊，阻止家庭里的争斗，就是父亲该做的事。仁慈的上帝知道，我自己这么做的次数已经够多了。每次莫根纳惹恼了他母亲和祖母，我都得找他谈谈。只有上帝知道我跟他谈过多少次了。"

也只有上帝才知道，这些谈话有多么无用，米蕊茉心想。

"可是要知道，"歌威斯说，"你刚才也指出了，教宗阁下来自与英盖达林家结盟的家族，这正是问题的核心所在。没有达罗伯爵帮忙，圣甫永远不可能被神官们选上圣座。纳班作为一个城市——以及一个国家——它的历史是由各大家族谱写的。'言辞抵不过血脉'是他们最古老的信念之一。德鲁萨斯公爵和他的支持者……呃，他们不相信教宗阁下能对双方保持公正。"念珠在口袋里待了一会儿，又再度出现，"需要有外界的人来主持，才能缔结和平。"

"但我本人是英盖达林家的亲戚。"米蕊茉指出。

歌威斯主教摇摇头。"你在对待纳班相关事务方面一直很公正，陛下。众所周知，你虽然有英盖达林的血脉，但同样与班尼杜威有羁绊……"

放逐者

"没有萨鲁瑟斯公爵,整个国家会变成一坨狗屎。"国王似乎没注意到,主教差点丢掉了手里的念珠,"在纳班国内,就只有他能将人民的利益置于自己的欲望之前。"

这次米蕊茉确实露出一点笑容,尽管丈夫的发言并不完全让她满意。歌威斯双手攥着念珠,活像一个迷失在海里、紧紧抱住浮木之人。"是的,陛下你当然是对的。"他的脸抽搐一下,"但我确信,你和王后需要私下讨论这个问题,所以我要告辞了。圣甫的使者已经在路上了。"

"你知道那人是谁吗?"米蕊茉问。

"听说是奥西斯神官。"主教显然是想尽力维护圣撒翠大教堂的安全,"他是个好人,虔诚而公正。"

"相信是的。"米蕊茉回答,"谢谢你跟我们分享你的忧虑,阁下,这是你对至高王座的又一贡献。"

歌威斯离开后,西蒙转身对妻子说:"唉,一堆乱七八糟的事,对吧?纳班总是争吵不休。怒龙瑞秋以前说过,赫尼斯第人喜欢打猎,爱克兰人喜欢钓鱼,而纳班人最喜欢的活动是吵架。"

米蕊茉挽起裙子,站起身。"不论那位女仆总管对你来说有多重要,我都认为她不是解决国家纷争的最佳导师。"

"宝血圣徒啊,我这回又做错了什么?"西蒙冲着她的背影喊道,"米蕊,你又生气了,对不对?米蕊?"

♛

建元1201年,余汶月29日

亲爱的提阿摩大人:

向您问安,愿您一切安好。今天下午,送我前往纳班及关途圉的船就要出发了,所以,我要尽力赶在出发之前写完这封信,以交给王家驿站。

我这趟旅程的第一段路大体上平淡无奇,但沿格兰汶河顺流而下

The Witchwood Crown

的航程依然对我的五脏六腑造成了严重打击，恐怕我永远当不成旅行家了。河道引航员一直向我保证，河水平静得异乎寻常，一定是我吃的东西不对。有可能吧，因为我在那艘河船甲板上吃的东西既像小饼干，又像甲虫碎片。不过，我觉得更有可能是水上行船引起的晕船。前面要坐船的路就更长了。圣萨利莫修道院的院长好心地告诉我，每年这个时节，大海都比较平静，除了最近淇尔巴的活动有点异常，总体应该是趟比较舒适的航行。只是我一点都不期待。

我还没遇到过淇尔巴，可我必须承认，听几个水手讲过它们的故事之后，我一点都不想见到它们。

大人，请不要认为，我只有怨言与您分享。麦尔芒德是座非常漂亮的城市，我很庆幸终于有机会亲眼见到它。当我们从远处靠近时，我能看见它的白色高塔耸立在城墙之上。港口十分庞大，有许多精巧的航道，能让船只停靠在非常接近仓库的位置，方便大多数船只装货、卸货。我那一小堆行李被放在一大堆木桶后面，所以我无法立刻上岸。而我的向导、您的朋友梅迪也不知去向。我想起您让我多多体验外面的世界，于是我在等待时，留心学习新词。那些词在水手和码头工人之间经常使用，但在圣撒翠的修士之间却很少能听到。

终于，他们找到了我的行李，开心地扔到码头上。我站在行李旁边，又等了一会儿，看看他们会不会把梅迪也扔到码头上来。这时有两个孩子引起了我的注意。他们是我见过最脏的孩子，衣衫褴褛，浑身污迹，以至于我一开始还以为他们是南方的猩猩，因为我听说水手有时会养猩猩做宠物，甚至会给它们穿上衣服。事实上，我怀疑，哪怕真是水手的宠物，也不会穿得像那两个孩子一样破烂。就在我打量他们时，两个小东西显然把我错认成了其他人。他们跑过来，抚摸我，拥抱我，不停地叫我"好叔叔"，但我以前从没见过他们。然后我发现，其中年纪较小的女孩将手伸进我袍子内的口袋，想掏走里面的钱包；而男孩一边拥抱我、拍打我，一边用脚勾住我的一个小箱子

放逐者

往远处推。我这才恍然大悟：他们没认错人，而是想偷我的东西！我跟那女孩争抢起来。没想到，那丫头个头虽小，腰身还没半年祭上的蜡烛粗，却紧紧抓住我的钱包不放，我愣是抢不回来。

我们在那里站了很久。在外人看来，我们一定是在跳一场奇怪的舞蹈：我一手抓住一个孩子的手臂，另一只手把另一个孩子往回拽，以免他将行李箱推到我够不着的地方。终于，有人喊了一声："小鬼，住手。"女孩最后把我的钱包往外掏了一次，但被我使劲按住，于是她踢了我的小腿一脚。但那两个孩子终于还是停手了。我松了口气。

救我的人是梅迪。他没告诉我他跑哪儿去了，却说："看来你已经跟我这两个可爱的小家伙见过面了。我亲爱的小跳蚤普雷克和帕丽普，给修士阁下留出一点呼吸的空间，不然我剥掉你俩的皮。"

听说那两只小猩猩是他孩子，我有点吃惊。他告诉我，两个孩子的全名分别是普雷克图和帕丽普帕。我猜想，第二个名字是按圣徒派丽帕的名字起的吧。当我听梅迪说，两个孩子会跟我们一起前往纳班时，我更加吃惊了。我很坚定地对他说，提阿摩大人并没有跟我提过任何关于孩子的事。梅迪伤心地低下头，说他别无选择，说这是两个孩子母亲的要求。'我那亲爱的宝贝，她害了夏日疟疾，'他解释说，'连床也下不了。她说，大孩子已经够我受的了，你必须带走这两个。'

我得声明一下，我的向导有许多习惯，其中之一就是，不管对谁，一律用'亲爱的''我的宝贝''甜心'或'我的爱人'来指代。也许这在哈卡人中间很平常吧，但在我看来，这样称呼陌生人很是奇怪。

于是乎，我就跟着梅迪和他那两个小朋友一起，离开了麦尔芒德的码头。孩子们虽然帮我提行李，可也经常趁着他们的父亲没看见时，随意翻找我的东西。我到现在都没找到我的蜡烛。

我本来计划在麦尔芒德最大的圣艾格修道院留宿，您说过那里的院长知道我要去。可梅迪坚持带我去他家,见一见他的家人,尽管他的妻子显然病得十分严重。我是出于礼貌,才称呼那位女子为梅迪的妻子,但我怀疑他俩并没有交换任何安东教的誓言。他家住在一个名叫杂烩区的街区、一栋摇摇晃晃的房子里。刚一进门,我便再次想起对那两个孩子的第一印象:真的很像猩猩啊。虽然他家里其他几个孩子年纪较大,可衣服同样糟糕,举止也同样无礼。最大的孩子就是矮个儿的梅迪,只是少了些胡须。他问我,听那些有钱女人忏悔时,有没有发现什么可怕的秘密?梅迪跟我借了点钱,好买些肉回来下锅。我把钱给了他,他出去了很久很久,把我一个人跟那些吵闹的熊孩子丢在一起。他们的母亲一直躺在床上,盖着床单,呻吟着说她要死了。可她的呻吟声中气十足,所以我对她的话深表怀疑。好不容易等到梅迪回来,他却明显冒着酒气,肯定喝了不少啤酒。吃饭时,我的汤里连肉末都没有,我的面包硬得连牙齿都能崩断,还不如不吃了。

他们在地板中间为我铺了张床,毛毯里爬满了跳蚤,我根本没睡多久。半夜里有只小手摸我的脸,把我惊醒了。我坐起来,发现是那个叫普雷克图的男孩。他说,他觉得有强盗试图闯进屋子。我为他们一家人担心,于是起身四处查看,却没发现任何入侵者。等我回来,看到那个男孩又在翻我的东西。我叫他住手,他竟无礼地质问我,到底鬼鬼祟祟地藏了什么东西?

我亲爱的好大人提阿摩啊,我认为,您信任的向导梅迪并没有您以为的那么可靠,或者说,至少他的家人很不靠谱。我要不要另找一个向导呢?我担心在这封信送到您手里之前,我就要离开麦尔芒德了。不过,也许您可以往关途圃寄一封信给我,建议我该怎么做。

第二天晚上,我不顾梅迪的反对,搬到了圣艾格修道院。那里的环境舒服多了。事实上,后来我一直住在修道院,这封信就是在那里的食堂写的。那地方完全没有害虫,真是太棒了。最开心的是,院长非常亲切,允许我使用修道院里的图书馆。我在那里发现了一些有趣的信息。

我们在离开海霍特之前讨论的那本书，当然不会在那里出现。但我找到了格米亚的特提西斯写的一本著作，是讨论它的。他写道：'弗提斯的主要罪过并不在于描绘了先民'——他指的是北鬼及其亲族希瑟——'的邪恶仪式，而在于他把那些仪式描述成能让虔诚信徒获得知识的方法。那些魔鬼的陷阱曾经致人疯狂。据说，它们就把弗提斯主教给逼疯了。传闻他最后的日子就在自己的修道院里关禁闭。'提阿摩大人，我跟您说这些，不是担心您尚未了解其中的危险，而是害怕会有其他人接触到那本书。您告诉国王与王后了吗？我知道他们很关心与他们儿子有关的信息，甚至包括这里写下的内容。可是，如果他们因为我的缘故而接触到那本可怕的古书，我会非常难过的。

还有，虽然我曾代表帕萨瓦勒大人，前往艾黛拉王妃的房间，查看约翰·约书亚王子的藏书，可是那段日子发生了很多事，引发了各种担忧，因此我一直没能把自己的发现告诉给帕萨瓦勒大人。所以，是否需要告诉他，就由您来决定吧。

请您一定要建议我，到了关途圃之后，是否需要另寻向导。我将一直是您忠于上帝的仆人。

厄坦·弗拉提里·鄂斯奇斯

* * *

"怎样？"安格斯问。

提阿摩大吃一惊地抬起头。他一直在读厄坦的信，几乎忘掉身旁还有别人。"什么怎样？我要不要把《专著》的事告诉给帕萨瓦勒？我觉得不要。我只会告诉需要知道的人。"

"比如国王与王后？"

"是啊，总要告诉他们的，因为这消息与他们去世的儿子有关。不过他们知道后一定会很担心、很难过。所以，我打算在告诉他们之前，先调查一下，并且花点时间查看王子留下的其他藏书。"

The Witchwood Crown

安格斯伸展手臂。仆人把他的大木椅安装在一个空置的卧室里，全套安装过程复杂得像建筑工匠搭建微型教堂一样。装好以后的椅子占了不少空间，而且，虽然有轮子可以移动，却需要两个男人来推——如果安格斯坐在里面则需要三个。尽管这一切相当麻烦，但提阿摩并不介意。因为，全奥斯坦·亚德再没有谁比这位前子爵更了解禁书和古书的了。"不论如何，"安格斯续道，"亲爱的伙计，我问的并不是书的事。我想知道，你是不是故意把可怜的厄坦弟兄交到一群哈卡小贼手里的？"

"哦，这个啊。"提阿摩面露难色，"梅迪家人的事令人不快，厄坦弟兄在他家度过的那个难受的夜晚当然也该怪我。不过，尽管厄坦见到的情况是那样，我依然相信梅迪是个好人。当年我第一次返回关途圃时就认识他了，到现在已经很多年了。他是有点无赖，显然也不是个好父亲，但我发誓他的心是闪亮的。我认识他很久了。"

安格斯整理一下眼前的《专著》。他的轮椅扶手上搁着一块大木板充当临时书桌，《专著》就放在上面。"你确定不需要别人加入我们的讨论吗，比如帕萨瓦勒大人？"

"我很确定，不需要。总理大臣帕萨瓦勒是个好人，也很聪明。但我认为，越少人知道我们手里有这本书，消息泄露的可能性就越小。再说了，帕萨瓦勒是个虔诚的安东教徒。我不想让他替我们保密，害他陷入信仰与友谊的两难局面。"

"你自己的信仰没有给你带来困扰吗？"

提阿摩露出微笑。"老朋友，我的信仰显然只适用于乌澜人，与旱地人没什么关系，更别提希瑟了。沙行者鼓励我们小心谨慎地大胆探索，我认为这很合理。为什么问这个？"

"只是好奇罢了。这本书，我只能勉强翻译出来一点点，但已经充满了既有启发、又很恐怖的想法。"

"你没有信仰，无须担心触犯你的神祇，真是幸运。"

放逐者

"哦,我有信仰的。"安格斯说,"把我的杯子递过来好吗?谢谢。我相信凡人经受不住黄金和权力的诱惑。我相信学习总能吓退愚蠢,然而愚蠢经常发起反击,有时甚至致命。"他接过提阿摩手里的杯子。他无法将杯子轻松地送到唇边,所以用了一根中空的芦苇,好把兑水的葡萄酒吸到嘴里。"好了,还要继续吗?"

提阿摩又一次露出微笑。"你再度提醒了我,有些事情确实亘古不变。安格斯,你还是跟以前一样愤世嫉俗啊。"

"比以前更严重了,就像野草一样疯长。总有一天,它将把我花园里的慈善之花、希望之花全部闷死。"他清了清嗓子,"现在,若你想听我读一段话给你听,请安静。

"除了这些只有高寿者才能使用的占卜巨石,还有许多护符和令牌能携带此类密语,乘着异界之间的流体,传送到千里之外。据说,有些高手不仅能在尘世间传达消息,还能突破隔在生界与迷雾重重的死界之间的界限或帷幕。"

♛

"上帝保佑你今天愉快,陛下。"

西蒙抬起头。"啊,帕萨瓦勒大人,很高兴见到你。"

"我也是,陛下。麻烦您给这些文件签字盖章好吗?"

国王翻看着眼前这叠卷曲的牛皮纸。"我要签名批准什么?"

帕萨瓦勒露出微笑。"十几件不同的事,全都很无聊。您仔细看看就知道了,几份地契的确认书、一份王室铸币厂的报告、三份恳求减税的请愿书。当然,还有我们派驻塞斯兰·玛垂府的大使写来的一封信,说的是韦迪安教宗派使者来访的事——我已经拿给您看过了。"

国王皱起眉头。"宝血圣树啊!啊,请原谅,帕萨瓦勒,我心烦时总是管不住嘴巴。这事让我烦透了。我为什么要给自家大使的信签名?不管我答不答应,那个讨厌的使者已经上路了呀。"

"我冒昧地以您的名义,给弗洛亚伯爵写了封回信,感谢他的来信。此时艾欧莱尔伯爵不在城堡,这些事情必须由我来做。"

西蒙觉得,对方的言语间似乎有些自怨自艾。"你做的非常好,伙计。我明白我们对你要求很多,既要忙总理的事,又要在国王之手同王子离开期间忙他的事。王后和我不会忘记你的辛勤服务,放心。"

帕萨瓦勒低下头。"陛下,您一如既往地亲切,尤其是对我这样的卑微之人。您和王后如此信任我,光凭这一点,就已经远超我期望的恩赐了。"

"仁慈的上帝啊,伙计,你说话的口吻跟其他廷臣一模一样。别给我戴太多高帽,不然我再也没法相信你了。我渴求的是你的诚实。如果不能拥有至少一个敢说真话的心腹之人,任何国王——也包括王后——都活不下去。"

"我接受您的批评,陛下。"他露出微笑,"我会竭尽全力,对你说更多逆耳的实话。"

西蒙开怀大笑。"很好!更多逆耳的实话。"

"但您真的很幸运,陛下,你拥有一位同样诚实且冰雪聪明的王后。这话可不是恭维。"

"对,你说得对。但我的米蕊有个问题,每次她跟我生气时,我就不想听她的好建议了,因为那让我觉得自己像个傻瓜。"

"我深表同情,陛下。"

"你却没结婚,帕萨瓦勒。找不到意中人吗?据我所知,朝中有不少女士对你青眼有加。"

"工作就是我的夫人,陛下。我没多少时间考虑家庭的事。"

"但以后呢?谁来继承你的姓氏?"

帕萨瓦勒的笑容消失了。"我的姓氏,恐怕已随我伯父塞瑞登男爵而去了。也许总有一天,当我的工作终止——至少不会占用我过多精力时——我会考虑改变吧。"

"别误会,"西蒙急忙解释,"等待佳人没什么可耻的。亲爱的老提阿摩年纪比我还大,也是前几年才结婚的。他幸福得很。"

"缇丽娅夫人是个好女人。"

"对,她是。"但西蒙现在有些困惑:他是不是惹恼了总理大臣?他不是故意的。也许帕萨瓦勒不喜欢女人?西蒙一直觉得这种现象很奇怪,但这也很常见,应该不算什么罪过。上帝在尘世间造出了各种各样的人,从西蒙的老琴师桑弗戈,到歌威斯主教,什么人都有。老琴师即便在晚年,依然对漂亮的年轻男子和女子同样感兴趣。而主教,西蒙亲眼见他在集市广场,面对着一个半裸的、躺在地上唱歌的醉酒女人,却视而不见地从旁边走过。

尽管他自己婚姻美满,而且对妻子依旧兴致盎然,但卧室里的暗黑秘密依然令他迷惑不解。假如上帝希望房事仅限于夫妻之间,为何还会让世间充满如此丰富的诱惑?为何要让欲望如此强烈、如此让人愉悦?

"很抱歉,陛下,我打扰你的思绪了。"帕萨瓦勒说,"请你在最后这几页上盖章,然后我便离开,留你享受平静。"

"没事,我只是在胡思乱想。"西蒙边说边往最后一份文件上滴蜡,"不过,这次聊天让我想起了另一件事,我一直想跟你讨论的,跟这次来访的使者有关。"

"我已经做好了安排,陛下。唯一的问题是,他该住在海霍特,还是住在圣撒翠教堂?那里通常用来招待重要的宗教访客。"

"我觉得没必要将他安置在城堡里。"西蒙回答,"不过,我要讨论的不是招待问题,而是事情本身。"

"陛下?"

"就是那件事,公爵的弟弟德鲁西斯的婚礼。你已经听说了,教宗邀请我和王后去出席婚礼,并想利用这个机会,强迫纷争的双方缔结和平。你是纳班人,比我更了解南方人的思维方式。你有什么想法?"

The Witchwood Crown

帕萨瓦勒站起来，双臂抱满牛皮纸卷，蜡油乱滴。"这个嘛，陛下。"他刚开口。

"哎，坐下吧，伙计，趁你还没掉东西。"西蒙指指一张凳子，"我要听听你的想法。"

帕萨瓦勒坐下之后，沉默了好一会儿，仔细思量。最后他动了动身子。"陛下，如果我完全诚实，我会认为你们应该去，两位都去。"

"真的？"西蒙很高兴，但他需要更多能用来说服米蕊茉的理由，因为他知道妻子肯定觉得这是个馊主意。"为什么？"

"因为，尽管家族之间的纷争在纳班是家常便饭，但这次的争端并没有那么简单。它源于一个真正的问题，还糅合了其他许多因素。"

"你觉得真正的问题是什么？"

"纳班东边和北边领地的贵族一直在蚕食草原人的边界，至今已经持续多年。纳班人在色雷辛人一直认为属于他们的土地上修筑城堡和移民村。陛下你也知道，色雷辛人是个没有组织的民族，每个部族都有自己的小族长。即使是他们史上最强大的族长"红胡子"鲁德，也不过是色雷辛草原地区的单于，并不能召集所有部族上战场。而这些年来，有很多草原人，有成千上万的武装骑手起来反抗纳班。原本色雷辛人的战斗总是局限在部族之间，如今，他们找到了两个共同的敌人——纳班和爱克兰。"

"爱克兰？"西蒙很惊讶，"我们对他们做过什么？"

"跟纳班做的事不一样，但草原人很记仇。上次我们跟他们打仗，虽然是他们自己挑起的战事并最终失败，但他们一直记恨到现在。而且，我们和他们有很长的接壤线。河川路沿线建了很多新的移民村，最远到盖营所那边。那地方就是以前约书亚王子和他哥哥埃利加作战时的营地，现在已经发展成镇子了。"

"可是总理大人，最近我们在上色雷辛那边并没有发生什么战斗。我们对那些城镇的监督十分紧密，就是因为不想学纳班的坏榜样。"

"确实如此,陛下。但草原骑手很难分清是纳班贵族自作主张侵犯色雷辛的领土,还是爱克兰的至高王座允许他们这么做。"他看到西蒙愤怒的表情,摊开双手,"陛下,我没说这是事实,只是担心草原人会这么想。"总理大臣探身靠近国王,严肃地说,"陛下,我了解那些人。我是在色雷辛湖地旁边长大的。他们是勇敢善战的民族,不仅睚眦必报,还会将仇恨代代相传。如不采取行动,总有一天,他们当中会再次出现一位领袖。到时候,整条国境线都会爆发战争,不是小冲突,而是全面的消耗性战争。我很难过,但我相信这是真的。"

"仁慈的上帝啊,伙计!仁慈的上帝。"西蒙大受震动,"可这一切跟这场该死的婚礼有什么关系?"

"这是将纳班分裂成两个阵营的最大原因。达罗·英盖达的追随者主要是东边的贵族。事实上,是他们惹恼了草原骑手,却害怕对方的报复,因此想发起严厉的打击,好让对方彻底停止劫掠行为。但萨鲁瑟斯公爵主张行事谨慎。于是达罗的喽啰风暴鸟就开始叫嚣,说他是个懦夫,说他不肯保护自己的人民。因此,任何终结两派纷争的尝试,都要先想出一个方案,解决色雷辛土地上的那些村镇和建筑。"

"仁慈的上帝啊,"西蒙又叹一声,"这可真是个难题。不过,你说还有别的因素在起作用,是吧?还是我听错了?"

"没有,陛下,你说得对。是这样的:德鲁西斯因勇猛而深受属下的爱戴和尊敬。他在利用最受草原人威胁的东方贵族的恐惧,又或者,他自己也是那么相信的——具体原因我说不好。不过我想,经历过风暴之王战争的人,应该能理解他和他哥哥之间真正的问题。"

西蒙又有些糊涂了。"是什么?"

"身为弟弟的德鲁西斯行事大胆、果断、不会受到复杂情况的干扰。而萨鲁瑟斯公爵则完全相反,他愿为和平向任何人妥协,但不愿为谋取利益而撒谎。"帕萨瓦勒意味深长地看了国王一眼,"这有没有让你联想到你认识的另一对兄弟?"

西蒙点点头。"当然。埃利加国王和约书亚王子。"

"正是，陛下。现在想象一下，如果约书亚早一年出生，并且登上了王座。而你妻子的父亲只得到一些无关紧要的差事，无法满足他的野心。你觉得，约书亚当了哥哥、埃利加当了弟弟，那会发生什么？这就是纳班所有问题的根源：最想当公爵的弟弟却不是公爵。"

西蒙往后靠去，晕头转向。"帕萨瓦勒，我以前从没就这个角度考虑过纳班的事。谢谢你。所以，你认为王后和我应该出席婚礼？但我不希望米蕊茉涉险。按你刚才的说法，最近的纳班比色雷辛好不了多少。"

"我认为，要解决这个问题，需要借助至高王座与王权的全部威望。"帕萨瓦勒站起来，"你问我有什么想法，这便是我的回答。若我刚才的发言过于直截了当，还请您恕罪。自从风暴之王战争以来，纳班的局势变得更加错综复杂。我相信至高王座必须牵头去解决，即便只是为让纳班人想起，他们自己只是一个更大的国家当中的一部分。"他鞠躬行礼，"请原谅我占用了您这么多时间，陛下，如您同意，我必须告退，将这些文件带回千理院，发送出去。"

帕萨瓦勒后退几步，这才转身背对国王离开。即便是在如此随意的场合，他的礼数依然不减。他走了之后，西蒙只能坐着，盯着自己的国王印章和蜡条，琢磨着，自己和米蕊茉的余生是否都要用来阻止这些傻瓜互相伤害，是否永远都无法享受一丝一毫的安宁。

放逐者

夜间的太阳

♛

扎卡吮掉兔腰上剩余的肉,将骨头扔进火里。骨髓被烧得沸腾,发出"噼啪"和"滋滋"的声响。趁它们没被烧得太烫,他又用长满老茧的手把它们捡出来,折断,吮吸骨髓。他用前臂抹抹嘴,在胡子上留下一道油渍,满意地打了个饱嗝。

"你吃完饭了,继父?我没打扰你吧?"

扎卡缩了缩,差点从新马车最低的台阶上摔下去。他竟没注意到不远处那个高大的身影。"破空者在上,你在那儿站了多久?你跑哪儿去了?那么多天不见人,我还以为你永远不会回来了。"

"今天我去参加了婚礼。"他的继子回答,"但我没见你去。"

"啊!诸神咒诅,是今天吗?卓詹的婚礼?没人来叫我。"扎卡显然浑身不自在,一直不敢抬头看年轻人的眼睛,"哈,愿地狱鞭打他们所有人。食物怎么样?好不好吃?"

"没开宴我就走了。"

年轻人的语调终于让扎卡抬起头。"啊,别指望从我这里分吃的,因为我已经吃光了。"他眯起双眼,"你做了什么?你的衣服上全是泥巴?那是血吗?"

"可能是吧,我跟人打了一架。"乌恩沃往前走到火光里。太阳低压在西边地平线上,在天上铺出一道道紫色、红色的条纹。"我不是来要食物的,继父,我要的是答案。"

老人把一只手伸到身后,半撑起身子。"答案?什么答案?你跑了这么多天,还敢趾高气扬地过来跟我说话?"

火光在金属上闪过。乌恩沃的刀尖抵在扎卡喉间,用力一推。扎卡倒吸一口凉气,又惊又疼。"你想逃进那辆漂亮的新马车,锁上门,不让我进去?你真以为那能挡住我?"

"你干什么?你疯了吗?我是你父亲!"

"不,你只是我的继父,很糟糕的继父。这辆马车是从哪儿来的,老家伙?是欧里格卖给你的,对不对?"

"对!对!你干吗这样?我用几匹马跟他买的!"

"可那几匹马是我的,老家伙。"

"它们养在我的围场里!所以是我的!"扎卡突然尖叫一声,因为刀尖往他胡子下的枯萎血肉里扎得更深了,"你想怎样?"

"我说过了,我要答案。"乌恩沃坐在台阶上,"我是从哪儿来的?"

"说什么胡话?我告诉过你!"

"你告诉我,我来自草原另一头一个很远的部族。"

"没错!"

"告诉我那个部族的名字!"

刀尖继续戳刺扎卡,他痛苦地吸着气。"我不记得了!不,等等!是上色雷辛的一个部族。是他们把你送过来的。"

"你说我父母都死了。是真的吗?"

"当然——!"

"想好了再回答,老家伙。这可能是你最后的机会。"

乌恩沃的死亡威胁似乎比刀子更能吓住老人。扎卡的眼睛瞪得溜圆,露出很多眼白。"也许……也许我是理解错了——都是好久以前的事了!"他不敢看继子脸上的表情,"你母亲可能……可能还活着。对,也许是这样。不过,你继母得到你之后非常开心。对,没错,我现在想起来了,我们对你说,你母亲死了,因为那是族长的命令!"

"赫瓦特族长不会下这种命令。他失智之前是个好人。"

"是真的,我发誓,桑维!"

"别叫我那个名字!"他的反应如此强烈,吓得老人脱离刀尖,扑下马车台阶,跪倒在地。"那是继母给我起的名字,跟你无关,扎卡。她死之后,你再也没念过那个名字。你跟所有人一样,叫我'乌恩沃'——说我是无名氏。"

"哦,神灵啊,你想怎样?你要我做什么?"

"我要你说出全部真相,老家伙。我是怎么来到仙鹤部族的?把你知道的一切都告诉我,不然我把你像老绵羊一样剥皮割肉。"

"别伤害我。就算你不在乎我,也想想部族里的其他人。如果你杀了我,他们会赶你走的!"

乌恩沃哈哈大笑,笑声突兀而刺耳,仿佛未曾清理的伤口一般残破。"是吗?你知道我今天干了什么,老家伙?你这愚蠢、自私、满嘴谎言的老混蛋。我去参加了婚礼。我杀了新郎。这是他的血——至少我相信是。"他拽了拽身上破破烂烂的脏衬衣。

"你杀了卓詹?"老人从地上抬起头,更加恐惧,"诸神在上,你都做了什么?欧里格会砍了你的头!"

"他不会了。"可怕的笑声再次响起,比刚才轻一些,却依然刺耳,"告诉你吧,我把欧里格也杀了,把婚礼变成了葬礼。我还埋葬了新娘——当然,她不是我杀的。"

扎卡开始抽噎。显然他每个字都相信了。"哦,诸神啊,那我们怎么办?我怎么办?你这疯子,你把我们全毁了!"

"别跟我提'我们'?自从我继母去世,就没有'我们'了。我只能向你讨些残羹剩饭,你把所有不想干的活儿都甩给我,跟其他人一样叫我无名氏。你一次又一次地向我表明,'我们'已经不是一家人了。现在,如果你不想经受比欧里格族长更痛苦、更缓慢的死亡,就跟我讲讲我真正的部族,把你知道的一切全都告诉我。别再哭哭啼啼的,不然我割掉你的嘴唇,让你用流血的嘴巴把秘密都告诉我。"

他等了很久,因为老人无法停止哭泣、无法停止哀叹命运的不公。但最终,乌恩沃还是逐字逐句地、在哭泣声中勉强拼凑出了整个故事。

老人好不容易说完,像只挨揍的狗一样仰躺在地,脸颊和双手都有刀伤,但并不致命。"我把知道的一切都告诉你了。"他抽噎着说,"求求你,儿子,别杀我。带上迪福尔,走吧。听到了吗,我没卖掉它!我知道,你回来会找它的。它就在围场里。"

年轻人皱起眉头。"最后说一次,别叫我儿子。我不是你儿子。"他冷哼一声站起身,"杀你?我今天已经杀了两个人,为什么还要在你这种哭哭啼啼的垃圾身上浪费力气?看在我继母的分儿上,我会让你活下去,好让你记住你的耻辱。我希望它会烧尽你的余生,老家伙。"

"啊,愿破空者保佑你!"老人开口,还想继续,但肋骨上挨了一脚,立刻住口了。

"在我离开之前,我要看看你那辆漂亮的新马车。我辛勤工作才得来几匹马,本打算用来当作库尔娃的聘礼,却被你抢了去。"他弯下腰,从火堆里拿起一根燃烧的木柴,绕着马车走了一圈,检查皮革、金属和刷漆木头间的连接关节。然后他走上台阶,走进车里。

"花了七匹马?"他喊道,"对吧?"

扎卡四肢着地,试图爬起身来,胸口被踢的位置疼得他直喘气。"这是辆上好的马车!"他大声回答,"欧里格给了我超级优惠的价格!"

乌恩沃出现在门口。"我认为他骗了你。"他走下台阶,将木柴扔回火堆。

"骗了我?"老人还在挣扎,终于勉力站起身,几股血流顺着脸颊流进胡子,看起来就像化过妆的部族萨满。"这是辆上好的马车!是欧里格手里第二好的车子!你为何说我被骗了?它有什么问题?"

"因为,"乌恩沃冷笑着回答,"有人把它点着了。"

乌恩沃朝围场走去,留下老人在傍晚的天空下无助地尖叫,喊人帮忙。这时,火舌刚刚开始舔舐车窗和精心上漆的窗框。

他给坐骑上好鞍,骑马离开。马车已化作一团明亮的火球,从远处也能清楚地看见,犹如夜间的太阳。

♛

杰莎走出塞斯兰·玛垂府的南门。这是使用最少的门,但跟其他几道门一样守卫森严。有些卫兵向她打招呼,她礼貌地点头回应,却并未因为他们对自己的关注而感到高兴,只是有些迷惑不解。他们不知道她是谁吗?难道他们以为,公爵夫人的贴身保姆会跟士兵打情骂俏吗?就算她愿意也没空啊。她甚至没空穿漂亮衣服,头发也只能紧紧绑好,并用头巾包住,裙子外披着一件旧斗篷。

大多数男人都是傻瓜,她心想。

时间很紧迫,所以她快步穿过旧城的农民区,来到香料市场,用女主人给她的银币购买桂皮、肉豆蔻和哈察岛胡椒。她一边提着袋子,在商贩间走动,一边警惕地观察是否有人跟踪自己,但没发现异常。市场里都是平时来早间购物的顾客,多数同她一样,是各大府邸的仆人,只是没有谁的府邸比她家的更宏伟。想到这里,她心里颇感自豪。整个纳班,再没有比塞斯兰·玛垂府更壮观的府邸了。也许只有塞斯兰·安东尼斯,也就是教宗阁下的宫殿例外吧。

确信自己没被跟踪,她离开市场,顺着海港街,疾步朝码头走去。她穿过宽阔的平民区,走进大家所说的圣徒大道。那条大道入口的巨型拱门上,雕刻着好几位重要的宗教圣徒雕像,但杰莎只认识其中的圣派丽帕,就是用自己的碗给垂死的乌瑟斯送水喝的女子。尽管纳班的圣徒并非出自杰莎自己的信仰,但她尊敬派丽帕,因为派丽帕

The Witchwood Crown

身为女性，任劳任怨地履行着女性的职责，并赢得了难得的赞赏。

圣徒大道是条宽阔蜿蜒的大路，从住宅区往上，环绕着俄彻奈山，一直通往峰顶的大片居民区。那儿的主人大多是外国人、富商或想在城里置业的富裕贵族。萨鲁瑟斯公爵经常说，这座城市全世界最大。杰莎并不怀疑这话的真实性，至少在规模上并不怀疑。不论她身处城内哪个位置，总是人潮涌动，除了很多忙碌各自事务的路人之外，还有仿佛永远不会离开街道的小贩、流浪汉，甚至那种女人——杰莎相当确信，她们就是坎希雅曾经提过的那种人。按照公爵夫人的解释，她们堕落太深、远离上帝，以至于被迫出卖她们的samuli——也就是杰莎的族人所说的"精致花朵"——来换取钱财。

虽然今天，似乎一切都很平常，但在这富裕的社区里，她还是能看到最近困扰这座城市的各种麻烦，以及那场差点害她丢掉性命的暴乱留下的迹象。好几栋的房子墙上都画着粗略的展翅飞鸟图案，写着口号"SECUNDIS PRIMIS EDIS"，意思是"次子当坐首位"。那是风暴鸟的标志，那些人支持公爵的敌人——达罗·英盖达及公爵的亲弟弟德鲁西斯。在较为贫穷的街道一头，靠近公共市场的地方，杰莎甚至能看到好几座房屋被点燃后的废墟。她从其中一座房子前经过，看到它的窗户犹如鬼魂的眼睛，不禁浑身发抖。

来到山腰时，她再次回头张望，确保无人尾随。然后她转过身，快步走向一座高大的房屋，穿过大门，走进杂草丛生的院子，在院子尽头敲响一扇沉重的木门。一个仆人打开探视孔，问她有什么事。杰莎悄声报上坎希雅公爵夫人的名字，立刻被迎了进去。

如果说，对于像玛楚乌子爵这么富裕的主人来说，房子的外观令人失望，那么房子内部便完全是另一回事了。里面到处都点着蜡烛，墙上挂着各种颜色的挂毯，有些还镶着明亮的金线。不过杰莎没时间仔细欣赏，只能直接从它们前面走过。

仆人默默领她上楼，来到一个接待室。这里摆着厚实、低矮的沙发和同样低矮的桌子,点着几盏油灯。房间里依然挂满漂亮的挂毯,太多了,杰莎无法一一细看。不过其中有一幅吸引了她的目光。仆人离开后,她凑近仔细观察。

她从未见过这样的设计。图案的主角是个头戴王冠的男子,长着一条鲸鱼尾巴(但这只是她的猜测,因为她只在画里见过鲸鱼尾巴)。那人双手张开,手下似乎是群山,而他庞大的身躯大部分都漂浮在海里,周围环绕着微小的船只。这一定是纳班的主神乌瑟斯·安东的画像吧,杰莎心想。不过,她从没见过以这种形象描绘的乌瑟斯。而这幅挂毯最奇怪的地方是材料本身:图案并非刺绣而成,却是用细小的亮片逐片逐片粘贴起来的,同塞斯兰·玛垂府里某些地板上那些漂亮的马赛克一样。每块亮片比莎拉辛娜宝宝的手指甲还小。随着杰莎的移动,它们映着光线,仿佛在闪烁、晃动。那个鲸鱼尾王冠男子宛如获得生命,正在看她。这让她感到害怕,于是画了个圣树标记。虽说这动作对她来说显得陌生和虚假,但杰莎是个讲究实际的年轻女子,她知道自己身处陌生的国度,需要敬重当地陌生的神明与魔鬼。

"你在欣赏这幅画。"身后响起一个声音。

杰莎吓了一跳,感觉像是被人当场逮住的小贼。她转过身,看见玛楚乌子爵站在门口。他穿着家常长袍,长裤裤腰露出可能是睡衣衣摆的布料,脚上穿着皮拖鞋。

"请原谅,大人!"她说。

"为什么?你不喜欢它?"子爵微笑着走到近前。

"啊,不是。我觉得它画得好非常,啊,不对,应该是画得非常好。"她无助地摊开双手,却想不出合适的字句,"很漂亮。"

"是啊,我也这么觉得。它出自一位伟大的艺术家,是石潘尼特岛上会用这种技术的最后一位传人。你看到那些小亮片了吗?都是鱼鳞。我们的水域里有好多、好多颜色的鱼。"他走到杰莎身边,欣赏这幅奇特的作品,"你知道画里的人是谁吗?是旧神当中的海神,伟大的努安。诸岛很早以前就皈依了乌瑟斯,但我的人民依然崇拜海神,称他为'海洋之父'。每当出海远行之前,他们依然向他献祭。"看到杰莎的表情,他开怀大笑,"不用担心!祭品不是人,只是些水果和打磨过的漂亮石头。"玛楚乌打量着她的脸,"我不认识你吧?你叫什么名字?"

"我叫杰莎,大人。我是坎希雅公爵夫人的保姆。她孩子的保姆。"

"对了!那天你也在圣拉文宁广场的马车里。那次真是太糟糕了。我很高兴能把公爵夫人和孩子一起平安带出。当然还有你。"

"谢谢您,大人。我们欠您很多。"

"那是我该做的事。不过,说到你的女主人,相信你是带了东西来交给我的吧?"

"哦!"杰莎再次见到这位帅气黝黑的男子,被深深迷住,差点忘了正事。除去身材,玛楚乌看起来真的很像她自己的族人——但只是看起来如此。她只希望自己的羞耻不要暴露在脸上。"是的,大人,当然!"她把手伸进胸口,将信拿出来交给对方。羊皮信纸上还带着她的体温,令她很是尴尬。"我的女主人要我将这个交给您,并请您亲切地写封回信。"

子爵接过信,脸上的微笑像是成年人在看一个可爱的孩子。"她要我马上回信吗?"

"是的,谢谢您,大人。如果您乐意,请马上回信。"

"那好,但你必须给我一点时间。"他指指一张低矮的沙发,"请坐吧。我来处理你家女主人的信。"

杰莎坐下,尽量装出一副经常做这种事的模样。事实上,带着纳班公爵夫人的信,孤身一人走进另一个富裕贵族的府邸,让她十分紧张,甚至相当害怕。她不知道信里写的是什么。她是绝不会偷看的,就像她绝不会故意伤害小莎拉辛娜。不过,由于她不知道里面写了什么,所以也就不会知道子爵会有什么反应。万一公爵夫人的信触怒了他,那该怎么办?如果他因此殴打她或禁锢她,那又该怎么办呢?

鼓起勇气,女人,她告诉自己。记住,你是绿蜜鸟。你的女主人把如此重要的任务交给你,是她看得起你。为了她,你要做个勇敢的战士!

她深吸一口气,强迫自己站起来,四处走走。房间里到处是奇怪而有趣的物件,但她突然觉得,远离塞斯兰·玛垂府及那里熟悉的一切很可怕。这种感觉真是奇怪,因为她很早就远离了自己真正的家乡。

杰莎正在观看一个愤怒的木头面具,子爵说话了。"那家伙很凶,对吧?那是山怪。在石潘尼特岛的高山上,他们依然在传说,山怪偷走了族长的女儿,但勇翼打败了山怪,将少女救回到族人中间。"

"它让我想起了家乡。"杰莎发现自己声音太轻,只好重复一遍,"在乌澜的归船节,他们也会戴这样的面具。"

"啊,所以你来自乌澜?我就觉得奇怪。你的长相跟我们岛上的山民很像。"他从写字桌前抬起头,露出微笑,"你去过石潘尼特岛吗?"

"没有,大人。我只去过关途圃,然后来了纳班。"

"对你来说,这地方一定十分古怪吧。我自己虽在宏沙·石潘尼提长大,第一次来纳班时也觉得这地方很烦人。太吵了!人太多!"

"是啊,大人,这儿的人很吵。"

"确实很吵。希望你永远不要去参加纳班议会的会议。他们就像各自徽章上的鸟一样,就爱彼此尖叫。"

杰莎忍俊不禁。她有时也是这么想的,那些大喊大叫、争吵不休的人们活像码头上争抢鱼儿内脏的海鸟。

玛楚乌子爵吸干墨水,卷起回信,滴好蜡,盖上印章,穿过房间朝杰莎走来,却在半路停下脚步,上下打量着她。杰莎觉得脸颊发烫。他想做什么？他在想什么？

"乌澜人杰莎，你是个漂亮的女孩。如果你能成为这个家族的一员，让我能看到你的脸，而不是其他仆人那苍白消瘦的脸，我会十分高兴。你觉得，我能从公爵夫人那里把你挖过来吗？"他再次露出笑容，犹如寒冷天气中破开云层的一道阳光，"我会让你在这里过得非常开心、非常舒适。"

想到自己能同这英俊温柔的男人住在同一屋檐下，杰莎的心跳得飞快，如同绿蜜鸟的翅膀。但她随即想起了小莎拉辛娜，想起宝宝用小手抓住她的手指，就像高高的树枝上抓住母亲尾巴的小猴子，她只信赖这一件事。

"恐怕我不能，大人，我不能来这里工作。我欠夫人太多恩情。我还要照顾她的宝宝。您知道，我是个保姆，我不能离开她。"

子爵摇摇头，并不严厉，只是遗憾。"啊，真可惜。不过，我赞赏你的忠心。希望公爵和公爵夫人的每一位盟友和仆人都能如此尽忠职守。"他将羊皮卷递过来，"给，把这个带给你亲爱的女主人。我已经占用你了太多工作时间。"

杰莎接过回信。这一次，她放进裙子胸衬里的是带有玛楚乌子爵手上温度的纸卷。她的胸膛仿佛被压得喘不过气来。"大人，您太亲切了。"

"希望真是如此。"他看出杰莎在迟疑，"抱歉，难道我忘了什么？"

杰莎觉得很不好意思，但内心有个坚定的小声音不准她沉默。"对不起，好心的大人，但我必须把公爵夫人的信也带回去。"

一时间，他显得很惊讶，甚至有些恼火，但他的表情很快放松下来。"当然可以。公爵夫人再怎么谨慎也不为过。她挑了位好信使。"他回到写字桌前，拿起杰莎带来的信，还给她，"照顾好两封信，直接返回塞斯兰，别被任何人干扰。"

放逐者

杰莎更加好奇羊皮纸里写的内容了。不过，尽管女主人的信已经拆封，她也绝不会打开来看。她还不太熟悉纳班文字，就算熟悉，她也不会看的。她把原信卷在回信的外面，一起放回裙子的胸衬里。

"我会的，大人。"她只说这么一句。

仆人准备带她出去时，玛楚乌拿起杰莎的手亲吻——亲吻！——跟对待她女主人那种高贵的夫人一样。"再见，杰莎。我家永远欢迎你这位信使。至于我们刚才讨论的事，如果你改变主意……"

仆人是个瘦削苍白的老男人。他看着他们，杰莎觉得那人的嘴角略略卷曲，似乎带有一丝轻蔑。"您很亲切，子爵大人。"她大声说，好让那人听见，"对我既和蔼又有礼，但我的女主人需要我。"

"当然。我很高兴她能有你这样的仆人。上帝保佑你，乌澜人杰莎，你可以走了。"

她沉醉在子爵亲吻自己手背的回忆中，一直走到圣徒大道，才想起自己身在何方。

♛

暮色已尽，夜色降临，但狼群仍在山上呼号。乌恩沃的黑马涉过小羽溪，滴着水爬上对岸。狼嚎声更响、更乱，如同风中神灵的哭泣声一般诡异。

乌恩沃调转马头，背对着营地和马车燃烧发出的窒闷红光，似乎听到有人在喊自己的名字。狼嚎声停了。他收紧缰绳，在马鞍上转过身去，于夜色中搜索。但狼群又开始呼号。他摇摇头，用脚踝踢踢迪福尔的肋骨。黑马纵身一跃，往草原东北方向奔去。

在小羽溪这一边，地形更加平坦，大片大片的圆丘草甸如同大海，点缀着一丛丛低矮的小树和岛屿般高大的草丛。这里是色雷辛湖地的公共草场。月亮还未满，但没有云遮挡它的脸庞，所以它的光辉全部洒下，能让人看到很远之外。在这里跟踪骑手是件很容易的事，但你必须跑得够快才能赶追上迪福尔。今晚的月光如此明亮，草地如此平坦，乌恩沃很快便发现，附近的山丘上有几个黑矮的影子滑了下来，跟在他身后，有的影子孤身一个，有的影子三三两两。是狼群在跟踪他。

生活在草原上的人都知道，至少在一段时间内，好马能跑赢最快的狼。乌恩沃俯身贴在坐骑的脖子上，任其狂奔，希望狼群自行失去兴趣。迪福尔的嗅觉比凡人更灵敏，不需催促，就知道自己正身处险境之中。

终于，狂奔一个小时之后，乌恩沃在一个小山包上收起缰绳。狼群并未放弃。事实上，它们现在贴得更紧了。迪福尔已经疲累，全身毛发湿透，在明亮的月色下映着水光，呼吸在周围凝成雾气。乌恩沃将弯刀拿在手中，脸上冷酷无情，仿佛面对的只是一场交易，即将由诸神来衡量、合计，然后将生与死按照计算的结果来分配，与任何凡人的愿望无关。

第一匹是大灰狼，它颈毛倒竖，冲上斜坡，在几步外绕着马匹转圈，张开嘴巴低吼。迪福尔跳步躲开。但其他狼也跟着跑了上来。小丘上围满鬼魅般的身影，在夜色中快速移动，映着银光，在弯曲的草叶间游移，如同围困游泳者的鲨鱼。

最大的狼在乌恩沃脚下的斜坡处停下脚步，正好在刀刃的距离之外。它颈毛竖起，耳朵前倾，尾巴高举。其他狼群聚集在头狼身后，没那么积极，也没那么自信，互相呜呜和咕哝着。头狼看看四周——眼睛在月色下短暂地映出火焰般的黄色光芒——然后扬起头，再次长啸。过了一会儿，其他野狼也跟着号叫起来。狼嚎声穿透夜空。马匹焦虑地踩着脚，但乌恩沃只是盯着他们，脸上依然戴着严酷的面具，但姿势里透露出心中的困惑：一般情况下，狼不会这样行动，尤其是它们已经围住猎物的时候。

终于，大狼停止号叫。狼群的叫声也渐渐止息。乌恩沃端坐在马背上，与灰色的头狼对视，久久不动，仿佛中了魔法。然后，他缓缓下马。众狼只是围观。有几匹站在外围的狼略显犹疑，不安地低声咕哝。但大多数狼只是睁着明亮的眼睛，耷拉着舌头，看着乌恩沃。

最后，乌恩沃双脚站在山坡上，距离最大的头狼不到一步半。双方互相瞪视。迪福尔嘶鸣起来。乌恩沃却不看它，只是抬起一只手，像要给谁祝福。头狼看着那只手抬起，然后，仿佛接受了某种命令似的，低下头，压低胸膛，抬起口鼻去嗅乌恩沃举起的手指。灰色头狼没再发出声音，而转过身子，小跑着下了山。群狼跟随它离去，丢下一人一马，再也没回头。很快，它们就朝着来时的方向，穿过披着银光的草地，融化成移动的影子，直至消失。

乌恩沃依然面无表情。他爬回马鞍，骑马走下斜坡，朝北方奔去。

* * *

弗里墨回过神来，发现自己跪在坐骑旁的湿草地上。他所在的斜坡距离群狼包围乌恩沃的小山包不到两百步。他本以为，高个子必将命丧狼口，而他也打算随其一同死去。他当时根本没想起，自己已经代替死去的哥哥，率领着一个部族。他只记得自己看到群狼包围了乌恩沃，却不记得自己曾经下马，仿佛有道神圣的闪电从天空劈下，将他打得失忆了。他从营地外的小羽溪就开始追着高个子。尽管他喊过好几声，但对方似乎没听见。

他不太确定自己刚才看到了什么情况，只知道自己全身颤抖，激动万分，既害怕，又兴奋，近乎疯狂。他怀疑的一切、梦想的一切，全都成真了。他刚才追赶的并非凡人，更非普通领袖与部族族长。

弗里墨挣扎着爬上马鞍，调转马头返回仙鹤部族的营地。他无法自控地一边骑马一边自言自语，一次次地重复着同一段话，仿佛除了他的坐骑和在空中移动的明月，还有别人能听他说话似的。

"我看见了。"他说，"我亲眼看见了，就连草原的野兽也向他低头。我，弗里墨，亲眼见到了真正的山王！"

河人

♛

提亚加月的白昼都很长，但艾欧莱尔和莫根纳只在黄昏时吹响号角。这一天，距天黑还有一个多小时，队伍停止前进，开始扎营。莫根纳百无聊赖，独自闲逛到河边。

他们停在斯坦郡和法尔郡交界的某处。好几条小溪源自附近的啄木鸟群山，在此汇入伊姆翠喀河。溪流在高地和大河间纵横交错，组成一片沼泽三角洲。莫根纳走了一小段，找到一个营地看不见的位置，涉过一条浅溪，来到一块孤零零的大石前。石头的高度比人矮一些，周围都是芦苇和锯齿草，看起来有点像是海霍特的模型，俯瞰着津濑湖和津林。他爬到石头上，找到一个平坦的位子坐下，转身查看自己的新王国。

估计这是我能得到的唯一一个王国了，他心想。如果我相信那些魔法卜骨，那它就是了。他捡起一块松脱的小石子，用力扔到远处。石子落进溪水中间，发出沉闷的"噗通"声。消失了，王子阴郁地想，同其他东西一样，在阳光下露个脸，便消失得无影无踪。

河水绕着他的石头城堡潺潺流动。附近芦苇丛中有只鸭子"嘎嘎"地叫着，扑打声响了一阵，芦苇不停摇晃。过了一会儿，一切重归沉静。鸭子既没有出现，也没再发出任何声音。

是梭子鱼吧，莫根纳猜测。倒霉的鸭子。那种修长、凶猛的梭子鱼，他在城堡的护城河里见过很多次，整个身子跟他差不多长，犹如水里的龙，可能年纪比他还大，大得多——他祖父就很清楚。国王曾告诉他，最长寿的梭子鱼能活四十多年。

那会是怎样的生活呢？他琢磨着，四十多年啊，跟很多人的寿命差不多了,一直生活在漆黑的水里……

"莫根纳!"

有伙伴出来找他了。莫根纳缩起身子伏下,希望芦苇能遮挡自己的身影,不论来者是谁。不过,那人的声音尖锐得有些古怪。

"莫根纳王子,求求你!说你在这里!"

他从芦苇间望出去,看到几步外的河岸边站着一个小身影。是矮怪女孩齐娜。王子的第一反应是继续躲藏,但看到女孩脸上的担忧表情,他觉得过意不去,于是放弃了。

"我在这里。"他站起来,好让齐娜透过包围石头岛屿的芦苇看见自己。

"群山之女啊!"她叹道,"见到你没事真好。你不该在这里。"

"齐娜,你无权告诉我该做什么、不该做什么。我是王子,记得吗?"

"不是,你不该在这里,因为危险。"她激动地挥舞着小手,"快回来!"她脸色一变,好像想起了某种比刚才的担忧更可怕的事,"不,别回来。留在那里。我过来接你。"她往岸上倒退几步,然后冲向水边,张开双臂,一跃而起,跳过相当远的距离,落在莫根纳的石头小岛上,双脚着地。可她一只靴子打滑,整个人往后倒下。莫根纳虽对自己的独处遭到打扰而心烦,却也担心齐娜会受伤,赶紧抓住她的外套袖子,以免她掉进冰冷的水中。

"你在干什么?"他质问,"你怎么能蹦这么远?"他的个子几乎是齐娜的两倍,但肯定跳不过同样的距离——至少没练过是不行的。

"我家那边有很多冰面崩塌或小径坏掉的地方,除了跳过去,没别的办法。"齐娜的目光一直盯着四周的水面。"现在,我要叫史那那克过来帮我们回去。他可以负责监视。"

莫根纳完全无法理解矮怪女孩的话。"监视?史那那克要到这里监视我们?"

"嘘!"她伸出一根手指,贴在嘴唇前,"不要这么大声。河人会听见。"

"河人?那是谁?"

齐娜并不回答,只是继续看着周围,焦虑地盯着水面。"在那里,"她悄声说,"他闻到我们了。"

莫根纳想知道,这是不是某种宗教仪式。难道这地方有什么禁忌吗?比如矮怪的圣地?"河人是谁啊?"

齐娜抓住他的手,用强有力的小手捏了他一下,再次示意他安静。"看,"她轻声说,"看那里。"她用手一指。

现在,莫根纳看出来了:十来步外的上游,溪水的波纹中有种特定的图案,是水流遇到水底的圆滑障碍物时、流得不太平顺的波纹。那障碍物此时正在浅溪下朝他们靠近。然后,他还发现另一样刚才没留意到的东西:一只灰色的大苍鹭,站在附近的一丛芦苇里,细细的长腿踩在水里,纹丝不动,仿佛跟那片植物融为一体。

"只是只鸟。"他对齐娜说。但后者依然睁圆眼睛,盯住那个方向。"那是一只苍鹭。它们吃的东西最大不过是兔子和青蛙……"

他没能列举完苍鹭的餐单,因为,就在这一刻,一只巨大、修长、扁平的怪物从浅水下钻出,砸落在芦苇丛上,张开宽阔得难以置信的大嘴,以迅雷不及掩耳之势将那挣扎的大鸟吞了进去。

莫根纳惊恐地大叫一声。那个修长的身躯和宽大扁平的脑袋上有棕、绿和灰三种颜色,斑驳的花纹如同水底的石头,但那肚皮及刚才吞下苍鹭的大嘴下方是白色的。那颗大脑袋的形状,他以前从未见过,像根压扁的火腿,在距嘴巴很远的位置长着两只猪眼睛,嘴里长满细小、锋利的牙齿。不过最吓人的,是那怪物的前爪,皮肤是发亮的杂色,末端却像长着又大又扁的凡人手指,此时正蜷曲起来抓住苍鹭的羽毛,牢牢捏住它。苍鹭翅膀张开,还在抽打。

怪物将挣扎的苍鹭吞下之后,重新滑入水中,除了扰动的溪水和压扁的芦苇,再没留下任何曾经出现的痕迹。

"安东啊!"莫根纳这才发现自己全身都在颤抖,"仁慈的上帝——那是什么东西?"

"河人,"齐娜说,"我们叫它河人。它住在这种地方。我们在蓝泥湖也会见到它们,好在我们知道它们藏身洞的位置。"

"齐娜!"莫根纳立刻认出了这个嗓音,"你在那边吗?"

"我在这里,史那那克!"她回答道,明显松了口气,"水里有垮利蹼,我们看见它了。"

"你俩在那石头上干什么?"史那那克一边走过来,一边问,"齐娜,我亲爱的未婚妻,我不知道你怎么会这么傻。我很担心你。"

"我是看见莫根纳王子在石头上。"她站起来,"别这么对我说话,我又不是小孩子。帮我们上岸。"

小史那那克谨慎地靠近河边,站在大石上游方向的岸上,用钩杖的尖头往水里戳。"我没看见它,"他说,"现在过来。"

这次齐娜没有跳,而是牵起莫根纳的手,拉着他朝岸边走去。两人走进水里时,莫根纳发现,冰冷和缓的溪水虽然最深不过自己的大腿,却会淹没矮怪女孩的大部分身子。于是他弯下腰,将抗议的齐娜举起来,抱着往岸上走。距离岸边最后一步时,他感觉水里有东西掠过他的脚。惊慌之下,他将齐娜往前抛到岸上,自己以最快的速度爬上岸。

* * *

回到营地,宾拿比克和茜丝琪夫妇前来查看,确保女儿和莫根纳没有受伤。

"遇到垮利蹼是件值得警醒的事。"宾拿比克一边检查王子脚踝处的擦伤,一边说道,"不要过于苛责自己,莫根纳王子。它们非常凶猛,而且会优先选择伏击。有些河人的长度可能会是你的两倍——甚至更长。"他拍拍王子的膝盖,"我只看到一些河中石头的擦伤,"

没别的了。你和水怪的首次遭遇比某些人幸运多了。"

莫根纳不明白,矮怪的评论是不是为了安慰他——意思是他遇到的只是只小河人?宾拿比克用的"警醒"这个词也令他困扰,好像矮怪是在重复莫根纳的祖父母对他说过的话。

他们是不是嘱咐矮怪看紧我?说我是个不可靠的酒鬼?

史那那克给爱人披上一件斗篷,带她去换干衣服。宾拿比克和茜丝琪回去照顾发烧的希瑟。莫根纳起身穿过营地,找到坐在篝火前的波尔图,在他旁边坐下。

老人看了看王子。后者腰部以下还是湿的,冷得发抖。波尔图问:"发生了什么,殿下?你掉进河里了?"

"不算吧。"他往篝火凑近些。现在是夏天,虽然傍晚来得很快,天气还是很暖和。只是莫根纳依然很冷。他很久没这么冷过了,即使在冰天雪地的瑞摩加也没有。"我差点成了河人的晚餐。"

"谁?"

"矮怪叫它'Kallypook'还是什么来着。我从没见过那样的东西。"他向波尔图描述那只怪物。后者恰到好处地对王子的惊险逃脱表达了敬佩之情。

"所以我从来不会不带佩剑跑太远。"波尔图爱怜地拍着剑柄,"森林、野地,全是些可怕的东西。我有没有跟你讲过我在奈琦迦山门看到的事?"

莫根纳趁牙齿暂时停止打颤的间隙,正想厌倦地回答说,他已经听老骑士讲过上百次奈琦迦山门前的故事了。但他突然意识到,以前没见过波尔图以这种态度说过任何事。"奈琦迦也有这种东西吗?"他问,"Kallypooks?"

"我没见过你说的水怪,所以我说不准。但我向你保证,我们在那里跟许多恶魔怪物交过手。北鬼那身尸皮和死鱼眼已经够恶心的了,还特别安静!跟他们战斗,就像在跟鬼魂过招。我曾经独自一人在山侧一个洞窟里遇到一个。感谢仁慈的上帝,当时他已经受了伤。我砍掉了他的手臂,他没说一个字,甚至连声痛呼都没有,只是继续朝我爬来,伤口血流如注。我必须挥剑砍他的头,差不多全都砍掉,他才死透了。不过,我最怕的不是北鬼,不是。我最怕的是巨人。"

以莫根纳现在的心情,他不确定自己想不想继续听下去。但他太冷了,不想离开篝火。"我听过很多北方巨人的故事。"他对老骑士说,"不止是你。我祖父告诉我,他也跟巨人交过手。"

"我们在前往奈琦迦的路上遇到过不止一只。感谢安东,巨人很稀少。那些受诅咒的凶残野兽是北鬼的重要武器。他们像房子那么大,像公牛一样壮。"

莫根纳记得最近刚听某些人说过,他们在霜冻大道遇见的巨人,比之前任何凡人见过的都大。光是想象一下,他都觉得身子像化成水一样发软。"什么人能杀死那种怪物啊?"

"一个人不行。也许伟大的凯马瑞能做到吧,但我认识的人,没有一个能在它们面前坚持到挥出致命一击。那些怪物手里挥舞着巨大的木棍,上面镶着尖钉,每次挥舞起来,都有人被打飞出去,血花四溅,身躯残破。我见过巨人将一个战友抓起来,捏得他全身爆裂,像你用手掌捏碎熟李子一样。"

莫根纳更加确信,自己不想再听波尔图讲这些故事了,但不知道怎样才能阻止他,又不让自己显得过于懦弱。他从未见过老人露出这样的表情,仿佛他不是在讲故事,而是看到那一幕再次重现。

"那可怜人刚才还活着,还在尖叫。"老骑士依然盯着莫根纳既看不见、也不想看的场景,"下一秒,他就只剩下湿淋淋、滴着血的破皮。"

这怎能不让人打哆嗦。"上帝保佑我们!你们怎能不疯魔?"

波尔图淡淡地看了他一眼。"殿下,我见过更糟的,比那还糟。在奈琦迦,我见到我们自己死去的同袍爬出坟墓,朝我们扑来。"

"上帝啊。"

"上帝那天不在场——至少我很多次这么安慰自己,愿救主宽恕我。"他画了个圣树标记,"但那也不是我遇到的最可怕的事。"波尔图摇摇头,思索接下来要说的话,莫根纳听到他发出强忍泪水的声音,"可我没法说,我没法说他们对我——不,是对我那些死在奈琦迦的战友们——做过什么。他们……他……"老人更加用力地摇摇头,像要甩掉某些刺激而痛苦的回忆,"不行,我还是没法说起那件事。对不起,殿下。但那些该死的白皮怪物绝不可能是上帝的造物,而是些别的东西,是恶魔。你要是有机会面对他们,一定要牢记这一点。"

"那希瑟呢?"莫根纳突然想到,他们沿黑暗森林寻找的对象,正是波尔图口中那些北鬼的亲族。如果北鬼是恶魔,那他们的亲族是什么?

老骑士过了好一会儿才回答。他说话时,声音依然发颤,但比刚才镇静多了。"希瑟?殿下,你刚刚问什么?"波尔图拍拍斗篷,看看四周,"所有圣徒在上,怎么到处都没有喝的?"

莫根纳惊讶地意识到,自己一整天都没想过喝酒的事。"我去找吧。"他走到正在吃草的坐骑旁,取下挂在树枝上的鞍囊,返回营火旁边,沿途向那些对他说"晚上好,殿下"或"上帝祝您一切顺利,莫根纳王子"的人点头致意。等回到营火前,他感觉好些了。他喜欢跟这些经历战争的人一起旅行,因为他们会像对待自己人一样对待他——虽然有些过度兴奋——而不会随时找借口,跑去找他的祖父母告黑状。

他将一只银瓶递给波尔图,瓶子上镶嵌着用宝石和上好珐琅组成的王子徽章。"克斯曼尼修士会出产的最好的苹果白兰地。我买来是准备万一在森林里迷路,或遭到北鬼袭击时喝的。"

波尔图伸手接过瓶子,就像收到彩色陀螺的孩子一样细细打量它。"殿下,如果我们遭到北鬼的袭击,这瓶酒能做什么?"

"能确保我们不在乎丧命。"他在老骑士身旁的圆木上坐下。

波尔图拔出瓶栓,闭上双眼嗅嗅瓶颈的酒香。他那长满胡须的脸上展开微笑,如一只从美梦中醒来的刺猬。"啊。"他赞叹一声,将瓶子递给王子。

"祝你健康,波尔图。"莫根纳喝下令人温暖的液体。它顺着喉咙淌下,感觉就像爽快地吞下一口充实而甜蜜的火焰。

波尔图虔诚地从他手中接回白兰地,喝了一口,含在嘴里细细品味,鼓起腮帮子让酒液在左右两边流来流去,动作滑稽,逗得莫根纳哈哈大笑。"值得仔细品尝。"老骑士不无感慨地说,"殿下,你每天都能喝这种佳酿,而我这种人可能一辈子才能喝到一次。祝你健康无恙,殿下。"他又郑重地喝了一口。

莫根纳继续咧嘴笑着,礼貌地等了一段时间,好让波尔图继续回味白兰地,然后才追问他对希瑟的看法。

"啊,是的,所以,"老人迟疑一下,举起酒瓶,"再喝一口可以吗,殿下?"

"你,还是我?没事,喝吧,想喝多少喝多少。"莫根纳抬头望天。东边的天色已经暗了下去。"好吧,等会儿我要去给希瑟吹响失败的号角,好让他们再次充耳不闻。在那之前,你能喝多少喝多少。但我也不是傻瓜,离开时不会把白兰地留在你手里。"

波尔图又画了个圣树标记。"莫根纳,我是说,莫根纳王子,说话要小心呐。"他探身过来,呼吸间都是克斯曼尼修士会最佳白兰地的香味,"他们可能会听见。"

"你担心那些精灵?我们最近两周每晚都会吹响号角,这么大的声音他们都听不见,又怎会听见你我的谈话。不过说起来,你对他们有什么看法?"

波尔图又鼓了鼓劲,才开口回答。"莫根纳王子,你知道的,当年打响风暴之王战争时,我参加过海霍特的战斗。我见过那些精灵,白色和金色,北鬼和希瑟,都见过。我甚至见到他们互相战斗,不过那种打法……"他皱起眉头,"很难解释清楚。就像另一种语言唱的歌,殿下,你明白吗?就是那种感觉,你很想听听歌里唱的是什么,却一个字都听不懂。"

"不太明白,波尔图。什么意思?"

"太快了。而且有些事根本说不通。我找不到合适的词来形容。我发誓,刚才喝下的烈酒虽然美味动人,但还不至于灌醉我。看精灵与白狐战斗,就像看着他们在一边唱歌、一边比赛,但不论歌曲还是比赛,我都无法理解。你能明白吗,殿下?"

莫根纳摆摆手。"继续说。"

"殿下,他们跟我小时听说的精灵一样,勇敢、漂亮,但也致命。那种致命就像猎鹰,就像剑刃,存在的目的就是要置人于死地。

"风暴之王失败之后,北鬼企图逃回奈琦迦,我们追着他们北上,但希瑟并没有一起追去。当时的情况是,老公爵艾奎纳——愿上帝保佑他——非常坚定地认为,绝不能让北鬼逃回那座大山的庇护,所以他说服国王与王后,让他率领一支大军前去追赶。然而,北鬼跑得太快了,犹如疾风吹散的轻烟,一路逃过他们的城墙,逃进山里,封住了奈琦迦山门。而希瑟并没有跟我们同往。如果他们能去,白狐早就灭绝了。"

"可是,希瑟在海霍特愿意跟他们的亲族作战,为什么后来不肯跟你们一起去?"

"殿下,这个问题得找个比我厉害的人来回答。我只是个士兵,我知道自己为何要骑马跑到世界边缘,却回答不了那些精灵的想法。当年希瑟不肯去的原因,我们一直不太清楚,至少我们这些人不知道。我们很多人都以为,他们会在战斗时出现,你明白吧,就像他们的军队在赫尼斯第出现一样。对此,既有人担忧,也有人高兴。我的王子啊,你要是在那里,你也会明白那种心情的,他们与凡人真的是天差地别。"

"所以希瑟最后都没去奈琦迦。"

"是啊,没去。我听另一个人说——他也是从别人那里听来的——希瑟对北鬼依然怀有同宗之谊,愿意打败他们,却不愿毁灭他们。但艾奎纳公爵毅然决然继续追赶。也许他也以为,希瑟最终会去帮忙吧。公爵是个伟人,但伟人同样会犯错。"

莫根纳留意到,有个爱克兰卫兵在附近迟疑,显然是打算跟他说话。"波尔图,你稍等。"

士兵半鞠一躬。"打扰了,殿下,艾欧莱尔伯爵说,我们是时候进森林了。"

"我们?"莫根纳问。

"我和其他几人。殿下,伯爵说,这次我们都要跟去。"

莫根纳同波尔图道别,收回自己的酒瓶,跟着士兵离开。

* * *

莫根纳和艾欧莱尔伯爵领着五六个爱克兰卫兵,骑马朝渐渐黯淡的森林边缘走去。王子问伯爵为何要带武装卫兵。过去几天里,他挺喜欢跟老伯爵两人进进出出森林边缘,因为后者说话总能出人意料——莫根纳觉得,这一点在老年人身上是相当罕见的特质。

"因为我们已经出了至高王领的东部疆界,甚至已经离开了它的影响范围。在这里,海霍特更像是个传说,而非事实,至高王与王后就更少有人知道。等我们到了新盖营所,你会看得更清楚。按理说,那里的市民应该忠于至高王座,但围绕那地方建起来的镇子更像是色雷辛营地,而不是爱克兰城市。我们走得越远,我们所携带并穿戴的一切就越没有意义。当然,武器除外。"

"你是指,对强盗来说?"

"对所有人来说。我听说你今天下午遇到了一个'本地人'。"

"你说河人?"莫根纳勉强忍住没打哆嗦,"是啊,可我不想再遇到它。"

他们已经进了森林。艾欧莱尔领着众人继续往里,直到日落的橙色和粉色余晖只能透过高大树木的枝叶投下圆形的光斑。终于,他们在一个小空地里停步,旁边有条小溪,沿着平缓的斜坡流往他们身后的一个泽地。大家并没有下马。艾欧莱尔将啼-涂挪的木箱递给莫根纳。

"吹吧,王子。"艾欧莱尔说。

莫根纳取出号角,在手里掂量。"我第一次吹不响,为什么现在就能吹响了呢?"

"谁说得清?"艾欧莱尔轻轻耸了下肩膀,"希瑟造的东西,对我们凡人总是莫名其妙。也许是因为你找到窍门了。"

"如果我找到了窍门,我怎么会不知道呢?"

艾欧莱尔笑了。"又是个我无法回答的问题,殿下。但现在阳光正在迅速消退,我能建议你再次运用一下那个未知的窍门吗?"

莫根纳举起号角,用尽全力吹响。哀怨的号声飞入渐沉的暮色,在森林中一遍又一遍回荡,直到最终沉寂。随之而来的静默总是感觉与普通的静默不一样,但莫根纳也说不出是为什么。也许是因为多了种静止的感觉吧,像是有什么东西竖起耳朵,听到了号角的召唤,尽管那个聆听者可能并非他和艾欧莱尔寻找的对象。

莫根纳等了很久,才再次吹响号角。这一次,回声停止后,增强的静默感还没持续多久便被打破了。

"你是谁,凡人?为何手持一件不属于你的礼物?"

声音不响,却如蜜蜂一般直接飞入莫根纳耳中,吓得他差点丢了号角。护送他们的士兵也听见了,纷纷握住剑柄。但艾欧莱尔抬起手。"不要拔出武器,"伯爵吩咐,"没有意义。"他慢慢环顾空地,却什么也没看见。问话声停止后,除了树木和小溪的声响,再无其他声音。

"我是穆拉泽地的艾欧莱尔伯爵，"老人喊道，声音只比刚才同莫根纳说话时大一点点，显然认为问话者就在附近，"我们没有恶意。我是你们吉吕岐王子的老朋友。我想跟他谈谈。"

"我也是个王子。"莫根纳的声音比自己预想的大，"我是鄂克斯特的莫根纳王子，西蒙国王和米蕊茉王后是我的祖父母。我也想跟吉吕岐王子谈谈。"他感觉自己的心脏正在疯狂乱跳，几乎跟先前看到河人扑出、吞下苍鹭时一样，"请你出来！"

"别提要求。"艾欧莱尔轻声道。

一个人影出现在空地边缘，仿佛从昏暗的天色里成型一般，十分突然。"叫你的人不要动，"新来者说，"我的猎人已经包围了他们。"

"没人会动。"艾欧莱尔答应。

那人朝莫根纳走来。他身材修长，脸上有棱有角，长着一双标志性的金色大眼。王子心里升起一股骑马全力逃走的强烈冲动，不是因为陌生人模样可怕——他明显是名希瑟——而是因为他身上散发着一种冷酷和轻蔑。他穿着粗布衣裳，长着一头亮红色头发，即使在黯淡的暮色下也十分显眼。王子相信，只要有必要，眼前的生灵会十分乐意地将羽毛箭矢扎满自己的全身，根本不在乎他是不是什么王子。

陌生人伸出一只纤细的长手。莫根纳过了好一会儿才反应过来，对方要啼-涂挪。他看看艾欧莱尔，后者点点头。

陌生人接过号角，尊敬地捧着，在手里翻来覆去地看，嘴里念念不停，像在祈祷。"果然是啼-涂挪。"他最后说。他的西领语说得近乎完美，只是语速和口音都有种莫根纳从未听过的流动感。"在如此黑暗的日子里，能听到它的声音，真是怪事。我们都以为它失落了。你们是谁？"

"我是艾欧莱尔伯爵，至高王座之手。我们是海霍特——也就是以前的阿苏瓦——的至高王与至高王后派来的。我们要找吉吕岐王子和他妹妹亚纪都,跟他们谈谈。"

"吉吕岐王子。"陌生人的微笑更像是嘲笑,"我们为什么要带你们去打扰他们?"

"为什么他要问我们这么多问题?"莫根纳质问,"他不明白我们说的是整块大陆的国王与王后吗?他不知道我是他们的继承人吗?你,听好了,我们要和这个吉利岐说话。"

"是吉吕岐,殿下。"艾欧莱尔意味深长地看他一眼,"所以你祖父母才要派我来,王子,请你让我来谈……"首先扭头对希瑟说话,"我们的队伍里有一位你们的族人,她病得很重,需要医治。她就在我们的营地里。是你们派她来找我们的,但是她遭到袭击,中了箭——是毒箭。"

"什么?"希瑟的猫脸立刻蒙上一层愤怒的阴影,"你们射伤了我们的人?"

莫根纳想对这个傲慢的白痴说,他什么都不明白。但艾欧莱尔又在给他使眼色,所以他只能愤恨地保持沉默。

"不是,我们是海霍特的国王与王后的属下,我们没伤害她,也不知道是谁干的。我们在城堡附近发现她受了伤,失去知觉,于是竭尽全力照顾她,但她的情况超出了我们治疗师的能力。"

希瑟瞪着艾欧莱尔看了好一阵子。暮色下,很难看清那张面具一般的脸是什么表情。然后他吹了一声口哨,但莫根纳没看见他嘟嘴。片刻间,十几个身影从四面八方的影子里走出,全是希瑟,有男有女,穿着类似的粗布衣裳,手里的弓上全都搭着箭。

"派你的士兵去把我们受伤的亲人接来。你们两个留在这里。"

"我们要跟……"

"你们的需要等会儿再处理。"红发希瑟打断艾欧莱尔的话,"我是禁山的炎甲奥,你们是无权提出要求的入侵者。不过,如果你们快点把我们的亲人送来,并跟我们一起走,不制造任何麻烦,我保证会将你们平安送回,不论你们要找的人愿不愿意见你们。"

爱克兰卫兵显然很迷惑。不过眼看己方已被包围,而且对方人数更多,他们也不太愿意引发争斗。"回营地,把希瑟女子用担架抬来。"艾欧莱尔吩咐他们,"快。"

士兵们略略迟疑一下,调转马头朝营地走去。

"你俩必须把马匹留下,"炎甲奥说,"我们要去的地方,它们走不了。"

"很远吗?"莫根纳忍不住问。

炎甲奥淡淡地看他一眼。"那就看你怎么算了。"

天色迅速变黑。炎甲奥的两个猎人拿出木棍,突然点着。莫根纳根本看不出是用什么东西点的。众人在火光中等待。森林的暮色加深成黑色。被这么多希瑟一言不发地盯了这么久,莫根纳只觉得,自己这辈子都没经历过如此诡异的一幕。

士兵终于回来了。这一次,他们带来了驮着希瑟女子担架的马匹,还带来了波尔图爵士及所有矮怪。波尔图快步走到莫根纳身边。"队长说,他和手下就等在下面的树林边上。"他耳语道,"要是你需要他们,喊一声就行。"

艾欧莱尔听到他的话,谨慎地摇摇头。"我们不需要队长及其手下,波尔图爵士。而且你要知道,希瑟的听觉非常敏锐。"

炎甲奥走到了苍白而静止的希瑟女子跟前,此时抬起头,表情紧绷,似乎更加愤怒。"如果你们的人敢动手,就等于给你们两个判了死刑。"

"没人要动手。"艾欧莱尔回答,"这些人是为保护莫根纳王子。他是我们的王室继承人。我们肩负和平的使命,只想跟你们的主人谈谈……"

"主人!"炎甲奥突然火冒三丈,"哈!现在支达亚有主人了,像你们凡人一样?我们还要有国王、奴隶,诸如此类?"他怒视着莫根纳和艾欧莱尔,过了一会儿,表情又恢复了冷漠,"我们会带你俩走。向其他人道别吧。"

"我也要去。"宾拿比克说,"我是吉吕岐王子和他妹妹的老相识,而且能很自豪地称他们为朋友。"

"而我对这位凡人王子做过承诺,会帮助他完成使命。"史那那克说,"所以,我也必须去,因为我做了承诺!"

希瑟看了看宾拿比克的狼坐骑瓦喀娜,显然觉得迷惑不解。他摇摇头。"不管你做过什么承诺,或者你能说出多少森立家族成员的名字,对我都没有意义。"炎甲奥指指莫根纳和艾欧莱尔伯爵,"只有这两人能跟我们去。"宾拿比克和史那那克再怎么说,他都不肯改变主意。

莫根纳惊讶地发现,尽管身陷诸多危险和迷惑之中,他竟然为宾拿比克和小史那那克感到难过。两位矮怪听说不能跟去,表现得十分伤心。

"我们要去多久?"艾欧莱尔最后问,"如果不能告诉我们的人要多久,他们怎么等?"

炎甲奥不耐烦地摇摇头。"没法回答。如果你们想跟我们来,那就来。如果不想,那就别来。不过,假如是你们伤害了坦娜哈雅,而你们对我们撒了谎,那么不管你们在哪儿,我们都会追去并杀掉你们。"

莫根纳左右为难,他很想臭骂这个妄自尊大的混蛋,但又想尽快摆脱眼下这个焦灼的处境。他困窘地望向艾欧莱尔。

"我们跟你走,炎甲奥。"艾欧莱尔说,"我们同你们一样,希望她能得到救助。"

齐娜抬手拉拉莫根纳的袖子。"王子殿下,记住塞达给你的令牌。"她声音很轻,王子不得不弯下腰去听,"月亮母亲见到了山上的你,她会照顾你的。"

莫根纳不知该怎么回答，只是点点头。

"别害怕，吾友莫根纳，我们会在这里等你。"史那那克说，"在同一个地方，直到你回来为止。"

"他说的是实话。"宾拿比克严肃地说，"我们对你的祖父母宣誓保护你的安全。我们会等你。"

"不过，尽快回来，殿下。"波尔图补充，"不然国王与王后会要了我的脑袋。"

等莫根纳与伯爵向众人道别完毕，四个希瑟抬起担架，默默地走向森林的阴影。

"走吧。"炎甲奥下令，"你俩跟上一只火把，我知道凡人眼力很弱，尤其是太阳安眠之后。"

"你听到了。"艾欧莱尔的脸上挂着苦笑，"该走了，王子。"

莫根纳迈步离开，不敢回头去看老波尔图和其他人，生怕自己因害怕做出懦夫的行径。他鼓足劲儿，像个勇敢的男人一样迈开脚步，跟随希瑟的火把光芒，走进古老的森林。

The Witchwood Crown

隐藏的房间

♛

高潮消退之后,艾黛拉翻身仰卧,颤悠悠深吸一口气,胸脯微微发抖。"啊,仁慈的上帝。自从我可怜的丈夫去世,这么多年来我都没碰过男人!"

帕萨瓦勒觉得,她脖子和脸颊上的潮红十分诱人,也相信最近几天,她确实十分享受两人的云雨之情。但她说自打约翰·约书亚王子去世就没碰过男人,这就比较可疑了。多年以来,总理大臣听过太多传闻,他还知道,盖文索德的扎奇尔爵士——那个卫队总指挥——一直在艾黛拉身边出没,以至于有些廷臣称呼他为"寡妇的暖床炉"。

但不论他对艾黛拉所谓的贞洁有何想法,帕萨瓦勒还是对她产生了意料之外的敬佩。自从第一次达成协议以来,她就再没提起过那件事。按照帕萨瓦勒的经验,很多求他帮忙的人,往往会毫无必要地频繁提醒他,而王妃却将那个话题彻底包进矜持和沉默的斗篷。其实帕萨瓦勒并不需要经常提醒。至少在这个方面,他和艾黛拉想法相近:他也希望莫根纳王子承担更多责任,至少做做表面功夫,以便终有一天成长为合格的统治者。

他伸手摸她的右乳,用手指从底部一直滑到依然坚挺的尖峰。她打了个哆嗦,推开他的手。"别来!弄得我又想再来一次。"

帕萨瓦勒露出微笑。"我不急。"

艾黛拉坐起来,将床单拉到脖子,想了想,又放手任它滑落。她

放逐者

是个充满活力、年轻漂亮的女子,这一点帕萨瓦勒不得不赞赏。她不会坐在原地等待目标朝自己跑来,而是奋力去争取她想要的东西——这一点同帕萨瓦勒的母亲真是天壤之别。当年他父亲在海霍特战役中牺牲,从那以后,他母亲基本上就放弃了活下去的欲望。染上热病之后,她根本没有反抗,就像个自愿向敌军打开城门的城堡守护者,热病刚刚发作,她就投降了。帕萨瓦勒的妹妹还是个婴儿,都比母亲更有韧劲儿,可惜最终也败在病魔手上。

但艾黛拉却没有投降,王子的遗孀依然野心勃勃。帕萨瓦勒知道,她不仅在为儿子打算,也想插手政事。而身为总理,他虽没有家族撑腰,却凭自己的努力在海霍特挣得了举足轻重的地位。王妃作为约翰·约书亚的遗孀,嫁给总理大臣——还是一位有望成为下一任王座之手的总理———点儿都不掉价。帕萨瓦勒对自己有着相当清醒的认识。他知道,光凭魅力和外表,自己不可能在这炎热的下午爬上王妃的床,所以他不会得意忘形。而艾黛拉十分清楚,女人会受到诸多约束,即使王家贵妇也不例外,因此她要找到一个合作者。帕萨瓦勒也在认真考虑这种合作关系,但他俩谁都不会把这种事拿出来明说。甚至于,除了答应跟国王与王后建议,让莫根纳王子多承担些责任,帕萨瓦勒连其他暗示性的话都没说过。帕萨瓦勒有自己的雄心,有着自小以来就怀抱至今的理想。而艾黛拉是个意志坚强的女子,不管与谁结婚,她都会我行我素。

想到自己竟在考虑迎娶王妃为妻,帕萨瓦勒不禁露出微笑。

"你好像很满意嘛,"艾黛拉看见他的表情,也露出笑容,"把我变成了一个堕落女子。"

"天使不会堕落,"他说,"只会扇动耀眼的翅膀飞下来,好让我们凡人知道什么叫完美。"

王妃捏捏他的手臂。"我要是真信你这话就好了。"

"夫人,如果你认为我不能拥有这么强烈的感情,那你就太不了解我了。"

艾黛拉哈哈地笑了,但笑声中带有一点勉强,仿佛真感情一时竟干扰了枕边风。"你看我就像看书一样准!这正是我许久以来对你的看法:总是如此正派,如此谦恭!总是穿着得体,总是说话恰当。当我得知你并非表面上那么严肃死板,我很高兴。你对我所做的事——"她摇摇头,"我从未想过你会是如此顽皮之人!"

帕萨瓦勒用嘴唇贴近她的耳朵。"若天使能在地上多停留片刻,那我还可以为你演示其他凡人的花招。"他亲吻对方的颈侧。

艾黛拉转身,双手捧住他的脸,凝视他的眼睛,久久地搜寻着。"有些时候,我不知道该怎么看你,帕萨瓦勒。真的,我不知道。你是一种恩赐。"她放开手,"但我不能留下。王后要我下午去见她。就因为跟你偷享这一刻欢愉,我必须撒个大谎。"她坐起来,环顾房间,"这地方离所有人都很近,却又如此隔离,真是种奇怪的感觉!"

"你必须走?"

"是啊,我必须得去。"她甩动双脚,踩到地板上,"外面那么热,这里的石头地面怎么冷得像冰?"

"这房间墙壁很厚。"帕萨瓦勒回答,"它曾是以前壁炉烟道的一部分。当年这边的寝宫只有一个壁炉,但很早就封起来填掉了。正因如此,这里才会如此私密,即使旁边房间有人,也听不到一点声响。"

"私密、寂静、无人使用。你能找到它,真是太聪明了。"

总理耸耸肩。"刚来城堡时,我很喜欢到处游荡,探索它的历史。这地方一直是我的秘密——唯一的钥匙在我手里。寝宫里的房间多得是,就算宾客盈门,也不需要占用这里。连女仆都不会进来。"他坐起来,以便更清楚地看她穿衣服。"我需要个地方,让自己偷点空闲,尤其是现在,我除了自己的责任,还要肩负艾欧莱尔伯爵的职责。"

"你用这房间就只做这些事?"她一边问,一边抬脚穿长袜,露出一条光滑的长腿,"真的吗,帕萨瓦勒大人?"她那调侃的语调里暗含着某种更深层的含义,某种帕萨瓦勒几乎能闻到的意味——也许是失望。

"我向你保证,艾黛拉,你是我带来这里的第一个情人。"

"我决定相信你。"她转身爬回床上,亲吻帕萨瓦勒,双唇与他相碰,身上只有长袜和穿了一半的衣服,一头卷发如床帘般落在他脸庞两侧,乳房贴着他的胸部,慢慢地左右磨蹭。

"我婆婆会气坏的,"她说,"但我可以再晚一点。"

"别。"帕萨瓦勒轻轻推开她的肩膀,"记住,他们之所以对莫根纳不满,原因之一就是他经常迟到——甚至根本不到。现在王子不在,我们就不要提醒他们这个问题了。"

艾黛拉嘟起可爱的嘴唇。"我希望跟我上床的男人为我痴狂,而不是说这种讲究实际、合情合理的话。"

"那你应该去找年轻男子,小美人。记住,我的年纪相当大了,也就是说,恐怕我会相当务实。"

"嗯……"她又凑过来,最后吻了他一下,让他感受肌肤相亲、胸膛相触的妙处。"你还没那么老,总理大人。哦!你又让我兴奋起来了,我最最亲爱的帕萨瓦勒,又一次。"

"我的人生一直都有缺陷,是你将它填满了。"他说,"但是现在,你我都得起床去履行各自的职责,未来才能继续在这里相聚。谨慎啊,王妃殿下,要谨慎!这城堡里有上千张嘴巴、双倍数目的耳朵,专等各种有趣的八卦杂谈。"

艾黛拉叹了口气,坐起来,回去继续找衣服。最初的热情之下,它们被扔得到处都是。"我们什么时候能再相聚?"

"希望很快吧。神官一行明天就要抵达,我可能没空。但我答应你,我们会挤出时间的。"

"你最好说到做到。我是个虔诚的信徒,但我觉得神官,就算他是教宗阁下派来的,也不该是你用来躲避我的理由。"她站起来,伸个懒腰,露出白皙的肋骨和肚皮,然后才假作害羞地将内衣拉回去。"天哪!我失态了,还是在尊贵的总理大人面前!"

"你真的很漂亮,殿下。"他真诚地说。

"而我,属于你。"王妃的回答里没有一丝嘲讽。

* * *

两人的交欢如此激烈,近乎狂暴。有时西蒙躺在黑暗里,会觉得身边躺的不是相交多年的妻子,而是来自狂野森林的雌兽,一边嘶吼一边抓挠。云雨之后,二人分开,喘着粗气,肩并肩躺在床上。

"为什么?"缓过来之后,他又问道,"告诉我,为什么?"

"我已经说过,而你知道我是对的。没其他办法。"

"我问的不是这个。"

"那是什么?"她坐起来,"仁慈的艾莱西亚,太热了。"西蒙听到妻子朝桌子摸去,片刻后传来水壶触碰高脚杯的声音,是她给自己倒了些兑水葡萄酒,然后"咕嘟咕嘟"地喝下。生活在黑暗中的感觉真是奇妙!一切都会发生明显的变化。就连熟悉的妻子发出的熟悉声音,都带上了一点神秘感。

"你为什么嫁给我?"他问。

"什么?真是个愚蠢的问题。我嫁给你,因为我爱你远超其他人,过去如此,今后也一样。"但她的语调有一丝异样,令这番话听起来怪异而虚假。

"若是真的,那怎么解释你总是生我的气?"他不想表现得像个受伤的孩子,但他知道自己现在就是这样。不过此时此刻,有黑暗的掩护,他不在乎。"之前我们争执的时候,你就差开口喊我'厨房小厮'了。感觉就像,尽管我已经当了三十年国王,已经在你身边统治多年,你还是把我当成一个需要指点的小孩子。"

"不,不,你错了。这话不公平。"他听见妻子光脚走过地板,然后床垫轻轻沉陷一下,知道她又爬回到床上,"只是……我有时会失去耐心。"

"就像你对孩子或笨蛋一样失去耐心。"

"西蒙,拜托。不是这样。不是真的。"她的手在黑暗中找到西蒙的手,握住,就像一头倦怠的动物在寻求庇护。"我是如此爱你,有时我会觉得,没了你,我会疯掉。但有些时候,你总是局限于眼前和手中的一切,却没法看得长远。有人告诉你,他们是好意,你就信了。有人失败了,但因为他们很努力,你就从轻发落,甚至饶过了他们。"

"难道这不是乌瑟斯的教诲吗?'我最爱的是你们当中最虚弱、最贫苦的人。'"

"乌瑟斯不是国王!他不需要考虑全天下的安危。他是渔夫之子。"

"跟我一样。"

"圣树在上,西蒙,你又来了!这些事很重要。"

"你的意思是,乌瑟斯拯救的凡人灵魂就不重要?"

米蕊茉收回手。"你故意跟我抬杠,因为你还在生我的气?"

"啊,生气的人是我吗?"

"你刚才就生气了。"

他把嘴边的话咽了下去。两人就这样并排躺着,沉默许久。

"我害怕,米蕊。"西蒙终于开口,"我并没有生气,我害怕。"

这一次,他妻子的回答谨慎而温柔。"什么意思?你怕什么?"

"一切。我怕自己其实是个傻瓜,只是机缘巧合才当上国王。甚至更糟,可能我命中注定要坐上宝座,却有辱使命。"

米蕊茉沉默片刻。黑暗浓得像蜜,遮挡了一切。"米蕊?"最后,西蒙忍不住问道。

"我也担心自己会让臣民失望。"她轻声说,"不担心这个问题的统治者,会是个糟糕的君主。不过,这并非我最大的担心。而我最大的担心已然成真。"

西蒙明白她的意思。这回轮到他沉默了。

"我也很想他。"他最后说。

"我每一天都在想他。"米蕊回答,"奇怪的是,我不只怀念他的某一个方面。我既思念那个去世的聪明年轻人,也思念婴儿时候的他。那时他咯咯笑着,手脚胖乎乎的,像个小天使。他曾将我的刺绣盒打翻在地,坐在那些针线中间,哈哈大笑。我还思念那个男孩,那么想学习射箭,可他真把一只鸟射下来之后,却又流泪哭泣。我同时想念每一个不同的约翰·约书亚。为什么会这样?"

"死亡是种染色剂,"西蒙说,"渗进一切,污染一切。"

"安东保佑我,这话说得太对了!每一段记忆、每一件纪念品。我甚至无法长时间面对约翰·约书亚的遗物。想到他再也不会用那些东西,我就看不下去了。"她短促地苦笑一声,"也许这就是我有时那么讨厌艾黛拉的原因。在我看来,她也属于约翰·约书亚,她是他留下的遗产。"

西蒙思考片刻。"莫吉纳医师曾告诉我,在古老的罕蒂亚,他们会在国王死后,杀掉他的王后和嫔妃,好让她们陪伴国王一起进入来生。"

"亲爱的西蒙,"她说,"我会在遗言里注明,我死之后,不用杀你。"

国王露出微笑。但在黑暗中,妻子看不见。于是他再次找到对方的手,捏了捏。"我也会为你做同样的事,亲爱的米蕊。但你随时可以跳进我的坟墓,只要那是你自己的意愿。"

米蕊芙"咯咯"地笑了起来。"哦,我们说的是什么可怕的事啊。"她说,"万一被上帝听见怎么办?"

"上帝一直都能听见我们的话。不过他造了我们,所以一定知道我们有何能力。这也许是上帝的第一条规则:别让任何事让你感到惊讶。"

两人又沉默一阵子,然后米蕊茉说:"刚才我对你撒谎了,西蒙,但我不是故意的。我不仅害怕让臣民失望,也为莫根纳担心。他在外面的荒野里游荡,我不喜欢这样。我生气,因为我无法保护他。"

"但我们跟他差不多年纪时,我们在那些地方活下来了。"西蒙指出,"当年比现在危险多了。不论你现在怎么看我,在那一年多的时间里,我若不为自己的生存而战、没见识过那么多仿佛不可能发生的事,现在的我会更加愚蠢。我学到的教训虽然痛苦、艰难,但至今都很有用。"

"我知道。上帝也知道莫根纳需要历练,而不是整天躲债、哄酒馆女孩。但你要知道,你运气很好,莫根纳却未必。哦,夫君,万一他有什么差池,我没法承受啊!如果再像失去他父亲一样失去他,我就活不下去了。"

"我要告诉你,你刚才的话亵渎神明了。"西蒙过了一会儿才回答,"我们从未真正失去过任何人,约翰·约书亚的灵魂正在天堂凝望着我们,我们最终会与他团聚。我真的这样相信。只是重聚需要等上一辈子的时间,确实有点久。"

"太久了。非常、非常久。"

两人又沉默了。或者说,近似于沉默。

"你哭了?"西蒙忍不住问。

"一点点。每次想起他,我就会哭。我忍不住。"

西蒙深吸一口气,像要准备说一番至关重要、以至于能改变一切的话。仿佛那是来自古老传说的一句咒语,却与平日问好一样稀松平常。"我不想失去你,米蕊茉,这是我害怕的另一个原因。"

"夫君,这个世界是个可怕的地方。"西蒙似乎听到她在擦眼睛,渐渐恢复那张在宫廷上,甚至在亲密朋友面前展示的平静而尊贵的面具。"难道我们会以为,自从我俩相遇,到风暴之王落败之后,就再也没有坏事发生吗？战争与谋杀、疾病与死亡依然威胁着我们所爱的一切。但在所有人当中，唯独我们必须勇敢前行，不论多么危险，因为我们是至高王后和至高王。我们别无选择，必须勇敢。"

"我不喜欢这种话，"国王回答，"说什么我们必须勇敢。每次听见，就意味着要有坏事发生。"

"我们只能拥有应有的一切，只能知晓应晓的全部。"她说，"过来吧，西蒙，抱抱我，也让我抱抱你。"

什么都没有解决。直到一切结束、再次平安相聚之前，什么都无法解决。然而在坟墓的这一侧，那一天也许永远不会到来。不过，至少在这一刻，战斗已经结束，他们在黑暗中相拥。

有些时候，西蒙心想，我们真的只能这样。

♛

这些天，宫务大臣杰瑞米及其属下忙碌得好像春天百花盛开时的蜜蜂，把王座大殿布置得完全变了个模样。古老的三角旗之间垂下大幅旗帜，随风飘荡。正门内的走廊里又搭建了一条通道，上有篷盖，两边垂下的边缘挽成一个个白色和金色的扇形，好让教宗亲自挑选的代言人能在与塞斯兰·安东尼斯相似的光辉中走到会议桌前。

米蕊茉找到她丈夫时，他正与杰瑞米在一起。后者兴高采烈地介绍着其他准备工作：在国宴期间使用的最好银器如何清洗，在手炉里焚烧哪种熏香，需要准备哪些特制菜品——当晚的主菜将是做成海霍特城堡形状的巨型鳗鱼派。

"这菜的含义有点奇怪啊，"米蕊茉听到国王的儿时好友描述用肉汁做成的津濑湖、用小牡蛎壳做成的小船，"我们是要邀请教廷吞掉我们吗？"

宫务大臣顿时懵了。西蒙失声大笑。"别这么狠嘛，吾妻。杰瑞米，你的主意很棒。奥西斯神官一定会非常佩服和荣幸。"

"希望如此。"杰瑞米向米蕊茉投去近乎挑战的目光，"我们所做的一切，都是在向教廷致敬，而不仅仅是接待一位神官，虽然他本人也是虔诚显赫的名人。"他夸张地画了个圣树标记，"圣甫派他过来，我们很幸运。"

王后好不容易才忍住没做鬼脸。杰瑞米非常敬神，米蕊苿自认也是个虔诚的信徒，却总觉得他的热情有些酸腐。至于奥西斯神官，杰瑞米说他显赫也没错：虽然他的年纪相对较轻，却也是最有可能继任教宗之人；但说到虔诚，米蕊就没那么确信了——他在生性苛刻、专横霸道方面的名声远远超过他的虔诚。

等到宫务大臣急匆匆赶去处理其他事务，米蕊苿勾起丈夫的手臂。"我们该进去了吧？"

"好。"前厅里失去了杰瑞米和他的热情，国王似乎消沉下来，"我必须告诉你，这一切我都不赞成。"

"你起码说过十几遍了。如果你愿意，还可以再说一次，但不能在教宗的使者面前说。同意吗？"

他叹了口气。"遵命，陛下。"

"别跟我扮演挨骂的厨房小子，雪卫西蒙。我太了解你了。你得逞的次数远比你应得的次数多。就这一次，你大方些，掷硬币是我赢了。"

"那不是掷硬币。真是那样倒公平了。你只是把我们要做的事告诉给我罢了。"

王后凑近一些。"但你知道我是对的。好了，我们该进去了吧？"

西蒙咕哝一声。米蕊苿决定把这当做同意。

她必须承认，杰瑞米和他那群工匠做得相当出色。巨大的王座大殿已经很多年没这么干净了，上次可能是十年前，茵娜温王后带着年轻的休王子来访那次。为什么我们的时间流逝得如此之快？她暗暗叹息，全世界再没有比它更珍贵的东西了，黄金、珠宝，甚至爱，都比不上它。但它怎能如此轻易地从我们指间溜走？她突然产生了一个奇怪的念头。那希瑟呢？还有那个不死的恶魔、北鬼女王乌茶库呢？对于这些时间无尽之人来说，时间有何意义？它是不是慢慢地爬，每一刻都是漫长的煎熬，就像我小时候的感觉一样？那时，在麦尔芒德度过的无数个夏日午后，除了安静地刺绣，我什么都不能做。事实上，今天的空气闷热而死寂，就像许久之前的那些午后一样。

所以永生会是什么样的感觉呢？

刚刚想到这里，她又看到杰瑞米在大蓬盖上描绘的教廷金树图案，立刻觉得这个念头真是忘恩负义，不禁感到愧疚。难道天堂不就是永恒的午后吗？难道上帝和乌瑟斯没有承诺将这礼物送给每个人吗？

"如果我们走进去坐下，"西蒙说，"也许所有人都会得到暗示，事情就可以进行下去了。"

"除非神官来到，否则什么事都不能开始。"米蕊茉提醒他，"但我不介意坐下。今天太热了，这条裙子很重。"

* * *

进屋坐下确实是个好主意，因为，即使神官已经离开城中的圣撒翠大教堂——杰瑞米刚刚收到主教特使发来的通知，就进来报告他们了——他的队伍也在街上走了很久才来到城堡。走得最慢的是队伍里的牧师，因此限制了行进速度。其中有几位牧师已经非常老了，却没有一个人愿意放弃这次机会。事实上，这次申请跟神官一起来访的高级神职人员，就跟当年教宗唯一一次来海霍特，主持约翰·约书亚王子的葬礼时一样多。

米蕊茉不愿意为那阴郁的回忆分心，因为今天的来访，远非某位塞斯兰·安东尼斯公爵的访问那么简单。她要工作、要谈判，她需要神清气爽。爱克兰所有有头有脸的人物鱼贯而来，王后对他们一一点头。治安大臣欧力克、躲不过的罗森侯爵、城堡典礼官斐兰大人和数十位贵族，全都身着盛装。米蕊茉很清楚，这种奢华与教会的教导背道而驰,但她同样知道,奥西斯本人对昂贵的法袍没什么抵抗能力。

终于,由奥西斯及鄂克斯特城内的歌威斯主教率领的队伍抵达了王座大殿。米蕊茉和西蒙走到门前台阶迎接贵客。一番寒暄,并让聚集在外的群众看到君主和教宗代表会面之后,神官及从圣撒翠大教堂跟来的护送者们被引进王座大殿,正式开始官方访问与谈判。

奥西斯神官听帕萨瓦勒大人——艾欧莱尔缺席期间,由他代理王座之手——解释了接下来的议程后,感到很意外。"谈判?"他望着国王与王后,像是厌烦多于惊讶,"两位陛下,有什么需要谈判的事?我是教宗阁下韦迪安的代表。"

虽然米蕊茉一直在关注奥西斯在教会里的升迁,但她已有很多年没见过这位神官了。如她所料,奥西斯的外貌成长了不少,变得更加英俊。大鼻子、厚实的下巴、浓密的眉毛,加上身高,让他看起来更像一位善战的国王,而非普通的牧师。王后不得不承认,再加上那身沉重的金袍,他的气度确实十分威严。

她觉得暂时还不需要解释,只是伸出手,让他行吻手礼,并且高兴地看到,西蒙也记得该做同样的事。这很重要。他们必须提醒神官,他面对的是全奥斯坦·亚德的至高统治者,而不是普普通通的君主。等奥西斯就座,各种礼仪都完毕之后,米蕊茉捏了捏西蒙的手,意思是她准备说话了。

"我们都知道你为何来此,阁下。"她说,"希望我们能找到个办法,帮助我们敬爱的圣甫教宗。"

"教宗阁下感激您二位拨冗接见他卑微的仆人兼特使。"

米蕊茉差点想夸张地做出茫然四顾的表情,因为有谁会把奥西斯神官当做仆人呢,更别提什么卑微的仆人了。但她忍住了,毕竟这种反应,是她以前经常批评的西蒙才能做出的动作。不过奥西斯如此幼稚地讽刺她又是怎么回事?"我们有着共同的目标,阁下。"她继续说道,"你、教宗阁下、我丈夫、我自己。我们都想为自己的人民争取和平。"

谈话开始之后,奥西斯显然觉得自己掌控了局面。他点点头,开始长篇大论地讲解纳班目前的局势,内容多少还算靠谱,主要是减轻英盖达林家的罪过,强调塞斯兰·安东尼斯为了解决问题而做出的努力。至于说,教宗阁下今时今日的地位主要归功于他与达罗伯爵的关系这件事——这也是导致各种问题出现的主要原因之一——则完全没出现在神官的概要中。米蕊茉本来也没指望他会提及。

为了描述与澄清当前究竟是什么问题,他们用了大半个小时。大家的用词都彬彬有礼,很符合教廷与至高王座的会议应有的礼仪。但米蕊茉看得出,奥西斯神官已经有些沮丧了。他本以为,国王与王后会答应教宗的邀请,去参加德鲁西斯和图丽雅·英盖达林的婚礼,而这次会面仅仅是个形式,却没想到自己竟要为此进行谈判,搞得他实在郁闷。

"恳请两位陛下原谅,"最后,他说,"但我们已经讨论了半天,恐怕我依然不明白,您二位是否会答应教宗阁下的建议。"

"如果你说的'建议',是指圣甫邀请至高王座以出席婚礼的方式进行祝福,那回答是'答应'。"王后露出微笑。神官松了口气,也露出笑容。奥西斯心情好时确实很帅气,但米蕊茉不禁猜想,若是心情不好,他是否还能这么好看。"至高王座很可能会出席婚礼,并与纳班纷争的各方合作,以缔结和平。"

"听到这话,我非常高兴,二位陛下。"奥西斯像祝福一样张开双臂,"我可以向二位保证,我们的圣甫韦迪安教宗也会非常高兴。"

"好极了。"米蕊茉在桌子下捏捏西蒙的手,让他知道时机到了。后者轻轻喷了下鼻子。

"你总以为我会说出搅局的话。"他悄声回应。

"嘘,夫君,"王后回答,"鱼快上钩了。"她提高嗓门。"而我们有几个小小的请求,若教宗阁下能够应允,至高王座将会非常高兴,并会正式接受圣甫的邀请。"

背景里常有的"嗡嗡"声消失了,笔在羊皮纸上发出的刮擦声也停止了。

"您是在提议,教宗阁下应该……做一笔交易?"听奥西斯的语气,好像那应该是在黑暗小巷里做的事似的。所有目光都从他苍白、紧绷的脸转移到王后身上。

"当然不是。"米蕊茉说,"仁慈的教宗阁下亲切地向我们提出了劝告——或者说,他的建议,正如你刚才明确指出的那样——而我们也十分慎重地进行了考虑。既然他如此慷慨,派出一位像你这样位高权重的教廷官员来此,那么,趁此天赐良机,我们也有些建议想要回馈于他。"坐在她身旁的西蒙竭尽全力地憋笑,却不太成功。王后又捏捏他的手,比刚才更加用力。

"我知道,我知道。"国王的声音只有王后能听见。

奥西斯好不容易才忍住喷火的目光。他侧过身去,同助手悄声商量几句。等他回过头来面对谈判桌时,脸上除了耐心和兴趣,再没有其他表情。"若能听到至高王与至高王后对教宗阁下的建议,我将万分荣幸。"

米蕊茉的微笑比刚才略微严肃了些。"很好。至高与王至高王后建议,是时候提拔来自北方的候选人为新神官了。前面连续晋升的三位都来自南方的纳班、珀都因和群岛,教宗阁下不会希望北方的信徒误以为塞斯兰·安东尼斯已经忘记了他们吧?"

"啊,"奥西斯回答,"我明白了。您二位有什么人选要向圣甫提议吗?"

"歌威斯主教如何?"在米蕊茉听来,西蒙的提议略显突兀。

她闭上双眼,默念一句祷告词,然后露出温和的笑容。"是的,歌威斯如何?教宗阁下若能提拔他进入神官会团,我们将会非常开心。他是个善于学习、志向高远的人。"

歌威斯主教毫无思想准备，只能坐在椅子里目瞪口呆，仿佛眼前出现了神迹。

奥西斯挑起一道眉毛，做出一个精准的迷惑表情。"啊，当然，教宗阁下也非常看重这位主教……"

"很好，"西蒙说，"那就这么定了。"为歌威斯谋得一件神官的金袍，是这场谈判中国王最喜欢的部分。

奥西斯显然觉得，如果他的上级只需提拔一位北方主教进入神官会团，那也不算是多大的让步。他的姿态比刚才放松了些，甚至朝依然激动不已的歌威斯露出微笑，点点头。

然而，这一切意味着，米蕊茉心想，纳班的形势肯定比我们知道的更紧张。除非是极度需要我们的帮助，否则韦迪安绝不会允许任何人对他指手画脚，即使我们也不行。想到这里，她心中有些发冷。不过她已经迈出了第一步，现在已经不能退缩了。

"好，"奥西斯的语气像是准备做收尾小结了，"若尊敬的至高君王已经说完要求，并已得到满意的结果……"

"我们还有一些建议，阁下。"

神官警惕地望着女王。"当然，陛下，请原谅我的自以为是。"

"关于出访纳班的事，"她说，"如果要对纷争双方进行调解，那么教宗必须亲自参与其中。也就是说，他必须在公开场合对双方表示支持，并同样公开承诺，不会在涉及教会的任何方面对纳班的各大贵族有任何偏袒。"数百年来，纳班历任教宗都有所偏私，导致教宗这个职位成了不可估量的重要资源。"至高王座当然会支持并增强圣甫的承诺。"

神官的嘴角抽搐一下，差点笑出来。"啊，二位陛下，这真是个高尚的建议。我当然无法言之凿凿，但我相信，教宗阁下也许会同意这个建议。"也就是说，奥西斯相信，即使至高王座插手，纳班的一切仍将如常进行。

放逐者

那就走着瞧,米蕊茉心里这么想,嘴上说的却是:"这条协议需在公开文件上写明并到处张贴,在纳班的教堂里对所有信众宣读并解释清楚。"

这话听得神官心烦意乱,但他的掩饰能力越来越好了。"当然,当然,二位陛下,我看完全可行。现在,希望我们可以讨论二位到访的具体事宜。"

"好极了。"王后说,"至高王座很乐意出席婚礼,当然也会参与纳班的其他事务。一旦收到证据,表明圣甫答应了至高王座的建议,我们会立刻开始。"

奥西斯如遭雷击。第一次,也是唯一一次,他说话结巴了。王座大殿再一次沉寂下来。"可是,二位陛下!我……我……"他努力恢复镇静,"二位陛下,我一定是误会了。即使乘最快的航船,前往纳班也需两个星期。婚礼再过一个月出头就要举行。我怎么可能及时将教宗阁下的许可送来,好让二位启程呢?"

"圣甫派来的使者,一定拥有某种程度的决定权。"米蕊茉甜甜地说,"不过嘛,如果这些要求超出了你的权限,我们当然也能理解,并会耐心地等待教宗阁下的回应。即使无法及时前往纳班出席婚礼,我们依然可以帮助敌对的两派坐下来谈判。"

奥西斯首次露出力不从心甚至不知所措的表情。眼见这位优雅而强势的男人如此困窘,米蕊茉心中暗爽,却又忍不住觉得自己这种心情有些幼稚。"我不知道该怎么说,二位陛下,我完全同意,教宗阁下非常希望二位能前往纳班。而且我相信,为了最大属国的和平大业,您二位也有同样的愿望。可是,在如此紧迫的时刻提出这些要求……"

"我们二位?"米蕊茉故作惊讶,"你这是什么意思?"她装模作样地想了一会儿,"啊,我明白了,这里显然有些误解。在宫廷里,使用'我们'这个词经常会引起听者的误会。即使刚才的建议都得到采纳，我们二人也不会同时前往纳班。身为统治者，我们最近离开家乡爱克兰——尤其是海霍特——的次数过于频繁了。所以，只有我会去纳班。西蒙国王将留在海霍特。"

"没错。"西蒙表示同意。虽然他曾为这决定辛苦地争论了很久，但此时此刻也没露出一丝痕迹。"而且神官阁下，我可以告诉你，如果你想同米蕊茉王后争论这事，我劝你还是省省吧。"

奥西斯只能张口结舌。他的助手在私下交头接耳，犹如吹过长草的轻风。

"那么，神官阁下，请你尽管把这一切传达给教宗阁下。"米蕊茉又说，"我觉得越快越好，因为，正如你刚才指出的那样，时间紧迫啊。"

随后，她站起身，西蒙也站了起来。廷臣们纷纷低头行礼。就连手足无措的奥西斯也只好垂下头，下巴贴胸，只不过，他的动作更像是在祈祷自己耐心。

这一次，米蕊茉庆幸自己穿上了全套接待国事访问的华服。当她大步走出王座大殿时，裙子摩挲，珠宝轻响，效果令她十分满意。

放逐者

小舟

♛

莫根纳尽力跟上希瑟的火把，可夜幕降临之后，森林仿佛突然活了过来，拼命迷惑他、嘲笑他。起风了，树木摇晃着，朝他伸出手指般的枝丫。有时他甚至觉得，借着摇曳的火光，他能看到树皮上绘有人脸。那是一张张愤怒的脸，要他滚出森林，或者去死。黄昏时几乎无声的寂静，也被夜间各种声音的大合唱取代——鸣叫声、啼啭声，以及上千种小动物的抓扒声。一开始，莫根纳还会努力辨认方向，然而希瑟领他们走的路千回百转，脚下没有小径或足迹，周围也没有地标，很快他就放弃了。

"你觉得，他们要带我们去哪儿？"大概走了一小时，他问道。艾欧莱尔只是摇摇头。

"我们会知道的。"伯爵回答，"希瑟从不轻易分享他们的秘密，尤其是他们的住处。你该找机会问下你祖父，当年他是如何由冬入夏，才走进了他们的聚居地。"

在莫根纳听来，这话简直毫无道理。不过他祖父提过的很多希瑟的故事都是这样。

就这样，他们在森林里不停地走啊、走啊，全靠那些半隐半现、从不停歇的身影带路。希瑟很熟悉脚下的路，就像大白天走在熟悉的城市里一样。莫根纳开始觉得自己是在做梦，仿佛从下午到现在，他已陷入一场沉眠，身边的一切都是睡眠中的大脑给他编出来的故事。

小时候，莫根纳曾经想象，祖父母一本正经给他讲述的老故事里的希瑟是什么样子。他总把他们想象成虚无缥缈的鬼魂，能借着一束月光隐身或现身，或在某人的床尾突然出现，并替那人实现一个愿望。后来他才明白，希瑟是有生命的活物，只是孩提时的印象依然潜藏在他的脑海深处。他从未想过希瑟能如此真实，有身体、穿衣服、表情冷酷，似乎在检查或审判他。他时不时还能听见一小段轻柔的歌声，或看到某个希瑟如牡鹿般优雅地越过障碍物，顿时觉得他们又变成了不可知的魔法生物。若是他被绊到，黑暗中会有手伸出来，拉住快要摔倒的他，只是那抓握强硬而冷漠，不像为孩童引路的父母，更像将犯人押进监牢的守卫。

走得越久，莫根纳就越焦虑，随之而来的还有愤怒：他和艾欧莱尔到底是使者还是囚犯？

有一次，借着一束穿透树冠的月光，莫根纳回头望向躺在担架上的坦娜哈雅。她的脸沐浴在幽蓝的光辉之下，如同大理石雕像般静止而苍白。他突然想到，对这位希瑟女子来说，这趟旅程更像一场葬礼。若这受伤的希瑟女子死了，莫根纳和伯爵会有什么下场？如果精灵把她的遭遇怪罪到他俩头上，那该怎么办？

勇敢些，他告诉自己。你可是王子。不勇敢还算什么王子？

* * *

尽管脚下的路九曲十八弯，完全看不出在往哪儿走，但莫根纳能感觉到，他们一直在往山上爬，因为他疲倦的双腿迈得越来越费力，头上出现天空的次数渐渐比树冠更多。他时不时还能看见，星星在夜空中闪烁，明亮而可爱。

这段攀登似乎是沿着一段螺旋形道路，走上一座很大的山峰。莫根纳能听见有溪水在附近流淌。有时离得远些，只能隐约听见潺潺的水声。有时又在不经意间跳过它，而且黑暗中再次有手伸出，帮他平稳落地。

树木愈发稀疏，他终于看见有山峰耸立在前方，锯齿状的峰顶遮住了星星。他们又一次跨过小溪，然后再跨一次。突然间，引路希瑟携带的火把全部熄灭，将所有人留在漆黑之中。艾欧莱尔惊讶地停下脚步,莫根纳却没留意,从后面撞上了他。

"往前走,小心脚下。"红发队长炎甲奥对撞在一起的两人说道,"我们要通过岩石里的缝隙,走进山里。"

莫根纳伸手扶住首相的后背,盲目地跟在他后面。有希瑟伸手来扶他们。莫根纳先是觉得两边肩膀上都有手,过了一会儿,又有第三只手轻轻按在他头上。他吓了一跳,刚想甩掉,脑袋却撞上了一块看不见的石头。

"你会撞伤你自己的——这条通道顶部很矮。让我们帮你。"这个声音听起来比炎甲奥亲切得多。莫根纳听从对方的指引,但彻底的黑暗令他心慌,哪怕是微小的一步,感觉都像走向悬崖。他只能不停地往前挪,完全信任如蛛丝般触碰着他、帮他引路的希瑟。

片刻后,艾欧莱尔轻呼一声。莫根纳心生警惕,但也发觉,伯爵的呼声中透露出一丝喜悦。他继续往前蹭了两步,脱离黑暗,走进星光之下。成千上万的星星布满天空,闪着耀眼的光辉,仿佛教堂中点燃的数千蜡烛,却又比凡人的教堂更加璀璨。莫根纳只觉头晕目眩。不仅头顶的天空光芒四射,四周狭窄的山谷里,到处也都有些相对暗淡的光,来自数十上百堆营火。

莫根纳盯着眼前的奇景,努力回想:他们似乎爬过了一段隧道或岩缝,不知怎么,竟然来到了窝在山顶的小山谷里,而这山顶就是他刚才从下面看到的那个。眼睛适应光线之后,他才看清,山谷里全是希瑟。大部分希瑟的穿着同炎甲奥的小队一样粗糙、朴素,另一些则穿着散发微光的衣服,即使在寂静的山谷里,也像风中的船帆一样飘动。

几个希瑟转身望向新来者,但他们并未提高警惕,简直无动于衷。他们的大眼睛落在莫根纳和伯爵身上,随后便纷纷转开。王子也盯着他们看,心脏跳得又猛又快,原本的担忧几乎全都化作惊奇。他能听到,从山谷里的好几个地方,同时传来轻柔而古怪的乐音,有管乐器的声音，也有唱歌的人声。斜坡上有几个人影在跳舞，舞姿犹如飞舞的雀鸟般优雅。各种音乐和舞姿围绕在他周围，犹如树上飘落的花瓣。儿时听过的所有关于精灵的故事全都涌入他的脑海，形象异常鲜明。此时此刻，他很容易想到一个场景：一个男子被希瑟引诱，进到精灵的村子住了一晚，世上却已过去千年。

"啊，对了，"艾欧莱尔说道，不过单听他的语调，没法判断他是对王子还是对空气说话，"我确实记得。呃，我记得……"

两人站在那里，只顾欣赏这出人意料的荒野美景，可能站了一个小时。突然，一个身影出现在他们面前。

"你们跟我来。"炎甲奥说，"吉吕岐'王子'不在这里，但……'公主'……想见你们。"他懊恼地给那两个头衔加上了古怪的重音。

希瑟领着他们走上一条石头小径，在篝火间蜿蜒往前。这一次，莫根纳和伯爵脚下被绊住时，就没有手伸出来扶他们了。数十名希瑟像猫一样，好奇地看着他俩爬上斜坡，朝山谷一面峭壁走去。那边有个高起的土堆，长满青草，土堆顶上挖了个坑，里面燃着一丛旺盛的篝火。火旁孤零零坐着一个白发身影，外衣很宽松，从颈部一直到地面，完全盖住她的身体。莫根纳猜测，她一定是希瑟中某位受人尊敬的长老。

祖父曾见过希瑟的始祖母，对吧？但莫根纳记得，那位始祖母似乎在一次可怕的袭击中被人杀害了。

随着三人靠近，王子能清楚地看到希瑟女子的脸，觉得她的年纪应该比那头白发令他误以为的岁数小很多，而她更是他见过的最漂亮的生物之一。

等她终于抬起头望过来时，三人已经快走到篝火前了。她嘴角微翘，挂着淡淡而神秘的笑容。她的大眼睛映着火光，闪闪发亮。她的皮肤似乎跟火焰一个颜色，仿佛她与火焰是同一种生物。

"果然，"她说，"我有预感。"

"亚纪都，我在森林边缘发现了他们。"炎甲奥的语气比刚才客气多了。莫根纳觉得他甚至带有一些歉意。"他们手上有啼－涂挪。事实上，我们听见号角声才发现了他们。"

希瑟女子再次露出微笑。莫根纳觉得，自己既想当场向她求婚，又想钻进她的臂弯，让她温柔地把自己晃入梦乡。"是的，我知道那是啼－涂挪，"她说，"我永远不会忘记。上次听到它的声音是在阿苏瓦。"她微笑着说，"艾欧莱尔伯爵，很高兴见到你，好久不见！"

"亚纪都小姐。"艾欧莱尔激动得快要落泪，"是啊，对我来说就更久了。而你几乎没变。"

亚纪都笑意盈盈。"啊，我有改变，你会发现的。不过，帅气的男孩已经长成高贵的男人——无论在哪儿，我都愿意认识你。来，坐吧。还有，说到帅气的男孩，这位年轻人是谁？我猜我认识他，但我需要你的确认。"

莫根纳发现自己一直张着嘴巴。"我是莫根纳王子。"他突然觉得，这话听起来既无礼又突兀，"亚纪都小姐——公主——我代表我祖父母向你问好。"

"是啊，"她答应着，好像回答问题似的，"哦，是啊。在这悲伤的情境下，虽然几度变迁，能再次见到老朋友的面容，还是让人很开心。"

莫根纳依然盯着她。他知道自己不该这样，但他无法移开目光。

"我们有很多事需要讨论。"艾欧莱尔伯爵刚开口，亚纪都就抬手打断了他。

"现在不行，老朋友。你们走了很远的路，而且是更加累人的希瑟之路。"她扭头对默然站在一旁的炎甲奥说，"坦娜哈雅情况如何？"

炎甲奥的窄脸表情阴郁。"她伤得很重。这些苏霍达亚说她中了毒。现在她在医师那里。"

The Witchwood Crown

"一旦他们有所发现，立刻来告诉我。"亚纪都回头对伯爵说，"你俩现在必须去睡觉。我哥哥明早会回来，所有必须要说的事，等到那时再说吧。艾欧莱尔，很高兴能在世界变幻之际再次见到你。莫根纳，这次见面对我的意义，远远超出你的想象。"

亚纪都那流水般的西领语略带口音，莫根纳听得不甚明白，正在琢磨，便听到炎甲奥说："走吧。"于是他和艾欧莱尔跟随希瑟，离开了篝火。他回过头，看见名叫亚纪都的女子又一次垂下头，下巴贴胸，凝视火焰，像是在读一本挚爱的旧书，又像在与熟悉的良师益友交谈。

莫根纳累坏了。夜幕仿佛突然塌在他肩上。除了深一脚浅一脚地往前走，他已经丧失了力气。他跟在炎甲奥身后，沿着山谷侧面来到一处为他们准备好的地方。那儿有两张床，床的框架用树枝搭成，上面铺着苔藓。床上有条又轻又薄的毯子，布料手感光滑、清凉，在疲倦的莫根纳看来简直薄如蝉翼。

艾欧莱尔和他没再说话，只是爬上各自的床铺。尽管毯子近乎虚影，盖在身上却十分暖和。莫根纳望着头顶的群星在夜空中缓慢旋转，仿佛光轮，似曾相识却又很难认清——今天是个奇怪的日子，而这又是一件怪事。他听着希瑟在小山谷里互相唱出甜美、古怪的歌曲，没一会儿便陷入了沉眠。

♛

艾欧莱尔好不容易才把王子叫醒。莫根纳怨声不断，两眼紧闭，仿佛眼前站的不是穆拉泽地伯爵，而是某只魔鬼。艾欧莱尔像王子这么大时的记忆已经模糊，只剩几块清晰的碎片，恍如穿破云雾的山峰，但他相信，自己也没试过睡到自然醒，因为他父亲不准许。他的老伯爵父亲一直认为，在黎明时分起床向诸神祷告，是贵族的责任之一；至于艾欧莱尔的母亲，她又焦躁又沉默，似乎从来都不用睡觉。

"起来吧，殿下。"他更加用力地推推王子，"亚纪都的哥哥吉吕岐回来了。我们必须去跟主人家谈谈。太阳都晒屁股了,求求你,快起来吧。"

莫根纳迷蒙地盯着艾欧莱尔,皱皱眉,试图让他心生内疚。但首相大人哈哈大笑。

"起来,坐起来,殿下。我给你带了吃的。"

王子胡乱伸手去接,可摸到艾欧莱尔塞进自己手里的东西,他却犹豫了,怀疑地看着。"这是什么?"

"某种面包,加了蜂蜜,味道相当不错。还有水,来自那边小土包下面一条清澈的小溪。"

"我们真的到了。"片刻后,莫根纳一边满嘴嚼着面包,一边打量四周,"希瑟的村子。没想到会是这样,真奇怪……!"不过,有一点是确定的:这地方远没有莫根纳想象中那么华丽。

"我上一次近距离看到宁静之民是三十多年前了。"艾欧莱尔回答,"每次见面,他们都能让我震惊。"

年轻的王子洗漱时,伯爵坐在一棵倒下的树干上,晒着温暖的太阳,望着希瑟营地里的晨间活动。比起许多年前他在赫尼赛哈城外访问过的支达亚军营,这地方要小一些,也没那么整齐。乍一看,这里的一切似乎都很凌乱。小山谷里,一个个充满异域风情的身影或是来来往往,或是安安静静地做着自己的事,但艾欧莱尔猜不出他们在干什么。在阳光下,他看到这座山及其隐藏的小山谷高耸在周围的阿德席特大森林之上。任何人从下面的森林中往上张望,绝不可能看到夜晚时的营地篝火,因为树木和山体会将火光完全遮住。

"穆拉泽地的艾欧莱尔,上次见到你仿佛只过了几天。"身后响起一个声音。

艾欧莱尔转过身。吉吕岐就站在不远处的一个小土包上。他留着一头和妹妹一样的白色长发,但面容与上次见面相比,仿佛只是老了一个小时。"对你来说,也许只是几天。"伯爵对他说,"但对我却是几十年令人厌倦的岁月。不过,无论时间长短,再次见到你都很开心,吉吕岐·因-森立。破晓之前,我就知道你们回来了,我听到他们在唱歌。"

"我们走了很远的路。"希瑟说完,如小鹿般轻盈地跃下山坡,转眼间便来到艾欧莱尔身前,低头看着他,略略皱起眉头,"你脸色很差,受伤了?"

艾欧莱尔露出微笑。"没——啊,对,受了点儿伤,但那不是我现在觉得难受的原因。我屁股很痛。凡人年老就会这样。我们的躯壳不如我们的智慧持久。"

吉吕岐的表情依然严肃。"希望你们所有人都是如此,可有些人似乎在年轻时便丢失了智慧,或者他们从未拥有过它。"他摇摇头,在晨风吹拂下,一头漂亮的白发一时遮挡了他的五官。吉吕岐确实有些不一样了,艾欧莱尔心想,但那变化不在他的外貌中。此时此刻,他表现得亲切有礼,却散发出一种微妙的冷漠。伯爵不敢自称很了解希瑟,或自以为能从他们的表情看出他们的想法,但他侍奉过许多凡人君王,也曾在很多国家的宫廷间参与过多谈判,因此,他能看出事情有异的种种迹象。

"我们带来的那位女子——坦娜哈雅——情况如何?我有没有说对她的名字?"艾欧莱尔问道,"我向你保证,为了她,我们的凡人医师已经竭尽所能。你还记得乌澜人提阿摩吧,他和他妻子知道情况之后,每天都在想方设法救她。"

吉吕岐缓缓点头。"我看得出来。我很感激他们的努力,但她能不能活下来还很难说。"他低头望向土坡下方。莫根纳正跪在小溪边上掬水喝。两人默默看着王子将红金色的脑袋浸到水里,立刻又抬起来,吃惊地吸了口气。

"宝血圣树啊,真凉!"他惊呼道。

"他真是塞奥蒙和米蕊茉的孙子?"吉吕岐问,"不,不用回答。

我能在他身上看到他俩的影子。瞧那骨架、那气质。我第一次遇到西蒙时,他也是个笨拙的家伙!"

"我也这么想。"艾欧莱尔赞同,"但他远非表面上看来那么简单。米蕊茱也是。我怀疑,他们的孙子也不例外。"

"希望是吧。"他的语调惹得艾欧莱尔再次抬头看他,试图从那颧骨高耸的平静面庞上看出潜藏在底下的情绪,"准备好之后,将小王子带回火圈旁边。"吉吕岐最后说,"我们有很多事要讨论,其中并非全是你们——或我们——喜欢的话题。但这次会面真是迟到了好久。"

吉吕岐转过身,留下艾欧莱尔。后者琢磨着希瑟话中的含义,却又有些害怕知道答案。

* * *

伯爵领着莫根纳走上斜坡,朝火圈走去。他惊讶地看到,即使是在如此明亮温暖的夏日早晨,大坑里仍旧烧着一团篝火,旁边有几个希瑟在等待,其中包括亚纪都。她坐在火旁,看那模样仿佛是从昨晚一直坐到现在。不过这次,她穿着一件兜帽长袍,袍子染成多重深浅的蓝色,从天空的浅蓝一直到近乎深紫,端庄高雅,与艾欧莱尔记忆中她以前的穿衣风格截然不同——那种印象,即使过去多年也很难忘记。事实上,过去每次同亚纪都·娜-森立见面的场景,都完好无损地保存在他的脑海中,不仅因为她金光灿烂的美貌令人印象深刻——她确实很漂亮——还因为她那轻盈的、宛如轻烟与飘灰般的气质。同她在一起,他能感受到一种奇异的平静。直到多年前最后一次见面之后,艾欧莱尔才想明白那是为什么:亚纪都似乎无所畏惧,因此,即使是在最恐怖的时期,只要跟她在一起,他都有种在黑暗中找到光明的感觉。

两人朝亚纪都走去时,艾欧莱尔记起,昨晚亚纪都说过,她变了。不过,除了穿衣风格更加端庄高雅,伯爵觉得,亚纪都跟他第一次在风暴之王战争末期认识的她差不多,所以,她说的改变是指什么呢?

仿佛听到了他的想法,亚纪都转过头,露出微笑。在穆拉泽地伯爵遇到的所有希瑟当中,只有她的笑容同凡人一样自然、一样宽慰人心。而且,按照希瑟一族含蓄收敛的标准来看,她也是笑得很多、很灿烂的一个。看到他俩走近,亚纪都站起身,蓝袍随之垂落,露出袍子下的衣服。同艾欧莱尔过去的记忆一样,她像个孩子似的,近乎半裸,完全不在乎给凡人造成的尴尬。不过,她的肚子……那隆起的金色肚皮……圆得像个甜瓜。

艾欧莱尔脚下一阵踉跄,心里对自己很是恼火,生怕会给对方造成自己年老体衰的印象。亚纪都怀孕了。这意味着什么?跟希瑟与海霍特之间多年的沉默有关吗?

等他们走近火圈,她已经穿好一件薄薄的贴身短衣,一直遮盖到臀部。这一来,艾欧莱尔望向她时便轻松了一些,不至于觉得自己太过失礼。他握住亚纪都的手——昨晚他就想这么做了——用嘴唇轻吻,行礼。

"很高兴再次见到你,亚纪都小姐,"他说,"或者我该叫你'公主'?"

"别那么称呼我,艾欧莱尔。"她温柔地说,"我们不用那个词,甚至没那个概念。所以炎甲奥会有些不太开心。"

她的措辞、她那委婉地替炎甲奥道歉的方式,引起了艾欧莱尔的注意:看起来,那个希瑟队长对她有着特殊的意义,难道他是孩子的父亲?伯爵这才想起,对于希瑟如何处理这方面的事,他的了解近乎为零。他们会结婚吗?"那么,按照你的要求,"他说,"同时也是我的荣幸,我们就互称亚纪都和艾欧莱尔吧。"他露出微笑。不为别的,只为多年以后能再次与她相见,就足以让他想笑了。"再次见到吉吕岐也很高兴。我以为他也会来这里,跟我们谈谈。"

"我们很快就会见到他。不过，好心的艾欧莱尔，一如既往，有些事情我们必须要做。我想，你应该明白我的意思？"

"我能明白，所有活着的凡人都明白。"他想到这话有多么真实，不禁哈哈地笑了，"我这辈子大多数时间，都在等待事情按其特定的要求进行，在每个国家、每个首都，都是如此。回想起来，我竟然忍受了那么多仪式而没发疯，还真是个奇迹。"

"我们的仪式同你们的差异巨大。"亚纪都开了个头，自己又截住了，"哦！莫根纳王子，我失礼了。艾欧莱尔伯爵是我的老朋友，我一时只顾着他，忘记了应有的礼貌！欢迎光临古角厄最东边的村子，胡兰古角。"

"古……交……？"莫根纳念道。

艾欧莱尔怀疑，王子念得如此缓慢，不是因为对这名字很感兴趣，而是因为被亚纪都的美貌震惊，以致脑子有点稀里糊涂。不管怎么说，这反应表明，至少年轻人在这方面的眼光还是相当不错。

"古角厄，意思是小舟。"亚纪都解释，"我想，你很快就能明白这是什么意思。不过现在，我看到哥哥在朝我们挥手，来吧！"她蹦了起来，虽然肚子滚圆，动作依然麻利。艾欧莱尔不由再次露出微笑。"我觉得，在所有人当中，艾欧莱尔伯爵最能理解仪式，并且明白，纯粹为了表演的空洞仪式与真正有意义的仪式之间有什么差别。"

"希望我能明白，小姐。"

亚纪都笑了。"好正式的回答！记住，我们可以免掉这些礼节。反正我哥哥已经准备好了，我觉得，现在带你去见见我们的母亲很合适。"

"理津摩押？"伯爵绝不会忘记，吉吕岐和亚纪都有位性情刚烈的母亲。只是回想起她，他都觉得相当不安。"当然。能有机会向她致意，让我十分荣幸。"

"那就来吧。莫根纳王子，你也一起来。"亚纪都走到两人中间，一边一个挽起王子和伯爵的手臂,朝吉吕岐走去。后者站在山侧的一堆岩石旁等待,岩石间有道宽阔的缝隙。看到他们走来,吉吕岐弯腰钻进岩缝。

"它们会对你们感到困惑。"亚纪都一边走向岩缝,一边警告他们,"不过不用惊慌。"

"抱歉,小姐,"艾欧莱尔问,"'它们'是谁?"前方的黑色缝隙看起来很像穆拉泽地东部那些古老的山中坟墓的入口。当地居民说,那些坟墓的历史可以追溯到时间诞生之初的贺恩时代。

亚纪都没有回答他的问题,只是重复道:"不用惊慌。"

来到入口,她走上前去,带头钻进岩缝。艾欧莱尔刚想低头跟她进去,突然觉得周围的空气炸成数千块疯狂的碎片。他差点张口惊呼,但一想到这么多飞舞的小东西挤满了空气,很可能会冲进他嘴里,赶紧忍住。他跟跟跄跄地退到外面,那团舞动的小东西跟着他涌了出来,犹如从翻倒的酒桶里冒着泡沫喷出的啤酒,从他身旁漫过。

最初惊慌的一瞬间过去之后,伯爵才反应过来:是蝴蝶。它们冲到阳光下,迸裂出无数色彩——蓝色、亮橙色、红色、明黄色。成千上万蝴蝶在他周围和头上乱转,形成闪亮翅膀的大漩涡。伯爵身旁的莫根纳王子也倒退几步,跌坐在地,呆呆地看着蝴蝶云在他身旁扰动、飘舞。它们到处都是,艾欧莱尔几乎看不到别的东西。终于,蝴蝶渐渐落在山谷周边裸露的岩石、每一棵树和每一丛灌木上。

"布雷赫的彩虹啊!"艾欧莱尔惊叹道。这既是一句赞叹,也是一句描述。在他脚边的地上,莫根纳目瞪口呆,活像一个把二楼窗户错当成门口的醉汉。

"进来吧。"亚纪都的声音从岩缝里传来,带着回声。

艾欧莱尔再次上前,走得很小心,以免踩到停在入口周围的地面上、轻轻扇动翅膀的彩蝶。过了一会儿,莫根纳站起来跟上,他脸色苍白,谨慎地放慢了脚步。艾欧莱尔伸出手,轻轻拉住王子的手臂,但却假装是自己需要搀扶。

等到伯爵穿过入口,他抬起头,发现自己走进了一个宽阔但低矮的洞窟。参差不齐的石头洞顶上开了个天窗,放进一束阳光,但洞内还是很昏暗。整个不规则的洞窟可能比他在穆拉泽地的卧室大不了多少。想起自己已经多年没回那个心爱的房间,伯爵突然涌起一阵强烈的思乡之情。他感觉莫根纳缩了缩,但他没敢放松王子的手臂。这一次,他不光是为了拉住王子,也是为了扶稳自己。

小洞窟中间躺着一个身影,从头到脚都被某种布条包裹——跟爱克兰的葬礼牧师用来包裹去世的国王与王后所用的亚麻绷带很像——只露出来一张脸。艾欧莱尔认识那张脸:她正是吉吕岐和亚纪都的母亲理津摩押。不过,她的五官纹丝不动,毫无生气,活像纳班黄金时代遗留下来的雕像。

"诸神在上,这是怎么了?"他声音很轻,可连他自己听起来都觉得刺耳,"她死了吗?"

吉吕岐站在母亲静止的身躯前,闻言抬起头,脸上依然带着今天早上艾欧莱尔看到的那种冷漠的木然。"没有,我们的母亲正在长眠,她还没死。不过,她已经睡了很久。许多年过去,她依然没有恢复过来。至于她以后能不能苏醒,我们已经不抱什么希望了。"

"恢复?"艾欧莱尔放开莫根纳的手臂,在裹布身体旁边跪下。洞窟墙壁上依然停着一些蝴蝶,理津摩押身上停着更多,优雅而缓慢地活动着翅膀。每次它们经过从洞顶投下的那束阳光时,仿佛又会焕发出更多色彩。艾欧莱尔凑近些,才看出包裹理津摩押的并非绷带,而是一层又一层闪亮的白线。估算起来,这些白线一定长得不可思议。他看着在沉睡的身躯上爬动的蝴蝶,突然明白是谁为理津摩押裹上了这层奇异的睡袋。"她怎么了?"

吉吕岐瞪了他一眼,好像他说了不该说的话,然后别过头去。"她的胸口中了一箭。"

The Witchwood Crown

"沐诃的红眼啊！谁干的？"

亚纪都走上前，目光一直盯着母亲毫无表情的面庞。"我们不确定，只知道凶手是凡人。"

"凡人？"伯爵惊骇万分，一时只能呆呆看着理津摩押那金黄色黯淡的脸庞，"你说，'凶手'？"他好不容易才挤出话来，"但她没死。诸神保佑，也许她终能恢复过来，指认是谁袭击了她，好让他们受到惩罚。"

"但他们依然是凶手。"吉吕岐声音很轻，却像洞窟的石壁一样坚硬，"他们还杀了我们十一个族人，只有我们的母亲和另一位族人幸存下来。"

"哦，诸神啊，不，"艾欧莱尔再也无法直视理津摩押空白的面庞，"不要这样。请告诉我事情的经过。"

"我们会说的，但不是在这里。"亚纪都回答，"这个桠司赖——意思是聚集之地——如今属于我们的母亲。我们不会在这里讨论袭击她的怯懦的禽兽，那样会玷污这个地方。"

于是众人朝洞窟的出入口走去。艾欧莱尔看到陆续有些蝴蝶飞回。起初他并不在意，但随后看到又有数十只蝴蝶飞回，不得不停下脚步等了一会儿。

吉吕岐用音乐般的希瑟语对亚纪都厉声说了几句。此时蝴蝶正成群结队地返回洞窟，绕开伯爵的头，填满了地面和洞顶。咦，莫根纳王子去哪儿了？艾欧莱尔突然恐慌起来，回头一看，发现他还站在理津摩押旁边，低头看着她，脸上是一副既眩晕又着迷的表情。伯爵从没见过王子露出那样的神情。"莫根纳！走吧。"他喊道。越来越多蝴蝶返回洞中，无数翅膀扇出万千光影，他简直没法透过它们看清别的东西。

王子说了句什么。但艾欧莱尔听不见。

"你说什么？走吧！"

放逐者

莫根纳加大音量。"她想说话——!"

吉吕岐猛地跃过房间,蹲在母亲身旁。"兔子,过来!"他喊道,"是真的。"

亚纪都也连忙赶过去。"可她自从中箭,熬过第一次高烧,直到现在都没说过话!"

艾欧莱尔也凑了过去。他看到,在丝制睡袋里,理津摩押的脸确实在动,但非常微弱,仿佛只是梦中的颤动浮上表面。亚纪都靠得很近,一只手扶在母亲的胸骨上,将耳朵贴在理津摩押的嘴唇前,等了好一阵子,仔细聆听。然后,她支起身子,两手抱住腹部,像在保护里面的孩子。她和哥哥又用他们自己的语言交谈起来。

"你听到你母亲说了什么?"艾欧莱尔问她。

"我听到了。"莫根纳回答。伯爵大吃一惊。年轻人的表情好像看到世界颠覆似的,两眼睁圆,表情惊骇,脸色白得像是羊皮纸。"我能听懂她的话,我发誓!我在脑袋里听见了!她说:'所有声音都在撒谎,除了那人的低语。但那人将偷走世界。'"艾欧莱尔从未见过王子如此彻底而恐惧地惊慌失措。

吉吕岐和他妹妹都盯着莫根纳,然后互相对视。大家在煎熬中沉默许久。最后,亚纪都望向艾欧莱尔伯爵,脸上异常冷漠。

"我们的母亲又沉默了。"她宣布,"我觉得她不会再开口。我们应该离开这个地方。对于刚才的新情况,我们有很多东西需要思考。还有很多发生在我们两族之间的事需要你们了解。"

♛

莫根纳走着,却几乎感觉不到自己的双脚,也感觉不到头。他就像飘在火旁的一片灰烬,比空气还轻,没有选择也没有思绪地四处飘荡。希瑟女子的声音一直在他脑海中回荡,仿佛在他的头颅内说话,仿佛那些话是从他自己不甚牢靠的骨髓间冒出来的。他从未有过这种感觉,也不想再次体验。

艾欧莱尔和另外两个希瑟在热切地讨论着什么，声音都很轻。换作其他时候，莫根纳会因他们将自己排除在外而生气。但此时此刻，他感觉自己就像一只装满水的罐子，哪怕再多一滴，都会满溢出来。

"可她是什么意思呢？"艾欧莱尔问道。

"我保证，如果我们知道，一定会把能告诉你的都说给你听。"亚纪都回答，"但我们必须好好想想这出人意料的奇怪信息，也必须与其他族人谈谈。"一行人穿过树林，她一直用双手抱着腹部，"我们的母亲遇袭之后，最初一段时间里，一直与试图吞噬她的毒热抗争，在这期间，她说过许多话，但大多是没有意义的碎片，是被致命伤及其引发的高热所撕碎的各种思绪与记忆的片段。"

"你说有毒。"艾欧莱尔有些喘不过气，莫根纳看得出来，几人的步速让他有些吃力，"会不会与那个遇袭的信使坦娜哈雅一样？她也说她中毒了。"

"这是个值得考虑的问题。"吉吕岐回答，"不过，估计你已经发现了，这是个痛苦而困难的问题。"

"无论如何，我们的母亲后来一直保持沉默。"亚纪都接过话头。莫根纳觉得她有些过于仓促，像在回避马上讨论信使的事。"就像你们今天一开始在桠司赖见到她的那种状态。至于她为何选在这一刻打破沉默，以及她的话有何含义，恐怕现在，我们也无法理解。对了，她说的话，年轻的莫根纳王子听到的内容跟我听到的一样，只不过，由于我们听到的是支达亚语，所以细节可能会有些差异。"

"但我恐怕还有更多问题要问你们，"艾欧莱尔说，"都是我的国王与王后想知道答案的问题。过去这些年，你们一族发生了什么？为什么你们沉默了这么久？"

"我们现在还不能说。"吉吕岐不愿多做解释。

蝴蝶洞窟的奇异事件之后，亚纪都、吉吕岐和另外几个希瑟迅速、甚至可说是忙乱地收拾行装，准备出行。他们还为莫根纳和艾欧莱尔准备了饮用水、几张毛毯和其他东西。收拾妥当之后，一行人——总共十二个——立刻出发。按照莫根纳的估计，到现在，他们已经走了起码一个小时，但他无法确定。事实上，现在他什么都不敢确定，只知道这世界远比他想象的更奇怪，甚至比他之前爬上耶尔丁塔顶、看到塔中黑影的经历更加奇异。当时他还确信——虽然直到现在依然不愿相信——他看到的是红牧师派拉兹那不肯安息的邪恶灵魂。

　　祖父说过，你永远不会知道自己身处故事之中。难道他是这个意思？我现在便处于故事之中？

　　在莫根纳眼中，阿德席特大森林也变得不一样了。与他之前走过的外缘相比，这一带更深入、更古老，影子显得更深暗，能见到太阳的时间也越来越少。就连树木和其他植物似乎都凑得更密，像要保护什么。

　　但希瑟却不以为意，更未因此减慢速度。吉吕岐的步伐快得近乎跑步。他妹妹虽然挺着大肚子，但跟上他也毫不费力。叫炎甲奥的希瑟显得最为敏捷、也最为急切。莫根纳有种感觉，如果炎甲奥能用鞭子让两个凡人加快速度，那他会这么干的。可他那种速度，除了他们自己的族人，任何凡人都不可能跟上。有一次要过一个小峡谷，大家都小跑着下坡，然后爬坡，炎甲奥却直接从小峡谷这头跳到另一头，跃过数十步的距离，看得凡人目瞪口呆，但他的同族却像根本没注意到。与此同时，凡人王子和年老的首相不得不手脚并用，爬过在希瑟眼里不值一提的各种障碍。

　　炎甲奥不停回头查看亚纪都兄妹。莫根纳无法从希瑟的面部表情猜出他们的心情，但光是红发希瑟望向两兄妹的频率就很值得留意。那动作似乎蕴含着某种复杂的情绪——爱、怒、恨，也许三者皆有。但不论是哪种情绪，一定都很强烈。这一点莫根纳敢打包票。

　　终于，他赶上了亚纪都。又或者，他心里明白，更有可能是对方慢下脚步等他。可他太过胆怯，不敢说出心里一直在琢磨的问题。等到缓过足够的力气，他才问了一句："我们要去哪儿？"

"去另一艘小舟，"她回答，"敕雅古角。我们管比较简朴的村落都叫小舟。你祖父去过树海之舟角天华，那是更大的庇护所，所有小舟都来自于它。"

"它在哪个方向？艾欧莱尔说他觉得我们在往西走——往我和他早先来的方向反着走。"

"对，差不多吧。"

"若是那样，阳光应当迎面照来才对，至少我们可以透过这么多破树看到它。现在肯定早就过了中午，太阳一直照在我脖子后面，持续了起码一个小时！"

为了配合王子，亚纪都略微调整一下步伐。"嗯。你祖父有没有教过你玩审棋？"

"他试过。"事实上，那是莫根纳记忆中最令他沮丧的游戏之一。审棋的元素太多了，或者说，那些元素有着太多不同的名字，而整场游戏中，似乎没有一条规则是合情合理的，全都是些无用的指示，比如"从你开始的地方考虑这一点"，或者"随风而去"。他和西蒙国王只玩过几次，赢了一场，却压根不明白自己是怎么赢的，只知道自己无聊而公然地试图作弊，却逗得祖父哈哈大笑。那段记忆引来一阵不安和愤怒。"我总是玩不对。"

"那是因为思维方式不同。我问这个问题，意义就在于此。是啊，太阳照在你脖子后面。是啊，我们在往西走。但有些事远比你以为的更加多变。"她伸出手，拍拍莫根纳的手臂，轻得如同雀鸟的翅膀。然后她恢复了原来的步调，莫根纳必须努力追赶。

* * *

大半个下午过去了，他们终于来到藏在树木间的一个宁静的湖边。湖水的颜色比天空深，犹如一块蓝宝石，湖边已有一些希瑟在等候。他们身穿浅绿和灰色的衣服，正在收拾一个微型港口。在莫根纳看来，码头显得弱不禁风，而那几艘平底船像是用柳枝编成的。

王子、伯爵和希瑟登上其中一艘船，很快撑杆启航，静悄悄地滑过湖面。到了对岸，他们转入一条隐藏在芦苇丛中的小河，沿河而上，又划了一段时间。终于，他们看到两边的岸上出现了用柳枝和荆棘编成的古怪建筑，像是防御墙，却因太过脆弱而显得不太可能。继续往上游走，他们时不时看到有墙从两岸升起，在河面上空连接起来，使得一行人更像穿行于一条由灰色木头和荆棘组成的隧道。过了不久，莫根纳发现，有希瑟蹲伏在那些建筑后面，用毫无表情的金色眼眸望着他们的船驶过。那些希瑟多数穿着彩色的木头或骨头盔甲，他们的矛和剑似乎也不是用金属打造。但莫根纳相信，从那一张张望着他们经过的冰冷面孔看来，那些武器跟任何钢铁一样致命。

一行人终于来到一处宽阔的河面，河边有个柳木码头，旁边还有一栋房子，顶着由柳枝、柳叶外加宽大叶片组成的更加复杂的屋顶。码头上站着一个身影，仿佛已经站了数年，只为等待这一刻。随着小船靠近，莫根纳看清那身影原来也是一名希瑟，长着和炎甲奥一样的红发，没戴头盔，只穿着一身涂成绿色的木制盔甲，腰间挂着一把套在剑鞘里的剑。他的脸似乎有些不同寻常，但莫根纳离得太远，看不清楚。他身后站着至少十二名希瑟战士，全在静候他们光临。

"S'hue 堪冬甲奥！"吉吕岐一边轻盈地从船里跳到岸上，一边喊道，"看来你们已经听说我们要来。我们离开胡兰古角时很低调、很安全。"

"你们带来了凡人。"红发希瑟抱起双臂说道。从那严肃的语气判断，莫根纳估计，这个希瑟与炎甲奥的相同之处并不止于头发颜色、细高的鼻子和高额头。他是炎甲奥的哥哥？或者父亲？他与艾欧莱尔伯爵私下聊过，所以知道，凡人几乎没法猜出希瑟的年纪。

亚纪都扶着艾欧莱尔从小船走上码头，然后自己走上来，动作敏捷得犹如在枝头蹦跳的松鼠。其他希瑟纷纷上岸,但没上前与等在码头上的同胞打招呼或聊天。莫根纳不禁猜测这其中的含义:这两队希瑟,虽然在莫根纳看来同属一个种族,但互相之间显然有着无形的隔阂,更像两个差异颇大的部族。

吉吕岐转向莫根纳和艾欧莱尔。"S'hue 堪冬甲奥是我们母亲的兄弟。"

"更重要的是,"堪冬甲奥说,"我是支达亚的守护者。"

此时离得很近,莫根纳才看到,这位守护者脸上有疤:不知是什么武器,从他左边嘴角一直划到颧骨。而且伤口愈合得不好,不仅给他永远留下了令人不安的半笑不笑的表情,而且伤口上边的末端将他的眼睑往下扯成了半眯眼的状态。

"我们带来了消息,堪冬甲奥。"亚纪都说。

红发希瑟抬起一只手。"什么消息?让你们觉得可以把凡人带到这里?带到我的地方?"

"我们……"吉吕岐刚开口,就被堪冬甲奥截住。后者朝艾欧莱尔伯爵走近一步。

"赫尼斯第人,我没当场杀死你们两个凡人,仅仅是因为,我们和你们曾是旧日的盟友。"他声音不大却十分冷酷,听在莫根纳耳中如同呵斥,"所以我的荣誉感要求我,你们两个可以离开了。但仅此而已。不论你们想来寻找什么,也不论你们希望缔结什么协议,都不必开口了,我们绝不会答应的。现在,走吧,马上离开这片森林。否则,即使是你们那位神圣高贵的祖先辛奈哈,及其在阿乐伊谷与我们并肩作战的情分,也解救不了你们可悲的生命。"

放逐者

如夜的黑血

♛

亚拿夫与贺革达亚女王之爪翻过雾沙穆脚下宽广的山峰群，开始攀登主峰。他们已经爬了好多天，早已超过附近最高山峰的高度，但雄伟的雾沙穆主峰依然高耸在他们头顶。

这一日，辛苦爬了一天，一行人在山体岩坡间找到一条垂直的岩缝，走进深处休息。"我们很快就得用绳子绑在一起了。"亚拿夫说。

"做什么、不做什么，由我来决定。"玛寇说。北鬼队长自从被司卡利帮刺伤，脾气就变得更加冷酷、暴躁。亚拿夫没力气跟他争执，甚至懒得耸耸肩。他心里第一百次希望自己能在荒野间遇到落单的队长，好让这个冷眼凶手尝尝应受的惩罚。他和这支小队一起旅行了太久，以致有时竟忘记了他们对自己做过的事、忘记了自己有多么憎恨他们。

这条岩缝很深，亚拿夫居然有能躺下的空间。过去多年以来，他都以为自己不会再受到高度和寒冷的影响，但现在，他更希望自己能留在这里，不用再去爬山。他的双脚和手臂累得发颤，以致无法入睡。而明天第一丝曙光出现时，他们又得再次出发。唯一的小小安慰是，玛寇和其他贺革达亚都同意，白天爬山更安全，反正他们处在如此高远的位置，不用担心被人发现。

亚拿夫全身酸痛疲倦，已经忘记自己来这儿是要干吗。他的伟大目标和誓言从未改变，但他越来越觉得，跟这几个北鬼到处乱跑，蠢得近乎荒谬,已经无法实现他的目标了。

我该继续坚持单独击杀的策略,不仅因为这能给我带来快乐,更因为这是可以持续一生的使命。而如今,我把一切都压在了一场赌局上,要么全胜,要么完败。父亲不会赞成这种赌博的。

不过,真是那样吗?父亲天性谨慎,但他也常说:"无论教堂如何宣扬,上帝都不会主动弯下腰,朝我们伸出手。他会等待,等我们竭尽全力朝他爬去,越近越好。"亚拿夫现在当然是在爬,也许已经超出上帝对他的期望。但日复一日单调无聊的旅行,尤其是跟他最痛恨的贺革达亚在一起,已经让他渐渐失去了继续前进的动力。至于那个奈泽露……

那个混血女子到底有什么特质,竟令他如此困惑和着迷?那不是简单的异性相吸,他一次又一次告诉自己——他对上帝的虔诚,还有他对北鬼的憎恶,确保他不会对他们产生那种感情。但他开始关心那个混血殉生武士,他无法理解这是为什么。也许是因为,他从奈泽露那些背书似的口号和压抑的情感中,看到了另一个贺革达亚奴隶制的受害者。也许是因为,她很年轻,所以亚拿夫觉得,奈琦迦的寒风还没让她变得冷酷,她的未来依然可以改变。无论如何,亚拿夫无法否认自己的真实感受。他有时甚至会做白日梦,想象自己带着她,摆脱其他贺革达亚,把她交到慈爱的上帝手中——如果没有白手亚拿夫的引荐,她永远不会知道上帝的存在,也永远没有机会了解他。

* * *

北鬼身姿优雅、敏捷而自信,但论攀爬,蛊罡嘎虽然身形庞大,却是一行人中最精于此道的,尤其是连双手都能用上的时候。巨人的双手双脚长有巨大的皮垫,能抓住冰冻的石头。他力量充足,即使单手也能把自己硕大的身躯拉上去。现在能充分运用自己的技能,似乎让这怪物特别开心。不过,他是一只性情邪恶的生物,所以心情很难判断,毕竟在其他时间里,他只有见到队友受伤,才会表现出开心的样子。

不对,是捕获者,亚拿夫提醒自己,不是队友。虽然蛊罡嘎异常邪恶,但在这场探险中,他的选择比亚拿夫更少。正如玛寇不厌其烦地指出,亚拿夫有许多机会抛弃白狐,但巨人却没有这种自由。

所以巨人为什么跟他们在一起?北鬼真以为这头巨兽能打败一条龙?还有,如果真找到龙,他们会怎么做?玛寇说过,他们想要龙血,但亚拿夫觉得这很不靠谱。没有哪条龙会把血白白送给他们,到时肯定会有一场大战——至死方休。

* * *

巫木项圈和女王的水晶杖能保证蛊罡嘎无法逃走,所以现在由他负责开路,在队伍前方远处寻找最佳路线,并凭借纯粹的力量清掉危险的障碍。不过玛寇绝不会放他离开视线太久,也许是担心会突然遭遇一场巨人制造的雪崩。除了积雪的吱呀声和攀爬者的呼吸声,山上唯一持久存在的噪音,便是玛寇用阵痛把巨人叫回之后,两人之间的争吵。

这天午后,玛寇喊蛊罡嘎回来,大概喊了十几次,巨人仍未出现。过了一会儿,玛寇从口袋里掏出水晶杖,高高举起,念出阿肯比教他的咒语。远处飘来一阵痛苦和愤怒的咆哮声,然而巨人还是没回来。玛寇再次举起水晶杖,蛊罡嘎再次愤怒号叫,却依然没有出现。

玛寇气得脸色发黑,第三次举起水晶杖。奈泽露说了一句:"不要。"

"黑鸟,你敢命令我?你怀孕怀傻了。"

亚拿夫不太确定这话的意思,但他觉得玛寇可能会揍她,甚至把她推下狭窄的山路。在那纠结的一瞬间里,他心念飞转,无法决定该怎么做。这时,奈泽露对队长说:"也许巨人摔下去了,或者被什么东西砸到。继续折磨那畜生之前,先去看看发生了什么,岂不更好?"

歌者绍眉戟点点头。"我觉得她说得对,玛寇队长。别的不说,这座山危机四伏，能走的路很少，他在痛苦之下，说不定连那很少的路也给毁了。你若同意，我可以带头。"

"不。让黑鸟去。"玛寇的语气再无商量余地。

奈泽露带头往前走，动作跟其他纯血贺革达亚一样灵巧。亚拿夫望着她爬上环绕高坡的倾斜窄路，脚下只有雾气和无尽的虚空。尽管他自己的技艺也很纯熟，但与殉生武士相比，他仍觉得自己像个笨拙的胖管家。

奈泽露消失在视野之外，但女王之爪剩余的成员立刻便听到她激动又担忧的喊声，叫大家快点过去。肯貂和玛寇都拔出剑，亚拿夫决定先看看是什么情况，再考虑要不要让武器占据自己的双手。

在奈泽露停步的地方，山路中断了，好在断掉的距离很短，他们可以轻松跃到对面。由于巨人不在，所以亚拿夫估计，这断口是蛊罡嘎的杰作。等他靠近，才明白奈泽露为何要停下：崩塌的不仅仅是山路，还有山路下的一大片山坡，下面挤着一大堆乱石和断树。这也意味着，下面有东西挡住了山体的进一步滑坡。至于那东西是什么，大家很快就清楚了：蛊罡嘎刺耳的声音从那一堆乱七八糟的树木、岩石和积雪下传来。

"以女王陛下本人的名义，你们几只懦弱的小虫子不下来帮我，我就把你们脚下的整座大山都挖空！"

"看！"奈泽露跪在滑坡路段旁的山路上，"巨人就在下面，不太远，被断掉的树木困住了。"

玛寇盯着那堆碎木乱石，脸上挂着不悦的怪笑。"怪物，我们能做什么？"他朝下方喊话，嘲讽里夹杂着厌恶，"弯腰把你拉出来？"

"不用，你这蠢材！"巨人吼道，"爬下来拿我的绳子，在上面找个牢固的东西绑好，我自己能爬出来。"

"让这丑八怪死掉算了。"肯貂说。

玛寇可能真这么想过，但他生气地瞪着肯貂。"我跟你说过，我们需要他。你,凡人,爬下去,照他说的做。"

亚拿夫惊讶得忘记了生气。"我可是队伍里最不擅长攀爬的一个!"

"也是最没用的一个。去。"

亚拿夫考虑一下自己的机会。玛寇和肯貂都已拔出剑,以他的能耐,就算奈泽露和绍眉戟都不出手帮助他们的队长,在这湿滑的山路上打赢两个北鬼,可能性也是微乎其微。他沉着脸,但玛寇那瘦骨嶙峋的凶脸硬得像副象牙面具。

"我需要一根好绳子。"亚拿夫最后屈服了,"我的绳子不够。"

"用我的吧。"奈泽露说,"是蓝洞的织工编的。"

猎人从她手中接过一卷银白色的绳子,然后找到一块突出的岩石,先确保自己不论多么用力也推不动,再将绳子一头绑在上面,戴好手套,拉着绳子从边缘往下降。

山体滑坡不光卷走了岩石。亚拿夫倒退着往下走,很快就踩到一大堆断树和落石。他很清楚,这堆东西下面一定有支撑,不然早就继续冲下山坡,滑落到雾气迷蒙的冰缝里去了。不过,他并不知道它们有多牢固,所以只能尽量轻轻落脚,靠双手承受住大部分体重。等他来到被困在一堆碎木和冰石块中间的巨人那里时,肌肉已开始发颤。

"我把我的绳头推出来给你,"蛊罡嘎轻声说道。但亚拿夫的脚踩在一根架在他胸前的树枝上,依然能感觉到他的声音引起的震颤。巨人的脸被划伤了数十道,满脸是血,更加丑陋。"将它绑在你的绳子上,带上去,叫他们绑在牢靠的东西上。"

亚拿夫考虑一下:他可不希望巨人冲出岩石堆时,自己身上没有绳子保护。他接过巨人的粗绳,在肩膀上绕了一圈。那绳子跟他的前臂一样粗,沉得惊人。然后,他往斜坡上走了一步,找到一块坚固的山石,踩在上面。"再扔一条绳子!"他朝女王之爪喊道。

虽然等得有点久,但最终,还是有根细长的蛛丝绳从上方垂下。

亚拿夫把它绑在巨人的绳头上。"把它拉上去，绑在能支撑怪物体重的东西上。"他喊道。猎人希望蛊罡嘎挣脱石木堆时，自己能远远躲开，于是朝距离滑坡处更远的方向晃去，但他脚下打滑，没能踩住目标，一时在令人眩晕的悬崖下乱晃，像只风暴中的蜘蛛。等他再次踩住崖壁，稳住身子，巨人的绳子已被拉到上面，看不见了。

又过一阵，玛寇在山路上喊了句话。亚拿夫听不清，但巨人听见了：他将体重坠在绳子上，绳子绷紧了。

亚拿夫突然听到一阵巨响，连忙伸手抓住崖壁。不过，声音并非来自又一次滑坡，而是巨人推开了一根支撑他的树干。它翻滚着落入白色的虚空，一堆石块和碎木也随之纷纷洒下。不过，虽然巨人挣脱了，那个滑坡土堆大部分还留在原处，数吨的石头、积雪和断木，堆积在一个巨大的裂缝里。那裂缝的形状看上去就像一艘船的船首，而它的另一侧在蛊罡嘎脚下大概十几二十腕尺远处。巨人就从这堆东西中间钻出，犹如一次古怪的降生。他鼓起肩膀和后背的肌肉，缓缓爬上绳子，有时停下，只为清掉依然钩在身上的大段树干或整棵树身。

巨人上坡时，亚拿夫只能做一件事，就是留意所有从上方落下的东西，并躲开它们。蛊罡嘎从他旁边经过时，亚拿夫鼓足劲儿，准备将自己晃回到垂直于身上绳子所绑石块的位置。不过，滑坡下方的碎石堆中，有样东西引起了他的注意：那是一片黄色和生锈的棕色，与其他残骸不太一样。他知道，如果自己拖延太久，那些北鬼会毫不犹豫地丢下他。但他好奇心起，将自己晃到刚才困住巨人的位置，首先抬头张望，确保巨兽不会松手砸到自己头上。蛊罡嘎脚步很稳，已经快爬到顶了。亚拿夫降下一点，用脚踩住一块结实的石头，好让酸痛的手臂休息一下，同时观察自己发现了什么。

那东西的形状古怪而散乱。乍一看，他觉得那可能是树木的残骸和碎石，不知怎么被压在一起，经历岁月和风霜砥砺后混成了一团。但他随即看到，最大的碎片里有个皱巴巴的浅白色泡泡，立刻反应过来：那是一只像他脑袋那么大、被冰封起来的干枯眼睛。在那堆石块和断树之下，是一副巨大的骨架，披着一身风干的破碎皮肉——那是一头死去多年的巨兽残骸。不论它之前是怎样被埋在山坡上的，这次滑坡几乎将它整个暴露出来。它的四肢、脊梁和长尾被自然的力量扭曲成怪异的形状，但那颗长形的蜥蜴状颅骨暴露了它的身份。

"巨人安全了！"奈泽露的喊声从上面传来，但猎人看不见她。"上来吧！"

"我找到一条龙！"亚拿夫扯着嗓门喊道，"下来看啊！"

他一边等待，一边伸手触摸离他最近的龙尸。那是一只巨大的龙爪，骨头圆润，弯曲的指甲长如匕首。其中一根指甲一碰即落。他拿在手里翻看，惊叹于它的尺寸。可没一会儿，他的手指便感到一阵剧烈的刺痛。原来那指甲根部连着一团黑色物质，粘上他的手，灼烧感便如皮肤被划开五六道破口一样。亚拿夫咒骂着丢掉龙指甲，在旁边一块石头上拼命擦拭粘在他指尖上、让他感到痛苦的物质。龙指甲在土堆上弹了几下，落入虚空。那黏糊的物质如同没有星光的夜色一样黝黑，已经像烈火一般烧穿了他手套的指尖。

是龙血，他明白了，圣母啊，即使过去多年，几近干涸，依然如同烈火！

两名贺革达亚绑着绳子，从上方滑落。从亚拿夫的角度望去，最多只能看清那是玛寇和歌者绍眉戟。等待时，猎人突然想到一个主意。他从口袋里掏出巫木盐罐，倒掉里面剩下的一点点东西，然后用紧身皮衣的袖子护着手，从干尸上又拔下一根巨大的指甲，在盐罐里刮蹭一下，将黏稠乌黑的残血蹭在罐里。盐罐既没有融化，也没有着火。于是他继续将指甲上剩余的黏糊糊的龙血全部收集到罐里，总共约有乌鸦蛋那么大。他封好罐子。龙指甲太大了，没法轻易瞒过玛寇等人，但他至少得到了一点龙血纪念品，这趟疯狂的冒险也算有所收获。他甚至可以把它卖给棠戈寨的某个魔术艺人，小赚一笔。

他将袖子上的黑色血迹擦掉。那上面被血粘过的地方已开始发黑。然后，他摆出尽量平静的面孔，等待其他人下来。

♛

"它的脊骨上有皮和羽毛，我看见了。"绍眉戟一边爬上断路边缘，一边说道。奈泽露退开很远给他让路，主要是因为她不喜欢离歌者太近。

肯貂把玛寇拉上来。巨人蛊罘嘎虽然在山体滑坡时受了很多伤，但坚持要求由他来拉亚拿夫。"那一定是勒喀奇伽的尸首，"歌者继续道，"就是凡人说的哀喀迦屈，巨虫黑朵荷贝的女儿。"

"那条大虫死了多久？"奈泽露问。

"那不重要。"玛寇从悬崖下露出头，怒气冲冲地说，"一条没有血的死龙，对我们没有用处。"

亚拿夫虽然最后一个上来，不过他的绳子由蛊罘嘎的大手拉扯，速度只比玛寇慢了一点点，不一会儿就出现在山路上。"死巨人对你们同样没用，不然你也不会那么着急，派我下去找他。"亚拿夫冷漠地看着队长，把奈泽露的绳子盘好，抛还给她。"谢谢，殉生武士。"

奈泽露不敢直视他的眼睛。刚才在瑞摩加人喊话说发现龙尸之前，她看到玛寇和肯貂互相交换一下眼神。显然，他俩当时想直接砍断猎人的绳子，任他摔死。可是，为什么？不管这凡人有用没用，他都跟着队伍走了这么远，为什么要在这时杀死他？她无法理解，自己的忠诚为何会从合法的上级——女王陛下钦点的队长！——渐渐转移到那个凡人和怪物蛊罘嘎身上？但她同样无法否认，她对玛寇的质疑每一天都在增长。亚拿夫，不论他是否故意，都用那些提问——比如她为何被选中，女王之爪真正的任务是什么——诅咒了她。

"你说你们要找龙，"亚拿夫揉着手臂的肌肉，"那就是龙。你告诉我们，必须找到龙血。就算你没发现，我也指给你看了，那具尸骸上面有很多血，虽然是干的。"

"闭嘴，凡人。"玛寇说，"你懂什么。我们需要活龙。其他的都不行。"

"玛寇队长说得对。"绍眉戟接过话头，"不过发现龙尸也是件稀罕事，我会记下发现它的经过，交给玛瑙馆。但它满足不了阿肯比大人的要求。"

"我想你是要说，女王陛下的要求。"玛寇说。

"当然，你说得对。"绍眉戟急忙做了个与人无争、和平退让的手势。可在奈泽露看来，他的表情完全是另一种意思。莫非歌者也对玛寇失去了耐心？"不论如何，天快黑了。我不喜欢现在的天气。我们得找个过夜的地方。"

"好主意。"亚拿夫赞同，"我的四肢都没力气了。"

"无声者在上，你们个个都以为你们有权下命令吗？"尽管玛寇一如既往地面无表情，但龙尸似乎把他的情绪降到了冰点，"我来决定什么时候出发、什么时候停下。我来决定我们要做什么任务、为谁而做。你们有问题吗？"

奈泽露转身走开。她知道，现在还是不要招惹队长为好。斜阳透过山间迷雾，洒下阳光，在山路旁的积雪上投下怪异的影子。

"也许凡人想走一条更快的下山路。"肯貂建议，"落地之前，他有足够的时间回复力气。"

"也许你可以跟我一起下去。"亚拿夫垂手按住刀柄，"没有比那更好的休息方式了。"

"那是什么？"奈泽露问道，但没人搭理她。她回身查看，原来所有人都像多疑的狗一样互相瞪视。"别吵了，都过来。"她说，"你们都来。队长，我想你应该看看这个。"

玛寇语气里的厌恶多于愤怒。"看什么？又怎么了？"

"你那边看不见。我也是走近了才看到的。瞧啊。"她指着雪地里的印记，"是某种动物的脚印。很大的动物。"

肯貂不屑地摇摇头。"我们在山上见到的脚印多了去了。大概只是山羊的脚印，因为积雪融化所以变大……"

"山羊踩不出这样的脚印，"奈泽露坚持道，"除非它长了马车那么大的爪子。"

这话终于引起玛寇的注意。他走过来，站在她旁边的山路上，抬头望向她指着的山坡。在那块未受惊扰的积雪上，有个大型生物留下的脚印，长和宽都比蛊罡嘎的脚印更大，有四个长指甲的脚趾。

"以我主人的名义，"绍眉戟走了过来，"她说得对！"

"会不会是我们杀掉的那种雪鼠？"奈泽露问亚拿夫，"只是个头特别大？"

猎人摇摇头。"我刚刚才看见过那样的爪子。不过这个要小一些，感谢……"他迟疑一下，但奈泽露觉得只有自己留意到了，"感谢我族之母。"他续道，"但那不是龙爪印，还能是什么？"

"所以那怪物摔下去死掉之前，留下一个脚印。"肯貂说，"那有什么意义？"

"你没看到那条龙的尸骸吗，殉生武士肯貂？"绍眉戟问道，"它在山坡下的石堆里已经埋了很多、很多年，不仅冻成冰块，还干得像是隐海里的咸鱼。而这条龙，从脚印判断，要小得多。"

"最多只有它的四分之一。"亚拿夫同意。

"最重要的不是体型差异，"奈泽露对这几人的无聊争执感到不耐烦，同时也对自己的不耐烦感到惊讶，"你们不明白吗？脚印是踩在新雪上的。"

玛寇盯着脚印，又盯着奈泽露，显然很感兴趣，却因被她抢先指出这一点而恼火。"脚印的主人可能就在附近。"他最后选择忽略掉她的话，"我们要的就是活龙，所以我们要继续搜寻，直到日光消失，然后再找个地方过夜。这才是女王陛下想要的做法，我们照做吧。"

放逐者

* * *

玛寇让他们一直找到很晚。傍晚快要结束,整座大山变成狂风、迷雾和飞冰的致命陷阱,几乎看不清四周。他们又找到几处尚未被飘雪覆盖的痕迹,应该来自同一只生物。痕迹的边缘足够清晰,说明是在近一两天内留下的。终于,女王之爪在发现第二处痕迹的小径的几百步外找个遮蔽处,扎营休息。

奈泽露用斗篷裹住自己,在亚拿夫旁边找个位置。这倒不是因为她心中对猎人有任何柔情,而是因为她不想靠近玛寇和肯貂。先不说可不可耻,这个凡人也许仍对女王陛下的任务有用,他们却想杀掉他,实在让她恶心。

"就算那条龙在这山里,我们也有可能搜寻数天却一无所获。"亚拿夫说,"我们应该设个陷阱。"

"我为什么要听你的意见,凡人?"玛寇质问,"这个任务是女王陛下亲自交给我的。你算什么。"

亚拿夫的嘴巴紧绷成一条直线,但没再说话。

"事实上,凡人的话有些道理,玛寇队长。"绍眉戟说,"我们补给有限,没法在这儿逗留太长时间,而且……"

玛寇猛转过身,闪电般地伸出手。刹那间,奈泽露以为他割了绍眉戟的喉咙,但他只是捏住歌者的脖子,修长的白色手指深深勒进对方的肉里。"臭法师,你敢再说一个字,那便是你的遗言。"队长龇牙咧嘴地说,"我不在乎你是不是阿肯比最爱的宠物,你听到没有?我是女王陛下亲自挑选的殉生武士。如果我们失败,只有我会受到最严厉的惩罚。"他扭头怒视着奈泽露,尽管她没说过一句话、做过一个动作,"杂种,你敢怀疑我吗?在我们离开奈琦迦、去哈卡崔安息之处取回他的遗骨之前,我就知道,如果任务失败,或者我以任何方式辜负了我族之母的期望,我将会是什么下场。"

她身后的亚拿夫突然吸了口气。奈泽露猜想,这应该是凡人第一次听说，他们遇到他之前，在遗骨岛做过什么。

"我被带去寒萧堂，"玛寇继续说道，"是的，歌者，看样子你听说过那地方，但我怀疑你没去过。我去过了。如果我们失败，不论错误是否在我，我都会被再次带到那里，忍受你们无法想象的折磨。在那地方，每一道刀伤、每一次灼烧、每一次殴打，都仿佛持续千年。"玛寇粗暴地推开绍眉戟，后者差点摔倒在地。在他们的庇护所外，世界被飞雪蒙成一片雪白，狂风如饿兽般呼号。"我不许你们再有任何意见。我来决定我们做什么、怎么做。再有谁威胁我们的任务，我会毫不犹豫地杀了他。"

众人沉默良久。奈泽露听着风声围绕晶亚哈-宇的广袤山地哀号、尖叫，真希望自己当初不要那么雄心勃勃。她第一次意识到，就连这次的致命任务，可能也比不上她的队友，尤其是她的队长那么可怕。

* * *

沉默中，一个小时过去了。

"父亲曾告诉我：要追捕什么，你必须先了解它；要抓住什么，你必须先变成它。"亚拿夫声音很轻，但每个人都能听见。玛寇瞪他一眼，然后望向别处。但绍眉戟挺直了腰，好像听到点名似的。

"但你无法了解龙。"歌者断言，"那不是普通野兽，不是奶牛或绵羊，甚至不是狮子那种罕见的猛兽。"

"什么意思？"奈泽露问。

"龙跟这大陆上的其他野兽不一样。它们不是自愿生活在这里的，而是跟随我们的祖先而来。来自华庭。"

"我从没听过这种说法。"她说。

"你的教育很失败，但这并不能减弱我这话的真实性。"绍眉戟斥道，"事实上，同换生灵庭叩达亚一样，龙是⋯⋯"他突然停下，仿佛有人命令他闭嘴。但事实上，并没有谁阻止他。玛寇在跟肯貊说话,虽然他先前大发雷霆,现在却像根本没在听。"我的舌头有时不听使唤。"绍眉戟像在自言自语,"请原谅我的愚蠢。"

奈泽露相信,他刚才差点就要说出某些重大的信息,但她猜不出那是什么。她看看亚拿夫,后者摇摇头,但动作非常轻微,其他人可能根本看不出来。

♛

亚拿夫很清楚,一旦北鬼下定决心做什么事,便会做得十分彻底,而且会像水磨石头一样耐心。他们日复一日在山上寻找龙穴,直到找出足够的痕迹,从中辨认出一条有规律的路径。

"体型最大的虫都是母的。"他们在考虑下一步怎么做时,玛寇说道,"公龙身形较小,只有交配时才会去找母龙。根据这些小型痕迹来看,这一定是条四处游荡的公龙。也许它是被死掉的龙女王散发的气味吸引来的,也许它在此地诞生并居住至今,也许死掉的龙女王是它母亲。无论如何,我们必须找个它时常经过的地点,设个陷阱。"

"现在你同意设个陷阱了?"亚拿夫酸溜溜地笑道。

不出所料,队长只当没听见。但绍眉戟没那么冷漠。"我们必须活捉这条龙,凡人。女王陛下要的是活龙的血。"

"活龙?就算它留下的痕迹表明,它的个头比那条死龙小,但它依然比我们所有人——包括巨人——大很多!"亚拿夫说,"你们猎过龙吗?"

"闭嘴。"玛寇说,"我们是女王之爪。有些事我们必须去做。"

他们在巨兽时常经过的路上挑了块宽阔平整的平台。亚拿夫猜想玛寇打算挖个坑。但这地方的岩石远比土壤多,而且,正如奈泽露轻声指出的那样,他们甚至无法确定猎物的尺寸,只知道它的脚有多大。

"做个套索怎么样?"亚拿夫说,"把这些树弯下来,可以……"

"你是个蠢货,凡人。"玛寇说,"就算有诱饵混淆气味,那野兽也会知道我们在附近,从而不愿靠近。"

玛寇在这条路上花了一两个小时,仔细观测风向,然后将亚拿夫和其余人安置在选点周围一百步外的几个位置,藏在各种障碍物的后面,比如石头或枯树,隐藏行踪。每个猎人手中都拿着一卷绳子,绳子一端打了活结。

"等我发出命令,"玛寇吩咐,"你们就用绳子套住那野兽的脖子或腿脚,然后牢牢抓住另一头,不惜任何代价,决不能松手,直到将绳子绕在牢固的东西上,比如大树或者岩石。"

"如果它会喷火呢?"奈泽露问。

"那种龙并不多。"绍眉戟说。

玛寇似乎没听见歌者的话。"那我们会被烧死。然后女王陛下会另派一支女王之爪,来弥补我们的失败。"

亚拿夫已经知道,这位队长对待各种疑问是什么态度,所以没说什么。但他一边看着肯貂将好几天前杀死的山羊腰臀肉放进陷阱做诱饵,一边琢磨,玛寇凭什么相信,他们四五个人就能跟龙角力?就算有蛊罡嘎的怪力相助也很难吧。这时他感觉到的生命威胁虽然远远不如刚刚加入北鬼小队的时候,但也忍不住觉得,这次是不是赌得太大了。

巨人拿着他自己的巨斧和粗绳。不过玛寇说,他的臭味会吓到龙,于是把他派到下风处很远的位置。蛊罡嘎的离开令亚拿夫感到焦虑和担忧。玛寇也许不在乎,在巨人赶来参战之前,大多数队员会不会被那愤怒的野兽杀死,但作为玛寇这盘审棋中较弱的棋子,亚拿夫完全是另一种想法。

做好准备,他们开始了漫长而寒冷的等待。

* * *

拂晓时分,阳光开始温暖世界东部边缘的天空,把它从浓密的紫色照亮成深蓝。这时,亚拿夫看到山坡上方的巨人举起手臂。起初他

放逐者

以为自己看错了,毕竟在盘卷飞舞的雪花中,他已经看错过了好几回。他脑袋沉重、双眼干涸,早就断定整个奥斯坦·亚德大陆之上,再没有任何生物能比将自己的命运交回到前任主人手里的前奴隶更愚蠢。不过,他连眨了几下眼睛,还用粗糙的皮衣袖子搓了几下,头上斜坡高处的那抹白色,看起来依然像是一条竖起来表示警告的白色长毛手臂。亚拿夫心跳加速,缓缓活动身体,好让血液流回四肢、指头回复知觉。他眯起眼睛,望向盘绕在龙径上的阴沉的飘雪和冰雾。起初,他什么都看不见。过了难熬的许久之后,他终于看到斜坡北侧有动静。它的颜色几乎与脚下的冰雪相同,所以很难分辨。但从阴影和偶尔呼出的雾气判断,它身子很长,紧贴地面。

亚拿夫的心脏开始狂跳。他看不出那东西的确切形状,只能判断那移动的白影从头到尾一定有十到十二步长,比父亲曾跟他说过的、生活在南方沼泽里的巨型鳄蜥还大。与蛊罡嘎相比,它的体重恐怕是他的两三倍。亚拿夫曾跟巨人和其他异形生物交手,但基本都是不得已而为之。然而这一次,他竟然企图捕获一条龙——哪怕是一条小龙。他仿佛遭到当头棒喝,这才意识到,这事真是蠢到了极点。

我出现在这里,完全是因为我那荒唐、膨胀的自尊心,因为曾经发下的只有我自己和上帝才知道的誓言。结果,我很可能会跟一群我自己发誓要毁灭的贺革达亚一起,死在这个被上帝遗忘的山峰上。

他一连祷告两次,请求仁慈的安东怜悯远离家园的信徒。可以肯定的是,除了他,再没有别人会可怜亚拿夫。若他死在这里,就连那个混血女北鬼,很快也会忘记他,虽说她自己可能也难逃一劫。所有人,包括那个巨人,似乎都被他们的队长彻底抛弃了。只要有一个贺革达亚能活着,并把龙血带回去,北鬼女王就会十分满意,而那人十有八九会是玛寇。

与女王之爪同行期间,亚拿夫一直尽最大努力隐藏自己对乌荼库的憎恨。但此时此刻,恨意突然开始熊熊燃烧。

没心肝的老妖婆，他心想，谋杀犯、女魔头。亲爱的上帝啊，若我今天能幸免于难，我保证，一定会实现许多年前，我还是个大男孩时发下的誓言。我明白您赋予我的任务，也明白这些残酷的北鬼能协助我完成它。我保证会亲手杀死那个背信弃义的女王。

但若不帮其他贺革达亚，亚拿夫怀疑自己永远无法活着下山。若他此时逃命，玛寇肯定会追杀他，还会把这当做一项愉快的运动。

亚拿夫双手握住蓝洞织工编织的绳子，又默默碰下刀柄，确保它能轻松出鞘。然后，他继续等待。

随着那白色东西渐渐靠近山羊腰臀肉所在的位置，亚拿夫看出了更多细节。那东西与他的想象有些差异。他从未见过活龙，但根据多年来听过的各种传说，他以为它们的身子会更长、更瘦，像一条有脚蛇。但眼前这条的身材似乎比较圆，尾巴短而钝，口鼻也是。

它会是别的东西吗？他心想。只有上帝才知道，在这世界的边缘潜伏着什么样的恐怖生物。无论如何，就算要杀死这东西，也已经很难了。企图活捉，简直就是不可想象的荒唐蠢事。

风停了一会儿，乱飞的雪花开始飘落。亚拿夫突然能看得很清楚。他不再怀疑，那东西肯定是某种龙——长满獠牙的长下巴和爬虫类的脑袋立刻证明了这一点——不过它的后背似乎覆盖着白色厚实的鬃毛，甚至有些类似豪猪的刚毛。它朝诱饵低下头。亚拿夫看到肯貊站起来，走出他藏身的石堆，以迅雷不及掩耳之势射出一箭。眨眼间，北鬼的箭镞就扎在那只动物的肩膀上。在白色的衬托下，孤零零的黑色箭身十分扎眼。龙发出一声又疼又惊的鸣叫，激起一阵回声。

这时，玛寇大喊着命令几人冲锋。亚拿夫不再多想，跟着女王之爪一起跃下斜坡。龙先是听见袭击者的动静，然后才看见他们，但四面八方同时有敌人攻来，它一时不知该怎么应付。趁它迷惑之际，玛寇冲到它身前，用绳索套住它的脑袋。肯貊只在几步后面，但被甩动的龙尾击中，立刻飞到一旁，像被斧头砍飞的木片一样。但他很快爬了起来，设法将绳圈放在龙的一条后腿后面，等它踩进去，便收紧绳结。

奈泽露趁龙朝她挥舞爪子，已经套住它的前爪，并在它反应过来之前，成功地将绳子绕在一块巨大的钉状石头上。从那一刻起，龙就被固定住了。亚拿夫本来瞄准它的另一条后腿，结果却套住了它的尾巴。他急忙用力，扯紧绳子往回爬，想把它拴在一块大石上。他将全身的体重往后压，用脚跟蹬地，对抗龙的拉扯。即使多处受制，龙的力气依然大得惊人。它发出愤怒的号叫，听起来像是狮子的深沉吼声混杂了怪异的驴叫，震得亚拿夫耳朵生疼。他无法想象，他们要如何征服这样一头野兽。即使蛊罡嘎从高处的藏身地冲下来，跳上野兽宽阔的后背骑住它，也没见有什么效果。虽然多了巨人的体重压制，龙依然在扑打、撕咬。玛寇和肯貂也将各自的绳子绑好，一根绑在岩石上，另一根绑在深埋在冻土中的残桩上。白龙继续扑腾，但它的活动空间越来越小。蛊罡嘎举起大斧，想要砍掉龙头，但玛寇大喊大叫，叫巨人不要伤害它。巨人怒视着队长，要不是亚拿夫手里的绳子，被另一端那只不停挣扎噬咬的野兽扯得像紧绷的弓弦一样不停震动，他会觉得，巨人脸上厌恶的表情十分搞笑。

突然，仿佛中了魔法一般，龙的动作慢了下来。它不再拼命，而是变得笨拙缓慢。它闭上一双瞎子似的白色眼睛，最后一次往上抬头，反抗着玛寇的绳套，试图去咬骑在自己背上的巨人。然后，它打了个哆嗦，跟跄几下，瘫倒在地。

"愚蠢的巨人！"玛寇咆哮道，"你在想什么？我告诉过你——活龙！我们要活龙！所以肯貂才用蘸了珍贵的肯-未刹的箭去射它，让它失去神志，陷入昏睡。"

"小北鬼，我没打算把它马上打死。"蛊罡嘎一边说，一边小心翼翼地站起来。龙一动不动，粗腿和长爪伸在身体两边的雪地上。"你可以趁它没断气之前取血。"

玛寇摇摇头。"你懂个屁……"但他直喘粗气，没再说话，只是弯下腰，竭力调整呼吸。

绍眉戟虽然尝试了好多次，但始终没能用绳子套中那条龙。这时他走上前去，绳子拖在身旁的冰雪斜坡上。太阳已经攀上东边的山尖。亚拿夫看到歌者脸上一副疑惑的表情。"巨人，你能抬起它的尾巴吗？"

蛊罡嘎听到这奇怪的要求，笑了一声，弯腰把宽阔的大尾巴举起来，让绍眉戟爬进去。"别放手。"歌者恳求道。

"这尾巴很滑。"巨人开心地龇出黄色的獠牙。

绍眉戟在野兽的尾巴下面待了一会儿，盯着它的下腹。"不是公龙。"他一边爬出来一边说，"它跟我读过的任何著作的描述都不一样。这是条母龙。"

"那又怎样？"玛寇将肯貂扶起来。龙停止反抗之后，肯貂也倒在地上。看他捂着肋骨的模样，显然是被甩动的尾巴打伤了。"我族之母并没有指定要公龙还是母龙，只说要活龙的血。"玛寇说完，盯着蛊罡嘎，"巨人，用你那条粗绳，把这怪物从头到尾绑结实了。快点儿，不然你会尝到女王之轭的噬咬，从而羡慕那条龙的幸运。"

绍眉戟摇摇头。"你不明白，队长。如果这条龙是母的，那它就非常年幼，可能刚满一岁，甚至不到一岁。"

亚拿夫还在惊叹那东西的尺寸。它的身长足有凡人的三倍有余，躯干也很宽大，所以体重肯定在二十到四十担之间——也就是两吨。他观察着那巨大的肋扇随每一次缓慢的呼吸而起伏，检查那弯刀一般的长指甲，心里赞叹，肯-未刹能迅速起效，真是他们所有人的运气。

"什么意思，歌者？"奈泽露同样被巨兽的体量震撼了。她敬畏地隔开一点距离，弯腰打量巨兽那白色的下巴里突出的手指般大小的牙齿。

"既然这母龙如此年幼,那就说明,它不可能是埋在岩石坡里那条怪物的孩子——那条龙显然已经死了很多年。"

玛寇头都不抬,忙着监视蛊罡嘎将陷入昏迷的小龙绑起来。"那有什么关系?在这里打个结,巨人。再紧点儿。别让它有挣扎的余地,免得它抽搐一下、打折某人的腿。"

"你说有什么关系?"绍眉戟倒退一步,突然抬头四顾,"没人理解吗?如果这巨兽不是那条死龙的孩子,那它就是另一条龙的孩子。"

玛寇抬头望向绍眉戟,终于反应过来。"另一条……?"

一声震耳欲聋的咆哮朝他们逼近,仿佛山峰四周的云团全都结成石块,从空中砸落,就连回声都能刺破耳膜。亚拿夫等人抬头望向山坡,正好看见那怪物的头从一块突出的巨岩台上伸出,虽然只有头和很长很长的脖子,就已经像条大得难以置信的蟒蛇。它爬上岩石,展露出整副身躯,爪子在裸露的岩石上抓出深陷的划痕。它也是白色的,同样没有翅膀,但身量却比躺在女王之爪脚下的小龙大上许多许多倍。它看见众人,张开长满利牙的嘴巴,发出愤怒的嘶吼。

绍眉戟的声音仿佛从非常遥远的地方传来。"母龙对我们很不满意啊。"

随后,一声咆哮撼动山川,在周围的小峰间来回激荡。巨大的白色怪兽冲出岩台,扭动身躯,奔下斜坡,山体随之崩塌。母龙携起翻滚的碎石、飞溅的泥土和狂舞的积雪,朝他们扑来。

The Witchwood Crown

几件国事

♛

趁着接见访客与请愿者的短暂空闲，西蒙对妻子说："跟神官的赌博很聪明——运气也不错。"

"什么赌博？"米蕊茉抬起手，隔着熙熙攘攘的廷臣，朝另一边的帕萨瓦勒做个手势。后者点点头，对随从说了几句。

"赌奥西斯不需要等待教宗的回复，就有权独立同意一切条件。难道你希望他没这个权力，好让你有个借口回避婚礼？那可不是件好差事，两边都在互掐喉咙呢。"

王后摇摇头。"你说得对，我一点都不期待。在那期间我会一直咬牙忍耐。"

"可怜的吾妻。不过你要记住，是你决定把我丢在家里，自己独自面对的。"

"别拿我开玩笑，夫君。"王后严厉地告诉他。

"我没这个意思。不管怎么说，你的谈判很成功。"

米蕊茉知道丈夫是在示好。"韦迪安显然给了神官一些好处，不然送封信就够了，何必派一位高级牧师过来？塞斯兰·安东尼斯早就知道，我们想再晋升一位北方神官，所以教宗提前批准奥西斯接受任何合理的候选人，是合情合理的做法。至于另一个关于教廷公平对待各方的承诺，我很确定，奥西斯事先得到吩咐，任何教宗能在事后设法回避的条件，都可以先答应下来。"

帕萨瓦勒正引领各位廷臣和访客朝王座大殿正门走去。"仁慈的艾莱西亚，救主之母啊，"西蒙继续压低声音，确保不会被其他人听见，"你对教会的挖苦比我还狠！"

"我爱上帝，但我知道，教会里都是些凡人而已。"

国王哈哈笑了，虽然他并不是很开心。"好吧，亲爱的，全是你的功劳。你告诉我，奥西斯可以代表教宗答应条件，不需要等待上级的批示。你说对了。"

"只有这样才合理。韦迪安教宗想要他的盟友来当纳班的公爵，比如达罗伯爵。但他不想通过暴力叛乱来实现，因为那样会遭到至高王座的干预。现在他看出，形势开始失控，更主要的是，他自己的地位也开始摇摇欲坠，因此，他渴望平息事态。他过去明显偏袒英盖达林，才导致其他家族都不信任他。那是他自己的错。"

西蒙有点犹疑。"就算达罗和德鲁西斯试图夺取权力并且失败，韦迪安教宗也不会……怎么说来着？被'投下去'？你看，根本没有合适的词来说明，教宗是终身制的！"

"你说得对，夫君。所以他知道，如果纳班打内战，很可能有人会刺杀他。"

"什么意思？不是真的吧。"

"不，是真的。不然你以为莱若西斯一世，还有老萨夸利安是怎么回事？被鱼骨头噎死的？纳班人都知道，是他的情妇在他的牡蛎汤里下了毒。"她顿了顿，"事实上，就连勇敢而可怜的拉纳辛教宗也是死于非命，我知道的，因为他遇害那晚，我就在塞斯兰。"

"可拉纳辛是被派拉兹杀死的！"

"依然是政治原因导致的。"米蕊茉的嘴唇有些扭曲，"我父亲的原因。尽管我祈祷，他也没想到那个邪恶的牧师会这么过火。所以，我的爱人，在纳班，权力纷争向来会致命。"她勉强对丈夫挤出微笑，"由我去那里调解是对的。我乘坐的船只会以我母亲的名字命名，因为正是她和我的纳班亲人教会了我这些事。"

The Witchwood Crown

"你母亲怎么会教你这些？你还是个孩子时，她就去世了。"

"她的去世教会我人生无常。她在那里的圈子和亲戚——尤其是她那群女伴中少数几个罕见的婊子——教会了我纳班的处世之道。"

所以我并不应该回到那个阴险奸诈的地方，但我必须这么做，她心想。与我善良的夫君分隔两地，我会多么想念他。她不由自主地伸出手去，握住西蒙熟悉有力的大手，用力攥紧，仿佛再也不想松开。

"访客已被全部送走。"总理大臣帕萨瓦勒宣布，"不过，法尔郡和万途关公爵欧力克还在等待。王后陛下，他带来了您在途中由谁照顾的消息，您要见他吗？"

米蕊和西蒙无奈地对视一眼。他俩都不喜欢欧力克公爵。那人顽固地揪着各种陈腐观念不放，极度缺乏幽默感。他还有种倾向，想把宫廷中所有有价值的李子都摘下来，交给他那庞大而贪婪的家族。尽管如此，与很多强大的爱克兰贵族相比，欧力克还算是比较讲理的一个，而且他很勤奋。他还是莉莉娅和莫根纳的外祖父，因此是王室的亲戚。"一定要见。"西蒙装出像模像样的欢快表情，"请他进来吧。"

欧力克带着随从，在六名爱克兰卫兵的陪伴下，大步走进王座大殿。联想到纳班那边乱成一团的政局，米蕊茉突然想知道，如果国王出了什么事，爱克兰卫兵会站在哪边？她的丈夫深受国民爱戴，直率的治安大臣欧力克也很受欢迎，可王后怀疑，国民对她可能不会怀有同样的感情。

这个王国由我外祖父一手创建，可没有西蒙，我能维系它的统一吗？或者，他们会不会提早将莫根纳推上王位？

这个念头令人相当不快。

欧力克大步走到王座前，单膝跪下。虽然他的年纪比米蕊和西蒙都大，但身体依然敏捷强壮。他的随从做出同样的动作，眼睛牢牢盯在地板上。"二位陛下，"公爵说，"愿上帝保佑你们健康。"

"平身吧，亲爱的万途关公爵，"米蕊说，"很高兴见到你。"

"我也一样。不过,陛下,你确定必须前往纳班吗?"欧力克问她,"我得承认,我担心你的安全。眼下纳班是个危险的地方。"

西蒙捏捏米蕊茉的手,但她不予理会。"我必须去一趟。不过,有勇猛善战的爱克兰卫兵保护,我觉得很安全。你都安排妥当了?"

"海黎莎王妃号已经就位,送你上船的小艇也已备好。其他一切准备工作都已完成。一整支王后卫队将与你同行。当然,负责侍候王后的男女仆人也将同往。"

"谁是我的卫队指挥官?"她问。

"总理大人帕萨瓦勒和我决定,来自斯图斯德的黑夜队长卓根爵士是最佳人选。"

"我不太了解他。是那个黝黑的队长吗?"

"他长着乌黑的头发和胡子,有瑞摩加血统,但我记得,他祖父是珀都因人。"欧力克回答,"不过他本人在爱克兰出生、长大。他曾随我在伊姆翠喀河作战,是个坚强的好战士。"

"你们会发现卓根爵士无可挑剔,二位陛下。"帕萨瓦勒说,"同我一样,他会确保王后陛下的纳班之行平安无虞。"

"所以,一切都安排好了?"但就在说出这句话的同时,米蕊茉突然涌起一阵焦虑,一种多年未曾出现的冰冷的抗拒感。

"陛下,按照你的意愿,你将在后天的圣安吉安日出发。奥西斯神官的队伍将在海黎莎号上陪你,与你聊天、作伴。"帕萨瓦勒说。

欧力克再鞠一躬。"现在,陛下,我必须向你和国王告辞,去完成最后的准备工作。我们在圣安吉安日见!"

"关于纳班的安排,我可以跟你们再说几句吗?"欧力克走后,帕萨瓦勒问道。

"除了公爵手下的人,"西蒙问, "还会有其他人保护王后,对吧?"

"那是当然,陛下。王后会带很多爱克兰卫兵,都是我们最好的战士。欧力克已经安排好了。"

"那我需要听接下来的讨论吗？"他问，"我还有些别的事。"

米蕊看出西蒙的长脸有些不悦。"什么事？"她问。

国王随口推脱。"也没什么——不是要紧事，只是需要去看看。"

米蕊茉肯定他是不想听自己安排纳班的计划，因为会让他心里难受。"那就去吧，上帝保佑你，夫君，去忙你那些'不要紧的事'吧。"

西蒙走后，帕萨瓦勒说："我不希望在其他人面前讨论此事——当然国王例外——但我想跟你建议一个人。当你遇到困难时，也许他能帮到你。"

"困难？"虽然语带嘲讽，但米蕊茉是想轻松地开个玩笑，"在可爱的南方公爵领里？在你我共同的家乡？"

总理大臣笑不出来，但还是点了点头。"拜托，陛下，你和我一样清楚，纳班是个用漂亮彩带遮盖起来的熊窝。而且我怀疑，那边的局势比其他人透露出来的更糟糕。"

这正是王后担心的事，但她不动声色。"所以，帕萨瓦勒大人的意思是……？"

"我提醒过你，我们在那边有位大使叫弗洛亚伯爵。不过，万一你的情况确实很糟糕，我希望你能想起我的一位朋友：他叫玛楚乌子爵，是个精明强干、通情达理的人。"

"玛楚乌？听起来像是岛民的名字。"

"他是石潘尼特岛老伯爵米拉庭的儿子。他母亲来自一个古老的岛屿家族。不过，这些并不重要。玛楚乌是个正派人，近几年一直为我提供十分有用的情报，也帮过我不少忙。"

"但石潘尼特岛距纳班首都很远！"

"玛楚乌大部分时间住在纳班。如果你需要他，只要派个信使去找他即可。我保证，他会帮助你。"

"我记住了，帕萨瓦勒大人，谢谢。"她看了总理一会儿，真心喜欢这个属下，"能有一个秘密盟友，总是件好事。"

"陛下，你在纳班必须多找盟友，就算只为了凑齐跟隐藏的敌人一样的数目。"

她猛吸一口气。"帕萨瓦勒，你是廷臣中最温和、最谨慎的一个。你真的认为局势有这么严峻？"

"陛下，我亲眼目睹我的家族被骗走了领地和头衔，"他的语气里有种王后从未听过的恨意，"我亲眼目睹我母亲像仆人一样被人侮辱。我离开那里时，只有脚上的鞋子、身上的衣服。"他露出扭曲的微笑，"而这还算好的。"

"我明白了。非常感谢你的关心。"她说，"我知道你过去经历过苦难，忠心的帕萨瓦勒。我们很庆幸，你的路将你带到了我们身边。"

总理鞠了一躬。"王后陛下，我配不上这些夸赞，我只想为至高王座效力。"他起身亲吻她的手，"我每晚都为你的安全祈祷。"

"为纳班祈祷吧。"米蕊茉说，"只要纳班安全，我就会安全。"

♛

她想和安东妮塔及其妹妹依莱薇德玩杰克骨游戏。但依莱薇德年纪太小，总是不等轮到她，就动手抢骨头，把整盘游戏搞乱。

"住手。不然我去告诉我祖母。"莉莉娅轻拍一下依莱薇德，只想证明自己是认真的。然而安东妮塔的妹妹是耍低级花招的高手，立刻像挨打一样尖叫起来。

"怎么回事？"正同王后说话的荣娜伯爵夫人抬头望过来，"你们三个就不能好好玩吗？"

"莉莉娅打疼我了！"依莱薇德说。

"她是个大话精，荣娜尔阿姨，是个大骗子！我都没怎么碰她。"莉莉娅特别讨厌这种哭喊声，因为她正在饶有兴致地听那两个成年女人谈话，"你说是不是，安东妮塔？"

安东妮塔是罗森一个亲戚的女儿，也是莉莉娅时间最长的玩伴。她用力点点头。"伯爵夫人，依莱就爱假哭。"

秩序恢复之后，依莱薇德得到莉莉娅的一个娃娃，到一边玩去了——小公主估计，那个娃娃可能要粉身碎骨了。两个大些的女孩继续玩杰克骨游戏，莉莉娅则继续偷听。

"我很担心，真的。"王后说，"莫根纳远离家园，已经够难受的了。现在我又必须把这小家伙留在家里。"

莉莉娅知道，小家伙指的是自己。虽然她不喜欢被人称为"小家伙"，但听祖母在为自己担心，她又觉得很高兴。

荣娜尔阿姨笑了。"我们的莉莉娅就像野草，不会有事的。再说了，她是在海霍特，跟我、卫兵，还有她的国王爷爷在一起，您又何必担心呢？"

"我就是担心啊。最近的世界好像很危险。"

"哎呀，亲爱的米蕊茉——我是说，亲爱的陛下——你知道他们怎么说吗？'天堂虽好，但你不该在小船里跳舞。'我觉得这话说得很对。麻烦还没发生，你就别操心了，不然反而会把它招惹过来。在格涞泽地，我们从小就受到教导，要避免这样的事发生。"

"啊，十分睿智。"王后大声叹息。莉莉娅吃了一惊，因为那听上去就像她自己在某个无聊的下午，或者受罚被关在卧室里才会发出的声音。"但我担心的不止是这个小家伙啊，还有国王。"

"难道你担心，他会趁你不在家时做坏事？我是不是该盯紧那些女仆？"

王后又笑了。"西蒙？不。那方面他更像个男孩。我不是担心他的床，他在那方面足够生猛，但他不会多看一眼漂亮女人，因为他担心我会吃醋，所以多数都会回避，而不是多看。你明白我的意思吧。上帝保佑他，他不想惹我生气。"

"那么，亲爱的，你指的什么？你担心什么？"

"哦,全都担心。亲爱的荣娜,我甚至不确定到底是什么。我猜,我是担心我不在时,国王,我的西蒙,会闷闷不乐,会失落。现在这种时候,可容不得他做蠢事啊。"

"国王?做蠢事?"

米蕊茉露出略带忧虑的微笑。"你猜都猜不到。别误会,西蒙是我认识的最善良的人。但有时候,我发誓,圣母为我作证,我觉得自己更像个母亲,而不是妻子。你知道吗,昨天晚上,他想跟我一起到圣树塔顶上吃晚餐。"

"真的吗?为什么?"

"他想聊聊他做男孩时的事迹——爬过哪些塔,在哪些地方做过什么恶作剧。我想跟他谈谈接下来可能会发生什么,我不在期间他必须密切注意哪些方面,等等等等,很多重要的事。他却只想回顾我们年轻的时候。"

"嗯……"莉莉娅看得出,荣娜尔阿姨不太相信王后的话,"陛下,要我说,追忆当年你们年轻相爱的日子不算什么,丈夫能做的坏事很多都比这糟糕。"

"老实说,荣娜,我觉得自己跟那段日子没多大关系。他年轻时,对我的认识仅限于从远处见过我几次。我对他的了解反而还要多些。"

"真的吗?怎么会呢?"

莉莉娅听得十分专心,心里也在想同一个问题。

"因为我观察过他和其他仆人。我妒忌他们的自由。"

"听着有些奇怪。"

"哦,我知道,亲爱的荣娜。不要责怪我。我们年轻时,除了自己,谁都不了解。就算是自己,我们也了解得不够透彻。但我观察过西蒙、杰瑞米,还有那个小厮,叫什么来着……?我看着他们到处乱跑,即使是在工作,也会开心地又笑又唱。"她皱起眉头,"艾扎克。对,是这名字。他个子很小,但唱歌不错,不像西蒙的驴叫。"

荣娜哈哈大笑。"我在礼拜堂站在你丈夫旁边,听过他唱歌。陛下,你用'驴叫'这个词,已经非常客气了。"

"上帝保佑他。他也不喜欢唱歌。"米蕊茉又叹了一口气,"哦,别误会,荣娜,我会非常想念他的。他并不傻,一点也不傻。只要他仔细思考,就能做得很好。可我担心,也许会发生一些事,需要他立刻做出决定。在那种情况下,我很担心他的判断力。"

"我会尽力看护你关心的每一个人,陛下。"荣娜说,"别忘了,我们也会想念你。不仅朝中贵妇会想,全爱克兰的臣民都会想,直到你回到我们身边,王后陛下。我每天都会祈祷你一帆风顺、尽快回家。"

"啊,你提醒了我另一件事。"王后望向孩子们。莉莉娅假装研究杰克骨,其实那骨头已经等了她好一会儿。

"你还玩不玩呀?"安东妮塔催促,简直跟她妹妹一样烦。

"嘘。"莉莉娅挥挥手。她还想听听王后想起了什么事。

"我最近听说,赫尼斯第发生了几件怪事。"王后对荣娜尔阿姨说,"大部分我们都讨论过了,但最近一次报告显示,赫尼赛哈的情况变得十分诡异。请你写信给还在那边的朋友,委婉地打听一下情况。"

"打听泰勒丝?那个准备嫁给休国王的女人?"

"打听任何情况。泰勒丝夫人、休、任何能发现的情报。你的问题不要太有针对性,但也不能太过宽泛。我想知道赫尼斯第王室的大致情况,就是我们的使者或其他官方信使无法提供的那些。"

"你不相信我们的大使?"

"亲爱的荣娜,除了你和西蒙,不论是谁,我都不能完全相信。不过,从神堂那边传到我这儿来的消息太过古怪,所以需要细加调查。你知道吗,银牡鹿囚禁了好几个贵族,都是茵娜温太后的朋友。"

莉莉娅能看出,荣娜伯爵夫人很惊讶。"真的吗?我没听说!为什么?"

"我还不知道。不过,我很担心休,尤其是现在,那个女人已经掌控了他。"

"我会尽力打探。"

"不过,亲爱的,正如我刚才所说,你不仅要对我的兴趣保密,还要谨慎行事。你丈夫与赫尼赛哈依然有着千丝万缕的关系,不要拿家族的安全冒险。"

"拿他们的安全冒险?陛下,你当真吓到我了。"

"我吓得你提高警惕,总比哄得你粗心大意强。"王后露出微笑,提高嗓音,"好了,我孙女在哪儿?我来看望你了?我敢发誓,她就在附近!"

莉莉娅很高兴。虽然王后先与荣娜尔阿姨聊了那么久,令她有些恼火,但现在终于轮到她了。"我在这儿!奶奶!我是说,王后陛下!"

"你当然可以喊我奶奶,尤其是今天,我是来跟你道别的,我要离开一段时间。"

王后朝她招招手。莉莉娅连忙起身跑过去,爬到她膝上。王后身上总带着好闻的香气,今天她的裙子散发着橙子和丁香的味道,头发则是紫罗兰味。"为什么您非要去纳班不可?"

"因为那边有场重要的婚礼,我得去参加。"

"国王爷爷为什么不去?"

王后笑了。"因为他必须留下,照顾国家。"

"您会去很久吗?"

"不会太久。我会在圣格冉尼日之前回来。"

莉莉娅想了想。"您会给我带礼物吗?"

"你喜欢娃娃吗?"

"喜欢,就要一个纳班的娃娃,要穿着很长很长的斯朵拉外套。"

"纳班已经不穿斯朵拉了,宝贝。"荣娜说,"好多、好多年就不穿了。有好几百年!"

"我不管。我要一个穿斯朵拉的。"

祖母抚弄着她的头发。"看看你这头金发,像阳光一样金灿灿的。我会尽力,小羊羔,看看我能不能找到。"

"您还可以帮安东妮塔找一个。"莉莉娅大方地提议,"但不用给依莱薇德。她是个超级烦人的假哭大王。"

但她奶奶又在跟荣娜尔阿姨说话了。莉莉娅只能希望,王后听到了她最后那一句的重要内容,那就是,她不想让那些吹牛、哭鼻子、说假话的小女孩浪费她的娃娃。她抱紧奶奶,闻着她的香气,心里猜想,为什么人们要去那么远的地方。

♛

"圣奥姆德礼拜堂要在不久后的圣徒宴会节那天再做一次奉献。我相信主教会提醒你,而我现在跟你说,是要你前一夜别睡太晚。你也知道,你在那种场合容易打瞌睡。"

"我不是孩子了,米蕊,我也没那么老。"

"你不是,但你在长时间的仪式上做得不好。哦,我想起来了,贾雷德侯爵准备带他儿子去圣撒翠大教堂举行命名仪式。你不一定要出席,但事后召见他和德沃娜夫人会比较好,只要说几句诺赫塞那地方的好话,抱一抱小宝宝,就可以送他们走了。哦,对了,还得赐件礼物。杰瑞米应该能给他们找些漂亮的银杯或银碟。记住,诺赫塞那地方和休的边境接壤,我们要让贾雷德开心。我很担心赫尼斯第的情况。"

"比起赫尼斯第,我更担心北鬼。"

"当然,不过我们已经讨论过了。这倒让我想起,你下集结令没有?"

"还没。先别批评我,吾妻,我知道自己在做什么。我们已经同意,这事得悄悄进行。要是我们在全国上下大声吆喝,说'白狐来了',那会造成恐慌的。更别提届时会有数十万民众想要挤进鄂克斯特的城墙。上帝知道,这还会造成北方农场被废弃、村庄无人居住、道路遭到毁坏……"

"所以我们现在做了什么?要是下个新月,他们已经从北方杀过来了呢?"

"北鬼不会在仲夏时节来袭的。他们喜欢在我们讨厌的黑暗和冰冷中战斗。就算当真来了,我也已经派遣可靠的心腹北上联络所有北方贵族——他们会立刻明白危险所在。我们迟早也要警告他们的。所以,现在我们召集的都是马上必须知道的人。"

"我不确定……"

"米蕊,我们在霜冻大道只遇到一支白狐小队、收到一封警告信。并且我们从未听说过那个写信人,唯一能确定的是,他正在北鬼的队伍中间。我和你一样,不相信北方那个可怕的银面魔女,但我依然想收获今年的农作物。"

"万一我们需要军队,那就得花更多时间集结了。"

"如果我们现在说需要他们,结果却发现我们错了,那下一次召集又将需要多少时间?再下一次呢?那会变成《无聊的牧羊人》的故事。"

"也许吧。"

"吾妻,你知道的,今晚是你启程去纳班之前的最后一晚,我真心觉得,我们该做的事不是这些。"

"当然,你说得对。这又提醒了我另一件事。麦尔芒德的盐务总管必须换人,那家伙是个酒鬼,而且监守自盗。羊毛总管也一样。"

"托司提格不好对付。他之所以能把羊毛贸易的大部分利润收入自己囊中,是因为他足够聪明,贪来的钱舍得花。鄂克斯特评议会喜欢他。再说了,你知道他是欧力克的亲戚。安东保佑我们、庇护我们，那家伙的亲戚比狗身上的虱子还多。"

"是啊，但他也是王位继承人的外公，西蒙。他觉得自己有权将鼻子伸进至高王座的食盘，想吃多少就吃多少。只有这样，他才能老老实实。"

"我知道。但没有他那三千法尔郡士兵和万途关的税收，一旦跟白狐开战，我们干脆把这里改名叫南北鬼岭好了。"

"别开玩笑，西蒙，拜托，在我离家期间，别开玩笑。局势危若累卵啊。"

* * *

"很抱歉。我甚至不知道为什么哭。只是一觉醒来，我觉得心情很糟。"

"别，米蕊，别道歉。"

"我不喜欢哭。这会被人拿来当借口，说'她只是个女人'。"

"但我喜欢抱着你。别挣扎。"

"哦，好吧，只能抱一会儿。我很快就要穿衣服了——我有很多事要做！不管怎样，杰瑞米要来了，我其实不太喜欢他一大早就跑来唠唠叨叨，像只胖知更鸟。"

"亲爱的，他只是在履行他的职责，没别的意思。"

"我知道。哎，你的手很冷。"

"想躲开没那么容易。再说了，你知道俗话说，'冷手……暖喇叭。'"

"你！住手。我们还有事要说——很多事。"

"你明天就要走了。操他大爷的，米蕊，别拒绝我！"

"答应以后会怎样？办完事，你就会笑得像条阳光下的狗，翻过身去睡大觉，丢下还没说完的重要事情。"

"不会。我会先吻你，吻好多下。因为我爱你，接下来我会非常想念你。你不爱我了吗？"

放逐者

"爱,你这笨蛋。大多数时候,我爱你爱得发狂。其他时候,爱意是自然而然产生的。可你知道,现在我们有其他责任。"

"哦,宝座上的上帝啊,责任!我有时候真讨厌这个词。我很怀念没有它的日子。你难道不希望,我们可以想干什么就干什么、想去哪里就去哪里?"

"我想我办不到,西蒙。我认为,我不可能忘记所有依赖我们的人。而且,如果我没记错,你也不能,就算你年轻时也不会。所以,你当年才会为约书亚冒生命危险,并且被迫逃出城堡。不,别起来。拜托,再抱抱我,但是小心那双冷手!我只是想起了珀都因的事。"

"别又是他们。"

"是的,又是他们。要是早知道我要去纳班,我一定会做出安排,去那里见见他们。但他们已经启程来这边了,提亚加月底前就能抵达。他们说,对他们的谷物征收的税款太高,不公平,因为南方的农夫今年年景很糟。"

"那我们就减税吧。"

"不行。那样的话,北方联盟的人会生气。我们这边的爱克兰谷物商贩也不会开心。"

"我们为什么要先跟那些珀都因商贩商量?"

"因为他们是我祖父的国家的一部分,是至高王座治下的一部分。我们承诺公平对待他们。"

"不是。我的意思是,我们为什么要替他们做决定?为什么不让他们自己决定卖什么价钱?"

"因为农夫、牧羊人、商人、小贩,如同项链上的珠子,是连在一起的。别装傻,西蒙,你懂的。全是一件大事,我们必须紧紧拉住一头,好让他们紧密地连接在一起,来来回回、反反复复。"

"他们自己做会做得更好,肯定的。"

"那他们就不归至高王座管了,很快就会回到互相争斗、谋杀的状态。你忘记我祖父之前的历史了吗?当时纳班和爱克兰、珀都因打仗,爱克兰和赫尼斯第打仗,所有国家都跟瑞摩加人及色雷辛人打仗。所以我祖父约翰国王才把他们统一到一个王座之下,所以我们必须统治他们所有人,以免他们互相残杀。"

"如果至高王和至高王后必须决定每种谷物的税率是多少、哪个商人能卖羊毛,那我觉得肯定是哪儿弄错了。这意味着所有权力都集中到至高王座这里了。"

"是啊,正是这个意思。"

"如果坐在王座上的人是——原谅我这样说——一个更像你父亲、而不是你祖父那样的人,那怎么办?或者更像休国王,而不是艾欧莱尔;更像德鲁西斯,而不是他哥哥萨鲁瑟斯?"

"莫根纳不会像那几个人的!"

"不会?我也希望不会。但莫根纳的儿女呢?后面那些继承人呢?下一个疯子或傻瓜坐上至高王座会是多久之后?"

"我开始觉得,现在已经有一个傻瓜坐在上面了,还是只没礼貌的猴子。我同意你动手摸我了吗?"

"很抱歉,你说得对,米蕊,我没什么礼貌。不过,每次我捏你……这里,感觉都好棒啊。"

"住手,你这怪物。"

"是,是,是,我是怪物,即将对你日思夜想的怪物,每天、每晚都祈祷你快点回到我身边的怪物。快点回来,吾妻,好让我做这个。"

"西蒙,拜托。"

"你还有什么重要细节跟我交代吗?我们把帕萨瓦勒和他的随从叫进来,确保没有遗漏如何?还有,柯冉禾肯定会有某个织工扯断了线,要我去更换。或者菲拉诺斯海湾有哪个渔夫养不活自己了,正在等我去给他修好渔网?"

"你现在摆弄的可不是渔网,猴子。"

"你也不是渔夫。每一个人都会过得好端端的。"

"猪。"

"暴君。"

"笨蛋。愚蠢的大傻瓜。可是,亲爱的圣母啊,我会想念你的。"

"我也会想你。别说话了。亲我。天快亮了。"

"哦。哦,你在干吗?"

"履行我的职责。我们聊了那么多责任,让我想起,我该派国王之手去进行一次国事访问。"

"西蒙!你真像个孩子,你知道吗?一个不负责的孩子。"

"那么,至高王后米蕊茉,谁才是真正的傻瓜?毕竟,嫁给我的人是你。不过,如果你命令我停下……"

"省省你的脾气,夫君。我喊了你的名字,但我没叫你停下。"

The Witchwood Crown

失窃的鳞片

♛

　　艾欧莱尔伯爵认得堪冬甲奥这个名字，他从西蒙国王的故事里听过，但他从未听过或见过任何提示，说吉吕岐这个坏脾气的亲戚有权下命令。在风暴之王战争期间，艾欧莱尔觉得，支达亚的指挥体系相当明了：理津摩押和她丈夫是国王夫妇，他们的孩子、吉吕岐和亚纪都是王子和公主，至少是下一任继承人。可现在看来，要么是他理解错了，要么是发生了什么，改变了那些。

　　"堪冬甲奥，你刚才说，纯粹是因为我们旧日的盟友关系，才保住了今日我俩的性命。"艾欧莱尔说，"若是如此，我们感激你的克制。但我承认，我很困惑。在你把我们撵走之前，请告诉我，我或我的族人到底做了什么，让你如此指责？"

　　"你想知道你们凡人做了什么？"堪冬甲奥反问，"撒谎、背叛、谋杀。这还不够几句指责吗？"

　　"他为什么这么说？"莫根纳质问，"那不是真的！伯爵，他到底什么意思？"

　　"我不知道……"艾欧莱尔刚开口。

　　"你见到理津摩押了！"炎甲奥喊道，"你见到岁舞家族的族长被困于长眠！就是你们凡人所为！"

　　亚纪都瞪了炎甲奥一眼。在艾欧莱尔看来，眼神中半是恼怒、半是怜悯。"S'hue-tsa，不是所有凡人都知道其他凡人做了什么。"

放逐者

"这些人跟那个雪卫塞奥蒙是同一个国家的!"炎甲奥转头对堪冬甲奥说,"叔叔,你自己也说凡人的话毫无价值、没有用处,你说那些生物根本不了解真相。"

莫根纳动了动,想说什么。艾欧莱尔伸手捏住他的手臂,虽然力气大了些,但他现在最不希望看到,愤怒的年轻王子把事情搞得更糟。

"你可以这么说,但不代表事实就是这样,炎甲奥。"吉吕岐说,"亚纪都和我都敢保证,尽管有很多凡人不值得信任,但仍有些凡人与支达亚一样,会根据事实说话。雪卫塞奥蒙和他妻子米蕊茉就是这样的人。"

"那你告诉我,"堪冬甲奥质问,"雪卫和王后对那些袭击我、差点杀死理津摩押,并有可能最终害死她的臣民有何说法?还有,我们的信使呢?先是矢介第遇害,现在连坦娜哈雅都遇袭、中毒了!"红发希瑟突然身子一僵,如一只发现地上有猎物在移动的猎鹰,"坦娜哈雅,她带的鳞片哪里去了?"

吉吕岐显得有些不自在。"不在她身上。"他望向艾欧莱尔,"你们的人有没有找到她的东西?"

艾欧莱尔摇摇头。"我问过帕萨瓦勒大人,就是发现她并把她带进城堡那位。他说,她的马匹失踪了,他们在她的背包里只找到一些用树叶包裹的食物。你们丢了什么?"

"就是守护者堪冬甲奥要找的东西——我们也很想知道——那是面镜子,很小,能放在手心里。"亚纪都回答,"西蒙可能跟你说过这种镜子,是我们支达亚用来与远处的族人联络的工具,叫巨虫的鳞片,有时又叫谓识。"

"我听说过这种工具。在我们的传说里,管它们叫'虫镜'。但我没听说受伤的希瑟身上有什么镜子。"艾欧莱尔说,"但更让我心焦的是另一个问题。你们刚才说,在她之前还有个信使?"

"按你们的说法,是几年前。"吉吕岐说,"那时,针对我们族人的袭击才刚刚开始,我们以为,肯定是少数无知凡人的所为。可后来,袭击不断发生,愈演愈烈,似乎经过精心策划,于是我们决定,派信使去见西蒙和米蕊茉,问他们知不知道这些事。"

"你们当真受到那么多袭击?"艾欧莱尔心里生出一种非常、非常不祥的感觉。

"他们在说什么?"莫根纳哑着声音悄悄问他,"他们是说,我祖父母发起了某种战争?"

"让我跟他们谈就好了,殿下。"艾欧莱尔飞快地悄声回答,"我会找到答案。不过希瑟是不能催促的,尤其是现在。"

"守护者堪冬甲奥,我能否得到你的准许,回答艾欧莱尔的问题?"吉吕岐问,"他们已经来了,了解一下他们掌握的情况可能会有用处。不过,这意味着要把我们知道的事与他们分享,因此需要一点时间。"

堪冬甲奥再次仔细打量艾欧莱尔和莫根纳。他有只眼睛被刀疤遮盖,让他的表情好像对听到的一切都很怀疑。但他最后还是点点头,张开一只手做个手势。"带他们进来吧。"他说,"按他们的需要提供食物和水,但不用太多,他们不会待很久。"

* * *

艾欧莱尔和莫根纳被带离码头庇护所,走进森林营地深处,来到一座完全由树木组成的建筑里。树是活的,围成一圈,树冠不知用什么方法长在一起,枝叶交缠,形成枝繁叶茂的屋顶。树干上处处挂着蛛网,只有两棵充当门柱的树除外。尽管按照艾欧莱尔的猜想,这么多蛛网,至少该有几个陈旧或破烂的,但事实上,每张网都很新、很完好,每根丝线都在原位。艾欧莱尔觉得,这地方的希瑟似乎比第一个小舟村落里的更严肃,感觉更像靠近战斗前线的军营,没有希瑟唱歌或跳舞。而且伯爵感觉,他们对自己和莫根纳的监视比第一个希瑟村更加严密。

或者他们只是对礼仪不太感兴趣,他猜想。

希瑟给他和王子送来些水果和小面包,用大叶子充当托盘。给他们端来的水很凉,触到舌头,感觉仿佛烈酒。艾欧莱尔看看王子,发现莫根纳吃这食物的模样远比他想象中享受。

等他们吃饱喝足,吉吕岐说话了。"艾欧莱尔伯爵,自从你我上次在米蕊茉和塞奥蒙的加冕仪式上见面,之后发生了很多事。仪式后不久,我们被迫面临一个选择:是否遗弃我们最后的家园角天华。伊奈那岐发起战争那年,角天华就已被贺革达亚发现,并且遭到袭击。"

"伊奈那岐是风暴之王的真名。"艾欧莱尔对莫根纳解释道,"他死之前曾是希瑟。"

"我知道。"莫根纳回答。

艾欧莱尔很高兴,至少莫根纳在认真听。根据伯爵多年的经验,小王子多数时候并不喜欢专心听讲。

"几年前,"吉吕岐续道,"我们还纠结于自己的纷争和事务时,就曾听说有同胞在这森林的西南方、希瑟废城大稚附近遭遇袭击。那一带向来是我族的重要领地,所以,当我们听说袭击者是凡人,而且根据服装和武器断定是爱克兰人——也就是塞奥蒙和米蕊茉的臣民时——我们十分困扰。但我们一直知道,几个世纪来的无知、怀疑,甚至仇恨,不会因为凡人王座的易手而消失。所以,虽然我们会追捕袭击者,却并不会责怪你们的国王与王后。"

"但结果证明,这很愚蠢。"堪冬甲奥端着一只镶银雕花角杯,喝着茶,"我早就警告过你们了。"

吉吕岐和亚纪都飞快地对视一眼。吉吕岐继续道:"可随着时间过去,袭击越来越频繁,很多受害者只是出外采集植物,或在森林边缘放哨的无辜者。我们意识到,确实出了问题。"

"我能问一下吗,普通凡人如何能够伤害希瑟?"艾欧莱尔问道,

"尤其是哨兵——他们应该都受过战斗训练、并带有武器吧?"

"他们受到诱骗,艾欧莱尔伯爵。"亚纪都解释说,"袭击他们的凡人并非愤怒的农民,不是因为受惊或一时害怕而动手。有一次,我们的族人听说,有一群凡人正在森林中的某个区域砍树,而根据我们与你至高王的约定,那块区域不该由凡人使用。于是他们前去调查。但那群砍树人是诱饵,那边还埋伏着其他凡人。我们的族人前去查看时,遇到了埋伏的弓手的袭击。"

"圣母艾莱西亚啊!"艾欧莱尔震惊地说,"他们居然设了陷阱?就为杀害希瑟?你们为何觉得这事跟西蒙和米蕊茉有关?"

"大多数族人并不这么认为。"吉吕岐回答,"至少一开始没有。"

"有一部分族人至今也不这么想,"亚纪都补充,"因为我们了解他们二位。"

吉吕岐点点头,但艾欧莱尔觉得,他似乎不如妹妹坚定。"然后,我们派出奇闹谷的矢介第做信使。"他继续道,"许久之前,他曾在你们凡人所说的雾沙穆雪山上,同雪卫塞奥蒙——也就是你们的西蒙国王——一起并肩作战。矢介第受命前往阿苏瓦——就是你们所说的海霍特——了解真相。说实话,我依然希望整件事是个错误。"

"直接说吧,表亲,"炎甲奥愤愤地说,"把事情经过都告诉他们。"这事对他的意义显然与吉吕岐不一样。

"我们派矢介第前去拜见你们的国王与王后。"吉吕岐续道,"他们二位曾对我们许下承诺,两族间的情况将与以前不一样。但我们再也收到听到矢介第的消息。大概两年后——按照你们的纪年——我们在森林南边一片牧场里,发现了他已经腐烂的马鞍和装备。矢介第携带的鳞片,也就是他用来向我们报告凡人情况的神圣镜子也不见了。他的鞍囊上有箭孔。此外,我们再没发现任何有关他的痕迹。"

艾欧莱尔能感觉到,聚在这个奇特的开阔树屋中的希瑟,每人都很愤怒,也很伤心。希瑟人丁稀少,虽然以凡人的标准来看,他们的寿命近乎长生，但跟其他生灵一样，他们也会死。而且他们的新生儿极其稀少，所以每个族人的死亡都会削弱他们的族群。

"矢介第的事情，我深感遗憾。"伯爵最后说，"我不认识他，但我听西蒙国王在故事里提到过他。不过，我可以毫不犹豫地跟你保证，西蒙和米蕊茉与这可怕的事毫无瓜葛，他们也不可能知情。我必须相信，这事最大的受益者，依然是我们的老敌人北鬼，罪魁祸首最有可能也是他们。"

"凡人，你没仔细听吗？"炎甲奥一跃而起。根据艾欧莱尔对希瑟的了解，堪冬甲奥这位晚辈的表现可以说是气得发抖，如同愤怒的年轻神祇一样危险，那头红发甚至好像神圣的火焰。"凶手是凡人——跟你们一样的凡人！如果有贺革达亚牵涉进来，那我们早就察觉了。我们从未停止对他们的监视，尤其是在禁山……"

"闭嘴！"堪冬甲奥愤怒的目标头一次从外来者身上转移，"你闭嘴，炎甲奥。你说话经常不过脑子。"

年轻的希瑟蹲坐回去，金色的脸庞恢复了刻意的空白。

这个小插曲结束之后，亚纪都接着哥哥未完的话继续讲述。"矢介第的失踪吓到了我们每一位成员，"她解释，"并激化了是否应该继续留在角天华的争论。我们都知道，那地方已不再隐秘。更困扰我们的是，它在战争期间已被贺革达亚发现，并导致了我们挚爱的阿茉那苏——支达亚一族之母——的去世。"

在场的希瑟都做了同一个表示哀伤的流畅手势。艾欧莱尔知道那次袭击，也知道阿茉那苏之死，因为当时，年轻的西蒙就被软禁在那里。那是一次多么具有毁灭性的打击啊，艾欧莱尔心想，一次由阿茉那苏自己的长辈乌茶库指挥的背叛，导致多年的智慧一举丧失！

"他们在说什么？"莫根纳问艾欧莱尔，"这些名字我都不知道！"

"我稍后给你解释。"伯爵轻声回答，"在那之前，殿下，尽量聆听并了解。这是一段比凡人更古老的历史。"

"然后,一年前,我们的母亲理津摩押和S'hue堪冬甲奥的队伍在此地的西边扎营时,"亚纪都继续道,"遭到一支凡人军队的袭击。"

"你确定那不是一群惊慌失措的猎人?"艾欧莱尔问道,"在凡人中流传着许多关于希瑟的不实谣言,却被当成事实……"

"不可能。"堪冬甲奥说。

"恐怕,我们的舅舅说得对。"亚纪都对伯爵说,"大概有八十个凡人等在那里,攻击了由十二名支达亚组成的狩猎队。他们毫无预警地发动袭击,箭矢齐发,而且选在白天行动,显然他们知道,我们在黑暗中更占优势。"

堪冬甲奥指着艾欧莱尔,破相的面容让他说出的每个字都显得十分狰狞。"赫尼斯第人,你听着,那些谋杀犯做好了准备等着我们。有人教他们学会了我们的方式和技巧。那些爱克兰人埋伏在一条我们很少走的路线上,所以肯定等了很长时间。他们还掩盖了气味。攻击之前,他们没发出任何警告。第一阵箭雨就打掉我们半支队伍。你觉得这有可能是场偶遇吗?"

"我同意,不可能。"艾欧莱尔突然觉得,自己活过的多年岁月全都沉重地压在身上。希瑟说得对:这不是误会,无法依赖外交辞令和谨慎措辞来缓和。事实上,这是个他无法当场解决的谜题,也许永远都解不开。谁会做出这样的事?除了眼下明显的结果——破坏希瑟与至高王座之间的友谊之外——目的又会是什么?"我向你们保证,我的国王与王后是无辜的,但我依然为你们的遭遇感到悲伤。"

"悲伤?"堪冬甲奥做了个像是挥舞小刀的轻蔑手势,"凡人,你懂什么悲伤?我们的女族长——你们凡人所说的王后——就在我面前被射倒。我的亲族在我周围被杀害。唯独我一个人逃走,肩上扛着理津摩押被射穿的身体,她和我的血一同洒在无情的大地上。"

伯爵身边的莫根纳又动了动。艾欧莱尔深知,他们此刻行走在狭窄的小径上,两边都是万丈深渊。所以他再次抓住王子的上臂,警告地捏了捏,然后才说:"守护者堪冬甲奥,你们说的每个字、每句话,我都听到了,且心如刀割。不要忘记,我和大多数凡人不同,是少数见过理津摩押的人之一。我了解她的智慧与力量。但你为何如此确定,袭击者是爱克兰人?你听到他们说话了?"

"哈,"堪冬甲奥的笑声充满讽刺,"他们杀害我们时,根本没有互相喊话,那更证明是一次埋伏,简单而纯粹。"

"但在过去,希瑟曾跟许多凡人种族发生冲突,包括以前纳班皇帝时代的纳班人,以及后来从西方来的瑞摩加人。为什么你如此确定,袭击者来自爱克兰?"

"因为我杀死了袭击者的头目,"守护者回答,"在其他人拖着他的尸体撤退之前,我发现了一些东西。"

"我去拿,叔叔!"炎甲奥起身,大步跳离树厅。过了一会儿,他回来了,手里拿着一个皮袋,交给堪冬甲奥。后者将袋子倒过来,里面掉出许多金币,落在他靴子前的地上,"叮当"作响。"你们自己看。"他说。

艾欧莱尔走上前,莫根纳紧跟其后。伯爵捡起一把金币,感受它们的重量,检查边缘的做工。"是金王座。"他说。

"不仅如此,"沉默许久的吉吕岐再次开口,"仔细看。"

艾欧莱尔将一枚金币拿到透过蛛网墙壁洒进来的光线下。"咬人的巴格巴啊,"他喃喃说道,"是王后与雪卫。"

每个崭新的金币两面都有人像,一面是米蕊茉王后,另一面是她的丈夫、雪卫西蒙国王。这一版金王座在几年前才开始发行,是在至高王座的严格管理下,在爱克兰铸造的。伯爵无助地看看吉吕岐,又看看亚纪都。两兄妹只能默默回望。伯爵最后转向堪冬甲奥。"这我无法解释。"艾欧莱尔说,"但不等于它没有解释。"

"无所谓。我们不想听解释,"堪冬甲奥说,"也不需要你们的任何帮助。凡人，我们只要你们离开我们的森林，别挡我们的路。吉吕岐，既然你如此重视他们，也许可以负责带他们离开我们的土地。至于你两个凡人，把啼－涂挪留下，它将回到制造者手中。就这样。"

♛

莫根纳本不想参与这趟荒野旅行，一点都不想。可随着时间过去，他开始生出不一样的想法。他先是自豪地发现，自己能吹响古老的希瑟号角，高贵的艾欧莱尔伯爵却做不到。后来，在所有人当中，又是他凭借号角将希瑟召唤出来。然而当时的愉快，反而让此刻的难堪变得更加难受，不但至高王座之手和王位继承人遭到了不朽者的冷眼相待，甚至连号角都被暴脾气的守护者堪冬甲奥收走了。

吉吕岐领着他们穿过森林，走向爱克兰的营地，走向波尔图、矮怪和等候的士兵。莫根纳心里越来越气。希瑟一开始恐吓他，然后冷落他。不仅如此，他们还让这次旅行变得毫无意义。几个星期的骑行、露宿、错过许多在家度过的欢乐时光，唯一的回报却是被无数传说中光辉夺目的不朽者当做乞丐一样对待。

等回到家，他们会说，走这一趟完全徒劳无功，他苦涩地想。祖父母一定会责怪我，因为他们绝对不会责怪神奇的希瑟朋友、或者他们的老战友艾欧莱尔伯爵。但说到底，希瑟到底是什么玩意儿？他们住在森林里，没有房，穷得像是捕兽人和烧炭工。

莫根纳望向吉吕岐，刚才的想法却又动摇了一些。希瑟的一举一动犹如真正的荒野生灵，迈开长腿，跨着大步，动作平滑，悄无声息。相比之下，莫根纳和艾欧莱尔为了努力追赶，每一步都发出"咔哒"和"沙沙"的杂音。

他们跟随吉吕岐往前走，午后的阳光由盛转衰。一开始，林中的空气仿佛飘舞的、如星星般闪亮的微尘，渐渐变得越来越朦胧。随着太阳西沉，地面腾起雾气，把阿德席特大森林的地面笼罩得仿佛流水下的河床。但莫根纳无暇欣赏，因为他满心愤怒，胸口有种悲痛的重压感,尽管并没有什么人去世。

"我们为什么要留下号角?"他突然问道,"我的祖父母把号角交给我们!那是凯马瑞爵士的号角,他又不是希瑟!"

"很久很久以前,那号角是希瑟做的。"艾欧莱尔皱着眉头,吃力地翻过一根挡在路上的圆木,"殿下,将它归还给希瑟,是最基本的礼貌。再说了,在我们面对的诸多难题中,啼-涂挪是最小的一个。"

"我该替我舅舅道歉。"吉吕岐说,"但我觉得,大家都负有责任,包括我自己和我妹妹。即使塞奥蒙和米蕊茉当年跟我们缔结新的和平盟约时,我们也不理解他们追求的是什么。我们无法轻松、随意地做出改变,那些害怕、憎恨我们的凡人亦是如此。那需要多年的维护与关注,然这两点我们都很欠缺。现在想来,恐怕已经太迟了。"

"太迟?"艾欧莱尔问,"为什么?"

"我们岁舞家族曾与凡人交好。但凡人攻击堪冬甲奥和母亲时,我们的家族便遭到了其他支达亚的排挤。堪冬甲奥作为族中最年长的一位,于是自命为家族守护者,直到威胁解除为止。目前所有家族……呃,这么说吧,仍会在某些特别重要的方面进行合作。然而,我们共同的家园角天华已然消逝。我们兄妹跟你们讲过,角天华的意思是'树海之舟'。现如今,各个希瑟家族分散在许多小舟之中。按照我们的古老传统,这是正确的做法。"

"我担心……"艾欧莱尔开口,但莫根纳已经听腻了别人的话。

"为什么你们希瑟全都听你舅舅的话?"他对着吉吕岐的背影质问,"我们怎么知道,这一切不是那个什么——堪冬拉奥、堪搭甲奥——自己做的,然后嫁祸到凡人头上?"

"莫根纳王子!"伯爵十分震惊,但莫根纳懒得管。难道老人从未想过这种可能性?艾欧莱尔可是个外交家,应该对世间百态十分了解才对。

The Witchwood Crown

"怎么着？他是唯一一个活着回去讲故事的希瑟，不是吗？如今他获得了本该属于女王的权力。"莫根纳觉得这个可能性相当明显，"他只需要一个装满新铸金币的钱袋，好让他说钱袋的主人就是所谓的袭击者。"

"我为王子道歉，"艾欧莱尔对吉吕岐说，但这让莫根纳更加愤怒，"我们山长水远地来到这里跟你们见面，当然会觉得失望……"

希瑟摆摆手。"安心吧，伯爵。我们支达亚并非完全不懂欺诈。事实上，如果你听说过伊奈那岐杀害亲生父亲的故事，你就会明白，我们族人也经历过背叛。不过我觉得，莫根纳王子对我们并没有足够的了解，就匆忙做出了判断。"

"也许吧。"不管祖父祖母对这些精灵有多高的评价，莫根纳也没有心情接受对方的解释，"但我们一直寻求的帮助，绝不可能来自这些希瑟。"

"帮助？"吉吕岐问，"先前你们也提过这个，但当时我以为，你们是指打破我们两族之间的隔阂。你们具体是什么意思呢？发生了什么，为什么你们到现在才说？"

"因为你们那位守护者根本没给我机会。"艾欧莱尔回答，然后他将王家巡游在北方大道遭遇袭击的事，以及战斗之后发现的那封信，都说了。

"巫木王冠？"吉吕岐说，"真是个非常古老的词。"

"这是什么意思？"艾欧莱尔问，"是某种武器或法器吗？类似我们在风暴之王战争期间找过的神剑？"

吉吕岐做了个五指抓取的手势，像要抓住某种无形的物件。"真希望我妹妹在这儿。学习古代历史时，亚纪都比我认真，所以她对这些事了解更多。在我们的语言里，'巫木王冠'叫 kei‑jáyha。它有好几个意思，其中最常见的一种——至少在古时候——是指我们一族刚刚踏上新大陆时种下的所有巫木树林。"

放逐者

"新大陆?"艾欧莱尔问。

"就是这里——你们凡人所说的奥斯坦·亚德。说它'新'是因为,我们是在逃离旧家园华庭之后才来到这里的。"

"有很多树林吗?"伯爵继续问道,"它们很重要?"

"到现在,大多数巫木树都已枯死。"吉吕岐回答。就连不习惯希瑟风格的莫根纳王子,也能听出对方的话中充满悲苦。"就连我们角天华里的圣树林,也在风暴之王败落后没多久便彻底枯萎。如今依然活着的巫木树都在奈琦迦的贺革达亚手中,所以乌荼库试图夺取的巫木王冠,如果按这个意思,是解释不通的。"

"但你说过,这个词还有别的意思。"艾欧莱尔指出。

吉吕岐迟疑了。莫根纳猜想,他是不是隐瞒了什么。"我们以前埋葬死者时,会用巫木树枝做个王冠,放在棺木上,或者戴在死者的额头,一同下葬。因此,这个词也是审棋中一个棋招的名字。"

为了跟上吉吕岐毫不费劲的脚步,艾欧莱尔已经很辛苦了,但他显然对这个话题很感兴趣。"棋招?你是说一种策略?那有没有可能,就是我们收到的信里所指的意思?"

吉吕岐似乎专注地望着前方的路。莫根纳断定,自己绝不会信任这个希瑟,而且他肯定有事瞒着他俩。

"还是一样,"希瑟最后回答,"我觉得这不可能是乌荼库的目标。在审棋中,巫木王冠的意思是,通过投降来获取某样东西。我很难相信,贺革达亚的女王打算投降。"

"那我们收到的信就没法解释了?"艾欧莱尔追问,"北鬼的计划仍是谜团,你们也无法而且不愿帮助我们?"莫根纳感觉,伯爵这番话显得相当可悲,活像一个祈求富裕亲戚施舍钱财的穷人,"如果北鬼再度发起战争,我们该怎么做?"

"你不用问他,"莫根纳插嘴,"我祖父母会决定怎么做。"

吉吕岐望向王子,严肃的面容在斜射的迟午阳光下显得更加另类。头上树冠间的空隙露出日落时铺展在天空中的红光,但莫根纳沮丧地发现,那些光线的来源又一次与他以为的西方相反。他突然意识到,自己此时距熟悉的一切是多么遥远,不得不勉强压下突然涌上心头的强烈的思乡之情。

"若是如此,莫根纳王子,你祖父母不仅需要独自做出决定,"吉吕岐平静地回答,"还要独自执行它们。支达亚内部都无法达成一致,因此无法为你们做任何事。"他又望向首相,"艾欧莱尔伯爵,我们快要到达分手的地点了,但有些话,我必须马上说。"

"我洗耳恭听。"

"信使坦娜哈雅是我和我妹妹派去的,但这完全违背了堪冬甲奥的意愿,而且他若有办法,肯定会阻止。信使的遭遇很可怕,但此时困扰我的是另一个更加糟糕的问题。正如我们先前讨论过的,坦娜哈雅带着一个谓识。之前的信使矢介第失踪时也带着谓识。但那两面镜子都失踪了。如果是普通的爱克兰强盗,对他们来说,那种东西完全无用,又何必要偷呢?除非他们知道那些镜子的真正价值。"

"它们的真正价值是什么,吉吕岐?"伯爵问道,"我知道,你们用它们互相联络。但是否还有别的用处?能用来做武器吗?"

"恐怕这正是我们的语言与你们的语言之间的差异。"阴影开始弥漫森林,身穿暗色朴素衣服的吉吕岐仿佛只剩半张漂浮的白脸。"谓识能不能用做武器?恐怕不能。但它们非常强大,而且,如同珍贵的巫木一样,它们也正从世上消失。我们使用它们,跨越距离,了解远方伙伴的想法,因此它也能跨越时间。然而在其他人手中,在那些粗心大意的人手中,它们可能会成为用于进出其他未知领域的入口。那可能是万分危险的领域。你身旁这孩子的祖父曾看过我的镜子,随后发现,他竟然直接看到了北鬼女王本人。"

这个孩子,莫根纳缩起肩膀,勉强控制自己的脾气,这个孩子……

"可为什么有人要偷那样的东西,吉吕岐?"伯爵继续问道,"正如你所说,普通强盗怎么可能知道它们是什么?"

"我本来希望你能有些头绪。也许凡人中会有传言,说什么地方有希瑟的物件出售,或是任何能提示袭击者偷走它们的目的很普通——比如单纯是出于贪婪——的线索。可是我越来越担心,袭击矢介第和坦娜哈雅的人,甚至是袭击我母亲和舅舅的人,其实是为夺取他们的镜子,而不仅仅是他们的生命。"吉吕岐突然停步,静得像只猫,"看啊,我们已经靠近你们召唤我们的地点了。你们很快就能回到族人身边了。"

莫根纳看到,他们确实回到了上一次吹响号角、召来希瑟的林中地点,而且还是在差不多一样的时间,太阳正朝看不见的地平线下沉,透过树枝看到的天空正渐渐变成深蓝。

"所以,不论我们怎么做,也无法说服你们帮助我们?"伯爵仍不死心,"更重要的是,帮助你们的老朋友西蒙和米蕊茉?"

吉吕岐愁容满面。"即使是现在,我妹妹依然在逆风歌唱,试图说服堪冬甲奥,不能因讨厌凡人而简单地忽视凡人的担忧。如今,听你说到与北鬼同行的瑞摩加怪人,以及他送给你们的信,我比以往更加相信,我和亚纪都是对的。然而,除非我舅舅及其他族人改变心意,否则我们无能为力。艾欧莱尔伯爵,请转告我们在海霍特的朋友,我很抱歉。"

莫根纳本以为,遭到拒绝已经够难受的了。可同时还要被忽视,令他再也无法忍受。他觉得自己就像站在桌旁、等候成年人说完话的孩子。"吉吕岐,你妹妹腹中的孩子是谁的?"他突兀地问。

"莫根纳王子!"伯爵惊呼,"请你注意礼貌。"

"艾欧莱尔,别假装你自己不想知道,也别因为我敢开口提问就责怪我。"

"这不是……"首相刚开口,便被吉吕岐发出的一阵低沉的鼓噪声打断了。莫根纳过了好一会儿才反应过来：希瑟在笑。而这让他更加恼怒。

"不好意思，"吉吕岐说，"我们早就该说说这事的。我忘记了，这类事情在凡人当中常会激起羞耻和迷惑。不过，艾欧莱尔，至少这一次，莫根纳王子是对的——这不是一个需要遮遮掩掩的问题。我的妹妹确实chiru了——准备融入我族的河水。穆拉泽地的艾欧莱尔，若是换成比较安宁的日子，你会与我们一起庆祝，因为这是件稀罕的喜事。"他对莫根纳说，"虽然你的问题并不如你想象的那么重要，不过，年轻的凡人，我可以告诉你答案：我们家族的亲属，炎甲奥，是孩子的父亲。"

"他们结婚了吗？"莫根纳问道。

吉吕岐露出微笑。"没有，他们之间不是那种配偶关系。我们每一代的新生儿都很稀少。在我们家族，这是将近一个世纪以来的第一个孩子——你们明白这有多久。所以，这消息让每个希瑟都很高兴。"

所以，这就是我祖父母喜爱的希瑟，莫根纳厌恶地心想，这就是他们一天到晚念个不停的魔法生灵，好像他们是天使，甚至是高于尘世的诸神。可他们就像强盗一样住在森林里，面对一小支凡人队伍的袭击都无法自卫。他们的王族女子未婚先孕，却毫无羞耻，满不在乎。他感觉自己受骗了。整个任务的真相正如他所担心的那样，就是为了找个借口，将他踢出祖父母的视线之外，好让他俩清净一段日子。

他们在空地边缘停下脚步。迎面吹来一阵凉风。透过枝丫，可以望见日落。"你们只要再走一小段路，就能找到你们的朋友和卫兵正在等待的开阔地。告辞了。"

"告辞了，吉吕岐。"艾欧莱尔回答，"真希望我们的见面能更开心一些。"

"不要绝望，没人知道全部结局，即使是最睿智之人也不例外。

我们也许会在一个更快乐的时间再次见面。"

艾欧莱尔的笑容并不信服。"我觉得自己没那么多时间了,吉吕岐,我们的寿命远不如你们希瑟。诸神就快将我从这尘世召回去了。"

吉吕岐默默地站了好一会儿,才伸手与艾欧莱尔相握。"正如我所说,没人能知道全部结局。我希望你的诸神能容许你留下更长时间。"

"我会祈祷你的母亲恢复健康,"伯爵回答,"祈祷你妹妹的孩子平安降生。"

吉吕岐点点头,对莫根纳说:"信念。"

王子愣了愣。"你说什么?"

"要对他人怀有信念,莫根纳王子。"他重复,"像艾欧莱尔一样,相信你的凡人同族大多都心怀善意。"

"可你们并不相信这一点!"

"啊,我是相信的。"吉吕岐说,"我对自己的族人也抱有同样的信念。否则,我们也不会站在这里说这些话。"

"这个世界充满了骗子。"

"因此更要追寻真相,找到后亦要更加珍惜它。不要忘记,对自己要有信念!我觉得,你缺的正是相信自己能让你祖父母感到骄傲的信念。祝你好运,告别了,Hikka Staja 的种子。"

莫根纳只能懵懂地看着他,心里琢磨最后那个词是什么意思。但他还来不及有其他反应,吉吕岐已经转身大步离开,须臾间便消失在森林中,仿佛从未出现过。

"他是什么意思?他对我的称呼是什么意思?"

"我也不知道,殿下。"艾欧莱尔说,"但我们还是迟些再讨论吧。现在要趁着还有光线,尽快走到开阔草地上。我们可不能在这森林里过夜。"

莫根纳打个冷战,但他尽量掩饰。"希望波尔图至少能点个火。"

* * *

待莫根纳和伯爵来到森林边缘,太阳只剩下西边地平线上的一抹亮色。他俩走出最后一丛桦木和橡树,来到一个灌木繁茂的斜坡,前方是河岸。在他们跟前的草场上,点缀着少数营火,生出的烟雾犹如渐暗天幕上的划痕。两人疾步朝营地走去,长草轻轻刮着他们的膝盖。但没多久,他们慢下脚步,最后站住了。

"这里没人。"莫根纳说,"没人在等。我们的人都到哪里去了?为什么都走了?"

艾欧莱尔来回扫视平地两侧。"也许他们出去找我们了。传闻说,精灵村里的时间与外界不一样。也许我们离开的时间比我们感觉到的长很多。"他弯下腰,眯着眼睛,"我的眼睛老花了,看不清太远的地方。你看到什么动静没有?"

"什么都没有。没人。"

他们继续往静悄悄的营地走去。尽管夏日的傍晚很温暖,尽管草地上几乎没有一丝微风,莫根纳依然感觉自己全身发冷。他能听到不远处的河水声,只是现在天色太暗,他只能看见一道黑线划过草地。大部分火堆烧得只剩黑炭,然而,那并非莫根纳一开始以为的被遗弃的炊火、或是哨兵留下的营火。

他们来到第一簇火堆前,看到最后的火苗正在车轮的碎片和焦黑的柱子上苟延残喘。"这是供给车。"莫根纳的声音,即使在他自己听来也死气沉沉的,犹如古老民间故事中预言厄运的鬼魂,"圣树啊,这里发生了什么?"

艾欧莱尔走到燃烧的马车另一头,低头看着什么。过了一会儿,莫根纳朝他走去,差点踩在伯爵脚前的一具尸体上。"啊,安东保佑我们,"王子说完,转过脸去,"他的内脏都出来了。"

"这里共有三具尸体。"莫根纳被老伯爵沉稳的声音吓了一跳,因为他觉得,自己距被吓疯只差一两步了。他们周围都是空寂的草地。"还有匹死马。"

"可是,谁能做出这种事?"莫根纳问道,"这些都是爱克兰卫兵啊。"他感觉这一切都不太真实,"其他人呢?"但艾欧莱尔伯爵没有回答。过了一会儿,王子抬起头,看见伯爵正在眺望北方的草原。他跟着转头望去,看到一队武装骑手,至少有数十人,正沿着森林边缘朝他们走来。

"是我们的人吗?"艾欧莱尔问,却显得不太有希望,"我的视力已经不行了。你看得出来吗?"

莫根纳眯起眼睛,感觉脑袋里的血管跳得"咚咚"响。"我看不到他们戴着任何纹章,也没有旗帜。而且每个人都穿着不同的盔甲。"就在他观察时,最近的骑手发现了他们,整支队伍立刻朝二人奔来,手里高高挥舞着斧头和长矛。

"咬人的巴格巴啊!"艾欧莱尔赌咒道,"是色雷辛人,不然就是强盗!"他抓住莫根纳的手臂,用力推他, "快逃,王子,逃进森林。"

"你疯了吗?"莫根纳已拔剑出鞘,"我不能丢下你……"

"你能,并且你必须丢下我。叫你的顽固见鬼去!你是至高王座的继承人,小子,我的责任是保护你的安全。与之相比,我的性命不值一提。逃进森林,藏在里面。如果我活下来,我会进去找你。如果我死了,呃,那就试着再去找到希瑟。快走!"

"不!我不走!"袭击者的马蹄声越来越响,骑手们如雷雨云般扑向他们,距离只剩两三个箭程,而且迅速缩短。

艾欧莱尔又推了莫根纳一下,力气大得差点把他推倒在地。伯爵手持自己那把细长的佩剑。"沐诃的流血断臂啊,莫根纳王子,你要不走,我发誓,我会在色雷辛人抓住你之前亲手杀了你。有些草原部族会把囚犯活活烧死!"

莫根纳朝森林边缘迈出一步,然后又一步,但他无法想象自己会把老人留下送死。"来啊，一起逃。"

"我跑不掉的。"伯爵说，"我太慢了。不行，但你必须逃走。"

"我是个王子！"

"火堆才不管你是谁，"艾欧莱尔喊道，"色雷辛的长矛也不管。"暮色中，莫根纳只能隐约看清伯爵苍白的面容。"逃啊，该死的臭小子，快跑！"

莫根纳进退两难，既愤怒又害怕，终于转身朝森林全速冲去。

在森林边上，他为躲避一丛白蜡树而放慢了脚步，趁机回头张望。此时此刻，那片草地几乎漆黑一片，但他看得出，骑手已快要冲到艾欧莱尔面前了。老伯爵像是站在那里，耐心地等待对方包围自己。不过，莫根纳也看见，有好几个骑手脱离大队，爬上斜坡，朝他目前所站的位置奔来。

一瞬间，他很想转身去迎接他们，迎接英雄式的死亡——但更有可能是不为人知、无人诵唱的死亡。这时，他突然想起了莉莉娅，想起她那张严肃的小脸蛋。他无法想象，妹妹听说自己的死讯后将如何承受。她从出生就没了父亲，要是连哥哥也没了……他不能这样对待莉莉娅，只要他还有别的选择。

莫根纳转身疾步爬上斜坡，穿过白蜡树丛，一路被灌木和纠缠的青草绊得跟跟跄跄，终于来到黑暗的森林中。很快，阳光彻底消失，他被迫放慢脚步，改成疾走。据他所知，追赶他的色雷辛人非常熟悉森林，所以他不停地走，走到双手双脚都被划得满是伤痕，疼得再也迈不开步，这才停下。

他站在那里，一边尽量小声喘气，一边聆听追杀者的声响。但除了自己心脏的敲击声，他什么也听不见。过了一会儿，他留意到自己站在一棵大树下，树干比他的身躯宽阔许多倍。他摸摸树皮，上面长满树瘤。他猜想这是棵橡树。

如果我能爬到树上，就可以休息一会儿，他里想。追赶我的人没带狗,至少我没看见,也没听见狗的声音。只要我藏在枝叶间,他们就找不到我了。

莫根纳想起可怜的艾欧莱尔。他独自面对一群骑手,下场会是什么?但这想法太强烈、太痛心,他只好将之压下。他四处摸索,找到一根合适的树枝,开始爬树。

爬到离地大概有自己两倍身高时,他找到一处位置,有许多树枝横向伸展。他又往上爬了一点,终于找到一个宽敞的地方,好几根粗大的树枝相互交接。然后,他背靠粗糙的树干坐下,再次聆听。还是没有追逐的声音。事实上,除了夜鹰的快速呜呜,还有风吹头顶高处树冠的叹息,什么都没有。

莫根纳备受惊吓、精疲力竭,终于打起了瞌睡。他梦见一团黑色的蝴蝶,蝶群如此密集,差点把他闷死。惊醒后,他看到大半个满月高挂空中,仿如一张仲夏夜面具,透过枝丫望着他。一时间,他不知自己睡了多久,也不知自己为何会在树上。随后,整个可怕的经过才返回他的脑海。好一阵子,他只想像个孩子一样痛哭一场,接受别人的安慰。但这里没人能安慰他。他独自一人,身处黑暗的森林之中。

有东西掠过他的后颈和面颊。可能是枝丫或叶子。过了一会儿,又来了。莫根纳正想抬手推开那东西,才意识到它的动作不可能是叶子或树枝,而是另一种完全不同的、有生命的东西。他死死定住,生怕那是有毒的动物,比如蜘蛛或毒蛇。然后,他意识到两者都不是。但他的心跳并未减缓,反而跳得更快,仿佛夜鹰的鸣叫。

有一只手,正在轻柔地抚摸他布满鸡皮疙瘩的皮肤,摸得他直发痒。那只手有着细长的手指,又细、又冷,活像一个饥饿的小孩。

The Witchwood Crown

回家

♛

"我的汤呢？给我汤！"

尽管老人声音细弱，他的马车也很宽敞——毕竟是用两辆马车拼成的——但在海菈听来，他的话仍像从一掌开外传来。她向草上惊雷念叨一句，乞求耐心，为保险起见，又向石民拜祭的安东念了一句。"还没好。"她回答，"不够热。"

"我不管。够热了。"

"不够热。你喝了就会抱怨，所以再等等。"

"我早该把你那恶毒的舌头从你嘴里扯出来。"

海菈好不容易才忍住，没用更难听的话顶回去。她不再害怕这个老人，但她依然害怕自己的丈夫。后者动不动就打她，甚至上脚踢，而且总是站在她父亲那边。姐姐看出她很沮丧，便朝马车大门点点头。"出去吧，海菈。给他们多倒些叶乳，然后把碗拿回来。我来对付这个老傻瓜。"

海菈感激地用粗糙的围裙擦擦手，走出车外。

她丈夫出去检查围场了，以确保牲口的安全。但部族中的其他男人，包括亲戚和随从，都已忙完工作，聚在营火前，等待族长回来。她丈夫的侄子科德贝——至少在这一刻，是在场人中身份最高的一个——正在滔滔不绝地唠叨。但海菈很清楚，那家伙其实并不知道自己在说什么。尽管她丈夫生性残暴，海菈有时甚至希望他被公牛顶死，或去爱克兰移民村劫掠时被人杀掉，但他至少不像他侄子那样是个吹牛大王。

"你来啦！"科德贝看见她走下马车，喊道，"给我们多倒点酒，女人,我朋友们渴了。"

"我叫儿子去拿了。"海菈回答,"你们这些人已经喝光了我们的储备,我丈夫回来也要喝的。"

营地周围的树上站满了乌鸦。海菈已经很久没见这么多乌鸦聚在一处了。她觉得这些鸟挺像丈夫的部众,又没用又吵闹。

"那好吧。"另一个人说。那是个年轻的白痴,留着一部长髭须,几乎垂到锁骨前。"如果你没有叶乳,给我们一个吻也行!"

科德贝哈哈大笑。"你最好希望,我的族长叔叔没听见你对他老婆说这话,要不然他会掏出你的肠子当马镫。"

海菈不知道自己更讨厌哪样,是身为族长的妻子呢,还是让族长拿这小笨蛋的肠子当马镫。"等我儿子拿酒壶回来,"她说,"记得给我丈夫多留些,不然他会掏出你们所有人的肠子。"

"我早说了吧?"科德贝拍着大腿,得意地大笑,"我是不是说过,她长了条毒舌?她那姐姐更厉害。我跟你们说,这家里的女人都有毒蛇的血统!"

海菈什么都没说,只管专心收拾被随手扔在营火周围的碗勺。每个人都以为,她是族长的妻子,住在最大的马车和最大的营地里,生活必定令人妒忌。然而,为了维护最大的马车的整洁,就需要最多的劳动。而她丈夫、丈夫的侄甥们,还有她那年迈的父亲,全就像被宠坏的孩子,不论去哪儿,都会搞得又脏又乱。

海菈想到自己每天都要面对这些粗心的男人,只觉黑暗又一次笼上心头。尽管夏日的暮色清澈无云,她却觉得乌云遮蔽了日光。有时这种感觉格外强烈,她只想倒在地上痛哭一场。她想无助地躺在地上,直到男人过来拖走她、把她当做断腿的废马一样了结掉。她姐姐也有这种可怕又黑暗的无力感。但她俩不会对别人说,只把这当做两人间的秘密。即使没办法阻止它,知道自己并非孤身一人,至少也能让海菈觉得宽慰一些。

她直起身,将刚刚收好的碗堆到之前已经整理好的碗堆上,这时看到有人走近营地。那人身材高大,但过于修长,不会是她那粗壮的丈夫。她手搭凉棚,遮挡落日的光芒,仔细再看,还是认不出来。不过他的动作有些奇怪,引起了海菝的注意:说是走,还不如说他是在大步慢跑。那人肢体协调、头部稳定,更像一头狼在平静地追赶鹿群。

科德贝也看见了。他站起身,一只手按住腰间的斧头。另外几人看到他突如其来的动作,也跟着抬起头。海菝突然感觉气氛紧张起来。毕竟在上色雷辛,陌生人十分罕见。

那人在距营火十几步外停下,平静地打量着火堆前的五六个人。他身材高挑、肌肉结实,但不如科德贝等人健壮,显然也远远不及海菝的丈夫——骏马部族的族长——那么魁梧。"我要找费克迈族长的营地。"他说,"是这里吗?"

"你有什么事?"科德贝质问。他已经拔出斧头,抚摸着,像在梳理珍爱的战马。"你是谁?竟敢擅闯单于的营地?我不认识你,这里的人都不认识你。你身上没有其他部族的标记。"

"我的名字不重要。"陌生人说,"我从色雷辛湖地来。不久前,我还是小羽溪以南仙鹤部族的人。他们叫我乌恩沃。但我现在离开了。我没有部族。"

"没有部族?"科德贝摇摇头,朝营火里吐了口唾沫,"你还不如说,你没有心肝、没有男根。什么人会离弃自己的部族?"

"被部族错待的人。"高个子陌生人的黑发和部族里的人相似,可他的眸子,即使在暮色中,海菝也能明显看出,它们的颜色浅得异常。那颜色像是遥远北方的人,但更接近灰色,而不是蓝色。此外,陌生人身上还有些东西引起了她的注意:那张窄长的脸似乎特别眼熟。"但我离开时并不愉快,"他继续说道,"我的心情依然烦躁,所以我问你话时,你就别让我站在这里傻等了。这是费克迈族长的营地吗？"他的目光越过众人，望向马车，"那是他的马车吗？"他朝车门走去，但科德贝上前挡住了他。

"转过身去。"科德贝边说边掂量着手里的斧头。虽说他比不上他的单于叔叔，但也是个危险人物。"转过去，不然我把你砍成碎片，送回给那些仙鹤部族的懦夫。"

陌生人不理他，试图绕过去。科德贝恼怒地哼了一声，抓住他的手臂，同时挥起斧头，无疑是要砍下来结果了他。但那黑发男人捏住科德贝的手腕，用力一拧他的手臂，科德贝惊讶地惨叫起来，扔掉武器。转眼间，陌生人的拳头正中他的面庞，像一记马槌似的，将他打倒在地。

其他人跳起来围攻那个陌生人。可没一会儿，几乎所有人都瘫倒在地，让海菈仿佛看到了幻觉。其中一人的脑袋被塞进附近一辆马车的轮辐。另一人的下巴被陌生人的膝盖顶中，牙都碎了。第三人勉强挥舞一下弯刀，但等他砍下去时，陌生人已经不在原来的地方了。他起脚分别踢中刀手的两只膝盖后方，踢得对方丢下弯刀，滚在地上，抱着受伤的关节大声号叫。科德贝最后一个同伴看到这些，并没有出手攻击，而是撒腿逃离马车，也许是去找海菈的族长丈夫去了。

打斗期间，海菈已经爬上了马车台阶。这时她拦在陌生人前面。"你要伤害女人和孩子吗？"她问，"如有必要，我们会反抗的。"

"我不打女人，"高个子吼道，"也不伤害孩子。我只要一个答案。我找我母亲，她叫渥莎娃。"

"诸神和神圣教廷里的圣徒啊！"海菈震惊得把所有祷词都混在一起了，"渥莎娃？你是我姐姐的儿子？"

那人看着她，对她的话没什么反应。这时，海菈刚才留意到的熟悉感变得更加明显：相似的眼睛、同样的鹰钩鼻和大下巴，这只能来自她自己的家族血脉。"我是这么听说的。她还活着吗？"

"还活着，就在这里。"海菈回答，"惊雷在上，我不知该说什么!"她突然想起一件事,"可你要跟她说话,最好抓紧时间。他们随时会把我丈夫找回来,他会非常生气。你必须在他回来之前离开。他是个可怕的男人。"

"不。"陌生人的脸色突然变得冷酷无情,同海菈的姐姐有时露出的神情很相似,让她感觉像是见了鬼。"你的丈夫也许很强壮,或者残忍,甚至危险。但那不一样。"

"我不明白。"海菈一边说,一边摸索着打开门闩,推开马车大门,"你是什么意思?"

他的表情突然让海菈十分反胃——他很愤怒,冰冷、可怕又无助的愤怒。"我才是真正可怕的男人。"他跳上台阶,推门走进马车。

渥莎娃站在车里等候,脸上既有希望、亦有恐惧,海菈从没见过她有这副表情。"不。"她看到陌生人进来,一边拒绝,一边用手抓住铁灰色的头发。多年之后,她头上依然顽固地夹杂着许多黑丝。"不,你走吧。你不该看到我满身土灰的样子。"

灰眸男子上下打量着她,仿佛觉得渥莎娃的面容很难读懂,实际上,他自己的脸更是难以理解。"你是我母亲,"他最后说,"为什么?"他的语调里有着之前未有的伤痛,"为什么这么做?"他大步上前,捏住渥莎娃的脸,仔细查看,像在检查什么稀世珍宝,细看她每一处褶皱和皱纹。后者一动不动地站着,只有眼睛眨个不停。

过了一会儿,渥莎娃缓缓抬起一只手,握住陌生人的手腕。"我的灵魂啊,真是你……!"

那人掰开她的手指,将她往后一推,让她"嘭"的一声撞在车壁上。两姐妹的父亲费克迈躺在角落里的床上,半睡半醒、迷迷糊糊,费力地撑起身,想坐起来却没成功。

"告诉我,发生了什么事!"老人质问,"这人是谁?"

渥莎娃和陌生人大眼瞪小眼。海菈看见,那人将姐姐困在墙壁前的手臂抖个不停,真怕他会杀死姐姐。但她还没来得及做出任何行动，陌生人便垂下双臂，放开了渥莎娃，脸上没有任何感情。

"你为什么把我送走？"他问道，"他们告诉我，你和我父亲都死了。"

渥莎娃重获自由，却未趁机逃开。"我别无选择。要么送你走，要么看着你死——这是他的命令。就是他！"她指向床上的老人。后者看看女儿，又看看外孙，依然没明白这是怎么回事。

费克迈眨眨眼睛，望向海菈，迷惑的表情甚至让人有些同情。"我不喜欢这样。我的晚饭呢？"

"闭嘴，你这老傻瓜！"渥莎娃喊道，"他是我儿子，你听到没有？我儿子！他回来杀你来了。"她那布满皱纹的脸突然变得兴高采烈，"我的戴奥诺斯回来了，一切都将走上正轨。"她扭头望向陌生人，"这就是你的名字，你真正的名字——戴奥诺斯！这也是一个英雄的名字。"

她儿子像狗一样龇出牙齿。"这算什么名字？石民的名字？无所谓，反正不是我的名字。我叫乌恩沃。我一直都是乌恩沃。"

"你父亲是个王子！"

"我父亲临死之前抛弃了我们，去找另一个女人了——多年前，你是这么告诉我的！还有，我妹妹戴菈呢？你把她怎么样了？是不是嫁给了外面某个傻笑的禽兽？"

老费克迈好像突然明白这里发生了什么。他睁圆双眼，咧开牙齿快要掉光的嘴巴，开心地笑了。"惊雷在上，那个卑鄙石民的儿子？约书亚王子的杂种回来了？"他哈哈大笑，但爆发的意外狂笑却变成了嘶哑的咳嗽。

"我妹妹在哪儿？"乌恩沃追问。

"她走了，戴奥诺斯，我的儿子。"渥莎娃的脸平时总是充满戒备，然而此刻，所有表情却一览无遗，如此坦白，让海菈不忍心看她。"她逃离收养她的家庭，已经二十年了。我每天都为她哀痛，正

The Witchwood Crown

如我为你哀痛一样。"她朝乌恩沃抬起一只手,但后者退开了。"不,不要怪我!你父亲离开之后,我曾努力带着你们兄妹寻找安全的地方,但在当时,草原战火连天,我们被人抓住……"

"渥莎娃,现在别说这些。"海菈提醒她,"古迪格随时会回来。我能听见,他们在外面的围场喊他的名字。如果这人真是你儿子,他必须在我丈夫回来之前离开。"

"逃走?"乌恩沃轻蔑地看她一眼,"被当做跛腿小马或生病猎狗一样丢出去之后?不,我要留下,直到我得到答案。"他继续对渥莎娃说,"我父亲在哪儿?他为什么丢下我们?"

"因为他是个懦夫。"床上的费克迈喘着气说,"他一直都是个懦夫。他让你母亲变成了婊子。"

渥莎娃从旁边的架子上抄起一只茶杯,朝他砸去。杯子偏离很远,撞在墙上。费克迈开怀大笑,像个癫狂的小孩,对这混乱的一幕狂喜不已。

"你闭嘴!"渥莎娃冲老人尖叫道,"你从一开始就想拆散我们。"她回头对乌恩沃说,"那个巫婆、珀都因的菲尔拉,把你父亲骗走了,从我们身边偷走了他。你父亲离家去找她,就再也没回来。他那些贵族朋友袖手旁观。"渥莎娃狂乱地四处张望一会儿,快步穿过马车,来到一个堆满毯子的箱子前。乌恩沃几人看着她把毯子扔到地上,打开沉重的箱子,瘦骨嶙峋的手臂上青筋暴起。她从里面拿出一件又长又黑的物品。那是个剑鞘。当它完全离开箱子之后,海菈认出来了,那是渥莎娃丈夫的佩剑。剑身细长,即使在城里人手中,也算是偏细的武器。

"在这里!"渥莎娃喊道,"这是他的剑!别跟我说,他不是中了那个珀都因女妖怪的魔法!不然他走时怎么会把这个丢下?他用这把剑杀了尤瓦特、赢得了我!"

外面的骚动越来越响。海菈听到很多人在大声嚷嚷。她刚来得及

放逐者

说:"我警告过你了,是古迪格……!"车门便被推开,力道之大,甚至扯断了一根铰链。一个高大魁梧的人影挤进门来,一时间,在他身后渐暗的天空和营火光影的晃动下,那人活像一个魔鬼。

倒也接近事实,海菈心想,胃里仿佛压了一块冰冷的石头。

"陌生人在哪儿?"她丈夫吼道。但他没等任何人回答,就快步跨过马车,挥拳打向来不及抬手格挡的乌恩沃,巨大的力道将他砸在陶器箱上。箱子被撞翻,盖子掀开,里面的碗碟滚落在马车地板上。乌恩沃挣扎着想要爬起,古迪格——体重肯定比他多出一担——抓住他的束腰外衣,将他提得双脚离地,扔出敞开的马车大门。随后,他自己也一跃而出。

"杀了他,古迪格!"老费克迈喊道,一边乐得直喘大气,一边挣扎着想要下床——这是他许多个月来都没试过的事。"对!杀了那个石民的狗崽子!"

"我发誓,"渥莎娃的声音冷如冰霜,"无论发生什么,老家伙,你都没机会幸灾乐祸了。"海菈震惊地看到,姐姐拿起手边找到的第一件利器——一根长肉叉——扎进费克迈枯瘦的脖子。老人尖叫着,眼珠如恐慌的奶牛一般乱转,在纠结的毛毯里抽搐,稀疏的长胡子一侧缓缓染成红色。渥莎娃又拿起一件利器——一把大餐刀——用尖端顶住老人的睡衣,对准了肋骨之间。"这是我今天向自己发下的誓言。"她说着,凑近费克迈那张惊恐万分的脸,把刀尖推进他的身体,直到再也推不进去为止。老人的惨叫变成了咯咯声,他漫无目的地挥着双手,像一个无法控制四肢的婴儿。过了一会儿,他歪倒在床上,身下的红色血迹渐渐扩大。

海菈如被恶魔追赶似的,逃离了马车。

起初,由于暮色渐浓,她只能勉强看到马车外的情况:大概五六个男人将乌恩沃拖倒在地,古迪格弯腰站在他身旁,活像一头想从河里抓鱼的熊。另外还有数十人挤进营地,围住打斗现场,兴奋地吆喝着、咒骂着。在附近树上筑巢的数百只乌鸦被噪音惊飞,在人们头上盘旋,犹如一团聒噪的雷云。

骏马部族仅凭人数就压倒了陌生人。他们一边踢他、打他,一边大声吆喝。有些人哈哈大笑,仿佛这只是一场粗暴的游戏。海菈突然希望自己能一把火烧死这些人——野蛮的族人、她的丈夫、马车、整个营地——然后像小鸟一样远走高飞。

"放开他!"古迪格怒吼道,"放开他,你们这些吃屎的垃圾!他是我的!"

海菈与族人们很清楚,古迪格的块头大得惊人,脾气也爆得可怕。所以那些人迅速放开乌恩沃,退到圈外。最后两人将陌生人提起,推了他一把。他跟跟跄跄地跌向古迪格,又被一记重拳打翻在地。

"你敢闯进单于的马车?"古迪格站在他旁边质问,"你是哪个部族的?"

乌恩沃抬头望着他,眼睛里夹杂着鲜血和泥土,但眼神依然明亮。"我没有部族。我来找我的部族。"

古迪格一个手下给他递来一把长弯刀。"那就做个无名鬼吧。"族长往地上吐了口唾沫,对围着他俩、大概站成环形的众人说道,"谁给他把刀。杀一个手无寸铁的人太丢脸。"

海菈感觉有人从她身边挤过,差点把她撞下狭窄的马车台阶。是渥莎娃,她朝乌恩沃扔出一件东西。那东西一头先着地,然后平躺在地上,是把细长的直剑。石民的剑。

"用它吧!"渥莎娃喊道,"你父亲叫它'南黛儿'。"

"就是女人用的'针',对吧?"古迪格扬起头,放声大笑,震得胸前两股胡须辫子抖个不停,"好啊,真行!男人用的武器,虽然是把细剑,却取了个女人用具的名字。"

乌恩沃低头看看那把剑,鲜血顺着下巴滴到地上。他没伸手去捡。"我不要他的东西。"

古迪格族长再次大笑。"那就试试我的武器吧!"说完,他一跃而起,挥起手里的巨刀,划出一道水平的弧线,打算一举砍下对方的头。乌恩沃就地翻滚,惊险躲开。古迪格收不住脚,冲过了头。

单于转过身,露出狼一般的微笑。"看来你还有点斗志。以草上惊雷的名义,很好!说到底,今晚还能找点乐子!"这一次,他用更克制的方式朝乌恩沃逼近,逼他往火坑退去。

"小心火!"渥莎娃叫道。

"老婆!"古迪格喊道,"叫你姐闭上嘴巴,不然等我解决这个偷马贼,我会把它彻底封住。"

乌恩沃脸上一直都是厌恶和沮丧,听到这话,才头一次露出新的表情。"我不是贼。我只是来找我的东西。"

"这里所有东西都是我的,小子。"古迪格再次挥刀。乌恩沃向后跃过火坑,虽然没被赶到火里,落地却很糟糕,转身时只是勉强站稳。好几个部族男人伸出手,要把他朝古迪格的方向推回去,但族长挥手叫他们退下,开始同乌恩沃围着营火绕圈子。

树上挤满了乌鸦,它们"嘎嘎"的叫声几乎淹没了古迪格族人的吵闹。面对眼前发生的一切,海菈感到一阵莫名其妙的恐惧。那些黑鸟的筑巢季节早就过了,那它们是从哪儿来的?这一幕就像"山王"依帝泽那个著名的传说:乌鸦从世界各地赶来向英雄的诞生致敬。但有些时候,它们也是灾难的征兆。

乌恩沃与对方隔着火坑对峙,坚持了好一会儿。但海菈知道,僵局不会持续太久。年轻人已经跛了脚。而她丈夫不但有体型优势,身上也不像对手那样被打得满身淤青和伤口。古迪格似乎厌倦了追逐。他先是假装从一侧追赶,然后立刻转向,越过火坑,"嘭"地一声落在对面,激起一阵尘土。这一下,除了被踩倒的青草,再没有东西隔在他和陌生人中间。他像割草似的一次又一次挥起弯刀,将对手逼向围观的人群。但人群只退了一点便停住了,每次看到乌恩沃靠过来,他们就粗暴地伸出手,把他推向古迪格。

"我来不是为了打架。"陌生人喘着粗气,嘴角冒出血沫,"但你和你的族人不由分说就动手。"

"就算你乘一辆金轮马车来,我也不在乎。"古迪格已快将对手逼进长弯刀的攻击范围,"你强闯单于的马车,殴打我侄子,就已经该死了。秃鹫会到你坟里饱餐一顿,没有部族的家伙。"

"那就来吧。"乌恩沃垂下手臂。许多围观的人倒吸一口气,也许是惊讶,也许是失望。"我很乐意离开这个世界。"

突然,周围响起一阵巨大的拍打和尖利粗哑的鸟叫。是乌鸦。它们犹如黑旋风一般,从附近的树上腾空飞起,盘旋往上、向外扩散。但它们并没有飞走,而是转头朝营地扑来,如一朵黑云降落在众人头顶。一时间,到处都是翅膀和鸟喙,单调、焦急的鸣叫充斥着人们的耳膜。围观者惊讶地呼喊着,抬起双手保护自己。有人崩溃逃走,有人双膝跪地。但最密集的乌鸦都落在古迪格和乌恩沃头上。单于突然被众多翅膀和明亮的眼珠遮挡了视线,只能将手里沉重的弯刀像马鞭一样来回抽打,将空中黑色的身影打落在地。大多数被打中的乌鸦落在他四周的地上,也有少数几只掉进火中。

"陌生人在召唤这些鸟。"有人喊道,"他是个巫师!"

"不!"古迪格怒吼,"他是我的肉!"海菈的丈夫被一群"嘎嘎"叫的身影逼得快要退到火坑边缘。渥莎娃扔给儿子的剑依然躺在刚才落下的位置,就在乌恩沃脚边,没人动它。古迪格狂暴的挥刀开始起效,离得最近的乌鸦被它赶开,另一些则飞到空中,在深蓝色夜空的衬托下几乎隐形,但仍能听到它们在头顶盘旋,"嘎嘎"叫着,像在表示愤怒或警告。

在他对面几步外,乌恩沃站在那里,并没有试图防御,只是抬头望向天空和盘旋的黑鸟。火光将他的五官映成石雕,仿佛一张顺从而安宁的面具。他的手臂依然垂在身侧。古迪格朝他走去,弯刀往后甩开,准备砍下致命一击。就在这时,一团羽毛火球从火坑里爆出,摇晃着飞入空中,像彗星似的拖着一条火焰尾巴,突然猛扑下来,直直冲向古迪格的脸。后者又惊又痛地号叫起来。火乌鸦扇动着翅膀拍打他,缠住他的胡子不放。单于试图将火鸟甩开,但它反而抓得更加牢,尖叫的声音跟族长的号叫一样响亮。后者的胡子被乌鸦身上的火烧得卷曲、冒烟。

过了一会儿,乌恩沃蹒跚着走上前去,捡起地上的细剑,走向古迪格,将剑尖扎进单于壮硕的胸膛足有三掌深。

死乌鸦从古迪格脸上掉落,砸在地上,羽毛全部烧光,不再动弹。古迪格的双眼难以置信地凸起,看看乌鸦,又看看扎在自己胸骨下方的闪亮的南黛儿。他张开嘴巴想说话,唇间却只能吐出鲜血。接着,他缓缓跪在地上,脸朝下,像棵断树一样栽倒。

乌恩沃站在他身旁,面无表情,眼神空洞。头上的乌鸦纷纷落回营地周围的树上,粗哑的叫声渐渐减弱,树枝被它们踩得往下低垂。

没有一只乌鸦攻击乌恩沃。没有一个人敢靠近单于及其对手。众人只是呆站着,既敬畏,又惊恐。有人喊道:"谋杀犯!"也有人在喊:"乌鸦知道!"

就像"山王"依帝泽,海菈震惊而又无助地想道。依帝泽出生时,众鸟穿越烈火,群集而来。她盯着丈夫的遗体,看着古迪格那双望向夜空的无神双眼,没有任何悲伤的感觉。这个男人曾是她的整个世界,然而,那是个残酷的世界。如今,他死了,海菈没有任何感觉。她只是无法理解,自己的人生怎会在暮色与黑夜短暂的交错之间,发生如此翻天覆地的变化。

她继续呆站着。渥莎娃走上前去,领着儿子回到族长马车的台阶上。后者依然像个婴儿似的一言不发,任由母亲安排自己坐在台阶上。刚才围观的人,有的走上前来,默默聚在单于的尸体周围,有的

The Witchwood Crown

只是盯着坐在台阶上的乌恩沃。后者流着血，沉默不语，手里依旧握着染血的细剑。

"我父亲死了。"渥莎娃的语调像在颂唱一首摇篮曲，"费克迈死了，古迪格也死了。"她提高嗓音，好让其他人也听见，"单于古迪格在公平的决斗中丧命。你们都看见了，诸神已经发话，现在，我儿子是单于。"她伸出一只手按在他头上，但后者似乎毫无感觉，甚至没能注意到，"如今你已回到我身边，你要让他们付出代价，让他们尝尝血与火。我的儿子，你要让所有部族、所有石民，都尝尝血与火的滋味！"

乌恩沃保持沉默。营地四周，族人睁大眼睛，窃窃私语，看看族长的尸体，又看看栖息在周围树上监视他们的黑鸟。

终于，海蓝像从一个梦中醒来、走进了另一个梦中。她上前帮助姐姐，清洗乌恩沃的伤口，用干净的白色亚麻布包扎起来。

放逐者

主人的蠢事

♛

桃灼葭提心吊胆地走在宽阔的受难德鲁赫大道上。她带着食物和少许财物,东西很沉,所以只能慢慢走。其实,就算没有负重,她也不敢走得太快。没有奴隶愿意引起注意,所以他们行走的速度都差不多,不能太慢,以免被人指责懈怠,也不能太快,以免吸引多疑的卫兵的注意。

按照奈琦迦的标准,这条大街上的灯火亮得让人目眩,每个十字路口都有火把。若在以往,如此明亮会让桃灼葭会万分感激,但此时此刻,她却觉得自己太显眼、太脆弱了。她看到三个全副武装的殉生武士迎面走来,立刻将斗篷兜帽拉到不能再低的位置。等他们过去之后,她才走出排水沟,继续前行。街道十分安静,这倒挺正常的——奈琦迦只有在公众节庆时才会吵闹——但也空寂得古怪。桃灼葭看得出来,奈琦迦有点不对劲儿。

与我无关,她提醒自己,一切都与我无关。低下头,走直线,不要撞到任何贺革达亚,不要抬头,除非有人跟我说话。值得庆幸的是,奈琦迦所有奴隶都害怕惹人注意,所以在这方面,桃灼葭完全不需要伪装。

她转弯离开宽阔的大街,走进稍微没那么吓人的神律大街。这是条阴暗狭窄的街道,两边都是密密麻麻的古旧石屋,其中有些是咒歌会学徒的宿舍,这让她心中焦虑,因为即使是最年轻的歌者也行为古怪，让人防不胜防。不过在这时间点，他们应该待在各自的学院里，而且目前来说，这条路是通往城外道路的最快途径。

还要走那么远！过去几年里，桃灼荬很少离开庵度琊家族的住地。除了偶尔去牲口市场逛一下，她只跟维叶岐一起外出过，而且是坐着轿子。今天走了这么长的路，已经令她筋疲力尽，但她又不能停下休息，因为她唯一成功的希望，就是在不被任何人察觉的情况下抵达深湖那一层。

这里楼房向外突出，压迫着她。它们按照几个世纪前的流行风格建造，全部使用深色板岩，仿如一排脑袋，探出来盯着桃灼荬从下面经过。低处面街的狭窗像是眯缝的眼睛，仿佛是刚刚醒来、满腹起床气的怪物。每一扇窗后，似乎都隐藏着一个监视者，默默地观察和审视她走过的每一步，随时可能有人发出警报，说有人入侵他们安静的街区。

在大街尽头，桃灼荬经过一个坟阁。这用篱笆围起来的一块空地，里面堆着石板，石板下葬着某些贺革达亚的骨灰。他们的亲友在情感上不能接受将其丢进无名苑的做法，却又觉得其身份不够高贵，不能在家族墓地或各大幕会的坟穴里占个位置，于是就在这里建了坟阁。坟阁里长满青草和黑藤，零零星星地点缀着亮红色的血百合，犹如烛焰般刺目。坟阁门前摆了少许祭品。由此看来，此间的死者至少有一部分是咒歌会的学生。死掉的歌者依然令桃灼荬十分不安。她断定，即使是奴隶，快步走过这种地方也不会引起过多关注，因此，她用最快的速度走了过去。

在坟阁另一头，她离开空地，走进由奈琦迦外围许多小街道组成的网络。她的心跳稍微缓和下来。住在这里的都是低等市民，奴隶遭到拦截和质问的几率大大降低，因为他们可能是为某个权贵办事，而受缚者和受保者都不愿引起更高等级的受封者的注意。虽说在乌荼库的子民当中，纯血儿已十分稀少，因此他们不愿杀死其中任何一个，但就算纯血的罪犯也不能免于处罚,而触怒贵族的惩罚往往比干脆利落的死亡更加可怕。正因为所有这些因素,桃灼葭离奈琦迦中心越远,被人截停的可能性就越低。

恐惧是把双刃剑,她心想,而这正是它最大的弱点。

一个罕见的、关于她父亲的记忆浮上脑海。记忆中的他说道:"以恐惧来统治的君王,最多只能收获服从,而且只能靠恐惧来维系服从。"当时桃灼葭太小,理解不了这话,后来许多年里也没再想起。但这一刻,她父亲仿佛就站在面前,显得那么高大!

桃灼葭对亲生母亲记得很清楚:她长着一头黑发,脾气像醋一样浓烈乖戾。至于她的继母、"瓦莱妲"罗丝卡娃,则经常一边调配药剂和草药,一边哼着无词的小曲,用灵敏的粗手指在宽松的布袋里翻找药草。然而对她父亲,桃灼葭的记忆少得惊人,只记得每当他从纳班或珀都因回来时,家里都十分开心,整个房子仿佛都亮堂起来,大伙儿的聊天很容易变成欢笑,就连食物都变得更加美味!直到……他再也没回来。

父亲的爱,或女儿对父亲的爱,她心想,也是一把双刃剑。

* * *

为了尽量装作贺革达亚贵族毫不关心的那种拖着脚步的普通奴隶,她走了两次钟响的时间,才穿过宽阔的城市,下到更低一层。昭英祠敲响的第二次钟声十分遥远,只能勉强听到,因为她并没有选择经过回忆花园往下深入的常用路径,而是选了条在奈琦迦很少人用的、相对较新的路。这是条边缘整齐的隧道,从城市中心往外、往下,通往黑夜华庭——那是当年桃灼葭还是个婴儿时,她的主人兼夫君维叶岐大人发现的地下湖。维叶岐只带她来过一次,但她并不担心自己迷路,因为这条路众所周知:在大蛇月期间,数百个家族会挤进这条通道,前往湖边庆祝哀悼节的结束。不过,那个庆祝活动离现在还有半年之久,所以除了少许受缚者的渔船,桃灼葭相信,湖边的贵

The Witchwood Crown

族宅邸都空无一人。

逃亡的最后一段路是一条蜿蜒的外围隧道。通道的宽度只够一个贵族轿子和行李车勉强通过。下一次大蛇月时，这里将挤得水泄不通。不过此时，除了她自己的脚步声，以及在深山隧道中轻喃的微风，也就是贺革达亚所谓的"山脉呼吸"，其他什么声音都没有。她不知道自己要躲藏多久。在内心某个阴暗焦虑的角落，她想象着将来的生活：隐居在比城里更浓重的黑暗中，吃光食物后只能去抓蜥蜴。她不禁打个哆嗦，随即提醒自己，这次能逃出来，已经很幸运了。

当年奈琦迦被围攻时，维叶岐率队在圣山深处挖掘避难所。其中一支小队凿穿洞壁，闯进一个过去未曾发现的洞窟，并在洞中发现一座湖，湖里生活着许多盲眼白鱼和贝类，足够供养当时挨饿的全体族人。后来为庆祝这一发现，贺革达亚沿湖建了许多宅邸，维叶岐得到了其中的第一栋，以奖励那次意外但无价的发现。可不知为何，他一直对这里不太满意，或者说，总是觉得不安。事实上，几年后，他便决定将宅子送给他的老师、大司匠雅礼柯阁下。不过雅礼柯得到消息后没多久，便死于一场岩崩。他的家人并未听说赠宅一事，而维叶岐得到任命、继承雅礼柯成为匠工会领袖后过于忙碌，无暇多顾，因此这宅邸至今未曾真正转手。最重要的是，维叶岐的妻子棘梅步夫人听说，地下湖畔这座庆典宅邸如今已属于齐珈达家族，属于雅礼柯的继承人，因为没人告诉她后来发生的变故。在维叶岐所有亲友当中，只有桃灼葭知道实情。他刚刚纳桃灼葭为妾那几年，还没被繁忙的工作淹没，曾希望将那宅邸当做两人的爱巢，远离饶舌的仆人，于是便把宅子的事告诉了她，并且带她来看过。就这样，在他所有家人和密友当中，只有桃灼葭拥有钥匙，可以打开那道屋门。此时此刻，她穿过黑色的石笋森林，朝那小别墅走去，只能凭借湖面周围、垂挂在丝线上的荧光蛆的微光看路，心里对事情能有这样的发展感激不尽。

她想起多年前被自己抛下的母亲。"狐狸窝不该只有一个洞口。"

放逐者

这是渥莎娃最爱的俗语之一,"总该留条逃生的后路。"至少在这一点上,桃灼葭随她母亲。

母亲说这话时,离她父亲失踪还很久。他们四人安静地生活在关途圃一个名叫派丽帕之碗的旅店里,根本没必要考虑这些事。现如今,她与父亲、母亲和兄弟已失散多年,对自己的本名也只剩一点记忆。这时桃灼葭才意识到,那时的母亲像苦艾一般苦涩,也许过得并不开心。但在时刻准备逃走这一点上,她是对的。

* * *

她沿湖边跋涉很久,朝宅邸走去。黑暗中,唯一的光芒来自水面上闪亮的丝线。那些荧光蛆在细丝上轻轻晃动,微光一闪一闪,令她想起自己一新一旧两个名字。

"戴菈?意思是'星星',我的孩子。"小时候,她母亲这样说。她与主人意外相爱后不久,将过去残存的少许记忆与他分享,维叶岐便给她起了个新名字叫"桃灼葭"——在贺革达亚的语言里,这也是星星的意思。一朝是星星,永远是星星,他说。

桃灼葭深陷在过去的回忆中,以致当她走出光滑的石柱丛林,看到夜色般幽暗、波光粼粼的大湖铺展在面前时,不由倒吸了一口凉气,脚下踉跄几步。头上是黑色石头、脚下是黑色湖水,两者之间是成千上万闪光的小亮点。一时间,她感觉自己走进了繁星满天的夜空。

她转过身。就在她头上的石头山坡上,耸立着那座以火山岩筑就的宅邸,仿佛正支撑着黑夜华庭的洞顶。那就是王宫赏下的奖励,为感谢她主人发现这奇异而美丽的地方。一条小路往上延伸,通往它的门廊。小路两旁是烛花菇和白冠菇,苍白的菇体闪着暗弱的光芒。宅邸的雄伟前门上雕刻着贺革达亚用来代表失落华庭的树叶和青草花环。桃灼葭知道,屋内有睡觉用的毛毯和袍子,也有储备水和食品,可以补充她自己带来的食物。也许她能在这里秘密而安全地住上一段日子，甚至熬到维叶岐回来。

但我的运气也许持续不了那么久，她提醒自己。而且，她必须立刻开始考虑，万一这小窝被发现了怎么办。

桃灼葭把袋子扛在肩上，准备爬上最后一段陡坡，前往安全之所。她踩着松散的石块，走上通往宅邸的小径。

♛

小雨洒在维叶岐身上，犹如数千只清凉的小手指，有种奇特的安慰感。

不知道一直生活在天空下是什么感觉？他心想。我们的大山既是保护，也是隔绝。我们的孩子打一出生就被带离亲生母亲，就为防止他们养成多愁善感的性格而变得软弱。出于同样的理由，我们也避开太阳母亲。可享受天空的赠礼，难道就是软弱吗？

这是个陌生而有趣的念头。自从离开奈琦迦地界，它就经常出现。但维叶岐现在没工夫深入思考。他还有太多问题要问那个自命不凡的漱鸽玉和殉生武士的指挥官——这一点本身就让他十分懊恼：身为大司匠，为什么要自己去寻找答案？但他从营地这头走到那头，找了一圈，也没见到一位殉生武士军官或主领诗。留在营地里的贺革达亚士兵和野兽似的庭叩达亚搬运工，都说不出那些家伙去了哪儿。

他手下的工匠们和其他殉生武士则散布在山坡北侧。他估计那一定是凡人国家爱克兰的北部边界。营地里没点火，而且由于雨云遮挡了午夜的蓝黑色天空，连星光和月光也十分黯淡。他感到庆幸，因为这一来，至少不会让处在凡人地界的贺革达亚营地毫无必要地被人发现。然而，他寻找其他指挥官时，依然觉得自己像个孤魂，不是其他贺革达亚头领离开了他，而是他独自闯进了这个世界。

这片土地如此宽广，他眺望着在雨中微微发亮的大地。这么多空地！凡人如何才能忍受？他们怎么保护这么多地方？

而答案当然是，他们不能。在过去，贺革达亚之所以无法在对抗凡人的战斗中取胜,完全是因为缺少士兵,而凡人却能像垃圾堆里的老鼠一样迅速繁殖。因此,殉生会才在回归之战落败后宣布,旧有的方式已经过时,并在维叶岐等人的协助下,趁着乌荼库女王长眠之机,修改了古老的律法,开始利用凡人女子作为育种工具。

把心爱的桃灼葭想成那样的工具,令维叶岐一阵心疼。不过,身为女王陛下的大司匠,他不能回避事实:对个人来说,他的情人跟其他贺革达亚一样重要;但对种族来说,她只比寄生虫好一点点罢了。

也许,等我们最终夺回我们的土地,可以把他们当中最优秀的成员留下,他心想。那将是一种仁慈,是我们这样古老而慷慨的种族该做的事。而且这一来,我们还能拯救他们。

维叶岐看到,一队粗野的搬运工拉着一辆空载的补给马车迎面走来,于是让到路边。他们肌肉鼓起、绷紧,默默无语,只有平稳的呼吸声。就连他们的监工也不怎么说话,只是拿鞭柄带刺的一头嘲讽地扎着他们粗厚的皮肤。一众搬运工的秃头随着脚步有规律地起伏,整个队伍就像一只多头野兽。

他们从维叶岐面前经过,蹒跚走向山坡下的主营地。维叶岐突然很想知道,他们是从哪儿来的?这是营地最远的边缘,为什么会有一辆补给马车?若是给某人送补给品,那补给车应该从营地另一个方向过来,跟在士兵们身后。

维叶岐命令他的新书记官努闹和家族卫兵先回营地,因为他并不完全信任他们。随后,他沿着空马车来的方向爬上山去,来到山顶,在盘绕的山风和飘舞的雨丝中站了五六个心跳的时间,两个殉生武士不知从哪儿冒出,命令他原地别动。

"你们想干什么?"他看着两个士兵挺起长矛,朝自己走来,质问道,"你们这些受保者就这么轻视自己的头颅吗?我是大司匠维叶岐,匠工会的领袖。"

那两人用更加好奇的目光打量着他,但依然挺着长矛。"无用的奴隶恳求您的原谅,大司匠阁下。"其中一个殉生武士回答,"但我们奉了上将军骐骐逊之命,不许任何人通过。我们收到指示,没有例外。"

"如果乌茶库女王的大司匠也不算例外,那么,我会亲自上报给女王陛下。"维叶岐冰冷的怒火一半发自真心、一半是为恐吓。"我相信,惩罚会很可怕。你们知道寒萧堂吧?"

两个卫兵都没动。但维叶岐看得出,他们听懂了自己的威胁,并且眯起了眼睛。"知道,大司匠阁下。"两人各自回答。

"好,那我建议你们再三考虑。我要过去。你们是要阻止我呢,还是去征求你们长官的命令,以免犯下严重的错误?"

两个卫兵并没有交换目光。但维叶岐能感觉到,他们都很紧张。

"我去询问长官。"其中一人终于回答,转身离开,片刻后消失在山坡另一头的陡峭斜坡之下。他的同伴反而摆出更加坚定而决绝的姿态,仿佛要增加自己的威慑力,好弥补另一个卫兵的离开。维叶岐压下心头的怒火和耻辱感。他们只是不知情的殉生武士,是普通的贺革达亚奴才,没错,只比庭叩达亚奴隶稍微高了一两级。冲他们发脾气,就像憎恨拴在谷仓门口的看门狗。

跟随卫兵回来的是军团长步幽,他惊慌地皱着一张阔脸。"大司匠维叶岐阁下,您在这里做什么?"

"我在这里做什么?我想去哪儿就去哪儿,军团长,为什么把我拦在这儿?当我是闯入者?"

"请您恕罪,大司匠阁下,因为上将军和主领诗下达了最严厉的命令。我们没想到您会来。"

"你是说骐骐逊和漱鸰玉吧。马上带我去见他们。"

步幽迟疑片刻。不论他的忠心属于谁,总之,在正常的贺革达亚世界里,区区一介军团长绝对不敢忤逆大司匠。"遵命,大人,我来带路。"

放逐者

刚开始,这地方像是失踪的军官和歌者自己在山坡东面另搭的单独的小营地。这边山峰下不远有片森林,地表岩石很多。不过,维叶岐跟随步幽,沿着一条蜿蜒小径越往下走,就越明白这地方并不仅仅是个营地,而是一个岗哨。之所以选在这里,就是要越过宽阔的山谷,监视禁山,以及更远处的古老之心大森林。

漱鸽玉前来迎接,表情庄重,讨好地说:"大司匠维叶岐阁下,向您致以最诚挚的歉意!即使您没自行前来,我们也打算在一个小时内派人前去请您。还请原谅我们的怠慢。"

"主领诗,除非知道你们都干了什么,不然我没法原谅你们。"大司匠用官话僵硬地回答。被排除在重要会议之外是非常危险的事情,往最好的方向说是不祥之兆,而最糟的方向则是致命的怀疑。"为什么无视我?"

"并非无视您,大司匠阁下。我们推迟邀请您的时间,只为确保我们的前站能保证访客的安全。"

维叶岐深表怀疑。他看得出来,其他在场之人——包括几个歌者、几个重要的殉生武士,以及上将军骐骐逖——都显得相当随意。"考虑得真周到。"他说。

"欢迎您,大司匠阁下。"骐骐逖将军说。他身材精瘦,长着一双长腿,加上一身尖钉盔甲,活像一只黑鹭。"过来同我们一起坐吧,大人。我们正在制定计划。虽然一开始的部分不需要您参与,但很快,您的作用就将至关重要。"

"什么意思?"

"请转身看看。"骐骐逖展开长臂,指向铺展在众人脚下起伏的平原,"您看到了什么?"

旭日刚刚开始从古老之心森林后升起——维叶岐能看到,预示它到来的光辉铺满了地平线——但除了禁山群峰的峰顶,夜晚的影子依然笼罩一切。不过他还是能看到,对面的山坡上有什么东西,就在紫黑色山坡的中间位置。他眯起眼睛。那儿蹲伏着什么东西，正在等待黎明的揭示。它的形状像是许多盒子聚集在一起。"是个要塞？"他猜测。

"不仅仅是个要塞，"漱鸽玉走过来站在他身旁。她散发着一种说不出来的味道，酸酸的，让维叶岐鼻子抽搐、嘴唇扭曲。"你看到的是臭名昭著的奴隶据点的遗迹——凡人称之为奈格利蒙。"

"但那地方属于凡人了！"维叶岐震惊地说，"我们输掉了回归之战，他们已经夺回了那里。"随着曙光渐渐明亮，他能看清分布在要塞下方山坡上的凡人居所。他那锐利的贺革达亚视力甚至能看到有人和牲畜在活动。凡人的一天开始了。

"我们并没有输掉那场战争。"骐骐逖将军眯起鹰一样的眼睛，严厉地说道，"我们的女王陛下受到误导，过于信任她的重要盟友，那位死而复生的支达亚小王子……"

这是个老掉牙的争论，主领诗显然不想再提，立刻打断了他。"你当然是对的，将军，但这不是我们要关注的事。敬爱的女王陛下交给我们的任务是夺回这座要塞，并且守住它，直到完成我们必须做的事。"

维叶岐很生气，他名义上是这支贺革达亚队伍的总指挥，却无法随时获知重要的信息。先是听说自己的队伍与赫尼斯第的凡人国王做交易，偷渡凡人的领土也就算了；现在又听说他们要攻打并夺取属于凡人至高王与至高王后的军事要塞，这就完全是另一码事了！"为什么？"他质问道，"看在女王陛下和华庭的大爱的分上，为什么？在这里引发战争，对我们有什么好处？"

虽然维叶岐等级更高，但骐骐逖将军懒于掩饰自己的轻蔑。"战争早就开始了，大司匠阁下。自打女王陛下从深眠中苏醒，殉生会就知道，她已经计划报复那些企图毁灭我们的敌人。事实上，更准确地说，战争从未停止。只是到了现在，我们漫长的蛰伏期终于结束了。"

放逐者

如果不是维叶岐特别吃惊，他会觉得这话简直无礼至极。"我不明白你在说什么，将军。我们跑这么远，就为攻击一座凡人要塞？那为什么带我来？匠工会随便派个主师匠就能安排攻城。"

"啊，夺取要塞只是个开始。"漱鸠玉的黑眼珠在兜帽深处闪烁，"您要知道，攻城结束之后，还有个更重要的任务，需要大司匠阁下您的参与。因为，在那古老的奴隶据点之下，埋藏在无数岩石之中，有件威力无比的宝物。凡人在他们所谓的'奈格利蒙'戍卫多年，却从来不知它就埋在自己脚下。在回归之战中，我们曾短暂地占领过这个地方。其间，咒歌会曾使用过藏在那里的宝物的力量，协助风暴之王伊奈那岐完成他的要求。但在当时，我们既没有时间，也没有资料，因此无法找到那件宝物并把它挖出来。很快，我们就被迫撤退了。"

"'它'？是什么东西？"维叶岐追问，"什么宝物值得为它跟无数凡人再度开战？"

"它是航渡者努言的盔甲。"漱鸠玉直截了当地回答，"努言是最优秀的庭叩达亚。他穿着那件盔甲，帮助我们乘坐八艘舰船逃离华庭。他引领自己和我们的族人，克服所有危险，渡过溟濛海，来到这里。等我们找到他的坟墓，取回他的盔甲，就可以将它交给女王陛下与她重要的顾问阿肯比大人，用于更加宏伟的用途。"

"是什么？"维叶岐突然醒悟：他本以为漱鸠玉的傲慢源于自大、或是他们为乌荼库女王执行的重要任务，但其实不止于此。她的语气和狂喜的表情说明，即使以咒歌会的标准来看，漱鸠玉也是个狂热分子。

"航渡者的盔甲会帮助我们，将凡人及背叛我们的亲族支达亚从这大陆表面清除殆尽。"她宣告说，"我们只需知道这一点就够了。除非女王陛下决定告诉我们更多。我族之母万岁！我们的女王陛下将万寿无疆，她的胜利将完美无尽。"

The Witchwood Crown

"我族之母万岁!"骐骐逊将军附和道,"为女王陛下欢呼吧!"

"为女王陛下欢呼。"维叶岐应和道,但内心却暗暗担忧,心情犹如采自奈琦迦最深处矿场的黑色花岗岩一般沉重。过去那可怕的狂热几乎彻底摧毁他们全族,如今又一次在他族人中间蔓延。最糟糕的是,维叶岐深知,自己唯一的孩子,正是那群愿意为主人的蠢事付出任何代价的贺革达亚年轻战士之一。

♛

冲下山坡的蛇形生物,不论是吓人的身长和恐怖的速度,都令奈泽露大为震惊。

她的心脏在肋骨下狂跳,仿佛要冲破胸腔。与眼前这条巨虫相比,他们刚才抓住的小龙根本不算什么——那就像一件柔软黏土做成的模型,仅仅是宏伟现实的微缩仿制品。

新来的野兽比起被俘那条长得多,至少是它的四倍,前腿十分粗壮,形如蟋蟀的后肢。它一边下山,一边还能左冲右突,将积雪撞得飞散起来,将本来稳固的岩石撞翻,迫使奈泽露等人不停躲闪。尽管如此,一块大如矿车的岩石突然转向,击中蛊罡嘎的肩膀,然后才从他们站立的石台边缘滚了下去。巨人猛甩双臂,试图恢复平衡,却没什么效果。片刻后,他也消失在悬崖下方。另一块巨石滚不起来,但沿坡滑下,从奈泽露旁边几步外险险擦过,在她身后快到悬崖的位置才停住。

凡人亚拿夫举起弓箭,朝巨龙连发数箭。其中有些击中覆盖刚毛的兽皮,但被弹开。有一支箭甚至飞进巨兽张开的大嘴,但那颜色发灰、活像烂肉的嘴巴似乎没受到丝毫影响。

"为了奈琦迦和女王陛下!"玛寇大喊,挥舞巫木剑寒根,踩着积雪中向上,冲向怪物。

肯貂紧跟在队长身后,一手持剑,另一手托着跟自己脑袋一样大的石块,像是随手从身边抄起来的。"女王陛下万岁!"他呼喊着。

在这恐怖的气氛中,奈泽露觉得,他的声音听起来竟然相当快乐。

巨龙的脖子像条大蟒蛇。它一边蛇形下山,一边扭动长颈,一下又一下啃咬,逼得两个贺革达亚无法近身。每次长颈出击,它背上的刺毛都会发出古怪的、带有"嘶嘶"音的摩擦声。它的脑袋也是长形,顶端是长有獠牙的骨质口鼻,形如鹰喙。那对眼睛同躺在奈泽露脚边的小龙一样,是浅蓝色的,没有瞳孔,像个瞎乞丐。

巨龙再次朝玛寇猛咬一口,距队长只有几掌远。然而这一回,它的脑袋往回收时,击中了玛寇的腿,将他打得头朝下扎进雪里。奈泽露朝它射箭,可那些箭多数无法穿透巨兽的厚皮,即使扎中,也只变成白色兽皮上诸多鬃毛中的一根。

奈泽露绞尽脑汁。蛊罡嘎摔落山崖,无影无踪。玛寇已经倒下。肯貂虽然护着队长,舞起疯狂的剑招,挡住野兽的脑袋,但巨龙似乎毫不费劲就能躲开他的进攻。龙嘴龇开,里面喷着蒸汽。一时间,肯貂和巨兽像在雾气缭绕的河岸上跳舞。

他们救不了我们,她意识到。要不了多久,他们就会全部死光,山坡将恢复宁静。

"亚拿夫!"她喊道,"这边!来帮我!"

猎人的箭早已射光。他将弓丢到一旁,朝混血儿赶来。积雪很深,他得把膝盖提得很高。

"抓住。"奈泽露喊道,将自己那卷蓝洞编织绳的一头扔给他。后者接住。山坡上的巨兽发出一声嘶吼,被捕的小龙也呻吟一声回答。一呼一应惊得他们心慌意乱。奈泽露抓住剩余的绳子,爬了几步,来到刚才在山崖边缘几步前停住的最大岩石前,拖着绳子爬上去。

亚拿夫看出她想做什么,于是竭尽全力帮她将绳子理顺。高处的山坡上,玛寇已经爬起,肯貂却又四仰八叉倒在地上流血。巨虫的长脑袋一次又一次朝试图保护同伴的玛寇甩去,猛烈开合的巨颚距他的身子仅有几寸。

奈泽露爬上山崖边的巨石时,差点失去平衡,脚下的虚空仿佛要扑上来吞噬她。但她勉强伏低身子,晃悠悠地蹲下,等眩晕感过去,才将绳子缠在大石上。

"做个套索!"她朝亚拿夫大喊。但瑞摩加人早有所料,已经打好了绳结。

"准备好就叫我!"他喊道。

理智清醒的情况下,她能迅速绑好绳子,将它固定在合适的位置,能被稳稳拉住。但结果,她只是将蓝洞编织绳在大石上绕了几圈,打个结,人就滑下大石。"去吧!"她喊道。

亚拿夫爬上斜坡,低着头,身子伏低。巨龙呼出的热气已经凝成大片云雾,彻底遮住玛寇和肯貊。唯一能证明他俩至少还活着一个的证据是,巨大的龙头不断起起落落,一次次咬向某个看不见的目标。

猎人爬过最后一个小坡,手里剩下的绳子迅速缩短。巨龙的尾巴突然从迷雾中出现,形如残忍的镰刀。他赶忙蹲下,差点被扫倒。一时间,迷雾盘卷着升起,露出怪兽的后腿。亚拿夫看见了。他等待着。巨兽为再次咬向玛寇,抬起最靠近猎人的那条腿。后者立刻将套索甩了出去,正好掉在那只脚爪即将落下的雪地上。

巨龙踩中套索,亚拿夫立刻躲到甩回来的龙尾下方。编织绳的另一头牢牢固定在大石上,被扯得绷直。大虫发现自己的行动受到限制,愤怒地号叫起来。但它忙于抵挡玛寇更加猛烈的攻击,无暇回头咬断绳索。小虫这时也已醒来,挣脱了身上的绳索,朝空中尖声嘶鸣,像在模仿大虫。

迷雾在山坡上弥漫,搅成水状波纹,仿如节日游行上飘舞的旗帜,或是葬礼队伍上白色的飘带。一切都变得那么虚幻。奈泽露背靠大石,使出九牛二虎之力,想把它推出剩余的几步距离,掉落悬崖。但那大石一动不动。"神圣的华庭啊,"她尖叫道,"来人啊,帮帮我!"

过了一会儿,凡人亚拿夫"嘎吱嘎吱"地踩着积雪回到山坡下,踉踉跄跄走到她旁边,同她一起推。绑在龙腿上的绳子就在他俩中间,奈泽露能听到它的几股线被巨龙扯得"吱呀"乱响。但那怪兽依然忙于应付玛寇和肯貊,用长长的下颚拼命乱咬。奈泽露暗暗祈祷,那两人能多吸引巨虫的注意力一段时间。她也暗暗感谢蓝洞的织工们和不知疲倦的蜘蛛将绳子编得如此坚韧。然而形势越来越明显:即使绳子坚持住了,也无法挽救他们,因为她和亚拿夫加起来的力量依然不足以推动那块巨石。

绝望犹如冰冷的溪水,渐渐流遍她全身,吸走了她的体温与力量。就在这时,她听见一阵刮擦声响起,两只巨大的毛手出现在不远处的石台边缘,又过一会儿,蛊罡嘎那粗野丑陋的脸庞出现在她眼前。

奈泽露从未想过,自己见到另一个活物会如此欣喜若狂。

"帮帮我们!"她喊道,"帮我们推!"

巨人厌恶地扫视了一眼现场,撑起身子爬上来,往雪地上吐了口血沫。他的白色皮毛上沾了十几处泥土和血迹,一根手指弯成奇怪的角度,显然折断了。但他没浪费时间说话,爬上山坡,立刻大步走来,用肩膀顶住巨石。两条龙的号叫已提升为可怕的高音。大龙的叫声如此响亮,附近山峰上的积雪都被震得纷纷下落。小龙的尖叫和呜呜则显得十分害怕。

我会像已死的战士一样战斗,奈泽露在心里默诵。无所畏惧,因我很久以前就献出了生命。这是她刚刚加入殉生会时发下的誓言。我会像已死的战士一样战斗——!

巨石终于开始滑动。起初,它只是略微移动,抖了抖、挪了挪。巨龙感觉到后腿被拉扯,再次怒吼,吼声中透出沮丧的愤怒。奈泽露整个身子都在颤抖,后背和脖子的肌肉痛苦地抽搐。但她用脚继续蹬地,使出最后一分力气继续推。在她身旁,巨人弯下腰,将肩膀放得更低,再次顶向巨岩。一时间,他宽大的丑脸距离奈泽露的脸庞只有几寸之遥,炙热发臭的呼吸直接吹到她脸上,硕大的眼睛往上翻进头颅,只剩布满血丝的眼白。岩石再次滑动,边缘露出悬崖,往下方侧翻。奈泽露感觉自己双脚离地,身子悬空,眼看就要随着巨石坠下虚空。蛊罡嘎的大手伸过来,及时抓住她的脚,将她扯回山上。巨岩摇晃了一下,终于悄无声息地翻下石台,只留下一阵飘飞的雪末和岩尘。

龙腿被扯得朝后甩起。巨龙被拖着退下小山坡,一路发出震耳欲聋的怒吼。巨石滚下悬崖。巨龙扭动着身子,用剩余的三只脚乱抓乱爬,却徒劳无功。它终于彻底失去平衡,被巨石硬生生地拖下悬崖。

奈泽露完全没发现,尽管巨龙的身子已滑出石台边缘,那张獠牙大嘴却朝她咬来。她没时间躲闪,甚至无法动弹。巨大的下颌重重地合上,发出的声响犹如车轴折断,距她的脸只有一掌远,足以让她闻到那张错过目标的嘴中吹出来的浊气。然后,怪兽消失了。

一时间,四周安静下来。不只是寂静,更有一种蜂鸣般的虚无感,仿佛笼罩了整个世界。

声音缓缓回归。奈泽露翻身离开石台边缘,爬到足够安全的位置,这才瘫倒在地。凡人亚拿夫跪在不远处的雪地上,喘着气,发着抖,仿佛快要昏厥。玛寇和肯貊也活着,正一瘸一拐地走下山坡,朝他们靠近。绍眉戟跟在他们后面不远处。

蛊罡嘎站在小龙身旁。它依然被绑着,趴在地上使劲挣扎,似乎并未发现战斗已经结束。巨人瞪了它一会儿,用力踹它一脚。小龙像猪一样发出"呼噜呼噜"的尖嘶声,扭动着,喷着气。

"接着喊你妈妈呀,屎虫子。"巨人龇牙骂道,弯下腰,从积雪里捡起大斧,"它离死不远了。让你尝尝比脚踢更讨厌的滋味。"

"别伤害它。"奈泽露朝被俘虏的小兽爬去,一边用绳子缠住它的口鼻,一边躲避它的挣扎乱咬。小龙的动作依然被刚才中的毒素拖慢。亚拿夫踉踉跄跄过来帮忙。他们没费太多劲儿,就用绳子把它长满獠牙的龙嘴缠得结结实实。

"为什么不就地取血?这么大一条龙,怎么搬下山?就算个头比它妈妈小很多,它也够大的了。"

"我听腻了你的问题,凡人。"玛寇嘶吼道,"女王陛下和阿肯比要活龙。取血仪式必须在活龙身上进行——反正绍眉戟是这么说的。"

队长走过来,蹲在小兽身旁。过了不久,肯貊和歌者也走过来,开始检查小龙的全身。

绍眉戟凑得很近,细看小龙浅蓝色的眼睛。"我们需要你。"他对被缚的怪物说道。

"扎个雪橇拖它走。"玛寇说,"巨人可以把它拖回奈琦迦。"

"那要到很远的山下,才能找到够大的树干做雪橇。"奈泽露说。

"那就让巨人去砍树。"玛寇回答。

"你说去砍树?"蛊罡嘎怒吼道。他站起来,舞动巨斧,逼近玛寇。弯曲的斧刃像车轮那么长。"凡人、黑鸟和我救了你的命,你就这样回报我吗?我要把你扔下山,看你能不能砍些树回来!"他突然抓着脖子哀号起来,身子摇晃几下,跪倒在地,使劲吸气。

"再跟主人这么说话,我就把你的心脏烧成灰,畜生。"玛寇举起水晶杖给巨人看。野兽只是呻吟着在雪地里打滚。"这根手杖永远不会离开我。别忘了谁才是主人。"

"够了。"蛊罡嘎喘息道,"够了。"他弯着腰,靠一只大手支撑自己。玛寇满意地盯着受苦的巨人,但谨慎地待在他的长手范围之外。

奈泽露没想到,自己竟然觉得蛊罡嘎很可怜。就在这时,一阵刮擦声吸引了她的注意。下一瞬间,大龙那狭窄的长脸突然从悬崖边缘伸了出来,它受了伤,流着血,但还活着。不知崖壁下有什么东西截住了这只巨兽,所以它没能一路滑到深渊底部。此时此刻,所有贺革达亚都来不及反应,就见那硕大的龙头伸长脖子,往前一冲,巨大的下颌咬在肯貊腰部,将他叼离地面。殉生武士仅仅短促地惊呼一声,巨颚便合上了,他的叫声戛然而止。大虫甩甩头,将半截血淋淋的残躯抛到空中。肯貊完了。

下一瞬间,巨龙带着数十道流血的伤口和一只废掉的前肢,挣扎着想要爬上悬崖。玛寇用剑刺向它紧闭的眼睛,但巨龙用牙咬住剑刃,用力一扯,拉得玛寇失去平衡,趴倒在它脚边的雪地上。大虫往后收缩,准备一口咬下。巨人蛊罡嘎爬起身,怒吼一声,挥起巨斧砍向怪兽的长颈,刚好砍在脑后,几乎斩断整条颈椎。巨虫像垂死的蟒蛇一般扭动着,长颈喷出黑血,洒在雪地上"滋滋"作响。它再也抓不住悬崖边缘,往后滑倒,再次消失。

一切发生得太过突然,奈泽露呆若木鸡,完全没有意识到,怪物落下之后,有人在惨叫——嘶哑、持续、痛苦的惨叫。她过了好一会儿才反应过来:那是玛寇的声音。队长从头到胸都被黑血浸透,皮肤冒烟。

绍眉戟扑上前去,从玛寇手里夺下水晶杖,用它迫使蛊罡嘎退后,逼他号叫着屈服。等巨人退到安全距离之外,歌者才弯下腰,往队长被灼烧的伤口上堆雪。

"来帮我,殉生武士。"他对奈泽露说,"我觉得他还有救。"

她蹲在他身旁,抓起一捧雪。但她看到,玛寇皮肤焦黑,开始一条条地往下掉,露出下面的红肉。队长已经停止惨叫,只能发出"咯咯"的喘息声。他两眼无神,灵魂不知被困在哪里受苦。奈泽露将雪厚厚地敷在他脸上,既是为挡住那吓人的面容,也是为安慰受伤的队长。

"哎呦,"凡人亚拿夫懒得掩饰颤抖的声音,"事情如此顺利,相信乌荼库女王一定会非常满意。"

放逐者

无人听见之声，无人看见之脸

建元 1201 年，提亚加月 10 日

挚爱的夫君：

我已将所有有关至高王座的国事写在其他信件中，因此，这封信只写给你一个人看。我祈祷它能安全送到你手中，祈祷圣母与诸多圣徒保佑你、孙子孙女和所有至亲之人身体健康。我觉得，给你写信诉说我的担忧有点傻，因为我目前担心的一切可能很快就会过去。但此时此刻，我真的非常想念你。

昨晚是我们到这儿的第一晚。我做了个可怕的噩梦。我知道有人说，梦境都是假的，说它只是安歹萨里的诡计，或是思维的狂想。但是你，我的夫君，你很清楚，任何梦境都有可能是真的，它可能是个预警。

在梦里，我们的儿子回来了。不是最后那几年的约翰·约书亚，也不是那个蓄着胡子、总是穿一袭黑色学者袍、一脸严肃的年轻父亲，而是孩提时那个身材瘦削、眼睛大大、活力无限的小男孩，那个让我们无比宠爱、操碎了心的小男孩。在梦里，我在海霍特中穿行，寻找着什么。但一开始，我不知道自己在找什么。我看不到其他人。

The Witchwood Crown

没有仆人，没有廷臣，只有空荡荡的走廊。不过有时，我能听到人声，好像有人聚在一扇扇紧闭的门后。可我始终找不到他们，只能勉强听到他们说话和唱歌的声音。有一次，我似乎听到很多女人在哭。

然后，我看到了他。起初我不知道是他。我只看到前面有一个小小的身影在跑，时不时消失在转角后。等我看得更清楚，那个小身影已经跑得很远。虽然我猜那是个小孩，但我不能确定。

因为我没看到其他人，而且在梦中，我依然在寻找什么东西——现在我已经忘记那是什么了——我加快脚步追赶那个小身影。我跟着它走上一条通道，又走下另一条通道，穿过空无一人的王座大殿，走到外面的内城。我跟着那小幽灵，走进当年绿天使塔倒下时毁掉的迷宫。不过在我的梦境中，绿天使塔和迷宫都还在，塔的碎片撒满迷宫各处，挡住了许多道路。

我终于找到通往迷宫中心的路。在那里，我看到约翰·约书亚坐在以前放在迷宫中心的长凳上——你还记得那条长凳吗？我欢呼一声。但他看到我，却露出害怕的表情，跳起来飞快地跑掉了。

儿子竟然不愿意跟我在一起，让我的心都碎了。但这时，我已经知道自己在追赶谁，所以我绝不会放弃。我做了很长的梦，西蒙！或者说，我感觉是这样，因为我们的约翰引着我跑遍了整个城堡，就像以前，我们想把他抓回房间、换衣服出席国事场合时一样。如今的我真希望自己当年从没强迫他参加任何活动。他的生命如此短暂，浪费在那种无聊事上未免有些残忍。

这场追逐若不是在梦里，一定会让我筋疲力尽。终于，他带着我回到绿天使塔的废墟，但那些残骸已经消失了。那地方跟它现在的情况一样，只有破碎的天使作为它的纪念。不过，那个天使从底座上掉了下来，躺在地上的一个破洞旁边。那个洞好像是某种狂野、急躁的野兽挖出来的。约翰·约书亚蹲在洞旁，朝我招手。我小心翼翼地慢慢靠近，生怕他再次受到惊吓而跑掉。不过，他在等我，只是不肯让我拥抱他、亲吻他。梦中的我心如刀绞,至今仍能感受到。他指着破洞,小脸蛋上充满抱怨和担忧,我只能按照他的心愿,双膝跪下,将头凑近地洞。在洞里,仿佛从很远的地方传来喧闹声。那是我听过的最古怪的声音,有人在哀号、在呼喊,也有野兽在嘶鸣。我相信那一定是地狱的入口,所以我立刻惊恐地坐直了。约翰·约书亚又消失了。花园里只剩我独自一人。

随后,我醒了。我躺在海黎莎王妃号的床上,女仆就在身旁,快要哭出来了,因为她试图将我从噩梦中叫醒,却无法成功。我呼吸急促,一时说不出话来。我的睡袍被汗水浸湿。色雷辛人说,噩梦是黑暗在压迫我们,跪在我们胸前,试图让我们窒息。当时我就是那种感觉。我想,如果真是约翰·约书亚的灵魂来找我,而不是安歹萨里的诡计,那他应该是试图告诉我——告诉我们——黑暗正在逼近。

我的好夫君啊,也许你会觉得,我俩才刚刚分开,我就成了一个傻瓜。但我祈祷,你还记得你在风暴之王战争期间做过的梦,记得那棵高大的树和巨大的轮,记得它们的意义。我担心,不仅仅是为你、为我自己或我们的孙子孙女——我当然也很担心他们——更是为了整个国家。

我很快会再给你写信。很有可能,等到我写下一封信时,我已经觉得,现在写下的这些忧虑都是杞人忧天。但请你不要忘记、也不要忽略它们。

亲爱的西蒙,直到你和我平平安安地在家中重聚之前,我都无法得到真正的平静。好好保重啊,我的夫君。现在我俩天各一方,我才最能体会到,尽管全世界都与我们作对,我们仍能找到彼此,是件多么幸运的事。

我会找个明亮些的日子再给你写信。也许明天吧,等天上没有那么多阴云的时候。

* * *

"王后还好吧?愿上帝保佑她安康。"

"身体很好,帕萨瓦勒,但她做了可怕的噩梦。"西蒙折起信纸,放进自己包里。他的胃在抽搐,像是饿了,但他知道自己并不饿。

"人人都会做噩梦,陛下。梦境是个恐怖的世界。"

国王点点头。无论最近是什么东西抑制、阻止了他的梦,他依然了解梦境之路的恐怖之处。"不管怎么说,很抱歉让你等了这么久,总理大臣。你好像也有什么心事。"

帕萨瓦勒摇摇头。"我没什么心事,陛下,只是有点担忧。我听说你要提阿摩和北方船盟的船商安格斯去跟那个囚犯谈话。"

"你是说刺杀艾欧莱尔的赫尼斯第厨房帮工?对。因为安格斯能说他的语言。我只跟你一个人说吧,我担心那人并不像大家以为的疯子那么简单。"

"陛下的意思是?"

"我跟你说过,我们在休国王那里遇到的奇特待遇了吧。艾欧莱尔也听到一些令人不安的消息。"

"是的,陛下,我也觉得那些情况很古怪。"

"我在想,休是否会害怕艾欧莱尔的影响力——我们的首相在赫尼斯第很受爱戴。"

帕萨瓦勒十分困扰。"你觉得,休也许会刺杀艾欧莱尔?我得诚实地说,陛下,对于如此危险的任务来说,那个疯子是件笨拙的工具。"

"我知道,我知道。但眼下形势险恶。我相信提阿摩的判断能力。"

"我也相信。"总理大臣说,"不过,安格斯呢?你也相信他吗?"

国王看了他一眼,半是惊讶,半是沮丧。"什么?你怀疑他也有鬼吗?"

放逐者

帕萨瓦勒皱起眉头。"我不怀疑任何人,陛下,我只是谨慎。我认为这正是您对我的期望。船商从赫尼斯第到这儿当天,正是艾欧莱尔遇袭的日子。"

"可他们说,那个犯人已在海霍特的厨房工作了许多年。"

"当然,陛下。我提到这一点,是因为在如今的形势下,任何假设都不安全。所以我才想问,我们对安格斯了解多少?"

西蒙勉强压下心中的怒气。"圣树在上,帕萨瓦勒,你的疑心病太重了。提阿摩是我最了解和敬爱的人,他告诉我安格斯值得信任。这都不够吗?"

如果换个场合,帕萨瓦勒的小动作也许会被当成是耸耸肩,但现在是国王和首席大臣的会面。"陛下,当然够了。本该足够有余。但您和王后都曾对我说过,现在一切都变了。我提这问题完全是出于职责。请原谅。"

"别这样,帕萨瓦勒,你让我很愧疚。谨慎行事当然是对的。"西蒙叹了口气,"但我最终总得信任某人,不然我会发疯的。我信任你。信任艾欧莱尔。我信任提阿摩。信任王后。"

"是啊,陛下,我也信任提阿摩大人,既相信他的善良,也相信他的判断。既然他为安格斯担保,那就足够了。"

西蒙的心情又沮丧起来。"这回我也开始担心了,不是为安格斯,而是为提阿摩。希望他能对那厨房帮工提高警惕,万一那家伙真是个疯子呢。"他想起自己年轻时遇到的某些神经病,"你知道,疯狂可能会潜伏起来,就像石头底下的蛇,等你翻开石头,阳光照到它身上……"他突然往前伸手,模仿蛇咬的动作,却不小心将空杯子撞落在石头地板上。帕萨瓦勒默默捡起,国王伸手去接。总理用衣服擦擦杯口,这才递过去。

杯子重新斟满,国王和总理将剩余的事务处理完毕。等帕萨瓦勒离开,西蒙靠在自己的椅背上,无视其他等待召唤的廷臣,思绪飘向截然不同的方向。

　　米蕊茉的来信让他想起了自己失去的儿子。虽然时隔多年，丧子之痛却没有丝毫减弱。他还想起自己的童年。那时，城堡就像整个世界那么大，没人会留意一个普通的厨房小子从哪儿来、到哪儿去。他沉浸在那段记忆之中，无法自拔。

　　"我的小孙女在哪儿？"他自言自语道，"我的小狮子在哪儿？"他站起来，举目四顾。廷臣们往前探身，都希望自己是国王要找的人。可对国王来说，王座大殿显得既古怪又陌生。一时间，西蒙觉得自己又变回了当年那个偷窥的小孩，将鼻子伸进了自己不该去的地方。

　　对，我要去找我孙女，他打定主意，不再理会周围那些期待地望向他的礼貌脸庞。看看她的模样，听听她的声音，对我的心情有好处。我的儿子已被上帝召回，我的孙子远离家乡——虽然不知是好是坏——但我至少可以找到小莉莉娅，让她陪在我身旁。

♛

　　提阿摩发现，走在安格斯的轿子后面十分方便。四个强壮轿夫的肩膀几乎把守卫塔下方的狭窄走道全部塞满。"除了刚才讲的那些，其他情况我就不知道了。"他说，"那人是个厨房帮工，来自柯冉禾，已经在海霍特工作多年——那时休还没登上赫尼斯第的王座。先前在霏耶孚月，他曾痉挛发作，我妻子照顾过他。他叫理甘。"

　　"意思是'顽固'。"安格斯说，"所以可能是个外号。不过他显然名副其实。"

　　这只是个小玩笑，但提阿摩没心情附和。事实上，这次任务没有一点值得他开心的地方。只不过他觉得，比起没完没了地琢磨那本莫名其妙、处处吓人的《异界密语专著》，想想其他事情也是件好事。

　　"就在前面了，两位大人。"脚步拖沓的牢头说道。那人的身材几乎跟安格斯大人一样硕大，但稍微灵活些。"真不明白我们为何还要留着他。竟敢刺杀可怜的老大人艾欧莱尔,应该把他挂在绳子上跳舞……"

"伯爵还活着,而且第二天就能骑马出城。对此我们感激万分。"提阿摩回答,"不论如何,我听说这个人很疯。"

"疯?可能吧。但他这样的疯子越少越好。疯狗没必要戴项圈,他这种疯子也没必要活着。"

提阿摩听到如此随意的论断,皱起眉头。"如果他已被吊死,我们就没机会审问他了。"

"好吧,大人们,你们当然知道怎样做才最好。"牢头回答,"可从一个疯子嘴里,能问出什么?"

确实,能问出什么?提阿摩心想。毕竟,王家巡游还在霜冻边境跋涉时,他妻子已经跟这人详细谈过。但听说理甘企图刺杀首相,缇丽娅还是大吃一惊。提阿摩则认为,这样一个老帮工是赫尼斯第王室间谍的可能性并不大,更不太可能是接受了从遥远的神堂传达过来的指令而执行刺杀。不过,先有针对希瑟信使的致命袭击,后有针对艾欧莱尔的刺杀,他能理解西蒙为何如此谨慎。

* * *

犯人身材瘦小,不比提阿摩高大多少,只是壮一些。他被牢头粗暴地剃光了头发,脑袋显得凹凸不平。他身上有许多淤青,是被捕时挣扎留下的。但他似乎没受到什么重伤。

安格斯审问他时,提阿摩虽然听不懂他的话,却觉得他的回答条理清楚。"他说什么?"

"说了很多,但意义不大。'我们最终获得自由时,我该如何面对她?我辜负了她!她召唤我!'还有其他类似的抱怨。简单来说,就是有人召唤他,但他没能应召。"

"'我该如何面对她'……?"提阿摩摇摇头,"他说的是谁?"

安格斯哈哈大笑。"朋友,不管别人怎么说我,我只会说赫尼斯第语，不会说疯话。"

提阿摩望向囚犯。"理甘，我是提阿摩大人。你能听懂我的话吗？我想跟你谈谈之前发生的事。是谁召唤你？"

犯人狂乱地摇摇头。不过，他回答时的声音却很温和。

"他只说自己辜负了她。"安格斯翻译。

"她，她——他不是第一次提到'她'了。"提阿摩皱起眉头，"他对其他人说过，是陌厉伽在对他说话。问问他，是不是这样。"

"陌厉伽？"安格斯显然吃了一惊，"鸦母？"

"对。我妻子照顾他时，他提过。麻烦你问问他。"

理甘担忧而认真地听完安格斯的提问，给了串很长的答复，说话时还将双手举过头顶，朝窄小牢房的屋顶做手势。

"他说那人有三张脸——召唤者、静默者、泪之母。"安格斯顿了顿。原来是那个牢头，他伸长了脖子想偷听。男爵怒视对方，直到他缩了回去。"这个疯子对古老传说的了解程度令我惊讶。"安格斯继续道，"但我看来，一切都很清楚。他做了噩梦，以为梦境是现实。人们以为诸神——不论是陌厉伽还是布雷赫——对自己说话，也不算什么稀罕事。我听说，路萨国王的女儿就曾饱受疯病折磨。"

"也许吧。但他的回答似乎很长，还说了什么？"

"我听到这样一些话：'她身后那些更加古老，非常古老，像雨水和岩石一样古老。'这一定是说诸神吧。"

疯子的话让提阿摩莫名其妙起了一身鸡皮疙瘩。"我还是不能确定。问他，那些古老的神叫什么名字。"

安格斯奇怪地看了看提阿摩，但还是照做了。理甘激动地朝空中挥舞双手，冒出连串的赫尼斯第语。提阿摩听出了其中一个词：duir-cha，意思是"黑暗"。他的心脏抽搐一下。

"他不知道那些神的名字，不过他说，那些神的影子是其他世界的光芒，说他们的眼睛是星辰。"船商的阔脸不安地皱起来，"提阿摩,我的泽地朋友,这个小怪物是从哪里了解到这些东西的?他会不会曾经当过牧师或学者?可如果那样,他为何会在海霍特的厨房里干活?"

"厨房里出过一位国王、好几位高贵圣洁的骑士,"提阿摩回答,"不要低估那种地方。"不过,他的心情不像话语这么轻松,"安格斯,他说的话不止这些吧。我刚才听到'黑暗'这个词,说的是什么?"

"啊,对,"安格斯回答,"这话让我也很困扰。他的意思大概是,我不知道他们为什么对我说话,也不知道他们是谁,但他们的静默之声是黑暗的真名……"他困扰的表情中突然多了丝惊慌,"等等,亲爱的朋友,这话听起来怎么这么耳熟?"

"因为你昨天或前天才刚刚读过。"提阿摩心里发寒,"准确的原文是'黑暗的真名由这些静默之声组成'。现在,想起来了?"

安格斯的阔脸有些发白。虽然牢房里空气湿冷,他的额头依然冒出一层汗珠。"'黑暗的真名……'诸神呀,对,我想起来了——'黑暗本身交织贯穿于无人听见的密语之中。当它们发出呼唤,就连虔诚的圣徒也会失去理智,甚至不朽的灵魂。'提阿摩,此时此刻,我真希望自己是个更加虔诚的信徒,好让自己得到安慰。他说的是隐士弗提斯写下的文字。"

"是啊。"提阿摩的声音细不可闻,仿佛担心除了那个漫不经心的牢头,还有其他人在偷听,"直接引自那本《专著》。安格斯,问他认不认字。"

理甘羞愧地摇摇头。"他说他不认字。"安格斯解释说。

"我相信他的话。问他认不认识弗提斯主教的名字。"

囚犯又一次摇头,然后说了一连串话,越说越害怕。"他不认识那个名字。他还说,他是个敬爱诸神的人,不想被烧死。他说,他只是按吩咐做事。"

The Witchwood Crown

"谁的吩咐？"提阿摩追问。

"他说，是陌厉伽。"安格斯听完回答后说道，"但他又说，那个三脸女神在他梦里对他耳语了好多个月，他才明白那是真正的召唤。他说，他不是唯一一个能听到她声音的人，因为最近，耳语变得十分吵闹。"安格斯深吸一口气，颤悠悠地呼出来，"提阿摩老朋友，你知道吗，我突然很不喜欢这地方的味道和湿气。我想走了。"他对轿夫们下达命令。后者弯下腰，抬起轿子。

提阿摩点头同意，但他知道，他们在这里听到的一切必须得到重视。

♛

帕萨瓦勒忙完西蒙国王的事，处理完自己几封沉闷但重要的信件，发现距圣树塔敲响午饭钟声还有一个多钟头。他决定利用这意料之外的自由时间，回到位于寝宫顶层的私人房间看看书，不让任何人打扰。可他刚走到三楼平台，就被人提醒，那个秘密藏身处不再是他一个人的秘密了。

"帕萨瓦勒大人！我就知道在这儿能找到你。"

他很累，心神不定，忧心忡忡，没心情跟艾黛拉调情或做其他事。不过后者沿着长楼梯走来时，帕萨瓦勒依然满脸堆笑。"你确实找到我了，夫人。"他对走到面前的王妃说，"殿下是寻爱的猎犬，总能抓到她的猎物。"

艾黛拉迅速看看四周，确保没其他人，然后热情地亲吻他的双唇。"总理大人，我是女人，又是猎犬，那你想说我是母狗吗？你说得对，我是你的母狗，我听你的命令。"

"嘘！夫人！别这么大声。"王妃已经贴到他身上。好一会儿，帕萨瓦勒担心她会把自己——甚至两人一起——推下平台，滚下陡峭的楼梯。"求求你，亲爱的艾黛拉，如果你想说这些话，至少等进我房间再说。在那里，我们不用担心刺激到可能听见我们说话的人的神经。"

"遵命,总理大人。毕竟你才是下达命令的人。我只是你的仆人、你的宠物。"但她的手却忙着拆开他的纽扣,完全不像仆人。帕萨瓦勒只能将她的手指从紧身衣上轻轻推开。

"够了,"他说,"亲爱的王妃,见到你我很高兴。你是我心中的光。可不能在这儿,我们上楼。"

"遵命。不过没人会看见我们。就连女仆也很少到这儿来。"她退后一步,"啊,亲爱的帕萨瓦勒,既然我是你的仆人,你必须惩罚我。"

见王妃的激情冷却下来,帕萨瓦勒松了口气。"为什么?"

"因为我忘记自己还拿着你的东西。"她这时才抬起一直收在身侧的手,"看到了吗?你把它掉在楼梯底下了。我拿着它一路爬上来找你。"

他接过对方手里折起的信纸,手指发颤。"你……捡到的?"

"是啊,我在前门看见你掉的。"

"可封印已经拆开了。"他看看蜂蜡,又看看写在上好的珀都因羊皮纸上的字迹。"你看过了?"

一瞬间,仅仅是一瞬间,艾黛拉闪过一丝异样的眼神——也许是内疚吧。"没有!你掉下它时已经是开的了,一定是的。亲爱的,我不会偷看你的私人信件!"

"你没说实话,王妃殿下。"

他再次看到,不安的眼神一闪而过。"好吧。我没看信,但我自然而然地发现,它来自纳班,来自公爵的弟弟德鲁西斯。"王妃伸出一根手指,压住他的嘴唇,"嘘,不要责怪我。我绝不会告诉任何人,但你要告诉我:你是不是打算安排他们兄弟俩和谈?是不是在协助王后的任务?"她露出微笑,"亲爱的,你可以跟我分享。你知道的,我只想帮你,做有利于国家的事。毕竟它总有一天会属于我儿子。"

The Witchwood Crown

"对，没错。"帕萨瓦勒深吸一口气，"等等，你看那边，来的是不是你父亲？"

艾黛拉惊讶地转身望向下面的房间。"我没看见他……"

帕萨瓦勒双手按在她背上，用力猛推。艾黛拉扬起双臂，仿佛只是在模仿惊讶的反应。她首先撞在几级台阶下的墙上，然后身子蜷成一团，顺着狭窄旋转的楼梯一路翻滚下去，消失在他视线之外。帕萨瓦勒快步走下楼梯，看到她躺在楼下的台阶上，头悬在台阶边缘外，一条手臂别扭地压在身下，裙子翻起，双腿张开，像个被丢在地上的洋娃娃。

他在王妃身旁蹲下。寡妇的脸上、手上处处都是渗血的擦伤，嘴角的红色血泡不停地鼓起又收缩。他凑近些，听到她的喘息嘶哑、缓慢而粗糙，但还算平稳。

帕萨瓦勒摇摇头，站起身，用靴跟踩住艾黛拉王妃的侧脑，无视她半闭的眼睑下翻转的眼珠，只顾用力扭动脚踝，直到听见对方颈骨折断的声音。然后，他将纳班来信藏在长裤的束腰带中，开始喊救命，一声接一声，直到喊声在楼梯井中回荡。

♛

有趣的是，国王心想，孩提时他觉得一切都高出自己一头——比如树木、墙壁和大人们——随着自己长大，它们都缩水了，但此时的海霍特反而有种变大的感觉。也许是因为，我见过太多城堡地下的情况。也许是因为，我比任何人都了解它隐藏的秘密。虽然他从小在这里长大，对这巨大的城堡无比熟悉，可当他得知，它建立在另一座完全不同的城堡——一座几个世纪无人问津、隐藏着危险秘密的希瑟城堡——之上时，还真是很难对它产生归属感和安全感。

"爷爷，您是打算教我们规则呢？"莉莉娅催促，"还是打算一直盯着地面发呆？"

西蒙抬起头，有点惊讶地意识到自己走神了。"来来来，小女士，不要对国王这么凶,不然,没等你反应过来,我就把你关进地牢了哟。"

莉莉娅和小伙伴们配合地装出害怕的模样,逗得他露出微笑。他的小孙女召集了好几个玩伴,包括罗森家的两个小女孩,还有两个男孩——他俩是欧力克家的亲戚,年纪跟莉莉娅相仿,介于爱玩耍的儿童和做正事的男人之间,正是急于长大的年龄。西蒙祈祷接下来的许多年里,这两个男孩能继续保持对成年男人的浪漫想象,而不用被迫上战场。

"怎么了?"

"抱歉,严厉的莉莉娅公主,"他说,"我正在想,将来要不要把你嫁给一个专横的胖王子,让他吃掉所有糖果,一颗也不给你留。"

"不行,不可以。快告诉我们规则。这个游戏为什么叫'神圣王'?"

"因为很久以前,统治这里和大部分北方地区的赫尼斯第国王就是'神圣王'。他不是安东教徒,而是异教徒。"

"那上帝为什么让他统治海霍特?"

"哦,因为他最后输的。现在他不是国王了,对吧?我们也不是赫尼斯第人,对吧?好了,小朋友,问题够多了。这是个躲藏游戏,我们要扮演安东教的牧师。"

"爷爷,我们会玩躲猫猫。"

"啊,但这个游戏不一样。牧师不能相互背叛。"西蒙解释说,"一开始,只有一个人要躲起来,其他人都去寻找。如果一个玩家找到躲起来的人,就必须跟他们一起躲在藏身处。接下来,你明白了吧,最后一个人就成了神圣王。然后,他,或者——莉莉娅说得对——她,就成了下一局游戏里第一个藏起来的人。明白了吗?"

"如果最后剩下的人是神圣王,他为什么要藏起来?你不是说神圣王要抓牧师吗?"

西蒙叹息一声。"说真的，小孙女，跟你玩游戏有时还真麻烦。"

* * *

欧力克家的两个小孩之一是首先躲藏的人。西蒙对城堡的了解程度远远超过任何一个小孩，所以很快就在寝宫一楼的一间储藏室后面找到了他。他悄声叮嘱男孩安静，然后在他身旁坐下，等其他孩子发现他们的藏身之处。身处温暖而昏暗的狭窄空间里，国王的眼皮很快变得沉重起来。

不合理啊，他心想，我能做梦时，一晚总会醒来许多次，心脏跳得像战鼓，然后很难重新入睡。有时我因为失眠，整天都像在迷雾中转悠。可现在，梦境离我而去，我的感觉依然不变，还是那么地疲倦和迟钝。宝血圣树啊，真不公平！

重玩孩童游戏的感觉很奇怪。他的儿子约翰·约书亚很少参与这类游戏，总是与城堡里的其他孩子保持距离，他更喜欢阅读，有时只是独自坐着思考。西蒙还记得，儿子曾经坐在比他大很多的椅子里，严肃地盯着天空，仿佛苍天就是一本书，而年幼的约翰诺却能看懂其中的内容。

罗森家的大女孩找到他俩，将西蒙从回忆中惊醒。她挤到狭小的储藏室，兴奋地跟那男孩窃窃私语，声音犹如屋檐下拂过的喃喃的风声。西蒙的思绪又飘回过去——更早、却并非总那么开心的过去。

我们还能有别的办法吗？他在反思。过去那些年，他经常反思。米蕊和我能否更好地保护我们的儿子？但谁能阻止病魔？谁能打退高烧？国内最好的医师和药师都尽了最大努力。提阿摩和众多人士都来帮忙。但我们仿佛站在岸上，够不着他，只能眼睁睁地看着他溺水而亡。关于约翰·约书亚最后那段时光的记忆是如此冰冷、如此痛苦，就像毒药一样，威胁着要毒倒他。他强迫自己回到现实，聆听昏暗的储藏室里孩童的耳语声。第二个男孩找到他们，正跟另外两个孩子哈哈大笑。西蒙示意他们安静。他们没搞懂游戏规则吗？尽量长时间地躲藏很重要,一直躲到只剩下最后一个孩子,孤独地琢磨大伙儿都去哪儿了。

独自一人。这时西蒙才记起,这个游戏他只玩过几次。他还记得,自己一直不太喜欢这个神圣王游戏,因为其他孩子都温暖、安全地躲在一处悄悄聊天,享受同伴带来的安全感时,最后那人会非常地孤单。那种孤苦伶仃的感觉……

另一个罗森家的女孩也找到了他们,那个叫依莱什么的小女娃。她因为独自转了很久,于是哭了一小会儿。现在她抽抽噎噎地问:"莉莉娅在哪儿?"

莉莉娅在哪儿?西蒙也想知道。他那充满自信的孙女,总爱在城堡走廊里横冲直撞,比任何君王都霸气。很难相信她会是最后一个找到这藏身处的人。西蒙想起米蕊曾对他说过的话:"你和我害怕的永远不是同一件事。你总是害怕被人找到,而我害怕没人找到我。"

小小的储藏室挤了这么多人,显得更加闷热。"你们几个,嘘!"他说,"不然她会找到我们的。"但在他内心的另一个角落,却希望莉莉娅能找到自己,因为他开始为小孙女感到担心了。"不管怎样,别挤,不然会把这里搞得更热。"

确实很热。热得难受,就像夏夜的床单粘在汗湿的脚上、怎么也睡不着的感觉。在约翰·约书亚刚刚离去的几个月里,他的梦非常可怕。有好几次,他因精疲力竭、渴望入睡却睡不着而差点痛哭。此时此刻,孩子们在轻声说话,含糊不清的声音混在一起,睡意向他袭来,睡眠却变成了一件危险的事。莉莉娅在哪儿?他打着呵欠、伸着懒腰,却无法摆脱缠在身上的倦怠感。如果他像老醉鬼似的在这里睡着会怎样?他是不是该去找他的孙女?

他又开始昏昏沉沉时,似乎听到了新的声音。它们很遥远,只能勉强从孩童的话语声中分辨出来,却又听得十分清楚,仿佛就在西蒙的头脑中说话。

到我们这儿来,它们说。是时候了。时机已到,你将重获许久以前失去的东西。它们像在颂唱,犹如言语的河流,无休无止地往前涌动。是时候到我们这儿来了。时机已到……

西蒙吃了一惊,猛然坐直。那不是孩子们喊他的声音,而是来自他那失落的梦境。时机已到……是什么意思?

不,没什么意思,他告诉自己。我只是打瞌睡、犯糊涂而已。这是个温暖的下午,我是个疲倦的老人。

但他还是能听到储藏室外的吵闹声。这次是另一种声音,而且越来越响亮。

"安静!"他对孩子们说,"让我听听!"

"哦,上帝保佑我们!"一个女人在尖叫,"上帝赐予我们慈悲!可怜的王妃!"

仁慈的艾莱西亚保佑我吧,我是清醒还是在做梦?他迷惑了,但他的心脏正在千真万确地敲打他的肋骨。公主?① 还能是谁,只有……

"莉莉娅!"他大喊着站起身,将孩子们推到两旁,在昏暗中挤到小房间前面。"莉莉娅!哦,仁慈的艾莱西亚,请您保佑她平安无事!"他的心脏仿佛要被恐惧吞噬,"莉莉娅,你在哪儿?"

房门被猛然推开。他的孙女站在门口。一开始,他只能看见轮廓,就像看到一个鬼影。然后他的眼睛适应了光线,看到莉莉娅脸色苍白、双眼圆睁。"爷爷!怎么了?"她扑过来,双臂抱住西蒙的腰,眼泪夺眶而出。"他们为什么喊公主死了?我没死!"

西蒙仍能听见人们的呼喊,而且人数越来越多。惊恐和震惊的叫喊声在寝宫蔓延开来。

"所有孩子,都跟我来。"他知道,一定出了什么大事,恐怕一切都将因此改变。他紧紧抱住莉莉娅。"小家伙们,紧紧跟着我。我是国王。我会保护你们的安全。"

---

① 在英语里,公主和王妃是一个词。

放逐者

尾声

♛

不知怎么,坦娜哈雅又找到它了。她将巫木蛋紧紧捂在胸前,在混沌中挣扎前行。她记得自己曾置身于喧闹的疯狂之外,从旁观者的角度观察自己的处境。可就算那记忆是真的,也一定是很久以前了。此时此刻,天空已变成灰色的炙热泥浆。她四周的淤泥不停翻滚,沾满泥巴的手一次又一次伸出,拉扯她的四肢和头发,想把她扯下去。就连神圣的柳树,似乎也伸出柳枝缠住她,想把她拖回热气蒸腾、毁灭一切的无底泥潭之中。

我为什么要反抗?一个险恶的声音总在她脑海中发问,催促她屈服。只热一小会儿,声音说,然后一切都将恢复清凉,犹如奔流的河水,犹如早春的青草,犹如地底的石头。战斗将结束。你将获得安息。

然而,尽管坦娜哈雅累得喘不过气,思绪也混成一团,但她知道,那个声音没说出全部事实。邀请她的是死亡的沉眠,是生命离开躯壳后的清凉。所以她继续挣扎。

在努力的过程中,出现了许多张脸,其中有她的家人、她的好友。可他们不但没鼓励她继续抵抗,还联合她内心那个狠毒的声音,恳求她放弃。

你英勇战斗过了,她的族长、苍老的希马努说。投降并不屈辱,孩子。并不屈辱。

可她怕的不是屈辱,而是消失。坦娜哈雅的脖子以下已被埋进翻滚而炙热的泥巴,身上缠着树根。但她不敢放弃。她的族人只剩那么几个了。无论环境有多恶劣,他们都不能投降,不会投降,永远不会。

我们爱你，就像爱自己的亲姐妹，亚纪都和吉吕岐告诉她。你去休息吧，我们会记住你的。我们会纪念你的牺牲。

但是坦娜哈雅不想被纪念。她只想再次看到太阳，感受它那干爽的暖意。她只想感受清风的香气，聆听它拂过林间枝叶的音乐。她想活着。

丢掉那颗蛋。不值得为它而死。她的童年好友炎甲奥对她说。

不，我要为它而活。她告诉自己，告诉所有的声音，尽管她的力量渐渐衰弱，身子渐渐沉入翻滚的泥潭。我值得为它而活。

一阵风毫无预警地吹起，横扫整个世界。一开始只是轻轻的微风，然后愈发猛烈，越来越猛。它吹凉了泥潭，吹凉了滚烫的空气，吹凉了一切。起初坦娜哈雅以为，它是一轮新的攻击。但拉扯她的泥泞开始凝固。再过一会儿，她蹬开泥巴，重获自由。热泥沼再也困不住她了。她爬到岸边，踩上坚固的土地。这是很久很久以来的第一次。当她意识到自己不会再次下沉，当她感觉到清凉的力量持续增强，她知道，自己终于可以停止战斗了。

她坚持了那么久，终于可以放松下来、真正地休息了。高热，休息之前，她的最后一个念头是，毒药引发的高热，终于退下了。

* * *

"坦娜哈雅，能听到吗？"

"是我们，亚纪都和吉吕岐。你能听到吗？"

她只觉得眼皮沉重酸痛，好不容易才睁开双眼。"我在哪儿？"她问。

"在胡兰古角，好姐妹。"亚纪都弯下腰，将可爱的面庞凑近坦娜哈雅，"看到你醒来，我很开心。我们都担心要失去你了。医师们做得很棒。不仅是我们的医师，还有凡人的医师。赞美华庭，他们一直设法保住你的性命，直到把你送回这里。"

"是啊。"吉吕岐附和道。但他的声音里有种她以前没听过的语调,低沉而深远。"赞美华庭。"

"毒药。我的伤口被下了可怕的毒药。是什么?"

"医师们还没查清楚。"亚纪都回答,"他们从没见过那样的东西。亲爱的朋友,你还能活下来,真让我们震惊。"

"但我的任务失败了。"坦娜哈雅恢复了足够的精神,开始觉得愧疚,"我还没到阿苏瓦,就被人偷袭了。"

"有没有看到是谁干的?"

坦娜哈雅想摇头,但她还是太虚弱了。她觉得浑身无力,比干花瓣好不了多少。"他们不止一人,躲在暗中放冷箭。箭是黑色的。我就知道这些。"

"贺革达亚用的那种黑箭?"

"也许吧。当时我没能仔细查看它的工艺,之后等我醒来,它们已经不见了。"她静静地躺了一会儿,缓缓呼吸,努力思考。"我是怎么来这儿的?"

"凡人送你来的。一个年轻的王子,和我们的老盟友艾欧莱尔伯爵。"

"我要感谢他们。"

吉吕岐用修长的手指做了个"田凫之鸣"的手势,表示无可奈何的遗憾。"他们走了。S'hue 堪冬甲奥赶走了他们。"

"但我们需要他们的帮助!"

亚纪都坐直了,双手抱住滚圆的腹部。"是啊,他们也想寻求我们的帮助。但时机不对——也许连弥补的机会都没有了。我们两族总有各种各样的误解,就像一种诅咒。"

"那我们怎么办?"尽管满心忧虑,睡意依然在猛烈拉扯着坦娜哈雅。她只是不想这么快就再次放弃清醒的世界。

"该做什么,就做什么。"吉吕岐回答,"继续战斗,直到最后献出生命。这次输掉的结局无法想象,可能比风暴之王伊奈那岐当年的计划更恐怖。"他做了个防护死者妒忌的手势,"也许会带来虚湮。"

"但你还没准备好重新投入战斗。"亚纪都对她说,"亲爱的坦娜哈雅,睡吧。好好睡一觉。俗话说的好,明天华庭会更近。"

可是,虽然坦娜哈雅放任自己回到倦怠的睡眠,她依然明白,亚纪都只是想安慰自己罢了。华庭已然失落,所有族人都知道。无论他们做什么,都无法挽回它。或者说,至少它所包含的一切美好都再也无法恢复。这是他们族人的诅咒。

附录
Appendix

人　物

爱克兰

　　安东妮塔——莉莉娅公主的玩伴。

　　圣艾格——安东教圣徒。

　　阿弗纳神父——提阿摩大人的书记官。

　　贝佳——艾黛拉王妃的女伴，学过医术。

　　本纳明——海霍特的王家膳食主管。

　　毛茛——鄂克斯特一家妓院的老鸨。

　　苟露姐——照顾过莫根纳的保姆。

　　科尔佛男爵——贵族，王家巡游成员。

　　德沃娜夫人——贾雷德侯爵的妻子，诺赫塞的女主人。

　　德里根——在津林里迷路的平民。

　　圣鄂斯坦·费科恩——西蒙国王的先祖，卷轴联盟的创立者，海霍特第六任国王，人称"渔人王"。

　　埃利加国王——前任至高王，米蕊茉王后的父亲。

　　依莱薇德——安东妮塔的妹妹。

　　厄坦弟兄——安东教修士。

　　伊弗里——海斯托男爵。

　　斐兰大人——马房总管，海霍特城堡典礼官。

　　贾雷德侯爵——诺赫塞领主，德沃娜夫人的丈夫。

　　歌威斯——爱克兰的主教。

　　勾姐——马夫的女儿。

　　哈彻——怪女孩酒馆的老板。

附录

艾黛拉王妃——约翰·约书亚王子的遗孀，欧力克公爵的女儿。

杰克·穆德沃德——虚构的林中大盗。

杰瑞米大人——海霍特的宫务大臣。

约翰·约书亚王子——西蒙国王和米蕊茉王后的儿子，莫根纳王子与莉莉娅公主的父亲，艾黛拉王妃的亡夫，西蒙国王又称他为"约翰诺"。

约翰——曾经的至高王，米蕊茉王后的祖父，又称"圣王约翰"。

约书亚王子——埃利加国王的弟弟，米蕊茉王后的叔叔。

犹八爵士——骑士。

斯图斯德的卓根爵士——爱克兰卫队的黑夜队长。

肯里克爵士——爱克兰卫队的侍卫队长，很年轻。

莉莉娅公主——西蒙国王和米蕊茉王后的孙女，莫根纳的妹妹。

莱乐思——米蕊茉王后从前的侍女。

玛莎——海霍特寝宫的女仆。

梅尔金——莫根纳王子的侍从。

米蕊茉王后——奥斯坦·亚德的至高王后，西蒙国王的妻子。

莫根纳王子——至高王座的继承人，约翰·约书亚王子和艾黛拉王妃的儿子。

莫吉纳医师——前任卷轴持有者，曾是西蒙国王的好友与导师。

纳坦——津林的守林员。

欧力克公爵——爱克兰的治安大臣，法尔郡和万途关公爵，艾黛拉的父亲。

普特南主教——王家巡游中的高级牧师。

瑞秋——前任海霍特女仆总管，人称"怒龙"。

利楠——年轻的琴师。

罗森侯爵——格兰威克领主。

桑弗戈——海霍特著名的琴师。

梧索的赛斯——王宫总建筑师。

舒拉米特夫人——米蕊茉王后的女伴。

西蒙国王——奥斯坦·亚德的至高王,米蕊茉王后的丈夫,本名"塞奥蒙",人称"雪卫"。

苏芙拉——年轻女子,莫根纳王子的女相识。

史坦异神父——前任卷轴持有者,海霍特的王家牧师。

圣撒翠——安东教圣徒,又名撒翠斯。

塔芭塔——海霍特寝宫的女仆。

塔玛尔夫人——安斯伯利男爵的妻子,米蕊茉王后重要的女伴。

托马斯·奥特克彻——鄂克斯特市长。

图比亚——海霍特的卫兵。

托司提格男爵——羊毛商人。

威博特神父——总理大臣帕萨瓦勒的书记官。

圣韦格拉夫——安东教圣徒。

威罗娜夫人——伊弗里爵士的妻子。

盖文索德的扎奇尔爵士——爱克兰卫队总指挥,肯里克爵士的上司。

赫尼斯第

霭林爵士——艾欧莱尔伯爵的甥孙。

班·法里格的安格斯·艾-卡皮滨——前任艾本河口子爵,商人,古籍学者。

橡心安佳——著名的赫尼斯第英雄。

巴格巴——牧神。

布兰南——安格斯的厨师,曾经做过修士。

天空之布雷赫——天空之神。

柯扎哈·艾-柯冉禾——来历不明的修士。

附录

地犬卡姆——地神。

库鲁丹男爵——银牡鹿的指挥官。

棕眼汀娜迦——女神,冉恩的女儿。

艾莱莎——艾欧莱尔伯爵的姊妹。

艾欧莱尔伯爵——首相,至高王座之手,穆拉泽地伯爵。

伊万——霭林爵士的手下。

格威辛王子——休国王的父亲,在风暴之王战争中被杀。

贺恩国王——传说中赫尼斯第的建立者。

休·安哈-格威辛国王——赫尼斯第统治者。

茵娜温——赫尼斯第的太后。

雅乐斯——霭林爵士的侍从。

艾万恩爵士——骑士。

路萨国王——赫尼斯第曾经的统治者,梅格雯与格威辛的父亲。

历辛国王——路萨国王的父亲。

梅格雯公主——路萨国王的女儿,在风暴之王战争中去世。

密尔汉——雨之女神,布雷赫的妻子。

陌厉伽——孤儿制造者,鸦母,古代的战争女神。

默多侯爵——有权有势的赫尼斯第贵族。

独臂沐诃——战神。

穆塔爵士——陪同王家巡游前往艾弗沙的廷臣。

格涞泽地的奈尔伯爵——荣娜伯爵夫人的丈夫。

理甘——海霍特的厨房帮工。

荣娜伯爵夫人——格涞泽地的贵妇,米蕊茉王后的朋友,莉莉娅公主的看护人,小公主称她为"荣娜尔阿姨"。

萨姆瑞斯爵士——库鲁丹男爵手下的鹰钩鼻副官。

辛奈哈——赫尼斯第过去的王子,又称"红狐"。

泰斯丹国王——海霍特第五任国王,又称"神圣王"。

The Witchwood Crown

泰勒丝夫人——格兰·欧加侯爵的遗孀,休国王的未婚妻

瑞摩加

爱尔瓦夫人——英格柏的领主夫人,施拉迪格都统(侯爵)的妻子。

戴门德——亚拿夫在司卡利帮认识的同伴。

艾弗特——瑞摩加第一位国王,人称"远见者艾弗特"。

"血拳"芬吉尔——海霍特第一位凡人统治者,又称"大君芬吉尔"或"血手芬吉尔"。

弗路德——艾弗沙的神官。

青草母神丰乐娅——女神。

歌姐夫人——哈厉都统的女儿。

葛蕾特——亚拿夫的妹妹。

格里布兰——艾奎纳公爵的儿子,继任公爵之位。

圣格芙利姐——安东教圣徒。

桂棠公爵夫人——艾奎纳公爵的亡妻。

哈厉都统——布拉布雷城堡的领主。

圣海瓦德——安东教圣徒。

圣夕杜拉——安东教圣徒,古代一位能看到异象的修女。

耶尔丁国王——海霍特第二任国王,芬吉尔国王之子,人称"疯王"。

伊克斐国王——海霍特第三任国王,人称"灼烧王"。

艾布恩——艾奎纳公爵的父亲。

艾弗沙的艾奎纳公爵——瑞摩加的统治者。

艾思梅——艾奎纳公爵的小女儿。

艾思瓦——格里布兰的儿子。

艾索恩——艾奎纳公爵与桂棠公爵夫人的长子,在风暴之王战争

中被杀。

亚拿嘉——前任卷轴持有者,在风暴之王战争中被杀。

亚奎纳——亚拿夫的弟弟。

亚拿夫·古图鲁——北鬼女王的猎人。

"红拳"乔戈仑——瑞摩加最后一位国王,被圣王约翰杀死。

洛肯——火神。

罗姆斯卡——艾弗沙的铁匠。

拿威——拉菲斯克凹地统领(男爵)。

欧罗夫弟兄——曾当过莉莉娅公主的老师。

拉格娜——亚拿夫的母亲。

罗丝卡娃——桃灼葭的养母,拥有"瓦莱妲"的称号(意思是"睿智的女人")。

茜歌妮——艾奎纳公爵的大女儿。

司蔻娣——住在瑞摩加东北部的女巫,在风暴之王战争中被杀。

司卡利——前任考德克统领,人称"尖鼻子",已经亡故。

司卡利帮——一伙强盗,曾是考德克统领司卡利的追随者。

施拉迪格——英格柏都统,西蒙国王、米蕊茉王后和宾拿比克的好友。

淑德——格里布兰的妻子。

丝瓦娜——年轻的瑞摩加女子,住在鄂克斯特。

思侃盖的唐戈德——艾思梅的丈夫。

瓦福里德——茜歌妮的丈夫。

坎努克

宾拿比克(宾宾尼格伽本尼克)——卷轴持有者,坎努克的吟唱者,西蒙国王的好友。

奇卡苏特——传说中的百鸟之王。

小史那那克——齐娜的未婚夫,史那那克的孙子。

齐娜(齐娜娜娜沐柯塔)——宾拿比克和茜丝琪的女儿。

塞达——月亮女神,又称月亮母亲。

茜丝琪(茜丝琪娜娜沐柯)——牧者和女猎首(岷塔霍山脉的统治者)的女儿,宾拿比克的妻子。

史那那克——楚季柯山脚的首席牧人,在瑟苏琢战役中被杀。

色雷辛

伯德姆——仙鹤部族成员。

布尔坦——仙鹤部族的萨满。

科德贝——古迪格族长的侄子。

卓詹——欧里格族长的朋友。

"山王"依帝泽——草原部族的英雄。

费克迈——骏马部族及上色雷辛的前任单于,渥莎娃的父亲。

弗里墨——仙鹤部族成员,欧里格族长的弟弟。

"秃头"格兹丹——仙鹤部族的骑手。

古迪格——骏马部族族长,海菈的丈夫。

赫瓦特——仙鹤部族前任族长,弗里墨的父亲。

海菈——古迪格族长的妻子,渥莎娃的妹妹。

库尔娃——欧里格族长的妹妹,弗里墨的姐姐。

草原母亲——色雷辛的神祇。

"石拳"欧里格——仙鹤部族族长,弗里墨和库尔娃的哥哥。

"红胡子"鲁德——色雷辛草原的单于,最强大的色雷辛族长。

举石者——色雷辛的神祇。

碎砧者塔司达——所有草原部族都崇拜的强大神灵之一。

乌恩沃——意思是"无名氏",即没有部族的人。又名桑维,或"长腿"乌恩沃。

尤瓦特——费克迈为女儿渥莎娃挑选的女婿。

渥莎娃——约书亚王子的妻子，费克迈的女儿。

扎卡——乌恩沃的养父。

纳班

安图勒——古代的纳班皇帝。

阿卓威斯——最后的纳班皇帝，在尼鲁拉被圣王约翰打败。

艾斯崔恩爵士——爱克兰卫队成员，莫根纳王子的酒友。

奥西斯神官——纳班教堂的特使。

班尼杜——圣王约翰治下第一任纳班公爵，凯马瑞的父亲。

布拉西斯——坎希雅公爵夫人和萨鲁瑟斯公爵的儿子。

布瑞德勒——帕萨瓦勒的父亲，塞瑞登的弟弟，在风暴之王战争中被杀。

凯亚斯·斯特纳——纳班贵族，曾在希瑟统治期间拜访过阿苏瓦。

凯马瑞-萨-梵尼塔爵士——圣王约翰手下最伟大的骑士，又名凯马瑞·班尼杜，出自班尼杜威家族，在风暴之王战争后失踪。

坎希雅公爵夫人——萨鲁瑟斯公爵的妻子。

圣科尼里斯——军中圣徒。

山羊王克莱西斯——古代的纳班皇帝。

圣克斯曼——安东教圣徒。

达罗·英盖达伯爵——米蕊茉王后的表弟，出自英盖达林家族。

圣迪楠——安东教圣徒。

笛尼梵神父——前任卷轴持有者，拉纳辛教宗的簿记，风暴之王战争期间在塞斯兰·安东尼斯被杀。

德鲁西斯侯爵——彻文塔与俄澄侯爵，萨鲁瑟斯公爵的弟弟和死敌。

圣安吉安——安东教圣徒。

恩瓦勒斯——萨鲁瑟斯公爵的舅舅。

欧根尼斯四世——前任教廷教宗。

艾莱西亚——乌瑟斯·安东的母亲，又称"圣母"。

歌威斯主教——爱克兰地位最高的宗教领袖，海霍特的财务大臣。

圣格冉尼——安东教圣徒。

海黎莎王妃——米蕊茉王后的母亲。

艾德西斯·珂莱瓦伯爵——纳班的总理大臣。

莱若西斯——古时的纳班皇帝，死在狱中。

圣拉文宁——石潘尼特岛的守护圣徒。

勒斯塔·荷米斯——领地与色雷辛接壤的贵族。

玛楚乌子爵——石潘尼特岛领主的儿子。

石潘尼特岛的米拉庭伯爵——玛楚乌的父亲。

努安——海洋之父，古达纳班海神。

努乐斯神父——海霍特的王家牧师。

欧维里斯爵士——骑士，莫根纳王子的酒友。

欧仁——萨鲁瑟斯公爵的老仆人。

帕萨瓦勒大人——至高王座的总理大臣。

圣派丽帕——安东教圣徒，又称"岛上降生"。

佩拉里斯皇帝——纳班皇帝（与泰斯丹王同时代）。

波尔图爵士——奈琦迦山门战役的英雄，莫根纳王子的酒友。

派拉兹——牧师，炼金术士，巫师，埃利加国王的参事。

拉纳辛——教宗，风暴之王战争期间被派拉兹杀害。

圣瑞帕——安东教圣徒，在爱克兰被称为"圣瑞普"。

利连·埃比亚伯爵——纳班的司法大臣，埃比安家族的族长。

萨夸利安——古代人物。

附录

萨鲁瑟斯公爵——统治纳班的公爵。

莎拉辛娜——萨鲁瑟斯公爵的女婴。

塞瑞登男爵——前任墨特萨领主,帕萨瓦勒的伯父,又名塞瑞登·墨特西斯,在风暴之王战争期间被杀。

萨莱斯国王——海霍特第四任统治者,人称"苍鹭王"或"叛教者"。

特西安·乌里斯——贵族,女儿可能会嫁给布拉西斯。

缇丽娅夫人——提阿摩的妻子,草药医师。莉莉娅公主称她为"缇娅-丽娅"。

提炎尼斯·萨莱斯——贵族,英盖达林家族的盟友。

圣特纳斯——安东教圣徒。

图丽雅·英盖达林小姐——达罗伯爵的侄女。

乌瑟斯·安东——安东教的上帝之子,又称"救主"。

韦迪安——教廷的教宗。

圣乌提尼雅——安东教圣徒。

珀都因

菲尔拉夫人——卷轴持有者,已经失踪。

弗洛亚伯爵——帕萨瓦勒的联络人,目前居住在纳班。

圣洪诺拉——安东教圣徒。

波尔图爵士——奈琦迦山门战役的英雄,莫根纳王子的酒友。

小波尔图——波尔图爵士的儿子,又叫"波尔提尼奥"。

圣萨利莫——圣徒,特别受到水手崇拜。

茜达——波尔图爵士的妻子。

宿尔巍伯爵——前任珀都因领主。

塔利斯托爵士——著名骑士,圣王约翰的巨桌骑士之一。

圣伊索崔——安东教圣徒。

伊索拉——女伯爵，宿尔魏伯爵的女儿，珀都因领主。

乌澜

沙行者——神。

卷林者——风神。

杰莎——保姆，负责照顾萨鲁瑟斯公爵的幼女莎拉辛娜，族中长老称她为"绿蜜鸟"。

绿蜜鸟——乌澜神话中的精灵，杰莎的另一个名字。

育人者——女神。

收归者——死亡女神。

观塑者——神。

提阿摩大人——卷轴持有者，学者，西蒙国王和米蕊茉王后的好友。莉莉娅公主称他为"提摩伯伯"。

树蟒——乌澜神话中的精灵。

希瑟（支达亚）

亚纪都·娜-森立——理津摩押的女儿，吉吕岐的妹妹。

阿茉那苏·杉纪都·娜-森立——伊奈那岐的母亲，又称"始祖母"和"舰船降生"。

哈卡崔——阿茉那苏的儿子，去往西方后失踪。

花山的希马努——坦娜哈雅的族长。

伊奈那岐——阿茉那苏的儿子，"风暴之王"。

吉吕岐·因-森立——理津摩押的儿子，亚纪都的哥哥。

堪冬甲奥——吉吕岐和亚纪都的舅舅。

理津摩押·卑室吁·娜-森立——吉吕岐和亚纪都的母亲。

奇闹谷的矢介第——吉吕岐和亚纪都的亲族，曾与吉吕岐和西蒙一起登上雾沙穆雪山。

支沙陇的坦娜哈雅——前往至高王座的信使,在津林遇袭。

禁山的炎甲奥——堪冬甲奥的晚辈。

北鬼（贺革达亚）

阿肯比——咒歌会的大司乐,又称"咒歌大师"。

步幽——护送维叶岐的殉生武士军团长。

戴戈——庵度琊家族的卫兵。

丹拿碧·杉-蓑卡——剑术大师。

德鲁赫——乌荼库女王和奥间鸣首的儿子。

"黑杖"奥间鸣首——乌荼库女王的丈夫,德鲁赫的父亲。

奥纳-骼——歌者,红手之一。

艾璧-凯——密语者,玛寇手下的女王之爪成员。

殷亚岐——棘梅步夫人的长辈,阿肯比大人的重要副手之一。

吉吉怖——乌荼库女王的近亲后裔,人称"梦行者"。

卡卡拉悖——歌者,红手之一。

肯貊——殉生武士,玛寇手下的女王之爪成员。

棘梅步夫人——维叶岐的妻子。

骐骐逊——殉生会的将军。

鹿卡娅——丰饶会的大司农。

玛寇——女王之爪的队长。

暮鸦耳——殉生会的大元帅。

奈泽露·杉夜-庵度琊——维叶岐大人与小妾桃灼霞的女儿,玛寇手下的女王之爪成员。

妮姬卡——咒歌会的主领诗。

努闹——维叶岐大人的家臣。

密语者鸥穆——歌者,红手之一。

锐伏戈——维叶岐家族卫队的队长。

绍眉戟——歌者，玛寇手下的女王之爪成员。

蓝灵峰的森雅苏——诗人。

漱鸽玉——咒歌会的主领诗。

夙奴酷——著名的女将军。

苏提矾——歌者，红手之一。

斯叶苏——罕满堪首扈从。

巫骆鲁足——歌者，红手之一。

乌莱叶岐——宫廷艺师，维叶岐大人的父亲。

乌荼库·杉夜-罕满堪——北鬼女王，奈琦迦的女主人。

维叶岐·杉-庵度琊——匠工会的大司匠，奈泽露的父亲。

雅礼柯·杉-齐珈达——前任匠工会大司匠。

雅-嘉拉暮——暮鸦耳大元帅的孙女。

夜摩——维叶岐大人的书记官。

尊亚弻——祭礼会的大司祭。

其他

安歹萨里——安东教的恶魔。

布朗萨斯——海盗。

怖呦咔——宏瘟。

戴奥诺斯——约书亚王子和渥莎娃夫人的儿子，已经失踪。

戴菈——约书亚王子和渥莎娃夫人的女儿，已经失踪。

隐士弗提斯——六世纪时瓦伦屯岛的一位主教，写了本臭名昭著的书。

甘·依苔——呢斯淇，在风暴之王战争期间舍命救了米蕊茉王后。

葛萝伊——睿智的女人，又称"瓦莱姐"葛萝伊，在瑟苏琢被杀。

附录

蛊罡嘎——宏瘟。

哈卡人——来自阿德席特森林东边的流浪民族。

弃光者——奈琦迦深处居民,来历不明。

梅迪——哈卡向导。

帕丽普帕——梅迪的女儿,又叫帕丽普。

普雷克图——梅迪的儿子,又叫普雷克。

括瑟依——住在西方诸岛的岛民。

努言·伏——传说中庭叩达亚的领袖,又称"航渡者"。

格米亚的特提西斯——来自瓦伦屯岛(纳班名字是格米亚岛)的学者。

庭叩达亚——来自华庭的第三种族,包括呢斯淇、戴沃人、硼吉等,又称"换生灵"。

桃灼葭——维叶岐大人的凡人小妾,奈泽露的母亲。

哈察岛的瓦克苏——学者。

地 点

艾本河口——赫尼斯第重要的贸易城镇,位于巴莱泪河入海口。

圣克斯曼修道院——麦尔芒德的修道院。

阿德哈镇——森林附近的爱克兰小镇。

阿德席特大森林——又名"古老之心",横跨爱克兰北方与东方的大森林。

牲口市场——位于奈琦迦的市场,商贩与顾客都是凡人。

安提金峰——纳班群山之一,多莫斯·班尼杜檐的所在地。

阿苏瓦——海霍特在希瑟统治时期的名字。

受难德鲁赫大道——奈琦迦的一条街道。

坠落大道——奈琦迦的一条街道,沿街是诸多大宅的后门,这些宅邸的前门则位于大华庭大道。

圣徒大道——一条宽阔而弯曲的大路,从农民区往上,环绕纳班群山之一的俄彻奈山通往山上。

安斯伯利——爱克兰的男爵领。

百利墩——位于赫尼斯第境内的霜冻边境城市,住着许多瑞摩加人。

桦木草场——仙鹤部族营地的一部分。

苦月堡——位于龙喉隘口顶部的北鬼要塞。

黑水苑——聚集众人举行仪式的广场,位于奈琦迦。

布拉布雷城堡——哈厉都统的家堡,位于瑞摩加。

血庭——殉生武士的训练场,位于奈琦迦。

蓝洞——育有许多白蜘蛛,是北鬼的绳索产地。

附录

蓝灵峰——奈琦迦附近的山脉。

布里瓦汀湖——瑞摩加的湖。

坎·因巴——艾欧莱尔的盟友默多侯爵的家堡,位于赫尼斯第。

塞洛郡——爱克兰城镇。

流琴厅——奈琦迦的核心,流琴与流琴井的所在地。

查苏·欧丽府——德鲁西斯侯爵的城堡。

霖季祖堂——坎努克人的"先祖之堂",位于伊坎努克的岷塔霍。

夕柯林——位于赫尼斯第北方和西方的森林。

莱若西斯竞技场——位于纳班。

寒萧堂——奈琦迦的行刑地。

达彻斯特——爱克兰城市,坐落于北方王家大道。

黑夜华庭——奈琦迦山中的地下湖,由维叶岐大人发现,后来改名为"夙奴酷湖"。

大稚照——阿德席特森林中被遗弃的希瑟城市,又称"风歌树"。

岱勒希——赫尼斯第西边的丘陵地区。

狄莫思侃森林——瑞摩加北方的森林。

多莫斯·班尼杜檐——班尼杜威家族在纳班的府邸,大概两百年前,由初代班尼杜威建造。

龙喉隘口——进出苦月堡的小路。

德雷库——爱克兰小镇。

德瑞拿·诺维斯——建在色雷辛的纳班移民村。

铎尔漱汶湖——北方的湖泊。

杜纳斯塔——保护茵尼斯葵山谷的守卫塔。

英格柏——施拉迪格都统的领地,位于瑞摩加。

俄澄湖——纳班的大湖。

艾弗沙——瑞摩加公爵府邸所在的城市。

恩莫庭海湾——纳班与珀都因之间的海湾。

鄂克斯特——爱克兰的首都,至高王座所在地。

阿乐伊谷——意思是"西门",小闹的希瑟语名字,一场著名战役的发生地,位于是爱克兰。

爱克兰——奥斯坦·亚德中央王国。

俄彻奈山——纳班群山之一,玛楚乌府邸所在地。

法尔郡——爱克兰城市,盛产羊毛。

掌旗苑——奈琦迦山门外的开阔地,古时是庆功场,现在则是所谓的"牲口市场"的所在地。

无名苑——奈琦迦遭贬谪者的墓地。

菲拉诺斯海湾——纳班南部海湾,坐落着许多岛屿。

捕鱼路——鄂克斯特的一条街道。

霜冻边境——位于赫尼斯第北方和瑞摩加南方的一块区域。

盖文索德——爱克兰东部城镇。

格米亚岛——瓦伦屯岛古时的名字。

格兰汶河——从津濑湖流向大海的河流。

格兰威克——爱克兰城镇。

格兰·欧加——赫尼斯第地名。

辉烁街——奈琦迦地名。

勾迪山——位于遗骨岛。

古角厄——意思是"小舟",指希瑟的小村落。

格兰图瓦克河——瑞摩加的一条河,流经艾弗沙。

大华庭大道——奈琦迦的一条主路。

格兰本镇——爱克兰城镇,坐落在河边。

格兰玻山——赫尼斯第西边的山脉。

海斯托——爱克兰的男爵领。

附录

海港路——一条大路,从海霍特旁边的海港通往鄂克斯特。

海港街——纳班一条宽阔的街道。

哈察岛——位于菲拉诺斯海湾。

哈苏山谷——爱克兰中部的山谷,也是一个城镇的名字。

海利夫悬崖——俯瞰津濑湖的悬崖。

海霍特——至高王座所在地,位于鄂克斯特。

悬鹰廊——奈琦迦一处环形走道,是好几道楼梯井的汇合点,通往下方的流琴井。

心墙——奈琦迦的标志性建筑。

心墙阶梯——奈琦迦的一道阶梯。

赫尼赛哈——赫尼斯第的首都。

赫尼斯第——奥斯坦·亚德西边的王国。

昔米岭——奈琦迦东部的山脉。

喜哈拉——瑞摩加诸神的天堂家园。

耶尔丁塔——被封闭的高塔,位于海霍特。

宏沙·石潘尼提——石潘尼特岛的贵族府邸。

胡兰古角——最东边的古角厄(小舟)。

冰焰河——奈琦迦遗址里的河流。

艾吉思嘉德——传说中瑞摩加人的诞生地,在大海西边的彼岸。

茵尼斯葵——赫尼斯第北边一道山谷与河流的名字。

遗骨岛——瑞摩加西边远处的一个岛屿。

寒鸦酒馆——鄂克斯特的一间酒馆。

角天华——阿德席特森林中隐秘的希瑟聚居地,已经废弃。

考德克——瑞摩加辖下的领地。

刻蔓拓里——华庭降生者的九大城市之一,已经失落。

罕蒂亚——传说中一块失落的土地。

崎加泪窟——奈琦迦的地下瀑布,又称"泪泉"。

库普斯德市场——艾弗沙的一处市场。

关途圃——乌澜城市。

津濑湖——爱克兰中部的湖泊。

津林——海霍特附近的小森林。

露弥亚湖——奈琦迦旁边的湖泊。

小羽溪——色雷辛湖地的一条河流。

回忆的小花园——即"sojeno nigago-zhe",一块墓场,用于埋葬卑微、贫穷、没有家族墓地的北鬼成员。

小格兰图瓦克——格兰图瓦克河的支流。

失落的华庭(望都沙)——传说中凯达亚逃离的土地,已经毁灭。

提灯桥——跨过格兰图瓦克河、通往艾弗沙的桥梁,瑞摩加语叫"涞灯潘"。

玛垂雯峰——纳班群山之一。

玛垂雯路——通往塞斯兰·玛垂府的道路。

主干道——贯穿鄂克斯特的城市主路。

昭英祠——奈琦迦的圣祠。

麦尔芒德——爱克兰城镇,位于格兰汶河岸边,米蕊茉王后的出生地。

商贩街——纳班的一条街道。

万朱涂——希瑟语,意思是"银色家园"。希瑟与戴沃人的城市,已经废弃,位于格兰玻山下。

岷塔霍——矮怪落的一座山峰,宾拿比克的家乡。

月触山谷——龙喉隘口下方的山谷。

纳班——奥斯坦·亚德南部的公爵领,曾是纳班帝国的所在地。

格涞泽地——荣娜伯爵夫人的家乡,位于赫尼斯第。

穆拉泽地——艾欧莱尔伯爵的家乡,位于赫尼斯第东部。

奈格利蒙——爱克兰北部要塞，风暴之王战争期间发生过多场战役。

奈琦迦——华庭降生者的城市，位于风暴之矛山下，意思是"泪之面具"，贺革达亚的家园。

奈琦迦遗址——奈琦迦山外的城市，华庭降生者的九大城市之一，已经废弃。

纳拉克西岛——位于菲拉诺斯海湾。

纳文德——瑞摩加西部的城市。

纳斯卡都——南方的沙漠地区。

尼鲁拉大门——海霍特的主城门。

新霜冻大道——连接霜冻边境城镇与赫尼赛哈的大道。

新月集——奈琦迦的市场。

北鬼领——北方山脉，贺革达亚的家园。

诺赫塞——爱克兰的一处领地。

古仓塔——内城的一座圆塔，曾经属于约翰·约书亚王子。

欧梅瑶·罕满喀（迷津宫）——乌荼库女王的宫殿，如迷宫般复杂。

奥乃翠——纳班的一道山谷。

奥乃翠关口——纳班山谷间的关口，曾是许多战役的战场。

玛瑙馆——咒歌会的档案馆。

奥斯坦·亚德——凡人的王国（瑞摩加语的意思是"东方的土地"）。

奥斯滕椎平原——瑞摩加的一块平原。

帕特霖峰——纳班群山之一，英盖达林府邸所在地。

珀都因——恩莫庭海湾里的岛屿。

普塔·菲利斯——纳班南部的港口城镇。

怪女孩酒馆——鄂克斯特的一间酒馆，位于集市广场附近的獾街。

女王广场——位于奈琦迦。

拉菲斯克凹地——瑞摩加南部的男爵领。

瑞法芦德——瑞摩加的一条路,意思是"狐径"。

瑞摩加——奥斯坦·亚德北方的公爵领。

北方王家大道——从鄂克斯特通往北方的国王大道。

王家大道——从奈琦迦通往南方的古路。

露弥亚湖——奈琦迦大山旁的湖泊。

神圣救主教堂——位于纳班的特里斯·纳拉斯。

西加德——瑞摩加的海岸城镇。

织帆街——纳班的一条街道,沿大运河修建,位于城墙阴影下。

圣海瓦德教堂——艾弗沙中心的教堂。

圣盖尔丁广场——纳班城中的标志性地点。

圣拉文宁广场——位于纳班。

圣奥姆德礼拜堂——鄂克斯特的教堂。

圣瑞帕教堂——关途圃的教堂。

圣撒翠教堂——鄂克斯特的教堂。

圣韦格拉夫礼拜堂——鄂克斯特一座破旧的老教堂。

支沙陇——宽阔的山谷牧场,曾是希瑟的土地。

微光山脊——一座北方山脉的北鬼语名字,凡人称其为"白岭雪山"。

西斯坦——爱克兰村庄,在阿德席特大森林附近。

思侃盖——瑞摩加东部城镇。

石潘尼特岛——位于菲拉诺斯海湾。

蜘蛛林——奈琦迦地名。

春沼地——霜冻边境最南边的沼泽地。

斯坦郡——爱克兰东部小镇。

附录

泗丹丰河——爱克兰东部的一条河流,第二次色雷辛战役的战场。

杂烩区——麦尔芒德的贫民区。

风暴之矛——北方的大山,又称"奈琦迦"或"风暴战矛"。

神律大街——奈琦迦的一条街道,阴暗狭窄,两边都是古老的石屋。

斯图斯德——位于爱克兰与瑞摩加的交界处。

素德郡——爱克兰南部的一处地名。

苏米玉·支沙——穿过支沙陇山谷的溪流。

司维特悬崖——鄂克斯特附近的山崖,爱克兰历代国王的墓地。

神堂路——贯穿赫尼赛哈的道路,又称"泰斯丹大道"。

神堂——一座木头城堡,赫尼赛哈统治家族的家堡。

泪泉——奈琦迦中心的大瀑布。

特里斯·纳拉斯——纳班城中一块贫穷的街区。

色雷辛——奥斯坦·亚德东南部的草原。

圣树塔——海霍特城中新建的高塔。

彻文塔——纳班地名。

矮怪落——坎努克人家园的凡人名字。

敕雅古角——希瑟的村落(小舟)。

土美汰——华庭降生者的九大城市之一,失落在冰雪之下。

棠戈寨——瑞摩加遥远北方的城镇。

扎艾塔石柱——奈琦迦的标志性建筑。

望都沙——希瑟、贺革兰亚、庭叩达亚的故乡,又称"华庭"。

韦斯万河——瑞摩加中部的河流。

韦斯万——霜冻边境的瑞摩加城镇。

温伟格大道——通往韦斯万的道路。

乌哈湖——俄澄湖的色雷辛语名字。

雾巴喀——环绕雾沙穆的群山。

雾沙穆——传说中遥远东北方的雪山。

果坞村——提阿摩的家乡,位于乌澜。

梵尼塔岛——位于菲拉诺斯海湾。

瓦伦屯——西方海岸以外的岛屿,圣王约翰的出生地,曾叫"格米亚岛"。

万途关——爱克兰南部小镇,位于格兰汶河口的海岸边。

白岭雪山——北方山脉。

白蜗堡——奈琦迦遗址里的要塞,位于风暴之矛山脚。

淮斯坦——爱克兰南部小镇。

柳木堂——坦娜哈雅的家乡。

梧索——爱克兰的村庄与男爵领。

啄木鸟群山——诸多溪水从这里发源,最后汇入伊姆翠喀河。

乌澜——奥斯坦·亚德南方的沼泽地。

桠司赖——希瑟神圣的聚会场所。

伊坎努克——坎努克人的家乡,又称"矮怪落"。

伊姆翠喀河——爱克兰东部的河流,曾是一处战场。

生　物

　　贝肯——掘地怪的瑞摩加语名字，矮怪叫它们"狈蛤泥"，北鬼叫它们"伏砾犺"。

　　迪福尔——乌恩沃的黑马。

　　掘地怪——一种矮小的人形地下生物。

　　铎察莎尔——黑龙黑朵荷贝的赫尼斯第语名字，被伊奈那岐和哈卡崔斩杀。

　　法尔库——小史那那克的公羊。

　　泔蟹——乌澜的一种硬壳生物。

　　巨人——毛发蓬松的巨大人形生物，北方人称之为"宏瘟"。

　　黑朵荷贝——龙（又称"虫"）。

　　宏瘟——巨人的瑞摩加语名字。

　　哀喀迦屈——雾沙穆雪山的冰龙，希瑟和北鬼叫它"勒喀奇伽"，大虫黑朵荷贝的女儿。

　　淇尔巴——一种人形海怪。

　　硼吉——庭叩达亚奴隶，又称"换生灵"。

　　垮利蹼——"河人"，一种水怪。

　　坎忒喀——风暴之王战争期间，宾拿比克的狼宠。

　　窑猊——贺革达亚对"巨人"的称呼。

　　斯坎迪——提阿摩在海霍特骑的驴。

　　刹拉卡——火龙，在海霍特地底被杀，骨头被制成龙骨椅。

　　蛛丝——坦娜哈雅的马。

　　瓦喀娜——宾拿比克目前的狼宠，坎忒喀的后裔。

The Witchwood Crown

猬骷牙——一种凶残的狼形猛兽，生活在遥远的北方。

巨雪鼠——一种巨型啮齿动物，生活在雪山高处。

其 他

黄金时代——纳班古时的某个时代。

安东教徒——乌瑟斯·安东的信徒。

安东祭——庆祝乌瑟斯·安东诞生的圣日。

埃比安家族——纳班五十大贵族之一。

艾纳霖酒——又名"艾纳霖-泽",贺革达亚喝的饮料,看着像水银。

艾斯塔兰姊妹会——一个资助女性寻求安身之处的组织。

班尼杜威家族——统治纳班的家族。

黑麦——一种谷物。

血百合——一种亮红色的花朵,形如伤口喷出的血花。

流琴——奈琦迦的主谓识。

失落华庭纪念庆典——贺革达亚的宗教仪式。

夕萃——南方生长的一种植物的根,可以嚼着吃,会上瘾。

珂莱维——纳班五十大贵族之一。

寒根——玛寇的巫木剑。

冷叶——玛寇的巫木匕首。

科莫斯——纳班出产的葡萄酒。

鄂克斯特评议会——管理鄂克斯特的组织。

克斯曼尼修士会——供奉圣克斯曼的修士会,他们酿造的苹果白兰地很出名。

殉生之舞——贺革达亚对格斗的称呼。

哀悼节——贺革达亚的节日。

坟穴——贺革达亚对坟墓的另一种称呼。

纳班议会——纳班的议会,成员主要来自五十大贵族。

德鲁赫日——贺革达亚的节日。

庵度琊家族——大司匠维叶岐的家族。

爱克兰卫兵——海霍特的卫兵。

神官会团——管理安东教教堂的组织。

五十大贵族——纳班的贵族家族。

浴火——殉生武士训练时的测试。

弗兰乌鸦——在霜冻边境南部活动的一伙强盗(多是赫尼斯第人)。

叶刃——贺革达亚的格斗招式。

矛锋堂——殉生武士训练时的测试。

罕满堪家族——乌荼库女王的家族。

罕满堪律令——乌荼库女王制定的贺革达亚律法。

罕满堪屠虫兵——奈琦迦城中的治安维护者。

Hao sa–Rashi——"放逐之道",即贺革达亚的手语。

哈察岛白藓——一种草药。

嚇匕剀——"毒蛇鞭",用于刑罚的巫木鞭子(字面意思是"巫木蛇")。

至高王的庇护——至高王座对奥斯坦·亚德全境诸地的保护。

归船节——乌澜的节日。

岁舞家族——希瑟家族。

豪尼尔——乌顿·瑞摩的斧头。乌顿是瑞摩加异教中地位最高的神。

凌雷特号——又名"环炼号",黑瑞摩加人的一艘船。

冰魔草——绍眉载携带的一种疗伤药膏。

沐冰——殉生武士训练时的测试。

附录

都统——瑞摩加人的头衔，相当于西领语中的"侯爵"。

亚安家族——瑞摩加语，意思是"铁家族"。

康康酒——矮怪的一种酒。

凯达亚——希瑟与贺革达亚的合称。

契因——神圣的乌木种子。

肯-未刹——北鬼使用的材料，可令敌人变得困顿虚弱。

瞌榻-荫酌——贺革达亚语，意思是"危险的长眠"，乌荼库女王在其中得以恢复。

齐珈达家族——贺革达亚家族。

库瓦——贺革达亚给奴隶戴的项圈。

陆生者——登陆奥斯坦·亚德后出生的第一代贺革达亚与希瑟。

卷轴联盟——神秘且排外的学者联盟，致力于知识的探索与传承。

墨特萨家族——纳班五十大贵族之一，帕萨瓦勒大人便是其家族成员，蓝鹤纹章。

南黛儿——一把修长的剑，曾经属于约书亚王子，意思是"针"。

午祭——安东教的午间宗教仪式。

北方船盟——商业组织，与珀都因的辛迪戈图是竞争对手。

溟濛海——华庭降生者渡过的大海。

油泉——奈琦迦女王广场上的标志性建筑。

《血与魂的运转》——医药学书籍，作者是拉楚安。

红龙勋章——颁发给勇敢骑士的王家勋章。

水獭月——贺革达亚历法中春天的月份。

佩拉里恩巨桌——至高王座内廷议会开会用的桌子，是纳班皇帝佩拉里斯送给泰斯丹王的礼物。

忠仆祷文——贺革达亚孩童念诵的祷文。

海黎莎王妃号——一艘船，用米蕊茉过世的母亲命名。

普焗面包——用风暴之矛山下寒冷山谷出产的白麦做成的面包。

女王誓约——贺革达亚的祷文,算得上是他们的教义。

女王之牙——乌荼库的私人卫队。

银锟——纳班钱币。

岩蟒退——贺革达亚的格斗招式。

圣庭——安东教的宗教法庭。

鳞片——希瑟用来远距离通话的工具。

圣艾格修会——安东教的一个修士会。

殉生武士——训练有素的贺革达亚士兵或刺客。

桑达利安黄酒——石潘尼特岛出产的琥珀色甜酒。

卷轴持有者——卷轴联盟的成员。

海王桂冠——瑞摩加的统治权象征。

塞达的令牌——春天的满月。

大蛇月——贺革达亚的月份名。

山王——色雷辛语,意思是"王中之王",指全色雷辛的统治者。

审棋——希瑟的一种社交和策略游戏。

静默庭——奈琦迦的精英组织之一。

银牡鹿——赫尼斯第的精锐军队,由休国王亲自挑选。

珀都因的辛迪戈图——一个商业组织。

司卡利帮——瑞摩加北部一个有组织的强盗团伙。

《士兵之歌》——安东教祷文。

索特方塞号——艾弗特国王的船,埋在斯基帕文。

《乌澜医者行之有效的疗法》——提阿摩写的书。

旋丝——一种精美的北鬼布料。

牡鹿——赫尼斯第统治者贺恩家族的纹章。

风暴鸟——达罗·英盖达的支持者,标志是信天翁。

《无聊的牧羊人》——一个老故事,寓意类似《狼来了》。

附录

女王之爪——战斗小队,由五名训练有素的殉生武士组成。
统领——瑞摩加人的头衔,相当于西领语的"男爵"。
《水色》——森雅苏的诗集,是禁书。
《女王手上的五指》——贺革达亚讨论智慧的书籍,很受欢迎。
贼诗——一种游戏。
第三个绿月——色雷辛的月份名,比较粗略。
金王座——爱克兰的金币,其中一个版本上有西蒙国王和米蕊茉王后的肖像。
啼-涂挪——凯马瑞的号角,用黑朵荷贝的牙齿做成,又名"席利安"。
银塔——爱克兰银币。
Tractit Eteris Vocinnen——《异界密语专著》,是本禁书。
圣树——又称"受难树",是乌瑟斯·安东受难及安东教信仰的标志。
威屠寇——一种食肉猛兽,在雪地行走时连冰壳都不会踩坏。
瓦莱妲——意思是"睿智的女人"。
卫明者——色雷辛语,对见证人的称呼。
回归之战——贺革达亚对风暴之王战争的称呼。
西领语——发源于瓦伦屯岛,如今已是奥斯坦·亚德的通用语。
白手——亚拿夫留在贺革达亚尸体上的印记。
巫木——从华庭带来的稀有树种出产的木头,硬度堪比金属。
巫木王冠——希瑟语叫 kei-jáyha,指给英雄的头冠,或者一丛巫木树,或者审棋里的一个棋招。
谓识——希瑟用来远距离通话、或进入梦境之路的工具,多数指窥镜。
虫镜——赫尼斯第人对某些古老窥镜的称呼。
夜挞敌箱——贺革达亚用于测试孩童的工具。

紫杉号——安格斯的船。

叶乳——色雷辛人代代相传的酸马奶酒。

星体

  大门座——贺革达亚

  野兔座——爱克兰

  翠鸟座——纳班

  启灯星——贺革达亚

  龙虾座——纳班

  螳螂星——贺革达亚

  狼精座——纳班

  夜枭座——贺革达亚

  毒蛇座——纳班和贺革达亚都有

  转轮座——爱克兰

  暴风眼——贺革达亚

  飞虫座——纳班

  余汶御座——纳班

骨卜

坎努克人的占卜工具，卦象包括——

  无翅鸟

  鱼叉

  暗道

  洞口火炬

  怯羊

  小径云烟

  黑隙

附录

开封镖

石环

山舞

无主之羊

湿滑雪地

不速之客

意外降生

无影

北鬼各大幕会

总部——各大幕会训练和运作的特定场所。

出现过的幕会：殉生会、密语会、回音会、咒歌会、匠工会、祭礼会、丰饶会……

色雷辛部族

蝰蛇部族——在色雷辛湖

羚羊部族——在色雷辛草原

仙鹤部族，又名"卡拉格尼部族"——在色雷辛湖

蜻蜓部族——在色雷辛湖

艾鼬部族——在色雷辛湖

红隼部族——在色雷辛湖

山猫部族——在色雷辛湖

骏马部族，又名"麦尔登部族"——在上色雷辛

白斑鹿部族——在色雷辛湖

节日

霏耶孚月2日——炷祭

玛瑞斯月 25 日——艾莱西亚祭
玛瑞斯月 31 日——愚人之夜
阿弗洛月 1 日——愚人节
阿弗洛月 3 日——圣乌提尼雅日
阿弗洛月 24 日——圣迪楠日
阿弗洛月 30 日——凝石之夜
玛雅月 1 日——贝珊妮日
余汶月 23 日——仲夏夜
提亚加月 15 日——圣撒翠日
安涂月 1 日——半年祭
瑟坦德月 29 日——圣格冉尼日
奥坦德月 30 日——万圣夜
挪文德月 1 日——灵魂之日
岱萨德月 21 日——圣特纳斯日
岱萨德月 24 日——安东祭

星期

阳日、幕日、提斯日、乌顿日、铎尔日、弗瑞日、撒翠日

月份

朱诺孚月、霏耶孚月、玛瑞斯月、阿弗洛月、玛雅月、余汶月、提亚加月、安涂月、瑟坦德月、奥坦德月、挪文德月、岱萨德月

附录

词汇与句子

坎努克语

amaq 和 kukaq——"尿"和"排泄物"

Falku——"美味的白肉",也是小史那那克的公羊的名字"法尔库"

Henimaa!——"别说话!"/"闭嘴!"

Nihut——"攻击"

Ninit‐e, Afa!——"来吧,父亲!"

Nukapik——"订了婚的"

Qallipuk——"河人"

Shummuk——"等一下"

So‐hiq nammu ya——"薄冰之夜"

Ummu Bok!——类似"做得好!"的意思

希瑟语(凯达亚语)

Chiru——"怀孕的"

Hikeda'ya——贺革达亚,意思是"云之子",即凡人所说的"北鬼"

Hikka Staja——"持箭者"

S'hue——"大人"

Sojeno nigago‐zhe——"回忆的小花园"

Staja‐hikkada'ya——"持箭者的后裔"

Sudhoda'ya——"日暮之子",指凡人

Tinukeda'ya——庭叩达亚，意思是"海洋之子"，包括呢斯淇和戴沃人

Tsa——等同于凡人的弹舌声或"啧啧"声

Venyha s'ahn!——"以华庭之名！"

Zida'ya——支达亚，意思是"黎明之子"，指希瑟

北鬼语（贺革达亚语）

Do' Nakkiga——大奈琦迦，指贺革达亚居住的圣山

Do' sae né – Sogeyu——"影庭"，也就是奥斯坦·亚德

Furi'a——伏砾犽，即"掘地怪"

Hikeda'yasao——贺革达亚语

Hikeda'yei——贺革达耶，意思是"贺革达亚同胞们"

Kei – in——契因，意思是"神圣的乌木种子"

Keta – Yi'indra——长达数十年的深沉睡眠

K'rei!——"欢迎！"

Ra'haishu——"地洞会议"，寓意可能导致突然死亡的错误

Rayu ata na'ara——"我在你的话里听到了女王的声音。"

San'nakuno——"小可怜狗"，亚拿夫的主人给他起的昵称

Shu' do – tkzayha——苏毒渣亚，贺革达亚对凡人的称呼，意思是"日暮之子"

Srinyedu——贺革达亚对编织术的称呼

Z'hue——对长辈的敬称

纳班语

Agarine——圣艾格的

Caimentos——生石灰水泥

Exsequis——祷告词

Mansa sea Cuelossan——葬礼仪式上的祷告词

Orxis——獒西斯，纳班对巨人的称呼

Podos orbiem, quil meminit——"记忆长存，历久弥新"

Secundis primis edis——"次子当坐首位"

赫尼斯第语

EolairTarna——"艾欧莱尔大人"

Mu'harcha!——"我的爱人！"或"我的宝贝！"

Och, cawer lim!——"救救我！"

瑞摩加语

Jarl——都统，相当于西领语的"侯爵"

Refarslod——瑞法芦德，"狐径"

Valada——瓦莱妲，"睿智的女人"

其他

Cockindrill——"鳄蜥"，北方人对"鳄鱼"的称呼

Higdaja——"贺革达伽"，巨人对北鬼的称呼

Hojun——"宏骏"，巨人对自己的称呼

Samuli——"精致花朵"，乌澜人对女性生殖器的称呼

Njar–hunë——"食腐巨人"

发音规范

爱克兰语

爱克兰人的名字分为两大类——古爱克兰名和瓦伦屯名。那些来源于圣王约翰的出生地瓦伦屯岛的名字（主要包括城堡佣人和约翰的近亲）一般可以看做圣经人名的变体（如"埃利加"之于"以利亚"，"爱蓓卡"之于"利百加"等）。古爱克兰语的发音则近似于现代英语，但也有如下特例：

a——始终发 ah 音，就像"father"。

ae——发"say"里的 ay 音。

c——发"keen"里的 k 音。

e——除非出现在名字末尾，否则发"air"里的 ai 音；出现在名字末尾时也发音，但发 eh 或 uh 音，例如"Hruse"的发音即为"Ro-oz–uh"。

ea——只要不出现在单词和名字的开头，一律发"mark"里的 a 音；出现在开头则相当于 ae。

g——始终发重音 g，就像"glad"。

h——发"help"里的重音 h。

i——发"in"里的短音 i。

j——发"jaw"里的重音 j。

o——发长而轻的 o 音，就像"orb"。

u——发"wood"里的 oo 音，不要发成"music"里的 yoo 音。

附录

赫尼斯第语

赫尼斯第人名和单词的发音与古爱克兰语大致相同，但也有如下几个特例：

th——始终发"other"里的 th 音，不要发成"thing"。

ch——发喉音，就像苏格兰英语里的"loch"。

y——发"beer"里的 yr 音，或"spy"里的 ye 音。

h——除非在单词开头出现，或跟在"t"和"c"后面，否则不发音。

e——发"ray"里的 ay 音。

ll——相当于单 l，如"Lluth"之于"Luth"。

瑞摩加语

在如下特例中，瑞摩加人名与单词的发音与古爱克兰语略有不同：

j——发 y 音，如"Jarnauga"之于"Yarnauga"、"Hjeldin"之于"Hyeldin"（这里的 H 几乎不发音）。

ei——发"crime"里的长音 i。

ë——发 ee 音，就像"sweet"。

ö——发 oo 音，就像"coop"。

au——发 ow 音，就像"cow"。

纳班语

纳班语基本遵循罗曼斯语的发音规则，比如元音字母发音为"ah－eh－ih－oh－ooh"，辅音字母都发音等等。但也有如下一些特例：

i——大多数人名的倒数第二个音节要重读，如"Ben－i－GAR－is"。这些音节中有 i 时，发长音，如"Ardrivis"发音为"Ar－DRY－vis"；i 后面跟双重辅音字母时例外，如"Antippa"发音为

"An – TIHP – pa"。

e——出现在名字末尾时，es 要发长音，如"Gelles"发音为"Gel – leez"。

y——发长音 i，就像"mild"。

坎努克语

矮怪语与其他凡人的语言有着显著的不同。它有三种不同的重音"k"，分别代表字母 c、k 和 q。坎努克人之外的大多数人只能分辨出 q 带有轻微的舌音，但初学者不会因此而信心倍增。对我们而言，这三个字母的发音都跟"keep"里的 k 一样。另外，坎努克里的 u 要发 uh 音，就像"bug"。其他方面就只能由读者自行体会了，这样你们才不会被错误的发音误导。

希瑟语

希瑟语比坎努克语更难发音，如果不加训练，你基本上没法讲出支达亚的语言。而这一来，给出希瑟语的发音规范反而最简单不过，因为不会有专家来纠正你（也不是完全没有，宾拿比克就学过希瑟语）。当然了，有些规则还是相当适用的：

i——如果是第一个元音字母，要发"clip"里的 ih 音。如果是第二个、第三个，尤其是最后一个元音，则要发"fleet"里的 ee 音：例如"Jiriki"发音为"Jih – REE – kee"。

ai——发长音 i，就像"time"。

'（撇号）——这个音很像嗓子被卡到了，凡人根本发不出。

特殊人名

葛萝伊（Geloë）——这个女人来历不明，其名讳来源亦不可考。其实这个名字的发音是"Juh – LO – ee"或"Juh – LOY"，二者皆可。

附录

尹艮·杰戈（Ingen Jegger）——他是黑瑞摩加人，"Jegger"里的 J 要发音，就像"jump"。

米蕊茉（Miriamele）——虽然出生于爱克兰宫廷，却取了个发音怪异的纳班名字——也许这与她双亲的家族背景有关——她名字的发音为"Mih‑ree‑uh‑MEL"。

渥莎娃（Vorzheva）——色雷辛女子，名字发音为"Vor‑SHAY‑va"，其中的 zh 要发很重的音，类似于匈牙利语中的 zs。

【全文完】

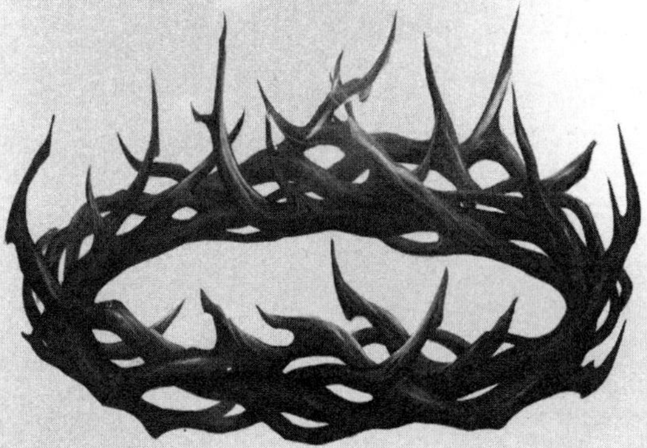